MIRA®

Der Preis dieses Bandes versteht sich einschließlich der gesetzlichen Mehrwertsteuer.

*Umwelthinweis:*
Dieses Buch wurde auf chlor- und säurefreiem Papier gedruckt.

# Weiber after work

MIRA®

MIRA® TASCHENBUCH
Band 25225
2. Auflage: Juni 2007

MIRA® TASCHENBÜCHER
erscheinen in der Cora Verlag GmbH & Co. KG,
Valentinskamp 24, 20350 Hamburg
Deutsche Taschenbucherstausgabe

Titel der nordamerikanischen Originalausgaben:
All Tied up / Bound to happen

erschienen bei: Harlequin Enterprises Ltd., Toronto
Published by arrangement with
HARLEQUIN ENTERPRISES II B.V./S.àr.l.

Konzeption/Reihengestaltung: fredebold&partner gmbh, Köln
Umschlaggestaltung: pecher und soiron, Köln
Redaktion: Stefanie Kruschandl
Titelabbildung: Corbis GmbH, Düsseldorf
Autorenfoto: © Walt Stone
Satz: Buch-Werkstatt GmbH, Bad Aibling
Druck und Bindearbeiten: Ebner & Spiegel, Ulm
Printed in Germany
ISBN 978-3-89941-342-7

www.mira-taschenbuch.de

*Alison Kent*

# Chili extra hot

Roman

Aus dem Amerikanischen von
Monika Paul

MIRA®

## *1. KAPITEL*

„Was meinst du, Macy? Haben wir wirklich genug zu essen?“ Macy stellte die Schüssel mit Tortillachips und das Schälchen Salsa auf die Küchentheke, wo auf einer Warmhalteplatte bereits ein Topf mit feurig-scharfem Chili köchelte. Einen Stapel leuchtend bunten Wegwerfgeschirrs mit passenden Papierservietten in rot, blau, gelb und grün platzierte sie direkt daneben. Prüfend musterte sie das Arrangement und nickte zufrieden. Dann wischte sie sich die Hände an ihrer schwarzen Caprihose ab und begann, die Gäste mithilfe ihrer Finger zu zählen.

„Wir beide, der Rest des Teams, Anton, macht insgesamt sieben.“ Laurens Freund Anton und die übrigen Partnerinnen von gIRL-gEAR gehörten zur Stammbesetzung der Spielabende, zu denen Macy in regelmäßigen Abständen einlud, um ihre neuesten Ideen für die Kolumne zu testen. „Dann Ray, Jess, Doug und Eric.“ Mit gerunzelter Stirn versuchte Macy, den geballten Appetit von fünf kraftstrotzenden jungen Männern Mitte zwanzig abzuschätzen. „Jetzt, wo du davon anfängst …“

Abwägend ließ sie den Blick über den langen Tisch schweifen. Mit vereinten Kräften hatten sie das Ungetüm aus dem Arbeitsbereich des Lofts, den Macy und Lauren bewohnten, herbeigeschleppt, und Lauren hatte es mit einer farbenfrohen Decke in eine prächtige Tafel verwandelt. Diese bog sich unter Schüsseln und Platten voller Köstlichkeiten aus der texanisch-mexikanischen Küche: Pico de gallo, ein Gemüse-Frucht-Salat, Zwiebeln, Tomaten und grüner Salat, um Fajitas, gefüllte Pfannkuchen, zuzubereiten, geriebener Käse und ein scharfer mexikanischer Eintopf mit Bohnen und Paprika. Auf dem Boden stand eine altmodische Zinkbadewanne, in der Dutzende Flaschen Bier – Corona, wie es sich für eine richtige Tex-Mex-Party gehörte – auf Eis lagerten, und draußen auf dem Grill brutzelten Hähnchenkeulen und Shrimps.

Macy wiegte nachdenklich den Kopf. „Haben wir genug zu trinken? Cocktails vielleicht? Soll ich Margaritas vorbereiten?"

Lauren verdrehte die Augen und schüttelte den Kopf, dass die blonden Haare flogen. „War nur ein Scherz, Macy! Wir müssen mindestens eine Woche lang von Resten leben."

„Nichts dagegen!" Macy angelte ein kleines Stück Tomate von einem Teller und steckte es in den Mund. „Du kennst meine Schwäche für mexikanische Küche. Wenn es nach mir ginge, könnten wir uns monatelang von nichts anderem ernähren."

„Du hast gut reden! Aber sieh mich mal an: Eine Woche Salsa und Bohnen und meine Hüften gehen auseinander wie …"

„Jetzt mach aber einen Punkt, Lauren! Millionen von Frauen würden alles drum geben, eine Figur wie deine zu haben. Deine Oberweite …" Vielsagend strich Macy über ihr knallrosa T-Shirt und warf mit gut gespielter Verzweiflung einen Blick in ihren Ausschnitt. „Da fällt mir ein, dass wir die Avocadocreme vergessen haben. Tex-Mex ohne Guacamole – undenkbar!"

Lauren, die gerade mit Messern in der einen und Gabeln in der anderen Hand hinter dem Küchentresen hervortrat, sah die Freundin verblüfft an. „Du willst mir doch nicht etwa weismachen, dass du an Avocados denken musst, wenn du in deinen Ausschnitt starrst, oder Lauren?"

„Schön wär's! Nein, was es da zu sehen gibt, erinnert eher an Trauben, bestenfalls an Limonen." Macy streifte das T-Shirt glatt und rückte ein paar Schüsseln näher zusammen, um Platz für das Fleisch zu schaffen, das noch auf dem Grill draußen auf der Dachterrasse schmorte. „Und auch das nur dank der Push-up-BHs von Kinsey. Trotz Firmenrabatt habe ich inzwischen ein kleines Vermögen in diese Dinger investiert."

„Meinst du wirklich, das Geld ist sinnvoll angelegt?", fragte Lauren mit einem spöttischen Unterton. „Ich kann beim besten Willen nichts entdecken, was man anheben könnte."

Macy streckte der Freundin die Zunge heraus. „Die Push-ups sind doch alle noch nass. Die Partyvorbereitungen haben mich so in Atem gehalten, dass ich erst vor einer halben Stunde dazu gekommen bin, die Dinger einzuweichen."

„Aha! Das erklärt die lächerlichen Fummel, die mein Bad unter Wasser setzen!" Lauren ordnete das Besteck neben den Tellern an und hastete zurück in die Küche.

„Mein Bad wird doch von den Gästen benutzt, deswegen habe ich die BHs bei dir aufgehängt. Ich wollte verhindern, dass mir ein x-beliebiger Mann an die Wäsche geht."

„Dann sind sie bei mir absolut sicher. Abgesehen von Anton hat keiner der Gäste einen triftigen Grund, sich in meinem Teil der Wohnung aufzuhalten. Und Anton geht nur mir an die Wäsche, dafür lege ich meine Hand ins Feuer", erwiderte Lauren, die nun mit beiden Händen voller Servierbesteck hinter der Theke hervorkam.

„Ganz reizend, wie mir mein Singledasein immer wieder unter die Nase gerieben wird", entgegnete Macy sarkastisch. „Aber mir fällt ein Stein vom Herzen. Jetzt muss ich mir nur noch um die Guacamole Sorgen machen. Wieso hast du sie nicht gleich mitgebracht, als du in der Küche warst?"

„Hol sie doch selbst, Macy. Sie steht im Kühlschrank, hinter der Schüssel mit dem Nachtisch", antwortete Lauren, ohne Macy anzusehen.

„Weiß ich. Ich frage mich trotzdem, warum du sie unter keinen Umständen rausbringen willst."

„Das habe ich dir doch eben erklärt! Ich fürchte um meine Hüften! Die vertragen sich nicht mit dem Zeug."

Macy schüttelte fassungslos den Kopf. Solche Sturheit hätte eigentlich einen kräftigen Klaps verdient, fand sie. Allerdings würde sie damit gegen das oberste Gebot ihrer Wohngemeinschaft verstoßen, das Handgreiflichkeiten ausdrücklich untersagte. „Übertreib nicht", schalte sie stattdessen. „Ich weiß doch, wie wenig du isst. Weißt du, langsam fange ich an, mir Sorgen zu machen. Wenigstens an unserem Spielabend könntest du doch mal aufhören, Kalorien zu zählen."

Lauren ging nicht auf den Vorwurf ein. Sie schritt durch die Glasschiebetür auf die Dachterrasse, um nach dem Fleisch zu sehen. „Woher nimmst du bloß die vielen Ideen für deine Spielabende? Manchmal wirst du mir richtig unheimlich", rief sie von draußen herein. „Du bist eine wandelnde Spielesammlung."

Eine wandelnde Spielesammlung? Der Vergleich passte: Die Ideen für ihre Internetkolumnen gIRL-gAMES und gIRL-gUIDE flogen Macy wirklich fast im Schlaf zu. Ihre Arbeit für gIRL-gEAR betrachtete sie ohnehin mehr als Spiel. Genau das gefiel ihr so daran. Welche andere Frau konnte schon von sich behaupten, dass sie für ihren Lebensunterhalt *spielte*? Sie lebte und arbeitete unter geradezu paradiesischen Verhältnissen und hatte nicht vor, an diesem Zustand so bald etwas zu ändern. „Keine Ahnung", antwortete sie. „Plötzlich ist die Idee in meinem Kopf. Ich teste sie, arbeite die Details aus und berichte darüber. Fertig!"

„Nicht schlecht." Lauren schleppte eine schwer beladene Platte an und machte sich mit einem leeren Teller gleich wieder auf den Weg zum Grill. „Gestern hat Sydney übrigens erwähnt, dass deine Internetseiten den größten Zuspruch von unseren Leserinnen erhalten.“

„Ehrlich? Das freut mich!“ Macy folgte Lauren nach draußen. Solches Lob hörte man nicht alle Tage.

„Wir tragen uns mit dem Gedanken, ein neues Layout für deine Webseiten zu entwerfen. Außerdem brauchst du ein Logo. Ich denke, ein Cartoon würde am besten zu dir passen.“

„Hervorragend! Wie wär's vielleicht ... mit einer Spinne? Macy Webb, die in ihrem Netz sitzt und alle Fäden des Spiels in der Hand hält. Aber zeichne mir um Himmels willen keine fette Schwarze Witwe! Mir schwebt ein hübsches, langbeiniges Tierchen vor, mit großen Augen, langen Wimpern und einer üppigen Oberweite.“

„Eine hübsche Spinne?“, fragte Lauren skeptisch. „Ich weiß nicht, ob ich das hinkriege. Vielleicht kann Anton mir dabei helfen.“ Sie angelte den letzten Shrimp vom Rost. „Sydney sprach übrigens auch von einer neuen Serie, in der unser Publikum Monat für Monat seine Meinung zu bestimmten Themen äußern oder eigene Anregungen einbringen kann.“

„Klingt spannend“, meinte Macy und strahlte übers ganze Gesicht. „Die Kolumne wäre bald langweilig, wenn ihr nicht immer neue Verbesserungsvorschläge hättet. Was würde ich nur ohne euch beide machen?“

„Rettungslos verloren wärst du. Aber wozu hat man denn Freundinnen?“

Weil Macy darauf keine angemessene Erwiderung einfiel, kehrte sie schnell ins Innere des Apartments zurück. Natürlich freute sie sich, sie platzte geradezu vor Stolz. Schließlich liebte sie ihren Beruf. Nur manchmal ging ihr alles fast ein wenig zu stürmisch voran. Für sie zählte einzig und allein das Jetzt. Sie war ein Mensch, der nur für den Augenblick lebte. Was kümmerten sie die Aktienkurse von übermorgen? Sie hatte keine Lust, ihre kostbare Zeit damit zu vergeuden, für die Zukunft vorauszuplanen. Warum wollten ihre Freundinnen das denn nicht akzeptieren?

Lauren brachte den Rest des Grillguts herein und schloss die Schiebetür. Kritisch begutachtete sie das Büfett. Alles Wichtige wie Servietten, Plastikgeschirr und die Zutaten für das Essen befand sich an seinem Platz. Die Gäste konnten kommen. Sie warf einen fragenden Blick zu Macy hinüber.

Die zuckte die Achseln. „Man sollte meinen, dass sie allein der gute Ruf meiner Küche hertreibt."

„Na hoffentlich! Wenn sie nicht bald eintreffen, sehe ich uns für die nächsten Monate mit Tiefkühlkost versorgt." Wie aufs Stichwort hörte man in diesem Moment das Brummen des Aufzugs. Genau wie die Wohnung, die eine ganze Etage eines ehemaligen Fabrikgebäudes einnahm, war auch der Aufzug, in dem vormals sperrige Lasten transportiert worden waren, von enormen Ausmaßen. Lauren lachte. „Na, wer sagt's denn? Wie heißt es so schön? Einem geschenkten Gaul ..." Sie verschwand hinter einer Trennwand aus poliertem Metall, die ihre privaten Räume von dem großen Gemeinschaftsraum abtrennte.

„He, wo willst du hin?", rief Macy.

„Ich muss mich hübsch machen! Anton kann jede Minute eintreffen."

„Alles muss man selber erledigen", schmollte Macy und trottete in die Küche, um endlich die Guacamole aus dem Kühlschrank zu holen.

Sie hätte die ganze Schüssel auslöffeln können, ohne ein

einziges Gramm zuzunehmen. Um ihre knabenhafte Figur an den richtigen Stellen fülliger zu machen, hätte sie die Avocados schon direkt in den BH stopfen müssen. Na, wenn das keine neue Geschäftsidee war: essbare Implantate! Macy seufzte. Was eine Frau nicht alles tun würde, um eine passable Oberweite zu bekommen – und den richtigen Kerl, vor dem man damit angeben konnte.

„Die Shrimps schmecken hervorragend, absolut fantastisch." Zum Beweis schob sich Eric Haydon genießerisch den nächsten Bissen in den Mund und grinste Macy mit vollen Backen an. Er stand neben der türkisfarbenen Acht, einer von acht raumhohen Säulen, die den Küchenbereich optisch vom Wohnraum des Lofts trennten.

Macy schnappte ihm den Plastikteller unter der Nase weg und stellte ihn zu den vieren, die sie auf dem Unterarm balancierte. Mit einem anzüglichen Lächeln meinte sie: „Iss nur, Hänsel. Du wirst einen fetten Braten abgeben. Ich kann's kaum erwarten, dich in den Ofen zu schieben."

Sofort hörte Eric auf zu kauen. Er nuschelte: „Ich hab's gewusst! Wenn du uns so verwöhnst, kann das nur heißen, dass an deinem neuen Spiel etwas gewaltig faul sein muss."

Macy öffnete die Klappe des Mülleimers und entsorgte die schmutzigen Teller. „Armer Eric", meinte sie mitfühlend. „Lass dich doch nicht immer so auf den Arm nehmen. Keine Angst, das Spiel, das ich mir für heute ausgedacht habe, ist völlig unblutig. Ehrenwort!"

Scheinbar beruhigt lehnte sich Eric an die Theke, doch seine Linke umklammerte fest den schlanken Hals einer Flasche Corona. Er trug ein dunkelblaues Designerhemd, das seine breiten Schultern betonte und seine blauen Augen besonders gut zur Geltung brachte. „Ich mache mir manchmal Gedanken über dich", erklärte er großspurig, „und ich glaube, ich habe dich durchschaut."

Na fein, dachte Macy, während sie ihn musterte, nicht nur ein Vielfraß, sondern auch noch ein Hobbypsychologe! Sie tat sich schwer mit diesem jungen Mann, der eigentlich recht attraktiv war. Trotzdem wollte sie nicht so recht warm werden mit ihm. „Schön für dich. Heißt das, du akzeptierst die Tatsache, dass ich gIRL-gEAR nicht verlassen werde, um für dich zu kochen, selbst wenn du mir die Füße küssen würdest?"

Eric betrieb eine beliebte Bar, „Haydon's Half Time", in der sich die Sportszene der Stadt traf. Er lag Macy seit Monaten damit in den Ohren, das Schreiben aufzugeben und stattdessen für seine Gäste den Kochlöffel zu schwingen. Zu dumm, dass Macy nur aus Spaß an der Freude kochte. Es wäre ihr im Traum nicht eingefallen, dieses Steckenpferd zum Beruf zu machen. Wenn sie mit ihrer Liebhaberei Geld verdienen müsste, würde aus dem Vergnügen bald bitterer Ernst werden, und das wollte sie unbedingt verhindern.

„Ich hab's kapiert, wirklich. Aber es kann ja nicht schaden, es trotzdem immer wieder zu versuchen, oder?" Er leerte die Flasche in einem Zug und warf sie zu den Tellern in den Müll.

„Natürlich nicht. Es schmeichelt mir sogar, sozusagen das Objekt deiner Begierde zu sein, auch wenn es sich nur um deine Esslust handelt. Genau genommen würde mir etwas fehlen ohne deine regelmäßigen Anträge."

„Daran soll's nun wirklich nicht scheitern. Ich schrecke vor nichts zurück, wenn es meiner Sache dient. Von nun an werde ich dich glühend umwerben." Er trat einen Schritt näher, lächelte, sodass die Grübchen auf seinen Wangen zum Vorschein traten, und beglückte die entsetzte Macy mit der geballten Ladung seines männlichen Charmes.

Das war dann doch des Guten zu viel. Erics selbstgefälliges Gehabe reizte Macy derart, dass sie beschloss, es ihm heimzuzahlen. Sie war so wütend, dass sie überlegte, ob sie ihn küssen sollte, nur um ihn dann eiskalt abblitzen zu lassen. Aber so weit gingen ihre Rachegelüste dann doch nicht. Sie schloss die Augen und bat versonnen: „Lass mich einen Moment über dein Angebot nachdenken." Sie ließ ein paar Sekunden verstreichen, dann schlug sie erst das eine, dann das andere Auge wieder auf, grinste Eric spöttisch an und verkündete nüchtern: „Erledigt! Ich habe nachgedacht, aber ich habe meine Meinung nicht geändert!"

Eric schnitt eine Grimasse. „Du bist eine komische Nudel."

„Und du ein leichtgläubiger Spinner." Macy versetzte ihm einen kräftigen Hieb auf die Schulter.

„Autsch!" Er massierte sich die Stelle mit schmerzverzerrter Miene. „Zur Strafe werde ich jetzt den allerletzten Shrimp verzehren und mich verabschieden."

Macy erschrak. „Das kannst du mir nicht antun!" Sie packte ihn hastig am Ärmel und hielt ihn fest. „Anton ist immer noch nicht aufgetaucht, das heißt, dass ich auf jeden Mann angewiesen bin."

Eric stöhnte. „Hab ich's doch geahnt! Wieder eines deiner berüchtigten Paarspiele." Für die meisten von Macys Spielen brauchte man gemischte Paare, und natürlich wusste jeder der regelmäßigen Besucher ihrer Testabende, dass sich die Vorgaben nur selten gravierend änderten.

„Wie kommst du denn auf die Idee?"

„Es gibt zwei untrügliche Hinweise. Erstens: je schwieriger

das Spiel, desto besser die Verpflegung. Dass du uns heute sogar Fajitas servierst, hat mich von Anfang an misstrauisch gemacht. Zweitens: die Tatsache, dass die Anzahl der Männer von Bedeutung ist." Eric tippte sich mit dem Zeigefinger auf die breite Brust und seine Miene verfinsterte sich. „Hinzu kommt der Umstand, dass ich Single bin – und vermutlich bleiben werde."

Mitfühlend legte Macy den Arm um ihn. „Sprichst du von Cathy?", fragte sie leise. „Du leidest immer noch unter eurer Trennung? War es denn so schlimm?"

„Wenn du es genau wissen willst: Es war bestialisch, grausam und brutal!"

Der junge Mann tat Macy plötzlich furchtbar leid, gleichzeitig aber musste sie gegen einen Lachanfall ankämpfen. Wie er so dastand, mit gesenktem Kopf, die Hände zu Fäusten geballt und die Augen zusammengekniffen, drängte sich der Vergleich mit einem liebeskranken Tarzan förmlich auf. Pass auf, dass er dich nicht mit seiner Jane verwechselt, ermahnte sich Macy. Sie verkniff sich ein Grinsen und räusperte sich. „Willst du die ehrliche Meinung einer Freundin hören?"

„Tu dir keinen Zwang an", meinte Eric. „Ich höre das sowieso nicht zum ersten Mal."

„Ich habe dich von Anfang an gewarnt. Ihr beide, Cathy und du, habt zueinander gepasst wie die sprichwörtliche Faust aufs Auge."

„Davon habe ich nichts bemerkt, wenn wir zusammen waren", widersprach Eric und starrte angestrengt auf das wilde Muster des Fußbodens. Macy schwieg und überließ Eric seinen traurigen Erinnerungen. Plötzlich brach es aus ihm heraus: „Zum Kuckuck, Macy, ich sehe dir doch an, dass du noch etwas auf dem Herzen hast. Red es dir schon von der Seele, ehe du daran erstickst."

Sie hob abwehrend die Hände. „Wie du willst, aber ich warne dich: Es wird dir nicht gefallen. Ich glaube nämlich, dass du die ganze Zeit über wusstest, dass sie nicht die Richtige ist. Du konntest es nur sehr leicht verdrängen, weil ihr die meiste Zeit im Bett zugebracht habt."

„Und wenn schon?"

„Und wenn schon?" Warum stellten sich die Männer immer erst einmal dumm? „Mann lebt nicht vom Bett allein", meinte Macy in Abwandlung einer bekannten Redensart.

„Falsch, Mann schon, nur Frau kann das nicht."

Macy lag schon eine heftige Erwiderung auf der Zunge, aber eine sanfte weibliche Stimme schnitt ihr das Wort ab. „Ich glaube, mein Süßer, du hast nur noch nicht die richtige Frau gefunden."

Verdutzt fuhren Macy und Eric herum. Chloe Zuniga lehnte an der roten der acht Säulen. Offensichtlich hatte sie den letzten Teil ihres Gesprächs mit angehört. Mit einer Figur wie Jennifer Lopez, platinblondem Haar und Augen, deren Farbe mithilfe von Kontaktlinsen nach Belieben wechselte, hätte Chloe jederzeit als Playmate des Monats durchgehen können. Erst wenn sie den Mund aufmachte, war der Zauber gebrochen. Sie hatte eine Stimme wie Honig – aber die Ausdrucksweise einer Kanalratte.

Eric starrte sie an, als sei sie eine Erscheinung. Schnell riss er sich zusammen und stürzte mit ausgestreckter Hand auf sie zu. „Mein Name ist Eric Haydon. Und du bist …?"

„Der Traum deiner schlaflosen Nächte!" Chloe schenkte dem verblüfften Eric einen Augenaufschlag, der ihn restlos aus der Fassung brachte, und reichte ihm mit einem strahlenden Lächeln ihrer pinkfarbenen Lippen die Hand.

Eric ergriff und küsste sie galant, ohne das Objekt seiner Bewunderung auch nur eine Sekunde aus den Augen zu lassen. „Darf ich dich beim Wort nehmen, Chloe?“

Macy verdrehte die Augen. Jetzt war rasches Einschreiten nötig. „Hast du Anton zufällig gesehen?“, fragte sie hastig.

Chloe entzog Eric die Hand, tätschelte freundlich seine Wange und ging zum Kühlschrank, aus dem sie eine Flasche Mineralwasser holte. „Der ist vor ein paar Minuten eingetrudelt.“

Macy atmete erleichtert auf. „Das wurde auch Zeit.“

Chloe hüstelte. „Aber Doug kann nicht kommen. Dringende Geschäfte, wenn ich ihn recht verstanden habe.“ Sie schraubte den Verschluss der Flasche auf und nahm einen kräftigen Schluck. „Und Kinsey hat angerufen. Sie lässt sich vielmals entschuldigen. Ihre Eltern kamen überraschend zu Besuch und wollten sie unbedingt zum Essen ausführen.“

„Ach du Schreck! Was mach ich denn jetzt? Ich brauche mindestens fünf Paare für das Spiel“, jammerte Macy. Je mehr Testspieler sie hatte, desto exakter konnte sie abschätzen, wie gut das Spiel bei den Lesern der Kolumne ankommen würde.

„Wie, doch keine Paare heute?“, fragte Eric, der die Unterhaltung mitbekommen hatte, mit einem schadenfrohen Grinsen.

Chloe warf ihm einen vorwurfsvollen Blick zu. „Apropos Paare, mein Süßer. Man munkelt, dass Cathy dir den Laufpass gegeben hat.“

Eric krümmte sich gekünstelt und stöhnte. „Volltreffer! Aber das war ein regelwidriger Schlag unter die Gürtellinie, schöne Chloe!“ Er legte der jungen Frau den Arm um die Schultern. „Ausnahmsweise will ich dir verzeihen, aber nur, weil wir uns auf Macys Party befinden und ich ihr versprochen habe, mich von meiner besten Seite zu zeigen."

Für Macy war die Party allerdings gelaufen. Sie war erledigt, am Boden zerstört. Am liebsten hätte sie die Gäste nach Hause geschickt, sich ins Bett verkrochen und die Bettdecke über den Kopf gezogen. „Meinetwegen brauchst du dir keinen Zwang anzutun", brummte sie verdrießlich. „Meine Party hat sich als ziemlicher Reinfall erwiesen."

„Ach, woher!", meldete sich Chloe zu Wort. „Wenn du mitmachst, sind wir genau fünf Paare."

„Wirklich?", fragte Macy. Sie hatte ihre Zweifel, aber nur für den Fall, dass Chloe recht behielt, pfiff sie Eric zurück. Er hatte die Gelegenheit beim Schopfe gepackt und wollte sich gerade aus dem Staub machen. „Woher sollen wir denn den fünften Mann nehmen?"

„Anton hat diesen Anwalt mitgebracht", erklärte Chloe.

Macy traute ihren Ohren nicht. „Den Anwalt?", wiederholte sie ungläubig.

„Genau den! Kommst du?", fragte Chloe.

„Gleich", murmelte Macy und drehte den Wasserhahn auf. Ihre Knie fühlten sich an wie Wackelpudding. Leo Redding hier in ihrer Wohnung! Ausgerechnet heute, an dem Tag, an dem die tropfnassen Push-ups für jedermann zugänglich auf der Wäscheleine baumelten. „Ich bin gleich so weit, Chloe", stammelte sie. „Halte einstweilen bitte ein wachsames Auge auf Eric."

„Mit dem allergrößten Vergnügen!", antwortete Chloe und grinste. „Endlich mal ein Kerl, der was fürs Auge hergibt. Ich könnte mir gut vorstellen, eine Zeit lang seine Jane zu spielen."

„Bedauerlicherweise spielt er den Tarzan nicht. Er ist einer, ein echtes Alphatier, ein Macho der übelsten Sorte."

„Jammerschade!", seufzte Chloe. „Trotzdem kannst du auf

mich zählen: Niemand verlässt den Raum.“ Sie zuckte bedauernd die Achseln und verschwand hinter der roten Säule.

Macy sah ihr kopfschüttelnd nach. Chloe, das große Rätsel. Mit dem Gesicht eines Engels und dem Körper eines bösen Mädchens. Kein Wunder, dass dem armen Eric die Augen aus dem Kopf gefallen waren, als sie in die Küche spaziert kam. Männer! Denen ging es doch immer nur um das eine.

Auch Leo Redding würde Augen machen, wenn er Chloe zu Gesicht bekam. Er würde um sie herumscharwenzeln wie ein … ein … Mit welcher Hunderasse ließe sich ein überheblicher Anwalt wie Leo am besten vergleichen? Reinrassig müsste er sein, etwas Geringeres käme niemals infrage. Aber Stammbaum hin oder her, fest stand, dass Leo tausendmal lieber hinter der verspielten Pudeldame – Macys Vorstellung von Chloe – herbellen würde, als sich mit einem raubeinigen Foxterrier – Macy – um einen Knochen zu balgen. Leo schien Macy nicht einmal zur Kenntnis zu nehmen. Aber das war ihr egal. Total egal!

Macy hatte Leo Redding den Dritten etwa vor einem Jahr kennengelernt. Auf Antons Empfehlung hin hatten ihn die Partnerinnen zu ihrem Rechtsberater ernannt. Sie hatten die Entscheidung nicht bereut, denn Leo entsprach genau dem Klischee vom nüchternen, steifen, aber gewieften Anwalt. Selbst Sydney, die nicht weniger nüchtern und geschäftstüchtig war als er, hatte sich über seinen übertriebenen Ehrgeiz entsetzt. Kinsey und Mel konnten ihn nicht ausstehen, weil es ihnen nicht ein einziges Mal gelungen war, ihn aus der Ruhe zu bringen. Dabei hatten sie sich solche Mühe gegeben. Sogar Chloes geballter Charme hatte nicht mehr bewirkt, als dass Leo die Nickelbrille abgenommen und sich die Augen gerieben hatte.

Was Macy betraf, so hatte sie ihn erst gar nicht gut genug kennengelernt, um das Urteil ihrer Freundinnen anzuzweifeln. Sie wusste nur, dass Leo im Team von Anton, Eric, Ray und Jess, die in diesem Augenblick in ihrem Wohnzimmer hockten und sich mit Fajitas vollstopften, Fußball spielte. In der Mannschaft gab es ein schier unerschöpfliches Potenzial an Junggesellen, auf die Macy zurückgreifen konnte, um ihre Spiele zu testen. Deshalb war es nicht weiter verwunderlich, dass das Los einmal auf Leo gefallen war.

Halt, eine Kleinigkeit wusste sie doch: Leo besaß Ohren wie ein Luchs und war ausgesprochen schlagfertig. Eines Tages hatte Anton ihn mitgebracht. Die Männer wollten Lauren zu einem Fußballturnier abholen. Lauren, ohnehin kein Fan dieser Sportart, hasste nichts so sehr, wie Anton allein zujubeln zu müssen, deshalb flehte sie Macy an, sie zu begleiten. Macy war nicht abgeneigt. Welche gesunde Fünfundzwanzigjährige hätte nicht gerne zweiundzwanzig junge Männer bei einem Testosteron-Wettkampf beobachtet? Genau das sagte sie Lauren auch.

Außerdem verkündete sie, sie wäre froh, ein Kind des neuen Jahrtausends zu sein, in dem Chancengleichheit herrschte und Männer genauso Lustobjekte sein konnten wie Frauen. Dann beging sie den Fehler, in Leos Richtung zu blicken, und sah, wie sich sein nachsichtiges Lächeln in eine entgeisterte Grimasse verwandelte. Der gute Leo lebte offenbar noch in der Steinzeit.

Wenigstens war sie klug genug gewesen, nach diesem Ausrutscher auf das Match zu verzichten. Sie verabschiedete die drei am Aufzug und drückte den Knopf, um den Lift nach unten zu schicken. Die Türen schlossen sich, aber im letzten Moment sprang Leo aus der Kabine. Er baute sich vor Macy auf und sah ihr direkt in die Augen. Noch heute lief es ihr eiskalt über den Rücken, wenn sie an diesen Blick dachte.

In der Regel trug Leo eine Brille mit einem schlichten Drahtgestell, das seinem konservativen Auftreten einen gewissen Pfiff verlieh. Nicht so an diesem Morgen. Da trug er offenbar Kontaktlinsen. Nichts trübte das einzigartige, hell glänzende Grün seiner Iris. Er starrte Macy ausdruckslos an. Sie konnte sich nicht erinnern, ihn jemals richtig lächeln gesehen zu haben, aber winzige Fältchen um seine Augen verrieten, dass er in dieser Sekunde wenigstens in seinem Inneren über einen ganz privaten Witz schmunzelte. Seine Augen glitzerten geheimnisvoll.

Er hob mit einem Finger ihr Kinn an. „Macy?"

Sie brachte ein schwaches „Hmm?" heraus.

„Mit Fragen der Chancengleichheit kenne ich mich aus. Ich habe viele Fälle auf diesem Gebiet gewonnen. Ich bin sehr gut in dem, was ich tue."

Macy glaubte ihm jedes Wort. Fasziniert trat sie einen Schritt auf ihn zu.

Und er trat einen Schritt zurück. „Aber wenn die Herausforderung fehlt, werde ich doch meine wertvolle Zeit nicht vergeuden." Mit zwei, drei Schritten war er beim Aufzug, der inzwischen wieder oben eingetroffen war, trat in die Kabine und ließ sich ohne ein weiteres Wort hinunterbringen.

Damals hatte er Macy überrumpelt. Heute Abend war sie vorgewarnt. Sie würde sich von ihm nicht noch einmal ins Bockshorn jagen lassen. Leo wollte eine Herausforderung? Bitte schön, die konnte er haben. Denn wenn es um Spiele ging, war sie unschlagbar.

## 2. *KAPITEL*

Mit einem flauen Gefühl im Magen verließ Macy den Schutz der Küche und betrat den Teil der Wohnung, in dem die Party stattfand. Sie bückte sich, hob ein welkes Salatblatt vom Boden auf und verkündete lautstark: „Okay, Leute, auf geht's!"

Das Murren, das auf ihre Ankündigung folgte, übertönte sogar die Musik aus den Wandlautsprechern. Macy ließ sich davon nicht beeindrucken. Sie ging zur Stereoanlage und stellte sie kurzerhand leiser. Nachdem das dröhnende Wummern der Technomusik auf ein erträgliches Maß gedämpft war, konnte sie die Einwände verstehen, die es von allen Seiten hagelte. Macy kannte das und fand auf alles eine Erwiderung. Ihr fiel auf, dass Eric kaum protestierte. Er stand vermutlich noch unter dem Eindruck seiner ersten Begegnung mit Chloe. Auch der fünfte Mann, dieser ungebetene Gast, schwieg – zum Glück!

Was hatte Anton sich dabei gedacht, Leo anzuschleppen? Eine Schnapsidee! Es gehörte zu den eisernen Regeln ihrer Partys, dass jeder der Anwesenden sich am Spiel beteiligte. Leo Redding allerdings konnte sich Macy beim besten Willen nicht bei einem ihrer Spielchen vorstellen. Der Junge war doch genauso steif wie seine Hemdkragen.

Und der Kerl machte auch keine Anstalten, die Party vorzeitig zu verlassen! Er hatte es sich in einem großen Sessel mit rot und gelb karierten Polstern bequem gemacht und wirkte beinahe entspannt. Nur konnte er Macy mit seiner Pose nicht täuschen. Im Geiste arbeitete er sicherlich an einem seiner anspruchsvollen Chancengleichheitsfälle.

Macy grinste. Heute Abend würde Leo seine Herausforderung finden. Wenn der wüsste! Er würde mit einer völlig neuen Einstellung zu Spiel und Spaß von hier weggehen – sofern er den Abend unbeschadet überstand. Dafür allerdings hätte sie die Hand nicht ins Feuer gelegt.

Wie dieser Mann schon aussah! Es war Samstagabend, Partyzeit, und er besaß die Stirn, in einem weißen Hemd mit Krawatte aufzukreuzen. Zugegeben, es handelte sich um einen ausgesprochen modischen Schlips, aber was machte das schon für einen Unterschied? Nicht einmal den Knoten hatte er gelockert! Die dunkle Hose mit der gestochen scharfen Bügelfalte und die eleganten schwarzen Slipper passten, wie könnte es anders sein, haargenau dazu. Nur die Brille, ein schlichtes Metallgestell, das die ungewöhnliche Farbe seiner Augen betonte, harmonierte nicht so ganz mit der einfallslosen Anwaltsuniform. Ein Punkt zu seinen Gunsten.

Habe ich nichts Besseres zu tun, als über den Stil dieses Kerls zu urteilen, dachte Macy plötzlich. Er ist auch nur einer der Kandidaten für meine jüngste Spielidee, und wenn ich Pech habe, sogar einer von der aufsässigen Sorte. Erst jetzt merkte sie, dass Lauren neben ihr stand und sie am Ärmel zupfte.

„Dein Publikum scheint reichlich unmotiviert! Ich schätze, es ist keine besonders gute Idee, gleich mit dem Spiel zu beginnen."

Die übrigen Gäste hatten in der Tat ihre Gespräche wieder aufgenommen. Sie wirkten satt und träge, und man sah ihnen an, dass sie sich eher für ein Verdauungsschläfchen erwärmen konnten als für Macys Einfälle. „Oje", meinte Macy nach einem Blick in die Runde, „ich fürchte, du hast recht."

„Was hältst du denn davon, wenn wir zum Einstieg erst mal eine lockere Runde von deiner Version des Flaschendrehens spielen?", schlug Lauren vor.

Keine schlechte Idee! Damit hatten sie noch auf jeder Party für Stimmung gesorgt. „Du bist ein echter Schatz, Lauren", antwortete Macy und dirigierte die Freundin unverzüglich in die Mitte des Raums. Sie überließ es Lauren, das Spiel anzukündigen, und zerbrach sich einstweilen den Kopf darüber, welchen der anwesenden Herren sie zum Opfer küren sollte.

Lauren klatschte in die Hände. „Alle mal herhören! Bevor uns Macy ihren neuesten Zeitvertreib vorstellt, wollen wir uns mit einer Runde ihrer berüchtigten Version des Flaschendrehens aufwärmen. Meine Damen und Herren, hier ist Macy!"

Mit einer Pirouette, die etwas kläglich ausfiel, da Macy klobige Lederclogs trug, tänzelte sie in die Mitte der Gruppe. Lauren suchte halbherzig nach einem Taschentuch, mit dem sie Macy die Augen verbinden konnte. Eine Sekunde lang erwog Macy, Leo Reddings Krawatte als Ersatz vorzuschlagen. Aber womöglich konnte sie die noch anderweitig einsetzen, also bot sie stattdessen an, sich die Augen zuzuhalten. Damit kam sie bei ihrem Publikum allerdings schlecht an.

„Das verstößt gegen die Regeln!", protestierte Ray, und Jess schimpfte: „Du willst schummeln!" Den Widerspruch dieser beiden brachte Macy mit einem strengen Blick zum Schweigen. Nur bei Eric, der sich auf das größte der Sofas gelümmelt hatte und „Foul! Foul!" grölte, war es nicht so einfach getan.

„Ruhe jetzt!", herrschte Macy ihn an, als kein noch so beschwörender Blick fruchtete. „Wenn du nicht sofort still bist, wäre es möglich, dass ich – rein zufällig natürlich – auf dir lande. Das würde dem, was sich unter deinem Gürtel befindet, nicht besonders gut bekommen, fürchte ich."

Eric fuhr auf. „Sieh dich vor, junge Frau! Sprich nicht von

Dingen, von denen du nichts weißt!", rief er erbost.

„Wieso?", fragte sie mit einem anzüglichen Grinsen. „Ich rede von den unzähligen Shrimps, die du im Laufe des Abends vertilgt hast. Ich bin überzeugt, dass die anderen Anwesenden das bestätigen können."

Erics Gesicht färbte sich dunkelrot. Es sah aus, als wollte er sich auf Macy stürzen. Sie musste ihm zuvorkommen. „Sydney, ein Kissen, schnell!", rief sie, und Sydney, die es sich auf einem Berg aus bunt zusammengewürfelten Nackenrollen und Kissen neben der Stereoanlage gemütlich gemacht hatte, reagierte prompt. Sie griff nach einem Goldfisch aus Plüsch, doch anstatt ihn an Macy weiterzugeben, schleuderte sie das Geschoss direkt auf den verdatterten Eric. Weitere Wurfgeschosse folgten im Sekundentakt, denn auch die anderen Mädchen beteiligten sich begeistert an der Kissenschlacht, und bald war Eric unter einem Berg aus bunten Polstern begraben. Nur die Beine und eine Hand ragten einsam aus dem Haufen hervor.

Doch so leicht gab er sich nicht geschlagen. Während die Damen sich noch zu ihrem Sieg beglückwünschten, ertastete er mit der freien Hand Sydneys langen, figurbetonten Jeansrock. Ein Ruck, und mit einem gellenden Schrei kippte Sydney über die Lehne des Sofas und landete zuoberst auf dem Kissenberg. Genau in diesem Augenblick wechselte die Musik zu einer langsamen, gefühlvollen Ballade, und Eric begann im Takt mit den Hüften zu kreisen, sodass die Kissen bedrohlich schwankten. Das brachte das Fass zum Überlaufen. Sydney kreischte, rappelte sich empört auf und stürzte davon.

„Hast du diesen Flegel eingeladen?", flüsterte Lauren empört und warf Macy einen missbilligenden Blick zu. Macy schwieg zerknirscht und nahm sich fest vor, ihre Gästeliste in

Zukunft besser zu überdenken.

Als endlich wieder Ruhe hergestellt war, klatschte Lauren erneut in die Hände. „Darf ich noch einmal um eure Aufmerksamkeit bitten! Wieder einmal wird unsere hauseigene Sirene die Willensstärke von einem unter euch auf eine harte Probe stellen. Für diejenigen, die das Spiel noch nicht kennen, erkläre ich kurz die Regeln." Aus den Augenwinkeln bemerkte sie, dass Leo nervös in seinem Sessel herumrutschte. „Es besteht überhaupt kein Grund zur Panik, Leo", beruhigte sie ihn. „Alles, was du tun musst, ist, dich Macys Forderungen zu widersetzen."

„Ach so? Nun, das sollte kein Problem für mich sein", meinte Leo im Brustton der Überzeugung.

Macy kochte, aber es gelang ihr, ihre Wut zu verbergen. Der eingebildete Fatzke würde sie früh genug kennenlernen.

„Ein Wort noch zu unserem Testspiel", fuhr Lauren fort. „Falls ihr euch mit dem Gedanken tragt, zu gehen, bevor es ernst wird, überlegt es euch gut. Wir haben diesmal ein ganz besonderes Bonbon für alle, die mitmachen. Worum es genau geht, erklärt euch am besten Sydney."

Sydney erhob sich. Sie war die eleganteste der sechs Partnerinnen und eine totale Perfektionistin. Deshalb strich sie zunächst über den Rock, der ohnehin tadellos saß, glättete ihr Top aus burgunderroter Seide und fuhr sich prüfend durch die makellose Frisur. Erst als sie sich vergewissert hatte, dass alles in Ordnung war, begann sie: „Vor ein paar Tagen hat mich Macy darauf angesprochen, dass das, was sie heute vorhat, mehr Einsatz von euch erfordert als sonst. Aus diesem Grund habe ich mir eine kleine Belohnung ausgedacht."

„Belohnung? Dass ich nicht lache! So was nennt man ja wohl eher Bestechung!" Eric hatte sich wieder auf das Sofa geflätzt und grinste Sydney unverschämt frech an.

„Bestechung, Belohnung, Preis, was macht das schon für einen Unterschied? Hör dir doch erst einmal genau an, wovon ich spreche."

„Sie will damit sagen: Halt den Mund, Eric!", verdeutlichte Ray, quittierte die zustimmenden Pfiffe der anderen mit einer angedeuteten Verbeugung und überließ Sydney wiederum das Wort.

„Mein Vater – die meisten von euch kennen ihn ja – hat mir neulich ein Angebot unterbreitet, dem ich einfach nicht widerstehen konnte."

Jetzt spitzten alle die Ohren. Nolan Ford war ein erfolgreicher Geschäftsmann, der es mit geschickten Börsenspekulationen zum Multimillionär gebracht hatte. Was hatte er mit ihrem Spiel zu tun?

„Will dein Vater uns etwa für die Teilnahme bezahlen?", witzelte Anton.

„Gute Idee. Nein, er will seine Yacht verkaufen und stellt sie mir zum Abschied ein letztes Mal zur Verfügung. Ich gebe das Nutzungsrecht an den Gewinner des heutigen Spiels weiter. Er oder sie kann eine Woche lang über die Yacht samt Mannschaft verfügen. Er kann das Ziel der Reise bestimmen, sofern es sich im Rahmen hält, und so viele Gäste an Bord nehmen, wie auf dem Schiff Platz finden."

Die Zuhörer applaudierten stürmisch.

Macy legte der Freundin den Arm um die Schulter und küsste sie auf die Wange. „Du musst das nicht tun", flüsterte sie.

„Doch. Du kennst Nolan."

Macy sparte sich eine Erwiderung für später auf. Sie umarmte Sydney noch einmal, dann richtete sie sich an die übrigen Anwesenden. „Leute, vergesst bei aller Begeisterung aber nicht, dass ihr euch diesen Preis erst verdienen müsst. Bitte, Anton!“ Sie gab Anton ein Zeichen, und er drehte die Musik lauter. Lauren packte Macy bei den Schultern, wartete, bis sie die Augen fest zugekniffen hatte, und drehte sie dann schwungvoll mehrmals um die eigene Achse. Noch ehe Macy sich recht überlegen konnte, welche Aufgabe sie Leo stellen wollte, wurde sie abrupt gestoppt und sanft in eine ihr unbekannte Richtung angestupst.

Rasch das Gleichgewicht wieder finden, noch ein tiefer Atemzug – jetzt! Macy reckte entschlossen das Kinn vor, fuhr sich mit den Fingern durchs Haar, befeuchtete die Lippen mit der Zunge, schlug die Augen auf – und begegnete Leo Reddings Blick. Ein Fehler. Ein großer, großer Fehler! Sie hatte völlig vergessen, wie durchdringend er sein Gegenüber ansah. Er schien mehr zu bemerken, als es einem Fremden zustand. Sein Blick drang bis in ihr Innerstes vor und schien ihre intimsten Geheimnisse aufzustöbern.

Unsicher setzte sie Fuß vor Fuß. Mit jedem Schritt klopfte ihr Herz, raste ihr Puls schneller. Sie konnte spüren, wie das Blut durch ihren Körper rauschte. Ihr wurde heiß, ihre Wangen färbten sich rosa. Leo sah sie ohne die geringste Gemütsregung an. So viel eiskalte Selbstbeherrschung trieb Macy einfach auf die Palme. Dich werde ich schon kriegen, dachte sie, und prompt kam ihr die Erleuchtung. Sie würde ihn dazu bringen, zu lächeln. Wenn ihr das gelang, hätte sie zwei Fliegen mit einer Klappe geschlagen: Erstens wäre dann einwandfrei bewiesen, wer den stärkeren Willen hatte, und gleichzeitig würde sie sich einen ganz persönlichen Wunsch erfüllen.

Leo saß mit weit von sich gestreckten Beinen in seinem Sessel. Macy trat ganz nahe an ihn heran. Sie beugte sich vor und stützte beide Hände auf die niedrigen Armlehnen des Sessels. Wie zufällig berührten ihre Fingerspitzen dabei die Innenseite von Leos Ellbogen. Er zuckte nicht mit der Wimper, aber, oh Wunder, er nahm die Brille ab. Macy legte die Hand auf seine Wange. „Tust du mir einen Gefallen?", bat sie.

Leo hob fragend die Augenbrauen. Sie hörte ein ersticktes Murmeln hinter sich und vermutete, dass jemand Eric den Mund zuhielt, um ihn an einer seiner geschmacklosen Äußerungen zu hindern. Sie nahm all ihren Mut zusammen und ließ sich vorsichtig in Leos Schoß sinken. „Ich wünsche mir, dass du lächelst", flötete sie. „Kannst du das? Würdest du das für mich tun, Leo?" Sie rutschte ein paar Mal hin und her, bis sie die bequemste Stellung gefunden hatte. Ihre Beine baumelten jetzt auf einer Seite über die Armlehne herab, einen Arm hatte sie um Leos Schultern gelegt.

Ein angenehmer Duft umgab ihn, ein warmes, männlich-herbes Parfüm, und Macy schmiegte sich noch ein wenig enger an ihn. Sie spürte die harten Muskeln seiner Oberschenkel. Seine Taille war schmal, der Bauch flach, der Körper eines Mannes, der sich fit hält. Auch sein Oberkörper wirkte kräftig und durchtrainiert, und die großen Hände vervollständigten den Eindruck von männlicher Stärke.

Macy lächelte und streichelte Leos Wange. Sie fühlte sich rau und ein wenig stoppelig an, und Macy bekam eine Gänsehaut. Ganz langsam führte sie die Hand weiter über sein Kinn und seinen Hals, bis ihre Finger den Hemdkragen erreichten und behutsam begannen, den Knoten der Krawatte zu lösen.

„Na los, Leo", flüsterte sie ihm dabei ins Ohr. „Ich weiß,

dass sogar du lächeln kannst. Du besitzt alle Muskeln, die man dafür braucht, auch wenn du sie nur selten benutzt."

Leo tat, als hätte er nicht gehört. Macy ließ sich davon nicht entmutigen. Frech schob sie den Zeigefinger in die Lücke zwischen Hemdkragen und nackter Haut und kraulte seinen Hals. „Komm schon", lockte sie weiter, „ich würde mich mit einem klitzekleinen Grinsen zufriedengeben."

Nichts, keine Antwort, kein Lächeln, gar nichts! Macy hob den Kopf und sah ihm ins Gesicht. Sie hatte gehofft, wenigstens die Andeutung eines Lächelns zu entdecken, aber vergebens. Ausdruckslos und starr erwiderte er ihren Blick. Tja, dann würde ihr wohl nichts anderes übrig bleiben, als ganz tief in die Trickkiste zu greifen. Chloe zum Beispiel schwor auf Schmollen, also zog Macy einen Flunsch und schob gleichzeitig Leos Mundwinkel mit dem Daumen ein wenig nach oben. Nichts! Es war zum Aus-der-Haut-Fahren!

Ein letzter Versuch: Mit den Fingerspitzen strich Macy sanft über Leos fest aufeinander gepresste Lippen. Sie beugte sich so weit vor, dass sich ihre Nasenspitzen beinahe berührten, und wisperte so leise, dass nur er es hören konnte: „Ein klitzekleines Lächeln, Leo, bitte!"

Da spürte sie es. Leos Augen blitzten kurz auf, und Macy fühlte, wie er unter ihr hart wurde. Jetzt lief es ihr heiß über den Rücken. Was sollte sie bloß tun? Aufspringen, um dieser peinlichen Situation so schnell wie möglich ein Ende zu bereiten? Oder sitzen bleiben und die überraschende Wendung, die die Dinge genommen hatten, noch eine Weile auskosten? Sie beschloss, fürs Erste stillzuhalten und abzuwarten. Zumindest würde auf diese Weise vor dem Rest der Gruppe verborgen bleiben, was sie selbst so deutlich fühlte. Sie sah Leo fest an und versuchte, ihm mit den Augen eine Botschaft zu übermitteln. Vertrau mir, funkte sie, gemeinsam werden wir das Kind schon schaukeln.

Plötzlich tat Leo etwas vollkommen Unerwartetes: Er lächelte. Er verzog nicht einfach die Mundwinkel oder schnitt eine Grimasse, nein, er strahlte über das ganze Gesicht. Es war ein breites, offenes Lächeln, das Macys Pulsschlag beschleunigte. Und damit nicht genug: In dem Moment, als Macy triumphierend die Beine über die Armlehne schwingen und aufstehen wollte, nahm Leo ihren Kopf in beide Hände – und küsste sie.

Oh, Mann. Küssen konnte er, das musste der Neid ihm lassen! Macy konnte gar nicht genug davon bekommen. Er knabberte an ihren Lippen, spielte mit ihnen und streichelte sie erst sanft, dann immer stürmischer. Sein Mund schmeckte nach Bier und nach Barbecue und machte Appetit auf mehr.

Natürlich wusste Macy genau, dass sie nie in den Genuss einer Fortsetzung kommen würde. Der Kuss an sich war bedeutungslos. Leo wollte ihr und den anderen auf diese Art beweisen, dass er zwar kein Spielverderber war, sich aber auch nicht kampflos geschlagen gab. Keine besonders sportliche Einstellung, fand Macy, aber sie war viel zu sehr bei der Sache, um zu protestieren. Es musste eine halbe Ewigkeit her sein, dass sie zum letzten Mal so geküsst worden war. Sie hatte beinahe vergessen, wie schön das sein konnte. Heiße Lust durchströmte sie ...

Moment mal. Heiße Lust? Das durfte doch nicht wahr sein!

Abrupt löste Macy sich von Leos Lippen. Einen Moment lang hatte sie völlig vergessen, auf wessen Schoß sie hockte.

Das Publikum tobte wie wild, aber Macy ignorierte den Lärm. Forschend blickte sie in Leos Gesicht. Er lächelte noch immer. Seine Lippen schimmerten feucht, und seine Augen glänzten. Leider kannte sie ihn zu wenig, um zu beurteilen, ob er den Applaus genoss oder eine Mordswut hatte.

Und wenn schon, dachte Macy. Soll er ruhig ein wenig schmoren. Schließlich hatte er es darauf angelegt. Zugegeben, ganz unschuldig war sie an der Sache nicht. Aber sie hatte nur versucht, ihre Rolle zu spielen. Sie hatte sich nichts vorzuwerfen. Sie beugte sich vor und sagte leise: „Ich denke, ich habe gewonnen."

„Gewonnen? Du?", rief Leo aus, so laut, dass es Macy in den Ohren dröhnte. „Dass ich nicht lache!"

„Na, hör mal", entgegnete sie heftig. „Ich hab bekommen, was ich wollte. Immerhin hast du gelächelt, oder etwa nicht?"

„Nein. Du hast das bekommen, was ich dir gegeben habe. Ich habe bekommen, was ich wollte."

Macy fühlte, wie es in ihr brodelte. Das hatte er sich ja fein ausgedacht, der hochnäsige Herr Anwalt. Aber dem würde sie es schon zeigen. „Was genau wolltest du denn, wenn man fragen darf?"

„Ist das so schwer zu erraten?"

„Ganz im Gegenteil. Es ist sogar ziemlich offensichtlich, würde ich sagen." Mit spitzbübischem Vergnügen verlagerte Macy ihr Gewicht und verstärkte den Druck auf das, was sie an der Unterseite ihrer Schenkel spürte. Sie ließ Leo dabei nicht aus den Augen und beobachtete schadenfroh, wie der selbstgefällige Ausdruck auf seinem Gesicht erlosch. Dann tätschelte sie herablassend seinen Arm und erhob sich mit ausdrucksloser Miene. „Versteh mich nicht falsch, Leo", sagte sie. „Das Offensichtliche ist selten eine große Herausforderung. Nimm's mir nicht übel, aber ich bin nicht interessiert."

Das hatte gesessen. Leo starrte sie einen langen Moment nur

fassungslos an. Dann allerdings, und das rechnete Macy ihm hoch an, zeigte sich fast so etwas wie Anerkennung in seinem Blick.

Mit sich und der Welt zufrieden kehrte Macy ihm den Rücken. Leo würde sich rächen, das war ihr klar. Aber er hatte erfahren, dass er es mit einer ebenbürtigen Gegnerin zu tun hatte. Und insgeheim konnte Macy es kaum mehr erwarten, mit ihm noch einmal die Klingen zu kreuzen.

Leo Redding hatte schwer an seiner Niederlage zu knabbern. Schon lange nicht mehr, nicht seit er erwachsen war, hatte ihn sein Körper auf so peinliche Weise im Stich gelassen. Dabei war die kleine Macy ganz und gar nicht sein Typ. Vielleicht lag es ja genau daran. Er hatte noch nie eine Frau wie sie kennengelernt. Sein Körper war dem Reiz des Unbekannten erlegen.

Allein schon ihre Frisur! Ein wüster Schopf dunkelbrauner Locken mit Strähnchen wie Vanilleeis, die ihr herzförmiges Gesicht umspielten, knapp kinnlang und immer irgendwie verstrubbelt. Als Leo Macy vor etwa einem Jahr zum ersten Mal getroffen hatte, glaubte er, eine weibliche Rastafari vor sich zu haben. Jetzt wusste er es besser: Als er vorhin mit den Fingern durch ihre Locken gefahren war, war er nicht ein einziges Mal auf Widerstand gestoßen. Diese Locken waren zu hundert Prozent Natur. Das hatte ihn bereits ziemlich aus dem Gleichgewicht geworfen. Als er dann auch noch in ihre leuchtend klaren goldenen Augen gesehen hatte, die ihn mit durchdringender Offenheit angesehen hatten, war es restlos um ihn geschehen.

Obwohl Macy leicht war wie eine Feder, hatte ihr Gewicht ihn, nun ja, schwer beeindruckt, um es vorsichtig auszudrücken. Und erst ihr Mund! Diese sanft geschwungenen Lippen und das, was Macy damit anstellte ... Der Kuss hatte unbeschreibliche Fantasien in ihm geweckt. Er hörte praktisch seinen Reißverschluss aufgehen, fühlte ihre Zunge ... Ein paar Sekunden mehr, und Leo hätte seine Hände nicht länger in ihrem Haar gelassen. Fast bedauerte er, dass er nicht dazu gekommen war, ihren Körper zu erforschen. Ob es wohl stimmte, dass es nicht auf die Größe ankommt?

Leo fischte ein Corona aus der Wanne und trank. Nur der Zufall hatte ihn hierher geführt. Er hatte den Nachmittag damit verbracht, zusammen mit Anton Wohnungen in diesem Teil der Stadt zu besichtigen, die von Neville und Storey, dem Architekturbüro, an dem Anton beteiligt war, geplant oder renoviert worden waren. Das hatte mehr Zeit in Anspruch genommen als vorgesehen. Deshalb hatte er Antons Vorschlag, den Tag mit einer Party zu beschließen, gerne angenommen.

Aber was hielt ihn hier? Sicher, sein Wagen stand noch im Parkhaus des Architekturbüros, und der Gedanke, ein einsames Mahl zu verspeisen, erschien wenig verlockend. Normalerweise jedoch reizte ihn die Gesellschaft der Jungs aus dem Fußballteam nicht besonders. Warum hatte er gerade heute eine Ausnahme gemacht?

Mit einem tiefen Seufzer lehnte sich Leo an eine giftgrüne Säule, die in der Mitte ungefähr halb so dick war wie an den Enden, und leerte die Flasche in einem Zug. Ihm fiel das Gespräch wieder ein, das er vorhin unbeabsichtigt mit angehört hatte. Anscheinend hatte sein Erscheinen Macys Pläne ein wenig durcheinander gebracht. Das kümmerte ihn im Grunde herzlich wenig, aber er konnte es als Ausrede benutzen, um die Party so bald wie möglich zu verlassen. Er zog das Handy aus der Tasche, um sich ein Taxi zu bestellen.

Da fiel sein Blick auf Macy. Er hatte den Eindruck, dass sie ihm seit dem Kuss aus dem Weg ging, wo sie nur konnte. Zum Beispiel vorhin: Leo wollte sich ein Bier holen. Macy hatte neben der Wanne gestanden, und er musste sich strecken, um an ihr vorbei eine Flasche herauszuziehen. Er hatte förmlich gespürt, wie sie erstarrte und zurückwich. Im nächsten Augenblick schon war sie unter dem Vorwand, das Testspiel zu organisieren, davongeeilt. Es war das erste Mal, dass eine Frau seine Herausforderung so deutlich zurückwies. Ein ganz neuartiges Gefühl!

Plötzlich tauchte Anton vor ihm auf. „Mach dir nichts draus", bemerkte er freundlich. „Sie gewinnt immer."

Leo quittierte den gut gemeinten Trost mit einem gequälten Lächeln. Wieso hielten es alle eigentlich für offenkundig, dass Macy gewonnen hatte?

„Hat sie dich auch schon mal drangekriegt?", erkundigte er sich höflich.

„Das kannst du glauben. Sie hat mir eingeredet, dass eine Mücke um mich herumschwirrt, und wollte mich dazu bringen, mich an der Nase zu kratzen. Es endete damit, dass ich mir fast die Augen ausgekratzt hätte."

Leo schmunzelte. „Sie hat ... das gewisse Etwas, findest du nicht?"

Anton vergrub die Hände in den Hosentaschen und nickte. „Unglücklicherweise bemerkt man das meistens erst, wenn sie schon auf deinem Schoß sitzt, wenn du weißt, was ich damit meine."

Leo räusperte sich verlegen. Und ob er das wusste! „Tja, ich wollte mich gerade verabschieden. Es war ein netter Abend, aber morgen wartet ein Berg Arbeit auf mich, deswegen sollte ich wohl besser machen, dass ich nach Hause komme."

„Bleib doch noch einen kleinen Moment. Vielleicht ergibt sich ja die Gelegenheit, es Macy mit ihren eigenen Mitteln heimzuzahlen."

„Hab ich das nicht bereits getan?"

Anton lachte. „Na ja, es war ein Versuch. Aber du darfst es dir zur Ehre anrechnen, dass du sie zum Schweigen gebracht hast. Du bist der Erste, dem das gelungen ist."

„Hm!", brummte Leo. Antons Bemerkung hatte die Erinnerung an Macys Lippen, ihre Zunge und ihre scharfkantigen kleinen Zähne geweckt und daran, wie sich ihr Körper an seinen geschmiegt hatte.

„Doch, doch", fuhr Anton fort. „Lauren ist schier ausgerastet. Sie sagt, sie hätte Macy noch nie so erlebt."

Leos Neugier war geweckt. „Wie denn?"

„Junge, Junge, die hätte dich am liebsten mit Haut und Haar verschlungen. Deine Zunge reichte ihr offenbar nicht." Anton hatte sich anscheinend für das Thema erwärmt. „Ich muss schon sagen, das hätte ich der kleinen Macy gar nicht zugetraut!"

Die Unterhaltung wurde langsam peinlich, fand Leo, aber da musste er wohl durch. Er hatte Macy vor versammelter Mannschaft geküsst. Ganz klar, dass sie damit zum Tagesgespräch wurden. Dabei hatte der Kuss nichts, absolut gar nichts zu bedeuten. Nachdenklich wog er die leere Flasche in der Hand. Gehen oder bleiben? Sein Blick fiel auf Macy, die mit Sydney und Lauren scherzte. Anscheinend amüsierte sie sich köstlich, denn sie klatschte in die Hände und wippte auf den Absätzen wie ein Kind, wenn es sich freut. „Du sagst es", meinte Leo. „Wenn man sie sieht, hält man sie im ersten Augenblick für ein kleines Mädchen."

„Genau das ist meiner Ansicht nach ihr Problem. Kein Mann würde sie auf älter als achtzehn Jahre schätzen, oder?“

Bis vor einer halben Stunde hätte Leo dem bedenkenlos zugestimmt. Anton wusste es einfach nicht besser. Aber er, Leo, hatte dieser verspielten Frau in die Augen geblickt. Was er darin entdeckt hatte, war so alt wie der Garten Eden, so verführerisch wie die Schlange und so reif wie die verbotene Frucht. Auf einmal stand sein Entschluss fest: Er würde bleiben. Mal sehen, was sonst noch geschehen würde.

## *3. KAPITEL*

Während Lauren die Lampen ausknipste, bis nur noch die Mitte des Raums von fünf Scheinwerfern ausgeleuchtet wurde, lief Macy in ihr Arbeitszimmer, um die Ausdrucke zu holen, die sie vorbereitet hatte. Fünf rosa Bögen für die Mädchen, fünf blaue für die Jungs, insgesamt zehn Listen, die Macy für ihr aktuelles gIRL-gAMES-Abenteuer ausgearbeitet hatte. Diesmal handelte es sich um eine Partner-Schnitzeljagd, einen Wettkampf für Erwachsene, bei dem es darum ging, möglichst viel über den anderen herauszufinden.

Macy bildete sich auf dieses Konzept allerhand ein. Ob die Idee so brillant war, wie sie glaubte, würden erst die Reaktionen ihrer Leserinnen beweisen. Und dann? Macy seufzte. Die Zahl der begeisterten Zuschriften würde ins Unermessliche klettern, daraufhin würde Sydney sie drängen, neue Kolumnen zu entwerfen, und Lauren würde sie noch häufiger mit Tipps zum Layout ihrer Webseiten belästigen. Tja, das nannte man wohl die Schattenseiten des Erfolgs.

Aber damit würde sie sich befassen, wenn es so weit war. Der heutige Abend musste erst einmal zeigen, ob die Spieler ihre Aufgabe überhaupt bewältigen konnten, ohne dass sie einander zerfleischten. Für Macy selbst hieß es vor allen Dingen, den eigentlichen Zweck des Abends nicht aus den Augen zu verlieren! Heute ging es ausschließlich um das Spiel und nicht darum, Leo Redding auf seinen Platz zu verweisen.

Zu dumm, dass ausgerechnet Leo Macys Vorstellungen vom perfekten Mann in so vielen Punkten entsprach: Er hatte kräftige, aber sanfte Hände, genau wie Macy es sich in ihren Träumen ausmalte. Und dass er so küssen konnte, hätte sie dem steifen Herrn Rechtsanwalt niemals zugetraut. Das Leben steckte doch voller Überraschungen! Trotzdem konnte Macy sich einfach nicht entscheiden, ob sie den Mann leiden konnte oder nicht. Heute Abend würde sie diese Frage auch nicht mehr klären, denn jetzt war es wirklich höchste Zeit, das Spiel zu beginnen.

Macys Blick schweifte über die Gesellschaft, die sich um sie versammelt hatte. Nicht die typische Partymeute, sondern lauter junge, ehrgeizige Businesstypen, die im Grunde viel zu beschäftigt waren, um dauernd auszugehen. Genau solche Leute hatte Macy im Hinterkopf, wenn sie ihre Spiele austüftelte. Sie wollte Möglichkeiten aufzeigen, wie man auch außerhalb von Bars und Clubs auf amüsante Art und Weise möglichst schnell möglichst viele Menschen kennenlernen konnte.

Die Partner-Schnitzeljagd lieferte geradezu ideale Voraussetzungen dafür. Die Fragen, die sie vorbereitet hatte, erstreckten sich über die ganze Bandbreite des Alltags. Es ging um harmlose Auskünfte über besondere Vorlieben, aber auch um sehr intime Informationen. Keine Liste glich der anderen. Zum Beispiel musste ein Paar nur herausfinden, an welchen Stellen der andere besonders kitzlig war, während andere die erogenen Zonen oder gar spezielle erotische Vorlieben des Partners aufspüren mussten. Wie kein anderes Spiel bot die Schnitzeljagd den Spielern die Gelegenheit, den Partner aus nächster Nähe kennenzulernen.

Niemand wusste im Voraus, was seine Liste genau beinhalten würde. Nicht einmal sich selbst hatte Macy die Möglichkeit eingeräumt, sich den Fragebogen auszusuchen. Auch für sie hieß es abwarten, welche Fragen ihr der Zufall in die Hand spielen würde.

Nur für Lauren, Macys älteste und beste Freundin, und Anton, ihren Liebhaber, hatte sie eine Ausnahme gemacht. Sie hatte das Paar in den letzten Wochen genau beobachtet. Eigentlich hatte sie das überhaupt erst auf die Idee für die Partner-Schnitzeljagd gebracht.

Auf den ersten Blick schienen die beiden das perfekte Paar zu sein. Doch war Macy aufgefallen, dass die zwei in einigen wichtigen Punkten völlig entgegengesetzte Ansichten vertraten. Sie hielt es für ihre Pflicht, Lauren auf diese Widersprüche hinzuweisen. Ihr war sehr wohl bewusst, dass sie Lauren nicht direkt darauf ansprechen konnte. Deshalb beschloss sie, die beiden gegeneinander antreten zu lassen, und hatte zwei maßgeschneiderte Fragebögen entworfen. Wenn sie es ernst nahmen, würde das Spiel den beiden schon die Augen öffnen. Aber wehe, wenn die Manipulation aufflog! In diesem Fall musste schon ein kleines Wunder geschehen, um zu verhindern, dass Lauren ihr die Freundschaft kündigte.

Macy schlenderte durch den Raum und verteilte ihre Bögen. Wahllos zog sie eines der sorgfältig gefalteten blauen Blätter aus dem Stapel und reichte es Jess, der es mit sichtlichem Unbehagen in Empfang nahm. Als Nächstes zog sie Antons Liste hervor und hielt sie ihm hin. „Der Bogen bleibt zu, bis ich das Kommando zum Öffnen gebe“, erläuterte sie. „Ich erkläre euch die Regeln, wenn jeder seinen Fragebogen erhalten hat. Und glaubt ja nicht, dass ihr mich beschummeln könnt. Ich hab euch genau im Visier.“

Anschließend bahnte sie sich einen Weg zu den drei Frauen, deren Schicksal sich gleich entscheiden würde. Sydney nahm das rosafarbene Papier mit spitzen Fingern entgegen. Auch Melanie wirkte verunsichert. Sie brauchte eine Ewigkeit, um sich für einen der beiden verbliebenen Bögen zu entscheiden, und Chloe weigerte sich schlichtweg, die Liste anzurühren. Sie verkroch sich hinter einem Sessel und verließ ihr Versteck nur unter Androhung von Gewalt. Selbst nachdem sie den Fragebogen endlich akzeptiert hatte, unternahm sie noch einen letzten Vorstoß, um sich doch um die Teilnahme an diesem Spiel zu drücken.

„Macy, Schätzchen", maulte sie, „wir testen das Spiel für deine nächste gIRL-gEAR-Kolumne. Aber was habe ich davon, wenn ich mich für diesen Unsinn hergebe? Erzähl mir nicht, dass du plötzlich Stammkundin für meine Kosmetika und Accessoires wirst! Bei deinem Aussehen brauchst du keinen einzigen Artikel aus meinem Sortiment."

„Nur zu deiner Information, Chloe", entgegnete Macy spitz, „dieses Aussehen kommt mich teuer zu stehen. Deine Feuchtigkeitscremes, Lotionen, Peelings und Reinigungsmittelchen verschlingen ein Vermögen."

„Na schön", gab Chloe zu. „Und wie sieht's mit Accessoires aus?"

Macy streckte ihr die Zunge heraus. „Wie schon? Wahre Eleganz verzichtet auf unnötiges Beiwerk." Ihre Schlagfertigkeit wurde mit schallendem Gelächter belohnt.

Macy blickte sich um. Ihre drei letzten Opfer, Eric, Leo und Ray, hatten sich um die Zinkwanne versammelt und bewachten das eisgekühlte Bier. Sie ging zu ihnen und streckte ihnen die Blätter aufgefächert hin. „So, meine Herren, ziehen Sie eine Karte, versuchen Sie Ihr Glück." Keine Reaktion. Macy schüttelte den Fächer. „Na los, es gibt nur noch drei Zettel. Derjenige, der sich als Erster erbarmt, hat noch eine gute Chance, die Dame seiner Wahl zu ziehen."

Immer noch nichts. Eric wich sogar einen Schritt zurück und

suchte auf der Armlehne des Sofas Schutz. Junge, Junge, dachte sie bei sich, die Herren sprühen nicht gerade vor Begeisterung. Vielleicht sollte ich langsam den Beruf wechseln. Es blieb ihr nichts anderes übrig, als die Dinge selbst in die Hand zu nehmen. Sie zog das erstbeste Blatt heraus und stopfte es in die Brusttasche von Erics Hemd. Den nächsten Zettel hielt sie dem widerspenstigen Ray hin und reichte den letzten schließlich an Leo weiter.

Leo zögerte. Im Schneckentempo streckte er die Hand aus und griff zu. Obwohl seine langen, kräftigen Finger Macys Hand nicht einmal streiften, musste sie plötzlich daran denken, wie warm sich seine Haut angefühlt hatte. Sie spürte ein merkwürdiges Kribbeln im Bauch, aber gleichzeitig packte sie die Wut. Konnte der Typ nicht mal ein einfaches Blatt Papier entgegennehmen, ohne gleich einen Riesenakt daraus zu machen? Er zierte sich, als enthielte der Zettel ein unmoralisches Angebot oder etwas ganz Persönliches, etwas, das sie ihm nicht aus freien Stücken überlassen wollte. Wenn der wüsste! Sie würde ihm jeden Wunsch von den Augen ablesen.

Plötzlich stutzte sie. War sie noch ganz bei Trost? Betont munter meinte sie: „Tja, Leo, du musst wohl nehmen, was übrig bleibt."

Ungerührt faltete Leo das Papier noch einmal und steckte es in die Tasche seines blütenweißen Hemdes. „Wer weiß, vielleicht erhalte ich ja eine zweite Chance, mich mit dir zu messen." Er sah ihr direkt in die Augen.

Macy hatte das Gefühl, als würde sein Blick sie durchbohren. Sie fröstelte. Was für ein Blick! Was für Augen! Und erst seine Stimme! Eine zweite Chance! Er hatte den drei kleinen Worten einen ganz eigenartigen Unterton verliehen. Zu schade, dass sie sich nicht die Möglichkeit offen gehalten hatte, sich ihren Partner auszusuchen. Sie seufzte tief und hob bedauernd die Schultern. „Das hast du dir leider selbst zuzuschreiben."

„Wie meinst du das?"

„Nun, das ist mein Spiel. Ich mache die Regeln. Wenn ich geahnt hätte, dass dir so viel an meiner Gesellschaft liegt, hätte ich selbstverständlich dafür gesorgt, dass wir ein Team sind." Macy konnte kaum glauben, was sie da sagte. Dieser Mann brachte sie völlig durcheinander.

„Jetzt überraschst du mich aber wirklich! Du hättest tatsächlich gemogelt?"

„Man tut, was man kann! Viel Glück!" Macy deutete mit dem Zeigefinger auf seine Brusttasche.

„Danke, aber das werde ich nicht brauchen."

„Du weißt nicht, mit wem du es zu tun hast. Ich an deiner Stelle wäre nicht ganz so vorlaut." Macy warf einen raschen Blick auf ihre Mitstreiterinnen und unterdrückte ein schadenfrohes Grinsen. Der gute Leo würde sein blaues Wunder erleben, wenn er sich einbildete, mit einer von ihnen leichtes Spiel zu haben.

Jetzt wurde es ernst! Macy hatte ihre eigene Liste in den Bund ihrer Caprihose gesteckt und zog sie nun hervor. Laut bat sie um Ruhe. „Achtung, bitte! Jeder von euch hält nun ein Blatt Papier in der Hand, auf dem eine Zahl zwischen eins und fünf steht. Es handelt sich um einen Fragenkatalog, den ihr im Verlauf des Spiels ausfüllen sollt." Sie holte kurz Luft, und schon hagelte es Einwürfe. Gebieterisch hob Macy die Hand.

„Nur Geduld, dazu kommen wir gleich! Wie ihr anhand der nicht besonders originellen Farbwahl unschwer erraten konntet, werden wir fünf gemischte Paare bilden. Das geht folgendermaßen." Macy packte Eric am Arm und zog ihn direkt unter einen der Scheinwerfer in der Mitte des Raums. Sie faltete sein

Blatt einmal auf und hielt es hoch, damit alle die Zahl erkennen konnten, die sich in der oberen Ecke befand.

„Die Nummer zwei! Stell dich bitte in den zweiten der fünf Lichtkegel. In wenigen Sekunden wirst du deine Partnerin kennenlernen. Sollte ich nämlich die Zwei gezogen haben, werde ich mich zu Eric unter den zweiten Scheinwerfer stellen und die Schnitzeljagd mit ihm gemeinsam durchziehen.“ Sie lüpfte vorsichtig eine Ecke ihres eigenen Bogens und warf einen Blick auf die Nummer. Erleichtert stellte sie fest, dass sie die Drei gezogen hatte. „Nun habe ich aber eine Drei. Das heißt, ich muss mich in den Lichtkreis neben Eric stellen.“

Anton erhob sich von seinem Platz auf dem Sofa. „Erwartest du wirklich, dass wir den Zirkus mit den Scheinwerfern mitmachen, Macy? Ich finde das ziemlich affig.“

Macy verdrehte die Augen. „Aber gerade das macht doch den Reiz des Spiels aus.“

„So, findest du?“ Mit einem finsteren Gesichtsausdruck postierte sich Anton, der sich nicht an die Regeln gehalten hatte und seine Zahl, die Fünf, längst kannte, ganz ans Ende der Reihe. „Na, an mir soll's nicht liegen“, brummte er. „Und weiter?“

„Wenn ihr das Blatt aufklappt, findet ihr die Liste mit euren persönlichen Aufgaben für die gIRL-gAMES-Partner-Schnitzeljagd.“ Macy war an der heikelsten Stelle in ihren Ausführungen angelangt. Um etwaige Proteste im Keim zu ersticken, fuhr sie deshalb, ohne Atem zu holen, fort: „Keine Schnitzeljagd, wie ihr sie kennt, sondern eine abgedrehte, sexy und absolut nicht jugendfreie Angelegenheit.“

Ausgerechnet Sydney meldete Bedenken an. „Eines will ich von Anfang an klarstellen, Macy: Falls es darum geht, zwielichtige Sexshops aufzusuchen, vergiss es.“

Macy verdrehte die Augen. „Also wirklich! Zugegeben, dieses Spiel ist ein bisschen gewagter als meine früheren Einfälle, aber Sexshops? Nur fantasielose Menschen holen sich Anregungen in Sexshops. Dazu gehören wir aber nicht. Schließlich leben wir von unserer Kreativität, und das nicht schlecht. Außerdem spielt sich der beste Sex ohnehin im Kopf ab."

„Das mag auf dich zutreffen", tönte es prompt – wie könnte es anders sein – aus Lichtkegel zwei. „Bei mir spielt sich das einen Meter weiter unten ab. Soll ich's dir beweisen?"

Macy verzog gequält das Gesicht. Heute lief aber auch alles schief. Sie war drauf und dran, alles hinzuwerfen, da erhielt sie unerwartete Schützenhilfe von Chloe. Sie trat in den zweiten Lichtkreis und hielt Eric voll Genugtuung ihren Fragebogen unter die Nase. „Spar dir deine Energie lieber für mich auf, Herzchen. Du gehörst mir."

Erics Miene hellte sich schlagartig auf. Feixend rieb er sich die Hände. „Verrückt und nicht ganz jugendfrei? Wenn wir beide dafür nicht das ideale Gespann sind, fress ich einen Besen."

Macy atmete auf. Die Schnitzeljagd kam ja doch ganz gut an. Eric und Chloe waren wie geschaffen füreinander. Zwischen den beiden sprühten bereits die Funken. Im Geist überflog Macy die übrigen Paarungen: Wenn diese beiden Nummer zwei waren, Anton und Lauren die Fünf, dann …

Plötzlich spürte Macy, dass sie beobachtet wurde. Leo musterte sie mit einem eigenartigen Gesichtsausdruck, und Macy hatte eine entsetzliche Vorahnung. Alles, nur das nicht! Sie versuchte, in seiner Miene zu lesen, und hoffte, dass sie sich getäuscht hatte. Aber wenn sie seinen Blick richtig deutete, war der schlimmste aller Fälle eingetreten. Vor lauter Grübeln hätte Macy beinahe vergessen, dass sie ja ein Spiel zu leiten hatte.

Rasch wandte sie sich wieder an die Runde. „Ich hoffe sehr, dass keiner der anderen gegen die Regeln verstoßen hat und seine Zahl bereits kennt."

„Doch, ich!" Freudestrahlend stürmte Lauren unter Lichtkegel fünf und fiel Anton um den Hals. Sie schlang die Arme um seinen Nacken und drückte sich so fest an ihn, dass Macy sich gezwungen sah einzuschreiten.

„Lauren, du verwechselst da etwas. Das Spiel, bei dem sich möglichst viele Menschen auf möglichst wenig Platz zusammendrängen, heißt ‚Twister'. Das spielen wir ein andermal. Sei so gut und lass den armen Kerl am Leben. Wir brauchen ihn noch."

„So macht's aber viel mehr Spaß", schmollte Lauren und schmiegte sich noch dichter an ihren Partner, der sich dadurch nicht sonderlich beengt zu fühlen schien. Wenn Macy richtig gesehen hatte, hatte er die Hände bereits unter Laurens Bluse geschoben.

Was soll's, dachte Macy. Sollen sie ihren Spaß haben. Lange wird der Friede nicht währen. Sie seufzte bekümmert. „Nachdem ohnehin kein Mensch meine Anweisungen befolgt, schlage ich vor, dass wir alle erst mal unsere Partner suchen. Oder besteht ihr darauf, dass ich euch zuerst die Regeln erkläre?"

„Ich möchte jetzt meinen Partner suchen!", rief Melanie und hob den Arm. „Genau", ergänzte Sydney, und auch Ray stimmte dafür. Jess nickte zustimmend, nur Leo hielt es anscheinend für unter seiner Würde, seine Meinung freiwillig kundzutun.

„Ich nehme an, du schließt dich der Allgemeinheit an?", fragte Macy mit schneidendem Ton. Sie war wütend auf sich selbst. Der Kerl brachte sie auf die Palme, selbst wenn er gar nichts tat.

„Nicht grundsätzlich. In diesem Fall allerdings kommt mir der Wunsch der Mehrheit sehr entgegen." Leo prostete ihr mit seiner Flasche zu und trank einen Schluck. Wieder bewegte er sich wie in Zeitlupe und ließ Macy dabei keine Sekunde aus den Augen.

Macy konnte keinen Finger rühren. Sie kam sich vor wie unter Hypnose! Er hatte kaum etwas getan, und doch hatte er sie völlig in seinen Bann geschlagen. Wie machte er das bloß? Es kostete sie ungeheure Anstrengung, die Selbstbeherrschung wiederzufinden. Aber er sollte nicht glauben, dass er ungestraft davonkommen würde. Sie räusperte sich und fragte mit einem trügerischen Lächeln: „Kennst du eigentlich den Unterschied zwischen einem Anwalt und einem Geier?"

„Der Geier kann seinen Kragen nicht ablegen", erwiderte Leo wie aus der Pistole geschossen.

Macy fluchte leise. Der Einzige, der den Witz anscheinend noch nicht gehört hatte, war Eric. Er krümmte sich vor Lachen oder vor Schadenfreude, so genau wollte das Macy im Moment gar nicht wissen. Sie hatte Besseres zu tun. Leo hatte die Flasche wieder an die Lippen gesetzt und ließ sie die elegante, sicherlich unbezahlbare Armbanduhr bewundern, die er an einem schwarzen Lederriemen um das Handgelenk trug. Vermutlich eine Sonderanfertigung aus der Haut eines Gegners, dem er das Fell über die Ohren gezogen hatte. „Wie ich sehe, hast du bereits die Ärmel hochgekrempelt. Auf dem Gebiet der Schlammschlachten bist du vermutlich ebenfalls ein gefragter Experte", spottete sie.

„Normalerweise versuche ich mich gütlich mit dem Feind zu einigen."

Macy knirschte mit den Zähnen. Dass er immer das letzte Wort haben musste! Sie hob die Stimme. „Okay, dann wollen wir mal sehen, wer mit wem spielt."

Ausnahmsweise stimmte Eric ihr zu. „Genau! Meine Partnerin wird langsam unruhig." Er beugte sich über Chloe und murmelte in ihr Haar: „Ich glaube, dieses Spiel ist ganz nach meinem Geschmack."

Sie sah ihn strafend an. „Aber schließ bitte nicht von dir auf andere, Herzchen. Wenn du denkst, dass du leichtes Spiel hast, nur weil ich ein bisschen kleiner bin als du, dann hast du dich gewaltig geirrt." Sie tätschelte herablassend seine Wange.

Macy hatte die beiden beobachtet. Eric konnte einem fast ein wenig leid tun, aber eben nur fast. Ihre Sympathie galt eindeutig der Freundin. Trotzdem war sie gespannt, was aus den beiden werden würde. An ihnen bewies sich die alte Weisheit, dass Liebe und Hass eng beieinanderliegen.

Macys Gedanken wurden dadurch unterbrochen, dass Sydney vortrat und sich in den ersten Kreis stellte. Melanie folgte ihr und begab sich unter den vierten Scheinwerfer. Jetzt mussten die Männer Farbe bekennen. Ray biss als Erster in den sauren Apfel. Er faltete sein Blatt auf, las die Nummer und gesellte sich daraufhin zu Sydney. Mit seinem dunklen Teint, dem kräftigen Körperbau und der nachlässigen Art, sich zu kleiden, bildete er einen reizvollen Kontrast zu der klassischen Eleganz seiner Partnerin. Auch dieses Paar ergänzte sich perfekt, und Macy spürte einen Anflug von Neid.

Nur noch zwei Männer ohne Partnerin! Macys Herz schlug plötzlich bis zum Hals. Nur keine Panik, beschwor sie sich. Noch ist nichts entschieden!

Genau in diesem Moment stellte sich Jess zu Melanie, und Leo nahm den einzigen noch freien Platz ein, den Platz an Macys Seite.

Macy wäre am liebsten im Erdboden versunken. Schlimmer hätte es sie kaum treffen können. Ausgerechnet Leo, ein Mann, der die widersprüchlichsten Gefühle in ihr weckte, musste ihr Partner in der Schnitzeljagd werden. Sie schloss die Augen und zwang sich zur Ruhe. „Fein“, rief sie mit zittriger Stimme. „Vergesst nicht, dass ihr die Liste unter Einsatz eures Lebens beschützen müsst. Der Partner darf sie nicht zu Gesicht bekommen, kapiert?“

Alle nickten, nur Eric hatte Lunte gerochen. „Wieso sollen wir erst Teams bilden, wenn wir anscheinend nicht im Team spielen? Das macht überhaupt keinen Sinn.“

Macy stemmte die Hände in die Hüften und musterte ihn von Kopf bis Fuß. Sie bedauerte fast, dass sie ihn eingeladen hatte. Der Junge kostete sie noch den letzten Nerv! „Wer fragt schon nach dem Sinn eines Spiels, Eric“, erwiderte sie barsch. „Warum spielt man Schach oder Tennis oder irgendein anderes Spiel?“

„Gib's doch zu: Du hättest es Macy nicht zugetraut, dass sie ein Spiel austüftelt, das sogar einen eingefleischten Macho wie dich anspricht“, behauptete Melanie.

„Genau! Du bist doch noch auf dem altmodischen Standpunkt, dass Kreativität eine männliche Eigenschaft ist“, schimpfte Lauren.

„Tja, mein Lieber, dabei haben auch wir unseren Ehrgeiz. Schreib dir das gut hinter die Ohren, sonst wirst du noch dein blaues Wunder erleben“, mahnte Sydney.

Der arme Eric! Zum ersten Mal an diesem Abend brachte er keinen Ton mehr heraus. Hilfe suchend blickte er sich nach seiner Partnerin um. Chloe lächelte ihm zu. „Mädels, lasst gut sein“, sagte sie mit einem süffisanten Blick auf die Gegend unterhalb von Erics Gürtel. „Ihr glaubt doch nicht, dass dieser Kerl, sobald es um Spiel, Sport oder Wettkampf geht, auf jemanden hört, der körperlich nicht genauso ausgestattet ist wie er selbst.“

Das saß. Eric sah ein, dass er verloren hatte. Er verbeugte sich tief vor Macy. „Wenn das so ist, dann bleibt mir nur zu sagen: Hut ab, Macy, du bist ein Genie."

„Schön, dass du's einsiehst." Macy zwang sich zu einem Lächeln, obwohl ihr gar nicht nach Lachen zumute war. Wer anderen eine Grube gräbt, fällt selbst hinein, dachte sie bitter. Sie hatte sich selbst dazu verdonnert, dieses ziemlich freimütige Spiel mit einem Partner durchzuführen, der ihr sehr gefährlich werden konnte, einem Mann, der sie im gleichen Maße anzog wie abstieß.

Leo musste geahnt haben, dass Macy sich gerade auf einem moralischen Tiefpunkt befand. Plötzlich stand er so dicht neben ihr, dass sich ihre Hüften berührten und sie seinen heißen Atem in ihrem Nacken fühlte. Zunächst versuchte sie sich einzureden, dass er nur zufällig so nahe bei ihr stand. Im Zweifel für den Angeklagten, war das nicht ein altes Rechtsprinzip? Aber gab es da nicht auch einen Passus über begründete Zweifel? Nun, sie würde schon noch dahinterkommen. Wo waren sie gerade stehen geblieben?

„Die Listen", soufflierte Leo.

„Ach ja." Macy riss sich zusammen. „Genauso wichtig ist es, dass ihr die Ergebnisse eurer Nachforschungen geheim haltet. Denkt dran, nur einer kann gewinnen. In genau vier Wochen treffen wir uns wieder. Dann darf der Glückliche, der die meisten Punkte auf seiner Liste abhaken konnte, in See stechen. Ich gehe davon aus, dass niemand die vollen vier Wochen braucht, um die Liste abzuarbeiten. Einige unter uns erledigen ihren Auftrag womöglich noch heute Abend." An dieser Stelle warf Macy Anton und Lauren einen vielsagenden Blick zu. „Trotzdem werden wir den Sieger erst nach Ablauf dieser Frist ermitteln."

Eric platzte vor Neugier. „Dürfen wir endlich einen Blick auf die Fragen werfen?“

„Sekunde.“ Jetzt kam's drauf an. Die Paare hatten sich gefunden, ihr Interesse war geweckt. Jetzt konnte sie die Bombe platzen lassen. „Eine klitzekleine Kleinigkeit sollte ich noch erwähnen.“ Für den Bruchteil einer Sekunde überlegte sie, womit sie Leo Redding bestechen könnte. Sie holte tief Luft und zwinkerte Eric zu. „Der Haken an der Sache ist, dass sich alle Fragen auf die Person beziehen, die mit euch im Kreis steht.“

Leo Redding stand ganz allein im Korridor des Hauses, in dem Lauren und Macy lebten. Es war spät geworden, kein Lichtstrahl drang durch die schmalen Fenster, die hoch oben in die Wände des ehemaligen Fabrikgebäudes eingelassen waren. Nur eine Reihe nackter Glühbirnen, die entweder noch aus der alten Fabrik stammten oder originalgetreu nachgebaut waren, verbreiteten ein mattes Licht, gerade hell genug, damit Leo endlich einen Blick auf den geheimnisvollen Fragebogen werfen konnte.

Die Idee mit der Schnitzeljagd fand er ausgesprochen originell, kreativ und ... Worte allein reichten gar nicht aus, um zu beschreiben, was er davon hielt. Macy hatte Witz, Mut und eine schier unbändige Abenteuerlust bewiesen. Sie war heute in seiner Achtung enorm gestiegen.

Leo bezeichnete sich gerne als Frauenkenner. Er rühmte sich, alle ihre Maschen und Tricks zu durchschauen. Wenn er sich auf eine Beziehung einließ, dann nur mit einer Frau, die er als ebenbürtig einschätzte. Zu leicht durfte man es ihm nicht machen, er suchte die Herausforderung und wählte seine Partnerinnen danach aus. Sex war für ihn gleichbedeutend mit Macht, egal ob es sich um eine Affäre für eine Nacht oder eine längere

Romanze handelte. Er liebte jede Art von Wettkampf und war ständig auf der Suche nach einem gleichwertigen Gegner.

Dass ausgerechnet Macy ähnliche Vorlieben hatte, hatte ihn überrascht. Er hatte die Frau anscheinend völlig unterschätzt. Nicht im Traum wäre er auf die Idee gekommen, dass sie ebenso ehrgeizig sein könnte wie er selbst. Schade, dass sie ihren Kampfgeist nicht besser nutzte. Sie könnte viel mehr aus sich machen, wenn sie nicht nur in den Tag hinein leben würde. Was nicht heißen sollte, dass er gIRL-gEAR schlechtmachen wollte. Er hatte sich intensiv mit dem Unternehmen beschäftigt und wusste, dass Sydney Ford und ihre Partnerinnen zielgenau in eine Marktlücke gestoßen waren.

Neugierig studierte er die Liste der persönlichen Dinge, die er über Macy Webb herausfinden sollte. Kein Wunder, dass sie trotz ihrer kindlichen Art so viel Erfolg hatte. Sie hatte nicht nur ein packendes Spiel entworfen, sondern es auch verstanden, die richtigen Knöpfe zu drücken, um das Interesse der Teilnehmer zu wecken. Besonders die Knöpfe der fünf männlichen Teilnehmer des Spiels, die für die Hormonzufuhr sorgten.

Die Mädchen von gIRL-gEAR waren ausgesprochen sexy. Und wenn die Aufgaben der anderen Männer nur halb so spannend waren wie die, die Leo lösen sollte, dann lagen aufregende vier Wochen vor ihnen. Auf die Kreuzfahrt konnte er verzichten, aber er würde es sich nicht nehmen lassen, die gewünschten Informationen über Macy zu beschaffen.

Wie wohl Macys Fragebogen aussah? Ob es da um die Marke seiner Unterwäsche ging oder um die Narbe, die er als Erinnerung an einen lange zurückliegenden Skateboardunfall behalten hatte? Er stellte sich vor, wie er mit heruntergelassenen Hosen vor Macy stand, und musste unwillkürlich grinsen. Und weil er schon dabei war, malte er sich aus, wie es wohl wäre, wenn sie die Situation gleich dazu nutzen würden, um seine erogenen Zonen zu erforschen, und sofort regte sich sein Körper.

Wie peinlich! Hier stand er also mit einer Erektion in einem finsteren Korridor. Und das war ja nicht das erste Mal an diesem Abend. Gleich zweimal hatte ihn Macy heute schon in diese Lage gebracht. Irgendetwas musste geschehen. Was stand er eigentlich hier und spielte an sich herum? Er sollte besser umkehren und an ihr herumspielen. Was hatte er denn zu verlieren? Selbst im schlimmsten Fall würde er nicht mit leeren Händen nach Hause gehen, sondern wenigstens die Antworten auf ein paar Fragen erhalten haben.

Trotzdem zögerte er. Macy war ganz allein in der Wohnung, denn Lauren war mit Anton weggefahren. Sie hatte sicher noch keine Zeit gehabt, über die Party und über das, was sich zwischen ihnen ereignet hatte, nachzudenken. Verstieß er gegen die Spielregeln, wenn er diese Situation ausnutzte? Wenigstens hatte er eine gute Ausrede parat: Da er in Antons Wagen hergekommen war, hatte er keine Möglichkeit, nach Hause zu gelangen. Zu Fuß konnte er allenfalls seine Kanzlei erreichen, aber das musste er Macy ja nicht auf die Nase binden. Also, zurück zu Macys Loft? Warum nicht? Selbst wenn sie ihn sofort durchschaute, war er kein Risiko eingegangen.

Sorgfältig faltete Leo seinen Fragebogen zusammen und machte kehrt. Sieh dich nur vor, Macy Webb, dachte er, hier kommt der Gewinner!

## *4. KAPITEL*

Endlich Ruhe! Stück für Stück nahm Macy die BHs, die sie in Laurens Badezimmer zum Trocknen aufgehängt hatte, von der Leine. Jeden einzelnen rieb sie prüfend zwischen den Fingern, um sich zu vergewissern, ob er auch wirklich trocken war. Die Teile, mit deren Zustand sie zufrieden war, warf sie sich über den Arm, zwei BHs jedoch hängte sie auf die Handtuchstange zurück. Sollte Lauren ruhig schimpfen. Sie hatte kein Recht, sich zu beklagen. Ließ alles stehen und liegen, um Anton nach Hause zu begleiten, und die liebe Macy konnte zusehen, wie sie zurechtkam.

Macy unterdrückte einen Anflug von Neid und versuchte, das Ausmaß des Chaos in der Wohnung abzuschätzen. Im Grunde war sie froh, allein zu sein. Beim Aufräumen konnte sie in aller Ruhe über die Party nachdenken, und wenn sie endlich fertig war, wäre sie hoffentlich so erschöpft, dass sie sofort einschlief. Falls nicht, musste sie eben wieder auf die altbewährten Mittel wie Toiletten putzen, Fußböden wachsen und Balkon fegen zurückgreifen.

Das Deckengemälde in ihrem Schlafzimmer war auch noch nicht ganz fertig. Wenn es also wirklich hart auf hart käme, würde Macy sich einfach aufs Bett legen, an die Decke starren und eine Liste der Kreaturen anlegen, die Lauren hinzufügen musste, sobald sie zurückkam. Was fehlte eigentlich noch? Ein Delfin? Oder eine Schildkröte? Oder doch lieber die Meerjungfrau? Irgendetwas würde Macy schon einfallen, um nicht daran denken zu müssen, dass sie einsam und verlassen im Loft zurückgeblieben war.

Ich könnte auch meinen Webbeitrag vorbereiten, überlegte

Macy und knipste das Licht im Bad aus. Wie, zum Beispiel, kann ich meinen Leserinnen die Schnitzeljagd schmackhaft machen? Ohne die Aussicht auf eine Belohnung hätten sich die Versuchspersonen schlichtweg geweigert, Zeit für ein Spiel zu opfern, dessen Zweck ihnen zunächst schleierhaft war. Außerdem wurde die Schnitzeljagd erst richtig spannend, wenn die Spieler einander völlig fremd waren und auf ein Date hoffen konnten. Und das Spiel musste zügiger ablaufen. Das war die Lösung! Sie würde sich Aufgaben ausdenken, die an einem Abend gelöst werden konnten, und auf den Zweikampf verzichten. Es würde viel lustiger werden, wenn man die Geheimnisse vieler Leute herausfinden müsste.

Andererseits besaßen beide Varianten ihre Vorzüge. Die längere Version gab den Partnern Zeit, sich wirklich kennenzulernen. Die Kurzfassung dagegen zielte darauf ab, mit möglichst geringem Zeitaufwand möglichst viele Leute zu testen. Oder sollte sie beide Varianten vorstellen? Natürlich, sie würde diesmal ein Two-in-One-Spiel präsentieren!

Voller Elan stürmte Macy an ihren Schreibtisch. Jetzt musste sie sich nur noch den Kopf darüber zerbrechen, wie sie das Konzept so geschickt verpacken konnte, dass sie mit einer Idee zwei Beiträge für ihre Webseite abdecken konnte. Das war vermutlich das Komplizierteste an der Sache. Sie konnte sich beim besten Willen nicht vorstellen, dass Sydney das akzeptieren würde. Gut, dass sie, und nicht Macy, das Unternehmen leitete. Macy hätte sich schon längst gefeuert. Welche Firma konnte sich Angestellte leisten, die das ganze Leben als Spiel betrachteten?

Plötzlich horchte sie auf. War das nicht der Aufzug? Hatte Lauren sich wegen des Spiels bereits mit Anton in die Haare gekriegt? Dann nichts wie weg!

Der Aufzug stoppte, die äußere Tür ruckelte auf, die Kabinentür glitt zurück – und Macy erkannte mit einem Schlag, dass selbst eine wutentbrannte, auf Rache sinnende Lauren in diesem Fall das kleinere Übel gewesen wäre. In dem Metallkäfig stand kein anderer als ihr stets korrekt gekleideter, überaus attraktiver Rechtsberater. Er hatte die Hände in die Taille gestützt, lehnte mit gesenktem Kopf an der Rückwand der Kabine und studierte konzentriert die blitzblank geputzten Spitzen seiner schwarzen Schuhe. Seine goldenen Manschettenknöpfe glänzten, und sogar der Knoten seiner Krawatte saß wieder so, wie es die Modemagazine für den eleganten Herren vorschrieben. Er sah aus wie aus dem Ei gepellt, und es juckte Macy in den Fingern. Am liebsten hätte sie ihn gepackt und abgeleckt ... ähm, ordentlich zerrupft.

Als er aufsah und sich ihre Blicke kreuzten, kribbelte es in Macys Bauch. Unwillkürlich trat sie einen Schritt zurück. Gab es denn kein Gesetz, dass es ihm verbot, sie so anzusehen?

Ohne ihre Aufforderung abzuwarten, trat Leo in die Wohnung. Hinter ihm schloss sich die schwere Metalltür mit einem dumpfen Knall. Er wandte sich um und verriegelte sorgfältig das Eisengitter. Jetzt waren sie allein, ganz allein – auf Macys Terrain. Sie saß in der Zwickmühle. Sollte sie nun zuckersüß oder gemein sein?

„Hast du dich verlaufen?“, fragte sie schnippisch.

Er schüttelte den Kopf. „Nein, mein Chauffeur hat mich im Stich gelassen.“

„Du Ärmster!“ Macy kochte vor Wut. Eine billigere Ausrede war ihm nicht eingefallen! Sie hatte längst erraten, was er im Schilde führte, der Fuchs. Dachte wohl, er könnte ihr ihre kleinen Geheimnisse am besten entlocken, wenn er sie überraschte, müde und allein und mit – oh Schreck – zehn frisch gewaschenen Push-up-BHs über dem Arm. „Ich nehme an, du wolltest von hier aus ein Taxi rufen", meinte Macy mit einem beredten Blick auf die Handytasche an seinem Gürtel.

Leo ging darauf nicht ein. Er spazierte seelenruhig durch den Raum, inspizierte die Stereoanlage und begutachtete die CD-Sammlung. Dann öffnete er die Schiebetür, die auf die Dachterrasse führte. „Nein, ich habe ein Handy", meinte er gelassen.

„Dann fällt mir nur noch eine Erklärung für deine überraschende Rückkehr ein."

„Und die wäre?"

„Die Schnitzeljagd, was sonst?" Wenn Macy auf heftigen Widerspruch gehofft hatte, sah sie sich enttäuscht. Leo trat ohne ein Wort auf die Dachterrasse hinaus. Nur die Tatsache, dass sie so in aller Ruhe seine breiten Schultern, die langen Beine und seinen knackigen Po bewundern konnte, entschädigte Macy für das entgangene Wortgefecht.

„Herrliche Aussicht", meinte er.

„Kannst du laut sagen", murmelte Macy und folgte ihm. In der Tür blieb sie stehen. Ihr Gefühl sagte ihr, dass es unklug wäre, sich weiter hinauszuwagen.

„Wie bitte?"

„Ach nichts, tolle Aussicht, klar." Das Viertel, in dem Macy lebte, war erst vor kurzem als Wohngebiet entdeckt worden. Tagsüber ging es hoch her. Überall wurde gebaut und renoviert, es wurde gehämmert und gebohrt, und Baumaschinen und schwere Lkws brummten durch die Straßen. Doch das war ein Preis, den die Anwohner allein schon für die zentrale Lage ihrer Apartments gerne bezahlten. Und wenn abends die Lichter der Skyline zu ihr herüberleuchteten, kam sich Macy vor wie in einem Wunderland, das nur darauf wartete, von ihr erobert zu werden.

Leo hatte sich inzwischen umgedreht und beobachtete sie. „Du lebst gerne hier, stimmt's?" Aus irgendeinem Grund hatte sich sein Tonfall verändert, seine Stimme war tief und weich geworden, aber Macy zwang sich, das zu ignorieren. Dieser Mann war gefährlich.

„Und ob! Die Stadt lebt. Sie verändert sich ständig. Aus Alt wird Neu, wie man so schön sagt."

„Ja, dahin geht der Trend. Gerade heute habe ich ein Apartment besichtigt, das im Gebäude eines ehemaligen Hotels liegt. Und Anton hat mir die Wohnungen am Buffalo Bayou gezeigt, die er renoviert hat."

Macy nickte nachdenklich. Leo war sicher nicht zurückgekommen, um über den Immobilienmarkt oder übers Wetter zu reden. Warum also war er hier? Was hatte er vor, wie lange wollte er bleiben, und warum konnte sie sich nicht dazu aufraffen, ihn kurzerhand rauszuwerfen?

Wenigstens ihre letzte Frage wurde von selbst beantwortet, als sich Leo nach einer Weile an der Aussicht satt gesehen hatte und hereinkam. Der Glanz in seinen Augen strahlte heller als das Sternenlicht. Macy schluckte. Das Spiel hatte noch nicht einmal richtig begonnen, und sie saß schon in der Falle. Dabei war Leo gar nicht ihr Typ. Für ihren Geschmack war er viel zu berechnend, zu steif und zu vernünftig. Das Wort Spontaneität konnte er vermutlich nicht einmal buchstabieren.

„So in Gedanken?"

Macy blickte auf und runzelte die Stirn. „Nö. Doch." Ihr

Gestammel machte wenig Sinn, aber sie konnte kaum zugeben, dass er sie total verwirrte. Sie verschränkte die Arme vor der Brust, so dass die BHs vor ihrem Bauch hin und her baumelten. „Sag mal, kennst du eigentlich den Unterschied zwischen einem Anwalt und einer Prostituierten?“

„Die Prostituierte legt nur lebende Klienten aufs Kreuz.“

Macy schnaubte verächtlich. Der Kerl wusste wirklich auf alles eine Antwort. „Gibt's denn keinen Witz, den du noch nicht gehört hast?“

„Das gehört auch zu meinem Beruf.“ Leo grinste überheblich. „Und darin bin ich einer der Besten.“

„Das habe ich, glaub ich, schon mal gehört.“

„Ich war nicht mehr ganz sicher, ob du dich daran noch erinnerst.“

„Mein Gedächtnis funktioniert hervorragend.“

„Außer wenn's um deine Wäsche geht, nicht wahr?“

„Ha! Ha!“ Verärgert warf Macy die verräterischen Dessous aufs Sofa. „Ich bin leider erst heute Nachmittag zum Waschen gekommen.“

„Das war nicht zu übersehen.“

„Dass ich BHs gewaschen habe?“

„Dass du keinen anhattest.“ Macy musste ziemlich dumm dreingeblickt haben, denn Leo beeilte sich hinzuzufügen: „Als du bei mir auf dem Schoß gesessen hast.“

„Soll das ein Kompliment sein?“

Er zuckte die Achseln. „Nicht unbedingt. Die Erkenntnis ist mir ja praktisch ins Auge gesprungen.“

„Aha! Wenn mein Busen nicht direkt vor deinen Augen schwebt, würdest du ihn also nicht zur Kenntnis nehmen.“

„Das wollte ich damit nicht sagen. Aber jetzt, wo du es

erwähnst und ich hinter dein kleines Geheimnis gekommen bin …" Er deutete mit dem Kopf zum Sofa.

Macy bekam einen hochroten Kopf. Das würde sie ihm heimzahlen! „Wie steht's denn mit deinen Geheimnissen?", fragte sie scheinbar gelassen. Sie ließ sich aufs Sofa fallen, zog die Füße hoch und schlang die Arme um die Knie. „Deswegen bist du doch zurückgekommen. Du willst mich aushorchen, gib es ruhig zu."

Leo ließ sich in dem großen Sessel nieder, den er anscheinend als seinen Stammplatz betrachtete. Er schlug die langen Beine übereinander und lehnte sich bequem zurück. „Stimmt", gestand er freimütig. „Warum auch nicht? Selbstverständlich bin ich bereit, mich zu revanchieren." Er sah sie aus großen grünen, von dichten Wimpern umrandeten Augen an.

Aha, die Tour also. Nun, auf diese Masche würde Macy nicht hereinfallen. Zu dumm, dass sie ihre Liste nicht durchgelesen, sondern achtlos auf den Nachttisch geworfen hatte. „Das heißt", wiederholte sie langsam, „ich kann dich alles fragen und bekomme eine ehrliche Antwort?"

Leo zuckte mit den Schultern. „Klar, es sei denn, die Frage ist zu persönlich."

„Also doch eine Einschränkung!", rief Macy empört und gestikulierte wild mit den Händen. Dabei rutschten die BHs von der Sofalehne und fielen in ihren Schoß.

„Einen Haken gibt's immer, Macy. Versuch es trotzdem."

Das sind ja tolle Aussichten, dachte Macy missmutig und begann, die BHs ordentlich zusammenzulegen. In diesem Fall bestand der Haken darin, dass Leo zum Ausgleich dafür, dass er ihr bei den Schnitzeljagdaufgaben half, natürlich auch seine Fragen beantwortet haben wollte. Warum, verdammt, konnte sie sich nur an keine einzige der Aufgaben erinnern, die sie lösen musste? „Äh ... was war der verrückteste Ort, an dem du jemals Sex hattest?“

Leo blinzelte nachdenklich. „Meinst du das geografisch? Bangkok zum Beispiel?“

„Nein, ich dachte eher an bizarre Orte wie die Toilette eines Flugzeugs oder den Rücken eines Pferdes.“ Macy stapelte die gefalteten BHs neben sich auf dem Sofa und sah Leo erwartungsvoll an.

„In einer Loge im Theater. Ich trug einen Smoking.“

Macy war baff. Im Theater? Im Smoking? Seine Partnerin vermutlich im Abendkleid? Wie ...? Oder hatten sie etwa ...? Sie grübelte immer noch über die technischen Fragen nach, als Leo sich wieder zu Wort meldete. „Ich bin dran!“

Macy merkte, wie sich ihr Magen verkrampfte. Nervös spielte sie mit ihren Haaren. „Okay!“

„Gut: Bist du exhibitionistisch veranlagt? Guck mich nicht so entsetzt an, das stand genau so auf meiner Liste.“

Macy merkte, dass ihr das Atmen schwerfiel. Sie war ihm ausgeliefert, und das Schlimmste daran war, dass sie sich nicht entscheiden konnte, ob ihr das behagte oder missfiel. „Könntest du die Frage bitte genauer formulieren?“ Sie musterte Leo und bemerkte, dass er zurückwich. Eine kleine Ader an seiner Schläfe zuckte. Mit einem aufschlussreichen Blick betrachtete er den Wäschestapel, der neben ihr auf dem Sofa lag. Macy musste kichern. „Ach das! Nein, in der Regel stelle ich meine Reizwäsche nicht öffentlich aus.“

„Würde es dir etwas ausmachen?“

„Was? Meine Wäsche zur Schau zu stellen?“ Und sie hatte Leo für bieder gehalten! Sie überlegte fieberhaft. Sollte sie es wagen? „Das kommt drauf an."

„Jetzt?"

Mit offenem Mund starrte sie ihn an. „Wie bitte? Ich soll jetzt ...?"

Leo deutete auf den BH, der zuoberst auf dem Stoß lag. „Den da! Los, zieh ihn an."

Oh nein! Macy besaß eine ganze Sammlung sexy BHs aus schwarzer Spitze, Silberlamé, mit Punkten, mit Zebramuster, aus Seide oder Satin. Ausgerechnet für das schlichteste Modell, einen einfachen BH aus Baumwolle, auf dem sich Peter Pan und die Fee Tinkerbell tummelten, musste er sich entscheiden.

„Zieh ihn an, bitte."

Macy schwankte. Eigentlich hatte er eine schallende Ohrfeige verdient, so unverschämt war seine Bitte. Aber gerade deshalb hatte Macy gute Lust, ihm den Gefallen zu tun. Sie ging ein ziemliches Risiko ein, denn wer konnte schon vorhersehen, wie er reagieren würde. Aber hatte sie nicht insgeheim gehofft, dass etwas in der Art passierte?

Sie überlegte einen Moment. Theoretisch müsste es möglich sein, das Ding anzuziehen, ohne dass sie sich ausziehen musste. Langsam stand sie auf. Sie schlang den BH um die Taille und hakte ihn zu. Dann schlüpfte sie aus den Ärmeln ihres T-Shirts und streifte die Träger des BHs über die Arme. Es ließ sich zwar nicht vermeiden, dass dabei ein Streifen nackter Haut zu sehen war, aber es gelang ihr, den BH von der Taille an den Ort zu schieben, an den er hingehörte, ohne dass sie sich allzu lächerlich machte. Schnell wieder in die Ärmel geschlüpft, und schon war's geschafft.

Leo hatte ihre Verrenkungen mit ausdrucksloser Miene beobachtet. Kein Lidschlag, kein noch so kleines Zucken ließ erkennen, wie die Vorstellung auf ihn gewirkt hatte. Macy war sich sehr wohl bewusst, dass sie nicht gerade zu den üppig ausgestatteten Frauen gehörte. Trotzdem besaß sie alles, worauf es bei einer Frau ankam, fand sie. Leider wollten die Männer einfach nicht kapieren, dass es im Leben nicht auf die Größe ankam. Nun, auch Leo würde seine Lektion noch lernen.

Macy trat einen Schritt auf ihn zu. Dann noch einen und noch einen, bis ihre Knie seine Beine berührten. Sie sprang auf den Sessel und ließ sich auf Leos Schoß nieder. Peter Pan und Tinkerbell unter dem pinkfarbenen Top befanden sich nun genau auf der Höhe seiner Augen. „Hast du sonst noch einen Wunsch?"

„Wenn du so fragst, ja: Zieh das Top aus!" Obwohl Leos Stimme ziemlich gepresst klang, sah er ihr fest in die Augen. Sein Blick und das, was Macy erneut an der Unterseite ihrer Schenkel spürte, machten seine Absichten ganz eindeutig. Wäre Macy ein wohlerzogenes Mädchen, hätte sie jetzt die Empörte gespielt. Da sie aber jegliche Art von Komplikationen verabscheute und ihr Ziel stets auf dem kürzesten Weg ansteuerte, ließ sie diesen Schritt kurzerhand weg. Den ganzen Abend schon wünschte sie sich nichts anderes, als Leos Hände auf ihrem Körper zu fühlen.

„Du zuerst", befahl sie. „Nimm die Krawatte ab."

Leo zögerte nur den Bruchteil einer Sekunde. Ehe er wusste, wie ihm geschah, hatte ihm Macy den bunten Seidenschlips schon vom Hals gezogen und ihn um seine Handgelenke geschlungen. Er ließ es widerspruchslos geschehen. „Das ist also das kleine Geheimnis, das du noch nicht einmal deiner besten Freundin anvertrauen würdest", meinte er nur. „Fein, noch ein Punkt, den ich abhaken kann."

Macy musste sich auf die Lippen beißen, um sich eine spitze Bemerkung zu verkneifen. Leo hatte sich soeben eigenhändig aus dem Spiel katapultiert und seinen Fehler noch nicht einmal bemerkt. Er hatte gegen das Gebot der Verschwiegenheit verstoßen und ihr eine seiner Aufgaben verraten. Äußerlich ganz ruhig wickelte sie die Krawatte noch ein paar Mal um seine Handgelenke. Vermutlich ruinierte sie gerade ein Designerstück, das ein kleines Vermögen gekostet hatte, aber das kümmerte sie kein bisschen.

„Bist du endlich fertig?", fragte Leo ungeduldig, als nur noch drei Zentimeter Seide lose herabhingen.

Macy betrachtete ihr Werk prüfend und nickte. Sie war mehr als zufrieden mit der Wendung, die die Schnitzeljagd genommen hatte. Zu dumm, dass sie keine Ahnung hatte, wie es weitergehen sollte. Wenn es nach ihr ginge, würde sie Leo als Nächstes die Sachen vom Leib reißen, aber damit würde sie ihn vermutlich zutiefst schockieren. Ihr Verdacht sollte sich umgehend bestätigen.

„Macy", meinte Leo plötzlich, „ich hab's mir anders überlegt. Es ist besser, wenn du das Top anbehältst."

So ließ Macy aber nicht mit sich umspringen. Jetzt erst recht, dachte sie zornig. Trotzig packte sie den Saum ihres Shirts, um es sich über den Kopf zu ziehen, da dämmerte es ihr: Es gehörte zu seinem Plan. Er wollte sie provozieren, um genau das zu erreichen! Schnell ließ sie die Arme sinken. „Ganz schön hinterhältig", schimpfte sie. „Zu dumm, dass ich Psychologie studiert habe und deine plumpen Tricks durchschaue."

„Deine Kenntnisse in Psychologie in allen Ehren. Wetten, dass ich trotzdem problemlos alles über dich erfahre, was ich wissen will?"

„Die Wette gilt.“ Leos Überheblichkeit ging Macy langsam ziemlich auf die Nerven. „Worin bestand denn der Sinn und Zweck dieser kleinen Übung, wenn nicht darin, mich zu verwirren, um mich dann überrumpeln zu können?“

„Traust du mir denn kein bisschen Fantasie zu?“

„Ihr Männer seid doch alle gleich. Ich habe noch keinen getroffen, der lieber seine Fantasie bemüht hätte, als sich auf den Augenschein zu verlassen.“

Leo rückte die Brille auf der Nase zurecht. „Wenn du so großen Wert darauf legst, bin ich selbstverständlich gerne bereit, mir anzusehen, was du mir zeigen willst“, meinte er beschwichtigend.

Jetzt war guter Rat teuer. „Ich denke, ich werde das Top anbehalten“, erwiderte Macy diplomatisch.

„Wunderbar, denn das erhöht den Reiz enorm.“ Noch während Leo das sagte, legte er die aneinander gefesselten Hände wie eine Schlinge um Macys Nacken. Dann senkte er den Kopf und begann, Tinkerbell mit seiner Zunge zu liebkosen.

Macy war so überrascht, dass sie nicht mehr als „Oh!“ und „Wow!“ ausrufen konnte, und bald beschränkte sie sich darauf, ihren Gefühlen mit einem lustvollen Stöhnen Luft zu machen. Leo ließ sich dadurch nicht stören. Er hielt ihre Brust fest mit den Lippen umschlossen und knabberte sanft an ihrer Knospe. Es dauerte nicht lange, und T-Shirt und BH waren auf der rechten Seite völlig durchgeweicht. Dann wandte Leo seine Aufmerksamkeit Macys linker Brust zu, auf der Peter Pan wachte. Auch dort gab er nicht eher Ruhe, bis Baumwolle, Nylon und die darunterliegende Haut feucht waren.

Plötzlich entdeckte er Macys Tattoo. Ganz zart fuhr er die Umrisse der Tätowierung mit der Zungenspitze nach, bis er schließlich die Stelle erreichte, wo die feinen Linien sich zu einem keltischen Knoten verknüpften und zwischen ihren Brüsten verschwanden.

Macy krallte die Finger mit aller Kraft in die Oberschenkel und rang verzweifelt um Beherrschung. Sie war so weit, dass sie auf den leisesten Wink von Leo hin im Handumdrehen aus den Kleidern schlüpfen und ihm beweisen würde, dass sie eine echte Frau war. Sie konnte es kaum erwarten, herauszubekommen, was Leo seinerseits zu bieten hatte. Was taten sie eigentlich noch vollständig bekleidet im Wohnzimmer, anstatt sich nackt auf ihrem Bett zu wälzen?

*Hast du den Verstand verloren?*

Macy wusste nicht, woher die vorwurfsvolle Stimme kam, doch sie drang zu ihr durch. Ernüchtert, wenn auch mit leisem Bedauern, schob sie Leos Kopf von ihrer Brust. Seine Augen leuchteten, seine Lippen glänzten rot und feucht. Er lächelte das schuldbewusste, aber verschmitzte, zuckersüße Lächeln eines kleinen Jungen, der mit den Fingern in der Keksdose erwischt worden ist, und Macys Entschlossenheit wankte. „Bitte, Leo, was soll denn das?", fragte sie mit zitternder Stimme. „Wieso bist du nicht mehr gefesselt?"

„Damit ich dich besser halten kann." Er legte eine Hand fest in ihren Nacken, mit der anderen bedeckte er die Tätowierung zwischen ihren Brüsten.

Macy wusste sehr wohl, warum er das tat: Er wollte fühlen, wie schnell ihr Herz schlug, um festzustellen, wie sehr er sie erregt hatte. „Hast du vor, mir das Genick zu brechen und mich anschließend wie ein kaputtes Spielzeug durch den Müllschacht zu entsorgen?"

„Wieso sollte ich das tun?" Leos Hand glitt an ihre Kehle.

„Na, um die Konkurrenz auszuschalten."

Leo tat, als dächte er einen Moment über die Möglichkeiten nach, die dieser Vorschlag eröffnete. „Wie ein Spielzeug?", wiederholte er.

Macy warf ihm einen argwöhnischen Blick zu. „Na ja, jedes kleine Mädchen träumt doch davon, eine männliche Puppe zu besitzen."

„Ach ja? Nun, mit der Rolle könnte ich mich anfreunden."

„Mach dir keine Hoffnungen, daraus wird nichts, mein Lieber. Wir sind uns schon viel näher gekommen, als Sitte und Anstand es erlauben."

„War das nicht der Zweck der Schnitzeljagd? Und findest du nicht, dass man den anderen so am leichtesten kennenlernt?" Leo verschränkte die Finger im Nacken, lehnte sich entspannt in seinem Sessel zurück und betrachtete mit sichtlicher Genugtuung die feuchten Abdrücke, die sein Mund auf Macys Top hinterlassen hatte.

Macy erhob sich. „Es war nie die Rede davon, dass die Schnitzeljagd leicht sein sollte. Im Gegenteil: Ich versichere dir, dass wir uns noch an die Kehle gehen, ehe die vier Wochen um sind."

„An die Kehle hatte ich eher weniger gedacht", meinte Leo mit einem süffisanten Grinsen.

„So einer bist du also. Dir wäre jedes Mittel recht, nur um die Schnitzeljagd zu gewinnen, stimmt's?"

Leo antwortete nicht. Nur die Art, wie er die Augen rollte und mit den Fingern auf die Armlehne trommelte, verriet, dass ihn ihre Worte getroffen hatten. Schließlich stand er auf und zog das Handy aus der Tasche. Mit ruhiger Stimme orderte er ein Taxi. Er verstaute das Telefon wieder in der Gürteltasche und warf Macy einen finsteren Blick zu. „Ich mag abgebrüht sein, aber unlauteres Verhalten lasse ich mir nicht vorwerfen“, sagte er mit schneidender Kälte.

Macy fröstelte. „Ich wusste gar nicht, dass Anwälte sich um die Moral scheren.“

„Ich tue es, andernfalls würde ich bleiben.“

Macy schluckte. Wollte er damit andeuten, dass er sie begehrte? „Heißt das, du würdest gerne mit mir schlafen?“, fragte sie rundheraus. Statt einer Antwort packte er sie um die Taille und drückte sie so fest an sich, dass sie seine Erektion spüren konnte. Macy war beeindruckt. Sie räusperte sich. „Ist das eine Waffe in deiner Hose, oder freust du dich *so* über unser Wiedersehen?“, fragte sie vorlaut.

Leo musterte sie unter zusammengezogenen Augenbrauen. Die kleine Ader an seiner Schläfe pochte. „Machst du dich eigentlich über alles lustig, oder beschränkt sich dein Spott auf die Dinge, über die ein normaler Mensch keine Witze machen würde?“

„Lache, und die Welt lacht mit dir“, entgegnete Macy forsch und hoffte, dass ihre Stimme das Pochen ihres Herzens übertönte.

Leo ließ sie los, als hätte er sich die Finger verbrannt. „Nun, ich lache nicht. Ich gehe.“

„Hast du plötzlich das Interesse an meinem schmutzigen kleinen Geheimnis verloren?“

„Das hat Zeit. Für heute habe ich mehr erfahren, als ich verkraften kann.“ Leo machte auf dem Absatz kehrt, ging schnurstracks zum Aufzug, stieg ein und verschwand.

Macy blieb wie gelähmt stehen und starrte ihm noch nach, als der Aufzug längst abgefahren war.

Wohin sie auch blickte, überall sah sie ihn vor sich, auf dem Balkon, in dem rot-gelben Sessel, am Aufzug. Sie musste daran denken, wie sich seine Lippen auf ihrer Haut angefühlt hatten, sah die Erregung in seinem Gesicht vor sich … Na gut, nicht nur die in seinem Gesicht. Erinnerungen, dachte sie grimmig, lassen sich leider nicht so einfach entsorgen wie ein zerbrochenes Spielzeug.

## 5. KAPITEL

Lauren lag bäuchlings auf dem seidigen dunkelblauen Laken, mit dem Antons Bett bezogen war. Sie hatte den Kopf auf die Hände gelegt und war, abgesehen von einer Decke, die quer über ihren Unterschenkeln lag, völlig nackt. Sie stöhnte und wand sich, je nachdem, welche Muskelpartie Antons kräftige Finger gerade bearbeiteten. Er war ein begnadeter Masseur und hatte bereits jeden Zentimeter ihres Körpers mit den Handballen durchgeknetet. Eigentlich müsste sie jetzt total entspannt sein.

Aber wie sollte sie sich entspannen, wenn Antons Hände sanft über ihre Wirbelsäule glitten, über die Rundungen ihres Pos strichen und sich, wie gerade jetzt, vorwitzig einen Weg zwischen ihre Schenkel bahnten? Er streichelte und neckte und drängte, bis Lauren es kaum noch aushalten konnte. Doch sobald sie zu erkennen gab, dass sie bereit war, zog er sich wieder zurück.

Nur mit Mühe konnte sie ihre Enttäuschung verbergen, aber Anton hatte sie durchschaut. Zum Trost küsste er sie sanft zwischen die Schulterblätter, während er gleichzeitig versuchte, die verkrampften Muskeln und Sehnen ihrer Schulterpartie zu lockern. Lauren spürte selbst, wie hart und steif ihr Rücken war. Gar nicht unähnlich dem Teil von Antons Körper, der sich an der Rückseite ihrer Oberschenkel bemerkbar machte. So unauffällig wie möglich öffnete sie die Schenkel weiter. Für einen flüchtigen Moment hatte sie eine Vision von Macy und Leo Redding – in einer ähnlichen Situation. Wer weiß, was im Verlauf der Schnitzeljagd alles geschieht, dachte sie, doch dann konzentrierte sie sich wieder auf Anton.

Einfach unbeschreiblich, wie gekonnt seine Hände über ihren Rücken strichen, erst aufwärts, wenn er die Muskeln an ihrer Schulter massierte, dann abwärts, um die Verspannungen entlang der Wirbelsäule zu lockern. Mit geschlossenen Augen lag Lauren da, und ein verträumtes Lächeln umspielte ihre Lippen. Sie fühlte sich auf einmal ganz leicht und gelöst. Ihre Arme und Beine wurden weich und schwer, und sie hatte das Gefühl, in die Matratze einzusinken. Sie atmete tief ein und ließ sich von dem Duft des Massageöls, einer harmonischen Mischung aus Zitrone und Vanille, betören.

„Woran denkst du gerade?", fragte Anton leise.

Komische Frage! Wie sollte sie denken können, wenn Antons Finger, die eben noch ihre Schulter durchgeknetet hatten, sich nun an der Vorderseite ihres Körpers betätigten? Er hatte begonnen, zart ihre Brust zu streicheln. Sofort richteten sich die Spitzen ihrer Brüste steil auf und bohrten sich ins Laken, und das rhythmische Pulsieren an ihren Oberschenkeln signalisierte ganz deutlich, dass auch Anton erregt war.

Welchen Sinn hat eine Massage, die auf der einen Seite zwar Verkrampfungen löst, aber auch Anspannung verursacht, auch wenn diese ganz anderer Art ist, fragte sie sich im Stillen. Der Wunsch, Anton in sich zu spüren, wurde immer stärker. Sie musste ihn besitzen, und zwar sofort! Keine Sekunde länger wollte sie warten. Ungeduldig griff sie hinter sich und begann, Anton zu streicheln. Doch Anton entzog sich geschickt ihrem Zugriff, da half kein Bitten und Betteln.

Frustriert kniff Lauren die Augen zusammen. Was hatte sie denn nun schon wieder falsch gemacht? Geknickt und reichlich verunsichert wälzte sie sich schließlich auf den Rücken, um wenigstens den Grund für die Abfuhr zu erfahren. Gerade als sie den Mund aufmachen wollte, um zu fragen, womit sie sich Antons Unmut zugezogen hatte, schoss ihr ein völlig neuer, überraschender Gedanke durch den Kopf: Woher wollte sie eigentlich wissen, dass das Problem bei ihr lag?

Sie spürte, wie ganz langsam eine unbändige Wut in ihr hochstieg. Doch da fiel ihr Blick auf Anton, und ihr Zorn verrauchte in Windeseile. Das Kerzenlicht zauberte weiche Schatten auf seine Haut und spiegelte sich in dem samtigen Flaum auf seinem Kinn, in der wild verstrubbelten blonden Mähne und in den winzigen Härchen auf seinem Oberkörper. Er hatte sich aufgesetzt, und sie konnte deutlich sehen, wie erregt er war. Er war so schön, und sie begehrte ihn so sehr. Sie brauchte ihn. Jetzt!

Im Allgemeinen schreibt man ja Männern die stärkere Begierde zu, aber in diesem Fall war es Lauren, die nie genug bekommen konnte. Heute würde sie sich, aus einem Grund, den sie noch nicht kannte, wohl gedulden müssen, so viel hatte sie verstanden. Anton würde ihren Hunger nicht stillen, ehe er losgeworden war, was ihn beschäftigte, auch das wusste sie nach all der Zeit, die sie schon zusammen waren. Genauso wie sie wusste, dass ihr Körper eine Macht auf Anton ausübte, der er sich unmöglich entziehen konnte.

Mit einem Schlag war Lauren ernüchtert. Plötzlich interessierte es sie gar nicht mehr, was in Antons Kopf vorging. Seltsam! Stattdessen spürte sie auf einmal das merkwürdige Bedürfnis, Anton auf die Probe zu stellen. Wie stark fühlte er sich wirklich zu ihr hingezogen? Welche Belastungen konnte ihre Beziehung verkraften? Und, diese Frage brannte ihr seit Stunden auf den Nägeln, was hielt Anton von Macys Fragebogen? War er genauso schockiert darüber wie sie, oder sah sie wieder einmal zu Unrecht schwarz?

Die Liste hatte Lauren einen gehörigen Schrecken eingejagt, anders konnte man es nicht ausdrücken. Von den zwölf Fragen, die sich alle ausschließlich auf Anton bezogen, ihren Anton, den Partner, den Geliebten, konnte sie nicht mehr als zwei auf Anhieb beantworten. Rein äußerlich kannte sie ihn sehr genau, aber wie stand es mit seinem Innenleben? Mit seinen Vorlieben, Wünschen und Plänen? Bislang hatte Lauren sich nämlich auf das Naheliegendste, seinen herrlichen Körper, konzentriert und alles andere sträflich vernachlässigt. Das rächte sich jetzt. Sie begann sich nämlich zu fragen, was das über sie selbst aussagte und über ihren Wert als Freundin und Lebensgefährtin?

Doch – wie schon so oft an diesem Punkt in ihren Überlegungen – schwor sie sich feierlich, darüber nachzudenken, sobald sie eine ruhige Minute hatte, und wandte sich nun anderen, spannenderen Tätigkeiten zu. Sie erhob sich, ging zum Fußende des Bettes und setzte sich hinter Anton auf die Matratze. Im Vorübergehen bemerkte sie, wie seine Augen aufleuchteten. Sie legte ihm die Arme von hinten um die Schultern und schmiegte sich ganz fest an seinen Rücken. Zuerst streichelte sie seine Schultern, dann ließ sie die Hände über seine Brust gleiten.

„Ich war in Gedanken bei deinen Händen“, flüsterte sie in sein Ohr und begann, an seinem Ohrläppchen zu knabbern, während ihre Finger aufreizend langsam über seinen Oberkörper fuhren. „Ich bin verrückt nach deiner Berührung.“ Ihre Finger wanderten immer tiefer. „Ich kann dir nicht sagen, wie glücklich ich bin, dass ich dich getroffen habe.“

Anton saß stocksteif da. Offenbar glaubte er ihr kein Wort. Sie unternahm einen neuen Anlauf. „Nein, im Ernst, ich habe darüber nachgedacht, wie lange es wohl dauern wird, bis Macy und Leo …“

„Macy und Leo? Im Leben nicht! Du träumst!"

Anton hatte die Stimme erhoben, und Lauren hatte vor Überraschung die Hände sinken lassen. Erst nach einer Weile begann sie, behutsam an dem weichen Flaum auf Antons Brust zu zupfen. „War auch nur so eine Idee. Aber meinst du nicht, dass sie zueinander passen würden?"

„Absolut nicht!"

Wieder ließ Lauren die Hände sinken. Sie setzte sich mit überkreuzten Beinen auf die Matratze und überlegte, was Anton wohl zu dieser heftigen Äußerung bewogen hatte. Er kannte sie lange genug, um zu wissen, dass sie sich schon beim geringsten Anlass sofort auf die Seite der Freundin schlagen würde. „Wenn du dich da nur nicht verschätzt. Ich hatte den Eindruck, dass es zwischen den beiden gewaltig gefunkt hat."

Anton drehte sich zu ihr um und zog ihre Beine auf seinen Schoß. „Nimm's mir nicht übel, Lauren, aber du hast doch die Frauen gesehen, mit denen Leo normalerweise ausgeht. Zwischen diesen Frauen und Macy liegen Welten! Weder vom Aussehen noch von ihrer ganzen Art her entspricht sie seinem Typ. Sie passt einfach nicht zu ihm. Außerdem fehlt ihr der richtige gesellschaftliche Hintergrund, um für einen aufstrebenden Mann wie Leo interessant zu werden."

So eine Frechheit! Das konnte Lauren nicht einmal Anton durchgehen lassen. Sie brauste auf: „Was bildest du dir eigentlich ein? Ich pfeife auf Leos ach so kultivierte, vornehme Gespielinnen. Dass ihr Männer immer wieder auf die aufgetakeltsten Fregatten reinfallt! Glaubt ihr im Ernst, dass hinter teuren Designerklamotten unweigerlich auch begehrenswerte Frauen stecken? Was deinen Leo angeht: Eine tollere Frau als Macy ist ihm noch nie über den Weg gelaufen. Besser hätte er es nicht treffen können! Wenn es überhaupt jemand schafft, dem Kerl den Kopf zurechtzurücken, dann Macy mit ihrer Schnitzeljagd!“

Anton wirkte schockiert. Er schwieg lange, aber schließlich stellte er genau die Frage, vor der Lauren schon den ganzen Abend gezittert hatte. „Glaubst du, dass sich durch die Schnitzeljagd auch unser Leben verändern wird?“

Das war genau der Punkt, um den auch Laurens Gedanken unablässig kreisten und auf den sie noch keine Antwort gefunden hatte. „Was willst du damit andeuten?“, fragte sie, um Zeit zu gewinnen.

Anton nahm eine Strähne von Laurens Haar und zwirbelte sie zwischen den Fingern, während er sie liebevoll betrachtete. „Wenn ich dich richtig verstanden habe, könnte es im Verlauf des Spiels dazu kommen, dass Leo seine Einstellung zu Macy grundlegend ändert. Ich frage mich daher, ob das Gleiche nicht auch für unsere Beziehung gelten könnte. Ob zum Beispiel die Erkenntnisse, die ich über dich gewinne, mir ein ganz neues Bild von dir vermitteln werden? Das Gleiche gilt natürlich auch umgekehrt.“

Lauren wusste nicht, ob sie lachen oder weinen sollte. Wenigstens in einer Hinsicht hatte sich ihr Verdacht bestätigt: Die Fragen auf Macys Liste hatten auch Anton alarmiert. Ganz so schlecht kannte sie ihn also doch nicht. Sie rang sich ein Lächeln ab. Anton sollte nicht glauben, dass sie die Situation belastete. „Schatz, wir beide wissen ganz genau, dass Leo Macy wirklich total falsch einschätzt. Er kennt sie doch nur ganz flüchtig.“

Während sie sprach, strich sie mit beiden Händen an Antons Schenkeln entlang. „Du dagegen kennst mich gut, sehr gut, ganz intim sogar, würde ich meinen.“ Vorsichtig schob sie die Hand zwischen seine Beine und berührte seine Männlichkeit.

Anton schob ihre Hand weg. „So? Findest du? Ich glaube, du hast noch nicht verstanden, wie ernst es mir ist, Lauren. Hast du denn schon einen Blick auf deinen Fragebogen geworfen?“

Lauren nickte zaghaft. Sie hatte sich bereits einen, zugegeben, reichlich unverfrorenen Plan zurechtgelegt, wie sie sich auf elegante Weise aus der Affäre ziehen konnten. Der Zeitpunkt schien günstig, um Anton ins Vertrauen zu ziehen. „Und wenn wir nun schummeln? Wir tauschen einfach die Fragebögen aus. Ich beantworte die Fragen, die sich auf mich beziehen, du gewinnst den Preis, und wir stechen gemeinsam in See.“

Anton schüttelte heftig den Kopf. „Wozu soll das gut sein? Nein, wir versuchen es auf die ehrliche Art. Bist du denn gar nicht neugierig?“ Er nahm Laurens Hand und küsste sanft die Innenseite ihres Handgelenks.

Lauren schluckte. Die Dinge entwickelten sich ganz und gar nicht nach ihrem Geschmack. Sie musste versuchen, einen kühlen Kopf zu bewahren. „Neugierig worauf? Auf deine Unterwäsche vielleicht?“, meinte sie betont forsch. „Na hör mal, dass du praktisch nie Slips trägst, weiß ich doch längst. Wenn überhaupt, dann bevorzugst du die von der knackigen, engen Sorte. Wo also liegt die Herausforderung?“ Sie warf ihm einen herablassenden Blick zu und betete, dass ihre Schauspielkünste sie nicht verließen. Wie er reagieren würde, wenn er herausfand, dass sie von den elf übrigen Fragen auf ihrer Liste ganze zehn nicht aus dem Stegreif lösen konnte, wusste nur der Himmel.

„Das ist natürlich einfach, aber davon spreche ich nicht. Was steht denn sonst noch auf deiner Liste? Kannst du alles spontan beantworten?“

Lauren fluchte innerlich. Treffsicher hatte Anton den Finger genau auf die Wunde gelegt und das Thema angesprochen, vor dem ihr am meisten graute.

Zwischen Anton und ihr war es Liebe auf den ersten Blick gewesen, und diese Liebe hatte sie so blind gemacht, wie das Sprichwort es behauptete. Konnte man ihnen daraus einen Vorwurf machen? Vom ersten Moment an hatte sich ihre Beziehung mit geradezu atemberaubender Geschwindigkeit entwickelt. Hinzu kam, dass sie beide sehr erfolgreich waren und von ihren Jobs stark in Anspruch genommen wurden.

Sie hatten wenig Zeit füreinander, und alles, was die Harmonie stören könnte, hatten sie gekonnt verdrängt. Nur selten gelang es ihnen, tagsüber eine halbe Stunde zu erübrigen, um sich auf einen schnellen Imbiss zu treffen oder sich zu lieben. Lange Unterhaltungen, bei denen man den anderen richtig kennenlernt, hatte es bei dem chronischen Zeitmangel nicht gegeben. Aber vielleicht sah Anton das ja ganz anders. Sie beschloss, ihm den Schwarzen Peter zurückzuschieben. „Und du? Wie viele der Fragen kannst du denn beantworten?“

Anton ließ sich Zeit mit seiner Erwiderung, und Lauren nutzte die Atempause, um ihn zu betrachten. Die Flammen der Kerzen, die sie überall im Zimmer aufgestellt hatten, spiegelten sich in seinen Augen, sodass die Farbe seiner Iris nicht mehr genau zu erkennen war. Welche Farbe hatten seine Augen eigentlich? Waren sie schon immer so tiefblau gewesen, oder täuschte das Licht, und er hatte in Wirklichkeit, wie Lauren sich einbildete, hellere, meerblaue Augen? Stand es so schlimm um sie, dass sie sich nicht einmal an solche Kleinigkeiten mit absoluter Sicherheit erinnern konnte? Sie spürte, wie ihr Magen sich verkrampfte.

In diesem Moment begann Anton zu sprechen. „Lass mich nachdenken. Ich glaube, dass ich zum Beispiel genau weiß, wonach du süchtig bist: Drogen – nein, Alkohol – auch nicht, Schokolade – nur bedingt ..." Er ignorierte die Grimasse, die Lauren ihm schnitt, und fuhr unbeirrt fort: „Ich würde behaupten, du bist süchtig nach Fernsehen, besonders nach Seifenopern, und ganz besonders nach den Serien ‚Frasier' und ‚Friends'."

Lauren drohte ihm scherzhaft mit dem Finger. „Wag es nicht, dich über meine kleinen Vergnügungen lustig zu machen. Du kannst von Glück sagen, dass ich nicht nach Pornos süchtig bin und nicht mein ganzes Geld für Wichsvorlagen ausgebe."

Er blickte sie entsetzt an. „Hast du gerade Wichsvorlagen gesagt? Das glaub ich einfach nicht."

„Ach nein?" Sie schubste Anton rücklings auf die Matratze und ließ sich auf ihn fallen. Langsam streckte sie sich aus, bis sie der Länge nach auf Anton lag. Sie fühlte, wie ihn ein Schauer überlief. „Ich kenne jede Menge unanständiger Wörter, mein Lieber."

Er umfasste ihre Brüste. „Das hab ich schon gemerkt."

„Beschwerst du dich etwa?"

„Kein normaler Mann würde sich beschweren, wenn seine Freundin im Bett unanständige Wörter benutzt."

„Es gefällt dir also, wie ich meinen Mund benutze?" Lauren ließ ihre Zunge sanft über seine Kehle gleiten.

Anton stieß einen dumpfen Laut aus, und Lauren spürte, wie seine Erregung wuchs. „Ja, ich liebe deinen Mund", stöhnte er. „Und dein intelligentes Köpfchen nicht zu vergessen."

Lauren stützte das Kinn auf Antons Schlüsselbein und schob die Unterlippe vor. „Soll das heißen, du liebst mich mehr wegen meines cleveren Köpfchens als wegen meines verführerischen Körpers?"

„Es soll heißen, dass dich die Kombination aus beidem absolut unwiderstehlich macht." Anton schob sich ein Kissen in den Nacken und musterte Lauren mit ernster Miene. „Du wärst nicht hier, wenn du nicht witzig, intelligent und eine interessante Gesprächspartnerin wärst." Er ergriff eine ihrer blonden Locken und wickelte sie um seinen Finger. „Und ich wäre nicht hier, wenn du mich im Bett nicht jedes Mal in Flammen setzen würdest."

Lauren fühlte plötzlich einen scharfen Stich im Herzen, einen brennenden Schmerz, der sich in ihrem ganzen Körper ausbreitete. Ihre schlimmsten Befürchtungen hatten sich soeben bewahrheitet: Anton hatte zugegeben, dass er die Schlagfertigkeit und Klugheit einer Frau höher bewertete als ihre körperlichen Vorzüge. Verlier jetzt nur nicht die Nerven, ermahnte sie sich. Sie musste es genau wissen. „Was kommt denn nun für dich an erster Stelle?", bohrte sie nach.

„Sprechen wir von einer dauerhaften Beziehung, oder geht's dir um die Schnitzeljagd?"

„Wir sprechen von dir und von mir."

„Dann kennst du die Antwort doch längst." Seine Stimme war wieder ganz zärtlich geworden. Er schlang beide Arme um Lauren und zog sie ganz fest an sich.

Von wegen, dachte Lauren verdrießlich. Sie war um keinen Deut weiser als zuvor. Aber solange sie in seinen Armen lag, konnte sie nicht ernsthaft über die Art ihres Verhältnisses nachgrübeln. Ihr Körper forderte sein Recht, denn, was immer Anton auch darüber denken mochte, die körperliche Seite ihrer Beziehung war phänomenal. Und hier war Lauren absolut in ihrem Element.

Sie bewegte sich in einer Art, die Anton noch jedes Mal erregt hatte, und auch diesmal hatte sie damit Erfolg. Er stöhnte leise und gab seinen Widerstand auf. Mit seinen starken Händen spreizte er ihre Beine. Jetzt gehörte er ganz ihr. Sie fühlte seine Erregung unter sich und begann, langsam mit den Hüften zu kreisen. Als sie es nicht mehr aushielt, senkte sie ihren Körper quälend langsam, bis sie ihn ganz in sich aufgenommen hatte.

Jetzt hielt sie nichts mehr zurück. Sie steigerte den Rhythmus, wurde schneller, wilder. Plötzlich warf sie den Kopf zurück und richtete sich auf. Sie stützte die Arme auf seine Schultern und bewegte sich so ungestüm, dass er sie bremsen wollte. Aber Lauren war nicht in der Stimmung für Zärtlichkeit, sie wollte ungebändigte Leidenschaft.

Mit den Füßen schob sie Antons Beine auseinander. Er stöhnte, ließ es aber mit sich geschehen, kam ihr sogar entgegen. Als er die Luft scharf durch die zusammengebissenen Zähne einsog, wusste Lauren, dass er kaum mehr an sich halten konnte. Sie griff hinter sich und liebkoste ihn, bis er aufstöhnte. Sekunden später packte er sie bei den Schultern und drehte sie auf den Rücken, ohne dass sich ihre Körper voneinander lösten.

„Du bist immer für eine Überraschung gut, Lauren Hollister", flüsterte er in ihr Ohr, „und du bist wahnsinnig sexy." Sanft strichen seine Lippen dabei über ihre Lider, die Wangenknochen und über ihr Kinn.

Was für schlichte Geschöpfe Männer doch sind, dachte Lauren. „Ich liebe dich", erwiderte sie so leise, dass er es kaum hören konnte, und schlagartig wurde ihr bewusst, dass sie die Wahrheit gesagt hatte. Aber als sie dann den Höhepunkt erreichte, vermisste sie zum ersten Mal die Intensität, die sie mit Anton sonst immer gespürt hatte. Trotzdem klammerte sie sich hinterher fest an ihn, drückte ihn an sich und zeichnete mit dem Finger feine Linien auf die Muskeln an seinen Schultern, bis er ein wohliges Brummen hören ließ.

Ein Brummen, das ist alles, dachte Lauren enttäuscht. Ein wenig mehr hätte sie schon erwartet, aber was? Eine Liebeserklärung? Warum? Zwischen ihnen hatte sich ja nichts geändert, oder? Wie die meisten Männer sprach Anton nicht gerne über seine Gefühle. Das Wenige, das er heute über seine Erwartungen geäußert hatte, war mehr, als Lauren ihm jemals hatte entlocken können.

Normalerweise störte sie sich nicht an Antons Wortkargheit. Heute allerdings beunruhigte sie sein Schweigen, und sie wusste auch genau, woran das lag. Anton blieb lieber stumm, als etwas Unaufrichtiges zu sagen. Aber was war mit ihr selbst?

Drei Tage waren seit jenem denkwürdigen Abend vergangen. Macy wartete auf Lauren, die noch unter der Dusche stand. Sie hatte es sich auf dem Sofa bequem gemacht und freute sich auf einen gemütlichen Frauenabend. Es war höchste Zeit für ein ausgiebiges Gespräch, fand sie, denn Lauren war erst heute von ihrem Besuch bei Anton nach Hause zurückgekommen.

Sie hatte mittlerweile einen ansehnlichen Vorrat von lebensnotwendigen Utensilien bei Anton eingelagert. Notfalls hätte sie leicht auch ein paar Wochen bei ihm verbringen können, ohne dass es ihr an irgendetwas gemangelt hätte. Aber bisher hatten sich ihre Besuche nie über mehr als zwei oder drei Tage ausgedehnt, und zwar nicht zuletzt aus Rücksicht auf Macy. Eines hatte Lauren in den zahlreichen Jahren als Macys Mitbewohnerin nämlich gelernt: Nach spätestens drei Tagen Einsamkeit fiel Macy die Decke auf den Kopf.

So viel Einfühlungsvermögen wusste Macy sehr zu schätzen. Nicht viele Menschen, nicht einmal alle ihre Freunde, hätten

Macys Eigenheiten mit so engelsgleicher Geduld ertragen wie Lauren.

Macy war vermutlich der einzige Mensch auf Erden, für den eine ruhige Minute eine schreckliche Strafe bedeutete. Sie hasste nichts so sehr, wie allein zu sein, kein Geräusch zu hören. Statt sich in der Stille zu entspannen, fühlte sie sich isoliert, abgeschnitten von der Welt. Sie war extrovertiert und lebte nur für den Augenblick. Als diplomierte Psychologin wusste sie natürlich, dass sie einem klassischen Verhaltensmuster folgte: Dadurch, dass sie sich auf die Welt um sie herum konzentrierte, verdrängte sie die eigenen Probleme und vermied es, sich mit ihnen auseinanderzusetzen.

Aber das bedeutete nicht, dass nicht auch Macy Momente erlebte, in denen sie die Einsamkeit überwältigte, egal, was um sie herum vorging. Dann packte sie die Verzweiflung, und sie zog sich in ihr Zimmer zurück. Früher hatte sie sich in solchen Fällen die Augen ausgeheult, aber so weit hatte sie sich inzwischen im Griff. Manchmal spielten ihr allerdings die Hormone einen Streich, und sie erlag einem Anflug des berüchtigten prämenstruellen Syndroms. In solchen Fällen half nur noch eine ausgedehnte Sitzung mit romantischen Liebesfilmen.

Stundenlang saß sie dann vor dem Fernsehgerät und lauschte mit Tränen in den Augen, wie Kevin Costner als Robin Hood seiner Maid Marian gesteht, dass er sein Leben für sie geben würde, oder schluchzte laut, wenn Hugh Grant am Ende von „Sinn und Sinnlichkeit" zu Emma Thompson zurückkehrte. Immer wieder griff sie auch auf eine Folge aus der Serie „Frasier" zurück, in der Niles Daphne endlich seine Liebe offenbart.

Auch die Vorliebe für „Frasier" verdankte Macy übrigens Lauren. Es gehörte für sie beide inzwischen zum täglichen Ritual, gemeinsam die neueste Folge anzusehen. Aber die unbeschwerten Tage ihrer Wohngemeinschaft waren gezählt, das ahnte Macy, ohne sich deswegen graue Haare wachsen zu lassen. Sie war einfach nicht der Typ, der groß Pläne schmiedete. Wenn es so weit war, würde sie irgendeiner spontanen Eingebung folgen oder – höchstwahrscheinlich – eine Dummheit begehen. Sie könnte zum Beispiel einen Untermieter aufnehmen.

Mit Laurens Rückkehr herrschte erst einmal wieder der normale Rhythmus in ihrem Leben. Lauren war heimgekommen, hatte einen Happen gegessen, ihre Wäsche gewaschen und würde gleich mit Macy zusammen das gewohnte Dienstagabendprogramm absolvieren, das heißt zwei alte Folgen von „Frasier" im Fernsehen anschauen.

Wie aufs Stichwort kam Lauren aus der Dusche. Sie ließ sich neben Macy auf das Sofa fallen und begann, ihr Haar trocken zu rubbeln. Der herrlich frische Zitronenduft ihres Shampoos erfüllte den ganzen Raum. Sie vergrub die Füße zwischen den Polstern und las mit gerunzelter Stirn den Titel der Sendung. „Hab ich schon gesehen", murmelte sie gelangweilt, während sie das feuchte Haar zu einem festen Knoten aufsteckte.

Macy warf der Freundin einen verwunderten Blick zu. „Du kennst doch alle Wiederholungen."

„Das ist ja das Grässliche! Es macht nur halb so viel Spaß, wenn man den Witz schon einmal gehört hat."

„Seit wann denn das? Normalerweise lachst du dich halb krank, egal, wie oft du die Folge schon gesehen hast." Macy ahnte schon, wie es weitergehen würde. Wieder einer dieser Abende, an denen sie Lauren moralisch aufrichten musste. Nicht zum ersten Mal brachte sie schlechte Laune mit, wenn sie von Anton zurückkam. Sie war stets hin und her gerissen zwischen dem

Wunsch, noch zu bleiben, und der Einsicht, dass es besser war zu gehen. „Wär's dir lieber, wenn ich ausschalte?", fragte Macy rücksichtsvoll.

Lauren schüttelte energisch den Kopf und angelte nach der Tüte Salzstangen, die sie, zusammen mit einer Dose Cola light, auf dem Boden neben dem Sofa abgestellt hatte. „Die Ablenkung wird mir guttun."

Macy horchte auf. Höchst interessant: Lauren wollte sich ablenken! Wovon? Ausgerechnet Lauren, die sich auf ihre geistigen Fähigkeiten ziemlich viel einbildete und nie vor Problemen zurückschreckte. „Wenn du die Folge schon kennst, wird sie dich kaum ablenken, meinst du nicht?"

Statt einer Antwort steckte Lauren sich eine ganze Hand voll Salzstangen zwischen die Lippen und schenkte Macy ein stacheliges Grinsen.

„Du solltest ein Stück Apfelsine nehmen, das sieht viel besser aus", meinte Macy völlig unbeeindruckt.

„Dann geh und schäl mir eine", bat Lauren, nachdem sie die trockenen Stangen mühselig zerkaut und hinuntergeschluckt hatte. „Und wenn du schon dabei bist, sei so lieb und bring mir bitte einen Apfel, eine Banane und ein Schälchen geschmolzener Schokolade mit."

Lauren, die Ernährungsbewusste, verlangte nach Schokolade? Das roch nach Ärger! Energisch stellte Macy den Ton ab. „Jetzt aber raus mit der Sprache!", befahl sie.

„Geht nicht", nuschelte Lauren, die schon wieder den Mund voller Salzletten hatte. „Mi' vo'em Mumb …"

„Eben hat's noch hervorragend geklappt." Macy bückte sich und reichte der Freundin die Cola. Sie wartete geduldig, bis Lauren die trockenen Krümel hinuntergespült hatte, dann fragte sie:

„Was ist denn los mit dir?"

Lauren ließ sich in die Polster zurücksinken und zog die Knie an. „Ich glaube, ich habe ein kleines Problem mit deiner Schnitzeljagd."

Macy heuchelte Überraschung. „Wie das? Ich war mir sicher, dass ihr beide heimlich schon für die Kreuzfahrt packt."

„Wie bitte? Macy, wovon redest du?"

„Hallo, ich rede von Sydneys Preis für den Gewinner des Spiels."

„Wieso sollten wir dafür packen?"

„Weil ihr den Sieg so gut wie in der Tasche habt, würde ich meinen."

„So?" Lauren schien Macys Enthusiasmus nicht zu teilen.

Macy dagegen musste sich größte Mühe geben, ihre Begeisterung nicht offen zu zeigen. Sie setzte ihr bestes Pokergesicht auf und bemühte sich um einen neutralen Tonfall. „Soll das heißen, dass du noch nicht alles über Anton weißt, und umgekehrt, er auch nicht von dir?"

„Genau." Lauren betrachtete Macy voll Argwohn. „Und irgendwie habe ich das starke Gefühl, du hast das von Anfang an geahnt."

„Wie bitte?"

„Versuch nicht, mich für dumm zu verkaufen, Macy Webb. Auf Ehre und Gewissen: Hast du das alles arrangiert, um mich in Verlegenheit zu bringen?"

Macy verschlug es für einen Moment die Sprache. Sie hatte nicht damit gerechnet, dass Lauren ihren Schachzug so auslegen könnte. „Wie hätte ich dich in Verlegenheit bringen können?", fragte sie scheinbar unschuldig.

„Mit der Liste! Du weißt ganz genau, dass ich unmöglich all

diese Dinge über Anton wissen kann."

„Das redest du dir nur ein. Natürlich habe ich die Liste entworfen. Aber wie hätte ich voraussehen können, wer gegen wen antreten wird, oder wie die Fragen bei jedem Einzelnen ankommen." Sie betete, dass sie nicht zu dick aufgetragen hatte.

Lauren verschränkte die Arme vor der Brust. „Aber nein, natürlich nicht, auf keinen Fall", äffte sie die Freundin nach.

„Wie, glaubst du mir etwa nicht?"

Lauren hob anklagend den Zeigefinger. „Was ich glaube, meine Liebe, ist, dass du es kaum erwarten kannst, herauszufinden, ob es dir gelungen ist, einen Keil zwischen Anton und mich zu treiben."

Blitzschnell packte Macy Laurens Finger und verdrehte ihn, bis Lauren einen Schmerzensschrei ausstieß. „Quatsch! Bei der Schnitzeljagd geht es weder um Anton und dich noch um Eric und Chloe oder Sydney und Ray. Es geht um meine gIRL-gAMES-Kolumne. Es geht um meinen Job!"

Ernüchtert und eingeschnappt verkroch sich Lauren in eine Ecke des Sofas und massierte sich den Finger. „Weiß ich ja", murmelte sie schließlich. „Ich habe einfach keine Lust, der Tatsache ins Auge zu sehen, dass ich noch nicht weit gekommen bin mit meinen Aufgaben."

„Na und? Du hast sie doch erst seit drei Tagen. Ganz so kinderleicht wollte ich es euch nicht machen. Mir bist du vermutlich bereits um Längen voraus. Ich habe über Leo noch gar nichts herausbekommen." Gut, sie wusste inzwischen, dass er es meisterlich beherrschte, einer Frau Hoffnungen zu machen und sie dann zu enttäuschen, aber das stand jetzt nicht zur Debatte. „Wenn du keinen Spaß an dem Spiel hast, dann betrachte es eben als Teil deiner Arbeit. Ist es ja auch. Es gehört zu meinem Job, der sich auch auf deinen Job auswirkt und so weiter. Ich erzähl dir da nichts Neues."

Lauren packte Macy an einem der zahllosen Reißverschlüsse an ihrer Cargohose und zog sie näher zu sich. „Oh nein, meine Liebe, das, was mir dein neuestes Spiel abverlangt, übersteigt meine Verpflichtungen gegenüber gIRL-gEAR bei Weitem."

Tja, dachte Macy, dann muss ich meinen höchsten Trumpf ausspielen. „Und was ist mit deinen Verpflichtungen gegenüber deiner besten Freundin?"

„Ich kann mich nicht erinnern, dass deine Regeln es gestatten, mein Leben auf den Kopf zu stellen." Lauren langte erneut nach den Salzletten.

„So schlimm kann es doch gar nicht sein", protestierte Macy. Als Lauren ihr einen erbosten Blick zuwarf, tätschelte sie beschwichtigend ihre Hand. „Höchstens ein bisschen, oder?"

„Ein bisschen?", empörte sich Lauren und fing an, Macy mit Salzstangen zu bombardieren. „Die einzige Frage, die ich mit Sicherheit beantworten kann, ist die nach Antons Unterwäsche."

„Ach ja? Welcher Typ ist er denn?" Macy fiel ein, dass sie noch nicht einmal auf die Idee gekommen war, sich Gedanken darüber zu machen, was Leo wohl unter seiner Uniform aus weißem Hemd und frisch gebügelten Hosen trug.

„Verrate ich nicht. So, wie du mir das Leben zur Hölle machst."

Und das ist erst der Anfang, dachte Macy mit einem Anflug von schlechtem Gewissen. Um Lauren nicht in die Augen sehen zu müssen, begann sie, die Krümel von ihrem Schoß und von den Polstern aufzulesen. Die größeren Stücke schichtete sie auf der Lehne zu einer Art Blockhaus auf. Gleichzeitig überlegte sie fieberhaft, wie sie Lauren wohl am besten dazu bringen konnte, ihr bis ins kleinste Detail zu berichten, was zwischen Anton und ihr vorgefallen war.

Lauren kaute nachdenklich auf einer Salzstange. „Und du weißt wirklich nicht, was auf meiner Liste stand?"

Macy schüttelte heftig den Kopf. „Wie stellst du dir das vor bei zehn Listen? Zwölf sogar, wenn man die von Kinsey und Doug mitrechnet. Wie sollte ich da alle Einzelheiten behalten?" Das war nicht einmal gelogen. Natürlich konnte Macy sich an die speziell für Lauren zusammengestellte Liste noch ziemlich gut erinnern, beziehungsweise sie würde sich daran erinnern können, wenn sie den Kopf frei hätte. Dummerweise hatte sie aber mit den Aufgaben, die sie selbst lösen musste, genug zu tun. Schnell schüttelte sie den Gedanken an Leo Redding ab. „Nenn mir mal ein Beispiel", bat sie.

„Na gut, okay. Welche Eigenschaft muss eine Frau, mit der Anton eine dauerhafte Beziehung eingehen würde, auf jeden Fall besitzen?"

„Wow, das ist eine harte Nuss. Diese Frage war mir völlig entfallen. Hast du's herausgefunden?"

„Nein."

„Hast du wenigstens eine Vermutung?"

„Ja, aber die hat sich nicht bestätigt."

„Wieso nicht?"

„Anton weiß es selbst nicht."

„Soll das ein Witz sein?" Macy wurde ganz flau im Magen. So hatte sie sich das eigentlich nicht vorgestellt. Ihr Plan sah vor, dass die Fragen auf der Liste den beiden als Ausgangspunkt für ein Gespräch dienen sollten, um ihre Beziehung auf festere Füße zu stellen. Davon konnte anscheinend nicht die Rede sein.

„Nö."

„Kann er sich nicht entscheiden, oder ist er sich gar nicht darüber im Klaren, was alles in dir steckt?"

„Er weiß es einfach nicht. Punkt. Er weiß es nicht, weil er sich noch nie Gedanken über eine feste Beziehung gemacht hat."

„Das kann ja noch kommen."

„Er sagt, nein."

Macy fehlten die Worte. Sie hatte gehofft, dass Lauren und Anton, angeregt durch ihre Aufgaben, über ihre Beziehung nachdenken würden. Damit, dass die beiden in Wahrheit gar keine Beziehung hatten, hatte sie natürlich nicht rechnen können. Der Fehler lag bei Anton, das verstand sich von selbst. Denn über Laurens Gefühle für den Burschen war Macy bestens im Bilde. Dachte sie wenigstens. „Was willst du jetzt machen?"

Lauren griff nach der Fernbedienung und schaltete endlich den Fernseher aus. „Darüber wollte ich gerade mit dir reden", antwortete sie und studierte dabei verdächtig aufmerksam ihre Zehennägel. Macy wurde es unbehaglich zumute. „Obwohl ich schon fast ein Jahr mit Anton zusammen bin, kenne ich ihn so gut wie gar nicht. Du weißt ja, wie viel wir beide arbeiten. Da bleibt einfach keine Zeit für ausgedehnte Unterhaltungen."

„Das ist doch ganz normal. Den meisten Paaren geht es nicht anders. Aber für eine Beziehung ist das nicht sehr förderlich."

„Richtig. Wie kann etwas Dauerhaftes entstehen, wenn wir nicht einmal Zeit haben, uns wirklich kennenzulernen?"

„Dabei kann euch das Spiel aber helfen, meinst du nicht? Jetzt habt ihr die Chance, euch näher zu kommen, und obendrein könntet ihr eine fantastische Reise gewinnen."

„Nur wenn wir irgendwoher die Zeit nehmen, um uns mit deinen Fragen zu befassen." Lauren holte tief Luft. „Deshalb habe ich beschlossen, zu Anton zu ziehen."

Macy glaubte sich verhört zu haben. Das konnte Lauren doch nicht tun! Sie durfte sie doch nicht einfach allein lassen. Zur Sicherheit fragte sie noch einmal nach. „Hab ich das richtig verstanden?"

Lauren nickte. „Hast du. Anton hat mich schon vor ein paar Monaten gebeten, zu ihm zu ziehen, aber damals habe ich ihm einen Korb gegeben. Ich war noch nicht bereit dafür. Wir waren noch nicht bereit."

„Aber jetzt hast du deine Meinung geändert?" Macy war entrüstet. Daran war nur die Schnitzeljagd schuld. Sie hatte sich wirklich ein Kuckucksei ins Nest gelegt. „Wer kam denn auf diesen glorreichen Gedanken?"

„Es erschien uns beiden als die beste Lösung", antwortete Lauren. „Na ja, ich habe das Thema zur Sprache gebracht, aber Anton war sofort einverstanden. Irgendetwas müssen wir ja unternehmen, um herauszufinden, ob wir zueinander passen."

„Handelst du nicht ein bisschen überstürzt? Was, wenn du diesen Schritt nächste Woche schon bereust?", wandte Macy ein, während sie sich im Stillen bereits den Kopf darüber zerbrach, wie sie einen Ersatz für Lauren finden sollte.

„Du setzt ja größtes Vertrauen in unsere Beziehung", meinte Lauren sarkastisch. Sie war aufgesprungen und lief unruhig im Wohnzimmer auf und ab.

„So hab ich das nicht gemeint ..."

„Lass nur, ich kenne dich ja. Wenn ich merke, es war die falsche Entscheidung, ziehe ich sofort wieder aus, selbst auf die Gefahr hin, dass ich mein Zimmer dann mit einer neuen Mitbewohnerin teilen muss."

„Ich glaube nicht, dass ich dich einfach sofort ersetzen

kann", gab Macy pikiert zurück.

„Na, na, Macy. Insgeheim stellst du doch bereits eine Liste möglicher Kandidatinnen zusammen. Darauf würde ich meine gIRL-gEAR-Anteile verwetten."

„Niemand könnte dich ersetzen", seufzte Macy resigniert. Sie fühlte sich plötzlich hundeelend. Die Freude auf einen gemütlichen Fernsehabend war ihr gründlich vergangen.

Lauren sah ihr das an. Sie setzte sich auf Macys Schoß und legte ihr tröstend den Arm um die Schulter. „Genau das wollte ich hören. Ich bin einfach unersetzlich."

Macy schmiegte sich an die Freundin und seufzte. „Sieh zu, dass Anton das nie vergisst."

„Für wie beschränkt hältst du mich eigentlich? Er ist nur ein Mann. Ich weiß, dass ich es ihm ständig unter die Nase reiben muss."

„Fein." Macy konnte nur noch flüstern. Sie hatte Tränen in den Augen und einen dicken Kloß im Hals. Lauren war noch nicht einmal weg, und sie vermisste sie schon ganz fürchterlich.

„Ich will mir gar nichts vormachen. Die körperliche Seite unserer Beziehung spielt eine enorme Rolle für Anton." Lauren schmunzelte. „Für mich natürlich auch."

„Mit Recht."

„Findest du?" In Laurens Stimme lag auf einmal ein zweifelnder Unterton.

„Na klar. Wo kämen wir hin, wenn nur die Männer Freude am Sex haben dürften?"

„Schon, nur frage ich mich manchmal, ob es in unserer Beziehung nicht ausschließlich darum geht." Lauren seufzte tief. „Wenn wir schon mal Zeit füreinander finden, verbringen wir die fast ausnahmslos im Bett."

Macy räusperte sich. Ihr Hals war wie zugeschnürt, sie fühlte sich beengt und bekam keine Luft mehr. Schnell schob sie Laurens Arm von ihrer Schulter. „Na ja, in Zukunft werdet ihr auch Zeit für andere Dinge finden. Jetzt aber runter mit dir. Du brichst mir noch alle Knochen.“ *Und das, meine Liebe, wäre dann doch des Guten zu viel. Mein Herz hast du nämlich bereits auf dem Gewissen.*

## 6. KAPITEL

Kein Zweifel, die Schnitzeljagd stand unter einem schlechten Stern. Heute war Montag. Vor etwas mehr als einer Woche hatte Macy ihren Testpersonen das Spiel vorgestellt. In der kurzen Zeit, die seither vergangen war, hatte sie nicht nur ihre Mitbewohnerin verloren, sondern auch mehrere Tage mutterseelenallein in dem riesigen Loft verbracht. Bereits jetzt fühlte sie sich wie eine Einsiedlerin, die jahrzehntelang in einer eiskalten Krypta gelebt hatte. Damit noch lange nicht genug: Zu allem Überfluss musste sie sich wohl oder übel mit der niederschmetternden Tatsache abfinden, dass Leo sie fallen gelassen hatte wie eine heiße Kartoffel.

Sie hätte heulen können vor Wut. Das Alleinsein machte sie krank, die Schnitzeljagd erwies sich als Reinfall, und wie sie ihren Fragebogen ausfüllen sollte, ohne ihrem Partner auf den Zahn fühlen zu können, daran mochte sie im Augenblick gar nicht denken.

Um sich von ihrem Elend abzulenken, ging Macy einkaufen, zum ersten Mal seit sie ihren jämmerlichen Einpersonenhaushalt führte. Sie kaufte einen einzigen Liter Milch – Vollmilch anstatt der wässrigen, kalorienreduzierten Sorte, auf der Lauren bestanden hätte –, Crème fraîche, echte Butter, schmackhaften, fettreichen Käse und jede Menge Kekse. Laurens eisernes Kaloriensparen hatte dauernd Anlass zu Reibereien gegeben.

Die ernährungsbewusste Lauren hatte die Hälfte dessen, was Macy in den Korb packte, wieder in die Regale zurückgestellt, aber Macy hatte sich nur ausgewogen und gesund ernährt, solange sie gemeinsam eingekauft hatten. Heute jedoch wollte sie so richtig über die Stränge schlagen. Höchstwahrscheinlich würde sie einen Herzinfarkt kriegen, wenn sie die Rechnung präsentiert bekam, aber das war ihr im Augenblick völlig schnuppe.

Macy war die jüngste von sechs Geschwistern. Sie hatte früh gelernt, dass man sich die Aufmerksamkeit, die man haben wollte, hart erkämpfen musste. Außerdem hatte sie sich die Fähigkeit angeeignet, selbst im größten Trubel konzentriert arbeiten zu können. Das ging so weit, dass sie sich auch als Erwachsene erst dann wohl fühlte, wenn sie hören konnte, dass sie nicht allein war. Sie brauchte einen gewissen Geräuschpegel. Man konnte fast sagen, dass sie nur dann zu Höchstleistungen auflief, wenn es um sie herum brodelte. Ruhe, Stille, Frieden waren ihr ein absolutes Gräuel. Lärm dagegen machte ihr überhaupt nichts aus, im Gegenteil: Je lauter es um sie herum war, desto mehr blühte Macy auf.

Deshalb machte ihr Laurens Abwesenheit so entsetzlich zu schaffen. Wenn sich Lauren in der Wohnung aufhielt, konnte sich Macy auch auf ihre Arbeit konzentrieren. Jetzt aber starrte sie stundenlang aus dem Fenster. Für die Abteilungskonferenz am nächsten Morgen hatte sie sich noch keine Notizen gemacht, von ihrem Beitrag zur Webseite, dessen Abgabetermin bedrohlich nahe rückte, ganz zu schweigen. Sie war ganz offensichtlich nicht imstande, einen einzigen, zusammenhängenden Satz zu einem Thema zu formulieren, über das sie sich seit Wochen Gedanken machte. So konnte es doch nicht weitergehen! Sie musste sich etwas einfallen lassen.

Während Macy versuchte, ihre Lage zu analysieren, war sie zwischen den Regalen mit Knabbereien durchgelaufen und hatte gedankenlos Kartoffelchips, Käsecracker und Tortillachips eingepackt. Ein ganzer Berg von Tüten türmte sich in ihrem Einkaufswagen. Als Nächstes suchte sie die riesige Gemüseabteilung des Einkaufszentrums auf. Auf meterlangen Ständen lockte eine geradezu traumhafte Auswahl an frischem Obst und Gemüse. Macy betrachtete die Pracht jedoch mit gemischten Gefühlen. Alles hier erinnerte an Lauren, die wegen des riesigen Angebots und der hervorragenden Qualität der Ware immer gerne hier eingekauft hatte.

Macy schüttelte wütend den Kopf. Fang jetzt bloß nicht an zu heulen, ermahnte sie sich. Die Welt geht nicht unter, nur weil Macy Webb heute Singleportionen einkauft. Es hat eigentlich nur Vorteile, wenn man mit drei Äpfeln und zwei Bananen anstatt je einem halben Dutzend nach Hause gehen kann. Man muss erstens viel weniger schleppen, zweitens kann nichts verderben, und drittens bleiben die besten Stücke auf jeden Fall für mich.

Noch schnell einen Kopf Eisbergsalat – den hatte Lauren nicht ausstehen können –, ein Netz mit winzigen Karotten und eine kleine Tomate. Mehr brauchte es nicht für einen einfachen Salat. Denn Macy bevorzugte in der Regel einfache Hausmannskost. Es war stets Lauren gewesen, die auf exotische Gerichte bestanden hatte.

Lauren wäre sehr stolz auf mich, sagte sich Macy. Ich habe mich wirklich sehr zusammengerissen und verhältnismäßig vernünftig eingekauft. Sie musterte eine Salatgurke von allen Seiten und wog sie dann abschätzend in der Hand.

„Dann stimmt es also doch nicht, was die Leute immer behaupten."

Macy zuckte zusammen. Vor ihr stand, wie aus dem Nichts herbeigezaubert, Leo Redding. Erst glaubte sie an eine Sinnestäuschung und kniff die Augen zusammen, aber nein, er löste sich nicht in Luft auf wie eine Fata Morgana. „Was meinst du?“, stotterte sie verwirrt.

Leo deutete auf die Gurke in ihrer Hand. „Na, dass es auf die Größe nicht ankommt.“

Vor Verlegenheit wäre Macy am liebsten im Erdboden versunken. Schlimm genug, dass er sie dabei ertappt hatte, wie sie an einer Gurke herumfummelte. Aber zu allem Überfluss wurde sie jetzt auch noch rot. Schnell beugte sie sich über ihren Einkaufswagen und legte die Gurke langsam und umständlich hinein. Dabei fiel ihr Blick in Leos Korb, und ihre Laune besserte sich blitzschnell. Sieh mal einer an! Nicht einmal der abgeklärte Leo war gegen alle Versuchungen gefeit! Er hatte eine runde, pralle Honigmelone in seinen Wagen geladen.

Mit sichtlicher Genugtuung zeigte Macy mit dem Finger auf die reife Frucht. „Jeder von uns hat so seine Träume, wie man sieht“, bemerkte sie zuckersüß und gratulierte sich zu der schlagfertigen Erwiderung. Endlich einmal hatte sie das letzte Wort behalten. Erwartungsvoll sah sie Leo an – ein folgenschwerer Fehler, wie sich prompt herausstellte. Wieder einmal hatte sie nicht daran gedacht, wie umwerfend attraktiv er war.

Leos Augen waren zartgrün wie ... frische Salatblätter. Über sein Kinn und die Wangen verliefen feine bläuliche Schatten. Der Herr Anwalt war offensichtlich zu beschäftigt für die morgendliche Rasur. Er überragte Macy um einiges, fast einen halben Meter, schätzte sie. Jedenfalls befanden sich ihre Augen auf gleicher Höhe mit der Brusttasche seines Hemds, und ihr wurde wieder einmal bewusst, wie breit sein Brustkorb und wie stark und muskulös seine Schultern waren. Mit einem wohligen Schauer dachte Macy daran, wie hart sich diese Muskeln unter ihren Händen angefühlt hatten. Und weil sie gerade dabei war, fuhr sie in Gedanken noch einmal über seine rauen Bartstoppeln und streifte seinen Mund mit ihren Lippen.

Sie seufzte leise. Warum gab es kein Gesetz, das regelte, wer in der Öffentlichkeit einkaufen durfte und wer nicht? Noch eine Minute länger in seiner Gegenwart, und sie würde dem Zauber seiner Augen erliegen und rettungslos dahinschmelzen. Über die Konsequenzen mochte sie gar nicht nachdenken. Womöglich handelte sie sich ein unwiderrufliches Hausverbot im Supermarkt ein, denn ein derartiges Verhalten verstieß sicherlich gegen jede erdenkliche Hygienevorschrift.

Leo schien von dem Aufruhr, den sein plötzliches Erscheinen verursacht hatte, wieder einmal nicht das Geringste zu bemerken. Er kramte umständlich in der Tasche seines frisch gestärkten weißen Hemds, zog einen Zettel hervor, faltete ihn gewissenhaft auseinander und las ihn aufmerksam durch.

Erst nach einer geraumen Weile dämmerte es Macy, dass er nicht etwa seine Einkaufsliste überprüfte, sondern den Fragebogen, den sie ihm ausgehändigt hatte, studierte. Sie war sprachlos. Dieser Kerl schleppte tatsächlich den Fragebogen mit sich herum? Wollte er sich über sie lustig machen? Einen anderen Grund konnte Macy sich nämlich beim besten Willen nicht vorstellen. „Was machst du denn da?“, fragte sie argwöhnisch.

Leo rückte seine Brille zurecht und antwortete, ohne aufzusehen: „Ich will mich vergewissern, ob hier nicht nach deiner Lieblingsspeise gefragt wird.“

Macy war platt. Statt einer Erwiderung schob sie stumm den Einkaufswagen an ihm vorbei. Mit einem gewissen Hochgefühl stellte sie fest, dass Leo ihr, ohne zu zögern, folgte. Ach was, Hochgefühl! Selig war sie! Eiskalte Schauer jagten über ihren Rücken vor Freude. Das glaubte sie wenigstens so lange, bis sie ernüchtert feststellen musste, dass sie gerade an den Truhen mit der Tiefkühlware vorbeiging, aus denen eisige Schwaden stiegen.

Frustriert setzte sie ihren Weg fort. „Ein bestimmtes Lieblingsgericht habe ich nicht, so viel kann ich dir verraten", rief sie über die Schulter hinweg nach hinten. „Aber bei Schokolade werde ich einfach schwach, und zu Erdnussbutter und Popcorn kann ich auch nur schwer Nein sagen."

Plötzlich wirbelte Macy herum und versuchte, Leo mit dem Wagen den Weg zu versperren. Der konnte gerade noch ausweichen. „Was soll das überhaupt?", rief sie entrüstet. „Spionierst du mir etwa nach?"

„Wie kommst du denn darauf?"

Macy warf einen Blick auf ihre Kinderarmbanduhr, auf dessen Ziffernblatt Pu der Bär abgebildet war. „Es ist Viertel nach drei an einem Montagnachmittag. Solltest du da nicht im Büro sitzen und dem Gesetz zur Geltung verhelfen, anstatt meilenweit von deinem Zuhause entfernt in irgendeinem Supermarkt dubiosen Geschäften nachzugehen?"

„Einkaufen fällt deiner Ansicht nach also in die Kategorie dubiose Geschäfte?"

„Allerdings, besonders wenn du dich für diese Aktivitäten so weit von den heimischen Gefilden entfernst."

„Tut mir leid, wenn ich deine hübsche kleine Theorie entkräften muss. Deine Behauptung, dieser Laden befände sich meilenweit von meinem Zuhause entfernt, stimmt nicht. Seit Neuestem lebe ich hier!"

Das waren ja sensationelle Nachrichten. Nervös rüttelte Macy an den Gitterstangen ihres Einkaufswagens. Viel hätte nicht gefehlt, und sie hätte eine davon mitten durchgebrochen.

„Ich wusste gar nicht, dass du umgezogen bist", stammelte sie schließlich.

„Bin ich auch noch nicht! Ich habe eine der Wohnungen gekauft, die von Neville & Storey renoviert werden. Allerdings dauern die Arbeiten an meinem Apartment wohl noch zirka eine Woche. Trotzdem wollte ich nicht für einen ganzen Monat Miete in meiner alten Wohnung zahlen, wenn es nur eine Frage von wenigen Tagen ist, ehe ich mein eigenes Heim beziehen kann. Bis es endlich so weit ist, bin ich in einem Firmenapartment untergekommen."

„Sag ich doch, du spionierst mir nach", flüsterte Macy und schob den Wagen weiter. Sie hatte so leise gesprochen, dass Leo kein Wort verstanden hatte.

„Was hast du gesagt?"

„Ach, nichts." Macy zermarterte sich das Gehirn nach einem anderen, unverfänglichen Gesprächsthema, aber Leo und besonders die Tatsache, dass er gleich um die Ecke einziehen würde, wollten ihr nicht aus dem Kopf. Der Mann machte sie wahnsinnig – und zwar in doppelter Hinsicht. Sie räusperte sich. „Darf ich dir eine Frage stellen?"

„Klar." Leo legte eine Schale Spinat und einen Kopfsalat in seinen Wagen.

„Was ist denn nun der ungewöhnlichste Ort, an dem du jemals Sex hattest?"

Leo schmunzelte. „Du meinst, seit du mir die Frage zum letzten Mal gestellt hast?"

„Ich geb's auf", murmelte sie und ging weiter.

Wie selbstverständlich blieb Leo ihr dicht auf den Fersen. Er ließ sich nicht abschütteln, sondern wartete geduldig, als Macy in der Feinkostabteilung stehen blieb, um die Auswahl an Oliven zu betrachten, die dort zu dem stolzen Preis von 6,99 Dollar das Pfund feilgeboten wurden.

„Sind sie das denn wert?“, fragte er zweifelnd.

„Das spielt keine Rolle. Die Frage lautet, ob ich es mir wert bin, und das bin ich allemal“, erwiderte Macy in scharfem Ton. Sie entschied sich für die griechischen Oliven und fügte hinzu: „Ich darf ja jetzt wieder. Lauren hat sich geweigert, Oliven zu kaufen. Sie hatte angeblich ein kleines Problem damit. Jetzt, wo sie weg ist, kann ich endlich das essen, was ich will.“

„Lauren ist weg? Wo ist sie denn?“

„Am Wochenende ist sie ausgezogen. Sie lebt jetzt mit Anton zusammen.“

„Was du nicht sagst!“

„Tja!“ Macy zuckte gelangweilt die Schultern und steckte eine Olive in den Mund.

„Das heißt“, meinte Leo und füllte sein eigenes Schälchen mit den teuren Oliven, „dass du nun einsam und allein in einem riesigen Loft wohnst, während ich mich mit einem Apartment begnügen muss, das kaum größer ist als ein Hotelzimmer.“

Macy hob abwehrend die Hände. „Ich weiß genau, worauf du hinaus willst. Aber das Leben ist eben manchmal ungerecht. Die Antwort lautet deshalb: Nein!“ Zum Zeichen, dass das Thema für sie damit beendet war, schob sie sich die nächste Olive in den Mund.

Sie war sehr stolz darauf, Leo den Wind aus den Segeln genommen zu haben, bevor er dazu gekommen war, sein Ansinnen vorzubringen. Trotzdem schlug ihr Herz wie verrückt, und es kribbelte in ihrem Magen. Sicher, auf den zweiten Blick hatte Leos Vorschlag einen gewissen Reiz: Sie wäre zum einen nicht länger allein in der Wohnung, zum anderen lockte natürlich der

Gedanke, die Wohnung ausgerechnet mit Leo zu teilen.

„Warum nicht? Es wäre meiner Ansicht nach die ideale Lösung!", drängte Leo.

„Ich brauche keine Lösung, denn ich habe kein Problem, Leo. Ich komme hervorragend allein zurecht." Macy kehrte den Oliven den Rücken und suchte die Ecke der Delikatessenabteilung auf, in der frisch gerösteter Kaffee verkauft wurde.

„Denk zum Beispiel nur mal an die Miete. Ich würde selbstverständlich Laurens Anteil übernehmen und gerne noch ein paar Dollar drauflegen."

Geld! Geld spielte in Macys Überlegungen überhaupt keine Rolle. Ihr Problem war die Einsamkeit, diese bedrückende Stille im Apartment, die sie langsam, aber sicher an den Rand des Wahnsinns trieb. Denn nur eine Wahnsinnige würde Leo Reddings Angebot ernsthaft in Erwägung ziehen, und haargenau das tat sie in diesem Moment. Bei gründlicher Betrachtung, und wenn man einmal davon absah, dass der Vorschlag ausgerechnet von Leo kam, erschien er ihr als ein durchaus brauchbarer Ausweg aus ihrer derzeitigen Situation.

„Es geht nicht ums Geld, und das solltest du eigentlich am besten wissen. Keiner kennt sich mit den Finanzen von gIRL-gEAR so aus wie du." Gedankenlos riss Macy eine Papiertüte vom Haken und begann, duftende Kaffeebohnen aus dem nächstgelegenen Sack hineinzuschaufeln.

„Kommst du dir in der riesigen Wohnung nicht ganz verloren vor?", fragte Leo und zeigte auf den Sack mit hawaiianischem Kaffee.

„Ich komme ganz gut zurecht", wiederholte Macy störrisch. Dann nahm sie, obwohl er sie mit keinem Wort darum gebeten hatte, eine frische Tüte und füllte sie mit dem Kaffee seiner

Wahl. Erst danach wurde ihr bewusst, was sie getan hatte. Das Alleinsein wirkt sich nachteilig auf deinen Geisteszustand aus, tadelte sie sich. Jetzt kaufst du schon für ihn ein! Verstohlen warf sie einen Blick auf das Preisschild. Natürlich, der gnädige Herr lebt auf großem Fuß! Aber wenigstens das hatte sie bereits vorher gewusst.

„Ich bring auch eine eigene Espressomaschine mit", erklärte er.

„Danke, aber es gibt ein Starbucks bei mir gleich um die Ecke." Um nicht auf noch dümmere Gedanken zu kommen, warf Macy den Kaffee in Leos Einkaufskorb, gab ihrem eigenen einen Schubs und machte sich auf den Weg zu den Backwaren. Viel hätte wirklich nicht mehr gefehlt, und sie hätte dem Burschen hier und jetzt den Zweitschlüssel zu ihrer Wohnung ausgehändigt. Sie musste von allen guten Geistern verlassen sein! Leo Redding als Untermieter? Schon bei dem Gedanken sträubten sich ihr die Haare. Dieser Mann war schlimmer als eine Landplage!

Und trotzdem! Ein Teil von ihr konnte der Vorstellung, mit ihm unter einem Dach zu leben, aus einem unerfindlichen Grund durchaus etwas abgewinnen. Die Vorstellung faszinierte sie geradezu. Während sie eine Dreierpackung Muffins und einen Laib Zimtbrot in den Wagen lud, überschlugen sich ihre Gedanken. Ob er ebenso gerne Zimtbrot aß wie sie? Als sie aufsah, kreuzten sich ihre Blicke. „Ich vermute, dass du auch dein Brot selber backst", meinte sie spöttisch.

„Wo denkst du hin. Das ist viel zu aufwendig."

„Ach ja? Aber Espresso kochen macht keine Umstände?"

„Man muss eben Prioritäten setzen."

„Wem sagst du das!" Macy seufzte. Die Knoblauchbrötchen

sahen heute wieder zum Anbeißen aus. Wenn nur die Nebenwirkungen nicht wären! Aber halt, noch lebte sie allein. Und wenn sich ihr attraktiver, breitschultriger Begleiter nicht einmal mit Hilfe von Knoblauch abschrecken ließ, dann konnte ihn gar nichts von seinem Vorhaben abbringen. Schwupp, die Packung landete oben auf dem Wagen. Entsetzt musste sie mit ansehen, wie sich auch Leo ungerührt bediente.

„Zählt die Schnitzeljagd nicht zu deinen Prioritäten?", fragte er neugierig.

Zum Kuckuck mit der Schnitzeljagd! Macy hätte sich am liebsten die Ohren zugehalten, um nichts mehr davon zu hören. Sie wünschte, sie hätte sich nie auf dieses Spiel eingelassen. Was interessierte sie schon die alberne Kreuzfahrt! Was sie brauchte, und zwar sehr dringend, war ein Psychiater, der sie auf ihre Zurechnungsfähigkeit untersuchte. Irgendwo auf dem Weg zwischen Oliven und Knoblauchbrötchen war ihr offensichtlich der gesunde Menschenverstand abhanden gekommen, mit dem Ergebnis, dass sie drauf und dran war, Leos aberwitzigen Vorschlag zu akzeptieren. Sie musste weg von hier, raus! Raus aus diesem Laden!

Leider machte ihr ihre angeborene Neugier einen Strich durch die Rechnung. „Hast du nicht gesagt, du wolltest mit der Schnitzeljagd nichts zu tun haben?"

Leo schüttelte den Kopf. „Das stimmt so nicht. Ich habe nur gesagt, dass ich mir mit der Beantwortung der Fragen Zeit lassen würde."

Jetzt erinnerte sich Macy wieder. Hatte er in diesem Zusammenhang nicht auch erwähnt, dass er für einen Abend bereits genug erfahren hatte? Was er damit wohl gemeint hatte? Mal sehen, ob sie nicht auch noch dahinterkommen würde. „Zeit genug hattest du ja inzwischen“, meinte sie versuchsweise.

„Das sehe ich auch so. Die Zeit ist reif.“ Leo lächelte Macy auf eine Weise an, die sie nicht zu deuten wusste, und schob seinen Wagen in Richtung Kasse. Macy musste sich richtiggehend sputen, um mit ihm Schritt zu halten.

„Könntest du dich bitte etwas klarer ausdrücken?“, keuchte sie.

„Ich will damit ausdrücken, dass der Zeitpunkt jetzt günstig scheint, um die nächste Runde unseres kleinen Spiels einzuläuten.“

Macy erstarrte. „Ich höre wohl nicht recht!“

Über die Schulter hinweg warf ihr Leo einen belustigten Blick zu. „Wir reden doch beide über die Schnitzeljagd, nicht wahr?“

„Durchaus, aber ... Die Schnitzeljagd kann nicht der Grund dafür sein, dass du bei mir einziehen willst.“

Wenn sie es genau betrachtete, fiel Macy nicht ein einziges Argument ein, das dafür sprach, Leo in ihren Loft aufzunehmen. Sie konnte die Miete für das Apartment problemlos allein aufbringen, und Leo würden ein paar Tage in einem kleinen Hotelzimmer auch nicht umbringen. Wenn da nur nicht die Furcht vor dem Alleinsein wäre! Aber es nur deswegen mit Leo Redding aufzunehmen, grenzte an Schwachsinn. Das konnte und wollte sie nicht tun. Sie legte absolut keinen Wert auf seine Gesellschaft, ganz im Gegenteil: Seine Anwesenheit im Loft würde sie von der Arbeit abhalten. Leo Redding! Auf den konnte sie gerne verzichten, als Untermieter und überhaupt – das hoffte sie wenigstens!

„Die Schnitzeljagd hat auch nichts damit zu tun“, verkündete Leo in diesem Moment und stellte sich ans Ende der kürzesten Schlange vor den Kassen.

Mit Bedacht wählte Macy die Kasse daneben. Auf diese Weise kam sie ihm nicht zu nah, befand sich aber auch nicht zu weit entfernt von ihm. „Weshalb dann?", fragte sie starrköpfig. „Ich sehe einfach keinen Sinn darin." Sie warf Leo einen herausfordernden Blick zu.

Der nahm seelenruhig seine Brille ab und verstaute sie in der Brusttasche. Dann sah er zu Macy hinüber. Sein Blick war ernst, durchdringend, fast hypnotisch, und Macy fühlte, wie ihr Widerstand zu bröckeln begann. Sollte sie in letzter Sekunde schwach werden? Konnte sie das vor sich selbst rechtfertigen? Sie hatte ihm so tapfer getrotzt. Jetzt hieß es nur noch ein paar Minuten durchzuhalten, bis sie an der Reihe war. Sie würde zahlen und dann, so schnell es ging, das Weite suchen.

Aber ganz so einfach war das alles nicht. Schließlich war es erst neun Tage her, dass sie auf dem Schoß dieses Mannes gesessen hatte. Angefangen hatte es mit einer Wette, für die sie ihm ein Lächeln abringen sollte. Das war ihr auch gelungen. Dann aber hatte er den Spieß herumgedreht. Er hatte sie geküsst, leidenschaftlich geküsst. Und dabei war es passiert. Irgendetwas, seine Lippen, sein Duft oder vielleicht auch seine Unverschämtheit, hatte Macys Interesse geweckt. Seitdem musste sie pausenlos an ihn denken, und deswegen fiel es ihr auch so schwer, sich jetzt zu entscheiden.

An dieser Stelle schaltete sich Leo ein. „Nenn mir bitte einen einzigen vernünftigen Grund", sagte er, „der gegen meinen Vorschlag spricht. Ich habe nämlich fast den Verdacht, du hast Angst davor, die Wohnung mit mir zu teilen." Damit hatte er Macy bei ihrer Ehre gepackt. So eine unverschämte Unterstellung konnte sie nicht auf sich sitzen lassen.

„Wann wird deine Wohnung bezugsfertig?“, fauchte sie.

„In zwei Wochen, vielleicht auch drei. Länger als einen Monat hast du mich mit hundertprozentiger Sicherheit nicht am Hals.“

Zwei Wochen, das sollte eigentlich kein Problem sein. Ein Monat – nun, das könnte problematischer werden, aber sie würde Anton Dampf machen. Er würde schon dafür sorgen, dass Leos Wohnung in null Komma nichts fertiggestellt wurde. Nein, besser noch, sie würde Lauren überreden, Anton zur Eile anzutreiben. Lauren hatte ihr schließlich diesen Schlamassel eingebrockt. Sie war schuld, dass Macy jetzt in der Zwickmühle steckte.

Aber wollte sie sich tatsächlich auf so eine irrsinnige Vereinbarung einlassen? Der Kerl besaß noch nicht einmal den Anstand, seinen Vorschlag wie eine Bitte zu formulieren. Sie würde ihm damit zweifellos einen riesigen Gefallen erweisen, aber er führte sich auf, als ob nur sie von diesem Arrangement profitieren würde. Anstatt sie auf Knien anzuflehen oder ihr zu schmeicheln, grinste er sie nur triumphierend an.

Sie straffte sich. „Falls ich dich, rein hypothetisch natürlich, als Untermieter nehme, dann nur unter meinen Bedingungen. Jeder lebt und zahlt für sich. Ich werde weder deine Wäsche waschen, noch dein Geschirr spülen oder deine Toilette putzen. Und noch eins: Falls du dir von unserem Abkommen einen Vorteil im Zusammenhang mit der Schnitzeljagd erhoffst, bist du schief gewickelt.“

Mit einem triumphierenden Grinsen verließ Leo seinen Platz in der Schlange und stellte sich neben Macy. „Ach, Macy, wann kapierst du es endlich? Es spielt gar keine Rolle, ob wir zusammenleben oder nicht. Die Kreuzfahrt habe ich praktisch schon in der Tasche.“ Dann begann er, als wäre es die natürlichste Sache der Welt, den kompletten Inhalt seines Einkaufskorbs in Macys Wagen zu packen.

Macy war so verdattert, dass sie nicht einmal protestieren konnte. Es überlief sie erst kalt, dann heiß, das Herz schlug ihr bis zum Hals, und alles um sie herum schien sich zu drehen. Es dauerte eine geraume Zeit, ehe sie wieder Herrin über ihre Sinne war. Dann aber gewann die widerborstige Macy sofort die Oberhand. „Irrtum, mein Lieber“, hörte sie sich sagen. „Wir mögen zwar unter einem Dach leben. Aber das bedeutet keineswegs, dass wir auch zusammenleben.“

Leo tat ihren Einspruch mit einem verächtlichen Achselzucken ab, aber Macy war nicht bereit, in dieser Hinsicht nachzugeben. „Haarspaltereien“, hörte sie ihn murmeln, aber er nickte.

„Na fein“, sagte sie zufrieden. „Wenn wir uns in diesem Punkt einig sind, dann rück mal raus mit deinen Moneten.“ Sie streckte die Hand aus. „Ich zahle, währenddessen kannst du deine Sachen packen. Ich erwarte dich in der Wohnung.“

Leo konnte sein Glück kaum fassen. Die kleine Macy hatte sich als überraschend zäher Brocken erwiesen, aber er hatte seine Lektion gelernt und war als Sieger aus ihrer Begegnung hervorgegangen. Sie war eine unerbittliche Gegnerin, der man sich nur vorsichtig nähern durfte, in jeglicher Beziehung. Zentimeter für Zentimeter musste hart erkämpft werden. Aber wie süß jeder einzelne Zentimeter war!

Er kannte praktisch niemanden, der sich freiwillig auf ein Wortgefecht mit ihm einließ und auch noch Spaß daran fand. Wenn überhaupt, dann handelte es sich dabei in der Regel um

Männer. Vor Macy hatte sich noch nie eine Frau ihm gegenüber derart behauptet.

Damit jedenfalls versuchte Leo, sich die eigenartige Anziehungskraft zu erklären, die Macy auf ihn ausübte. Wenn er sich zu ihr hingezogen fühlte, dann nur deshalb, weil es ihm um den sportlichen Wettbewerb ging. Darum, die eigenen Kräfte mit einem Gegner zu messen, der ihm an Kampfgeist und Schlagfertigkeit ebenbürtig war. Die Tatsache, dass sein Konkurrent weiblich war, machte den Wettstreit nur noch spannender.

Aber mit ihrem Geschmack, von ihren Piercings und dem Tattoo und ihrer eigenwilligen Frisur bis hin zur Auswahl ihrer Garderobe – meistens kleidete sie sich wie ein Schulmädchen –, konnte Leo sich beim besten Willen nicht anfreunden. Sie war schon eine eigenartige Mischung. Einerseits war sie genau so, wie er sich eine Frau wünschte, andererseits verkörperte sie auf den Punkt genau die Sorte Frau, der er bislang tunlichst aus dem Weg gegangen war.

Was wohl hinter ihrem unkonventionellen Verhalten stecken mochte? Wie lange würde sie den Schein der unschuldigen Kindfrau noch aufrechterhalten können? Er konnte sich gut vorstellen, wie sie sich in ein, zwei Jahren aufmachte, um „zu sich selbst zu finden", so wie es seine Mutter früher getan hatte.

Warum faszinierte ihn diese Frau derart? Man brauchte kein Diplom in Psychologie, um hinter die grellbunte Fassade zu sehen. Dass Macy an einem ausgeprägten Peter-Pan-Syndrom litt – wie die Fachleute es nannten, wenn ein Mensch sich weigerte, erwachsen zu werden –, konnte sogar ein Laie erkennen. Es gehörte schon ein wenig mehr dazu, um auszumachen, dass Macy auch eine gehörige Portion Ehrgeiz besaß. Das wiederum war eine Eigenschaft, die sie mit Leo teilte und die er deshalb auf

Anhieb identifizieren konnte, wenn er bei einem anderen Menschen darauf stieß. Auch kein großes Kunststück also.

Leo schmunzelte. Er schwang einen Kleidersack über die Schulter und holte Koffer und Reisetasche aus dem Wagen. Die wenigen Gepäckstücke enthielten alles, was er nicht für die kurze Zeit bis zu seinem Einzug in die neue Wohnung in einem Möbelcontainer zwischengelagert hatte.

Sein eigenes Apartment! Er konnte es kaum erwarten, endlich in sein Eigentum einzuziehen. Mit dem Umzug in die Stadtmitte erfüllte er sich einen lang gehegten Traum. Jetzt hatte er es geschafft, jetzt gehörte er dazu, und das hatte er sich redlich verdient! Über Jahre hinweg hatte er pausenlos geschuftet. Nun wollte er einen Gang zurückschalten, die Früchte seiner Arbeit ernten, sich seine geheimen Wünsche erfüllen, ohne Rücksicht auf die Kosten nehmen zu müssen. Das ist Freiheit, dachte er, ein berauschendes Gefühl. Dad wäre stolz auf mich.

Nicht, dass Leo sich in seiner bisherigen Wohnung nicht wohl gefühlt hätte. Allerdings hatte er in der Vergangenheit viel Stress gehabt. Er konnte sich kaum mehr erinnern, wann er sich zum letzten Mal Zeit genommen hatte, um zu entspannen und die schönen Seiten des Lebens zu genießen. Kein Wunder, dass ihm die Arbeit immer weniger Spaß machte. Auch sein gesellschaftliches Leben war zur Routine verkommen. Er ging zwar aus, langweilte sich aber schnell auf den Partys, die er besuchte, weil der Job es erforderte. Auch die Frauen, die er ausführte, interessierten ihn im Grunde nicht besonders. Höchste Zeit für einen Tapetenwechsel! Jemand wie Macy Webb war vielleicht genau die Abwechslung, die er brauchte.

Die Tür des Aufzugs schloss sich hinter ihm, und mit einem sanften Ruck fuhr die Kabine nach oben. Entspann dich, ermahnte sich Leo. Mach die Sache nicht komplizierter, als sie ist. Gib dich ganz locker, dann wird der Aufenthalt bei Macy wie eine Art vorgezogener Urlaub für dich sein. Und schreib es dir hinter die Ohren: Die Schnitzeljagd ist nur ein Spiel!

Er lächelte vergnügt in sich hinein. Dass er die Kreuzfahrt gewinnen würde, stand außer Frage. Nur hatte er sich fest vorgenommen, die Beantwortung des Fragebogens auf die leichte Schulter zu nehmen. Wenn er erst einmal an Deck lag und sich die Sonne auf den Bauch brennen ließ, hatte er immer noch Zeit genug, um darüber nachzugrübeln, warum ihm Macy einfach nicht aus dem Sinn gehen wollte.

Unter lautem Rumpeln blieb der Aufzug stehen, und die Tür öffnete sich. Insgeheim machte Leo sich darauf gefasst, dass Macy es sich in der Zwischenzeit anders überlegt haben könnte. Es hätte ihn kaum überrascht, wenn sie ihn mit vorgehaltener Waffe am Betreten der Wohnung gehindert hätte. Aber er hatte sich getäuscht. Nichts regte sich im Loft. Der Gemeinschaftsraum lag im Dunkeln, nur direkt am Lift brannte ein schwaches Licht. Neugierig verließ Leo die Kabine und lud sein Gepäck auf dem großen rot-gelben Sessel ab. Aus Antons Beschreibung wusste er, dass die Zimmer, die Lauren bewohnt hatte, rechts vom Eingang lagen. Macys Reich befand sich auf der gegenüberliegenden Seite, direkt im Anschluss an den Bereich des Apartments, der als Küche genutzt wurde.

Unvermittelt wurde irgendwo in der Wohnung ein Wasserhahn aufgedreht und der Müllschredder betätigt. Die Geräusche schienen von links zu kommen, also schlug Leo diese Richtung ein – und stieß nach wenigen Schritten auf Macy.

Sie trug immer noch die gleichen Sachen, die sie im Supermarkt angehabt hatte. Ihre nackten Füße steckten in schwarzen

Joggingschuhen mit den dicksten Keilsohlen, die Leo jemals an einem Sportschuh gesehen hatte. Wie ein Mensch in diesen klobigen Dingern laufen sollte, war ihm unbegreiflich. Macys Hose aus knallrotem Denim endete ein paar Zentimeter unterhalb der Knie. Ein eng anliegendes, figurbetontes schwarzes Oberteil, über und über mit kleinen, grellroten Punkten gesprenkelt, vervollständigte das sonderbare Outfit.

Besonders die Tupfen hatten es Leo angetan. Sie tanzten vor seinen Augen, bis alles verschwamm. Reumütig leistete er Abbitte bei den Schulmädchen dieser Welt. Diese Art von Kleidung fand man allenfalls in einem Kindergarten. Dort wäre Macy mit ihrer zierlichen Figur ohnehin nicht aufgefallen – wenn sie nicht ausgerechnet heute einen der Push-up-BHs angezogen hätte. In einem ganz ungewohnten Anfall von Übermut ging Leo in Gedanken das Sortiment an BHs durch, das Macy ihm bei seinem letzten Besuch unfreiwillig vorgeführt hatte, und rätselte, für welchen sie sich heute entschieden hatte. Er tippte auf das schlichte weiße Modell. Es passte seiner Ansicht nach am besten zu ihrem Kleinmädchenlook.

Ganz allmählich nahm Leo das ganze Bild wahr, das sich ihm bot. Macy hatte sich offenbar völlig ungeniert seiner Honigmelone bemächtigt. In gleichmäßige kleine Würfel geschnitten lag das Fruchtfleisch bereits in einer Schüssel. Als Leo herantrat, war Macy gerade dabei, mit einem wahrlich Furcht einflößenden Messer die halbe Wassermelone zu attackieren, die sie selbst erstanden hatte. Dieses wilde Gör hat zweifellos eine Schwäche fürs Dramatische, dachte Leo und schmunzelte, zufrieden, weil er schon wieder einen Teil ihrer Persönlichkeit entschlüsselt hatte. Wohlweislich ging er nicht um die Theke herum, sondern blieb in sicherer Entfernung vom Schneidebrett stehen.

„Jeder zahlt für seine eigenen Lebensmittel, aber die sind dann Allgemeingut, ja?“, fragte er spitz.

„Was deins ist, ist auch meins, aber meins bleibt meins.“ Macy unterstrich ihre Worte mit schwungvollen Messerhieben.

„Ungefähr so hatte ich es mir auch vorgestellt.“

„Dann verstehen wir uns! Ich dachte mir schon, dass du von ganz alleine draufkommst, wo du doch ein wirklich cleverer Anwalt bist.“

„Möchtest du gleich darüber sprechen?“

Macy hackte unverdrossen auf die Melone ein. „Worüber denn? Über meinen Geisteszustand etwa?“ Sie hatte mehr zu sich selbst gesprochen, und Leo war sich nicht sicher, ob sie eine Antwort erwartete.

„Wenn du es wünschst, gerne“, meinte er nach kurzem Zögern. „Ich dachte eher an die Frage, wie wir die Ausgaben aufteilen, solange ich bei dir wohne.“

„Oh! Nun, es wird nichts zu teilen geben. Ich habe meine Meinung nämlich geändert. Du kannst nicht bleiben.“

„Tut mir leid, Macy, aber dafür ist es jetzt zu spät. Das Gesetz steht in den meisten Fällen auf der Seite des Besitzers.“ Da Macy ihn fragend ansah, fügte er hinzu: „Du hast dir meine Melone angeeignet, ich habe Laurens Zimmer in Besitz genommen. Keiner kann mehr zurück.“

„Komisches Gesetz“, brummte Macy nachdenklich. „Wo steht so was denn geschrieben?“

„Paragraph eins, Gesetzbuch Leo Redding.“

Sie grübelte eine Weile über diese Antwort nach, dann konterte sie mit einer Gegenfrage: „Worin besteht der Unterschied zwischen einem Anwalt und einem Wels?“

„Der eine lebt in den finstersten Abgründen und ernährt

sich von Abschaum, der andere ist ein Fisch."

Ein großes Stück Wassermelone landete mit einem lauten Blubb im Ausguss, und Macy murmelte erbost: „Ich krieg dich schon noch, wart's nur ab."

„Keine Chance", entgegnete Leo. „Ich weiß auf alles eine Antwort."

„Das wollen wir doch mal sehen."

„Was genau willst du denn wissen? Geht's mal wieder um die Schnitzeljagd? Nur zu, eine Frage hast du bei mir gut."

Wumm! Mit einem hässlichen Geräusch bohrte sich die scharfe Spitze des Messers in das Schneidebrett aus Kunststoff. Gebannt starrte Leo auf Macys kleine Hand, die den Griff des Messers immer noch fest umklammerte. „Art, Rasse und Name deines ersten Haustiers!"

„Hund, irischer Setter, Bandit."

„Hätt ich mir denken können! Typisch Junge."

„Was hattest du denn erwartet? Ich war ein Junge."

„Das zu glauben, mein Lieber, fällt mir entsetzlich schwer. Du machst auf mich den Eindruck, als ob du schon sehr lange erwachsen wärst."

Betroffen sah Leo an sich hinunter. Weißes Hemd mit Oxfordkragen, dunkelblaue Hose mit unauffälligem Gürtel, schwarze Halbschuhe aus, zugegeben, Kroko-Imitat. „Nun ja, zehn Jahre sind es bestimmt schon, das will ich nicht leugnen."

„Das meine ich doch gar nicht. Du siehst so aus, nein, du benimmst dich so, als wärst du bereits im Bossanzug zur Welt gekommen."

Leo stellte sich das bildlich vor und musste schmunzeln. Plötzlich stutzte er. Seit Neuestem schien er sich ständig über irgendetwas zu amüsieren. Seltsam! Er beschloss, sich in Zukunft genau zu beobachten. Ernüchtert lehnte er sich an die Theke und sah zu, wie Macy die Melonen zerkleinerte. Ein Obstsalat für das Abendessen, vermutete er. Da sie alles bestens im Griff hatte, sah er keine Notwendigkeit, ihr seine Unterstützung anzubieten. Stattdessen beobachtete er sie.

Sie arbeitete zügig und konzentriert. Gelegentlich runzelte sie leicht die Stirn oder biss sich auf die Unterlippe. Ihre ganze Haltung drückte eine ungezügelte Energie und Zielstrebigkeit aus, dennoch ging sie mit einer geradezu kindlichen Umsicht ans Werk, die Leo ganz hinreißend fand.

Wieder stutzte er. Leo Redding hingerissen? Sein Verhalten wurde immer absonderlicher. Angefangen hatte es damit, dass er sich tatsächlich von Macys vermeintlich naivem Charme hatte ködern lassen. Das verhieß nichts Gutes. Vielleicht wäre er gut beraten, die eigenartige Veränderung seiner Persönlichkeit ernst zu nehmen. Am Ende könnte er noch in echte Schwierigkeiten geraten.

Jetzt fügte Macy die Wassermelonenwürfel zu der Honigmelone in die große Keramikschüssel und holte eine Grapefruit und eine Tüte roter Trauben aus dem Kühlschrank. „Wie lange hattest du Bandit?"

Leo runzelte die Stirn. Na also, es ging bereits los. Nichts als Ärger mit der sprichwörtlichen Neugier der Frauen! „Nicht lange genug", antwortete er ausweichend.

„Was ist passiert?"

„Das ist eine lange Geschichte."

„Na und? Hast du heute noch was vor?"

Hatte er nicht, doch die Wendung, die ihre Unterhaltung genommen hatte, behagte ihm nicht. Macy interessierte sich nach seinem Geschmack bereits viel zu stark für sein Privatleben. Unbeabsichtigt hatte sie ihm jedoch gerade einen Ausweg gezeigt. Er reckte und streckte sich demonstrativ. „Eine heiße Dusche vor dem Essen wäre toll. Reicht die Zeit?"

Natürlich durchschaute Macy die Finte sofort. Sie stemmte die Arme in die Seite. „Euer Ehren, der Zeuge weicht meiner Frage aus. Darf ich daran erinnern, dass er unter Eid steht?"

Ganz gegen seinen Willen musste Leo zum dritten Mal in einer Stunde schmunzeln. Macys Schlagfertigkeit beeindruckte ihn immer wieder. Was ihr wohl als Nächstes einfallen würde? Um Zeit zu gewinnen, beugte er sich über die Theke und stibitzte ein Stück Melone. Er kaute langsam und genüsslich, aber schließlich konnte er das Geständnis nicht länger hinauszögern.

„Als ich ungefähr dreizehn war, geriet meine Mutter in eine große Sinnkrise. Am Schluss war sie überzeugt, sie müsste die Familie verlassen, um zu sich selbst zu finden, und das hat sie dann auch getan. Bandit hat sie mitgenommen. Er war ganz verrückt aufs Autofahren. Er hatte seinen Stammplatz im Wagen und fuhr am liebsten mit weit heruntergekurbeltem Fenster." Er verschwieg, dass auch der kleine Leo ganz versessen aufs Autofahren gewesen war. Schwamm drüber! Seine Mom hatte nun einmal dem Hund den Vorzug gegeben. Ohnehin war alles viel zu lange her, längst begraben und vergessen.

Macy hatte ihn die ganze Zeit über nicht aus den Augen gelassen. Sie schien bis in sein Innerstes sehen zu können, und Leo verwünschte sich, weil er nicht besser aufgepasst hatte. Aber wie hätte er ahnen sollen, dass diese warmen whiskeyfarbenen Augen so gefährlich scharf sehen konnten? Was für ein unberechenbares und kompliziertes Mädchen diese Macy war! Er würde auf der Hut sein müssen, solange er mit ihr unter einem Dach lebte.

„Du brauchst einen Hund, Leo“, sagte Macy plötzlich. Sie pflückte die Trauben von der Dolde und legte sie in ein Sieb zum Waschen. „Sobald du dich in deiner neuen Wohnung eingerichtet hast, schaffst du dir einen an.“

Wenn da nicht die Psychologin durchkam. „Woher soll ich die Zeit für ein Tier nehmen?“, fragte Leo und verzog gequält das Gesicht.

„Kommt Zeit, kommt Rat. Ist der Hund erst mal da, findest du auch Zeit für ihn, glaub mir.“

„Was du nicht sagst.“

„Aber ja! Du musst auch mal ausspannen, Leo. Ich bin überzeugt, dass du im Grunde gar nicht so verklemmt bist, wie du dich gibst. Du hast nur verlernt, auf das Kind in dir zu hören.“ Sie nickte zur Bekräftigung und schien mit ihrer Analyse sehr zufrieden. „Ich wusste von Anfang an, dass es einen Grund für dein steifes Auftreten gibt.“

„Wenn ich dich richtig verstehe, erklärst du mein Verhalten damit, dass meine Mutter meinen Hund entführt hat?“ Leo schüttelte fassungslos den Kopf. Er hatte sich zu einem vorschnellen Urteil verleiten lassen und Macy gewaltig überschätzt. Andererseits war er erleichtert. Sie machte es sich ziemlich einfach, wenn sie seine Probleme auf den Verlust eines Haustieres zurückführte. Eine Westentaschenpsychologin wie sie konnte ihm nicht gefährlich werden.

Die Wurzeln seiner Schwierigkeiten lagen natürlich viel tiefer. Als seine Mutter verschwand, bedeutete das gleichzeitig das Ende der unbeschwerten Kindheit. Für Leo hieß das, in der Obhut eines strengen, unnachgiebigen Vaters aufzuwachsen, der das Scheitern seiner Ehe niemals verwand, aber gerade deshalb von seinem Sohn erwartete, dass er ihn niemals enttäuschte.

Macys Stimme riss Leo aus seinen tristen Überlegungen. „Du hast ja nicht nur Bandit verloren", hörte er sie sagen, „sondern auch deine Mutter. Für einen Dreizehnjährigen bedeutet das das Ende der unbeschwerten Kindheit. Wie hat denn dein Vater reagiert? Nein, lass mich raten. Jemand, der so auf Erfolg fixiert ist wie du, wurde sicher von klein an auf Perfektion getrimmt."

Leo konnte nicht anders, als Macy mit offenem Mund anzustarren. Erst nach einer geraumen Weile klappte er den Mund zu und murmelte: „Ich danke Ihnen, Dr. Webb."

Macy schnitt eine Grimasse. „Tut mir leid. Ab und zu geht es einfach mit mir durch. Eine Mitbewohnerin habe ich damit bereits vergrault."

„Wie? Lauren ist ausgezogen, weil du ihr zu einem Hund geraten hast?"

„Ich wünschte, ich hätte es getan." Macy schälte die Grapefruit und zog die weiße Innenhaut sorgfältig mit dem Messer ab. „Damit wäre ihr vielleicht sogar wirklich geholfen."

Ungläubig zog Leo die Brauen hoch. „Es ist mir einfach schleierhaft, wie dein Gehirn arbeitet, Macy Webb, aber ich glaube, ich will es gar nicht wissen."

„Du willst damit nicht etwa zum Ausdruck bringen, dass ich doch eine Herausforderung für dich darstelle?"

Daher also wehte der Wind. Leo konnte sich nur zu gut an den Tag erinnern, als er ihr das vorgeworfen hatte. Nun, er hatte seine Meinung inzwischen grundlegend geändert. Die Frau war ihm ein Rätsel – was aber noch lange nicht heißen musste, dass sie auch sein Typ war. Er nickte. „Du bist zumindest ungewöhnlich."

„Ungewöhnlich, ja? Aber natürlich noch lange keine Herausforderung, was?“ Macy drehte den Wasserhahn auf und wusch sich den klebrigen Saft von den Fingern. „Hüte deine Zunge, mein Lieber, sonst fliegen dir gleich ein paar Melonen um die Ohren.“

Kommt ganz drauf an, welche, ging es Leo zu seiner eigenen Überraschung durch den Kopf. Dann grinste er, jetzt schon zum vierten Mal. Er schien die Kontrolle über sein Mienenspiel komplett verloren zu haben. Das kann ja heiter werden, dachte er und räusperte sich. „Wir sind vom Thema abgekommen. Eigentlich wollten wir uns über die Hausregeln einigen.“

Macy nickte. „Richtig. Also: Wenn ich mich schon in die Küche stelle, kann ich genauso gut für zwei kochen. Das heißt, falls du da bist. Wenn nicht – Pech gehabt. Wenn ich keine Lust habe zu kochen – Pech! Grundsätzlich lautet die Devise …“

„Jeder sieht zu, wo er bleibt. Ich hab's kapiert. Das Gleiche gilt übrigens auch umgekehrt. Wenn ich koche, koche ich für zwei.“

„Einverstanden! Ach, noch was!“ Macy hob warnend den Zeigefinger. „Lass die Finger von meiner Wäsche!“

„Gilt das Verbot nur fürs Wäschewaschen, oder willst du mich davon abhalten, dir an die Wäsche zu gehen?“, entgegnete Leo wie aus der Pistole geschossen und schnappte sich ein Stück Grapefruit. „Nur, damit ich Bescheid weiß. Ich kann mich nämlich genau erinnern, dass bei meinem letzten Besuch ganz andere Wäscheregeln gegolten haben.“

Macy schenkte ihm einen bitterbösen Blick, warf Messer und Brett in das Spülbecken, nahm eine Tüte Chips und eine Packung Kekse vom Regal und stürmte davon.

Schmunzelnd bediente sich Leo von dem frischen Obstsalat, holte ein Steak aus der Kühltruhe und legte es zum Auftauen in die Mikrowelle. Nach einigem Suchen entdeckte er frischen Knoblauch und Butter sowie einen elektrischen Grill. Sein Einstand hatte nicht schlecht begonnen. Vielleicht hatte er sich unnötige Sorgen gemacht. Das Einzige, was ihm nicht behagte, war die Leichtigkeit, mit der Macy ihn durchschaut hatte. Außerdem war sie viel zu attraktiv. Es würde gar nicht so einfach werden, die Hausregeln einzuhalten.

## *7. KAPITEL*

Anton Neville lehnte am Geländer der Galerie im Obergeschoss seines Apartments, das früher einmal als Lagerhalle gedient hatte. Ein ungeschulter Betrachter konnte die Schönheit des wuchtigen Gebälks, die eigenwillige Dachschrägung oder die raffinierte Anordnung der Fenster nicht würdigen, doch Anton besaß die Gabe, verborgene Qualitäten zu erkennen. Ähnlich wie Beethoven, der eine Melodie hörte, wenn er nur die Tasten eines Flügels betrachtete, oder Michelangelo, der in einem unbehauenen Marmorblock bereits die Statue erkannte, die er daraus meißeln würde, brauchte Anton nur ein Gebäude anzusehen, um seine Möglichkeiten zu entdecken.

Er beobachtete Lauren, die eine Etage tiefer im Arbeitsbereich der Wohnung über ihrem PC brütete, und plötzlich schlich sich ein leises Unbehagen in die Zufriedenheit, die er empfand, seit sie bei ihm eingezogen war.

Lauren war ganz außergewöhnlich begabt. Richtig eingesetzt, würde ihr Talent sie noch weit bringen, viel weiter, als sie es sich vorstellen konnte. Leider war sie viel zu bescheiden. Sie unterschätzte sich und ihren Einfallsreichtum. Die Stellung bei gIRL-gEAR bot ihr natürlich einen fantastischen Einstieg in eine Karriere als Mediendesignerin, aber selbst auf diesem verantwortungsvollen Posten konnte sie noch längst nicht alle Möglichkeiten ausschöpfen, die ihr offenstanden. Aber Laurens Loyalität zur Firma ging in Antons Augen so weit, dass ihre künstlerische Entwicklung blockiert wurde. Lauren knebelte ihre eigene Kreativität.

Zum Beispiel die Webseite von gIRL-gEAR: Lauren wäre

es niemals in den Sinn gekommen, eine Skizze für die Webseite zu kreieren, die ihr eigenes Bild von dem Unternehmen zeigte. Stattdessen saugte sie sich brav einen Entwurf nach dem anderen aus den Fingern, der das dynamisch beschwingte Image widerspiegelte, das Sydney der Firma aufgedrückt hatte. Sie vernachlässigte es nach Antons Meinung geradezu sträflich, mit den vielfältigen Formen des Designs zu experimentieren und ihr grafisches Repertoire zu erweitern.

„Hast du vor, da oben Wurzeln zu schlagen? Du verschlingst mich ja geradezu mit Blicken. Nicht, dass ich mich beschwere."

„Wirklich? Mir war, als hörte ich da einen leisen Vorwurf heraus." Anton schlenderte zur Treppe und stieg hinunter, ohne den Blick von Lauren zu wenden.

„Tu nicht so. Du weißt genau, was ich meine." Lauren schwang ihren Drehstuhl herum und winkte Anton zu sich.

Er lächelte. Vom ersten Augenblick an, seit dem Tag, an dem er Lauren durch den Loft geführt hatte, den sie und Macy jetzt bewohnten, hatte ihn diese Frau in ihren Bann gezogen. Er hatte eigentlich damit gerechnet, dass der Zauber jetzt, wo sie unter einem Dach lebten, schwächer werden würde, aber dem war nicht so. Lauren bedeutete ihm viel, so viel, dass er sogar mit dem Gedanken spielte, ihr einen festen Platz in seinem Leben einzuräumen, und das sollte etwas heißen! Nur in einem Punkt war er unnachgiebig: Die Pläne, die er für seine Zukunft geschmiedet hatte, würde er sich nicht einmal von Lauren durchkreuzen lassen.

Am Schreibtisch angekommen, stützte er beide Hände auf die Armlehnen und beugte sich hinunter, um Lauren sanft auf den Haaransatz zu küssen. Sie seufzte kaum vernehmbar.

„Wie, bist du immer noch nicht zufrieden?", fragte Anton und rieb seine Nase an ihrer. Als Lauren nickte, sah er sie ratlos an. „Was muss ich denn noch tun, um dir zu gefallen?"

Lauren schlang die Arme um seinen Nacken und übersäte sein Gesicht und seinen Hals mit hauchzarten, schmetterlingsleichten Küssen. „Du bist leider nicht nackt", murmelte sie.

„Dass du aber auch immer nur an das eine denken kannst!"

„Sag bloß, dir gefällt das nicht!"

Anton küsste sie noch einmal, dann löste er behutsam ihre Arme von seinen Schultern. Es wäre viel einfacher, ihr jetzt nachzugeben, das wusste er, aber dieses Mal musste er sie enttäuschen. „Sicher gefällt es mir. Leider habe ich in zwanzig Minuten eine Verabredung mit Leo. Ich fürchte, die Zeit reicht nicht für das, was dir vorschwebt."

„Kannst du Gedanken lesen?"

„Deine schon, Lauren." Antons Stimme war ganz weich geworden. Er bezweifelte, ob sie verstehen würde, was er ihr sagen wollte. „Ich glaube fast, dass ich sie besser kenne als du."

Sofort brauste Lauren auf. „Was für ein Kompliment! Wenn du mich für dumm hältst, darfst du es ruhig laut sagen!" Wie ein Kind, wenn es sich angegriffen fühlt, kauerte sich Lauren auf ihrem Stuhl zusammen. Sie zog die Füße hoch und schlang die Arme um die Knie. Eine klassische Verteidigungshaltung, schoss es Anton durch den Kopf. Sie versucht, meinen Blick abzuwehren. Lächerlich, als ob ich sie ansehen müsste, um ihre Gedanken zu lesen.

Lauren hatte damit gerechnet, dass Anton heftig widersprechen würde. Sein anhaltendes Schweigen machte sie sichtlich nervös. Ihre Finger zuckten unruhig. Da ihre Hand noch auf der Computermaus lag, flitzte der Cursor im Zickzack über den Bildschirm. Als Nächstes würde sie aufspringen und verschwinden, das wusste Anton und zählte den Countdown im Stillen mit: fünf, vier, drei, zwo, eins!

Lauren schnellte hoch. „Ich kann jederzeit zu Macy zurückkehren. Das ist vermutlich besser. Sie ist bestimmt nur noch ein Nervenbündel, nachdem sie so lange allein war."

Anton packte Lauren bei den Schultern, ehe sie weglaufen konnte. „Ach ja? Aber meine Gefühle lassen dich kalt?" Zärtlich strich er über ihre Arme. „Ich will, dass du hier bleibst, Lauren, hier bei mir."

Lauren starrte auf den Boden, aber Anton schien es, als hätte er einen feuchten Schimmer in ihren Augen bemerkt. Innerlich wappnete er sich, denn gegen ihre Tränen war er meistens hilflos. Diesmal aber durfte er nicht nachgeben. „Du bist wunderschön, Lauren. Du bist kreativ und intelligent, und das sind nur ein paar deiner herausragenden Eigenschaften. Aber ich will noch so viel über dich in Erfahrung bringen, und ich hoffe, dass du mich genauso gut kennenlernen möchtest."

Immer noch wich sie seinem forschenden Blick aus, aber wenigstens gab sie ihm eine Antwort. „Deshalb bin ich doch hier, schon vergessen?", entgegnete sie vorwurfsvoll. „Wir wollten uns mehr Zeit füreinander nehmen."

Anton schloss resigniert die Augen. Er hatte nicht beabsichtigt, eine Grundsatzdiskussion auszulösen. Da es sich aber nun einmal so ergeben hatte, konnte er gleich alles loswerden, was ihm auf dem Herzen lag. Es würde Lauren nicht gefallen, aber er war einfach nicht der Typ, der lange um den heißen Brei redet. Mit seiner forschen Art war er bisher immer gut durchgekommen. Nur jetzt lag der Fall ein bisschen anders. Immerhin ging es um Lauren, deshalb wählte er seine Worte mit Bedacht.

„Ich bin glücklich, dass du bei mir lebst", sagte er nach einer kurzen Pause. „Aber unser Zusammenleben kann nur funktionieren, wenn auch du voll dahinterstehst. Du musst an unsere Beziehung glauben, nur so kann sie sich weiterentwickeln. Und du musst ehrlich sein, dir selbst gegenüber genauso wie mir."

„Unterstellst du mir, dass ich mich selbst belüge?"

„Ich unterstelle dir nichts, ich will nur nicht ... Wie soll ich es ausdrücken?" Anton holte tief Luft. „Ich will nicht das Gefühl haben, dass du dich – aus Bequemlichkeit oder welchem Grund auch immer – begnügst, weder mit mir noch mit irgendwas anderem, solange du es besser treffen kannst."

Eine Sekunde lang herrschte bleiernes Schweigen. Schließlich schüttelte Lauren mit einer ungestümen Bewegung seine Hände ab. „Du spielst schon wieder auf gIRL-gEAR an, stimmt's? Du willst einfach nicht akzeptieren, dass ich gerne für das Unternehmen arbeite und nicht der Meinung bin, dass ich, wie du es dir einbildest, meine Zeit dort verschwende."

„Das habe ich doch nie behauptet. Es war nie die Rede davon, dass du Zeit oder Talent vergeudest."

Lauren begann mit großen Schritten, im Raum auf und ab zu laufen. Die Absätze ihrer Sandaletten klapperten durchdringend laut auf den espressofarbenen Marmorfliesen. „Natürlich hast du das nicht gesagt, nicht wortwörtlich jedenfalls. Dann nenn mir bitte einen anderen Grund, weshalb ich gIRL-gEAR verlassen sollte!"

„Das habe ich nie von dir verlangt!"

„Ich habe Freude an meiner Arbeit – und ich bin erfolgreich. Ich mag die Leute, mit denen ich zusammenarbeite, und ich verdiene ein Vermögen dabei. Es ist mein absoluter Traumjob!" Abrupt blieb sie stehen und massierte sich die Schläfen. „Warum musst du dauernd auf diesem Thema herumreiten, Anton?"

Anton lehnte sich an den Schreibtisch und verschränkte die

Arme. „Ich will doch gar nicht, dass du gIRL-gEAR verlässt. Ich möchte nur, dass du deine Möglichkeiten voll ausschöpfst. Du kannst alles tun, was du willst."

„Genau das tue ich doch. Ich verstehe ja, wenn du nicht gerade erbaut bist, dass ich auf einem Gebiet arbeite, das so von Trends abhängig ist wie das Geschäft mit der Mode. Aber ehrlich, ist der Unterschied zwischen Mode und Architektur wirklich so groß? Was machst du denn anderes, als einem Trend zu folgen, wenn du Lagerhäuser in Lofts verwandelst? Verschwendest nicht auch du dein Talent? Also, verschon mich bitte mit der unsinnigen Behauptung, ich würde mich selbst unter Wert verkaufen." Sie drehte ihm den Rücken zu, kehrte an ihren Schreibtisch zurück und schloss das Programm, an dem sie gerade gearbeitet hatte.

„War das Macys neues Logo?", fragte Anton.

„Hmm. Ich bin sehr zufrieden mit meiner Arbeit, wenn du's genau wissen willst."

Anton nickte stumm. Er hielt es für ratsam, die Sache einstweilen auf sich beruhen zu lassen. Dabei wollte er wirklich nur das Beste für Lauren. Wenn er nur wüsste, wie er ihr begreiflich machen konnte, dass sie ihr Talent verkümmern ließ, ohne sie zu verletzen. Warum stellte sie sich auf diesem Ohr so taub? Eines Tages würde er dahinterkommen, das schwor er sich. Jetzt, wo sie zusammenlebten, sollte sich doch eine günstige Gelegenheit finden lassen.

„Hör mal", lenkte Lauren plötzlich ein, „ich muss noch eine Menge vorbereiten für unsere Einstandsparty. Kannst du mir dabei helfen?"

„Ich gehöre ganz dir", antwortete Anton und meinte es absolut wörtlich.

„Ich hab 'ne tolle Idee."

Leo hob überrascht die Augenbrauen. Er hatte noch kaum einen Fuß in die Küche gesetzt, als Macy, eine Tasse Kaffee in der Hand schwenkend, über ihn herfiel. „Der Kaffee ist ganz frisch. Schenk dir ein und hör zu."

Leo sah aus, als wäre er einem Hochglanzmagazin entsprungen. Keine Augenränder oder wenigstens kleine Tränensäcke verunstalteten seine markanten Züge. Eigentlich eine Riesenfrechheit, fand Macy, um diese frühe Stunde, in der jeder normale Mensch noch im Halbschlaf herumtappte, wie aus dem Ei gepellt daherzukommen. Drei Tage lebte er nun schon hier und immer noch besaß er nicht genug Anstand, um wenigstens einmal morgens aufzukreuzen, ohne dass Macy den Eindruck hatte, in einem Werbespot für Herrenschlafanzüge gelandet zu sein.

Heute führte er eine schwarze Pyjamahose mit Nadelstreifen, die seine langen, muskulösen Beine sehr vorteilhaft betonten, und den dazugehörigen Morgenrock vor, der seine breiten Schultern gut zur Geltung brachte. Nur das weiße, eng anliegende Baumwoll-T-Shirt, das er anstelle eines Pyjamaoberteils trug, störte die Harmonie ganz erheblich – eine Tatsache, die, nach Macys Meinung, sehr zu Leos Gunsten sprach.

Unter Macys wachsamen Augen holte Leo eine Tasse aus dem Schrank, schenkte sich ein, spitzte die Lippen und blies über die dampfende Flüssigkeit, ehe er vorsichtig daran nippte. Der Mann war eine Augenweide, wenigstens das, was Macy von ihrer Position aus sehen konnte, ohne aufdringlich zu wirken: schmale Taille, muskulöser Oberkörper, breite Schultern.

„Deine Idee, Macy!"

„Äh, ja!" Macy setzte ihre Tasse ab und sah sich suchend um.

Wo hatte sie nur damals, zu Laurens Zeiten, die Schoko-Crispies versteckt? „Ich wollte dir ein Spiel vorschlagen."

Leo trank einen Schluck. „Um sieben Uhr morgens, bevor ich Zeit hatte, einen Kaffee zu trinken, geschweige denn zu duschen oder gar zu frühstücken, redest du schon von Spielen?"

Macy hatte die Crispies endlich aufgestöbert. Einladend raschelte sie mit der Packung, doch Leo lehnte dankend ab. „Ich brauche was Ordentliches. Um zehn habe ich einen Termin bei Gericht. Den stehe ich nicht durch, wenn ich nur Schokolade im Magen habe." Er wandte sich ab.

Macy erwischte gerade noch den Gürtel seines Morgenrocks. „Lauf doch nicht gleich weg! Ich mache dir ein Angebot: Ich bereite dir ein herrliches Omelett mit Schinken, Käse und allem, was dazugehört. Zum Ausgleich machst du bei dem Spiel mit."

Leo lief das Wasser im Mund zusammen. Unter diesen Umständen – und weil ihm sowieso keine andere Wahl blieb – würde er sich die Sache vielleicht doch noch einmal überlegen. Er setzte sich und griff erneut nach seiner Tasse. „Was spielen wir denn?", brummte er.

Macy schmunzelte. Männer waren so einfach herumzukriegen. „Es ist eine Art Quiz. Zwanzig Fragen, höchstens."

Leo schnaubte. „Woran mag es wohl liegen, dass ich immer das Schlimmste vermute, wenn du *eine Art* sagst?"

„Ach komm! Es wird schon nicht so schlimm werden. Denk an die Schnitzeljagd." Macy hoffte, dass sie überzeugend klang, aber sie hegte begründete Zweifel an ihrer Überredungskunst. Es war ihr nämlich noch nicht einmal gelungen, sich selbst einzureden, dass sie das alles auf sich nahm, nur weil ihr etwas an der Kreuzfahrt lag.

Sie hatte sich nicht getäuscht. „Keine Zeit", verkündete Leo mit fester Stimme. „Ich muss jetzt duschen, sonst komme ich zu spät."

Drei Stunden, um sich für einen Auftritt vor Gericht frisch zu machen? Das konnte er seiner Großmutter erzählen. So gut hatte Macy Leo in den drei Tagen, die er in ihrer Wohnung ein- und ausgegangen war, bereits kennengelernt. Sie hatte überhaupt einige Überraschungen erlebt.

Leo war gar nicht so verklemmt, wie sie am Anfang vermutet hatte. Hinter seinem oft beißenden Spott verbarg sich ein ausgeprägter Sinn für Humor. Er konnte richtig witzig sein, wenn er wollte. Zweifellos steckten noch andere Qualitäten in ihm, die er allerdings geschickt versteckte. Unverblümt zeigte er seine Ungeduld, davon konnte Macy ein Liedchen singen. Wenn sie für seinen Geschmack zu dick auftrug oder wieder einmal voll ins Fettnäpfchen getreten war, bekam sie das sofort zu spüren. Heute aber wollte sie es einmal darauf ankommen lassen. Hartnäckig bohrte sie weiter. „Komm schon, Leo, so viel Zeit hast du dicke."

„Bei dir weiß man nie. Wenn du von einer Viertelstunde sprichst, kann es am Ende gut und gerne eine ganze Woche dauern." Das war sein letztes Wort. Er trank die Tasse leer, stellte sie auf die Theke und ging.

So viel zum Thema Einfach rumzukriegen, dachte Macy. „Was willst du damit sagen?", rief sie ihm wütend nach, aber das leise Klatschen nackter Sohlen auf dem Parkett war die einzige Antwort. Designerpyjama tragen und barfuß laufen – eine elegante Kombination, spöttelte sie im Stillen. Hat es für die entsprechenden Designerpantoffeln nicht mehr gereicht, Mr. Redding? Sie rief noch einmal: „Leo, ich hab dich was gefragt!"

„Ich stehe praktisch schon unter der Dusche!"

Na gut, er hatte es nicht anders gewollt. Macy stand auf und lief ihm nach. Sie stellte ihn, als er sich Handtuch und Waschlappen aus dem Wäscheschrank im Flur holte. „Du willst dir wirklich mein Omelett entgehen lassen?"

Leo knallte die Schranktür zu. „Ungern, aber was bleibt mir anderes übrig? Ich habe keine Lust, zwanzig Fragen zu beantworten. Ich bin mir sicher, dass zweiundzwanzigtausend daraus geworden sind, bis du dich endlich zufriedengibst." Er drehte sich um und ging in sein Zimmer. Macy folgte ihm, aber er ignorierte sie. Erst als er das Bad betreten wollte und sie immer noch keine Anstalten machte, ihn allein zu lassen, war er gezwungen, von ihr Notiz zu nehmen. „Ich würde gerne duschen", wiederholte er.

Macy baute sich breitbeinig vor ihm auf. „Niemand hindert dich daran."

Leo stellte sich der Herausforderung. Er öffnete die Tür zum Bad und betrat den rot und schwarz gefliesten Raum. Macy folgte ihm auf dem Fuß. Unter der Tür zögerte sie einen Augenblick. Da bemerkte sie, wie es um Leos Mundwinkel zuckte, und damit stand ihr Entschluss fest: Nichts und niemand würde sie aus dieser Dusche vertreiben. Notfalls würde sie hier drinnen übernachten. Auf keinen Fall würde sie einen Rückzieher machen.

Anscheinend war Leo zu dem gleichen Entschluss gelangt. Er warf das Badetuch über den Handtuchhalter, den Waschlappen über den Duschkopf. Die Brille legte er auf die Ablage über dem Waschbecken. Dann drehte er sich um und ließ den Morgenrock über die Schultern gleiten. Die Augen fest auf Macy gerichtet, bückte er sich, hob den Mantel auf und hängte ihn an den Haken an der Tür. Macy erwiderte seinen Blick stumm. Sie würde nicht als Erste wegsehen.

Er zog das T-Shirt über den Kopf. Macy blickte starr in sein Gesicht. Doch die Versuchung war zu groß. Unauffällig verdrehte sie die Augen, um wenigstens aus den Augenwinkeln einen Blick auf Leos nackten Oberkörper zu erhaschen. Was sie sah, erstaunte sie. Er hatte die gut ausgeprägte Brust- und Bauchmuskulatur eines Mannes, der trainierte. Seine Brust wurde von dunklem Haar bedeckt, weichem Haar, das sie zu gern an ihrer nackten Haut gespürt hätte. Sie wäre am liebsten dahingeschmolzen, schaffte es aber gerade noch, sich zusammenzureißen. Sie räusperte sich und sagte: „Ich kann meine Fragen auch stellen, während du duschst."

„Du könntest unterdessen auch das Omelett zubereiten."

„Keine Fragen, kein Omelett."

„Kein Omelett, kein Pyjama."

Macy stockte. Hatte er tatsächlich vor, vor ihren Augen alle Hüllen fallen zu lassen? Nein, so weit würde er nicht gehen, niemals! Sie schnaubte verächtlich. „Das will ich erst sehen."

„Wenn du darauf bestehst." Und ohne die Spur von Verlegenheit machte Leo sich daran, die Pyjamahose abzustreifen.

Leider gab Macy schließlich doch klein bei. Bereits nach den ersten Zentimetern, gerade als sich die oberste Reihe dunkler Härchen zeigte, siegte ihr Schamgefühl. Ohne Leos Lachen zu beachten, kniff sie die Augen fest zusammen, besiegte den Drang zu blinzeln, und harrte so lange aus, bis sie das leise Klicken hörte, mit dem die Tür der Dusche einschnappte. Erst als das Wasser gegen die Kacheln prasselte und gurgelnd in den Abfluss lief, öffnete sie ganz zaghaft die Augen. Einem Kerl wie Leo traute sie ohne Weiteres zu, dass er das Wasser nur angemacht hatte, um sie zu täuschen, und in Wahrheit splitterfasernackt außerhalb der Dusche auf sie lauerte. Aber wie sie nach einem schnellen Blick durch fast geschlossene Lider erkannte, stand sie allein vor der Dusche.

Enttäuscht erwog Macy die nächsten Schritte. Ein Bestechungsversuch mit Hilfe des Omeletts? Hartnäckig bleiben und einfach drauflosfragen? Oder raus aus den Klamotten und rein in die Dusche, um doch noch einen Blick auf Leos Körperbehaarung zu ergattern? Letzteres sagte ihr eindeutig am meisten zu. Schon tauchte vor Macys innerem Auge ein Bild des nackten Leo auf. Duftender Schaum glitt durch sein Haar und über seine Haut und bedeckte alles, was Leos interessanter Körper sonst noch zu bieten hatte. Sie schüttelte sich. Was konnte es schon Besonderes an einem nassen, nackten Mann geben? An einem *seifigen,* nassen, nackten Mann, wohlgemerkt!

Allmählich füllten Dampfschwaden das kleine Bad. Macy konnte kaum noch etwas sehen, und sie schloss erneut die Augen. Dieser himmlische Duft! Doch gar nicht so reizlos, wie sie zunächst geglaubt hatte, der seifige Mann! Zumindest hatte er jede Menge sauberer Haut zu bieten. Haut, die man berühren, deren Duft man schnuppern und die man auch schmecken konnte. Sie atmete tief ein, um möglichst viel von diesem herrlichen Parfüm aufzunehmen.

„Hallo, Macy, wie geht's dir da draußen? Zerfließt du schon?"

Wenn du wüsstest, dachte sie und verscheuchte widerwillig die Bilder aus ihrem Kopf. Während sie sich von der Fantasie hatte verführen lassen, hatte sie unbewusst mit den kleinen weißen Knöpfen am Oberteil ihres knallrosa Schlafanzugs gespielt. „Magst du pochierte Eier? In dem Dampf hier drinnen könnte ich dir auf jeden Fall welche zubereiten."

„Danke nein. Da erscheint mir die Speisekarte der Cafeteria im Gericht noch verlockender."

„Na hör mal, ich bin für meine Kochkünste berühmt!"

„Das mag sein, aber woher soll ich das wissen?"

„Du hast meine Garnelenspieße probiert und den Obstsalat auch."

„Fast Food zählt nicht."

„Warum nicht? Was ist daran auszusetzen?"

Ein paar Tropfen Wasser spritzten auf Macys Nase. „Gar nichts – für Menschen, die aufs schnelle Vergnügen aus sind."

„Dazu gehörst du nicht?"

Die Tür der Duschkabine ging einen Spaltbreit auf, und Leos tropfnasser Kopf lugte hervor. Seine weißen Zähne blitzten, er lächelte, oh Wunder, und seine dicht bewimperten Augen funkelten vor Vergnügen. „Erzähl mir jetzt bloß nicht, dass du fürs schnelle Vergnügen bist, Macy. Das würde mich schrecklich enttäuschen", meinte er und verschwand wieder.

Enttäuschen wollte Macy Leo natürlich keinesfalls. „Keine Angst, grundsätzlich teile ich deine Ansichten", beteuerte sie deshalb hastig. „Trotzdem bin ich keine Frau, die sich eine schnelle ... Zwischenmahlzeit durch die Lappen gehen lässt, wenn sie mir auf dem Silbertablett serviert wird."

Plötzlich verstummte jedes Geräusch aus der Duschkabine. Diese sehr doppeldeutige Bemerkung musste Leo – so kam es Macy vor – erst einmal gründlich verdauen. Ihr wurde es mulmig zumute. Wieder einmal hatte sie eine große Lippe riskiert und sich damit auf gefährliches Terrain vorgewagt. Was nun? In der gegenwärtigen Situation, Leo nackt unter der Dusche, sie selbst nur mit einem Pyjama bekleidet, standen alle Möglichkeiten offen.

Nur für alle Fälle wischte Macy mit dem Ärmel die beschlagene Scheibe des Spiegels sauber und überprüfte ihr Aussehen, während sie die Unterhaltung wieder aufnahm. „Natürlich genieße ich es, in gemütlicher Runde schön zu essen. Aber sei doch ehrlich, wie oft nimmt man sich dafür schon die Zeit?“

„Findest du nicht, dass es die Zeit wert ist?“

Macy zögerte mit der Antwort. Jetzt galt es, vorsichtig zu formulieren. „Schon“, meinte sie, „nur, wie du weißt, handle ich immer sehr spontan.“ Leo schwieg. Er schwieg so lange, dass Macy unruhig wurde und begann, rastlos in dem kleinen Raum auf und ab zu tigern. Schließlich wagte sie einen zweiten Vorstoß. „Ich gebe meinen ... Gelüsten in der Regel nach, sobald sie mich überkommen.“

„Tatsächlich? Und ich hielt dich eigentlich für eine richtige Genießerin.“

„Ich schätze, wir beide haben völlig entgegengesetzte Auffassungen davon, was Spaß macht. Ich vertrete nun einmal die Auffassung, dass man den Augenblick auskosten soll. Mein Genuss kommt dadurch keineswegs zu kurz.“

„Dadurch lässt du dir aber auch allerhand entgehen, zum Beispiel das prickelnde Gefühl, wenn einem das Wasser im Mund zusammenläuft.“

„Bitte?“

„Ich meine die Vorfreude auf eine ganz besonders erlesene Köstlichkeit.“

„Die kenne ich natürlich auch. Dazu muss ich nicht einmal besonders hungrig sein. Sobald ich auf einen Leckerbissen stoße, muss ich ihn haben.“ Deutlicher konnte sie kaum noch werden. Sie war gespannt, wie Leo reagieren würde.

Es dauerte sehr lange, ehe er die Sprache wiederfand, und als er antwortete, klang seine Stimme belegt. „Und was hältst du von Vorspeisen?“

Macy stutzte. Das Rauschen des Wassers machte die Verständigung enorm schwierig. Hatte er *Vorspiel* gesagt? Sie hatte den entsetzlichen Verdacht, dass ihr das Gespräch allmählich zu entgleiten drohte. Laut bat sie Leo, die Frage zu wiederholen.

Unverzüglich riss er die Tür auf und steckte den Kopf zur Tür heraus – wobei Macy wieder ein paar Spritzer abbekam. „Mit den Vorspeisen“, wiederholte er und war auch schon wieder verschwunden.

Verärgert griff sie nach dem nächstbesten Handtuch – dem, das Leo für sich mitgebracht hatte – und wischte sich damit übers Gesicht. „Lass das bitte“, schimpfte sie dabei, „ich bin ja schon ganz feucht.“

Mit einem Schlag erstarrte jede Bewegung hinter der Duschwand. Dann hüstelte Leo. „Darf ich dich daran erinnern, dass wir uns in einem Badezimmer befinden? Diesen Raum sucht man in der Regel auf, weil man nass werden möchte.“

„Schon, aber nur innerhalb der Duschkabine.“

„Dann müssen wir unser Gespräch eben in der Dusche fortsetzen.“

Jetzt war es Macy, die erstarrte. Wie von selbst richtete sich ihr Blick auf den silbernen Knauf der Tür zur Duschkabine, und sie streckte die Hand danach aus. Erst in letzter Sekunde hielt sie inne. Wollte er nur sehen, wie weit sie gehen würde, oder meinte er es ernst? Erwartete er tatsächlich, dass sie die Tür aufriss und zu ihm stieg?

„Was ist, Macy?“, erscholl es plötzlich aus der Kabine. Leos Stimme war um eine Oktave gesunken. „Oder hast du Angst davor, völlig nass zu werden?“

Das konnte Macy nicht auf sich sitzen lassen. Sie wollte gerade den Knauf drehen, da klickte es, und die Tür zur Dusche wurde von innen aufgerissen. Sie war so überrascht, dass sie die Chance, Leo in voller Pracht zu bewundern, wieder verpasste. Ein bisschen helle Haut und dunkles krauses Haar war alles, was sie erkennen konnte, ehe sie ihm ins Gesicht sah. Das hätte sie – wie könnte es anders sein – besser unterlassen. Denn was tat er, der arrogante Schnösel? Anstatt sie mit einem freundlichen Lächeln willkommen zu heißen, trug er sein übliches selbstgefälliges Grinsen zur Schau.

Doch bei seinem Anblick verzieh sie ihm alles. Das Wasser lief in Strömen über sein Gesicht. Glitzernde Tropfen hingen an seinen dichten Wimpern, und das feuchte Haar klebte an seinem Kopf. So viel jungenhaftem Charme konnte auch Macy nicht widerstehen. Sie vergaß, dass sie ihm eigentlich böse sein sollte, und stieg, so wie sie war, zu ihm in die Duschkabine.

Leo fackelte nicht lange. Als Erstes stürzte er sich auf die Knöpfe ihres Schlafanzugs. Als er sie einen nach dem anderen geöffnet hatte, zog er Macy an sich und küsste sie. Durch den dünnen Flanellstoff hindurch fühlte sie seine feuchte, warme Haut, und in ihrem Magen begann es zu kribbeln. Mit einer einzigen Bewegung streifte Leo ihr das Oberteil vom Körper.

Macy nahm alles wie durch einen Nebel wahr. Sie fühlte mehr, als sie sah. Sie spürte seine Haut auf ihrer Haut, seine Hände auf ihrem Körper und seinen Mund auf ihren Lippen, ihren Brüsten …

Du liebe geile Güte! Sie konnte nicht mal ihren letzten Gedanken zu Ende denken.

Sie warf den Kopf in den Nacken und presste die Handflächen gegen die Wand. Ihre Knie zitterten so stark, dass sie sich an die feuchten Fliesen lehnen musste. Als Leo vor ihr niederkniete und begann, die glänzenden Wassertropfen von ihrem Bauch zu küssen, gaben ihre Knie nach.

Leo fing sie auf. Seine Hände waren so groß, dass sie Macys schmale Taille fast vollständig umfassten. Er hielt sie fest, während er seine Zunge in ihren Bauchnabel versenkte und dann immer tiefer wandern ließ. Als er sicher war, dass ihre Beine sie wieder trugen, hakte er die Finger in den Gummi der Pyjamahose und zog daran. Der letzte Gedanke, der Macy durch den Kopf schoss, war die absurde Frage, ob sie einen Slip trug – danach herrschte gähnende Leere in ihrem Kopf.

Leos Zunge hatte inzwischen zu der empfindsamen Stelle zwischen ihren Schenkeln gefunden und liebkoste sie auf eine Weise, die ihr ein lautes Stöhnen entlockte. Sie musste die Hände in seine Haare krallen, um nicht auszurutschen, so wie sie sich auf und ab bewegte. Bereitwillig öffnete sie die Knie, als Leo seine Hände zu Hilfe nahm, um sie immer heißer zu machen. Während er mit den Fingern in sie eindrang, reizte er sie mit der Zunge, doch sie wollte mehr, mehr, mehr.

„Oh, Leo“, stöhnte sie. „Ich komme.“

Und das tat sie auch. Wilde, heiße Lust durchströmte ihren Körper. Leo blieb, wo er war, bis sie ihn schließlich zu sich hochzog.

Sofort küsste er sie, und sie schmeckte sich selbst, schmeckte das Wasser, schmeckte ihn. Sie berührte seine Brust und ließ die Hände tiefer gleiten, ließ sie an seinem Oberkörper entlangwandern, strich über seinen flachen Bauch und tastete sich immer weiter nach unten. Voll Befriedigung stellte sie fest, dass auch Leo seine Erregung kaum mehr zügeln konnte. Es würde nicht ganz einfach werden: Leo war hoch gewachsen, Macy dagegen klein und zierlich. Aber wo ein Wille war, da war auch ein Weg, und das stete Pulsieren unter Macys Fingern bewies, dass es am Willen nicht scheitern sollte.

Sie hob ein Knie an. Er hob den Kopf. „Ich brauche noch ein Kondom."

Macy verzog das Gesicht. „Wo ist es? Ich hol es."

„Nein, ich hol es. In meinem Zimmer."

So lange konnte sie sich nicht mehr gedulden. Sie schüttelte den Kopf. „Wie ich Lauren kenne, hat sie sicher einen kleinen Vorrat in ihrem Medizinschränkchen hier im Bad."

Er zögerte kurz. Sicher überlegt er, dachte Macy, ob ich wohl ebenfalls für solche Notfälle gerüstet bin. Aber er fragte nicht, also sagte sie auch nichts. Leo kletterte schweigend aus der Dusche. Macy zitterte bereits vor ungeduldiger Erwartung.

Offenbar ging es Leo nicht anders, denn als er wieder in die Dusche trat, hatte er das Kondom bereits übergestreift. Ohne ein Wort packte er Macy, hob sie hoch, drückte sie mit dem Rücken gegen die Wand und berührte sie mit der Hand.

Am liebsten hätte sie ihm zugerufen, er solle keine Zeit verlieren, doch er streichelte sie so gekonnt, dass sie ihn weitermachen ließ.

Dann vergrub er sein Gesicht an ihrem Hals und drang in sie ein. Macy keuchte.

„Habe ich dir wehgetan?", fragte er rau.

„Nein", murmelte sie, „mach weiter."

Er drang noch tiefer in sie ein, stieß mit den Hüften vor, nahm sie in einem heißen, wilden Rhythmus, und sie stöhnte auf vor Lust.

Animalische Lust. Mehr war es nicht. Ein altes Paarungsritual. Sie taten das, was Menschen seit Ewigkeiten taten.

Dichter Dampf erfüllte die enge Kabine. Von oben prasselten heiße Wassertropfen auf die erhitzten Körper. Dicker Schaum tropfte von Leos Schultern auf Macys Brust.

Macy bewegte sich wie in Trance. Sie konnte nicht genug von Leo bekommen. Fest krallte sie die Finger in seinen Rücken und presste sich an ihn. Sie wollte ihn überall fühlen, jeden Zentimeter seines Körpers, sie wollte spüren, wie er sich in ihr verlor.

Doch dann wurde er langsamer und hörte auf, sich zu bewegen. Er hob sie noch höher, und sie klammerte sich an ihn. Seine Beine zitterten, und seine Muskeln waren steinhart.

„Wenn ich dir zu schwer bin, lass mich ruhig runter", sagte sie, obwohl sie den Gedanken hasste, sich bewegen zu müssen.

„Welch ein großzügiges Angebot."

Jetzt bewegte sie sich doch. Sie begann den alten Rhythmus und stöhnte. „Keine Angst. Ich werde dafür sorgen, dass du auch kommst."

„Oh, das hab ich vor. Aber ich warne dich." Er umfasste ihren Po und glitt fast ganz aus ihr heraus.

Sie erzitterte. „Warnen? Wovor?"

Er drang wieder in sie ein. „Ich komme nie als Erster."

Sie wollte gerade „arroganter Kerl" sagen, da wurde sie wieder von einer Welle der Lust überschwemmt. Als sie seine Lippen und Zähne an ihrem Ohrläppchen spürte, stieß sie hervor: „Das wird dir diesmal auch nicht gelingen."

„Ich will, dass du kommst. Wieder und wieder." Und dann küsste er sie, bis sie alles um sich her vergaß.

Ihr Atem ging immer hastiger, ihr Herz raste, und heiß rauschte das Blut in ihren Adern. Die Anspannung war schier unerträglich. Plötzlich schrie sie gellend auf und schloss die Augen. Leo verbarg das Gesicht an ihrem Hals, und gemeinsam kamen sie zum Höhepunkt.

Was hatte sie nur getan?

Macy stand in der Duschkabine. Ihr pinkfarbener Pyjama lag klitschnass und zusammengeknüllt zu ihren Füßen, und in ihrem Kopf herrschte ein wirres Durcheinander. Leo hatte sich zurückgezogen, nachdem sie unter verlegenem Schweigen Seife und Shampoo geteilt und sich abgeduscht hatten. Jetzt war sie ganz allein mit ihren Gedanken. Ein absolut entsetzlicher Zustand, fand Macy, denn alles, woran sie denken konnte, war, wie sehr sie sich schon wieder nach Leo sehnte. Was geschehen würde, wenn sie die Tür aufmachte und feststellen musste, dass Leo auf und davon gegangen war, wollte sie sich lieber gar nicht ausmalen.

Zaghaft drehte sie das Wasser ab, öffnete die Tür und tastete blind nach einem Handtuch, das sie wie einen Turban um ihren Kopf schlang. Dann verließ sie die Dusche – und wäre Leo beinahe auf die Füße getreten. Nackt und nass – der neueste Trend in ihrer Wohngemeinschaft – und sichtlich erregt stand er vor ihr.

Er war einfach wunderschön! Macy fröstelte, nicht vor Kälte, sondern weil sie das Funkeln in seinen Augen bemerkt hatte. Er begehrt dich, sagte es, er sehnt sich nach dir und er ist wild entschlossen, das, was ihr begonnen habt, fortzusetzen.

Ungeduldig ergriff Leo Macys Arm und zog sie hinter sich her in sein Schlafzimmer. Zielstrebig und ohne ihr Einverständnis abzuwarten, wickelte er ihr das Handtuch vom Kopf und fuhr mit beiden Händen durch ihr feuchtes Haar. Dann bog er ihren Kopf zurück und küsste sie hungrig. Seine Zunge drang tief in ihren Mund. Er atmete schwer, stoßweise, und der warme Hauch tat gut auf Macys kühler Haut. Er führte Macys Hand an seinem Körper entlang und schloss ihre Finger um seine Erektion. Dann begann er ihre Hand auf und ab zu bewegen. Macy spürte, wie er pochte und pulsierte, und es drängte sie, ihn in sich aufzunehmen, doch sie schob ihn von sich.

Sie zwang ihn, sich auf die Matratze zu setzen. Während er sich auf die Ellenbogen stützte, fuhr sich Macy mit der Zunge über die Lippen, kniete sich zwischen seine Schenkel und streichelte ihn. Leo erschauerte. Da hob sie den Blick, sah ihm in die Augen und nahm ihn in den Mund. Mit quälend langsamen Bewegungen reizte sie ihn, bis er aufstöhnte. Sie sah zu, wie sich sein Brustkorb hob und senkte, wie sein Atem immer schneller wurde. Da umfasste sie ihn mit der Hand, während sie mit der Zunge die Spitze neckte. Schließlich warf er den Kopf in den Nacken und stieß ein heiseres, kehliges Brüllen aus.

Unversehens entwand er sich ihr. Er umschlang Macys Taille mit beiden Beinen, warf sie auf den Rücken und erstickte ihren überraschten Protest mit einem harten Kuss. Sie versuchte, sich von dem erdrückenden Gewicht zu befreien, doch so sehr sie auch strampelte, er hielt sie fest. Zitternd ergab sie sich, total erregt von dem Gedanken, sich nicht rühren zu können.

Leo begann, ihre Schenkel zu streicheln. Sie keuchte, war aber unfähig, sich zu wehren oder ihm entgegenzukommen. Verzweifelt öffnete sie den Mund. Nicht, dass sie etwas gegen das gehabt hätte, was er tat, aber es ging hier ums Prinzip. Doch noch ehe sie einen Ton herausbrachte, befahl Leo mit leiser Stimme: „Dreh dich um."

Sie gehorchte, als hätte sie alle Willenskraft verlassen. Als Leo ihr ein Kopfkissen unter den Bauch schob, war sie schon weit davon entfernt, sich auch nur anstandshalber zu widersetzen. Sie krallte die Finger in die Matratze und wartete.

Hinter ihr bewegte sich Leo auf dem Bett. Auf einmal spürte sie seine Hand an ihrem Po, und plötzlich hörte sie das leise Surren von Laurens elektrischem Massagegerät. Was jetzt folgte, war einfach unglaublich.

Macy presste den Kopf in die Matratze und verbiss sich ins Laken, um nicht laut aufzuschreien, als Leo den Apparat, am Nacken beginnend, langsam über ihren Rücken führte. Die sanften Vibrationen erzeugten angenehme Schwingungen in Macys Muskeln, und schon bald bebte ihr ganzer Körper im erregenden Rhythmus des Geräts. An der Wirbelsäule entlang, über den Po, in die Kniekehle und bis zur Fußsohle wurde sie massiert. Dann wechselte Leo die Seite und wiederholte die Massage an dem anderen Bein. Zuletzt reduzierte er die Schwingungsfrequenz auf ein leises Brummen und legte das Gerät auf Macys Po ab.

Sie lag reglos da. Ihre Wahrnehmung konzentrierte sich auf das sanfte Summen des Geräts und die unglaubliche Hitze, die Leos Körper ausstrahlte. Sie war über die Maßen erregt. Ihr Körper brannte vor Verlangen. Sie verzehrte sich nach Leo, und als er sie endlich berührte, durchzuckte es sie beinahe schmerzhaft. Er war so behutsam, so sanft, und das vergrößerte ihre Anspannung bis ins Unerträgliche. Doch Leo kannte kein Erbarmen.

Er berührte sie mit einem Finger und schob das Massagegerät etwas tiefer. Die Vibrationen, die zarte Berührung … Es war einfach zu viel. Macy glaubte zu sterben. Erst als sie vor Lust kaum noch an sich halten konnte, drang er in sie ein. Macy stöhnte. Sie schrie. Ihr Körper zuckte und zitterte. Jede Faser verzehrte sich nach Erfüllung, und endlich, endlich erreichte sie den erlösenden Höhepunkt.

Leo warf das Gerät beiseite und umfasste ihre Hüften. Wild und voller Leidenschaft drang er immer wieder in sie ein, bis auch er mit einem Aufschrei kam.

Danach rührte er sich nicht und zog sich auch nicht zurück, als ob es zu schmerzhaft wäre, die Verbindung zwischen ihnen zu lösen. Doch vielleicht ist das auch nur reines Wunschdenken, dachte Macy erschöpft.

Hier ging es nur um Sex. Anders konnte man das, was gerade geschehen war, nicht nennen. Sie hatten nicht über eine Beziehung gesprochen, ja, nicht einmal über ihre gegenseitige Anziehung. Sie hatten einfach gebumst bis zum Gehtnichtmehr.

Körperlich fühlte sie sich total befriedigt, aber in ihrem Herzen bohrte der Stachel der Enttäuschung.

## 8. KAPITEL

Leo hasste Partys. Vor gesellschaftlichen Verpflichtungen wie Geschäftsessen, Wohltätigkeitsveranstaltungen oder offiziellen Empfängen konnte er sich zwar nicht drücken, aber es wäre ihm im Traum nicht eingefallen, eine private Party zu besuchen – sofern er sich nicht etwas ganz Bestimmtes davon versprach. Wie sinnvoll dieses Prinzip war, hatte Macys Spielabend deutlich gezeigt. Ganz gegen seine Gewohnheit hatte er sich spontan zu einer Fete überreden lassen – mit der Folge, dass sein Leben plötzlich vom Chaos regiert wurde.

Nicht nur hatte er sein kleines, aber völlig annehmbares Firmenapartment gegen die wirren Zustände in Macys Loft eingetauscht. Nein, er wäre gestern auch noch, zum ersten Mal in seinem Berufsleben, beinahe zu spät zu einem Gerichtstermin erschienen. Er hatte es gerade noch geschafft, seinen Platz einzunehmen, ehe der Richter den Saal betrat. Das war ihm eine Lehre gewesen.

An den letzten beiden Tagen hatte er sich so lange in der Kanzlei aufgehalten, bis er beim besten Willen nichts mehr zu tun fand. Er hatte sogar mit dem Gedanken gespielt, die Nächte am Schreibtisch zuzubringen oder auf dem Sofa im Büro zu schlafen – alles schon da gewesen – oder eventuell doch noch ins Firmenapartment zu ziehen.

Letzte Nacht war er spät in den Loft zurückgekehrt. Er wünschte sich nichts anderes, als Macy atmen zu hören. Er wollte nicht reden, und er wollte auch nicht zuhören. Nur kurz war ihm der Gedanke gekommen, wie schön es wäre, sie noch einmal unter der Dusche zu lieben.

Gestern Abend nun hatte die Tür zu Macys Schlafzimmer offen gestanden. Obwohl er seit vier Tagen in dem Loft lebte, hatte er noch keinen Blick in Macys Reich geworfen. Sie hatte ihm von Anfang an unmissverständlich zu verstehen gegeben, dass ihr ihre Privatsphäre heilig war. Und auch wenn die Regelung umgekehrt nicht zu gelten schien – sonst hätte Macy ihn wohl kaum bis unter die Dusche verfolgt –, hatte er es bisher nicht gewagt, diese Anweisung zu missachten.

Neugierig, aber ohne Hintergedanken trat Leo in den Türrahmen. Wenn Macy in schwarzer Spitze zwischen raschelnden Seidenlaken gelegen hätte mit nichts an außer ihrem frechen Tattoo, wäre es mit seiner Selbstbeherrschung vielleicht vorbei gewesen. Doch was er erblickte, verschlug ihm schlichtweg die Sprache.

Der ganze Raum war in dämmriges Licht getaucht, das von den Nachtlichtern stammte, die überall in den Steckdosen steckten. Auch die Stehlampen in jeder Ecke des Zimmers verbreiteten einen matten Schimmer. Außerdem drehten sie sich unaufhörlich um die eigene Achse und warfen bewegte Schatten auf die Unterwasserszenerie, die die Wände ringsherum zierte.

Leo betrachtete die Wandmalerei mit weit aufgerissenen Augen. Dann fiel sein Blick an die Zimmerdecke, und jetzt blieb ihm der Mund offen stehen. Das, was er dort sah, stellte alles andere in den Schatten. Die Decke dieses bizarren Raumes war in allen Schattierungen von Blau, Hellblau, Dunkelblau über Türkis bis Grün gestrichen. In fröhlicher Eintracht tummelten sich dort Meereslebewesen aller Art und bewachten Macys Schlaf.

Leo schüttelte ungläubig den Kopf. Das war ein Zimmer, von dem jedes Kind träumte, aber kein Raum, in dem sich zwei erwachsene Menschen lieben konnten. Und doch hatte ihn die

Frau, die da drinnen auf dem großen Bett lag und schlief, mit einem einzigen Blick aus ihren whiskeybraunen Augen betört. Wie hatte sie das geschafft? War sie eine Hexe oder litt Leo unter einer vorübergehenden Geschmacksverirrung? Keine der Erklärungen behagte ihm, daher machte er auf dem Absatz kehrt und ging in seinen Teil des Lofts.

Aber auch hier kam er nicht zur Ruhe. Er wusste, er würde nicht einschlafen können, deshalb stellte er sich erst einmal unter die Dusche. Das heiße Wasser, die sanfte Massage durch den Strahl und das gleichmäßige Rauschen hatten noch immer geholfen, wenn er nervös und angespannt war. Doch als er in der engen Kabine stand, konnte er an nichts anderes denken als daran, Macy an der gekachelten Wand bis zur Erschöpfung zu lieben.

So etwas hatte er noch nie erlebt. Keine Frage, Macy hatte ihn verhext. Er war kein unbeschriebenes Blatt, hatte etliche überraschende, heiße, schnelle und stürmische Abenteuer mit anderen Frauen erlebt, aber noch nie hatte er hinterher ein so brennendes Verlangen gespürt wie jetzt.

Unbekleidet wirkte Macy fast noch zierlicher, als er es sich vorgestellt hatte. Dennoch hatte sie nichts Knabenhaftes an sich, nichts Kindliches. Obwohl Leo eher gut gebaute, üppige Frauen bevorzugte, hatte er bei Macy nicht eine Sekunde lang das Gefühl gehabt, etwas entbehren zu müssen. Im Gegenteil, eine derart aufgeschlossene Partnerin mit einem solch unstillbaren Appetit hatte er noch nie erlebt. Sie war über ihn hinweggefegt wie ein Wirbelwind.

Jetzt, sechsunddreißig Stunden später, stand er immer noch unter Schock. Anders konnte er es sich nicht erklären, dass er, anstatt sich auf Laurens und Antons Einstandsparty zu amüsieren, darüber nachgrübelte, wie es zwischen Macy und ihm weitergehen sollte. Unschlüssig stand er auf der Galerie im Obergeschoss von Antons Apartment. Eine Etage unter ihm, in einer vom Hauptraum abgetrennten Ecke, die als Arbeitszimmer diente, steckten Macy und Lauren die Köpfe über dem Bildschirm zusammen. Von seinem erhöhten Beobachtungsposten aus betrachtete er die beiden Frauen.

Lauren zeigte Macy gerade das Logo, das sie für Macys Kolumne entworfen hatte. Sehr zu Leos Erleichterung war Macy, als sie vor wenigen Minuten eingetroffen war, sofort von Lauren in Beschlag genommen worden. Obwohl Leo gewusst hatte, dass eine Begegnung unvermeidlich war, war er für den kurzen Aufschub dankbar. Er brauchte Zeit, um sich auf die Situation einzustellen. Die Macy, die sich mit Lauren unterhielt, hatte nämlich mit der Macy, die er kannte, überhaupt nichts gemein.

Seine Macy trug einen kleinmädchenhaften, bis oben zugeknöpften Flanellpyjama in einem grellen Rosa. Die Frau dort unten dagegen war in einer der aufregendsten Garderoben erschienen, die Leo in dieser Saison unter die Augen gekommen waren: Ihr Top, zwei Stücke Stoff von der Größe eines Taschentuchs, die von einem schmalen Streifen Samt zusammengehalten wurden, entblößte mehr, als es verhüllte.

Ergänzt wurde das Outfit von einem roten Rock aus weichem, fließendem Stoff, dessen raffinierter, welliger Saum Macys Knie umschmeichelte. An den Füßen hatte sie hochhackige Sandaletten, die nur durch zierliche Lederriemen in Schwarz, Rot und Pink gehalten wurden. So zurechtgemacht, hätte Leo sie beinahe nicht wiedererkannt, aber es gefiel ihm. Sie wirkte aufregend und sehr sexy – und wenn seine Wohnung nicht bald fertig würde, konnte er für nichts mehr garantieren.

Macy lehnte an Laurens Schreibtisch und studierte eingehend ihr neues Logo. Einfach genial, das Spinnennetz aus schwarzer Spitze, in dessen Mitte eine sehr weiblich wirkende Spinne mit einem pfiffigen Gesichtsausdruck thronte. Sie hatte acht endlos lange Beine, die in winzigen Joggingschuhen in den Farben von gIRL-gEAR, Limonengrün und Orange, steckten. Schräg auf dem Kopf trug sie einen breitkrempigen Hut in pink und gelb. Ihre Augen, fast doppelt so groß wie der gesamte Kopf, musterten den Betrachter neugierig und interessiert. Genauso hatte Macy sich ihr neues Logo vorgestellt. Sie umarmte Lauren stürmisch. „Das ist absolut cool, Lauren, danke!"

„Übertreib mal nicht." Lauren fuhr den Computer herunter. „Die Hauptsache ist doch, dass es dir gefällt." Geistesabwesend strich sie eine Haarsträhne, die sich aus ihrem Pferdeschwanz verirrt hatte, hinters Ohr zurück.

Macy stutzte. So kannte sie Lauren gar nicht. Sie wirkte niedergeschlagen, hatte sich kaum geschminkt – und dann diese biedere Haarspange! Aus welchem Mülleimer hatte sie die denn gezogen? So ein grässliches Ding fand man in der ganzen gIRL-gADGET-Kollektion nicht.

Entschlossen packte Macy die Freundin an der Hand und zog sie durch die Glastür in den Innenhof hinaus. Sorgfältig zog sie die Tür hinter sich zu, sodass die Partygeräusche nur gedämpft zu hören waren. „Welche Laus ist dir denn über die Leber gelaufen, hm?", fragte sie. „Du bist die Gastgeberin, die Party läuft gut, aber du siehst aus, als hättest du eine Essiggurke gegessen."

Mit sichtlicher Anstrengung zauberte Lauren ein Lächeln auf ihr Gesicht. „Ich bin ein bisschen müde, das ist alles. Stress in der Firma, du kennst das ja."

„Hat mein Logo damit zu tun?"

„Nein, nein. Es gab Probleme mit dem Copyright, aber Sydney hat das inzwischen geklärt."

„Das soll ich dir glauben?" Macys Stimme drückte unverhohlenes Misstrauen aus. „Und warum hast du mich dann nicht angerufen, wenn du so unter Druck stehst? Ich wäre dir gerne bei den Partyvorbereitungen zur Hand gegangen, das weißt du."

Ohne auf den Einwand einzugehen, machte Lauren kehrt und ging in die Wohnung zurück. Am Schreibtisch blieb sie stehen und blätterte geistesabwesend durch einen Stapel Briefe. „Anton hat mir geholfen", meinte sie schließlich zu Macy, die ihr gefolgt war. „Wenn wir uns gerade mal nicht in den Haaren gelegen haben", fügte sie leise hinzu.

Macy bekam einen riesigen Schreck. War das etwa ihre Schuld? Und würde Lauren es ihr übel nehmen, wenn sie nach dem Grund für den Streit fragte? Sie beschloss, das Ganze als Scherz abzutun. „Was muss ich hören? Geht's schon um wichtige Dinge wie die hochgeklappte Klobrille und die falsch ausgedrückte Zahnpastatube?", meinte sie flapsig.

Lauren fächelte sich mit den Briefumschlägen Luft zu. „Nein, so tief sind wir noch nicht gesunken. Im Grunde geht es um nichts. Es fällt mir einfach schwer, mich damit abzufinden, dass ich mich in einen Mann verliebt habe, der gerne alles, Lebensgefährtin inklusive, unter seiner Kontrolle hat. Nur gut, dass ich dich habe. Wenn's hart auf hart kommt, kann ich immer noch bei der berühmten Psychologin Macy Webb Rat suchen."

Macy riss ihr die Briefumschläge aus der Hand und warf sie achtlos auf den Schreibtisch. „Das hört sich ziemlich übel an."

„Was denn, abfinden oder Rat suchen?"

„Alles. Nichts. Du weißt genau, was ich meine! Wenn du

dich über mich lustig machen willst, muss ich dir mal gehörig in den Hintern treten."

„Einspruch! Das verstößt gegen die Hausregeln."

„Na und? Die habe ich aufgestellt, also behalte ich mir auch das Recht vor, dagegen zu verstoßen."

Lauren blickte plötzlich wie gebannt nach oben. Als Macy ihrem Blick folgte, erstarrte sie. Auf der Galerie standen, in schöner Eintracht, Anton Neville und Leo Redding und beobachteten sie. Die beiden Männer waren annähernd gleich groß. Man hätte sie fast für Brüder halten können. Beide waren schlank, Leo vielleicht einen Tick breiter in den Schultern, Anton dagegen schmal wie ein Surfer. Wie auf ein geheimes Zeichen hin stießen die beiden Frauen gleichzeitig einen Seufzer aus, der tief aus der Seele zu kommen schien.

Leo gab sich für seine Verhältnisse außerordentlich lässig. Er trug ein schwarzes Leinenhemd, dunkle Khakihosen und dunkle, leichte Sportschuhe. Macy wäre jede Wette eingegangen, dass ihn die Auswahl der ungewohnten Garderobe zehnmal mehr Zeit und Mühe gekostet hatte, als sie für ihre Aufmachung benötigt hatte. Einfach lächerlich, sich vorzustellen, sie könnten ein Paar werden. Das wäre ja, als würde man Erdnussbutter mit Gummibärchen kombinieren oder Peter Pan mit Tinkerbell verkuppeln oder einen rechteckigen Dübel in ein rundes Loch zwängen. Sie fühlte Laurens Blick auf sich ruhen und drehte sich zu ihr um. „Ist was?"

„Tja, wenn ich es nicht besser wüsste ..." Laurens Blick schweifte unsicher zwischen Macy und der Galerie hin und her. „Es mag zwar total verrückt klingen, aber je länger ich dich beobachte, desto stärker wird der Verdacht, dass ich nicht die Einzige bin, deren Liebesleben nicht ganz in Ordnung ist."

Macy verwünschte den Scharfblick der Freundin. Jetzt half nur noch die Flucht nach vorn. „Du gibst also zu, dass du Liebeskummer hast."

„Und du willst dich um eine Antwort drücken."

„Hattest du mir denn eine Frage gestellt?"

„Nein, aber das hole ich jetzt nach: Was genau läuft zwischen dir und Leo?"

Macy zögerte. Dass Lauren die ganze Geschichte früher oder später erfahren würde, ließ sich nicht vermeiden. Aber warum sollte sie sie nicht noch eine Weile schmoren lassen? Sie zuckte die Achseln und meinte leichthin: „Nichts, was du nicht längst wüsstest. Er hat mich an unserem Spielabend geküsst, er ist mein Partner bei der Schnitzeljagd, und er ist vor ein paar Tagen bei mir eingezogen."

„Was?!", brüllte Lauren. Sofort drehten sich alle Köpfe nach ihnen um. Sie packte Macy am Arm und schleifte sie buchstäblich in die Küche. Dort fiel sie empört über die Freundin her. „Nett, dass ich das auch mal erfahre!", fauchte sie.

„Wieso? So weltbewegend ist das nun auch nicht."

„Für wie naiv hältst du mich eigentlich? Ich kann doch zwei und zwei zusammenzählen."

„Welche zwei denn?"

Lauren stemmte die Arme in die Taille und musterte Macy vom Kopf bis zu den Zehenspitzen. „Mir kannst du nichts vormachen. Macy Webb in einem brandaktuellen Partyoutfit von gROWL-gIRL – das sagt doch alles!"

Macy errötete. Wäre sie bloß bei ihrer üblichen Partykleidung, T-Shirt, Clogs und Caprihosen, geblieben. „Was soll damit sein?", meinte sie schnippisch. „Sei doch froh, dass ich meine Garderobe ein bisschen aufpeppe."

„Das soll ich dir abnehmen? Vergiss nicht, du sprichst mit Lauren, deiner besten Freundin. Mir kannst du vertrauen. Du weißt genau, dass ich dich jederzeit berate, wenn du wirklich deinen Stil verändern willst. Aber darum geht es dir heute nicht, stimmt's?"

Macy schwieg. Auf einmal erschien es ihr um einiges leichter, Laurens beißenden Spott zu ertragen, als ihr die Affäre mit Leo zu beichten.

„Im Ernst, Macy! An der ganzen gIRL-gEAR-Kollektion interessieren dich bestenfalls die Dessous. Zu Hause trägst du ohnehin nur Pyjamas, und alles, was kleidsamer ist als ein Paar Jeans, ist schon viel zu damenhaft für deinen Geschmack."

„Ein einziges Mal habe ich im Haus Pyjamas getragen. Die waren aus orientalischer Seide, wohlgemerkt, und ungefähr das Eleganteste, was ich jemals besessen habe."

„Trotzdem war das ein Kleidungsstück, das man normalerweise nur zum Schlafen trägt."

„Na und? Ich arbeite von zu Hause aus und kann zum Glück auf Geschäftskleidung verzichten."

„Und was ist mit Leo?"

„Der arbeitet meistens in seiner Kanzlei."

„Das meine ich nicht, und das weißt du genau."

„Dann drück dich bitte klarer aus."

Macys Hartnäckigkeit machte Lauren noch rasend. „Ob du in der Wohnung im Pyjama rumläufst, wenn er da ist, will ich wissen! Oder steht er auch privat auf Kostüm, Evas Kostüm, wenn du verstehst?"

Macy fühlte, wie ihre Ohren ganz heiß wurden. „Was soll die Frage?"

Lauren funkelte sie jetzt wütend an. „Gefällt dir die Frage

besser: Schläfst du mit ihm?"

„Spinnst du?" Endlich eine Sache, die Macy guten Gewissens verneinen konnte. Geschlafen hatte sie ja nicht mit ihm, nur geduscht.

Leider hatte auch Lauren das Schlupfloch sofort ermittelt. „Dann formuliere ich die Frage anders: Hast du Sex mit ihm?"

Macy zögerte. Allein bei dem Gedanken daran, was sie vor sechsunddreißig Stunden mit Leo getrieben hatte, prickelte ihre Haut vor Lust. War es wirklich schon so lange her? Ihr kam es vor, als wären sie gerade erst aus der Dusche direkt in Leos Bett getaumelt. Nicht einmal abgetrocknet hatten sie sich, so eilig hatten sie es gehabt. In der Glut, die ihre Körper verzehrte, war jeder Tropfen Wasser in Rekordzeit verdunstet.

Genau wie unter der Dusche hatten sie sich, ohne ein Wort zu wechseln, wild und leidenschaftlich geliebt. War er einfach ausgehungert und deshalb für ihre Reize so leicht empfänglich gewesen? Oder war Macy ihm doch nicht ganz so gleichgültig, wie er vorgab?

„Ich wusste es. Natürlich schläfst du mit ihm, das sehe ich dir doch an der Nasenspitze an!"

Lauren hatte zwar geflüstert, aber Macy hatte das Gefühl, alle Anwesenden müssten sie gehört haben. Entsetzt versuchte sie, die Lautstärke zu dämpfen. „Psst! Ich schlafe nicht mit ihm, ich *habe* mit ihm geschlafen. Es hat sich halt so ergeben. Wir haben beide für einen Moment die Kontrolle verloren. Es war nicht geplant, und es wird auch nie wieder vorkommen."

„Ach nein? Warum denn nicht?"

„Hast du noch alle Tassen im Schrank?"

„Ja, aber du vielleicht nicht. Sieh dir den Mann doch mal an. Wie er geht, wie er sich bewegt. Selbst eine Blinde würde erkennen, dass er im Bett eine Kanone ist."

„Na und? Im Bett waren wir gar nicht, jedenfalls nicht beim ersten Mal", platzte Macy heraus.

„Was du nicht sagst! Das hört sich doch schon viel besser an! Es ist also doch nicht bei dem einen Mal geblieben?"

Macy hob zwei Finger. „Zweimal ... Unmittelbar nacheinander, aber ..." Aus den Augenwinkeln musterte sie Lauren. Sie machte sich auf eine lange Strafpredigt gefasst, doch Laurens Miene drückte eher Hochachtung aus.

„Aber?"

„Aber ... Oh, Lauren!" Macy vergrub ihr Gesicht in den Händen. „So etwas habe ich wirklich noch nie in meinem Leben erlebt."

Lauren nickte bedächtig, verkniff sich aber jeden Kommentar. Sie öffnete den Kühlschrank und nahm zwei Piccoloflaschen Sekt heraus. „Anton wollte zwar Margaritas mixen, aber du kennst ihn ja. Das dauert!" Sie entkorkte die Flaschen und reichte Macy eine davon. „Dann mal raus mit der Sprache. Ich will alles wissen."

Macy trank einen großen Schluck direkt aus der Flasche. Der Sekt prickelte erfrischend in ihrer Kehle, der Alkohol übte eine beruhigende Wirkung auf sie aus. Was war bloß mit ihr los? Jedes Mal, wenn sie daran dachte, was sich gestern am helllichten Vormittag in ihrer Wohnung ereignet hatte, spielten ihre Nerven verrückt. „So etwas ist mir noch nie passiert", begann sie. „Es war verrückt, irre und einfach unbeschreiblich. Als ob ich mit Ben Affleck und Mark Wahlberg zusammen unter der Dusche gestanden hätte."

Lauren schmunzelte. „Jetzt übertreib mal nicht so. Der Typ ist ein Mann wie jeder andere – auch wenn er sich selbst natürlich für etwas Besseres hält."

Das hatte Macy bis vor Kurzem auch geglaubt. Damals hatte sie Leo nur auf Grund der gestärkten Hemden und des arroganten Auftretens beurteilt. Seither hatte sie eine Menge gelernt. Sie wusste, dass er als Mann ebenso einzigartig war wie sie als Frau, deshalb widersprach sie scharf: „Falsch, er ist tatsächlich etwas ganz Besonderes. Ich wage sogar zu behaupten, dass er in mancher Beziehung wirklich etwas Besseres ist, wie du sagst. Damit will ich übrigens nicht unbedingt auf seine Qualitäten als Liebhaber anspielen."

„Worauf denn dann?", fragte Lauren spitz. „Ich gebe gerne zu, dass ich ihn nicht gerade abstoßend finde, aber das würde ich auch von Anton, Eric, Ray und Dutzender anderer Männer behaupten."

„Wie soll ich es dir erklären?" Macy suchte verzweifelt nach Worten. „Er gehört zu den wenigen Menschen, die meine Witze kapieren, auch wenn er nicht darüber lacht. Aber ihm fällt fast immer eine schlagfertige Antwort ein."

„Er ist also nicht nur ungemein attraktiv, sondern auch wahnsinnig komisch?"

„Komisch kann man nicht sagen. Humor hat er, einen trockenen, manchmal ein wenig schneidenden Humor, und er ist sehr intelligent."

„Gut und schön, aber das ist noch lange keine ausreichende Erklärung. Dir war doch bisher kein Mann gut genug, Macy. Was hat ausgerechnet Leo, das die anderen nicht haben?"

„Das Gleiche könnte ich dich fragen: Was findest du denn an Anton?"

„*Das* war Liebe auf den ersten Blick, ganz anders als zwischen dir und deinem Anwalt. Soll ich dir mal etwas verraten,

Macy? Ich hatte mir gleich so etwas in der Richtung gedacht, seit dem Spielabend, als ihr euch so ausgiebig geküsst habt."

Macy lächelte verlegen. „Tut mir leid, eine bessere Begründung kann ich dir leider nicht bieten. Ich erkenne mich selbst kaum wieder. Das Einzige, was ich mit Sicherheit weiß, ist, dass ich verrückt nach ihm bin."

Lauren schwieg einen Moment lang nachdenklich. „Du sagst, dass er über deine Witze nicht lacht. Bringt er dich denn zum Lachen?"

Macy zog einen Stuhl unter dem Küchentisch hervor und ließ sich darauf nieder. „Nein, aber das spielt keine Rolle", antwortete sie zerknirscht, weil sie genau wusste, dass sie damit alle ihre Prinzipien über den Haufen warf.

Lauren sah sie überrascht an. „Versteh mich bitte nicht falsch", wiederholte sie. „Ich finde, dass du die ideale Frau für Leo bist. Aber ich mache mir Sorgen um dich. Du willst doch nur eines vom Leben: Spaß, Spaß, Spaß." Sie verstummte, als sie merkte, dass Macy nachdenklich geworden war.

„Das ist ja das Eigenartige an der Geschichte", ließ sich Macy nach einer Weile vernehmen. „Seit er eingezogen ist, habe ich mich noch keine Sekunde gelangweilt."

Jetzt war Lauren baff. „Das sagst ausgerechnet du, der bisher noch kein Mann auf Dauer amüsant genug sein konnte? Ich kann es nicht fassen! Leo Redding ist der trockenste, ermüdendste Mensch, dem ich je begegnet bin. Ich wette, dass er dich schon bald anödet."

„So trocken ist er gar nicht", erwiderte Macy in aller Unschuld. „Müde war ich danach allerdings."

Lauren verschluckte sich an ihrem Sekt und goss den Rest ihrer Flasche in den Ausguss. „So genau wollte ich's gar nicht wissen. Hör zu, ich hab eine Idee."

„Ich kann es kaum erwarten", murmelte Macy.

„Da er dich nicht zum Lachen bringt, du dich aber mit ihm amüsierst – auf was für eine verdrehte Art und Weise auch immer ..." Lauren streckte Macy die Zunge raus, als ihre Freundin ihr einen Vogel zeigte. „... schlag ich vor, du zeigst ihm mal, wie man so richtig eine Party feiert. Mal sehen, ob er dann auch in der Öffentlichkeit auftaut. Auf die Dauer kannst du in keiner Beziehung glücklich sein, in der es nur im Bett klappt."

Mit hängenden Schultern kauerte Macy auf ihrem Stuhl. Laurens Ratschläge gefielen ihr kein bisschen. Sie wollte Leo nicht gegenübertreten. Sie fürchtete, dass er ihr sagen würde, dass sie einen dummen Fehler begangen hätten und so weiter. Natürlich hatte sie nicht vor, ihn gleich zu heiraten, aber den Laufpass sollte er ihr auch nicht geben. „Das würde ja bedeuten, dass ich mit ihm reden muss. Ich müsste ihm womöglich in die Augen sehen", protestierte sie kleinlaut.

„Reden willst du nicht mit ihm, aber du hast kein Problem damit, mit ihm unter die Dusche zu hüpfen." Lauren packte Macy energisch am Ärmel und zog sie hoch. „Auf geht's. Es wäre doch gelacht, wenn ihr zwei Süßen nicht auch in bekleidetem Zustand viel Spaß miteinander hättet." Als sich Macy und Lauren wieder zu den übrigen Gästen gesellten, war der offizielle Teil der Einstandsparty längst vorüber. Nur der harte Kern von Gästen, dieselben Leute, die am Spielabend Zeugen von Leos hartnäckigem Widerstand gegen Macy geworden waren, war geblieben, um den Abend in gemütlicher Runde zu beschließen. Irgendjemand hatte die Deckenbeleuchtung ausgeschaltet. Der riesige Wohnraum wurde jetzt nur noch von dem Licht erleuchtet, das die bunten Papierlaternen spendeten, die von den offenen Balken hingen.

Die Musik, eine verwirrende Mischung aus mitreißendem Latin Pop und sinnlicher brasilianischer Bossa Nova, verbreitete ein südamerikanisches Ambiente, genau wie die Drinks und Häppchen, die zur Auswahl standen. Für das Hauptgericht allerdings hatten sich die Gastgeber von der asiatischen Küche inspirieren lassen – eine multikulturelle Party, wie sie im Buche stand.

Leo war erst bei der Vorspeise angelangt. Die wahlweise mit Käse oder Krabben gefüllten, gegrillten oder panierten Paprikaschoten, Jalapeñas genannt, schmeckten köstlich, aber sie waren so feurig gewürzt, dass es ihm die Tränen in die Augen trieb. Nach drei Stück brannte seine Kehle wie Feuer. Nur gut, dass Anton literweise Margaritas mixte. Auch bei den Drinks beschränkte sich Leo wohlweislich auf drei. Der Alkohol machte ihn beschwingt, aber er berauschte ihn nicht, jedenfalls nicht so sehr, dass er Macy gleich in eine dunkle Ecke zerrte, als sie endlich aus der Küche trat.

Dabei wünschte er sich nichts sehnlicher als das. Zu gerne hätte er herausgefunden, was sie unter dem Rock trug. Er wollte die Wärme ihrer Haut spüren, und er war neugierig, wie sie auf einen derart dreisten Überfall reagiert hätte. Kurz, er wünschte, er könnte all das wiederholen, was vor zwei Tagen geschehen war. Leo traute nämlich seiner Erinnerung nicht. Er war nicht der Typ, der sich mit glühender, alles verzehrender Leidenschaft zu einer Frau hingezogen fühlte. Sicher hatte er nur geträumt, als er glaubte, so für Macy zu empfinden.

Durch Zufall saßen sie sich heute Abend am unteren Ende des Tisches gegenüber. Leo hatte den Eindruck, dass Macy seinen Blicken auswich. Da sich die allgemeine Unterhaltung in der Mitte des langen Tisches abspielte, konnte er sich das aber auch nur einbilden.

Wie dem auch sei, er hatte nicht das Recht, sich zu beklagen. Schließlich ließ sein Betragen einiges zu wünschen übrig. Was hatte er sich nur dabei gedacht, sich nach den Ereignissen in der Dusche und auf seinem Zimmer mit ein paar höflichen Floskeln von Macy zu verabschieden und zur Tagesordnung überzugehen? Kein Wunder, dass sie nichts mehr mit ihm zu tun haben wollte. Bis auf die paar Minuten, die er sie beim Schlafen in ihrer Unterwasserwelt beobachtet hatte, hatte er sie seither nicht ein einziges Mal gesehen. Andererseits war es vielleicht von Vorteil, dass sich ihre Wege nicht schon früher gekreuzt hatten. Denn jetzt, wo sie ihm gegenübersaß, merkte er einmal mehr, welche Macht sie über ihn besaß.

Eigentlich hielt Leo nichts von flüchtigen Abenteuern. Gut, es reizte ihn, eine Frau zu erobern. Aber er blieb dabei stets ehrlich. Den Frauen, mit denen er sich verabredete, gab er von vornherein unmissverständlich zu verstehen, dass er keine feste Beziehung suchte. Keine seiner Geliebten ließ er jemals über seine Absichten im Unklaren. Mit einer Ausnahme – Macy! Zwischen ihnen hatte sich alles so stürmisch entwickelt, dass er bisher noch gar keine Zeit gehabt hatte, sich irgendwelche Pläne zurechtzulegen.

Sie hatten gebumst wie die Wilden, das war alles.

„Hey, Chloe, dreh dich um. Wir möchten die Aussicht genießen!“ Die ungehobelte Aufforderung, die, wie könnte es anders sein, aus Erics Mund stammte, riss Leo aus seinen Gedanken. Vor dem riesengroßen offenen Kamin tanzten Lauren und Chloe mit langsamen, geschmeidigen Bewegungen zu den Salsarhythmen. Die Köpfe in den Nacken gelegt, die Arme hoch erhoben, ließen sie die Hüften zu den Klängen der Musik kreisen. Ihre langen Haare flogen durch die Luft.

Auf ein Zeichen von Lauren ließ Anton die Bar im Stich und gesellte sich zu den beiden Frauen. Nun wollte auch Chloe nicht länger allein tanzen. Sie warf Eric eine Kusshand zu und sofort schloss er sich den Tänzern an.

Ray kümmerte sich einstweilen um die Getränke. Er schenkte Tequila pur aus, während Jess eine Showeinlage als Messerwerfer gab und mit flinken Bewegungen Limonen zerstückelte. Von ihrem Platz am Tisch aus beobachtete Melanie die Szene und nippte genüsslich an ihrem mit Limonensaft gewürzten Corona. Offenbar war ihr die Party noch nicht wild genug, denn auf einmal stieß sie einen gellenden Pfiff aus und begann mit der Flasche auf die Tischplatte zu hämmern. Sydney stimmte sofort mit ein und gemeinsam feuerten sie die Tänzer mit ihren spitzen Schreien zu immer wilderen Verrenkungen an.

Macy hielt sich fürs Erste aus dem Tumult heraus. Leo musterte sie verstohlen. Auch wenn sie nicht in den Lärm einstimmte, schien sie das Spektakel zu genießen. Sie wiegte den Oberkörper im Takt zur Musik und lächelte. Sie hatte ein ansteckendes Lachen – und plötzlich fühlte Leo, wie er sich entspannte.

Kaum zu glauben, aber wahr: Leo Redding begann, sich auf einer Party zu amüsieren. Dabei war er nur hergekommen, um Punkte für die Schnitzeljagd zu sammeln. Offenbar hatte ihn Macys Gegenwart dann aber so abgelenkt, dass er dieses Ziel völlig aus den Augen verloren hatte. Er durfte nicht vergessen, dass er nur für kurze Zeit Mitglied dieser Clique war, nämlich nur, solange Macys Schnitzeljagd dauerte – also einen Monat. Danach würde er sie praktisch nicht mehr sehen, selbst wenn seine Affäre mit Macy weitergehen sollte.

Eine Affäre mit Macy – warum nicht? Gegen eine kurzfristige Ablenkung hatte Leo nichts einzuwenden. Er würde die Zeit mit ihr genießen – vor allem die Nächte –, bis sie beide genug voneinander hatten. Er wusste genau, was er wollte. Bei Macy war er sich da nicht so sicher. Nun, das ließ sich schnell klären, und zwar am besten noch heute. Eine ganz ausgezeichnete Idee. Je länger Leo darüber nachdachte, desto mehr geriet er ins Schwärmen. Eine unverbindliche Beziehung, das war's, darauf konnte er sich einlassen. Es wäre einfach jammerschade, die Bekanntschaft mit einer aufgeschlossenen und einfallsreichen Frau wie Macy nicht zu vertiefen, auch wenn das nicht ganz ungefährlich war. Denn eine feste Beziehung zu dieser unberechenbaren Kindfrau kam für jemanden wie ihn absolut nicht infrage.

Wieder unterbrach lautes Johlen seine Überlegungen. Anton und Lauren lieferten sich einen Wettstreit um eine Limonenscheibe, die Lauren zwischen die Lippen geklemmt hatte und die Anton ihr zu entreißen versuchte. Da Lauren ihre Beute mit allerhand Tricks und Kniffen verteidigte, hatte Anton gut zu tun, auch nur in die Nähe der Frucht zu gelangen. Die Zuschauer hatten sich in zwei Lager gespalten. Lauren wurde von den weiblichen Gästen angefeuert, während die Männer zu Anton hielten. Auf einmal änderte Anton seine Taktik: Er schlang den Arm um Laurens Taille, zog sie eng an sich und küsste sie leidenschaftlich – und schon hielt er triumphierend die Beute zwischen den Lippen.

Da konnte Eric, der ohnehin gern im Rampenlicht stand, natürlich nicht nachstehen. Er tanzte mit Chloe zur Bar hinüber und ließ sich einen Tequila einschenken. „Los, Baby, denen zeigen wir mal, wie ein richtiger Tequilakuss aussieht", befahl er.

Chloe warf ihm einen finsteren Blick zu. „Niemand nennt mich ungestraft *Baby,* mein Süßer. Die Rache wird fürchterlich sein“, brummte sie, spießte aber gehorsam eine Scheibe Limone auf.

„Ich kann's kaum erwarten, *Baby*“, entgegnete Eric mit einem unverschämten Grinsen. Doch ausnahmsweise hielt er Chloe beim Tanzen auf Armeslänge. Aus gutem Grund: Die Limone, die sie vor seiner Nase hin und her schwenkte, steckte auf der Spitze von Jess' scharfem Schälmesser.

„Zeig's ihm! Rache! Rache! Rache!“, johlten die Mädchen, und Melanie stieß im Takt zwei leere Bierflaschen aneinander.

„Du ahnst nicht, worauf du dich da einlässt, Eric“, warnte Lauren, und sogar Sydney gab ihre übliche Zurückhaltung auf und buhte laut. Ihr Platznachbar Ray, der hinter der Bar hervorgekommen war, um sich seiner Schnitzeljagdpartnerin zu widmen, hielt sich kopfschüttelnd die Ohren zu.

Scheinbar unbeeindruckt von dem Tumult tänzelte Eric um Chloe herum. Unwillkürlich musste Macy an den hungrigen Kater Sylvester denken, der wieder einmal einen Angriff auf den armen kleinen Tweety plante. Lautstark feuerte sie die Freundin an und klatschte in die Hände.

Nicht, dass Chloe eine Aufmunterung gebraucht hätte. Sie schob die Träger ihres hautengen schwarzen Samttops über die Schultern herunter, so weit es ging. Dann schüttelte sie das Haar, das sie heute zu einer Art Puderquaste aufgesteckt hatte, stützte lässig den Arm in die Hüfte und blickte ihrem Partner ungerührt entgegen.

Leo war gespannt, wie es weitergehen sollte. Er lehnte sich zurück und streckte die Beine unter dem Tisch aus. Dabei berührte er Macys Fuß. Er fuhr überrascht zusammen, aber da sie ihr Bein nicht zurückzog, sah auch er keinen Anlass dazu. Plötzlich fühlte er ihre warme, nackte Sohle an seinem Knöchel. Er stutzte. Ein Zufall war ausgeschlossen! Der Abend wurde immer vielversprechender.

Anton hatte die Musik so laut aufgedreht, dass die Fensterscheiben vibrierten. Aufreizend langsam ließ Chloe die rosa Spitze ihrer Zunge über die Limonenspalte wandern. Dann fuhr sie mit der Frucht erst die Konturen ihrer Lippen nach und bestrich dann Erics Mund damit. Zuletzt presste sie die Limone gegen ihr Schlüsselbein, bis ein paar feucht schimmernde Tropfen Saft in ihren Ausschnitt rollten. Sprachlos und mit angehaltenem Atem verfolgte Eric den Weg der glänzenden Perlen. Mit einem gefährlichen Funkeln in den Augen ließ Chloe sich Salz reichen und streute es in ihr Dekolleté.

Eric stieß einen Schrei aus, ein animalisches Heulen, das Leo durch Mark und Bein ging. Fest klammerte er sich an seiner – mit Sicherheit absolut letzten – Margarita des Abends fest, sonst hätte er eingestimmt. Denn in dem Moment, als Eric sich genüsslich die Lippen leckte und sich ans Werk machte, fühlte Leo, wie Macys Zehen langsam seine Wade hinaufglitten. Er wagte es nicht, sich zu rühren, denn er wollte Macy auf keinen Fall mit einer hastigen Bewegung von ihrem Vorhaben abbringen. Wenn sie nämlich das beabsichtigte, was Leo glaubte, dann …

Aber dieses Mal würden sie sich Zeit lassen, das nahm er sich ganz fest vor. Er wollte ihren Körper genau erforschen, die Stellen entdecken, an denen sie am leichtesten erregbar war, und sie reizen, bis sie sich vor Begierde verzehrte. Jetzt bereute er fast, dass er den Margaritas so zugesprochen hatte. Oder sollte er sich lieber noch eine genehmigen? Denn wenn Macy nicht bald aufhörte, ihn zu kitzeln – ausgerechnet in der Kniekehle, wo er so ungeheuer empfindlich war – und er nicht allmählich aufhörte, sich auszumalen, was geschehen könnte, dann würde er sich unweigerlich vor den Augen der ganzen Gesellschaft unsterblich blamieren. Leo holte tief Luft und zwang sich, seine Aufmerksamkeit auf die Gruppe vor dem Kamin zu richten.

Chloe hatte inzwischen das Top so weit heruntergezogen, wie es vertretbar war. Die Limone steckte zwischen ihren ebenmäßigen weißen Zähnen. Eric tanzte noch immer um sie herum und machte keine Anstalten, endlich zur Sache zu kommen. Er führte sich auf wie ein balzender Auerhahn. Da verlor die temperamentvolle Chloe die Geduld. Sie packte die Gürtelschlaufe seiner Hose und zog ihn unbarmherzig zu sich heran. Gebieterisch legte sie den Kopf in den Nacken und Eric verstand. Er beugte sich über sie und begann mit sichtlichem Genuss, das Salz von ihrer Kehle zu lecken.

Macy dagegen benötigte keinerlei Anleitung. Ihre Zehen hatten sich inzwischen hochgearbeitet und massierten nun sanft die Innenseite von Leos Oberschenkel. Unwillkürlich kam er ihr entgegen und spreizte die Beine. Gleichzeitig klammerte er sich Halt suchend an seinem halb leeren Glas fest. Langsam, aber unerbittlich wanderte Macys Fuß vor und zurück, hin und her, und Leo konnte ein leises Stöhnen nicht unterdrücken.

Auch Eric war mutiger geworden. Er hatte alles Salz von Chloes Schlüsselbein geleckt und war dabei, nicht ganz unbeabsichtigt, ein Stück vom rechten Weg abgekommen. Nach einem scharfen Tadel und einem Klaps begab er sich folgsam wieder auf den richtigen Kurs, der ihn unweigerlich tiefer in Chloes Dekolleté führte.

Macys Kurs bedurfte keiner Korrektur. Nun hatte sich auch ihr zweiter Fuß einen Weg in Leos Hosenbein gebahnt. Ihre

Sohlen fühlten sich glatt und erfrischend kühl gegen Leos raue und erhitzte Haut an und er spürte, wie sich alle seine Sinne auf die Stelle konzentrierten, an der Macy ihn berührte. Es war beinahe lächerlich, wie schnell es dieser Frau – ach was, diesem Kobold in Menschengestalt – gelang, ihn in höchste Erregung zu versetzen! Und auf so einfache Weise! Was eine andere Frau mit den herkömmlichen Mitteln der Verführung nach Stunden erreicht hätte, brachte Macy in wenigen Minuten zu Wege. Sie war frech, abenteuerlustig und absolut nicht schüchtern, wenn es darum ging, ihren Kopf durchzusetzen. Das war so typisch für sie – und genau das schätzte Leo an ihr.

Er gab sich einen Ruck. Zeit, die Partie mitzubestimmen, ermahnte er sich. Bisher hatte er sie gewähren lassen, aber jetzt war er an der Reihe. Ihr klammheimlicher Flirt unter der Tischplatte war dabei ein vielversprechender Anfang. Zum gleichen Zeitpunkt als Erics Kopf in Chloes tiefem Ausschnitt verschwand, hatten Macys Füße nämlich genau den richtigen Punkt zwischen Leos Schenkeln erreicht.

Mit einem triumphierenden Lächeln tauchte Eric wieder auf. Er kippte den Tequila hinunter und senkte dann den Mund auf Chloes Lippen, um die Limone auszusaugen. Eric wäre allerdings nicht Eric, wenn er es dabei belassen hätte. Kaum hatte er den letzten Tropfen aus der Frucht gequetscht, ließ er sie fallen und presste seine Lippen stürmisch auf Chloes Mund. Das Publikum raste.

In diesem Augenblick sah Macy in Leos Augen.

## 9. KAPITEL

Vor sechsunddreißig Stunden hatten sie sich geliebt. Jetzt saßen sie einander gegenüber und Leo beobachtete, wie Macy einen Happen gebratenen Reis auf zwei Stäbchen zum Mund führte. Er musste mit ansehen, wie ihre spitze rosa Zunge zwischen ihren Lippen hervorschoss, sich genüsslich wölbte und den Bissen in Empfang nahm und wie sich die vollen Lippen um die Essstäbchen schlossen. Und bei alledem fühlte Leo sich mit erschreckender Deutlichkeit an die Szenen erinnert, die sich vor eben jenen sechsunddreißig Stunden zugetragen hatten.

Aber Macy war noch nicht fertig. Als Nächstes griff sie nach einem Schweinerippchen. Sie knabberte und nagte daran, bis nur noch der blanke Knochen übrig war. Dann leckte sie sich genießerisch die Soße von Lippen und Fingern. Anschließend fischte sie eine Riesengarnele von einer Platte auf dem Tisch, hob sie mit spitzen Fingern hoch, bog den Kopf in den Nacken und schloss die Lippen gierig um das saftige Fleisch. Leo konnte den Blick nicht von ihr lösen. Sein Herz pochte und er fühlte sich ein wenig benebelt. Während Macy scheinbar ungerührt aß, massierten ihre Fußsohlen unter dem Tisch ununterbrochen die pulsierende Schwellung zwischen Leos Schenkeln.

Gerade öffnete sie den Mund ganz weit und schluckte die fleischige Garnele auf einmal hinunter. Der Anblick war mehr, als Leo ertragen konnte. Mit seiner Beherrschung war es endgültig vorbei. Er hatte sich eben noch so weit im Griff, dass er darauf verzichtete, den Tisch umzuwerfen und sich auf Macy zu stürzen. Stattdessen griff er über die Tischplatte, wobei er beinahe alles Geschirr heruntergefegt hätte, packte Macy bei der

Hand, riss sie vom Stuhl und führte sie in eine ruhige Ecke der improvisierten Tanzfläche. Sie leistete keinerlei Widerstand.

Leos Timing war perfekt. Sydney war in eine Unterhaltung mit Ray vertieft, die übrigen Gäste tanzten oder beschäftigten sich anderweitig mit ihren Partnern. Niemand hatte Macys kleines Kunststück und seine Auswirkungen auf Leo bemerkt. Damit das auch so blieb, führte Leo sie so, dass er ständig mit dem Rücken zu den anderen Paaren tanzte, und zog Macy ganz eng an sich. Ihre Körper schmiegten sich aneinander, als wären sie füreinander geschaffen. Maßgeschneidert, dachte Leo und erschrak über die eigenen Gedanken. So weit war es schon mit ihm gekommen?

In diesem Augenblick sah Macy zu ihm auf. Wie sie es immer wieder schaffte, diesen unschuldigen Ausdruck auf ihr Gesicht zu zaubern? Sie war alles andere als unschuldig. Nicht umsonst hatte sie eine Spinne als Logo gewählt: Macy Webb, die Schwarze Witwe, die ihre klebrigen Fäden nach den Männern auswarf.

Macy schlang die Arme um seine Taille. Sogar mit Absätzen wäre sie zu klein gewesen, um seinen Nacken zu erreichen, doch ihre hochhackigen Schuhe lagen natürlich noch unter dem Tisch, wo sie sie abgestreift hatte. „Willst du tanzen?“, fragte sie. „Oder suchst du nur einen Vorwand, um mich zu begrapschen?“ Es war ihr deutlich anzusehen, dass sie nur mit Mühe ernst bleiben konnte.

Er versuchte verzweifelt, einen klaren Kopf zu behalten, aber das durfte er dieser Frau, die seine Vorstellungen vom anderen Geschlecht so durcheinandergewirbelt hatte, auf keinen Fall verraten. „Was ich wirklich will, behalte ich lieber für mich“, meinte er knapp.

„Warum? Glaubst du, du könntest mich schockieren?" Wieder warf sie ihm einen Blick zu, als könnte sie kein Wässerchen trüben.

Leo fragte sich, wen sie mit der Rolle der frechen Göre täuschen wollte. Er wusste längst, dass sie eine Vollblutfrau war, eine Frau, der er es zutraute, sein Weltbild völlig umzukrempeln. Er schüttelte abwehrend den Kopf. „Lass gut sein. Diese Nummer zieht bei mir nicht mehr."

Sie zuckte die Schultern. „Na und? Bildest du dir wirklich ein, das stört mich?"

Leo schmunzelte. „Du bist eine lausige Lügnerin. Vor einem Geschworenengericht kämst du damit nicht durch." Unauffällig bewegte er sich immer weiter von den übrigen Gästen weg in Richtung Eingang. Macy schien es entweder nicht zu bemerken oder einverstanden zu sein, denn sie legte den Kopf an seine Brust und schwieg – für eine Weile.

„Was ist der Unterschied zwischen einem Anwalt und einem Vampir?", fragte sie plötzlich.

Leo seufzte. „Der Vampir saugt seine Opfer nur nachts aus."

„Hm. Und der Unterschied zwischen einem Anwalt und einem Blutegel?"

„Der Blutegel lässt von seinem Opfer ab, wenn er es ausgesaugt hat."

Macy knirschte mit den Zähnen. „Hätt ich mir eigentlich denken können, dass du auch die ekligen Witze kennst."

Leo wirbelte sie ein paar Mal herum, bis sie mitten in dem mit kostbarem italienischem Marmor ausgelegten Eingangsbereich des Apartments standen. „Du bist ein hoffnungsloser Fall, Macy. Kannst du nicht mal eine Sekunde lang ernst bleiben?"

„Das ist noch gar nichts im Vergleich zu dir." Macy sah ihm tief in die Augen. Sie hielten sich immer noch eng umschlungen, obwohl sie sich nicht mehr bewegten. „Du hast doch sicher schon als Kind lieber Anwalt gespielt als getobt, stimmt's?"

Unter ihrem eindringlichen Blick wurde es Leo heiß. Das Pulsieren zwischen seinen Schenkeln hatte nicht nachgelassen. Impulsiv presste er Macy an sich. „Mir ist jetzt aber ganz und gar nicht nach Spielen zumute", stieß er hervor.

Macy lächelte wissend. „Ach nein? Hast du noch nie davon gehört, dass man auch einfach nur Spaß haben kann?"

Er wusste, sie meinte damit ihr kleines Intermezzo am Tag zuvor. Zu dem Abenteuer unter der Dusche war es nur gekommen, weil Leo Macy provoziert hatte. Dafür hatte sie sich mit ihrem Flirt über und unter dem Tisch gerade revanchiert. Jetzt war er wieder an der Reihe, auf Rache zu sinnen – wenn niemand diesen teuflischen Kreislauf durchbrach.

Macy hatte vollkommen recht. Was sie miteinander erlebt hatten, hatte nichts damit zu tun, ob es ihn beruflich weiterbrachte oder ihn als Mann bestätigte. Macy war eine intelligente, schlagfertige und begehrenswerte Frau. Er fühlte sich wohl in ihrer Gesellschaft. Es war völlig belanglos, ob es ihm gelang, sie zu beeindrucken oder nicht. Warum versuchte er es trotzdem immer wieder, anstatt ihr Zusammensein einfach zu genießen und Spaß zu haben?

War er noch ganz bei Trost? Sein Leben verlief ganz geradlinig. Er verfolgte nur ein einziges Ziel: Er wollte zu den Besten gehören. Daher umgab er sich nur mit Leuten, die seinen Zwecken dienlich waren. Wenn es sein musste, scheute er nicht davor zurück, sich in die richtige Gesellschaft einzukaufen. Bei allem, was er tat, verlor er nie seine Absicht aus den Augen. Warum war er also noch hier?

Oder bedeutete der Erfolg doch nicht alles im Leben? Gab es vielleicht auch andere, erstrebenswertere Dinge? Dinge, die er bei Macy finden konnte? Leo war schockiert. Er war ja drauf und dran, seine eigenen Regeln über Bord zu werfen! Nichts wie weg von dieser Verwirrung stiftenden Party!

„Du hast mir nie gesagt, was du eigentlich willst", meinte Macy mit einer Stimme, die für sie viel zu sanft und einschmeichelnd war, einfach untypisch, und die ihm deshalb überhaupt nicht gefiel.

„Das ist doch völlig egal", erwiderte er barsch. Er hatte keine Ahnung, was er eigentlich wollte, und er hatte Angst davor, es herauszufinden. Wer konnte schon vorhersagen, ob ihm das Ergebnis behagen würde. Er atmete tief durch. Er durfte seine Wut nicht an Macy auslassen. Sie konnte ja nicht wissen, dass sie an einer Sache gerührt hatte, die er lieber unangetastet gelassen hätte. Zärtlich streichelte er ihr Gesicht. „Ich will dich", murmelte er auf einmal.

Wieder sah sie ihn an. Ihre Augen strahlten und in ihrem Blick lag eine Aufforderung, der er kaum widerstehen konnte. „Na also, es geht doch." Sie barg das Gesicht an seiner Brust und versuchte, mit der Zunge zwischen den Knopfleisten hindurch zu seiner nackten Haut vorzudringen.

Leo konnte nichts tun, als still dazustehen und sie gewähren zu lassen. Vom Wohnzimmer her dröhnte laute, wilde, anheizende Musik. Er schlang die Arme um Macy. „Das meinst du also, wenn du sagst, du möchtest Spaß haben?", flüsterte er mit rauer Stimme in ihr Ohr.

„Und das ist erst der Anfang", gab sie leise zurück. „Du kannst dich sicher noch daran erinnern, wie es weitergeht. Wir beide machen das ja nicht zum ersten Mal."

Leo verschlug es die Sprache. Wieder einmal war es ihr gelungen, ihn zu überrumpeln, wenn auch nicht so sehr wie gestern, als sie einfach zu ihm in die Dusche gekommen war. Von dieser Überraschung hatte er sich immer noch nicht ganz erholt. Mehr als alles beschäftigte ihn nur eine Frage: Warum hatte sie das getan? Hatte sie gehofft, ihn herumzukriegen? Ihn auf diese Weise zu bewegen, ihr beim Ausfüllen des Fragebogens zu helfen? Oder interessierte sie sich wirklich für ihn?

„Warum?", fragte er plötzlich laut.

„Warum was? Warum ich da drinnen über dich hergefallen bin oder warum ich in die Dusche gekommen bin?" Leo grinste unwillkürlich. Macy war immer für eine Überraschung gut. Jede andere Frau hätte verschämt um den heißen Brei geredet. Sie aber nahm kein Blatt vor den Mund. „Wie du weißt, bin ich nur ein einfaches, unkompliziertes Mädchen, das immer direkt aufs Ziel zusteuert und sich nicht lange bitten lässt", fuhr sie fort, als hätte sie seine Gedanken gelesen.

Sein Lächeln vertiefte sich. Außerdem bist du schlagfertig und selbstbewusst und klug genug, um zu wissen, dass ich dir kein Wort glaube, setzte er im Stillen dazu. „Wenn das so ist, dann zieh dich doch bitte aus", bat er laut und schob seine Hand unter ihr Top. Ihre Haut war zart und seidig, aber er fühlte, wie sie erschauerte. Genau das hatte er beabsichtigt. Er wollte lernen, wie er sie berühren musste, um sie zu erregen.

„Was machst du da?"

„Ich steuere direkt aufs Ziel zu." Der flackernde Schein der Kerzen im Wohnzimmer spiegelte sich in Macys Augen. Golden wie reifer Whiskey, schoss es Leo durch den Sinn und er staunte. Poetische Vergleiche entsprachen sonst nicht seiner Art. Sollte das etwa heißen, dass er total betrunken war? Aus den Augenwinkeln nahm er eine Bewegung wahr. Macy machte sich hinter seinem Rücken zu schaffen. Er hörte ein leises Geräusch, als ob eine Tür aufginge, und tatsächlich: Sie standen genau vor der Gästetoilette, einem kleinen Raum mit dem WC, einem Waschbecken und – einem Riegel an der Tür.

Blitzschnell huschten sie hinein und schoben den Riegel vor. Leo zögerte nicht lange. Er hob Macy auf den Rand des Handwaschbeckens aus blauem und espressobraunem Porzellan, hielt sie fest, beugte sich über sie und küsste sie leidenschaftlich, während er mit der anderen Hand unter ihren Rock fuhr. Seine Finger fanden sofort, wonach er suchte, und er wusste, sie war mehr als bereit für ihn.

Schnell schob Macy ihn von sich. Sie wühlte in seinen Hosentaschen, bis sie seine Brieftasche fand und ein Kondom herauszog. „Nur nichts überstürzen", mahnte sie und beobachtete aufmerksam, wie er die Packung aufriss und den Schutz überstreifte.

An alles andere konnte sich Leo später kaum mehr erinnern. Er war wie von Sinnen. Seine Leidenschaft brannte lichterloh und musste gelöscht werden, ehe sie ihn ganz verzehrte. Er wusste nur noch, dass alle seine Vorsätze sich in Rauch aufgelöst hatten, als er Macy sah, die ihn mit geschlossenen Augen und zurückgelegtem Kopf erwartete.

Drei Tage nach der Party saß Lauren am PC und legte letzte Hand an Macys neues Logo. Ihre Augen brannten von den langen Stunden vor dem flimmernden Bildschirm, ihr Rücken schmerzte. Endlich war es geschafft. Sie speicherte ab, stand erleichtert auf, reckte sich und trat auf die überdachte Veranda hinaus, um Anton beim Schwimmen zuzusehen. Es war Vollmond, aber die Luft war kühl und Lauren fröstelte. Sie hatte vorgehabt, selbst ein paar Runden zu schwimmen, deshalb trug sie nur einen leichten Umhang über ihrem Badeanzug. Das Wasser in dem beheizten Pool lockte, aber wie durch einen inneren Zwang blieb sie am Beckenrand stehen und beobachtete ihn.

Wie ein schwarzer Schatten glitt Anton durch das beleuchtete Wasser. Mit kräftigen Zügen schwamm er Bahn um Bahn, kraftvoll, gleichmäßig und ohne zu ermüden. Er folgte einer strengen Routine: Er schwamm immer eine bestimmte Anzahl von Bahnen im gleichen Stil, ehe er wechselte. Egal, wie hektisch sein Tag war, immer gelang es ihm, eine Stunde für den sportlichen Ausgleich abzuzweigen.

Lauren bewunderte seine eiserne Disziplin. Sie selbst hatte sich noch nie dazu aufraffen können, ihr Leben in ein Korsett zu zwängen, und sie bezweifelte stark, ob sich daran jemals etwas ändern würde, selbst um Antons willen. Überhaupt befielen sie in der letzten Zeit immer häufiger Skrupel wegen Anton. Manchmal fragte sie sich sogar, ob seine Zukunftspläne überhaupt mit ihren vereinbar waren.

Das alles hatte sie nur Macy zu verdanken und der verdammten Schnitzeljagd! Nur deswegen war sie so überstürzt bei Anton eingezogen, nur deswegen sah sie sich jetzt mit solchen Fragen konfrontiert. Lauren grinste schief. Sie wusste nicht, ob sie Macy küssen oder killen sollte. Fest stand nur, dass sie in Kürze eine Entscheidung treffen musste.

Wie würde Anton reagieren, wenn sie ihm beichtete, dass sie die Entscheidung, zu ihm zu ziehen, inzwischen bereute? Dass sie der Meinung war, sie hätten noch vieles zu klären, ehe sie dauerhaft zusammenleben konnten? Als sie eingezogen war, hatte sie den festen Vorsatz gehabt, offen und ehrlich über ihre Bedürfnisse und Wünsche zu sprechen. Sie wollte nichts verheimlichen und ganz sie selbst sein. Leider hatte sie nicht damit gerechnet, dass Anton versuchen würde, sie nach seinen Vorstellungen umzuformen. Mit welchem Recht?, fragte sie sich. Er kannte sie doch kaum. Mit fünfundzwanzig kannte sie sich ja noch nicht einmal selbst. Nur eines wusste sie mit Sicherheit: Wenn sie sich änderte, dann einzig und allein, weil *sie* das wollte und nicht Anton oder irgendein anderer Mann.

Anton war am Ende der Bahn angekommen und wendete. Lauren bewunderte seine geschmeidigen Bewegungen, die Mühelosigkeit, mit der er durchs Wasser glitt. Ob beim Sport oder bei der Liebe, immer wollte Anton alles unter Kontrolle behalten. Der Geist beherrscht den Körper, pflegte er zu sagen, alles ist nur eine Frage des Willens. Nicht selten war Lauren versucht, heftig zu widersprechen. Wie sehr wünschte sie, er würde sich ein einziges Mal gehen lassen.

Vielleicht sollte sie es Macy gleichtun und sich weigern, erwachsen zu werden. Die hatte es gut: Sie musste keine Entscheidungen treffen, keine Verantwortung tragen und keine Konsequenzen fürchten, wenn sich der eingeschlagene Weg als Sackgasse erwies, wie zum Beispiel Laurens Versuch, mit Anton zusammenzuleben. Anton würde sich natürlich lieber die Zunge abbeißen, als zuzugeben, dass ihr Experiment misslungen war. Er würde behaupten, dass sie die üblichen Startschwierigkeiten durchmachten. In jeder Beziehung gäbe es Höhen und Tiefen, bis die Partner sich aneinander angepasst hätten. Grund zur Panik bestünde allenfalls, wenn es keine Probleme geben würde.

Er hat leicht reden, dachte Lauren. Es ist ja nicht sein Leben, das sich so abrupt verändert hat. Sie hatte sich so darauf gefreut, eine Art Flitterwochen mit ihm zu verbringen. Aber kaum hatte sie ihre Sachen in seinen Schrank geräumt, hatte Anton begonnen zu analysieren, zu planen und zu organisieren, anstatt sich Zeit zu nehmen, damit sie sich aneinander gewöhnen konnten. Typisch Mann! Es war zum Verrücktwerden!

Mit einem Satz schnellte Anton aus dem Wasser. Er schüttelte sich und strich das lange blonde Haar, das in wilden Locken um seinen Kopf stand, wenn es trocken war, aus dem Gesicht. „Ich dachte, du wolltest auch ins Wasser“, sagte er, als er Lauren erblickte.

„Ich war fasziniert von der Aussicht.“ Sie reichte ihm sein Handtuch. Wenn er so dicht bei ihr stand, geriet ihr Entschluss, ihm ihre Bedenken mitzuteilen, total ins Wanken. Er wirkte so unglaublich männlich, in jeder Beziehung. Er war groß gewachsen und schlank, dabei muskulös und gab sich stets selbstbewusst und geradeheraus. Bei ihm fühlte Lauren sich geborgen, aber er verstand es auch, sie in Flammen zu setzen. Sie seufzte.

Anton rubbelte sich trocken, dann warf er sich das Handtuch über die Schultern. Er beugte sich vor und musterte Lauren von Kopf bis Fuß. Schließlich lächelte er. „Stimmt, herrliche Aussicht.“

Lauren wurde rot. Sie hatte mit Absicht ihren knappsten Badeanzug gewählt. Sie wollte, dass er sie begehrte, denn die körperliche Anziehung hatte sich in der letzten Zeit als das stärkste Band zwischen ihnen erwiesen. Daran klammerte sie sich wie eine Ertrinkende an den sprichwörtlichen Strohhalm. Ohne auf seine Bemerkung einzugehen, schlüpfte sie aus ihrem Umhang. „Fertig für heute?“

„Wie man's nimmt. Mit ein klein wenig gutem Zureden

könnte ich glatt noch ein paar Bahnen schwimmen."

„Fein, aber gib mir zehn Sekunden Vorsprung."

„Deine Zeit läuft ab ... jetzt!"

Lauren ahnte sein unverschämtes Grinsen mehr, als sie es sah. Sie schleuderte ihm den Umhang ins Gesicht, um ein paar Sekunden zu gewinnen, aber auch das rettete sie nicht. Noch ehe sie den Rand des Beckens erreichte, war Anton ihr schon dicht auf den Fersen. „Das waren niemals zehn Sekunden", kreischte sie und sprang mit einem eleganten Kopfsprung ins Wasser. Bis ans Ende der Bahn hielt sie ihren Vorsprung, dann aber gab es kein Entrinnen mehr. Anton hatte sich gar nicht bemüht, sie einzuholen. Er trat gemächlich in der Mitte des Pools Wasser, um ihr den Rückweg abzuschneiden. Empört und nach Atem ringend tauchte Lauren vor ihm auf. Sie strich sich die Haare aus dem Gesicht und achtete darauf, außerhalb von Antons Reichweite zu bleiben.

„Alles in Ordnung?"

„Du hast geschummelt und mir ist kalt."

„Wieso geschummelt? Du hattest deine zehn Sekunden." Die Tatsache, dass ihre Lippen blau angelaufen waren und ihre Zähne klapperten, übersah er geflissentlich.

Lauren, die sich keine Blöße geben wollte, biss die Zähne zusammen und verkniff sich eine entsprechende Erwiderung. „Vielleicht geht deine Uhr falsch. Außerdem wollten wir zusammen schwimmen, nicht gegeneinander antreten."

„Tun wir doch." Er schwamm näher. „Und überhaupt: Von wem kam denn die Idee mit dem Vorsprung? Das bedeutet nun mal automatisch, dass einer dem anderen hinterherjagen muss."

Lauren drehte sich auf den Rücken und ließ sich langsam ans

flache Ende des Pools treiben, wo sie sich aufrichtete. „Ich kann es überhaupt nicht leiden, wenn mir dauernd jemand auf den Fersen ist“, sagte sie betont gelassen.

Anton war ihr gefolgt. Er stellte sich auf und sah Lauren in die Augen. „Es geht wieder mal um die Schnitzeljagd, stimmt's?“

Jetzt hieß es Farbe bekennen, aber Lauren zögerte noch. Sie schämte sich zuzugeben, dass sie die bisher wichtigste Entscheidung ihres Lebens, nämlich die, zu Anton zu ziehen, getroffen hatte, weil sie ein Kinderspiel gewinnen wollte. Sie konnte kaum glauben, dass sie sich so dumm benommen hatte. Sie hätte es verdient, alles zu verlieren, sowohl den Preis als auch Antons Achtung, sofern er ihr überhaupt noch einen Funken Respekt entgegenbrachte. Selbst das bezweifelte sie inzwischen.

Ständig war sie ihm ausgewichen. Sie hatte sich geweigert zu akzeptieren, dass er es nur gut meinte, wenn er sich wieder einmal in ihr Leben, besonders in ihre beruflichen Pläne einmischte. Mehrfach hatte sie ihn beschuldigt, bei Dingen mitreden zu wollen, die ihn nichts angingen. Überhaupt hatte sie den Eindruck, dass sie immer häufiger aneinander vorbeiredeten. Doch immer wieder hatten sich die Wogen geglättet, sobald sie im Bett lagen. Nur hatte sie festgestellt, dass sie selbst da von Mal zu Mal weniger bei der Sache war.

Anton streckte die Hand aus und zerzauste ihr Haar. „Was hast du denn auf einmal? Vor ein paar Tagen warst du noch ganz wild auf den Sieg. Was ist passiert?“

Lauren fror noch immer. Sie tauchte bis zum Hals in das warme Wasser. „Wozu brauchen wir Urlaub?“, wehrte sie ab. „Wir haben doch auch hier alles, was das Herz begehrt.“

„Trotzdem wäre eine Abwechslung mal ganz schön.“

„Dann nichts wie los! Wir müssen die Kreuzfahrt nicht unbedingt gewinnen, wir können sie uns auch so leisten. Warum chartern wir nicht eine Segelyacht und schippern los?" Was sie zuerst nur so dahingesagt hatte, klang ziemlich aufregend, fand Lauren. Je länger sie darüber nachdachte, desto toller fand sie ihren Vorschlag. „Wir könnten aber auch nach New York fliegen oder nach San Francisco. Oder nach Kanada? Ski fahren in Banff, wie klingt das?"

„Moment mal!" Anton hob die Hand, um ihren Redefluss einzudämmen. Er legte ihr den Arm um die Taille. „Was ist denn auf einmal in dich gefahren?", fragte er misstrauisch.

Lauren riss sich zusammen. „Nichts! Mir gefällt die Idee, ein paar Tage Urlaub zu machen. Nur wir beide, ganz allein. So was haben wir noch nie gemacht."

„Es gibt vieles, was wir noch nie gemacht haben. Ich bin sicher, dass wir im Laufe der Zeit alles ausprobieren, meinst du nicht?"

„Ja, nur ..." Lauren legte sich auf den Rücken und paddelte in die Mitte des Pools. Sie wusste weder, wie sie Anton erklären sollte, was sie quälte, noch ob es klug war, ihn mit ihren Bedenken zu belasten. Vielleicht würde sich mit der Zeit alles von selbst regeln. Anton schien ihre Sorgen auf jeden Fall nicht zu teilen. Er wirkte ausgeglichen und heiter wie immer.

„Nur was? Lauren, ich spüre doch, dass du etwas auf dem Herzen hast. Aber du weißt ja, ich bin nur ein Mann. Mit mir musst du Klartext reden."

Mit einem kräftigen Zug war er neben ihr. Sein Körper strahlte so viel Hitze aus, dass Lauren sich am liebsten sofort in seine Arme geschmiegt hätte. Wenn es doch nur so einfach wäre! Aber sie durfte nicht länger den Kopf in den Sand stecken. Sie streckte die Hand aus und berührte zärtlich Antons

Wange. Dann sah sie ihm fest in die Augen. „Hast du nicht auch manchmal den Eindruck, dass wir etwas überstürzt gehandelt haben?“

Er runzelte verwundert die Stirn. „Überstürzt? Meinst du aus dem Bauch heraus, ohne das Für und Wider abzuwägen?“

Lauren schüttelte den Kopf. „Nein, vergiss es. Es war eine dumme Frage. Du würdest so etwas nie tun, dazu bist du viel zu praktisch veranlagt.“

„Bin ich das?“ Anton dachte eine Weile nach. Dann schüttelte er den Kopf. „Kann ich eigentlich nicht behaupten. Ich versuche allerdings, möglichst mit beiden Beinen auf dem Boden zu bleiben.“

Lauren starrte ihn ungläubig an. „Na hör mal, nenn mir ein Beispiel aus der letzten Zeit, wo du einmal nicht praktisch gehandelt hättest“, protestierte sie. Insgeheim betete sie, dass er nicht auf die Idee käme, ihren Einzug zu erwähnen.

„Da wäre zum Beispiel die Tatsache, dass ich an Macys idiotischer Schnitzeljagd teilnehme.“

Jetzt war die Überraschung perfekt. Macys vertrackter Fragebogen, der Lauren so viel Kopfzerbrechen bereitete, brachte auch Anton zum Grübeln? Schön, dass sie das auch erfuhr! Anton war ein Mann, für den Gefühle erst weit hinter kühler Logik rangierten, deshalb musste Lauren unbedingt Genaueres wissen. Sie strich mit den Zehen an seinem Bein entlang. „Was missfällt dir denn so an der Aufgabe, meine finstersten Geheimnisse zu enthüllen?“

Anton spielte mit dem Träger ihres Badeanzugs. „Eigentlich gar nichts. Ich mag’s nur nicht, dass Macy mir vorschreiben will, wie viel Zeit ich mir nehme und welche Fragen ich dir stellen soll.“

„Aber wie zufrieden bist du mit den Ergebnissen deiner Nachforschungen?"

„Die", er drückte sich an sie, „gefallen mir ganz ausgezeichnet. Größtenteils."

Lauren erschrak. Was wollte er damit andeuten? „Oh nein, du hast das Jahrbuch gefunden!" In einer Umfrage an Laurens Highschool, die am Schuljahresende in dem Jahrbuch der Schule veröffentlicht worden war, war sie zu dem Mädchen gewählt worden, mit der die meisten Jungs gerne eine Nacht verbracht hätten.

„Hättest du es mir aus freien Stücken erzählt?"

Lauren zuckte die Achseln. „Damals hat es mir geschmeichelt. Ich war der Meinung, dass man mich für begehrenswert hielt. Heute weiß ich es aber besser: Man hielt mich für leicht zu haben."

„Und? Entspricht das der Wahrheit?"

Lauren fühlte sich auf einmal sehr unwohl in ihrer Haut. Sie erinnerte sich nur ungern an ihre Zeit in der High School. Nicht einmal Macy kannte das ganze Ausmaß ihrer Jugendsünden. Aber durfte sie Anton belügen? „Ich habe mich gerne amüsiert, das ist schon richtig, aber ich war kein leichtes Mädchen, wenn du das meinst."

Sie war sehr wählerisch gewesen. Nur die umschwärmtesten Jungs der Schule wurden von ihr erhört, diejenigen, mit deren Eroberung sie prahlen konnte und um die man sie beneidete. Sie hatte früh gelernt, ihre Reize gezielt einzusetzen. Aber bald war sie erwachsen geworden und hatte damit aufgehört. Langsam wanderte ihre Hand an den Bund von Antons Badehose.

„Wie alt warst du beim ersten Mal?"

Lauren starrte ihn völlig entsetzt an. „Steht diese Frage denn etwa auch auf deiner Liste?"

Er schüttelte den Kopf. „Pure Neugier."

„Warum interessiert es dich überhaupt? Spielt es denn eine Rolle? Würde die Antwort etwas zwischen uns ändern?"

„Was mich betrifft, nein. Ich denke nur, dass es dir helfen könnte, dich selbst einzuschätzen. Vielleicht wirft es ein neues Licht auf dein Verhalten." Ohne dass Lauren es bemerkt hatte, war Anton zurückgewichen. Jetzt stand er am Beckenrand, hatte die Ellbogen aufgestützt und beobachtete sie.

„Hast du an meinem Verhalten irgendetwas auszusetzen, Anton?", fragte Lauren entgeistert. „Setze ich dich unter Druck? Bedränge ich dich zu sehr? Verlange ich zu viel von dir?"

Er schüttelte den Kopf. „Das habe ich nie behauptet."

„Dann musst du dich etwas deutlicher ausdrücken." Lauren wurde allmählich wütend. Als hätte sie ohnehin nicht schon genug Probleme! „Du erinnerst mich an den Psychiater, bei dem ich eine Zeit lang war. Der hat sich auch stumm zurückgelehnt und darauf gewartet, dass ich irgendetwas Falsches sage."

Jetzt wurde Anton hellhörig. „Davon weiß ich ja gar nichts. Wann war das?"

„Noch ein schmutziges kleines Geheimnis! Bald hast du alle Fragen abgehakt, was?" Lauren hatte sich in Rage geredet. Die Zornesröte stand ihr im Gesicht, und sie funkelte Anton böse an.

Er wich ihrem Blick aus. Als er wieder aufsah, glitzerte es in seinen Augen. „Bitte, Lauren, vergiss die Schnitzeljagd. Das hier betrifft nur uns beide. Und du warst es, die die Frage aufgeworfen hat, ob wir möglicherweise etwas voreilig waren."

„Waren wir." Laurens Wut war so schnell wieder verraucht, wie sie gekommen war. Sie legte den Arm auf den Beckenrand und verbarg ihr Gesicht.

„Das fällt dir jetzt ein, nach drei Wochen?"

Plötzlich sprudelten die Worte nur so aus ihr heraus. „Überleg doch mal: Nicht ein einziges Mal haben wir uns gestritten in dem Jahr, seit wir uns kennen. Aber plötzlich liegen wir uns nur noch in den Haaren."

„Das ist doch ganz normal am Anfang!"

„Aber wir stehen nicht am Anfang. Wir kennen uns bereits ein ganzes Jahr! Man sollte meinen, dass wir die Phase der kleinlichen Zänkereien längst hinter uns haben, oder?"

„Ist das der Eindruck, den du von mir hast? Bin ich ein kleinlicher Zänker?"

Lauren hielt es für besser zu schweigen. Sie konnte keinen klaren Gedanken mehr fassen, ihr Kopf fühlte sich ganz leer an. Das Einzige, was sie mit Sicherheit sagen konnte, war, dass sie auf ihre Fragen keine Antworten finden würde, solange sie sich in dieser Wohnung aufhielt.

Anton schwang sich auf den Beckenrand. „Was ist?", fragte er ungeduldig.

Lauren winkte ab. „Lass nur. Es tut mir leid. Ich weiß nicht, was mit mir los ist." Sie steckte in einem schrecklichen Zwiespalt. Natürlich wollte sie Anton nicht wehtun, aber sie wusste nicht, ob es ihn weniger verletzen würde, wenn sie blieb oder wenn sie ging. Vielleicht sollte sie ihn wenigstens so lange allein lassen, bis sie herausgefunden hatte, was genau sie an ihrem Zusammenleben so verwirrt hatte.

„Ich …", begann sie zögernd, „… ich halte es für das Beste, wenn ich … zu Macy zurückgehe, bis wir, also du und ich …" Verzweifelt schlug sie die Hände vors Gesicht. So oft hatte sie sich schon falsch ausgedrückt, dieses eine Mal wenigstens wollte sie die richtigen Worte finden. „So lange, bis wir uns die Zeit genommen haben, alles über den anderen herauszufinden. Nicht die Farbe der Unterwäsche oder lächerliche Einträge ins Jahrbuch, sondern die wirklich wichtigen Sachen: Träume, Wünsche, Sehnsüchte und Ängste."

Anton sagte kein Wort. Ganz in Gedanken versunken starrte er auf das Wasser, das sich in der leichten Brise kräuselte. Nach, wie Lauren fand, endlosen Minuten schüttelte er sich, als wolle er sich von einer Last befreien, und richtete sich auf. Doch anstatt auf Laurens Worte zu reagieren, ließ er sich ins Wasser gleiten und schwamm mit geschmeidigen Bewegungen, wie ein Fischotter, der im nassen Element Geborgenheit sucht, ans andere Ende des Pools.

Traurig sah Lauren ihm nach. Dann kletterte sie aus dem Becken, bückte sich nach ihrem Umhang und schlüpfte hinein, obwohl die Kälte von vorhin längst verflogen war. Sie fühlte überhaupt nichts mehr, keine Regung, keine Gemütsbewegung, nichts. Eine Zeit lang blieb sie noch auf der Veranda, aber schließlich musste sie einsehen, dass Anton sie nicht zurückhalten würde. Also ging sie hinein und begann zu packen.

## *10. KAPITEL*

Nur mit Mühe konnte Sydney Ford die aufgeregten Stimmen der anderen übertönen. „Bitte, meine Damen, Schluss mit der Schnitzeljagd! Wir müssen uns dringend dem Geschäftlichen zuwenden." Fünf der gIRL-gEAR-Partnerinnen – Lauren war noch nicht erschienen – saßen im Wohnzimmer von Macys Apartment. Wer sie gesehen hätte, hätte die Veranstaltung für ein Kaffeekränzchen gehalten, nicht für eine wichtige Geschäftsbesprechung.

Macy fühlte sich in ihrem Element bei all dem Trubel. Lärm, Hektik, Wortgefechte, der Austausch von Ideen, kurz, die Gesellschaft von fünf Gleichgesinnten – das alles brauchte sie, um glücklich zu sein. Um nichts in der Welt hätte sie diesen Tumult gegen eine geregelte Arbeit mit festgelegten Zeiten in einem normalen Büro und in ordentlicher Arbeitskleidung eingetauscht.

Lauren hatte schon recht mit dem Vorwurf, dass Macy häufig im Pyjama anzutreffen war. Aber für diesen fast offiziellen Anlass hatte sich Macy in Schale geworfen und sich für ein Top in Tarnfarben und olivgrüne Cargohosen entschieden. Seit Leo bei ihr wohnte, machte sie sich viel häufiger die Mühe, *richtige* Kleidung anzuziehen. Überhaupt ertappte sie sich immer häufiger bei Zugeständnissen an das *normale* Leben.

Zum Beispiel bemühte sie sich, Leo nicht zu stören, obwohl sie ihn ursprünglich nur aufgenommen hatte, um in dem riesigen Loft Gesellschaft zu haben. Ganz gegen das Motto der Wohngemeinschaft, das lautete: „Jeder für sich", hatte sie sich angewöhnt, die Sorte Kaffee zu kaufen, die er am liebsten mochte, obwohl sie sich jedes Mal über den horrenden Preis ärgerte. Und sie fand auch nichts dabei, schnell mit dem Schrubber durch sein

Bad zu wischen, wenn sie das Putzzeug ohnehin schon hervorgeräumt hatte. Eimer und Schrubber waren ohnehin nass, der Rest war – rein theoretisch – eine Sache von zehn Minuten. In Wirklichkeit blieb sie viel länger und schnupperte an Leos Seife und seinem Aftershave oder vergrub die Nase in seinem Bademantel.

Ein völlig reines Gewissen hatte sie dabei natürlich nicht. Regeln waren dazu da, um eingehalten zu werden. Sie halfen, sich Probleme vom Leib zu halten, und waren von geradezu lebenswichtiger Bedeutung, wenn man mit attraktiven Anwälten zu tun hatte, die ihre arglosen weiblichen Opfer in Duschkabinen oder Gästetoiletten verführten. Noch wirkungsvoller wäre es natürlich, wenn Lauren ihr ins Gewissen reden würde. Macys Gedächtnis wies seit einiger Zeit ernst zu nehmende Lücken auf, gerade was das schickliche Verhalten in Dusche oder Toilette betraf. Beim Einkaufen erging es ihr kaum besser.

Jedes Mal, wenn sie Lebensmittel für Leo erstand, verspürte sie ein fast lustvolles Prickeln. Und sie empfand eine unerklärliche Befriedigung, wenn sie sich beherrschte und Leo in Ruhe auf seinem Zimmer arbeiten ließ. Sie benahm sich fast wie die perfekte Ehefrau!

Zum Glück unterbrach Kinseys lautstarker Protest Macys unangenehme Grübeleien. „Sei keine Spielverderberin, Sydney. Ich konnte an dem Abend nicht dabei sein und will mich über den aktuellen Stand der Dinge auf dem Laufenden halten."

„Im Übrigen, verehrte Frau Vorsitzende", meldete sich Chloe von dem Thron aus Kissen und Polstern, den sie für sich errichtet hatte, „kommt es mir höchst merkwürdig vor, dass du bisher noch keinerlei Information über deinen Spielpartner Ray preisgegeben hast."

„Genau", fielen Macy und Melanie ein. „Alle anderen sind wenigstens mit einem pikanten Detail über ihren Partner herausgerückt! Außerdem gehört die Schnitzeljagd zum Geschäft. Denk bloß an Macys Kolumne."

Hilfe suchend blickte Sydney sich um, musste aber schnell erkennen, dass sie keine Verbündete finden würde, und nickte resigniert. Mit einem triumphierenden Grinsen rückten die Freundinnen enger zusammen, um sich kein Wort entgehen zu lassen. „Aber nur eine winzige Kleinigkeit", schränkte Sydney ein, „dann machen wir uns endlich an die Arbeit."

Sie schob ein paar verirrte Strähnen hinters Ohr zurück. „Es ist wirklich nichts Großartiges. Ray spricht nicht gerne darüber, aber er hat es mir auch nicht unter dem Siegel der Verschwiegenheit anvertraut, deshalb kann ich es euch ruhig erzählen. Hört zu: Er hat auf der Brust eine zirka fünfzehn Zentimeter lange Narbe, die schräg über sein Herz verläuft." Sie zeigte die Stelle. „Die hat er sich bei einem Streit in einer Bar irgendwo in der Karibik eingehandelt."

Macy pfiff leise durch die Zähne. „Und was hatte er dort verloren?"

„Er war auf der Suche nach seinem jüngeren Bruder", erzählte Sydney nach einer spannungsgeladenen Pause, „der seit über drei Jahren als vermisst gilt."

Man hätte eine Stecknadel fallen gehört, so still war es plötzlich im Raum. Sydneys Worte ließen den ruhigen, unauffälligen Ray in einem ganz neuen Licht erscheinen. Wie hieß es gleich? Stille Wasser ... Der Rest war Macy entfallen, aber sie würde dahinterkommen, sobald sie eine Antwort auf die Frage, wie Sydney die Narbe überhaupt entdeckt hatte, erhalten hatte.

Sie wollte sich gerade erkundigen, als Melanie plötzlich

losprustete. „Tut mir leid“, stammelte sie kichernd. „Ich … Jess … Er hat auch eine Narbe mit einer beeindruckenden Geschichte.“

Chloe schmollte. „Ach, trägt *Mann* das neuerdings? Eric hat mir noch keine Narbe gezeigt. Der kann was erleben, wenn sich rausstellen sollte, dass er mir etwas verheimlicht!“

Jetzt, wo die Rede davon war, bereute Macy, Leo nicht nach dem Grund für seine Verletzung gefragt zu haben. Die Stelle war ihr aufgefallen, als sie unter der Dusche gestanden hatten. Und ehe sie wusste, was sie tat, verkündete sie: „Es scheint wirklich der neueste Schrei zu sein. Das Ding von Leo ist auf jeden Fall auch ziemlich groß.“

In der Stille, die auf ihre Worte folgte, hätte Macy sich am liebsten in ein Mauseloch verkrochen. Wieder einmal war ihr Mund schneller gewesen als ihr Gehirn. Typisch! Zum Glück blieben ihr etliche Minuten, um sich zu sammeln, denn ihre Freundinnen lachten Tränen.

„Und wie groß genau?“, fragte Sydney, ausgerechnet die brave, sanfte Sydney.

„Ich sprach von seiner Narbe. Vergesst es einfach.“ Macy saß da wie ein begossener Pudel. Ihr Gesicht brannte, ihr Kopf glühte, wahrscheinlich war sie rot wie eine reife Tomate. Als die Lautstärke wieder ein erträgliches Niveau erreicht hatte, versuchte sie deshalb erst gar nicht, sich zu verteidigen. „Ich sage kein Wort, ehe Melanie nicht Jess’ Geheimnis enthüllt hat.“

Zum Glück sprang Kinsey ihr sofort bei. „Richtig, Mel, was hat er denn angestellt?“

„Er bringt mich um, wenn er erfährt, dass ich geplaudert habe. Also, eines Tages hat er sich überreden lassen, für eine Zeichenklasse der Kunstakademie als David zu posieren. Die Kursleiterin, die Ehefrau eines Arbeitskollegen, hatte ihn gebeten, sich dafür die Brust zu rasieren." Melanie kicherte. „Na ja, das hat er auch getan und sich prompt geschnitten. Könnt ihr euch das vorstellen? Die Wunde musste sogar mit vier Stichen genäht werden!"

Wieder verging eine geraume Weile, ehe sich die gIRL-gEAR-Partnerinnen beruhigt hatten. Die Vorstellung, dass sich der ruhige, fast schüchterne Jess bereit erklärt hatte, sich vor einer ganzen Kunstklasse auszuziehen, war einfach zu komisch.

„Meine Damen, bitte! Wir haben uns auf Kosten des armen Jess köstlich amüsiert, aber es wartet noch ein Stück Arbeit auf uns", ermahnte Sydney schließlich und diesmal hatte sie Erfolg. „Ich weiß, dass es schwer ist, sich im Februar noch großartig für Skimode zu begeistern, aber so will es das Geschäft nun mal. Ich glaube, wir waren bei gIZMO-gIRL stehen geblieben. Bitte, Melanie!"

Melanie legte sich ein Kissen auf die Knie und stellte ihr Notebook darauf. „Ich verliere allmählich das Gefühl für die Jahreszeiten. Mein Jahr wird vollkommen vom gIRL-gEAR-Rhythmus bestimmt: An Weihnachten kann ich das Wort nicht mehr hören, weil wir das Fest schon sechs Monate vorher vorbereiten."

„An Weihnachten solltest du ja auch in Bikinistimmung sein, weil wir uns da schon auf die kommende Badesaison einstimmen", rügte Sydney.

„In Bikinistimmung? Niemals!", widersprach Melanie. „Ich bin viel zu bequem, um mir ständig die Beine zu rasieren, und mit Wachs brauchst du mir gar nicht erst zu kommen. Das tue ich mir nicht an." Und schon entbrannte, sehr zu Sydneys Missfallen, eine heftige Diskussion über die verschiedenen Methoden, mit denen Frauen sich im Namen der Schönheit quälen.

Macy spitzte die Ohren. In einer Pause warf sie ein: „Ich benutze meistens nur ein wenig Wimperntusche." Sie war sehr erstaunt über die wütenden Reaktionen, die ihre harmlose Bemerkung hervorrief.

Die mütterliche Sydney erbarmte sich. „Nicht alle Frauen haben das Glück, ganz ohne künstliche Nachhilfe so auszusehen, als kämen sie frisch vom Friseur", erklärte sie.

„Nicht alle haben Haut ohne Problemzonen", ergänzte Chloe, die als Leiterin der Kosmetiklinie gRAFFITI-gIRL als Expertin für derlei Fragen galt.

„Das mag ja sein, aber zum Ausgleich besitzt ihr etwas, um das ich euch aufrichtig beneide", widersprach Macy und blickte bedeutsam an sich hinunter.

Die Freundinnen starrten sie verständnislos an, aber bei Kinsey fiel schnell der Groschen. „Oberweite", flüsterte sie und schon wieder schüttelten sich alle vor Lachen. Nur Sydney ließ sich ins Sofa sinken und vergrub verzweifelt das Gesicht in den Händen.

„Da hast du allerdings völlig recht, Schätzchen. Wir Rassefrauen haben es nicht nötig, mit dekorativen Schriftzeichen auf unser Dekolleté aufmerksam zu machen", meinte Chloe spöttisch in Anspielung auf Macys Tattoo.

Macy blies empört die Backen auf. „Du missverstehst das! Das Tattoo ist Ausdruck meiner Persönlichkeit."

„Deiner Aufmerksamkeit heischenden Persönlichkeit."

„Wenn dem so wäre, hätte ich mich irgendwo am Hals tätowieren lassen, nicht da, wo niemand es sehen kann." Demonstrativ zog Macy das T-Shirt hoch.

Genau in diesem Augenblick stürmte Leo aus seinem Zimmer. So wütend hatte Macy ihn noch nie gesehen – und selten so spärlich bekleidet. Er trug nichts außer knallroten Boxershorts, die kaum etwas verhüllten. „Auch wenn es nichts zu sehen gibt", sagte er mit schneidender Stimme, „zu hören bekommt man hier mehr, als einem arbeitenden Menschen lieb sein kann."

Verlegen zupfte Macy ihr Top zurecht. Obwohl der Tadel an alle gerichtet war, hatte sie ein schlechtes Gewissen. Aber weshalb? Das war ihre Wohnung, Leo war der Gast. Es gab keine Veranlassung, auf ihn Rücksicht zu nehmen. Seine Meinung zählte nicht. Oder doch?

„Na sieh mal einer an!" Chloe musterte Leo majestätisch von oben bis unten. „Kompliment, mein Süßer, Rot steht dir ganz ausgezeichnet."

Wie konnte Chloe es wagen! Instinktiv ging Macy auf Leo zu, aber nach wenigen Schritten zögerte sie. Er war nur ein vorübergehender Hausgenosse, ihr Partner in einem Spiel, nichts weiter. Wieso ärgerte sie sich, wenn Chloe ihn ein wenig auf den Arm nahm? Regten sich da etwa Beschützerinstinkte? Oder gar Eifersucht?

Sie verschob die Analyse auf später, packte Leo am Arm und zog ihn zurück in sein Zimmer, wo niemand sie belauschen konnte. Unschlüssig blieb sie gleich hinter der Tür stehen und erwog den nächsten Schritt. Sollte sie bleiben und sich im Namen aller entschuldigen oder ihm den Rücken kehren? Je länger sie nachdachte, desto deutlicher wurde eines: Sie wollte gerne in seiner Nähe bleiben.

Leo sah das völlig anders. Ohne sie groß zu beachten, schlüpfte er in bequeme graue Shorts, streifte ein weißes T-Shirt über und zog seine Joggingschuhe an. „Du hast mich ganz schön lächerlich gemacht vor deinen Freundinnen", schnauzte er sie schließlich an.

Macy zuckte zusammen. „Hey, das ist nicht wahr!"

„Ach nein?", schnaubte er und begann Aktenordner, Papier und zwei dicke Gesetzbücher in seine Mappe zu packen. „Hoffentlich sehen Jess und Ray das auch so."

„Offensichtlich hast du uns belauscht. Dann solltest du ja wohl wissen, dass ich dich mit keinem Wort erwähnt habe."

Er ignorierte ihren Einwand und ließ die Schlösser des Aktenkoffers zuschnappen.

„Leo, wir haben über die Schnitzeljagd gesprochen, na und? Gerade Jess und Ray gehören so gut wie zur Familie. Es würde keiner von uns einfallen, ihre Geheimnisse in der Öffentlichkeit breitzutreten. Und versuch nicht, mir weiszumachen, dass ihr Männer bei einem Glas Bier nicht auch gerne mal über uns Frauen herzieht."

Leo sah sie durchdringend an. Sein Zorn war verraucht, er wirkte traurig und verletzt. „Aber was ist mit *meinen* Geheimnissen? Ich gehöre nicht zu eurer kleinen Familie. Muss ich jetzt damit rechnen, dass demnächst die ganze Stadt über meine besonderen Merkmale tratscht?"

Macy wand sich vor Verlegenheit. Das hatte er also mitbekommen! Dann wusste er natürlich, dass sie doch über ihn gesprochen hatte. So ein Pech! Was nun? Sie probierte es auf die lässige Tour. „Du hast doch selbst gesagt, dass es auf die Größe nicht ankommt."

„Jetzt weiß ich es besser!"

„Wie bitte?"

„Wir beide haben doch hinreichend bewiesen, dass nicht einmal dreihundert Quadratmeter als Lebensraum für zwei

Menschen ausreichen." Mit diesen Worten packte er den Aktenkoffer, nickte Macy zu und ging zur Tür hinaus. Noch ehe sie reagieren konnte, war er bereits im Aufzug verschwunden, und Macys Laune sank in den Keller.

Eine geschlagene Stunde lang saß Leo schon mit übereinandergeschlagenen Beinen hinter dem Schreibtisch, kritzelte auf seinem Block herum oder starrte Löcher in die Luft. An Arbeiten war nicht zu denken, und das war alles *ihre* Schuld.

Auch in der Wohnung war er nicht zum Arbeiten gekommen. Es herrschte ein Lärm wie in einem Hühnerstall. Die Damen hatten erst aufgehört zu gackern und zu kichern, als er sich beschwert hatte. Dann hatte in der Tat Schweigen geherrscht, eisiges Schweigen – bis sie über ihn und seine Unterwäsche hergefallen waren, sozusagen.

Leo war von Natur aus kein besonders geduldiger Mensch. Zurzeit war er besonders reizbar, weil er, anstatt sich auf die Arbeit zu konzentrieren, nur an Macy denken konnte. Die lüsternen Blicke und die anzüglichen Bemerkungen von Macys Freundinnen hatten ihm den Rest gegeben. Leider fand er in der Kanzlei zwar die ersehnte Stille, aber konzentrieren konnte er sich auch hier nicht. Und das war alles *ihre* Schuld!

Auf einmal schmunzelte er. Die fünf Frauen hatten einen Radau veranstaltet, als wären es fünfzig! Oder war es ihm nur so laut vorgekommen, weil er so angestrengt gelauscht hatte, um Macys Stimme aus dem Gewirr herauszuhören? Er griff zum Füller und begann zu zeichnen. Mit schnellen Strichen skizzierte er Kopf, Schnabel, Kamm und Federn eines Huhns, dem er nach kurzem Zögern auch noch ein keltisches Tattoo verpasste.

Genau genommen gab es nichts zu lachen. Macy Webb hatte

sein Leben total umgekrempelt. Alles war wie weggeblasen, seine Konzentrationsfähigkeit, seine Zielstrebigkeit, sein Hunger nach Erfolg. Schlimmer noch: Zum ersten Mal in seinem Leben hatte er ernsthafte Zweifel daran, dass er, wenn er hart genug daran arbeitete, das alles wieder ins Lot bringen konnte. Wie hatte er nur zulassen können, dass diese Göre, dieses Püppchen sein Leben so durcheinanderwirbelte?

Falsch, verbesserte er sich. Getan hatte sie ja nichts. Sie hatte ihn nur dazu gebracht, sein Leben um hundertachtzig Grad zu drehen, sinnlose Kinderspiele zu spielen, sich auf Partys zu amüsieren und in ein Irrenhaus einzuziehen, wo alle nach der Pfeife dieser unberechenbaren Frau tanzten. Alles *ihre* Schuld!

Er musste wahnsinnig gewesen sein, in einer Umgebung, die eine Mischung aus Cartoon und Karneval war, arbeiten zu wollen. Wohin das führte, konnte man jetzt sehen: In seinem Aktenkoffer herrschte wildes Chaos, und er selbst ...! Was hatte er sich dabei gedacht, in grauen Shorts und weißem T-Shirt barfuß in Joggingschuhen, die nicht einmal ordentlich zugebunden waren, im Büro aufzukreuzen! Wenn ihn einer seiner Kollegen so zu Gesicht bekäme, würde er zum Gespött der ganzen Firma werden.

In großen, fetten Buchstaben überschrieb er die Hühnerskizze mit dem Wort „LOSER", Versager, ehe er das Bild vervollständigte, indem er die Henne in Caprihosen kleidete und ihr ein Paar besonders klobige Clogs an die Krallenfüße zeichnete.

Nur gut, dass ihn sein Vater jetzt nicht sehen konnte! Das würde er ihm nie verzeihen: Der Sohn, der ihn noch nie enttäuscht hatte, der dem vorgezeichneten Weg Schritt für Schritt gefolgt war, war drauf und dran, alles, was er erreicht hatte, für eine Frau aufzugeben. Für eine Frau, die so wenig zu ihm passte, wie seine Mutter zu seinem Vater gepasst hatte. Das Ende damals war abzusehen: Leos Mutter hatte gegen das Leben, das ihr sein Vater aufzwingen wollte, rebelliert und die Familie im Stich gelassen.

Auch Macy besaß eine rebellische Ader. Tattoo, gepiercte Ohrläppchen, Flanellpyjamas! Leo schnaubte verächtlich. Welcher normale Mensch trug Flanellpyjamas? Andererseits, wenn Macy in seinen Fantasien zu ihm unter die Decke krabbelte, trug sie nie etwas anderes als ausgerechnet diese Art von Nachtgewand.

Eine Frau wie sie hatte er in der Tat noch nie getroffen. Sie verunsicherte ihn. Erwachsene Frauen trugen keine Walt-Disney-Unterwäsche. Sie aßen Pfannkuchen nicht mit den Händen und schleckten hinterher auch noch genüsslich die Finger ab. Sie teilten ihr Bett nicht mit einem Zoo von Kuscheltieren und sie schliefen nicht in einem Raum, der einem Meeresaquarium die Schau stahl.

Hätte er doch auf seinen Verstand gehört und nie einen Blick in dieses Schlafzimmer geworfen! Es rächte sich, wenn man dem Gesang der Sirenen lauschte, das lernte man schon in der Schule. Aber er hatte es wieder einmal besser wissen wollen. Jetzt musste er zusehen, wie er die Suppe auslöffelte, die er sich eingebrockt hatte. Er saß wirklich ganz schön in der Patsche. Warum hatte er nur so viel Zeit mit Macys kindischen Spielchen vertändelt? Sie hatten ihn keinen Schritt vorangebracht. Im Gegenteil, er war ein ganzes Stück zurückgefallen.

Missmutig betrachtete er den riesigen Stapel von Akten, der sich auf seinem Schreibtisch türmte, und die Kritzeleien auf dem Block. Die Henne zog einen Hahn an der Leine hinter sich, der schwere Ketten an den Füßen trug. Das war alles, was Leo während einer ganzen Stunde am Schreibtisch zu Wege gebracht hatte. Eine magere Ausbeute!

„Leo?"

Leo fuhr hoch. Macy stand im Türrahmen und trat verlegen von einem Fuß auf den anderen. Er musste so in seine Trübsal vertieft gewesen sein, dass er überhaupt nicht gehört hatte, wie sie geklopft und die Tür aufgemacht hatte.

„Komme ich ungelegen?"

Leo drehte hastig den Block um, sodass die Zeichnung nicht zu sehen war. Er schüttelte den Kopf. „Komm nur rein. Für heute habe ich mir genug geleistet."

Sie lächelte zaghaft und schob sich die Haare aus dem Gesicht. „Ich will dich auch nicht lange stören. Eigentlich komme ich nur, um mich zu entschuldigen. Für den Lärm und ... alles andere. Wir sind ein bisschen außer Rand und Band geraten. Es ... tut mir echt leid."

Leo quittierte die Entschuldigung mit einem Nicken. Macy und ihre Freundinnen waren ihm mehr als nur ein bisschen auf den Wecker gegangen, aber das spielte auf einmal keine Rolle mehr. Viel wichtiger war doch, dass Macy jetzt hier war. „Wie bist du reingekommen? Woher wusstest du überhaupt, wo ich bin?"

„Ach", begann Macy. Ihre Stimme und die fahrigen Gesten, mit denen sie ihre Worte unterstrich, verrieten ihre Nervosität. „So schwer war das nicht zu erraten. Wenn du nicht zu Hause bist, gibt es nur noch zwei Möglichkeiten: das Fitnessstudio oder das Büro."

*Zu Hause!* Mit einem Anflug von schlechtem Gewissen verkniff Leo es sich, Macy darauf hinzuweisen, dass er nur ein vorübergehender Gast in ihrer Wohnung war.

„Ehrlich gesagt, bin ich dir gefolgt."

Leo krallte die Finger in das weiche Leder der Armlehnen. Er musste seine ganze Willenskraft aufbieten, um nicht sofort zu fragen, weshalb sie ihm nachgelaufen war.

Macy wagte sich einen Schritt weiter ins Büro hinein. „Die Tür war nicht richtig ins Schloss gefallen und da bin ich eben eingetreten. Ich kenne das von meiner Wohnung. In diesen alten Gebäuden muss man die Türen richtig zuknallen. Ich hoffe, du bist mir deshalb nicht böse." Sie machte noch einen Schritt, einen sehr großen diesmal, und schloss die Tür hinter sich. „Das bist du doch nicht, oder?"

„Was?" Leo konnte sich beim besten Willen nicht mehr an ihre Frage erinnern. Er hatte größte Mühe, sich auf seinem Stuhl zu halten und gleichmäßig zu atmen.

„Ob du mir böse bist, weil ich sozusagen unbefugt eingedrungen bin."

Leo winkte ab. „Mein Fehler. Ich habe grob fahrlässig gehandelt, als ich die Tür nicht ordnungsgemäß geschlossen habe."

„Jetzt ist sie aber zu."

„Prima."

Macy lehnte sich gegen die Tür. Vor dem Hintergrund aus massivem Holz wirkte Macys zierliche Gestalt sehr zart und zerbrechlich, um nicht zu sagen kindlich. Und doch war sie eine Frau, eine begehrenswerte Frau. Eine Frau, die Leo gefährlich werden konnte.

„Ich wollte mich noch einmal für den Lärm entschuldigen", wiederholte Macy schüchtern.

„Das hast du bereits. In deiner Wohnung kannst du so laut sein, wie du willst." So unsicher hatte Leo sie noch nie erlebt. Sie war nicht der Typ, der lange um den heißen Brei herumredete.

„Schon, aber ich sollte wirklich mehr Rücksicht auf dich nehmen. Manchmal vergesse ich einfach, dass du noch nicht so lange mit mir zusammenwohnst wie Lauren. Sie hat auch eine Weile gebraucht, bis sie sich an …" Macy verbarg die Hände tief in den weiten Taschen ihrer olivgrünen Hose, „… mein Lärmbedürfnis gewöhnt hat."

„Wie? Du brauchst das Getöse?", fragte Leo. Er staunte nicht schlecht, weniger über ihre seltsamen Gewohnheiten als darüber, dass sie ganz offensichtlich übersehen hatte, dass er erst seit wenigen Tagen bei ihr wohnte.

„Nicht den Krach, die Gesellschaft! Ich hasse es, allein zu sein."

Das also war des Rätsels Lösung, deshalb das ständige Kommen und Gehen in der Wohnung, daher das Meeresgetier in ihrem Schlafzimmer. „Ich kann nicht glauben, dass du so arbeiten kannst. Es geht zu wie in einem Taubenschlag."

Macy lachte. „Ich bin die Jüngste von sechs Kindern, Leo. Ich bin es einfach nicht anders gewöhnt."

„Aber du willst mir doch nicht wirklich weismachen, dass dich die Geräusche nicht ablenken."

Macy schüttelte den Kopf. „Doch, aber wenn alles still ist, kann ich auch keinen klaren Gedanken fassen. Ich kenne es nicht anders. Bei uns war dauernd etwas los. Niemand konnte sich zurückziehen, so wie das in anderen Familien der Fall ist."

Daran hatte Leo erst einmal zu knabbern. Wenn es stimmte, was Macy erzählt hatte, dann musste sie ihn jetzt für einen kompletten Idioten halten, nachdem er halb nackt und brüllend in ihre Besprechung geplatzt war.

Als hätte sie seine Gedanken gelesen, sagte sie: „Ich kann

mich übrigens an keine Sitzung erinnern, die auf so dramatische Art und Weise geendet hat. Es war einfach ... atemberaubend!" Sie schloss die Augen und lächelte verzückt.

„Nun übertreib mal nicht", brummte Leo griesgrämig. Mit Komplimenten und einem schwärmerischen Augenaufschlag würde sie ihm diesmal nicht beikommen.

„Wieso?" Macy riss erstaunt die Augen wieder auf und sah ihn an. Es war einer jener Blicke, die wie Röntgenstrahlen tief in Leos Inneres eindrangen.

Leo wurde nervös. Er zückte den Stift, schob den Block hin und her und rückte die Brille gerade. „Wie du siehst, habe ich viel zu tun. Wolltest du mir sonst noch etwas sagen?"

Macy verschränkte die Arme und musterte ihn. „Du sprichst nicht gerne über dich, stimmt's?"

Leo warf ihr einen misstrauischen Blick zu. Das war nicht mehr die verspielte kleine Macy, die er kannte. Vor ihm stand eine erwachsene Frau, die eine bestimmte Absicht verfolgte. Eine Absicht, die all die guten Vorsätze, die er in der vergangenen Stunde gefasst hatte, im Handumdrehen wieder zunichtemachte. Es war wie verhext. Solange diese Frau nicht aus seinem Leben verschwand, würde er keine ruhige Minute mehr haben.

Er räusperte sich. „Meine Arbeit spricht für mich", antwortete er schroff.

„Deine Arbeit spricht für dich als Anwalt, aber sie sagt gar nichts über Leo Redding, den Menschen, den Mann, aus."

Das sah Leo ganz anders, aber er war nicht in der Stimmung für eine Diskussion mit Macy, wenn sie die Psychologin herauskehrte. Er hatte wenig Lust, seine gerade erst wiedergefundene Energie in einem sinnlosen Streit aufzubrauchen. Aber gut, wenn Macy den Fehdehandschuh warf, würde er ihn aufheben.

Leo warf den Stift auf den Schreibtisch und setzte die Brille ab. „Wenn du den Mann Leo kennenlernen willst, dann komm her", befahl er mit heiserer Stimme, und seine Augen blitzten provozierend.

„Das werde ich nicht tun."

„Ach, sieh mal! Kriegt die Dame am Ende kalte Füße?"

„Du weißt genau, was ich meine."

„Du genierst dich."

„Nein, tu ich nicht." Ehe Leo wusste, wie ihm geschah, baute Macy sich vor ihm auf. Mit einer geschmeidigen Bewegung zog sie das Top über den Kopf. Stiefel und Socken folgten auf der Stelle. „Ich habe nur eine einzige Sorge. Ich fürchte", meinte Macy und schlüpfte aus ihrer Hose, „dass ich nicht Nein sagen könnte, falls du mich darum bittest."

„Dann halte ich ab jetzt wohl besser den Mund", meinte Leo. Er konnte die Augen nicht abwenden. Unter dem Top trug Macy den BH mit Leopardendruck, den er schon früher bewundert hatte.

„Gut", erwiderte Macy und lächelte. „Denn was ich jetzt tun werde, möchte ich ganz allein verantworten."

Leo wusste überhaupt nicht mehr, wo ihm der Kopf stand. Ihre Äußerung eröffnete Dutzende von atemberaubenden Möglichkeiten, aber sein Körper verlangte nur nach einer einzigen. Stocksteif blieb Leo auf seinem Stuhl sitzen und umklammerte die Armlehnen.

Langsam kam Macy auf ihn zu. Im Gehen streifte sie die Träger des BHs ab. Leo konnte sich kaum mehr halten. Im Stillen verteufelte er diese Frau mitsamt ihrer Reizwäsche. Vom Leibe reißen sollte man diese Fetzen, und genau das würde er tun, wenn sie ihm nicht zuvorkam.

Kurz vor Leos Sessel blieb sie stehen und betrachtete ihn von oben herab. Es knisterte förmlich zwischen ihnen. Leo rang um Beherrschung, aber er merkte, dass er den Kampf verlor. Er war nur noch Sekunden davon entfernt, Macy nach bewährter Steinzeitmanier an den Haaren zu packen und in seine Höhle zu schleifen, als sie sich vor ihm hinkniete.

Ihre Hände fanden wie von selbst den Weg unter seine Shorts. Die kurz geschnittenen Fingernägel kratzten über seine Schenkel. Dann glitten ihre Finger höher und malten zarte Kreise auf seine harte Männlichkeit. Leo zitterte vor Erregung, aber er zwang sich zur Ruhe. Mit angehaltenem Atem wartete er, während Macys Finger immer weiter vordrangen.

„Gefällt dir das?“, fragte sie leise.

„Das fragst du noch?“ Leo war drauf und dran, sich und Macy die Kleider vom Leib zu reißen und sie auf seinen Schoß zu zerren, damit sie das Raubtier, das sie geweckt hatte, bis zur Erschöpfung lieben konnte.

Sie lachte hell auf. „Ich will sichergehen, dass ich nicht schon wieder etwas falsch mache.“ Die Träger ihres BHs verrutschten und Leo musste die Finger mit aller Kraft in die Armlehnen bohren. Für einen flüchtigen Moment fragte er sich, ob er in diesem Stuhl jemals wieder einen vernünftigen Gedanken würde fassen können. Vermutlich nicht, denn in diesem Augenblick beugte sich Macy über seine Schenkel, spitzte die Lippen und blies ihren heißen Atem über ihn. Leo schloss die Augen. Als er sich wieder in der Lage fühlte, sie zu öffnen, merkte er, dass Macy ihn aufmerksam betrachtete. Sie schien etwas auf dem Herzen zu haben.

„Ich werde nicht schlau aus dir, Leo“, sagte sie. „Manchmal habe ich den Eindruck, dass du das, was zwischen uns geschehen ist, am liebsten vergessen würdest. Kannst du mir das bitte erklären?“

Leo stöhnte. „Macy, bitte, können wir das nicht später diskutieren? Gerade jetzt steht mir der Sinn nach weitaus angenehmeren Aktivitäten.“

„Wie du willst.“ Sie zuckte die Achseln und begann, ihn sanft zwischen den Schenkeln zu streicheln. Dann beugte sie sich vor und liebkoste ihn noch einmal mit ihrem warmen Atem. Wieder schloss Leo erwartungsvoll die Augen, doch Macy war noch etwas eingefallen. „Findest du nicht, dass alles ein bisschen schnell ging?“, fragte sie plötzlich.

„Hat es dir vielleicht nicht gefallen?“, stieß Leo zwischen den Zähnen hervor. Die Frau wollte ihn in den Wahnsinn treiben. Sie hatte ihre Begegnungen ebenso genossen wie er, das hatte er doch gespürt.

„Doch, doch. Ich muss nur immer daran denken, was du zum Thema Genießen gesagt hast. Vielleicht hast du gar nicht so unrecht: Die Vorspeise ist mindestens ebenso wichtig wie der Hauptgang.“

„Worauf wartest du dann noch? Willst du die Speisekarte studieren?“

„Du hast mich noch gar nicht dazu eingeladen.“

Leo erhob sich gerade weit genug, um seine Shorts abzustreifen. „Dann spreche ich hiermit eine förmliche Einladung an dich aus.“

## 11. KAPITEL

Die frisch renovierten Büroräume der Anwaltskanzlei Thomas, Williams & White beanspruchten eine ganze Etage in einer der besten Adressen der Stadt. Die Firma hatte außerdem im gleichen Gebäude ein kleines Apartment angemietet, das den Anwälten zur Verfügung stand, wenn sie bis tief in die Nacht an einem ihrer Fälle arbeiteten. Küche und Dusche der kleinen Wohnung wurden deshalb auch recht eifrig genutzt, aber soweit Leo wusste, hatte noch niemand dort übernachtet. Das wenigstens erzählte er Macy, als er sie – nachdem er wieder zu Kräften gekommen war – die Treppe hinauftrug. Er würde sich hüten, den Aufzug zu benutzen. Wer konnte schon mit absoluter Sicherheit sagen, ob sie wirklich allein in dem Gebäude waren? Aus demselben Grund hatte er auch darauf bestanden, dass sie sich wieder anzogen, ehe sie den Weg durchs Treppenhaus antraten.

Dabei konnte sich Macy an seinem nackten Körper nicht sattsehen. Leo war natürlich nicht ihr erster Liebhaber, aber er stellte alle anderen in den Schatten. Er war gut gebaut und maskulin, aber er konnte auch sanft und weich sein. Am meisten allerdings erstaunte sie immer wieder seine Empfindsamkeit. Nicht nur, dass er sich stets bemühte, ihre Wünsche und Vorlieben zu erahnen und sie zufriedenzustellen. Was sie am tiefsten beeindruckte, war die Tatsache, dass seine Leidenschaft schon bei der kleinsten Berührung aufflackerte wie ein Feuer. Gerade eben zum Beispiel: Wie er unter ihrem Atem erschauert war, wie er beinahe die Lehnen seines Sessels aus ihren Halterungen gerissen hatte, als sie ihn gestreichelt hatte, und wie er gestöhnt hatte, als ihre Lippen ihn umschlossen.

Sie hatte seine Erregung derart genossen, dass sie, kaum lagen sie nebeneinander auf dem Bett in dem kleinen Apartment, schon wieder Lust hatte, ihn zum Stöhnen zu bringen. Leo lag mit angewinkelten Beinen auf dem Rücken und kam ihr bereitwillig entgegen, als sie begann, ihn zu streicheln.

Er vertraut mir, schoss es Macy durch den Kopf, und plötzlich wurde ihr bewusst, wie sehr sie ihn schon als ihr Eigentum betrachtete. Den Gedanken, dass ihn womöglich auch andere Frauen intim kennengelernt hatten, konnte sie kaum ertragen. Sie wollte Leo mit niemandem teilen. Sie betrachtete ihn als ihr Privateigentum, ihr ganz persönliches Spielzeug, mit dem sie ihre wildesten Fantasien wahr machen wollte. Leider konnte man Leo Redding in Wirklichkeit kaum als geistlose Marionette bezeichnen.

„Hm?" Ihr Mund war mit anderen Dingen beschäftigt als mit Reden.

„Ich glaube, du solltest lieber aufhören", stieß er mit rauer Stimme hervor.

„Sicher?" Mit Genugtuung stellte Macy fest, dass es ihm sichtlich schwerfiel, seine Aufforderung zu wiederholen, aber er bestand darauf. Gehorsam setzte sie sich also im Schneidersitz ans Fußende des Doppelbetts, verschränkte die Arme und ließ die Blicke durch den Raum schweifen. Plötzlich sprang sie auf. „Das Popcorn wird ja ganz kalt!"

Bereits vor der gIRL-gEAR-Sitzung hatte sie eine Portion zubereitet und mitgenommen, als sie Leo nachgeeilt war. Jetzt stand die Tüte achtlos zurückgelassen auf einer kleinen Kommode. Sobald sie im Schlafzimmer angekommen waren, hatten sie keinen Gedanken mehr aufs Essen verschwendet, sondern sich hastig ihrer Kleidung entledigt und aufs Bett geworfen.

Macy wickelte die dünne Bettdecke wie eine Toga um ihren Körper. Dass sie Leo dadurch völlig abdeckte, störte sie nicht. Im Gegenteil, sie konnte sich an seinem nackten Körper nicht genug ergötzen. Sie holte die Popcorntüte von der Kommode und kehrte damit zum Bett zurück. Durch die Bewegung verrutschte die Toga ein wenig, aber wen kümmerte es? Leo rekelte sich splitterfasernackt auf dem Laken, was sollte sie sich da wegen ein paar Quadratzentimetern nackter Haut aufregen? Sie stellte die Tüte neben sich auf die Matratze und ließ es sich schmecken.

„Der nächste Spielabend rückt immer näher, und mein Fragebogen ist noch so gut wie leer", jammerte sie mit vollem Mund. Ihr Beitrag für die Kolumne war auch noch nicht fertig, nicht einmal einen Entwurf konnte sie vorweisen, aber das ging Leo nichts an.

Im Grunde sah Macy dem Redaktionsschluss gelassen entgegen. Sie steckte voller Ideen, denn gerade in den letzten Tagen war so viel geschehen, von dem sie sich inspirieren lassen konnte. Schon eine ganze Weile trug sie sich mit dem Gedanken, endlich einmal ein wirklich erotisches Spiel zu beschreiben, Schlafzimmerbaseball zum Beispiel, nackt! Sydney würde natürlich der Schlag treffen, wenn sie davon erfuhr, aber das sollte sie nicht abhalten.

Leo streckte die Beine aus und deckte sich mit dem Leintuch zu, das Macy abgelegt hatte. Er verschränkte die Hände im Nacken und fragte: „Zu welchem Thema willst du mich denn ausquetschen?"

„Baseball", erwiderte Macy zerstreut.

„Baseball? Steht das auf deinem Fragebogen?"

„Fragebogen? ... Ach, du meinst, du hilfst mir, die Fragen zu beantworten? Einfach so?“

„Warum nicht?“ Leo warf ihr einen vielsagenden Blick zu. „Große Geheimnisse gibt es nicht mehr zwischen uns, würde ich meinen.“

Unter seinen scharfen Augen wurde es Macy seltsam unbehaglich zumute. Wenn man nur die körperliche Seite ihrer Beziehung bewertete, hatte er völlig recht. Woher also die Zweifel? Sie packte einen Zipfel des Betttuchs und verhüllte wenigstens ihren Oberkörper damit. Um Zeit zu gewinnen, schob sie eine Handvoll Popcorn in den Mund. Womit sollte sie beginnen? Da fiel ihr Blick auf Leos Brust. „Woher hast du diese Narbe?“

Leo musterte die lange Reihe von winzigen, verblassten Stichen, die sich über seinen Oberkörper bis hinunter zum Hüftknochen zog. „Von einem Unfall, als ich ein Teenager war. Da muss ein Schutzengel seine Hand über mich gehalten haben, würde ich meinen.“

„Mit dem Fahrrad oder …? Nein, eher mit dem Skateboard“, riet Macy und maß die Länge der Verletzung mit den Fingern ab.

„Wie kommst du darauf?“

„Nur ein eingefleischter Skateboardfan würde für ein bisschen Spaß sein Leben riskieren.“ Mit der Spitze des Zeigefingers folgte Macy dem Verlauf der langen Narbe. Als sie die Stelle erreichte, wo die Stiche unter der Bettdecke verschwanden, packte sie das Tuch und riss es weg.

Wie wunderbar die Natur alles eingerichtet hat, dachte sie unwillkürlich. Sie hat Mann und Frau ganz ähnlich erschaffen und doch sind sie so unterschiedlich. Lange noch hätte Macy so dasitzen und staunen können, wenn Leos Stimme sie nicht in die Realität zurückgeholt hätte.

„Was guckst du so?“, wollte er wissen.

Sie lächelte. „Wie alt warst du beim ersten Mal?“

„Allein oder mit einer Frau?“

Macy warf ihm die Decke an den Kopf. „Sehr komisch!“

Schimpfend befreite sich Leo. Er betrachtete Macy nachdenklich. Ihr wurde heiß unter seinem Blick, gleich würde sie erröten, das spürte sie. Und es ärgerte sie, dass er so viel Macht über sie besaß. In ihrer Verlegenheit knuffte sie ihn mit dem Ellenbogen. „Lass das!“

„Was denn? Darf ich dich nicht einmal ansehen?“

„Doch, aber nicht so ... so leidenschaftlich, so ernst, so als ob du etwas suchtest.“

Leo schob sich ein Kissen in den Nacken. Er war nachdenklich geworden. „Ich darf nackt neben dir im Bett liegen, dich aber nicht verträumt betrachten?“

Macy zuckte die Schultern. Was sollte sie erwidern? Wie sollte sie ihm erklären, dass er ihr tatsächlich Angst machte? Sie konnte sich einfach nicht vorstellen, eine feste Beziehung einzugehen, sicher nicht jetzt, vielleicht sogar nie. Warum sich das Leben so kompliziert machen? Allein die Vorstellung, tagtäglich das Programm von zwei grundverschiedenen Personen unter einen Hut bringen zu müssen, wirkte schon abschreckend. Der ständige Kampf um Zeit für den Partner und für den Beruf. Und das bei zwei ehrgeizigen Menschen, die ihre Karriere so hartnäckig verfolgten wie Leo und sie selbst.

„Hallo, Macy, bist du noch da?“

Leos Stimme riss sie erneut aus den Gedanken. Sie war ihm fast dankbar dafür. Ernsthafte Gespräche waren sowieso nicht ihr Fall, und wieso sollte sie sich den Kopf zerbrechen über Probleme, die sich nicht stellten und vermutlich nie stellen würden? „Sieh mich einfach nicht so an“, wiederholte sie mürrisch.

„Aber berühren darf ich dich doch?“

Macy antwortete nicht, obwohl sie es kaum erwarten konnte, dass Leo endlich wieder zu dem aufregenden Teil ihrer Bekanntschaft überging.

„Ich werde einfach nicht schlau aus dir“, meinte er, sehr zu Macys Verdruss. Ganz im Gegensatz zu ihr konnte Leo anscheinend nie genug kriegen von tiefschürfenden Unterhaltungen. „Du bist die widersprüchlichste Frau, die ich kenne.“

„Darf ich es als Kompliment werten, dass du mich diesmal als Frau bezeichnest?“

„Warum? Diese Tatsache habe ich doch nie bestritten.“

„Na, wenn mich nicht alles täuscht, hast du mich auch schon ein Kind geschimpft.“

„Da täuschst du dich.“

„Oh nein. Du hast mir vorgeworfen, dass ich zu verspielt sei.“

„Da musst du dich verhört haben.“ Leo rückte näher. „Für meinen Geschmack spielst du viel zu wenig.“

„Ach nein.“

„Ach ja.“

„Vielleicht fehlt mir einfach das richtige Spielzeug.“ Sie griff in die Popcorntüte.

Leo grinste und ließ irgendwelche geheimnisvollen Muskeln spielen, sodass das Betttuch über seinem Schoß sich hob und senkte.

„Niedlich, du und dein eingebautes Spielzeug.“ Sie warf ein Maiskorn auf Leo, der es geschickt mit dem Mund aufschnappte. Dem ersten folgte ein zweites und ein drittes, die Leo allerdings verpasste.

„Na? Die Zunge etwas aus der Übung?“, fragte sie frech.

„Meine oder deine?“, lautete seine Gegenfrage.

Schließlich feuerte sie ein Maiskorn nach dem anderen in dem schnellen und gleichmäßigen Rhythmus eines Maschinengewehrs auf Leo. Erst als die Tüte leer war, stellte sie das Feuer ein und sah sich um. Salzige Krümel übersäten das ganze Bett.

„Nettes Chaos hast du da angerichtet. Das bringst du alles wieder hübsch in Ordnung“, mahnte Leo, der selber über und über mit Popcorn bedeckt war.

Alter Miesepeter, dachte Macy erbost. Aber was für ein süßer, nackter, mit Popcorn bedeckter Miesepeter. Sofort entwickelte sie einen Plan, wie sich das lästige Saubermachen in eine sehr lustvolle Betätigung verwandeln ließ. Sie seufzte. „Muss ich wohl. Schließlich geht das Durcheinander auf mein Konto.“

Leo nickte zufrieden. Der Faulpelz hatte tatsächlich nicht vor, auch nur einen Finger zu rühren. Er wollte sich offenbar äußerst gern bedienen lassen. Und wie gern wollte sie ihm den Gefallen tun. Wieso, das wollte sie im Moment lieber nicht analysieren. Das Ergebnis würde ihr mit Sicherheit nicht gefallen. Warum also sich die Laune verderben?

Sie erhob sich auf alle viere und krabbelte über die Matratze zu Leo hinüber. Dabei tat sie ganz unwillig, innerlich aber konnte sie ihre gespannte Erwartung kaum beherrschen. In der Beuge von Leos Ellenbogen entdeckte sie ein Maiskorn. Mit spitzen Lippen nahm sie es auf. Das zweite entfernte sie, indem sie es aufsaugte, und das dritte schließlich, einen kleinen Krümel, der neben Leos Kopf auf dem Kissen lag, beseitigte sie mithilfe der Zunge. Leo reagierte so, wie sie es erhofft hatte. Er wurde sichtlich erregt, rutschte unruhig hin und her, und als ihre Brüste über seinen nackten Oberkörper streiften, stöhnte er laut.

Das Maiskorn, das sich auf der Spitze von Leos Brust befand, hatte Macy sich bis zuletzt aufgespart. Den Spaß wollte sie auskosten. Absichtlich stellte sie sich ein wenig ungeschickt an. Wieder und wieder glitt ihre Zunge über Leos Brust, während sie so tat, als gäbe sie sich alle Mühe, das Korn wegzustupsen. Plötzlich schlug Leo sie mit der flachen Hand auf den Po.

Macy erstarrte. Das ging eindeutig zu weit! Ihr erster Gedanke war, Leo mit einem Abdruck ihrer kräftigen Zähne zu brandmarken, doch sie verwarf ihn. Stattdessen setzte sie sich langsam auf und genoss das Gefühl, als seine Erektion ihren Bauch streifte. „Ich steh nicht auf Schläge."

„Schade", meinte er bedauernd. „Wärst du dann eventuell bereit, für mich in eine Spitzenschürze zu schlüpfen und die Dienstmädchennummer zu spielen?"

Macy glaubte, sich verhört zu haben. „Nur über meine Leiche", entgegnete sie gespielt empört.

„Und wie wär's mit Lederpeitschen und Stilettos?"

Macy schüttelte neckisch den Kopf. „Es reicht mir, oben zu liegen. Das ist mir dominant genug."

„Du meinst, dein Einfallsreichtum beschränkt sich auf Kinderreime, Popcornbeschuss und Schnitzeljagden?" Leo verzog geringschätzig das Gesicht. „Ich muss schon sagen, Macy, du enttäuschst mich. Wovor hast du Angst?"

Macy starrte ihn mit offenem Mund an. Seine Worte wirkten wie eine eiskalte Dusche. Sie war so gekränkt, dass es ihr schier die Sprache verschlug. „Wovor soll ich denn Angst haben?", stotterte sie schließlich.

Leo schlang die Beine um sie. „Du schreibst erfolgreich Spaßseiten für Erwachsene, aber im privaten Bereich fallen dir allenfalls alberne Kindereien ein. Das verstehe ich einfach nicht." Er sah sie ernst an. Komm schon, sagte sein Blick, ich lasse mich gerne vom Gegenteil überzeugen. Beweise mir, dass du eine erwachsene Frau bist, die es nicht nötig hat, sich vor der Wirklichkeit zu verstecken.

Macy zwang sich, ihm in die Augen zu sehen. Allmählich regte sich ihr Trotz. Was bildete Leo sich ein? Es gab gute Gründe für ihr Verhalten, aber die gingen ihn einen feuchten Kehricht an. Wofür hielt sich der Kerl eigentlich? Er prangerte ihr Verhalten als unlogisch an und verwickelte sich selbst in Widersprüche. Wann würde er sich endlich entscheiden, ob er sie als Kind oder als Frau betrachtete? Und wann würde er sich dazu überwinden, über ihre Beziehung, oder wie immer man das nennen wollte, zu sprechen? Er strotzte nur so vor Selbstgefälligkeit, dieser Bursche. Jetzt bildete er sich auch noch ein, er hätte sie durchschaut.

*Und du Einfaltspinsel warst kurz davor, an so jemanden eine Liebeserklärung zu verschwenden.* Macy fühlte sich abscheulich. Es kam ihr vor, als hätte sie einen Schlag in die Magengrube erhalten. Dennoch reckte sie entschlossen das Kinn vor. „Das könnte dir so passen, mein Lieber! Aber den Gefallen tue ich dir nicht. Ich fürchte, ich werde dir überhaupt keinen Gefallen mehr tun. Zwischen uns ist es aus! Aus und vorbei!“ Sie raffte die Bettdecke zusammen und wickelte sich züchtig darin ein. Dann sprang sie aus dem Bett und bückte sich nach ihrem Slip und dem BH, die auf dem Boden lagen.

Plötzlich gab es einen kräftigen Ruck und sie vernahm ein Geräusch, als würde Stoff zerreißen. Sie fuhr herum und erstarrte. „Ja, bist du denn total übergeschnappt?“

Leo hatte einen Zipfel des Tuchs, in das sie sich gehüllt hatte, gepackt. Jetzt saß er auf der Bettkante und war dabei, es in Streifen zu reißen. Ehe Macy ihn daran hindern konnte, hatte er das ganze Tuch zerfetzt. Nur das schmale Stück, das Macy vor ihre Brust drückte, war heil geblieben. Bald ringelten sich lange Stoffstreifen um ihre Knöchel. „Ich glaube, jetzt drehst du durch!“, rief sie verstört. „Du wirst den Schaden hoffentlich ersetzen.“

Leo gab keine Antwort. Er stand auf, packte Macy am Arm und zog sie aufs Bett zurück. Da lag sie nun, hilflos, mit dem Rücken auf der Matratze und in die Reste des Lakens gewickelt wie eine unfertige Mumie. Es war beinahe schon zum Lachen. Doch auf einmal verstand sie!

Macy las es aus dem Funkeln in Leos Augen, als er sich zu ihr umdrehte, aus der Art, wie sich sein Körper regte, als er sich auf dem Bett niederließ. Er nahm ihren rechten Fuß, umwickelte das Gelenk mit einem der Stofffetzen und schlang das Band um das Fußende des Bettgestells aus Messing. Ähnlich verfuhr er mit ihrem rechten Arm. Danach erhob er sich und ging zur anderen Seite des Doppelbetts. Es war nur eine Sache von wenigen Sekunden, bis Macy an Händen und Füßen ans Bett gefesselt war. Die Streifen, die Leo nicht benötigte, ordnete er in einem sonderbaren Muster auf ihrem Unterleib an.

Die Fesseln waren so locker gebunden, dass Macy leicht hätte herausschlüpfen können, aber Leo hielt es nicht für nötig, sie fester zu ziehen. Er schien überzeugt, dass Macy sich fügte und sich an seine Regeln halten würde. Und er hatte recht.

Nach außen hin war Macy vollkommen ruhig, in Wirklichkeit aber konnte sie ihre Neugierde kaum noch bändigen. Die Stellen, an denen der Stoff ihre Haut berührte, pochten und prickelten. Nicht im Traum wäre es ihr eingefallen, die Fesseln abzustreifen. Selbst ihre Zunge war wie gelähmt. Sie konnte sich nicht auf eine einzige schlagfertige Bemerkung besinnen, um die

Situation zu entspannen. Aber darauf legte sie auch keinen Wert. Sie war erregt und diese Erregung wuchs mit jeder Sekunde, die verging, ohne dass sie ihr Verlangen stillen durfte. Sie war dazu verurteilt, unbeweglich dazuliegen und abzuwarten, und konnte in aller Ruhe darüber nachdenken, wie sie auf die Schnapsidee hatte kommen können, diesen Mann zu verlassen.

Leo setzte sich ans Fußende des Bettes. Die Wärme, die sein Körper ausstrahlte, hüllte Macy ein wie eine fein gesponnene Wolldecke. Auf einmal fühlte sie sich ruhig und völlig losgelöst. Sie war frei! Zwar war sie immer noch ans Bett gefesselt, aber sie hatte ganz plötzlich das Gefühl, als wäre alles, was sie aufgebaut hatte, um sich gegen die raue Wirklichkeit zu verschanzen, überflüssig geworden. Sie brauchte das Leben nicht zu fürchten, denn sie war eine erwachsene Frau. Leo hatte das längst erkannt, nur sie selbst hatte ein bisschen länger gebraucht, zu dieser Einsicht zu gelangen. Gleich würde Leo sie in seine Arme nehmen, und dieses Mal würden sie zusammenkommen wie ein Mann und eine erwachsene Frau.

Leos Blick brannte wie Feuer auf ihrem Körper. Als Macy ihn ansah, standen Tränen in ihren Augen. Sie sehnte sich danach, ihn an sich zu ziehen und ihm Dinge ins Ohr zu flüstern, die sie bisher nicht auszusprechen gewagt hatte. Sie tat es nicht, nicht nur weil sie an Händen und Füßen gefesselt war. Mehr als das hinderte sie die lähmende Furcht, dass Leo jeden Augenblick einen seiner schlauen Sprüche von sich geben und damit die Stimmung ein für alle Mal verderben würde.

Schon beugte er sich über sie und strich mit dem Finger über ihren Nasenrücken. „Du guckst so seltsam drein. Woran denkst du gerade?"

Macy kniff die Augen zusammen, um zu verhindern, dass

er ihre Gedanken erriet. „Besser so?", fragte sie. „Ich bin bereit. Du kannst mit mir machen, was du willst."

Leo schmunzelte. „Genau das habe ich vor. Aber nur, wenn du vorher die Augen aufmachst." Er blies einen Strom heißer Luft über Macys Gesicht. Mit der Zungenspitze zog er die Spur in umgekehrter Richtung nach. „Denk dran, Macy. Diesmal spielen wir mein Spiel, nach meinen Regeln. Wenn du die Augen nicht öffnest, verlasse ich dich auf der Stelle."

Macy konnte kaum hören, was er sagte, so erregt war sie bereits. Sie zitterte am ganzen Körper, aber so sehr sie sich auch bemühte, sie fühlte sich nicht imstande, ihre Muskeln zu beherrschen. Leo hatte sie in einen Zustand versetzt, in dem sie nicht mehr Herrin über ihren Körper war. Unter größter Anstrengung öffnete sie ein Auge.

Leo gab sich damit nicht zufrieden. „Mach auch das andere auf", befahl er. Macy gehorchte. „Na, wer sagt's denn!", lobte Leo. „Hervorragend. Nichts gefällt einem Mann besser als eine Frau, die tut, worum man sie bittet."

Erstaunt und entsetzt registrierte Macy, dass sie Leo am liebsten auf der Stelle um weitere Anweisungen angefleht hätte. Zum Glück konnte sie sich gerade noch bremsen. Aber sie erkannte sich selbst kaum wieder.

„Ich erkläre dir jetzt die Spielregeln", kündigte Leo an.

„Verrätst du mir auch, weshalb du das Leintuch zerfetzt hast?"

„Das musste ich tun, um deine Aufmerksamkeit zurückzugewinnen. Ich wollte verhindern, dass du wegläufst."

Schön und gut, dachte Macy grimmig, aber entscheidend war doch, warum er sie nicht gehen lassen wollte. Wollte er verhindern, dass sie sich verabschiedete, ehe sie sich noch einmal geliebt hatten, oder wollte er damit andeuten, dass er sich eine längerfristige Beziehung wünschte? Nun, dies war mit Sicherheit nicht der geeignete Moment, um noch einmal nachzuhaken. Sie streckte Leo, so gut es ging, die gefesselten Handgelenke entgegen. „Das ist dir gelungen", meinte sie kühl. „Wie geht es jetzt weiter?"

Mit ein paar Griffen brachte Leo Macy dazu, die Knie anzuwinkeln und die Füße aufzustellen, so weit es ihre Fesseln erlaubten. Mit den übrig gebliebenen Stoffstreifen umwickelte er locker ihre Schenkel. Er arbeitete schweigend und konzentriert und ließ mit keiner Regung erkennen, was er genau vorhatte.

Macy wurde es plötzlich doch ziemlich mulmig zumute. Ihr war aufgefallen, dass Leo die ganze Zeit über auf seine rätselhafte Art vor sich hin schmunzelte. Für alle Fälle machte sie sich darauf gefasst, dass er ihr gleich eine seiner boshaften Spitzen an den Kopf werfen und die intime Atmosphäre, die zwischen ihnen entstanden war, zerstören würde.

Aber Macy hatte sich getäuscht. Urplötzlich spürte sie etwas Feuchtes, Warmes auf ihrem Oberschenkel. Ein heißer Schauer lief durch ihren Körper. Dann begann Leo, sie langsam zu liebkosen, und Macy wollte zerspringen vor Lust. Seine Zunge berührte sie hier und da, er kam näher, immer näher, ohne jedoch ins Zentrum ihres Verlangens vorzudringen.

Macy wurde unruhig. Sie rutschte auf dem Laken hin und her, so weit es ihr möglich war, um Leo zu signalisieren, dass sie ihn erwartete. Wenn es möglich gewesen wäre, hätte sie ihn gepackt und fest umschlungen. Warum hatte sie sich bloß fesseln lassen? Vor lauter Verzweiflung begann sie zu stöhnen, leise zwar, aber nicht leise genug.

Leo blickte auf. „Geht es dir gut?", fragte er mit einem schelmischen Funkeln in den Augen.

„Unglaublich gut", antwortete Macy aufrichtig. Aus welchem Grund hätte sie Leo etwas vorspielen sollen? Er wusste genau, was er tat und welche Auswirkungen das auf sie hatte.

„Großartig", meinte er trocken, „dann ist meine Arbeit getan." Er machte Anstalten, sich aufzurichten.

Macy traute ihren Ohren nicht. Das konnte nicht sein Ernst sein! Sie waren allein, niemand konnte sie stören und sie war bereit für ihn, mehr als bereit. Wieso zögerte er noch? Oder sollte das wirklich alles gewesen sein? „Wenn du jetzt gehst, dann kündige ich dir", drohte sie.

„Das ist mir in dieser Stellung noch nie passiert", meinte Leo belustigt und entfernte den Streifen Stoff, der Macys Brust bedeckte. Dann streckte er sich in voller Länge auf ihr aus, wobei er jedoch darauf achtete, sie mit seinem Gewicht nicht zu erdrücken, und sah sie an, mehr nicht.

Macy verstand die Welt nicht mehr. „Ich fürchte, deine Spielregeln sagen mir überhaupt nicht zu", klagte sie frustriert.

„Wart's doch erst mal ab." Mit quälender Langsamkeit löste Leo die Fessel um eines ihrer Handgelenke. Er nahm Macys Hand, führte sie zwischen seine Schenkel und schloss ihre Finger um seine Männlichkeit. Macy ließ ihn gewähren. Sie folgte seinem Rhythmus, ohne auch nur für eine Sekunde den Blick von seinem Gesicht zu wenden. Zufrieden stellte sie fest, dass nun auch Leo seine Erregung nicht mehr verbergen konnte. Seine Augen glänzten, sein Mund war leicht geöffnet, und er atmete schwer und stoßweise.

Auch Macy keuchte inzwischen. „Ich nehme alles zurück, was ich eben über dein Spiel gesagt habe", flüsterte sie mit belegter Stimme. „Ich bin hellauf begeistert. Aber wärst du so freundlich, mich jetzt loszubinden?“ Sie sehnte sich danach, Leo zu berühren. Sie wollte die Beine um seine Hüften schlingen und ihn dahin führen, wo sie ihn brauchte, aber die Fesseln hinderten sie daran.

„Wozu? Du stellst dich auch mit einer Hand recht geschickt an“, stieß Leo hervor. Im selben Augenblick stöhnte er laut auf und barg das Gesicht an Macys Hals. Eine ganze Weile blieb er ermattet liegen. Schließlich aber tastete er, ohne den Kopf zu heben, mit einer Hand nach den Schlingen, die Macys Hand fesselten, und löste die Knoten.

Schnell wie der Blitz schlüpfte Macy aus der Schlaufe. Sie brauchte Leo, jetzt, sofort. Keine Sekunde wollte sie mehr warten. Ihr Körper verzehrte sich vor Verlangen, und sie machte sich nicht die Mühe, ihre Begierde vor Leo zu verbergen. Da ihre Knöchel immer noch gefesselt waren, war es gar nicht so einfach, sich in die richtige Position zu bringen, aber gerade das erhöhte auch den Reiz. Mit fliegenden Händen dirigierte sie Leo dahin, wo sie ihn haben wollte. Plötzlich merkte sie, dass er leise lachte. Sie stutzte.

„Was ist so komisch?“, wollte sie wissen.

„Nichts. Ich finde nur, dass es höchste Zeit wurde.“

Trotz ihrer Erregung wurde Macy neugierig. „Was soll denn das heißen? Du warst es doch, der mich zappeln ließ.“

„Ich wollte ganz sichergehen, dass du auch bereit bist.“

Macy verdrehte die Augen. „Du weißt genau, dass das nicht nötig war. Ich bin schon längst bereit.“ Mein ganzes Leben lang habe ich nur auf dich gewartet, fügte sie in Gedanken hinzu und wunderte sich nicht einmal mehr über dieses plötzliche Eingeständnis.

„Aber du solltest es mir auch zeigen.“ Leo nahm ihr Gesicht

zwischen seine Hände und blickte ihr tief in die Augen. Dann drang er in sie ein. Langsam begann er sich zu bewegen, ohne seinen Blick von ihr zu lösen.

Macy fühlte, wie eine heiße Woge der Lust sie erfasste. Leo wusste genau, was er zu tun hatte, um ihr den Genuss zu bereiten, den sie so lange herbeigesehnt hatte. Sie stöhnte laut. „Wie soll ich es dir denn noch beweisen?“, stieß sie hervor.

„Wie wär’s mit einem Feuerwerk?“, antwortete Leo, der ebenfalls kaum noch klar sprechen konnte.

„Wenn’s weiter nichts ist“, meinte Macy. „Dein Wunsch ist mir Befehl.“

Noch im Aufzug hatte Macy sich entschieden. Sie würde Leo bitten, den Rest der Nacht mit ihr zu verbringen. Doch kaum waren sie aus dem Lift getreten, stolperten sie beinahe über einen großen Reisekoffer.

Leo entdeckte Lauren als Erster. Sie war auf dem großen Sofa eingeschlafen, aber der Lärm weckte sie, und sie fuhr hoch. Leo stieß einen geräuschlosen Pfiff aus und schob Macy vor sich her in den Wohnraum.

Macy wusste sofort Bescheid. Leos Blick sagte mehr als tausend Worte. Selbst in dem Dämmerlicht, das durch die Balkontür hereindrang, konnte sie alle Gefühle erkennen, die ihn jetzt bewegten: Wut, Zorn, Frust und – Bedauern. Sie brauchte nicht erst auf ihr Psychologiestudium zurückgreifen, um zu ahnen, dass dies der Tropfen gewesen war, der das Fass zum Überlaufen brachte. Wieder einmal sah er sich mit der bitteren Tatsache konfrontiert, dass Macys Leben ein einziges Chaos war. Das konnte er nicht ertragen. Er musste gehen.

## 12. KAPITEL

Oh Gott, Macy, das tut mir ganz entsetzlich leid. Es lag gewiss nicht in meiner Absicht, ihn hinauszuekeln."

„Lass gut sein. Du wohnst schließlich hier." Macy, in ihrem feuerroten Lieblingspyjama, stand unschlüssig vor dem Gefrierschrank und konnte sich nicht entscheiden, ob eine Riesenportion Himbeereis oder Schokoladeneis sie besser über Leos Verschwinden hinwegtrösten würde. Der eiskalte Luftstrom, der ihr aus der geöffneten Tür entgegenwehte, kam ihr wie ein lindes Lüftchen vor im Vergleich zu dem Blick, den Leo ihr zugeworfen hatte, als er ihr mitteilte, dass er unverzüglich ausziehen würde. Sein eigenes Apartment war seit zwei Tagen bezugsfertig.

Noch deutlicher hätte er die Absicht, für immer aus Macys Leben zu verschwinden, nicht ausdrücken können. Er hatte sich nicht einmal die Zeit genommen, sich zu erkundigen, weshalb Lauren plötzlich wieder hier war. Im Nachhinein drängte sich der Verdacht auf, dass Leo ohnehin vorgehabt hatte, sich aus Macys Leben zu verabschieden.

Alles, was er gesagt und getan hatte, erschien plötzlich in einem ganz neuen Licht. Die Szene in dem Firmenapartment hatte nur dazu gedient, ihr zu zeigen, wer hier das Sagen hatte. Und er hatte ihr damit auch unmissverständlich klargemacht, dass es ihm bei der ganzen Sache nur um dieses blöde Spiel ging und sonst gar nichts.

Macy fröstelte. Sie hatte das Gefühl, ihr Herz würde von spitzen Eiszapfen durchbohrt. Passiert ist passiert, tröstete sie sich. Vermutlich war es von Anfang an eine hirnverbrannte Idee gewesen, sich auf einen Wettstreit mit Leo Redding einzulassen.

*Denk jetzt nicht mehr an ihn, es hat keinen Zweck. Du wirst dir höchstens eine eiskalte Nasenspitze einhandeln. Die Lage ist ernst genug. Sie schreit geradezu nach einer Schlemmerorgie.*

Kurz entschlossen packte sie beide Packungen Eis und zwei Löffel und marschierte ins Wohnzimmer, wo Lauren in eine dicke Wolldecke gehüllt auf dem Sofa saß. „Da", sagte sie zu Lauren, „such dir eins aus."

Seufzend streckte Lauren die Hand nach einem der Becher aus. „Spielt doch keine Rolle."

„Hast auch wieder recht! Dann isst jeder die Hälfte!" Macy reichte den Himbeerbecher weiter und kuschelte sich mit dem Becher Schokoladeneis neben Lauren unter die Decke.

Lauren entfernte gierig den Deckel. Das beste Mittel gegen Liebeskummer war, das wusste sie aus Erfahrung, ihn in Kalorien zu ersticken. Doch das Eis war noch hart gefroren, und es gelang ihr nicht einmal, die Oberfläche mit dem Löffel anzukratzen. „Auch das noch!", schimpfte sie und hämmerte frustriert auf die steinharte Masse ein.

„Nimm meins", meinte Macy. „Ich stecke das andere in die Mikrowelle."

„Lass mal!" Doch beim nächsten Versuch verbog sich Laurens Löffel um neunzig Grad. Jetzt erwies es sich immerhin von Vorteil, dass das Eis noch gefroren war, denn so war es kein Problem, den Löffel wieder in seinen ursprünglichen Zustand zu versetzen.

„Ist es nicht eine Affenschande, dass zwei attraktive, intelligente junge Frauen wie wir einsam im Wohnzimmer sitzen und sich mit Süßigkeiten trösten müssen?", fragte Lauren plötzlich.

„Ich brauche keinen Trost", widersprach Macy mit vollem Mund. Sie hatte aus Laurens Missgeschick gelernt und schabte das angeschmolzene Eis vom Rand weg. „Aber ich hätte größte Lust, Leo und Anton auf einer einsamen Insel ganz weit weg auszusetzen. Da könnten sie mal zusehen, wie weit sie kommen mit ihrer geballten ... Männlichkeit."

„Ziemlich weit, fürchte ich. Anton ist ein hervorragender Schwimmer. Er könnte sich mit Sicherheit retten. Es gibt eigentlich nichts, was er nicht kann. Manchmal komme ich mir ganz schön tollpatschig neben ihm vor."

Macy horchte auf. Lauren hatte es also endlich auch bemerkt. Dann hatte die Schnitzeljagd vielleicht doch ihren Zweck erfüllt. Aber seltsam, sie empfand keine Befriedigung deswegen. Im Gegenteil, ihr Gewissen regte sich heftiger denn je. Woher nahm sie eigentlich das Recht, sich in die Liebesgeschichten anderer Menschen einzumischen? Sie war ja nicht einmal in der Lage, eine eigene Beziehung aufzubauen, geschweige denn aufrechtzuerhalten.

Trotzdem konnte sie sich eine Bemerkung nicht verkneifen. „Warum vergleichst du dich dauernd mit ihm? Deine Talente liegen auf völlig anderen Gebieten. Du musst nicht das können, was er kann." Sie hob mahnend den Zeigefinger und vergaß dabei ganz, dass sie einen Löffel voll Eis in der Hand hielt.

„Wenn du meine Decke volltropfst, gibt's eins auf die Finger", warnte Lauren.

„Die Hausordnung verbietet jede Art der körperlichen Züchtigung."

„Ich halte mich nicht an Regeln, das weißt du ebenso gut wie ich. Andernfalls wäre ich niemals auf die Idee gekommen, bei Anton einzuziehen, ohne ihn wirklich zu kennen." Sie seufzte. „Diese unselige Schnitzeljagd, damit hat alles angefangen. Du bist schuld an meinem Elend."

„Das stimmt. Nur leider konnte ich die Konsequenzen nicht vorhersehen.“ Macy wusste beim besten Willen nicht, wie sie die Schnitzeljagd zu Ende bringen sollte. Ein Ergebnis musste sie haben, daran führte kein Weg vorbei, auch wenn ihr davor graute, alles noch einmal aufzuwärmen.

„Was hast du denn alles über Leo herausgefunden?“, fragte Lauren.

Er tut Dinge, die ich ihm niemals zugetraut hätte, dachte Macy, laut aber sagte sie: „Sein erstes Haustier war ein irischer Setter namens Bandit. Auf der Brust hat er eine Narbe von einem Unfall beim Skateboardfahren. Wenn er sich auf eine Sache einlässt, will er damit auch Erfolg haben. Er ist nicht der Typ, der etwas nur zum Vergnügen macht.“

„Das alles stand auf deiner Liste?“

„Abgesehen vom letzten Punkt, ja.“

„Und? Hatte er Erfolg?“

„Was meinst du?“

„Hat er dich erobert?“

Macy winkte ab. „Sprechen wir nicht davon. Mir geht es jedenfalls soweit ganz gut. Wo liegt dein Problem?“

Lauren leckte ihren Löffel sorgfältig ab. „Mein Problem heißt nicht etwa Anton, wie man vermuten möchte, sondern Lauren.“

Macy erhob Einspruch. „Ich kenne dich, ich kenne Anton, und ich kenne euch als Paar. Wenigstens ein Teil der Schuld liegt bei ihm.“

„Bis vor drei Wochen hätte ich das genauso gesehen. Aber die Schnitzeljagd hat mich eines Besseren belehrt.“ Langsam fuhr sich Lauren mit dem Ärmel über die eisverschmierten Lippen.

Macy traute ihren Augen nicht. Lauren, die sonst so ordentlich, fast schon pingelig war, wischte sich den Mund am Ärmel ab! Wenn das kein schlechtes Zeichen war! „Hast du zufällig mit Sydney und den anderen geredet? Ich hoffe, die Beschäftigung mit meinem Fragebogen hat nicht auch ihr Leben total auf den Kopf gestellt."

„Wie kommst du auf die Idee? Mein Leben steht nicht Kopf! Du hast mir lediglich über ein paar wichtige Dinge die Augen geöffnet, und dafür bin ich dir sogar sehr dankbar."

Macy wäre am liebsten in den Kissen versunken. „Wie kannst du das so gelassen hinnehmen? Ich habe schließlich die Schuld daran, dass du dich von Anton getrennt hast."

„Unsinn, Macy. Es war längst überfällig, dass ich mir über meine Beziehung zu Anton Gedanken mache. Deine Fragen haben mich sozusagen mit der Nase darauf gestoßen, wie viel ich über ihn und über uns noch gar nicht weiß."

„Aber jetzt kennst du alle Antworten? Lass mich mal überlegen." Im Geist ging Macy die Liste durch, die sie für Lauren zusammengestellt hatte, bis sie auf die Frage stieß, die ihr am besten gefiel. „Worauf legst du in einer Partnerschaft den größten Wert?"

Lauren lachte betreten. „Du wirst staunen", gestand sie verschämt. „Das Wichtigste für mich ist die Frage, ob es im Bett mit uns klappt. Damit hast du nicht gerechnet, was? Dabei kennst du mich von allen Menschen am besten. Aber ich habe die Erfahrung gemacht, dass man oft nicht einmal selbst so richtig versteht, warum man etwas tut."

Macy schwieg nachdenklich. Schließlich nickte sie. „Ich kenne das auch. Ich habe mich zum Beispiel von Leo ans Bett fesseln lassen. Und das, obwohl er erstens gar nicht mein Typ ist und ich zweitens fest daran glaube, dass es in der Liebe darum geht, Zärtlichkeiten auszutauschen und nicht den anderen zu beherrschen."

„Genau! Moment mal, hab ich richtig gehört? Er hat dich ans Bett gefesselt?"

Macy nickte.

„Und?"

„Es war einfach sagenhaft."

Nachdenklich klopfte sich Lauren mit dem Löffel an die Lippen. „Ach, es hat dir gefallen? Meinst du das jetzt rein körperlich, oder sollte dir am Ende doch etwas an dem Typ liegen?"

„Nie und nimmer! Was soll ich mit einem Eisberg wie Leo? Du hast doch selbst gesehen, wie er sich vorhin benommen hat."

„Liebe und Logik sind zwei unterschiedliche Paar Stiefel", zitierte Lauren altklug.

Macy hatte keine Lust, sich zu diesem Thema zu äußern. „Liebst du Anton noch?", fragte sie hastig, um Lauren auf andere Gedanken zu bringen.

„Die Frage müsste lauten: Habe ich Anton geliebt oder nur seinen Körper? Er ist so selbstbewusst, dass es ihm überhaupt nicht seltsam vorkam, dass ich im Bett meistens die Initiative ergriffen habe. Er dachte wohl, das läge an seiner unwiderstehlichen Persönlichkeit. Erst als er schließlich dahinterkam, dass es nun mal meine Art war, wurde er misstrauisch."

Wir beide geben ein tolles Paar ab, dachte Macy. „Was hast du jetzt vor?"

„Ich würde gerne wieder bei dir wohnen, wenn du einverstanden bist."

„Das ist doch selbstverständlich. Ich wollte wissen, wie es zwischen dir und Anton weitergehen soll. Habt ihr euch endgültig getrennt?"

„Warum fragst du? Hast du vielleicht ein Auge auf ihn geworfen?“

„Auf Anton? Hast du noch alle Tassen im Schrank? Damit würde ich doch gegen die Regeln verstoßen.“

„Das heißt, ich fliege hochkant aus der Wohnung, falls ich Leo schöne Augen mache?“, fragte Lauren und grinste dabei verschmitzt.

Macy fand das gar nicht komisch. Schon bei dem Gedanken daran, dass andere Frauen sich für Leo interessieren könnten, packte sie eiskalte Wut. Und plötzlich fiel es ihr wie Schuppen von den Augen: Sie hatte sich bis über beide Ohren in Leo Redding verliebt.

„Was ist nun, Macy, fliege ich?“

„Äh, ja. Ich würde dich tatsächlich rauswerfen.“

Lauren lachte wissend. „Hab ich's doch geahnt. Du bist in ihn verliebt.“

Entrüstet schüttelte Macy den Kopf. „So ein Unsinn! Er passt doch gar nicht zu mir.“

Lauren tippte ihr mit dem Zeigefinger auf die Brust. „Tu nicht so. Er passt hervorragend zu dir, sonst würdest du es nicht wagen, mir zu drohen, du halbe Portion.“

„Ich geb dir gleich eine halbe Portion!“ Mit einem spitzen Schrei stürzte Macy sich auf Lauren. Die hielt sich schützend den Eisbecher vor die Brust. Eine äußerst unzulängliche Verteidigung, denn der Becher platzte unter der Wucht des Angriffs, und eine Ladung halb geschmolzener Eiscreme ergoss sich über die T-Shirts der beiden Freundinnen. Sie stutzten, starrten einander entgeistert an – und fingen an, lauthals zu lachen.

Geschlagene fünf Minuten lang wälzten sie sich kichernd und prustend auf dem Sofa, bis sie schließlich keine Luft mehr bekamen. Dann richteten sie sich auf, rieben sich die schmerzenden Seiten und begutachteten den Schaden.

Lauren seufzte. „Weißt du, es mag seltsam klingen, Macy, aber genau das hat mir bei Anton immer gefehlt."

„Unsinn, du kannst doch meine Albernheiten unmöglich mit dem vergleichen, was Anton dir bieten kann." Macy wurde rot und räusperte sich. „Da fällt mir übrigens ein, dass ich dir noch etwas beichten muss: Ich habe ein Kondom aus deinem Medizinschränkchen entwendet."

„Überhaupt kein Problem, was ist schon ein Gummi unter Freundinnen?"

„Das nennt man in der Regel Safer Sex."

„Sehr witzig!" Lauren zog ihr Top über den Kopf und betrachtete es angewidert. Dann fiel ihr Blick auf Macy, die keinen Deut besser aussah als sie. „Wie geht es jetzt weiter?", fragte sie.

Macy zuckte die Achseln. „Ich stelle mich unter die Dusche. Was du vorhast, weiß ich nicht, aber ich würde dir das Gleiche empfehlen."

„Das meine ich doch gar nicht. Ich spreche von unserem Leben. Warum ist alles auf einmal so kompliziert?"

„Das Leben ist kein bisschen kompliziert, wenn man sich weigert, erwachsen zu werden."

„Aber irgendwann wird jeder erwachsen."

„Ich nicht, du wirst schon sehen! Und Leo kann mir gestohlen bleiben!"

„Mr. Redding? Eine Miss Webb würde Sie gerne sprechen."

Leo zuckte überrascht zusammen, als die Stimme seiner Sekretärin durch die Gegensprechanlage drang. Macy hier, in seinem Büro? Am helllichten Tag und offiziell angemeldet? Was wollte sie denn von ihm?

Eindringlich starrte er auf den Apparat auf seinem Schreibtisch. Hatte er nur geträumt? War ihm vielleicht das Mittagessen nicht bekommen? Er hatte nur einen vegetarischen Auflauf gegessen, daran konnte es nicht liegen, dass sich sein Bauch derart zusammenkrampfte. Aber wem wollte er eigentlich etwas vormachen? Der Knoten in seinem Magen stammte nicht von der Portion Spinat mit Schafskäse. Er war Ausdruck seiner Angst, Macy in die Augen sehen und sein Verhalten rechtfertigen zu müssen.

Leo legte den Bleistift weg und lehnte sich in seinem Stuhl zurück. Unwillkürlich musste er an den Abend vor drei Tagen denken, als er auf eben diesem Stuhl gesessen hatte und Macy vor ihm niedergekniet war. Wohl kaum die geeignete Vorbereitung auf das, was ihm bevorstand. Trotzdem drückte er den Knopf und antwortete: „Ist gut, Ruth, schicken Sie sie herein."

Er hatte Macy seither nicht mehr gesehen. Mit Grauen erinnerte er sich an die Szene, als sie Lauren in der Wohnung angetroffen hatten. Sie war zurückgekommen, einfach so, ohne Vorankündigung. In diesem Moment war Leo bewusst geworden, wie sehr Macys Leben von unvorhersehbaren Ereignissen, spontanen Einfällen und Launen regiert wurde. Das reinste Chaos! Diese Erkenntnis hatte gewirkt wie eine eiskalte Dusche. Ernüchtert, aber auch enttäuscht hatte er das Weite gesucht. Seither befand er sich in einem schrecklichen inneren Zwiespalt. Unablässig war er gezwungen, sich selbst zu versichern, dass das, was er getan hatte, langfristig gesehen die einzig richtige Entscheidung gewesen war.

Und es war wirklich besser so! Er war drauf und dran gewesen, aus Wut Dinge auszusprechen, die er später bitter bereut hätte. Er hatte in diesem Augenblick die Atmosphäre in Macys Wohnung so sattgehabt: das Durcheinander, den Lärm und dieses ungeregelte Leben! Macy war eine erwachsene Frau und sollte endlich lernen, sich entsprechend zu benehmen! Zum Glück war ihm gerade noch rechtzeitig eingefallen, dass ein zivilisierter Erwachsener sich nicht zum Richter über andere Leute aufschwang.

Schweren Herzens hatte er die boshafte Bemerkung, die ihm auf der Zunge gelegen hatte, hinuntergeschluckt und war gegangen. Danach hatte er nichts mehr von Macy gesehen oder gehört. Nur an sie gedacht hatte er dann und wann, nein, ziemlich häufig sogar, genau genommen ständig. Warum wollte sie ihm nicht aus dem Kopf gehen? Leo runzelte nachdenklich die Stirn. Die Antwort lag natürlich auf der Hand, aber sie gefiel ihm ganz und gar nicht.

Schon etliche Tage vor dem Zwischenfall mit Lauren hatte Leo die Schlüssel für sein neues Apartment in Empfang genommen und es mit den wichtigsten Möbeln ausgestattet. Vollständig eingerichtet war es noch lange nicht, aber leben konnte man bereits darin. Davon hatte er Macy allerdings kein Sterbenswörtchen verraten. Warum eigentlich nicht? Er hätte sofort seine Sachen packen, ihr für ihre Gastfreundschaft danken und ausziehen können. Weshalb war er länger geblieben als nötig, wenn er es doch angeblich so hasste, aus Koffern zu leben, nicht im eigenen Bett zu schlafen und seine kostbare Freizeit mit einem anderen Menschen zu verbringen, noch dazu mit einer Frau, die in einem Riesenaquarium lebte?

Die Antwort war klar, als Macy sein Büro betrat und die Tür leise hinter sich zuzog. „Hallo, Leo“, grüßte sie. „Keine Angst, ich werde dich nicht lange aufhalten.“

Leo nickte und deutete auf einen der mit dunkelblauem Leder bezogenen Stühle, die vor dem Schreibtisch standen. „Setz dich bitte. Du brauchst dich nicht hetzen. Ich freue mich immer über netten Besuch."

„Bin ich das, ein netter Besuch?"

Leo schwieg. Macy war mehr als das, viel mehr. Und sie war hier. Der Stein, der ihm seit Tagen auf dem Herzen gelegen hatte, wog plötzlich federleicht. Aber war das wirklich seine Macy, die da vor ihm stand?

Sie trug einen schmal geschnittenen, knielangen schwarzen Lederrock und eine schneeweiße ärmellose Bluse. Schwere Silberknöpfe verschlossen sie vom Hals bis zur Taille und verhinderten jeden Einblick. Eine schwarze Spitzenstola hatte sie über den Arm gelegt, und in der Hand hielt sie eine schwarze Tasche. Schwarze Pumps, der letzte Schrei, aber zweifellos zum Schreien unbequem, bekleideten ihre Füße – sonst nichts. Sie trug keine Strümpfe, und ihre nackten Beine zogen Leos Augen magisch an. Überhaupt konnte er kaum den Blick von ihr wenden. Das weiche Leder des Rocks schmiegte sich eng um ihre Hüften. Es sah aus, als könnte der nächste Schritt die Nähte sprengen.

Sie ließ sich auf dem Stuhl nieder, den er ihr angeboten hatte, und schlug die Beine übereinander. Endlos lange Beine, wie es schien, ein Eindruck, der durch die hohen Absätze entstand. Im Grunde wusste Leo genau, wie lang Macys Beine waren, wie weit sie um seine Taille reichten und wie sehr Macy sich strecken musste, wenn … Eine Frau, die so unersättlich war wie sie, hatte er noch nie kennengelernt. Sie konnte nicht genug bekommen, weder von seinem Körper noch von seiner Gesellschaft. Dabei spielte es für sie anscheinend keine Rolle, ob sie sich unterhielten oder schweigend die Nähe des anderen genossen.

Leo merkte, dass sich seine Gedanken auf Abwege begeben hatten, und riss sich zusammen. Verlegen erforschte er Macys Miene. Ihr schien nichts aufgefallen zu sein, aber sie lächelte geheimnisvoll. Hatte er etwas Komisches gesagt, hatte sein Gesichtsausdruck seine Gedanken verraten?

Plötzlich erinnerte er sich wieder, wo sie stehen geblieben waren. „Du lächelst, das genügt, um dich in die Kategorie nett einzustufen."

Macy runzelte die Stirn. Ganz gegen ihre Gewohnheit waren ihre Augen dezent geschminkt. Das Haar hatte sie auf dem Hinterkopf zu einem lustigen Tuff zusammengesteckt, aus dem einzelne Strähnen ragten. „Täusch dich nur nicht. Ich könnte auch ein Feind sein, der Geschenke bringt."

Leo hatte sie einmal als Feind bezeichnet, aber das war lange, bevor er sie besser kennengelernt hatte. Damals hatte er sie für dumm und oberflächlich gehalten. Er hatte ihr jede Art von Geschäftstüchtigkeit abgesprochen, weil ihr, so hatte er damals geglaubt, der nötige Biss und das Durchhaltevermögen fehlten.

„Bringst du denn Geschenke?"

„So ist es." Sie öffnete ihre Handtasche und entnahm ihr eine riesige Tafel Schokolade, die sie mitten auf seinen Schreibtisch legte.

Leo starrte das in Goldpapier gewickelte Monstrum an. Er setzte sogar die Brille ab und rieb sich die Augen, aber alles nützte nichts. Wenn sich dahinter eine Botschaft verbarg, dann hatte Macy sie gut verschlüsselt. Er konnte sie absolut nicht enträtseln. Aber das war wieder einmal typisch für Macy – und genau das liebte er so an ihr.

„Ist das ein verspätetes Valentinsgeschenk?"

Macy lachte. „Stimmt, wir haben ja Februar. Aber daran habe

ich eigentlich nicht gedacht."

„Dann eine nette, kleine Geste, um mich als deinen neuen Nachbarn willkommen zu heißen?"

Macy schüttelte den Kopf. Dabei lösten sich einige Strähnen und fielen ihr in die Stirn. „Neue Nachbarn bewerfe ich mit Popcorn, wie du weißt."

Da war sie wieder, diese Unsitte, Witze zu reißen über Dinge, die ihr am Herzen lagen. Leo wusste, dass Macy das, was sie zusammen erlebt hatten, nicht so einfach vergessen konnte. Aber es war nun mal ihre Art, sich vor der großen, grausamen Welt zu schützen.

Wortlos nahm er die Schokolade in die Hand und studierte das Papier von allen Seiten. „Ich danke dir", sagte er in ernstem Ton. „Für alles. Für die Schokolade und den Willkommensgruß."

Er schien einen Nerv getroffen zu haben, denn Macy begann unruhig hin und her zu rutschen und den Rock glatt zu ziehen, obwohl es da gar nichts gab, was Falten warf. Schließlich fanden ihre Hände Halt am Griff der Tasche. „Die Schokolade brauchst du für den nächsten Spielabend. Der findet schon morgen statt. Du bist natürlich herzlich eingeladen – das heißt, falls du überhaupt Lust hast zu kommen. Überleg es dir. Es gibt immer noch eine Kreuzfahrt zu gewinnen. Vielleicht gehört sie schon dir ..." Sie verstummte mitten im Satz und warf Leo einen hilflosen Blick zu.

Er hatte fast den Eindruck, als fürchtete sie sich vor seiner Antwort auf die Einladung oder ...

Leo schmunzelte. Die Schnitzeljagd, daher wehte der Wind! Macy versuchte, ihn über seine Fortschritte mit dem Fragebogen auszuhorchen! Da war sie leider an den Falschen geraten. „Wann geht's denn los?", erkundigte er sich höflich.

„So um acht. Es wird nicht lange dauern, schätze ich."

Leo tat, als müsste er nachdenken. „Und die Schokolade brauchst du für dein neues Spiel?"

Macy lachte schallend. „Nein, das ist der Nachtisch. Mein nächstes Spiel ist noch nicht ganz ausgereift."

Das überraschte Leo. „Jetzt, wo Lauren zurück ist, hast du doch wieder das ideale Arbeitsklima. Ihr könnt den ganzen Tag plaudern."

„Das tun wir auch, aber wir unterhalten uns nicht über die Arbeit." Macy warf ihm einen herausfordernden Blick zu, aber Leo verkniff sich die Frage, wie oft bei diesen Gesprächen wohl sein Name fiel.

„Ich kann nichts versprechen, aber ich werde sehen, was sich machen lässt. Für das Dessert bedanke ich mich schon mal."

„Keine Ursache."

Leo erwartete, dass der Besuch damit beendet sei. Aber Macy schien noch ein Anliegen zu haben. Anstatt aufzustehen und sich zu verabschieden, blieb sie wie festgenagelt sitzen und zupfte nervös an ihrer Bluse und der langen silbernen Kette, die sie um die Taille geschlungen hatte. „Da wäre noch etwas", murmelte sie schließlich verlegen.

„Noch ein Geschenk?"

„Wenn du so willst. Es geht um den Fragebogen." Leo konnte nur mühsam seine Überraschung verbergen. „Ich sollte das eigentlich nicht tun, denn es könnte dir zum Sieg verhelfen." Sie biss sich verlegen auf die Lippe. „Es … es geht um das finstere Geheimnis, das ich nicht einmal meiner besten Freundin anvertrauen würde. Meines ist nicht finster, aber auch nicht klein."

„Lass gut sein, Macy! Ich will es gar nicht wissen."

Aber Macy kannte kein Halten mehr. Sie war aufgesprungen

und begann, in Leos Büro hin und her zu tigern, so weit es der Platz erlaubte. Leo war hellhörig geworden. Gespannt lehnte er sich zurück.

„Du weißt ja, dass ich die Jüngste von sechs Kindern bin“, begann sie. „Meine Eltern und auch meine Geschwister waren die großartigsten Menschen, die man sich vorstellen kann. Ach, Unsinn, sie sind es natürlich heute noch. Ich dagegen war ein ziemlicher Aufschneider.“

Macy war vor dem Bücherregal stehen geblieben. Versonnen ließ sie die Finger über die ledernen Rücken der dicken Bände gleiten. „Sehr eindrucksvolle Bibliothek!“

„Das ist die verbindliche Bettlektüre für jeden Anwalt. Du glaubst nicht, wie bescheiden man sich danach fühlt. Empfiehlt sich besonders, wenn man übermütig wird.“ Mehr wollte Leo dazu nicht sagen. Er hatte Angst, Macy aus dem Konzept zu bringen. Bisher war sie immer ausgewichen, wenn die Rede auf ihr Leben vor gIRL-gEAR kam. Er dagegen hatte ihr sein ganzes Herz ausgeschüttet und jedes traurige Detail seiner Kindheit zum Besten gegeben. Wenn sie das Thema von sich aus anschnitt, war er der Letzte, der sie bremsen wollte.

Sie schnaubte leise. „Das Gefühl kenne ich. Ein Blick von meiner Mom und die schönste Ausrede platzt wie ein Luftballon. Aber sie war immer für uns da, wenn wir sie gebraucht haben.“

Das war mehr, als Leo von seiner Mutter behaupten konnte. Er war gespannt, wie es weiterging. „Und dein Dad?“, soufflierte er.

Plötzlich begannen Macys Augen zu leuchten. „Dad war Handelsvertreter. Er vertrieb Zubehör für Ölförderanlagen und Pipelines und war ständig unterwegs. Nachdem das Geschäft mit dem Öl zusammengebrochen war, hat er alles verkauft, was man sich vorstellen kann: Autos, Versicherungen, Arzneimittel. Wir kamen nur über die Runden, weil Mom dazuverdiente. Und das hieß, dass wir Kinder zu Hause einspringen mussten." Macy verzog das Gesicht. „Du kannst dir vorstellen, wie schwer uns das gefallen ist."

Leo lächelte. „Verzogene Bande!"

„Das kannst du laut sagen! Ich muss sieben oder acht Jahre alt gewesen sein, als sich die Lage zuspitzte. Meine Eltern haben vor uns Kindern verheimlicht, wie schlecht es um uns stand, aber ich wünschte, sie wären offen zu uns gewesen. Ihr Schweigen war viel schlimmer als ein ehrlicher Streit."

Leo war anderer Meinung, aber er hütete sich zu widersprechen. Mit Grauen erinnerte er sich an die erbitterten Auseinandersetzungen, wenn seine Mutter sich weigerte, den barschen Anordnungen seines Vaters zu gehorchen. Er hatte so sehr darunter gelitten, dass ihm die Ruhe im Haus, nachdem seine Mutter gegangen war, erholsam erschien, bis er begriff, dass er seine Mutter nie wieder sehen würde.

Dass sein Vater danach kaum mehr ein Wort sprach, berührte Leo wenig. Er fragte sich nur manchmal, was zwei so grundverschiedene Menschen, wie seine Eltern es waren, bewogen haben mochte zu heiraten. Sie passten zueinander wie die Faust aufs Auge. Ihre Ehe war eine einzige Katastrophe. Das Einzige, was er von ihnen gelernt hatte, war, bei der Partnerwahl sehr vorsichtig zu sein.

„Ich kenne kein anderes Paar, das sich so liebt wie meine Eltern", hörte er Macy gerade sagen. Er fuhr zusammen, peinlich berührt darüber, dass er sich bei sentimentalen Anwandlungen ertappt hatte.

„Keiner hat je ein Wort über die angespannte Situation verloren aus Angst, den anderen zu verletzen oder seine Bürde noch schwerer zu machen. Es war, als ..." Macy verstummte und suchte nach den richtigen Worten, „... als hofften sie, unsere Probleme totschweigen zu können."

Leo wurde allmählich ungeduldig. Jede Familie hatte schwere Zeiten durchzumachen, aber Macy machte ein richtiges Drama daraus. „Ihr seid aber zu guter Letzt darüber hinweggekommen, nicht wahr?", fragte er gereizt.

„Jetzt ist alles bestens, nur ..." Macys Stimmte erstarb, und ihre Augen nahmen einen eigenartigen Ausdruck an. „Eine Zeit lang war es sehr hart, vor allem für Dad. Er verschloss sich. Ich war immer sein Liebling, deshalb habe ich es damals am deutlichsten gespürt. Er war sonst immer zu Scherzen aufgelegt, nahm sich Zeit, mit mir zu spielen, und auf einmal war das alles wie weggeblasen. Der niedergeschlagene Mann, der abends nach Hause kam, war einfach nicht mehr mein Dad. Ich habe sehr unter der Situation gelitten. Meinen Dad aber hat es fast umgebracht."

Leo horchte auf. Macys Gesicht ähnelte einer versteinerten Maske. Sie schien sich in eine andere Welt zurückgezogen zu haben. Ihm wurde flau im Magen, und er wünschte auf einmal, sie würde ihm und sich den Rest der Geschichte ersparen.

„Ich kam gerade noch rechtzeitig. Er hatte den Finger schon am Abzug. Ich betrat sein Arbeitszimmer, das Monopolybrett unter dem Arm, und da stand er und hielt den Revolver an die Stirn gedrückt. In unserer Familie war es nicht üblich, die Türen zu verschließen."

Leo saß da wie vom Blitz getroffen. Das Herz hämmerte gegen seine Brust, seine Hände waren feucht und klamm, aber gleichzeitig hatte er das Gefühl zu ersticken. Er brachte kein Wort über die Lippen, selbst wenn er gewusst hätte, wie er in dieser Situation reagieren sollte.

Macy dagegen blieb ungerührt. Sie fuhr gleichmütig fort, als berichtete sie von einem kleinen Missgeschick auf einer Geburtstagsparty und nicht von dem Augenblick, der ihrem Leben eine neue Richtung verpasst hatte. „Ich bin überzeugt, dass er uns die Lebensversicherung zukommen lassen wollte. Dabei hätte er am besten wissen müssen, dass wir bei Selbstmord keinen Cent davon gesehen hätten. Aber wie viel Weitsicht kann man schon erwarten von einem Mann, der sich in einem Haus voller Kinder hinter unverschlossenen Türen das Gehirn aus dem Kopf pusten will?"

Und ausgerechnet das jüngste dieser Kinder hatte ihn entdeckt! Leo wagte kaum, sich Macys Entsetzen auszumalen. Ihm wurde speiübel. Trotzdem musste er jetzt das Ende der Geschichte erfahren. „Wie hast du es ihm ausgeredet?"

Macy antwortete nicht sofort, sondern sah gedankenverloren aus dem Fenster in den für Februar ungewöhnlich freundlichen Tag – und in eine dunkle Vergangenheit. „Gar nicht. Ich war wie vor den Kopf gestoßen und brachte kein Wort heraus. Ihm ging es wohl genauso. Er ließ stillschweigend die Waffe sinken und verstaute sie in der Schreibtischschublade. Dann habe ich das Brett aufgebaut, und wir haben angefangen zu spielen."

Sie schluckte. „Wir haben gespielt, bis Mom nach Hause kam und zum Essen rief. Hinterher haben wir weitergespielt, bis ich ins Bett musste. Zu jener Zeit war Dad arbeitslos, also spielten wir jeden Tag, sobald ich von der Schule nach Hause kam. Wir machten die Tür hinter uns zu und spielten und unterhielten uns stundenlang. Auf diese Weise wusste ich, dass er in Sicherheit war." Macy lächelte versonnen. „Geredet hat eigentlich nur Dad. Das hat ihm anscheinend geholfen, denn nach ein paar Wochen konnte er wieder lachen."

„Hat er die Waffe irgendwann noch einmal erwähnt?", wollte Leo wissen.

„Nicht mit einem Wort. Seltsam, nicht? Nicht ein einziges Mal haben wir darüber gesprochen, weshalb wir eigentlich dasaßen und spielten."

„Wurde der Vorfall jemals bekannt?", fragte Leo empört. Er bezweifelte insgeheim, ob Macys Vater seine Stelle wirklich wegen der Wirtschaftskrise verloren hatte. Der Mann gehörte doch in die Klapsmühle! Noch im Nachhinein hätte er ihn am liebsten eigenhändig erwürgt. Seiner – jawohl *seiner* – Macy so etwas anzutun!

„Ich vermute, dass er es meiner Mutter gebeichtet hat, aber erst viel später. Ich habe mindestens ein Jahr lang jeden Tag nach der Schule auf ihn gewartet, damit wir spielen konnten. Da hatte er schon längst eine neue Stelle und kam oft erst spät nach Hause. Meistens war ich dann bereits in seinem großen Schreibtischsessel eingeschlafen."

„Und warst halb tot vor Angst, nehme ich an." Leos Respekt vor der kleinen Frau mit dem großen Herzen war inzwischen grenzenlos.

„Oh ja. Ich hatte zwar bemerkt, dass es ihm besser ging, aber trotzdem befürchtete ich immer das Schlimmste, wenn ich aufwachte und niemand bei mir war, wenn ich nur meinen eigenen Atem hörte." Macy schluckte, und Leo nickte mitfühlend. „Ich wusste, wo er den Schlüssel für die Schublade aufbewahrte, in der er den Revolver versteckt hatte, und sah jeden Tag nach, ob er noch da war. Schließlich hat er mich dabei ertappt. Das war das einzige Mal, dass mein Vater in Tränen ausbrach."

Macy schlang die Arme um ihren Oberkörper und wiegte

sich sanft hin und her. Leo hätte sie gerne an sich gezogen, aber er wollte sie jetzt nicht unterbrechen. „Er nahm mich auf den Schoß und drückte mich ganz fest an sich, und wir haben geweint. Am nächsten Tag sind wir gemeinsam losgezogen und haben die Waffe verkauft.“ Sie verstummte.

„Und weiter?“

„Das war's.“

„Das war's?“ Leo war baff. „So kann man mit einem kleinen Kind doch nicht umspringen!“ Aber es erklärte vieles: Für das kleine Mädchen bedeutete Spiel Sicherheit. Daran hatte sich auch nichts geändert, als das Kind erwachsen geworden war. Wo hatte er nur seine Augen gehabt? Wochenlang hatte er mit Macy gelebt und nicht erkannt, wie stark und wie praktisch veranlagt sie war. Die ganze Zeit über hatte er sie beobachtet und doch keine Ahnung gehabt, mit wem er es zu tun hatte und in wen er sich da verliebt hatte.

„Ich erwarte nicht, dass du das verstehst“, entgegnete Macy trotzig. Sie nahm ihre Tasche und schlang sich den Schal um die Schultern. „Mit unserer Schnitzeljagd hat das eigentlich nichts zu tun, das wirst du wohl bemerkt haben. Ich mag dich, Leo. Falsch, ich empfinde viel mehr für dich. Aber ich bin noch nicht bereit. Ich könnte mich ändern, aber ich will es nicht. Ich bin mit mir zufrieden, so wie ich bin. Wie viele Menschen können das schon von sich behaupten? Wenn du damit nicht zurechtkommst, dann ...“, sie zeigte mit dem Finger auf die Tafel Schokolade, „hilft erfahrungsgemäß nur noch Schokolade.“

## 13. KAPITEL

„Na, Macy, schlechte Laune heute?“ Macy schnitt eine Grimasse und setzte die Flasche an die Lippen. Typisch Eric, der konnte es sich nie verkneifen, seinen Kommentar abzugeben. Sie nahm einen kräftigen Schluck. Ganz gegen ihre Gewohnheit hatte sie zu einem alkoholhaltigen Kiwi-Erdbeer-Cocktail gegriffen, anders würde sie den Abend nicht durchstehen.

Aber das wollte sie Eric nicht auch noch auf die Nase binden. Schlimm genug, dass er überhaupt etwas bemerkt hatte. „Wie kommst du nur darauf? Heute ist mein Spielabend, da ist Bombenstimmung garantiert.“

Eric nahm ihr den Cocktail aus der Hand. „Du weißt doch, dass ich den Verlauf des Abends anhand des Menüs vorhersehen kann, das du deinen Gästen kredenzt. Nun sieh dir das mal an!“ Er deutete auf den gedeckten Tisch. „Nur Schnaps und Schokolade!“

Macy ließ die Augen über die Tafel wandern. Sie bog sich unter Tellern und Schalen voller geschälter und klein geschnittener Orangen, Bananen, Äpfel und allem, was um diese Jahreszeit an Obst erhältlich war. Ein Berg aus Riesen-Marshmallows türmte sich neben mehreren Platten mit Kuchen aller Art, daneben stand eine ganze Batterie ausgewählter Liköre, vom Amaretto über Kirschlikör bis hin zu Grand Marnier, und eine Thermoskanne voll Kaffee samt einem Krug Sahne. Unter zwölf kleinen Fonduetöpfen flackerten Teelichter, die gerade genug Wärme erzeugten, um die Schokolade darin zu schmelzen. Heute gab es Schokoladenfondue!

Genau genommen wurden nur elf der zwölf Gefäße benutzt.

Leo hatte die Schokolade, die Macy ihm am Vortag vorbeigebracht hatte, vermutlich längst verdrückt. Nicht, dass Macy überrascht wäre. Sie hatte seiner vagen Zusage ohnehin nicht getraut. Nach ihrem Geständnis musste er sie zwangsläufig für verrückt erklären, und wieso sollte er seine kostbare Zeit mit einer Wahnsinnigen verbringen? Aber Macys Stammgäste, ihre wahren Freunde, die sie so akzeptierten, wie sie war, waren schon eifrig dabei, die Früchte in die heiße Schokolade zu tauchen. Alle außer Eric, der wie immer an allem etwas auszusetzen hatte.

„Ich hatte eben Appetit auf was Süßes", fauchte Macy ihn an. „Tut mir leid, wenn ich diesmal deinen Geschmack nicht getroffen haben sollte."

Erics ozeanblaue Augen funkelten belustigt. Macy fasste neuen Mut. Wenn sie trotz ihres Kummers solche Kleinigkeiten wahrnahm, konnte es nicht so schlimm um sie stehen. Das Leben geht weiter, sagte man, auch wenn Macy persönlich daran zweifelte, seit sie die Tür von Leos Büro hinter sich zugezogen hatte. Natürlich konnten Erics blaue Augen einem Vergleich mit Leos grünen in keiner Weise standhalten. Macy verzog das Gesicht.

„Oje", meinte Eric, „wenn man dich so ansieht, möchte man gleich losheulen."

„Tu mir einen Gefallen und lass mich einfach in Ruhe!" Macy spießte eine Scheibe Banane und ein, nein, zwei Würfel Bananenkuchen auf die Fonduegabel und zog sie missmutig durch die klebrige braune Masse im Topf. Sie hätte in Schokolade baden können, ohne ein Gramm zuzunehmen. Es machte also wenig Sinn, sich auf diese Art zu trösten. Trotzdem achtete sie penibel darauf, dass alles komplett mit Schokolade überzogen war, ehe sie den Spieß herauszog und in den Mund schob. Während sie kaute, lauschte sie der Unterhaltung am Tisch.

Selbstverständlich drehte sich alles um die Schnitzeljagd. Eric und Chloe versuchten, einander mit ihren Entdeckungen zu übertrumpfen. Jeder behauptete, die erogenen Zonen des anderen aufgespürt zu haben, ohne dass auch nur ein Kleidungsstück gefallen wäre. Als ob ihnen das jemand abkaufte! Macy jedenfalls hätte ihren Kopf darauf verwettet, dass zwischen den beiden bald etwas laufen würde – wenn es nicht bereits passiert war.

Ray posaunte überall herum, dass sich Sydney prinzipiell nur nackt sonnte, weil sie großen Wert auf nahtlose Bräune legte. Unter anderen Umständen hätte Macy es sich nicht nehmen lassen, ihn vor versammelter Mannschaft darauf hinzuweisen, dass sie eine derartige Frage gar nicht gestellt hatte. Heute aber besaß sie nicht einmal dafür genug Energie. Allerdings musste sie voll Bewunderung feststellen, dass Ray messerscharf beobachtet hatte – oder über ausgezeichnet informierte Quellen verfügte. Auf seiner Liste war keine einzige Frage offengeblieben. Sydney war wie vor den Kopf gestoßen. Sie selbst hatte nur wenig über sich verraten, es musste sich also ein Spion in ihrer Mitte befinden. Wer konnte das bloß sein?

Wie dem auch sei, Ray war unangefochten der Sieger des Wettbewerbs. Plötzlich stand er im Rampenlicht. Alle scharten sich um ihn, in der Hoffnung, eine Einladung auf die Yacht zu ergattern. Ray, der das ungewohnte Gefühl sichtlich genoss, weigerte sich jedoch, sich jetzt schon festzulegen. Macy vermutete, dass Sydney auf jeden Fall ganz oben auf seiner Gästeliste stehen würde. Wenn sie sich nicht schrecklich täuschte, bahnte sich auch zwischen diesen beiden Schnitzeljagdpartnern ein Techtelmechtel an. Zufrieden spießte Macy ein Riesen-Marshmallow auf die Gabel. Wenigstens für zwei Paare hatte die Schnitzeljagd ein Happy End!

Der arme Jess allerdings würde wohl bis an sein Lebensende von der Geschichte mit der Brustrasur verfolgt werden. Er ertrug den gutmütigen Spott der anderen erstaunlich gelassen, rächte sich aber mit einer Geschichte über Melanies Jugendsünden. Macy würde sich nicht wundern, wenn Mel sie ihm zum Trost freiwillig gebeichtet hätte. Nach einem Umzug in eine andere Stadt hatte Melanie sich in ihrem ersten Sommer als Junge verkleidet in die Footballmannschaft ihrer neuen Schule eingeschmuggelt. Der Schwindel war erst nach den Ferien aufgeflogen, als sie sich in der neuen Klasse als Mädchen zu erkennen geben musste. Macy grinste vergnügt.

Leider verging ihr das Lachen, als Anton begann, mit Laurens Wahl zum Mädchen, mit der die meisten Jungs gerne eine Nacht verbracht hätten, anzugeben. Macy war aufgefallen, dass Anton den ganzen Abend über mehr dem Kirschlikör zugesprochen hatte als dem Fondue. Mit seinem betrunkenen Gefasel verdarb er den anderen gründlich die Laune.

Macy hätte nicht übel Lust gehabt, ihn zur Strafe seinen Rausch draußen im Hof ausschlafen zu lassen, aber davon wollte die gutmütige Lauren natürlich nichts hören. Zusammen mit Jess und Ray schleppte sie Anton in die Tiefgarage und verstaute ihn auf dem Beifahrersitz seines Jaguars, und auch die übrigen Gäste gingen zu ihren Autos, und plötzlich war die Party vorüber.

Macy atmete erleichtert auf, als sich einer nach dem anderen verabschiedete. Noch nie war ihr ein Spielabend so lang erschienen wie heute. Sie wollte gerade zum Lift gehen, da bemerkte sie, dass Lauren noch unschlüssig neben dem Jaguar stand.

„Ziemlich blöd gelaufen heute, was?“, meinte Lauren bedrückt. „Tut mir leid für dich.“

Macy seufzte. „Nicht so schlimm. Ich war selbst nicht gerade in Höchstform. Schön, dass Ray gewonnen hat. Glaubst du, dass er und Sydney …?“

„Auf jeden Fall! Ich hoffe nur, dass sie den armen Ray nicht benutzt, um es ihrem Vater heimzuzahlen.“

„Das sieht Sydney nicht ähnlich!“

„Nein, aber du kennst ja ihr gespanntes Verhältnis zu ihrem Vater.“ In diesem Moment begann Anton, unruhig zu werden, und Lauren stieg hastig ein. „Ich bringe den Burschen lieber nach Hause, bevor ihm übel wird“, meinte sie. „Dann komm ich zurück und helfe dir beim Aufräumen.“

Macy schüttelte den Kopf. „Kommt nicht infrage! Anton braucht dich jetzt. Besser, du bleibst bei ihm, bis er aufwacht und erkennt, wie blöd er sich heute benommen hat. Du solltest ihm noch eine Chance geben, Lauren. Sprecht noch einmal in aller Ruhe über die Angelegenheit. Vielleicht klappt es beim zweiten Anlauf.“

„Machen wir“, versprach Lauren und ließ den Motor an. „Und dir drücke ich die Daumen, dass die Sache mit Leo wieder ins Reine kommt. Sonst muss ich deine Regeln brechen und dich zur Vernunft prügeln.“

Traurig winkte Macy hinter ihr her. Laurens letzte Worte hatten sie wieder an ihre eigenen Probleme erinnert. Sie zuckte die Schultern. Egal! Irgendwie würde sie schon darüber hinwegkommen. Der Vorrat an Alkohol und Schokolade, über den sie noch verfügte, reichte aus, um eine ganze Fußballmannschaft über Liebeskummer hinwegzutrösten.

Tatsächlich stand Macy wenig später vor dem Tisch, auf dem sich die Überreste des Fondues stapelten, und haderte mit sich.

Sie hatte sich fest vorgenommen, nicht nachzugeben, aber es lagen so viele Schokoladenkrümel herum. Und erst die Reste in den Fonduetöpfchen ... Nein, nein und noch mal nein! Dann hätte Eric recht behalten und diese Genugtuung wollte sie ihm nicht geben.

Keine Träne würde sie einem gewissen Anwalt nachweinen, das war er nicht wert. Er war es auch nicht wert, dass sie ihm ihre kostbare Zeit opferte. Die brauchte sie doch jetzt für Lauren, die ihre moralische Unterstützung ganz dringend benötigte. In den letzten Wochen hatte sie die Freundin geradezu sträflich vernachlässigt.

Macy stutzte. Sie glaubte, das leise Brummen des Aufzugs zu vernehmen. Seltsam! War Lauren doch zurückgekommen? Rasch begab sich Macy zum Lift. Sie würde es nicht zulassen, dass Lauren heute auch nur einen Fuß in die Wohnung setzte.

Ratternd kam die Kabine zum Stehen. Die Tür ging auf, und Macy stockte der Atem. In der Kabine stand Leo Redding. Er lehnte betont lässig an der Metallwand und bewunderte hingebungsvoll die Spitzen seiner Schuhe. Unwillkürlich krallte Macy die Finger um die Fonduegabel, die sie zufällig in der Hand hielt, bis sie schmerzten. In ihrem Inneren tobten widersprüchliche Gefühle. Ein heißer Schauer lief durch ihren Körper. Sie war überrascht und überglücklich, andererseits aber packte sie auch eine unbändige Wut.

Während sie noch überlegte, wie sie sich verhalten sollte, stieg Leo aus dem Aufzug. Die Tür schloss sich geräuschvoll hinter ihm. Er drehte sich um und sandte den Lift mit einem Knopfdruck in die Garage hinunter.

Unbewusst trat Macy einen Schritt zurück und stieß dabei gegen den gelb-roten Sessel. Dankbar ließ sie sich auf der Kante nieder und bemühte sich um einen möglichst abweisenden Gesichtsausdruck. Doch sie merkte schnell, dass ihr das nicht gelang, und ließ es bleiben. Warum sollte sie sich etwas vormachen? Sie hatte sich Hals über Kopf in diesen Mann verliebt.

Sie räusperte sich. „Du kommst zu spät. Die Party ist längst vorbei."

Leo schwieg. Stirnrunzelnd klopfte er die Taschen seines dunkelblauen Jacketts ab, bis er aus einer die Tafel Schokolade hervorzauberte, die er am Tag zuvor von Macy erhalten hatte. „Gibt's nicht mal mehr Nachtisch?", fragte er enttäuscht.

Macy biss sich auf die Zunge. Gerne hätte sie sich selbst als Dessert angeboten, aber das erschien ihr dann doch zu billig. „Einige Orangen und eventuell ein paar Stücke Kuchen müssten noch da sein. Darüber hinaus kann ich dir Alkohol anbieten, in rauen Mengen."

„Schnaps und Schokolade? Muss eine berauschende Party gewesen sein!" Leo lächelte, und Macy wagte kaum zu atmen. Sein Lächeln hatte eine verheerende Wirkung auf sie, und das schien er zu ahnen. Immer häufiger setzte er es ein, um Macy zu verwirren. Und sie konnte sich nicht einmal beklagen. Diese Suppe hatte sie sich wieder einmal ganz allein eingebrockt.

„Na ja, Eric hat sich über die Verpflegung lautstark beschwert." Macy erhob sich und streckte die Hand aus. „Wie steht's, willst du nun essen oder nicht?"

Leo reichte ihr die Schokolade und ließ sich von Macy an den Tisch führen. Sie stellte das unbenutzte Gedeck vor ihn, wickelte die Schokolade aus und brach sie in kleine Stücke, die sie in das Töpfchen warf. Sie entzündete das Teelicht und nahm auf der anderen Seite des Tisches Platz. Es entstand eine verlegene Pause.

„Wer ist denn nun der Glückliche?“, fragte Leo schließlich.

„Wie bitte?“

„Der Sieger der Schnitzeljagd?“

„Du wirst es kaum glauben: Ray! Er konnte jede einzelne Frage beantworten. Kannst du dir vorstellen, wie Sydney da gestaunt hat?“

„Wie hat sie sich denn behauptet?“

„Schwer zu sagen. Es hat ihr gründlich die Sprache verschlagen, nachdem sie gemerkt hat, wie gründlich Ray sie ausspioniert hatte.“

Leo musterte Macy aufmerksam. „Haben sich Anton und Lauren eigentlich wieder versöhnt?“, wollte er dann wissen.

Macy zuckte die Schultern. „Anton hat sich volllaufen lassen, und Lauren fährt ihn nach Hause. Noch hängt der Haussegen schief, aber sie arbeiten daran, denke ich.“

„Ich bin sicher, über kurz oder lang finden sie wieder zueinander.“

„Na hoffentlich.“ Macy kam aus dem Staunen nicht heraus. War das der gleiche Mann, der noch vor wenigen Tagen keinerlei Mitgefühl für die Probleme der beiden aufgebracht hatte?

„Und Eric und Jess? Haben sie halbwegs gut abgeschnitten? Oder haben Mel und Chloe sie überrundet?“

Die Situation wurde immer absonderlicher, fand Macy. Fußball war so ziemlich das Einzige, was Leo mit den anderen Männern aus der Clique verband. Die Frauen kannte er nur als Klientinnen. Woher dieses plötzliche Interesse?

„Jess hat sich für Mels Enthüllungen neulich über seine Brustrasur grausam gerächt. Was zwischen Chloe und Eric abläuft, weiß der Himmel. Die beiden haben sich gesucht und gefunden. Sie verdienen es nicht besser, wenn du mich fragst.“

Leo fand einen sauberen Becher, füllte ihn zu gleichen Teilen mit Kaffee und Amaretto, goss Sahne dazu und verrührte das Gebräu mit einer Fonduegabel. „Das heißt, die Stammtischabende und Kaffeekränzchen der nächsten Wochen sind gerettet. Euch wird der Gesprächsstoff so bald nicht ausgehen."

„Du hast was verpasst, so viel steht fest." Macys Misstrauen wuchs mit jeder Sekunde. So entspannt und zugänglich hatte sie Leo bisher noch nie erlebt. Worauf wollte er hinaus? Machte er sich über sie lustig oder wollte er sie tatsächlich um Verzeihung bitten?

Leo nahm einen Schluck aus der Tasse und schüttelte sich. „Ich hatte mir fest vorgenommen zu kommen", gestand er. „Aber plötzlich sagte ich mir, es wäre besser, dir meine Liste unter vier Augen zurückzugeben."

Macy lief es eiskalt über den Rücken. Das war's dann also! Leo wollte ihr endgültig den Laufpass geben. Nervös spießte sie ein Marshmallow auf eine Gabel und rührte damit in dem Fonduetopf herum, der vor ihr stand. „Wir sind ja nun allein", stammelte sie nach einer Weile. „Gib her!"

Mit unergründlicher Miene wühlte Leo in seinen Hosentaschen und zog das blaue Blatt Papier hervor. Umständlich entfaltete er es und strich es glatt, ehe er es auf den Tisch legte. Es war praktisch leer. Er hatte keine einzige Frage beantwortet.

Macy traute ihren Augen nicht. Sie blinzelte, rieb sich die Augen, betrachtete das Blatt noch einmal, aber das Ergebnis blieb das gleiche. Was hatte das nun wieder zu bedeuten?

„Korrigiere mich bitte, wenn ich etwas Falsches sage, Leo, aber du hast diesen Fragebogen nicht ausgefüllt. Behalte ihn, denn mit einem leeren Blatt kann ich nichts anfangen."

Langsam schüttelte Leo den Kopf. „Ich habe etwas drauf

geschrieben." Er drehte den Bogen herum. Auf der Rückseite, in Druckschrift in schwarzer Tinte geschrieben, standen drei Worte. Drei kleine Worte, die bewirkten, dass Macys Herz wie verrückt zu rasen begann und die Welt vor ihren Augen verschwamm. Sie glaubte, zu träumen. Sie wollte sich schon in die Wange kneifen, um wieder wach zu werden, aber im letzten Moment fiel ihr ein, dass sie einen zauberhaften Traum wie diesen ruhig noch eine Weile genießen sollte. Lange brachte sie kein Wort hervor. Dann holte sie tief Luft und meinte bloß: „Ich hoffe, das habe ich nicht der dramatischen Beichte zu verdanken, die ich gestern abgelegt habe."

Leo nahm schnell ihre Hand. „Die hat damit nicht das Geringste zu tun. Ich wusste schon lange vorher, wie es um mich stand."

„Warum hast du dann nicht schon früher etwas gesagt?", flüsterte Macy. Alles kam so überraschend. Ohne lange Umschweife hatte Leo genau die Worte gesagt, die sie aus seinem Mund hatte hören wollen. Jetzt wusste sie nicht, wie sie reagieren sollte. Gut, ausgesprochen hatte er sie genau genommen nicht, er hatte sie aufgeschrieben, aber Spitzfindigkeiten waren in diesem Moment nicht angebracht. „Wir haben uns geliebt und dann hast du mich einfach stehen gelassen, nur weil Lauren plötzlich da war und ich dich zuvor schon aus der Wohnung vertrieben hatte … du weißt doch, dass ich die Stille nicht vertrage … und welcher erfolgreiche, strebsame Anwalt will schon in einem Bienenkorb wie dem hier leben …"

„War das endlich ein Anwaltswitz, den ich noch nicht kenne, oder nur ein endlos langer Bandwurmsatz?", fragte Leo lächelnd.

Vor lauter Aufregung versuchte Macy, den Kopf zu schütteln und gleichzeitig zu nicken. In ihrer Kehle steckte ein dicker

Kloß, aber gleichzeitig hatte sie so viel auf dem Herzen, was sie unbedingt loswerden musste. Sie schluckte und brachte auf einmal kein Wort mehr heraus.

Da stand Leo schon neben ihr, zog sie hoch und nahm ihr Gesicht in beide Hände. Mit den Daumen tupfte er die Tränen aus ihren Augen. „Ich bin gegangen, weil mir nichts Besseres eingefallen ist. Lauren brauchte deine Hilfe. Das, was ich wollte, konnte warten."

Macy schlang die Arme um seine Taille und schmiegte sich an ihn. Durch das weiße Hemd, das sich im Übrigen kein bisschen steif anfühlte, spürte sie die Wärme seiner Haut und das Pochen seines Herzens. „Was willst du denn?"

„Ich will, dass du mich küsst. Nicht zum Spaß diesmal oder weil es um eine Wette geht." Er strich mit dem Finger sanft über Macys Lippen. „Ich will sicher sein, dass du mich noch so sehr begehrst wie neulich in der Kanzlei."

Macy schloss die Augen und vergrub ihr Gesicht an seiner Brust. Tief atmete sie den Duft seiner Haut ein. Ein süßeres Parfüm hatte sie noch nie wahrgenommen. „Ich liebe dich, Leo", murmelte sie ganz leise.

„Ich liebe dich auch, Macy."

Lange standen sie einfach da und hielten sich in den Armen. Macy wagte kaum zu atmen, aus Furcht, die traumhafte Atmosphäre zu zerstören. Doch Leo, der Realist, holte sie bald, viel zu bald, unsanft in die Wirklichkeit zurück. „Wie bist du eigentlich mit deiner Liste vorangekommen?", wollte er wissen.

Macy öffnete die Augen. „Ach, geht so", schwindelte sie und schmunzelte. Auch ohne den Fragebogen hatte sie den allerbesten Preis gewonnen.

„Kann ich sie mal sehen?"

Macy tat, als hätte sie nicht gehört. Sie fühlte sich so warm und geborgen an Leos Brust und hatte keine Lust, die leidige Liste noch einmal durchzukauen. Plötzlich hatte sie eine Eingebung. Sie packte Leos Fonduetopf, in dem noch eine Pfütze geschmolzener Schokolade schwamm, schnappte mit der anderen Hand Leos Krawatte und zog ihn hinter sich her in Richtung Schlafzimmer. „Du kannst gerne einen Blick drauf werfen", versprach sie und fuhr sich mit der Zungenspitze über die Lippen. „Ich würde dir aber raten, dich vorher auszuziehen. Schokoladenflecken kriegt man aus einem weißen Hemd nie wieder raus."

*– ENDE –*

*Alison Kent*

# Risiko!

Roman

Aus dem Amerikanischen von
Sabine Stiz-Schilasky

MIRA®

## *1. KAPITEL*

Wäre diese Welt perfekt, hätte Sydney Ford sich den wunderbarsten Sommerurlaub aller Zeiten gegönnt. Sie träumte immer schon davon, einmal mit dem Zug durch die Staaten zu reisen. Wenn es nach ihr gegangen wäre, würde sie sich die tollsten Frühstückspensionen buchen und sich ihre Reisegefährtin selbst aussuchen. Sie sehnte sich nach einer Woche echter Entspannung mit einer ihrer besten Freundinnen.

Ja, Sydney hätte es sich im Urlaub einmal so richtig gut gehen lassen.

Aber diese Welt war nicht perfekt, und deshalb war dieser Urlaub auf dem besten Wege, alles andere als wunderbar zu werden. Und das Schlimmste war, dass sie selbst schuld daran war.

Vor ein paar Monaten hatte sie die wahnsinnige Idee gehabt, eine Segeltour auf der Yacht ihres Vaters als Preis bei einer Schnitzeljagd anzubieten. Macy Webb, die Redakteurin der Internetkolumne von gIRL-gEAR hatte sich diese Schnitzeljagd der etwas anderen Art ausgedacht und Sydney und die anderen als Testtruppe verpflichtet. Da die männlichen Testpersonen damals wenig begeistert gewesen waren, hatte sie geglaubt, eine Woche auf der „Indiscreet" wäre ein zusätzlicher Anreiz.

Und so war es tatsächlich. Wem konnte sie also jetzt einen Vorwurf machen außer sich selbst?

Gewonnen hatte Ray Coffey, ein gemeinsamer Freund.

Und jetzt war Sydney also hier, gestrandet auf einer Karibikinsel. Aber wenigstens beging sie nicht auch noch den Fehler, sich lauthals zu beklagen. Sie wollte vor den anderen schließlich nicht als „armes reiches Mädchen" dastehen.

Denn welche normale, erfolgreiche und alleinstehende Geschäftsfrau würde sich nicht freuen, wenn sie auf einer Karibikinsel strandete. Noch dazu auf einer Privatinsel mit einer Villa am Meer, Personal und vier äußerst attraktiven Männern.

*Ich, ich, ich,* hätte Sydney am liebsten geschrien. Stattdessen hockte sie sich mit einem Seufzer auf die breite Verandabrüstung der Villa. Eine sanfte Abendbrise wehte den Salzgeruch des Meeres herauf und ließ ihr Haar flattern.

Der Sonnenuntergang war atemberaubend – wie alle Sonnenuntergänge, die sie hier erlebt hatte. Heute Abend zogen hauchfeine Wolken über den Himmel, vom letzten Sonnenlicht in die verschiedensten Pastelltöne getaucht. Sydney erinnerte sich aber auch an Sonnenuntergänge, bei denen der Horizont einem Flammenmeer glich, was nicht minder beeindruckend war.

Der Strand unterhalb der Villa war weiß und feinsandig. Und erst das Meer! Tiefblau mit einer kaum wahrnehmbaren Nuance von Grün. Solche Farben fand man nirgendwo sonst, schon gar nicht an der texanischen Golfküste.

Trotzdem waren Himmel, Sand und Wasser unspektakulär, verglichen mit den drei Männern, die am Strand standen und aufs Meer hinausblickten. Nun ja, wahrscheinlich blickten sie weniger aufs Meer als auf den schnittigen Katamaran, der wenige Meilen von der Küste entfernt über die Wellen glitt.

Alle drei waren recht ähnlich gekleidet. Doug Storey trug mattgrüne Segelshorts mit weiß-grauem Hibiskusaufdruck. Anton Nevilles Bermudas hatten dieselbe Länge, waren allerdings in Türkis und Rot gehalten. Doug und Anton waren beide groß und athletisch und hatten das breite Kreuz eines Schwimmers. Antons blonde Locken waren ziemlich kurz geschnitten, während Dougs dunkelblondes, nur leicht gewelltes Haar etwas länger war. Selbst auf diese Entfernung sah es genau wie die Sorte Haar aus, in das jede Frau gern ihre Finger vergraben würde. Das heißt, jede außer Sydney.

Sie interessierte sich eigentlich nur für den dritten Mann am Meer – Ray Coffey. Ray war groß und sagenhaft gut gebaut. Seine leuchtend gelben Bermudas mit dem schwarzen Tunnelgürtel lieferten den perfekten Kontrast zu seinem dunklen Teint. Er hatte jadegrüne Augen und dichtes, fast schwarzes Haar.

Sydney wurde schmerzlich bewusst, wie viel Zeit doch vergangen war, seit sie das letzte Mal mit den Fingern durch die dunklen Strähnen gefahren war. Ob sich das heute anders anfühlte als damals? Und was mochte sich seither sonst noch verändert haben?

Sie zog die Knie an die Brust. Dabei glitt der fließende Stoff ihres braun-gold gemusterten Sarongs auseinander und verfing sich in den vielen Rankpflanzen, die die Mauer heraufwuchsen.

In dieser Haltung waren nicht nur ihre Beine entblößt, man sah sogar ihre zartgelbe Bikinihose. Weniger leuchtend zwar als Rays Bermudas. Aber immerhin ebenfalls gelb. Der Umstand, dass sie beide die gleiche Farbe trugen, schien Sydney in diesem Moment extrem bedeutungsschwanger. Das war umso sonderbarer, als sie normalerweise durch und durch praktisch veranlagt war und nichts auf nebulöse Zeichen und dergleichen gab.

Sydney bewunderte ungeniert Rays breite Schultern, als er sich plötzlich zur Seite wandte. Schlagartig stockte ihr der Atem. Sie hatte schon befürchtet, dass sie so reagieren würde. Dennoch hatte sie bis heute keine logische Erklärung gefunden, warum ihr Körper bei diesem Mann regelmäßig verrücktspielte.

Es musste an der Insel liegen. Sonnenuntergänge in der Karibik beflügelten jedermanns – und jeder Frau – Sinnlichkeit.

Die männliche Anatomie war Sydney nicht fremd. Genau genommen war ihr nicht einmal Rays spezielle Anatomie fremd. Allerdings waren acht Jahre vergangen, seit sie ihn zuletzt richtig berührt hatte. Und in diesen acht Jahren waren die Muskeln seiner Brust und seiner Schultern sichtbar gewachsen. Sein Bauch war jedoch noch genauso flach und fest, wie sie ihn in Erinnerung hatte.

Im Laufe der Zeit waren die seidigen Haarwirbel, die sich von seinem Nabel abwärts zogen, ein wenig üppiger geworden, was gewiss auch für den Bereich galt, der in den Bermudas verschwand. Sydneys Blick wanderte immer weiter hinab, bis sie bei der beachtlichen Wölbung ein Stück unterhalb des Hosenbundes angekommen war.

Sie atmete einmal tief durch, weil ihr Herz beunruhigend in ihrer Brust hämmerte. Dann streckte sie die Beine aus und lehnte sich mit dem Rücken an einen der Pfosten, die zum ersten Stock hinaufführten.

Ein verdächtiges Kribbeln regte sich in ihrem Bauch. Sydney raffte ihren Sarong wieder zusammen und strich ihn mit den Händen glatt. Doch schon die Berührung durch ihre eigenen Hände reichte aus, um ihre Unruhe und das seltsame Verlangen, das sie durchfuhr, noch zu steigern.

Seit Ray vor einer Weile wieder in ihr Leben getreten war, waren Verwirrung und Nervosität bei ihr beinahe zum Normalzustand geworden. Da sie diese Gefühle überhaupt nicht schätzte, musste sie dringend etwas dagegen unternehmen, dass sie bei dem Gedanken an ihn – und erst recht bei seinem Anblick – sofort in höchste Erregung geriet.

Und diese Woche eignete sich hervorragend dafür, ihre Gefühle auf den Prüfstand zu stellen. Sie war fest entschlossen, in den nächsten Tagen Klarheit zu gewinnen. Und dann konnte sie ihn sich endlich aus dem Kopf schlagen. Für immer.

Sie konnte es sich nicht leisten, ihrem ersten High-School-Schwarm weiterhin derart verfallen zu sein. Ihre Tagträume hatten in letzter Zeit bedrohliche Formen angenommen und längst die Grenze zur erotischen Fantasie überschritten. Wenn das so weiterging, würde ihre Arbeit in ernste Mitleidenschaft gezogen werden.

Keine Beziehung, ob sie nun ihrer Fantasie entsprang oder aus der Vergangenheit wieder auferstand, durfte je Einfluss auf ihre geschäftlichen oder persönlichen Entscheidungen haben. Immerhin hatte sie erst unlängst bei ihrem eigenen Vater sehen müssen, wohin das führte.

Sydney wollte nie so weit sinken, dass ihre Loyalität gegenüber ihrem Job, ihren Freunden oder auch ihr selbst litt. Sie war bereit, alles zu tun, *alles,* um das zu vermeiden. Und dazu gehörte, die Geschichte mit Ray Coffey zu klären, denn er lenkte sie gefährlich von dem ab, was ihr im Leben wichtig war. Also sollte sie baldmöglichst zu der Einsicht kommen, dass er nicht der fantastische Liebhaber war, zu dem ihre Erinnerung und ihre Einbildungskraft ihn gegenwärtig verklärten. Und das war wiederum nur auf einem Wege möglich – indem sie ihn verführte und, hoffentlich, enttäuscht wurde.

Die Reise sollte ursprünglich anderthalb Wochen dauern. Die Yacht „Indiscreet“ lag in Belize City, wo Sydneys Vater sie für den baldigen Verkauf vorbereiten ließ. Ray hatte mit der Zweimanncrew vereinbart, dass die Route durch die westliche Karibik verlaufen sollte, entlang des Korallenriffs vor der Küste von Belize. Für die Rückreise hatte er zwei Stopps auf Jamaika und den Kaimaninseln eingeplant.

Sein Gewinn beinhaltete außerdem die freie Wahl seiner Reisegefährten. Ray hatte Anton und Doug eingeladen, weil er mit ihrem Architektenbüro Neville & Storey gerade in Verhandlungen stand. Des Weiteren hatte er Jess Morgan dazugebeten. Diese drei, und noch zwei weitere Männer, gehörten zu Rays engsten Freunden, mit denen er in seiner Freizeit Fußball spielte.

Als er Sydney bat, mit ihnen zu reisen, war sie sofort Feuer und Flamme gewesen – wegen des Segelns natürlich. Früher war sie viel und gern mit ihrem Vater Nolan gesegelt, doch hatte sie sich vor einem Jahr mit ihm überworfen und seither keinen Fuß mehr an Deck gesetzt.

Selbstverständlich reizte sie auch die Aussicht, über eine Woche mit Ray auf der „Indiscreet" zu verbringen. Hier *musste* sie notgedrungen herausfinden, wie viel an ihren Tagträumen dran war. Schließlich konnte man sich auf einem Boot schlecht aus dem Weg gehen.

Also hatte sie zugesagt, unter drei Bedingungen. Und diese drei Bedingungen hatte sie anschließend eingeladen.

Für Annabel Lee hatte sie sich entschieden, weil die sechs Partnerinnen von gIRL-gEAR einige Veränderungen in der Unternehmensstruktur erwogen. Und Annabel, die von allen „Poe" genannt wurde, war derzeit als Nachfolgerin von Chloe Zuniga im Gespräch. Chloe wollte sich in Zukunft einem neuen Förderprogramm widmen, das bald unter dem Namen gUIDANCE gIRL in Kraft treten sollte. Als Neubesetzung für ihre Stelle als Leiterin des Bereiches „Kosmetik und Accessoires" hatte sie Poe vorgeschlagen.

Poe hatte sich in Lichtgeschwindigkeit nach oben gearbeitet, stand dafür aber bei vielen in dem Ruf, ein Feuer speiender Drache zu sein. Zwar hatte Chloe sich alle Mühe gegeben, dieses Vorurteil bei den anderen auszumerzen, doch Sydney hielt es für das Beste, Poe außerhalb des Büroalltags kennenzulernen, um sich selbst ein Bild von ihr zu machen. Ein paar Gespräche von Frau zu Frau gaben bekanntlich mehr her als die tollsten Referenzen.

Lauren Hollister hatte Sydney aus zwei Gründen eingeladen – einem offensichtlichen und einem persönlichen. Der offensichtliche war der, dass Ray Anton Neville mitnahm. Nach über einem Jahr hatten Anton und Lauren sich kürzlich getrennt, und all ihre Freunde waren einhellig der Meinung, dass diese Trennung keinem von beiden guttat.

Natürlich wusste Sydney, dass Kuppeleien ziemlich leicht nach hinten losgehen konnten, aber in diesem Fall musste sie das Risiko eingehen. Lauren war immerhin eine ihrer Partnerinnen bei gIRL-gEAR, und deshalb ging es hier auch um das Wohl der Firma. Lauren war in letzter Zeit kaum noch bei der Sache gewesen. Ihr Elan und ihre berühmte Konzentrationsfähigkeit schienen ihr vor lauter Liebeskummer abhanden gekommen zu sein.

Der persönliche Grund für die Einladung Laurens war der, dass sie seit Neuestem häufiger mit Nolan zusammen war. Die aufkeimende Freundschaft zwischen ihrer Freundin und ihrem Vater beunruhigte Sydney. Sie mochte zwar eine Riesenwut auf Nolan haben, doch sie liebte ihn und wusste, dass eine kreative, sprunghafte Frau das Letzte war, was er in seinem Leben gebrauchen konnte. Darüber hinaus widerstrebte ihr die Vorstellung, Lauren und ihr Vater könnten eine heiße Affäre haben.

Als vierte Frau an Bord hatte sie Kinsey Gray ausgewählt, eine verteufelt gute Marketingexpertin, mit der sie in diversen

Kursen an der University of Texas gesessen hatte. Heute hatte Kinsey die stellvertretende Leitung des Sport- und Partybekleidungsbereichs bei gIRL-gEAR unter sich und war berühmt für ihre treffsichere Intuition, wenn es um neue Trends ging. Kinsey ging oft recht unkonventionell an die Dinge heran, wodurch sie, wie Sydney hoffte, die vorprogrammierten Spannungen innerhalb der Reisegruppe auflockern könnte.

Und zu Spannungen kam es praktisch von der ersten Minute an.

Sie hatten nicht einmal zwölf Seemeilen zurückgelegt, als ein Problem mit der Hydraulik der Yacht auftrat. Andererseits konnten sie froh sein, dass die „Indiscreet" ausgerechnet an dieser Stelle den Geist aufgab. So konnten sie ihr Gepäck in das Beiboot verladen und ihre Ferien von der Yacht auf die Insel verlegen, denn passenderweise lagen sie direkt vor Coconut Caye, der Privatinsel von Sydneys Vater.

Sie hatten auf dem Zwölfmorgeneiland ohnehin einen Zwischenstopp geplant, und nun mussten sie eben die gesamte Zeit dort verbringen, während die Yacht zur Werft in Belize City zurückschipperte. Nein, eigentlich konnte sie sich nicht beklagen. Die Insel war für sie von jeher das Paradies auf Erden gewesen, und sie sollte die nächsten Tage genießen. Hier konnte sie sich ganz ihren Hobbys widmen: schwimmen, schnorcheln und sonnenbaden.

Sosehr sie sich auch am Morgen über den Ausfall der „Indiscreet" geärgert hatte, wenn sie es genau bedachte, konnte diese Abweichung vom Plan sogar von Vorteil sein. Auf der Insel ließ sich weit leichter ein ungestörtes Plätzchen finden als auf einer Yacht. Und das wiederum würde sie brauchen, wenn sie Ray verführen wollte. Insofern hatte der Verzicht auf eine schöne Segeltour doch noch sein Gutes.

Sie blickte wieder hinunter zum Strand, wo die drei Männer nun unter den Kokospalmen Frisbee spielten. Fasziniert schaute sie ihnen zu. Natürlich hätte sie ein Dutzend andere Dinge tun können, und Strandfrisbee war gewiss kein Spiel, das sie begeisterte. Aber im Moment war sie außerstande, ihre Augen von Ray abzuwenden.

Er sprang weit vor, um einen Wurf von Anton zu fangen. Dabei streckte er seinen durchtrainierten Körper, sodass Sydney seinen muskulösen Brustkorb bewundern konnte. Selbst auf diese Entfernung war die längliche Narbe deutlich zu sehen, die er sich zugezogen hatte, als er in der Karibik nach seinem seit drei Jahren vermissten Bruder suchte. Sydney fand, diese Narbe mit ihrer dazugehörigen Geschichte steigerte seine Attraktivität noch. Genüsslich beobachtete sic, wie die Frisbeescheibe durch Rays gespreizte Finger glitt und auf den Sand schlug.

Leugnen wäre sinnlos gewesen. Heiße und kalte Schauer liefen ihr über den Rücken, so heiß war sie auf ihn. Mit Ray würde sie gern Sachen ausprobieren, die sie sich mit anderen Männern nie trauen würde und die bisher nur in ihrer Fantasie vorkamen – dafür dort umso lebhafter.

Seit er im Herbst letzten Jahres nach Houston zurückgekehrt war, hatte Ray keinen Zweifel daran gelassen, dass er sich ebenso magisch von ihr angezogen fühlte wie sie sich von ihm. Anfangs hatte Sydney darüber gelacht, weil ihr erstes und einziges gemeinsames Erlebnis so lange her war. Damals waren sie beide sehr jung und sehr unschuldig gewesen.

In diesem Moment hörte sie Schritte. Poe kam zu ihr auf die Veranda. Sie trug schwarze Saronghosen und einen passenden Bikini, dessen Oberteil im Nacken gebunden war. In dieser Kombination, die nur das Allernötigste bedeckte, kamen ihre perfekten Kurven und die porzellanene Haut sehr gut zur Geltung. Aber irgendetwas stimmte nicht, denn sie wirkte regelrecht angewidert.

„Geht es dir gut?“, fragte Sydney vorsichtig.

„Wie meinst du das? Gesundheitlich, finanziell oder bezogen auf mein gegenwärtiges soziales Umfeld?“, konterte Poe mit einer Gegenfrage, wobei sie sich die Hände rieb, als wäre sie mit etwas Schmutzigem in Berührung gekommen.

Sydney kannte ihre theatralische Ader bereits und fand sie bisweilen recht witzig. „Letzteres natürlich.“

Poe zog eine Grimasse. Sie war halb Amerikanerin, halb Asiatin, hatte wunderschöne, fast schwarze Augen, die leicht mandelförmig waren, üppige dunkle Wimpern und seidig schimmerndes langes Haar.

„Zugegeben, ich hatte mich wirklich auf diesen Segeltörn gefreut, und deshalb sollte ich es vielleicht nicht so direkt sagen, aber“, sie fuhr sich mit den Fingern durchs Haar und hob das Kinn, „ich bin erleichtert, dass wir jetzt hier gestrandet sind. Mit all dem Ballast an Bord wären wir sowieso irgendwann gekentert und hätten allesamt ein jähes Ende auf dem Meeresgrund gefunden.“

„Ballast?“, fragte Sydney irritiert.

Poe zog die Augenbrauen hoch, als könnte sie nicht begreifen, was Sydney daran nicht verstand. „Ballast, ja! Du hast doch nicht allen Ernstes angenommen, dass die Achtzehnmeteryacht deines Vaters den ganzen Beziehungsmüll aushalten würde, den Lauren und Anton mit sich herumschleppen, oder? Mir kommen sogar Zweifel, ob diese Insel überhaupt die nötige Tragkraft aufbringt.“

Sydney fühlte sich sofort schuldig. Schließlich hatte sie dafür gesorgt, dass Lauren und Anton bei dieser Reise auf engstem Raum zusammen waren. Noch bevor die Segel vollständig gesetzt gewesen waren, hatten die beiden schon begonnen, sich verbal aufs Schärfste zu attackieren. Andererseits hatte Sydney nicht ahnen können, dass es so schlimm würde.

Aber sie hatte, wenn sie ehrlich war, genau gewusst, dass Anton und Poe in letzter Zeit öfter zusammen ausgegangen waren. Diese Tatsache hätte sie berücksichtigen müssen, als sie beide Frauen einlud. Wie konnte sie so naiv sein, zu glauben, dass die lockere Freundschaft zwischen Anton und Poe auch in Laurens Augen locker und harmlos war?

„Wo ist Lauren überhaupt?", fragte sie.

Poe nickte kaum merklich mit dem Kopf Richtung Tür. „Sie ist mit Kinsey und Jess in der Küche. Wenn ich die drei richtig verstanden habe, wollen sie das Abendessen zubereiten."

„Super. Ich bin kurz vorm Verhungern."

Poe schien unentschlossen, ob sie ihrem Hunger so weit nachgeben wollte, dass sie sich den fragwürdigen Kochkünsten der drei anderen auslieferte. „Entschuldige, aber ich bin nicht ganz auf dem Laufenden. Wohin ist denn eigentlich das Personal verschwunden? Ich habe sie vorhin im Boot abfahren sehen."

Sydney nickte und lächelte in sich hinein. Ab morgen müsste sich niemand von ihnen mehr um die Qualität der Verpflegung sorgen, so viel stand fest. „Das waren Auralie und Menga Duarte. Sie hatten uns nur für einen Tagesstopp erwartet. Deshalb sind sie aufs Festland rüber, um die Vorräte aufzustocken. Sie werden morgen Vormittag zurück sein."

Mit einem Schwung ließ sie sich von der Verandabrüstung herab und fügte sich automatisch in die Rolle der Gastgeberin, die sie hier schon so oft für Nolan gespielt hatte. „Wart's ab, bis du siehst, was Auralie aus ein paar Tomaten, geröstetem Huhn und schwarzen Bohnen zaubern kann. Sie ist unglaublich."

Poe blickte auf ihren Bauch, in dem es hörbar zu grummeln anfing. „Schade, ich hatte gehofft, vor morgen feste Nahrung zu bekommen."

„Also, ich kann zwar nichts zu Jess' oder Laurens Talenten in der Küche sagen, aber Kinsey kocht gar nicht mal so schlecht. Und wenn wir uns beeilen, können wir ihr vielleicht helfen und das Risiko eines misslungenen Mahles minimieren."

„Falls es dir nichts ausmacht, würde ich mich gern von der Küche fernhalten. Ich fürchte, ich stehe ganz oben auf Laurens Abschussliste."

Sydney fuhr sich mit den Fingern durchs Haar. Wie es aussah, hatte sie diesen Urlaub gründlich vermasselt. Wenn sie das totale Fiasko verhindern wollte, musste sie schnellstens die Friedensrichterin spielen – auch wenn sie sich wahrlich etwas Besseres vorstellen konnte, als ihren Jahresurlaub für Schlichtungsversuche zu opfern.

Manchmal wünschte sie, sie hätte weniger vom Verhandlungsgeschick ihres Vaters und dafür mehr von der unverblümt direkten Art ihrer Mutter geerbt. In diesem Moment ganz besonders. „Na gut, dann müssen wir eben auf die drei da unten vertrauen – ganz gleich, wie beängstigend der Gedanke sein mag."

„Beängstigend ist schamlos untertrieben", sagte Poe spitz.

„So schlimm wird es schon nicht werden." Sydney richtete den Knoten ihres Sarongs. „Wenn doch, habe ich hier noch ein paar Sachen für schlechte Zeiten gebunkert."

„Für zehn Tage?"

„Warum denn zehn Tage? Ich sagte doch, dass die Duartes

morgen schon wieder da sind."

Poe schüttelte den Kopf und stemmte die Hände in die Hüften. „Ich rede nicht vom Essen, sondern von der unerträglichen Spannung, die in der Luft liegt."

Sydney hatte beinahe Mitleid mit ihr, weil sie tatsächlich mit den Nerven am Ende zu sein schien. „Du sprichst von den Spannungen zwischen Lauren und Anton."

„Von denen zwischen Lauren und Anton und von denen zwischen Lauren und mir. Dies ist mein erster richtiger Urlaub seit Jahren, und ich bin nicht bereit, ihn mir ruinieren zu lassen, weil die beiden unausgegorene Geschichten aus ihrer Exbeziehung mit sich herumtragen." Sie blickte hinunter zum Strand, wo die drei Männer immer noch Frisbee spielten.

Dann sah sie wieder Sydney an und zuckte mit den Achseln. „Anton und ich verstehen uns gut, sonst nichts. Aber wenn ich in Versuchung komme und unsere Bekanntschaft vertiefen möchte ... Warum nicht? Was spricht für mich dagegen, von der verbotenen Frucht zu naschen? Schließlich ist er ein ziemlich scharfer Typ."

Anton *war* zweifellos ein scharfer Typ. Das wusste Sydney auch. Trotzdem war sie sicher, dass Poe nicht wirklich eine Antwort auf ihre Frage haben wollte. „Ich denke, wir wissen beide, dass du Lauren nicht willentlich verletzen würdest."

Poe schnaubte verächtlich. „Tja, leider kann man das umgekehrt von ihr nicht behaupten."

„Lauren ist einfach überempfindlich, was Anton betrifft. Ich glaube kaum, dass sie etwas gegen dich persönlich hat."

„Vielleicht sollte sie sich dann langsam mal entscheiden, was sie eigentlich will. Sie kann ihm nicht den Laufpass geben und gleichzeitig verlangen, dass er nie mehr eine andere Frau ansieht.

Das ist nicht nur ihm gegenüber, sondern auch uns anderen Frauen gegenüber unfair. Ich meine, guck dir doch nur das da unten an." Sie wies mit dem Kopf in Richtung der drei Männer am Strand. „Was siehst du?"

Was Sydney sah, war weit mehr, als Poe sich vorstellen konnte. Sie wusste ja selbst kaum, was davon tatsächlich der Wirklichkeit und was ihrer Einbildungskraft entsprang. Auf jeden Fall hatte sie nicht vor, irgendetwas davon preiszugeben – weder gegenüber Poe noch sonst jemandem. Ray gehörte ganz allein ihrer Fantasie, ebenso wie ihre Verführungspläne.

„Na ja, ich sehe einen wahnsinnig tropischen Sonnenuntergang. Ich sehe ein postkartenreifes Bild mit Palmen, Wasser und einem Strand, der so sauber ist, dass man von ihm essen kann. Aber ich habe das Gefühl, du meinst eher Anton, Doug und Ray."

„Stimmt." Poe kam näher und setzte sich auf die Verandabrüstung. „Drei absolut ideale Kandidaten für eine heiße Urlaubsaffäre."

Einen hatte Sydney bereits für sich ausgesucht, und einen zweiten hatte sie anderweitig verplant. Damit blieben nur noch zwei für Poe. „Du hast Jess vergessen."

Poe schüttelte den Kopf. „Nein, habe ich nicht. Ich weiß schließlich, dass Anton tabu ist. Und was die verbleibenden drei betrifft, werde ich mich schweren Herzens mit der Tatsache arrangieren, dass jede von uns nur einen abbekommen kann."

„Wie überaus rücksichtsvoll von dir", antwortete Sydney.

„Meine Rücksichtnahme geht allerdings nur bis zu einem gewissen Punkt. Sollte Lauren ihre Chance ungenutzt verstreichen lassen, werde ich meinen geballten Charme ins Feld führen, sowie wir wieder in den Staaten sind."

„Dann müssen wir eben dafür sorgen, dass sie ihre Chance nutzt, nicht wahr?“

„Du willst nachhelfen?“, fragte Poe mit einem verschwörerischen Grinsen.

„Ich denke vielleicht darüber nach“, erwiderte Sydney betont beiläufig.

„Tu das. Und solange du nachdenkst, werde ich sie schon mal aus dem Schmollwinkel locken. Das hat sie nämlich bitter nötig.“ Poe sprang von der Brüstung. „Irgendwas dagegen?“

Zu Hause in Houston hätte Sydney gewiss etwas dagegen gehabt. Aber hier, weit weg von der Firma? Nein, sie musste zugeben, dass ihr momentan jede Einmischung recht wäre. „Sei so gut und warne mich rechtzeitig vor, ja?“

Poe kicherte. „Das habe ich hiermit getan.“

„Okay.“ Sydney hakte Poe unter. „Dann werde ich dir jetzt das Sonnendeck zeigen, solange noch ein Rest Tageslicht übrig ist. Ich kenne keinen schöneren Ort, um sich ungestört zu bräunen.“

Dass sie selbst am liebsten nackt in der Sonne lag, behielt sie jedoch für sich. Derlei persönliche Vorlieben gingen niemanden etwas an – auch wenn es einen Mann gab, der ihr diese Information hatte entlocken können.

Sie warf einen letzten Blick auf die drei männlichen Luxuskörper am Strand, wovon besonders der eine in ihr ein unbändiges Verlangen weckte. Doch zunächst sollte sie ans Abendessen denken. Danach konnte sie sich wieder ihren Verführungsplänen widmen.

Ray ließ die Frisbeescheibe auf der Spitze seines Zeigefingers kreisen und hörte nur mit einem halben Ohr dem Gespräch der beiden anderen zu. Sie redeten übers Geschäft, wie immer. Natürlich hatte er Sydney oben auf der Veranda längst bemerkt. Ihre endlos langen Beine waren entblößt, und dieser Umstand machte es ihm nicht eben leicht, sich auf irgendetwas anderes zu konzentrieren. Diese Frau hatte einen sagenhaften Körper, wie sollte eine Frisbeescheibe dagegen ankommen?

Als er den Segeltörn gewann, hatte er sofort gewusst, dass er Sydney dabeihaben wollte. Genau genommen hatte seine Fantasie bereits einen Monat zuvor begonnen, vollkommen verrücktzuspielen, nämlich in dem Moment, als sie dem Sieger der albernen Schnitzeljagd die Yacht ihres Vaters in Aussicht stellte. An jenem Abend hatte er sich fest vorgenommen zu gewinnen. Für eine Woche mit Sydney hätte er noch ganz andere Dinge getan.

Dann hatte er das Glück gehabt, ihr in diesem Spiel zugeteilt zu werden, was ihm an sich schon wie ein Hauptgewinn erschien. Seine Aufgabe bestand nämlich darin, ihr die persönlichsten Geheimnisse zu entlocken, und das hatte er schon immer tun wollen.

Zunächst hatte er vorgehabt, mit Sydney allein zu reisen. Nur sie, die Sonne, das Meer und er. Etwas Aufregenderes konnte er sich nicht vorstellen.

Doch dann hatte sich sein Verstand zurückgemeldet. Wenn er sich nichts Besseres vorstellen konnte, bedeutete das noch lange nicht, dass es ihr genauso ging. Dafür hatte er keinerlei Anhaltspunkte. Seit er nach fünf Jahren bei der Texas Task Force zur Feuerwehr nach Houston gewechselt war, hatten sie sich nur wenige Male gesehen. Und dabei war es ausschließlich um die Schnitzeljagd gegangen.

Darüber beklagte er sich nicht. Er hatte alle nötigen Informationen aus ihr herausgekitzelt, um diese Reise zu gewinnen.

Und das Spiel hatte ihm ermöglicht, mehr Zeit mit Sydney allein zu verbringen als jemals zuvor – auch wenn sie dabei leider vollständig bekleidet geblieben waren.

Er bedauerte nur, dass es noch so viel gab, was er nach wie vor nicht über sie wusste. Aber das würde er schon noch herausfinden, bevor sie nach Texas zurückkehrten.

In der High School ging sie in die Klasse unter ihm, zusammen mit seinem Bruder Patrick. Trotzdem war sie irgendwie weiter, reifer gewesen als die Mädchen seines Jahrgangs, die Mädchen, mit denen er ausging. Sie wirkte sogar reifer als die Mädchen, die ihn während seines ersten Collegejahres unter ihre Fittiche genommen hatten.

Er hatte Vergleiche angestellt, was natürlich unsinnig gewesen war, da sein Erlebnis mit Sydney bis heute einmalig war und sie sich nur flüchtig kannten.

Doug und Anton redeten immer noch über ihre Pläne für eine Immobilie, die sie kürzlich erworben hatten. Und Ray tat so, als hörte er ihnen zu. Die Sonne war untergegangen, und es war zu dunkel, um weiterzuspielen. Außerdem sagte ihm seine innere Uhr, dass es Zeit fürs Abendessen wäre.

Er blickte hinauf zur Villa, wo Sydney sich inzwischen von der Verandabrüstung erhoben hatte.

Sie war relativ groß, gerade mal einen halben Kopf kleiner als er. Ihre Körper passten perfekt zusammen, oder zumindest taten sie es vor acht Jahren. Seither war er um einiges muskulöser und kräftiger geworden. Das lag an seiner Arbeit, für die er sich fit halten musste und entsprechend Sport trieb.

Sydneys Kurven waren mit den Jahren voller und weiblicher geworden. Aus dem vielversprechenden Teenager war eine atemberaubend schöne Frau geworden.

Das ärmellose gelbe Top schmiegte sich eng an ihre Brüste, und in seiner Fantasie strich Ray mit den Händen über den feinen Stoff und ertastete ihre Brustwarzen.

In diesem Augenblick hob sie die Arme, um sich durchs Haar zu fahren. Das Top rutschte ein Stück nach oben, und über dem hüfthoch gebundenen Sarong war ihr schöner flacher Bauch zu sehen. Ray unterdrückte ein Stöhnen. Dann drehte sie sich um und ging mit Poe ins Haus. Ray betrachtete genüsslich ihre schmale Taille, die er mit den Händen vollständig umfassen konnte. Der sanfte Schwung ihrer Hüften und die herrlichen Rundungen ihres Pos waren selbst auf diese Distanz beinahe zu viel für ihn.

Er packte die Frisbeescheibe, als müsste er sich daran festhalten, und atmete ein paar Mal tief durch. Es war unfassbar, welches unbändige Verlangen diese Frau in ihm wecken konnte.

Jene erste Nacht mit ihr war ein einmaliges Erlebnis geblieben. Ray war wieder aufs College gegangen, und Sydney hatte ihr Studium in Austin begonnen. Was zwischen ihnen gewesen war, hatte nicht lange genug gedauert, um als Affäre zu gelten. Andererseits wollte er es auch nicht als One-Night-Stand bezeichnen, denn das würde nicht rechtfertigen, warum er diese Stunden mit ihr in einem billigen Motel bis heute immer wieder in Gedanken durchlebte.

An diesem Abend waren sie ihm gegenwärtiger denn je. Seit sie auf der Insel angekommen waren, hatte Sydney von Mal zu Mal weniger an. Die Änderung des Reiseplans machte ihm nicht das Geringste aus, obwohl er sich monatelang auf den Segeltörn gefreut hatte. Wahrscheinlich war das der Beweis dafür, dass es ihm mehr um die Gesellschaft ging als ums Segeln an sich.

Lauren rief zum Essen, und Ray ging hinter Anton und

Doug her zur Villa. Dabei nahm er sich fest vor, die Chance zu nutzen, die ihm dieser Urlaub bescherte. In den nächsten zehn Tagen konnte Sydney ihm nicht entkommen. Außerdem hatte er Sonne, Meer und Tropennächte auf seiner Seite. Wo sonst fand man ein perfekteres Ambiente für eine gelungene Verführung?

Ihm schwebte keineswegs ein „und sie lebten glücklich bis an ihr Lebensende" vor. Er wollte vor allem herausfinden, wie sie über jene Nacht vor acht Jahren dachte und ob sie immer noch so viel Spaß zusammen haben könnten wie damals.

Langfristig zu planen, verbot ihm sein Job. Tagtäglich war er Zeuge der fürchterlichsten Tragödien. Er sah Familien, die von einem Moment zum anderen durch die schrecklichsten Ereignisse auseinandergerissen und zerstört wurden. Noch dazu war seine eigene Familie ein Paradebeispiel dafür, welche irreparablen Schäden Unglücksfälle anrichten konnten. Das spurlose Verschwinden seines Bruders vor drei Jahren war für alle zu einer unerträglichen Bürde geworden.

Hinzu kam, dass Ray in seinem Beruf ständig Gefahren ausgesetzt war, die es ihm verboten, an eine feste Beziehung zu denken. Er konnte und wollte keiner Partnerin zumuten, mit dem Risiko zu leben, dass er von einem seiner Einsätze nicht mehr zurückkommen könnte. Erst recht nicht, seit ihm die Sache mit Patrick klargemacht hatte, welche Qualen die Hinterbliebenen litten.

Er wollte weder Sydney noch irgendeiner anderen Frau Versprechungen machen, die er nicht halten konnte. Also sollte er seine Gefühle heraushalten, wenn er die Zeit mit ihr hier genießen wollte. Und er war sich sicher, dass ihm das gelang.

Für Sydney war er der erste Liebhaber gewesen, was er seinerzeit gar nicht entsprechend gewürdigt hatte. Er war viel zu erregt gewesen, um ihre Entscheidung zu hinterfragen. Aber bevor sie die Insel wieder verließen, musste er endlich Klarheit über diese Nacht gewinnen. Er musste wissen, warum sie hinterher nicht auf seine Anrufe reagiert hatte und weshalb sie ihm seitdem nicht mehr aus dem Kopf ging.

Doch am brennendsten interessierte ihn, wieso sie ausgerechnet ihn ausgesucht hatte. Die anderen Jungen nannten sie damals „Eiskönigin“, weil sie so unnahbar wirkte. Sie hatte jeden von ihnen abblitzen lassen. Wie kam es, dass sie sich gerade ihm so bereitwillig hingegeben hatte?

Das erste Abendessen in der Villa auf Coconut Caye entwickelte sich zu einer der anstrengendsten Mahlzeiten, die Ray je durchgestanden hatte. Das Tischgespräch hatten die Männer mit Kinsey und Poe weitestgehend allein bestritten, und es kreiste um ein einziges Thema: misslungene Urlaube.

Alle sechs waren schon viel in der Weltgeschichte herumgereist und kannten daher jede Menge Geschichten von verschollenem Gepäck, Verwechslungen und danebengegangenen Reservierungen für Mietwagen und Hotelzimmer.

Lauren hatte bisher kein Wort gesagt und mied die Blicke der anderen, insbesondere Antons.

Und Sydneys wenige wortkarge Beiträge wirkten auffallend ernst und ein wenig verkrampft. Doch vielleicht bildete Ray sich das auch nur ein, weil sie ihm auswich. Wann immer er in ihre Richtung sah, ertappte er sie dabei, wie sie ihn anstarrte, dann aber sofort den Blick senkte.

Fasziniert betrachtete er die dichten Wimpern, die ihre Augen umschatteten, und die Art, wie sie kaum merklich den Mund öffnete. Sie hatte sich auf dem Stuhl zurückgelehnt. Das obere ihrer übergeschlagenen Beine wippte leicht auf und ab, wobei der Sarong aufschwang und einen Teil ihrer Schenkel freigab.

Ray wusste nicht, ob er sich über ihr ausweichendes Verhalten amüsieren oder ärgern sollte. Auf jeden Fall machte ihn das nur noch heißer. Ihre Nähe erregte ihn, seit er sich ihr zum ersten Mal vorgestellt hatte – vor acht Jahren im Garten von Boom Daily, unter einer alten Eiche.

Sydney Ford war und blieb ihm ein Rätsel. Was er über sie gehört hatte, als sie mit seinem Bruder zusammen zur Schule gegangen war, wollte einfach nicht zu dem passen, was ihm ihr Vater unlängst über sie gesagt hatte. Und es wollte erst recht nicht zu der Geschäftsführerin von gIRL-gEAR passen, die in dem Ruf stand, eine hervorragende, aber unerbittliche Verhandlungspartnerin zu sein.

Er fragte sich, ob die nächsten Tage ausreichen würden, um seine Neugier zu befriedigen und eine logische Erklärung für die Widersprüche zu finden. An ihm sollte es jedenfalls nicht scheitern, denn er würde sein Bestes geben.

Mit diesem Entschluss zwang er sich, seine Aufmerksamkeit wieder den anderen zuzuwenden. Die meisten waren inzwischen fertig mit dem Abendessen, das aus gegrillten Steaks und Salat bestanden hatte.

Kinsey hatte offenbar keine Probleme, die Blicke der anderen zu suchen und ihnen standzuhalten, und Poe hatte sie sogar noch übertroffen, indem sie beim Abräumen des Tisches, wie zufällig, auf Tuchfühlung ging. Als Ersten erwischte es Doug, über dessen Schulter sie sich beugte, um nach einer leeren Schüssel zu langen.

Er hatte sich ein ärmelloses T-Shirt übergezogen, bevor er zum Essen gekommen war. Poe, immer noch im schwarzen Bikinitop, streifte mit der Brust Dougs Schulter, woraufhin ihm beinahe die Augen aus dem Kopf fielen. Sie schien nicht im Mindesten irritiert, und Ray hätte nicht sagen können, ob sie Doug absichtlich oder aus Versehen berührt hatte.

Dann stand sie da, die Salatschüssel auf eine Hüfte gestützt, und sah sich im Raum um. Ihr Gesichtsausdruck verhieß nichts Gutes. Sie hatte eine Augenbraue hochgezogen, und um ihren Mund spielte ein provokanter Zug. Ray beugte sich vor und spielte mit seinem Besteck. Lächelnd wartete er ab, was sie vorhatte. Und er musste nicht lange warten.

„Liegt es eigentlich an mir", begann sie und musterte einen nach dem anderen mit funkelnden Augen, „oder habt ihr auch das Gefühl, dass hier eine ungesunde sexuelle Spannung in der Luft liegt?"

Mehrere Sekunden lang herrschte tiefes Schweigen, bis Doug in schallendes Gelächter ausbrach. Anton lachte ebenfalls, allerdings hinter vorgehaltener Hand. Das wiederum brachte Lauren dazu, vor Wut zu kochen. Sydney hatte die Arme vor der Brust verschränkt und bemühte sich verzweifelt um ein ernstes Gesicht.

Ray lehnte sich gelassen zurück und beäugte die ganze Szene amüsiert.

„Na ja, auf jeden Fall habe ich den Eindruck, dass es etwas mit Sex zu tun hat", erklärte Poe und sammelte das Geschirr ein. „Vielleicht irre ich mich, aber ich denke, die Fakten sprechen für sich."

„Und welche Fakten wären das?", fragte Kinsey und knuffte Jess in die Seite, als er sich zu ihr hinüberbeugte und begann, ihr ins Ohr zu hauchen. „Hör auf damit! Wenn mir kalt ist, sag ich dir Bescheid."

Jess lachte, Sydney lachte, und sogar Poe lachte, die nun zwischen Anton und Kinsey stand, um die Teller aufeinanderzustapeln. Dabei bekam auch Anton seine Dosis an Körperkontakt.

„Die Fakten sind, dass wir auf einer fantastischen Tropeninsel sitzen, um uns herum nur Sand und Meer, und über uns scheint der Mond. Aber was machen wir? Wir starren auf einen Tisch voller schmutzigem Geschirr, während wir jede Menge außerplanmäßigen Spaß haben könnten."

Mit diesen Worten rauschte sie in die Küche, die nur durch einen breiten Tresen vom Essbereich getrennt war. Die anderen hockten eine Weile sprachlos da, bevor alle auf einmal zu reden begannen.

„Außerplanmäßiger Spaß gefällt mir", verkündete Jess und beugte sich erneut zu Kinsey. Er rieb die Nasenspitze an ihrer nackten Schulter und winselte wie ein Hundebaby.

Kinsey tätschelte ihm den Kopf, griff dann aber mit den Fingern in sein Haar und zog seinen Kopf von ihrer Schulter. „Welches Wort hast du nicht verstanden? ‚Hör' oder ‚auf'?"

Jess seufzte theatralisch und sackte in seinem Stuhl zusammen. „Heißt das etwa, der Spaß fällt heute aus?"

Kinsey verdrehte die Augen und schüttelte den Kopf. „Du bist ein hoffnungsloser Fall."

Doug sprang seinem Geschlechtsgenossen bei: „Das heißt, wenn du Spaß willst, dann musst du die Sache selbst in die Hand nehmen."

Sogleich bezeugten die Frauen am Tisch lautstark ihren Unmut. „Ist ja eklig!", „Băähh!" und „Iiih!" tönte es. Ray lachte leise in sich hinein und blickte zu Sydney. Sie saß vollkommen still da und sah ihn an. Sie achtete weder auf Doug noch auf Kinsey, noch auf Jess. Sie schien nicht einmal das laute Geschirrklappern aus der Küche wahrzunehmen.

Nein, Sydney konzentrierte sich ausschließlich auf ihn. Und in ihrem Blick war kein Anflug von Scheu oder Unsicherheit zu entdecken. Man hätte meinen können, sie flirtete mit ihm. Doch es war mehr. Sie lud ihn zu einem heißen sündigen Spiel ein. Ihre blauen Augen funkelten verführerisch, und ihr Lächeln schien auf ihr lange zurückliegendes gemeinsames Erlebnis anzuspielen.

Er hätte sie zu gern direkt angesprochen, doch nicht vor all den anderen. In diesem Moment ärgerte er sich maßlos, nicht mit ihr allein gereist zu sein. Als er gerade aufspringen und sie auf die Veranda entführen wollte, kehrte Poe an den Tisch zurück. Sie hatte ein Tablett mit acht Gläsern, einer Flasche Bourbon, einem Krug Wasser und einem Eiskübel bei sich.

„Also“, begann sie, „da wir wohl alle nicht miteinander schlafen werden, sollten wir uns betrinken und über Sex reden.“

## *2. KAPITEL*

Du machst Witze." Lauren stellte die Füße auf die Stuhlkante und umschlang ihre Knie wie ein Kind, das sich zu schützen versucht.

„Absolut nicht, Sweetheart. Mir ist es vollkommen ernst", entgegnete Poe und öffnete den Whiskey. In ihren Mandelaugen blitzte es gefährlich, während sie einen nach dem anderen musterte.

Seit Poes Bemerkung über die sexuell aufgeladene Atmosphäre wie eine Bombe eingeschlagen hatte, wartete Sydney auf den nächsten Hammer. Poe hatte sie vorhin auf der Veranda gewarnt, allerdings war diese Warnung recht vage ausgefallen. Sie hatte sich jede Menge Spielraum gelassen.

Daher wunderte sich Sydney kaum noch, als Poe mit einem Grinsen verkündete: „Wahrheit oder Risiko."

Die erste Reaktion der anderen war Schweigen, trotzdem wusste Sydney, dass sie über kurz oder lang mitmachen würden. Also beschloss sie, den ersten Schritt zu machen. Sie wollte Spaß haben, und damit konnte sie ebenso gut gleich anfangen. Sie griff ein Glas, nahm all ihren Mut zusammen und sagte: „Ich bin dabei."

Lauren starrte sie entgeistert an. „Das glaube ich nicht."

„Solltest du aber", meinte Sydney, füllte ein paar Eiswürfel und Whiskey in ihr Glas und blickte in die Runde. „Ich habe schließlich Urlaub, und ich habe mir wirklich ein bisschen Spaß verdient."

„Was hat denn ‚Wahrheit oder Risiko' mit Spaß zu tun?", fragte Lauren entsetzt.

„Jede Menge, wenn die Mitspieler und die Atmosphäre stimmen. Nicht zu vergessen die richtige Menge Alkohol“, klärte Sydney sie auf, zuckte mit den Achseln und trank einen Schluck. Während der Whiskey durch ihre Kehle rann, sah sie zu Ray. Lag es an dem Drink oder an der Art, wie er sie beobachtete, dass ihr plötzlich heiß wurde?

„Darauf trinke ich“, sagte Poe und hob ihr Glas. Mittlerweile hatten alle den ersten Schrecken verwunden und lachten – mit Ausnahme von Lauren.

Sie musterte einen nach dem anderen, wobei ihr Blick besonders lange bei Anton verharrte. Sydney sah ihn ebenfalls an und fragte sich, was wohl gerade in ihm vorgehen mochte. Anton war absolut undurchschaubar. Sie hätte nicht sagen können, ob er in diesem Augenblick wütend, interessiert oder schlicht gleichgültig war.

Lauren hingegen schien durchaus zu erahnen, was er dachte. Und diese Ahnung allein genügte ihr, eine Entscheidung zu fällen. Sie nahm sich ein Glas, ein paar Eiswürfel und schüttete sich einen doppelten Whiskey ein.

Dann trank sie einen Riesenschluck, schüttelte sich kurz und sagte: „Okay. Ich mach mit.“

„Wenn das so ist“, meinte Doug und klatschte in die Hände. „Ich habe nichts dagegen, eine kleine Party zu veranstalten.“

Daraufhin griff Anton sich ein Glas, schenkte sich einen Schluck Whiskey ein und spülte ihn in einem Zug hinunter. „Meinetwegen. Aber ich bin nur dabei, wenn es um Sex geht.“

„Kein Problem“, sagte Poe und zwinkerte Sydney zu.

Sydney hoffte inständig, dass Poe nicht zu weit gehen würde und das Spiel nach hinten losging.

Aber an sich fand sie die Spielidee gut, weil sich damit die Atmosphäre entkrampfen ließ. Natürlich dachte sie dabei in erster

Linie an Ray. Wenn sie ihn erfolgreich verführen wollte, musste sie zunächst alle Hindernisse ausschalten, wie etwa Hemmungen oder falsche Zurückhaltung. Andererseits verriet ein einziger Blick in seine Augen, dass kaum Hindernisse zu befürchten waren.

„Tja, Poe, dann verrat uns doch mal, ob es bei dem Spiel irgendwelche festen Regeln gibt oder wir uns die Fragen selbst ausdenken dürfen", begann Jess. Er langte nach zwei Gläsern, füllte beide mit Eis und Bourbon und reichte eines an Kinsey weiter. „Ihr müsst nicht denken, dass meine Fantasie ärmlicher ist als die irgendeines anderen Mannes, aber ..."

„Aber wie alle Männer brauchst du eine genaue Ansage, damit du nicht in die Verlegenheit kommst nachzufragen, nicht?", vervollständigte Kinsey seinen Satz und prostete den anderen Frauen zu.

Die Männer am Tisch schmollten und murrten. Sydney war sich allerdings sicher, dass die Revanche der männlichen Fraktion nicht lang auf sich warten lassen würde. Sie kannte jedenfalls keinen Mann, der sich freiwillig aus einem Wortgefecht zurückzog – schon gar nicht, wenn der Gegner eine Frau war.

„Hey, war ja nur 'ne Frage", konterte Jess und hob die Hände. „Ich verstehe nicht, warum ich darauf keine klare Antwort bekommen kann, nur weil der Spielleiter zufällig eine Frau ist."

Alle vier Männer johlten begeistert, und Poe tat, was jede halbwegs selbstbewusste Frau angesichts einer solch geballten Ladung Chauvinismus tat.

Sie lehnte sich über den Tisch und lockte Jess näher zu sich, wie die Hexe im Märchen, die Hänsel anlockt. Dann strich sie ihm mit dem Zeigefinger über die Unterlippe und schnurrte:

„Warum hörst du nicht auf zu reden und lässt deine Taten für dich sprechen?“

Jess runzelte die Stirn. „Ich verstehe nicht.“

„Nun, offenbar denkst du, ich wüsste nicht, was ich tue. Dann solltest vielleicht besser du erklären, wie dieses Spiel gespielt werden muss.“ Sie lehnte sich in ihrem Stuhl zurück. „Im Gegensatz zu euch Jungs macht es uns nämlich nicht das Geringste aus, wenn ihr uns sagt, was wir machen sollen.“

„Poe hat recht. Mit einem Mann als Spielleiter fühlen wir uns gleich viel sicherer“, bestätigte Kinsey grinsend, streckte die Beine zur Seite und legte ihre Füße in Jess’ Schoß. „Ich weiß gar nicht, was wir ohne euch anfangen würden.“

Jess tat, als bemerkte er ihr Augenklimpern nicht.

Sydney lächelte in sich hinein, erleichtert, dass sich die Atmosphäre langsam entspannte. Vielleicht würde der Abend doch noch lustig werden. Poes Direktheit war wohl genau richtig und erwies sich als weit wirkungsvoller als eine Krisendiskussion. Selbst Lauren grinste.

Jess rieb sich die Hände und strich dann von Kinseys Füßen hinauf zu ihren Knien. Seine braunen Augen blitzten verwegen, als er befand: „Na, das gefällt mir schon viel besser. Sich betrinken, über Sex reden, einen fähigen Spielleiter haben und eine Frau auf dem Schoß. Besser kann’s kaum noch werden, oder?“

Seine Begeisterung brachte ihm einen Klaps auf den Hinterkopf von Kinsey ein. „Du hast was vergessen, Obermacho. Meine Rache wird fürchterlich sein.“

Jess tippte sich mit dem Finger ans Kinn. „Das will ich sehen. Los, zeig mir wie böse du zuschlagen kannst.“

Kinsey holte mit der Faust aus, aber Anton, der neben ihr saß, hielt ihr Handgelenk fest. Daraufhin griff Sydney ein und löste seine Finger von Kinseys Arm. Als er sich protestierend zu ihr umdrehte, streckte sie ihm die Zunge raus.

Am anderen Ende des Tisches klopfte Lauren mit ihrem leeren Glas auf den Tisch, bevor sie sich einen zweiten Drink einschenkte. „Das reicht jetzt, Leute. Lasst Jess endlich die Regeln erklären."

„Ganz meine Meinung", pflichtete Doug ihr bei, der sich ebenfalls neu einschenkte, allerdings mehr Wasser als Whiskey nahm. „Wenn ich heute noch zu meinem Glück kommen will, sollten wir langsam mal mit dem Spiel anfangen."

Poe blickte ihn erstaunt an. „Hattest du nicht vorhin gesagt, heute müsste jeder die Sache allein in die Hand nehmen?"

Ray lachte leise und langte nach seinem Glas. Er setzte es an die Lippen und sah über den Rand hinweg zu Sydney. Seine Augen leuchteten heute Abend besonders grün, und sein Blick war eine unmissverständliche Aufforderung zum Tanz.

Sydney erschauerte und griff instinktiv nach ihrem Glas. Sie hatte ihn genau da, wo sie ihn haben wollte. Das Knistern zwischen ihnen beiden ließ sich nicht mehr leugnen. Zufrieden und angenehm prickelnd erregt, trank sie einen Schluck.

Er ließ sie keine Sekunde aus den Augen, und als er sein Glas zurück auf den Tisch gestellt hatte, atmete er ganz langsam durch den Mund aus und schloss die Augen. Sydney wurde heiß, und sie wandte den Blick von ihm ab.

Einerseits konnte sie kaum erwarten, mit ihm allein zu sein. Aber andererseits wollte sie sich Zeit lassen und die Verführung in vollen Zügen genießen, bevor sie schließlich die Früchte erntete.

Sie sah zu Jess, der inzwischen aufgestanden war. Er stützte beide Hände auf die Tischplatte und musterte jeden Einzelnen am Tisch. „Das Spiel geht folgendermaßen: Ich wähle den ersten Kandidaten, der sich eine Person des anderen Geschlechts aussuchen und ihm oder ihr eine Frage stellen darf. Der Befragte entscheidet dann, ob er wahrheitsgetreu antwortet oder lieber die Pflicht erfüllt."

„Die Pflicht kann sich der Fragende aussuchen?", fragte Lauren. Jess nickte.

Anton sackte in seinem Stuhl zusammen und verzog angewidert das Gesicht. Sydney war klar, dass diese Grimasse sich unmöglich auf den Bourbon beziehen konnte, da die Hausbar von Coconut Caye nur die erlesensten Getränke bot.

„Was, wenn ein anderer als der Fragende weiß, dass die befragte Person lügt?", fragte Anton.

Sydney hielt die Luft an, da sie damit rechnete, dass Lauren ihm jeden Moment ins Gesicht springen würde. Doch stattdessen blieb sie ruhig sitzen und starrte in ihren Drink. Dabei wirkte sie unendlich verletzt, was ihrer Freundin beinahe das Herz brach. Warum mussten Beziehungen bloß so verdammt kompliziert sein?

Jess war im ersten Augenblick sprachlos. Dann grinste er verschmitzt. In Momenten wie diesen war er ganz der ungezogene, abenteuerlustige Junge, der nur Unfug im Kopf hatte. „Tja, dann darf die betreffende Person den Lügner auffliegen lassen, und der muss dann die Pflicht erfüllen."

„Autsch", sagte Doug.

Poe streckte den Arm aus und tätschelte ihm die Schulter. „Das muss so sein, Darling. Ehrlicher Spaß ist nur mit ehrlichen Enthüllungen zu haben."

„Hey, solche Bemerkungen machen mich wahnsinnig", murrte er und griff nach ihrer Hand.

„Normalerweise machen dich solche Bemerkungen doch wahnsinnig scharf", korrigierte ihn Ray.

„Danke, dass du mir in den Rücken fällst, Kumpel", schmollte Doug. Ray lachte.

„Ich muss doch bitten, Ray", sprang Jess dem beleidigten Doug bei. „Das hier soll ein Kampf der Geschlechter werden. Auf wessen Seite stehst du eigentlich?"

Ray schenkte sich Bourbon nach und sagte: „Sagen wir einfach, ich will mir meine Chancen für heute Nacht nicht von vornherein verderben."

Die anderen drei Männer johlten und lachten hämisch, während Sydney wie gebannt in ihr Glas starrte. Wenn sie jetzt aufblickte, würde ihr Lächeln sie sofort verraten. Und sie wollte ihre Pläne bezüglich Ray lieber für sich behalten, solange sie nicht sicher war, inwieweit er sie zu schätzen wusste. Dafür wiederum musste sie ihm in einem intimeren Rahmen – ohne Publikum – zeigen, welche Chancen er heute Nacht hatte.

Poe sprang ein, bevor das Gespräch noch weiter entgleiste: „Alles klar, Jess, wir haben die Regeln jetzt alle verstanden. Wollen wir dann spielen, oder nicht?"

„Natürlich wollen wir", erwiderte er. „Und weil du dir den ganzen Quatsch ausgedacht hast, habe ich dich zur ersten Kandidatin erkoren."

Kinsey schüttelte tadelnd den Kopf und schnalzte mit der Zunge. „Kaum hat ein Mann das Sagen, braucht er wieder eine Frau, damit er überhaupt loslegen kann."

„Tut mir leid, dass gerade ich dich aufklären muss, Kinsey", konterte Doug, „aber wir können nicht nur sehr gut allein loslegen, sondern die Dinge auch eigenhändig zu Ende bringen."

Poe lachte hämisch und sagte: „Das solltest du dem Playmate des Monats erzählen, wenn du das nächste Mal mit ihrem Faltposter allein bist."

Die Männer krümmten sich, als hätte sie ihnen einen Tritt an die empfindlichste Stelle versetzt.

„Frauen dagegen sprechen weniger auf visuelle Reize an. Für uns sind Fantasie und Berührung wichtiger", pflichtete Lauren Poe bei und warf Doug einen scharfen Blick zu. „Darum können wir allein anfangen *und* fertig werden, ganz egal, ob mit oder ohne batteriebetriebenen Ersatzfreund."

„Ach ja, der gute alte Massagestab", seufzte Kinsey. „Gib ihm einen Satz Batterien, und er wird keine Frau enttäuschen."

Anton grummelte ungläubig und kippte ein halbes Glas Bourbon auf ex. Doug aber starrte Kinsey staunend an und fragte: „Willst du mir etwa erzählen, dass du jedes Mal kommst, wenn du diesen, ähm, batteriebetriebenen Freund mit ins Bett nimmst?"

Kinsey lächelte süffisant und warf ihre langen blonden Haare in den Nacken. „Warum fragst du mich das nicht, wenn du dran bist?"

Doug schüttelte den Kopf und murmelte: „Weiber! Sind die den ganzen Ärger eigentlich wert?"

Poe knuffte ihm mit dem Ellbogen in die Rippen. „Geh nachher auf Kinsey und das gesamte weibliche Geschlecht los, ja? Ich möchte jetzt endlich Jess dazu bringen, dass er die Hosen runterlässt."

Jess stöhnte mitleidheischend und schlug mit der Stirn auf die Tischkante, bevor er Poe mit schmerzverzerrter Miene anblickte.

Sie blieb vollkommen ungerührt, verschränkte die Unterarme und beugte sich vor. Nachdem sie sowohl Ray zu ihrer

Linken als auch Doug zu ihrer Rechten und Anton auf der gegenüberliegenden Seite einen Blick zugeworfen hatte, wandte sie sich an Jess: „Also, Jess, wo wir gerade bei technischen Hilfsmitteln und Spielzeugen sind, möchte ich von dir wissen, ob du es jemals mit einem leblosen Objekt getan hast, und wenn ja, mit welchem."

„Zum Beispiel?", fragte er entgeistert.

„Irgendwas eben. Eine aufblasbare Gummipuppe, ein Apfelkuchen oder was weiß ich."

„Ich glaube, Poe hat zu viele schlechte Filme gesehen", bemerkte Kinsey, und Ray kicherte. Dann begann Doug zu kichern, woraufhin Sydney sich nicht länger zurückhalten konnte und ebenfalls lachte. Nur Jess blieb bewundernswert cool.

„Du meinst, angefangen von der Pubertät bis heute?", erkundigte er sich und beugte sich weiter zu Poe über den Tisch. „Oder dachtest du eher an meine letzte sexlose Zeit?"

Poe lehnte sich ebenfalls vor, wobei ihre Brüste in dem knappen Top gefährlich weit nach oben rutschten. „Ich dachte dabei an gar keinen spezifischen Zeitraum, obwohl ich zugebe, dass mich das mit der sexlosen Zeit neugierig macht."

Jess beugte sich noch weiter vor, ehe er antwortete: „Wenn das so ist, Honey, nehme ich die Pflicht."

Dass er die Antwort verweigerte, brachte ihm die unterschiedlichsten Reaktionen ein – von Mitleidsbekundungen über Johlen bis hin zu hysterischem Gelächter. Letzteres kam von Lauren, die, wie Sydney feststellte, zu viel getrunken hatte.

Poe lehnte sich mit hochzufriedenem Lächeln zurück und verschränkte die Hände hinter dem Kopf. „Angesichts der Tatsache, dass du dich heute schon reichlich blamiert hast, werde ich die Pflicht etwas humaner ausfallen lassen. Du musst einen von uns küssen. Ob du dir eine Frau oder einen Mann aussuchst, darfst du entscheiden. Die Hauptsache ist, dass es kein feuchter Tantenkuss wird, sondern ein richtiger Kuss mit allem, was dazu gehört."

„Das ist alles?", beschwerte sich Kinsey, und auch Sydney hielt mit ihrer Enttäuschung nicht hinterm Berg. „Klingt eher wie eine Belohnung."

„Aber wie eine Strafe für den, den er sich aussucht", fügte Lauren schnippisch hinzu.

Jess sprang von seinem Stuhl auf. „Na, na, meine Damen! Ich sehe, ihr seid überhaupt nicht im Bilde, was meine sagenumwobenen Talente auf diesem Gebiet betrifft. Am Ende werden drei von euch bittere Tränen weinen, glaubt mir."

Anton hielt die Hand vor den Mund und raunte für jedermann hörbar: „Bockmist".

„Genau", rief Kinsey. „Du kannst deine Könnerzunge gern für dich behalten."

Jess ignorierte die abfälligen Bemerkungen der beiden und ging um den Tisch herum. Nachdem er hinter jeder der Frauen einmal stehen geblieben war, stoppte er hinter Kinsey. Er beugte sich zu ihr hinab und fuhr mit der Zungenspitze den äußeren Rand ihrer Ohrmuschel entlang, wobei er leicht hauchte, bis sie erschauerte.

Sydneys Herz schlug prompt schneller, und ein Seitenblick auf Lauren und Poe verriet ihr, dass es den beiden nicht anders erging. Obwohl keine der drei Frauen von Jess' Showtalent wirklich hingerissen war, hätten sie in diesem Moment gern mit Kinsey getauscht. Das heißt, Sydney hätte es natürlich vorgezogen, wenn Ray an ihrem Ohr knabberte.

„Also", raunte Jess in Kinseys Ohr, „du spottest besser nicht über meine Zunge, solange du nicht weißt, wovon du sprichst."

Mit diesen Worten trat er seine zweite Runde um den Tisch an. Sydney hielt für Sekunden die Luft an, als er hinter ihr ankam. Ray starrte sie an, und sie hätte gern gewusst, was er gerade dachte. Was bedeutete es, wenn der Puls sichtbar an seiner Schläfe pochte und er die Zähne zusammenbiss? Wollte er sie genauso sehr, wie sie ihn wollte?

Sie fragte sich, wie sie den Rest des Abends durchstehen konnte, ohne die Antworten auf ihre Fragen zu wissen.

Am Tisch herrschte angespanntes Schweigen, als Jess schließlich hinter Poe stehen blieb. Sie hatte die Hände immer noch hinter dem Kopf verschränkt, und er legte seine Hände auf ihre Ellbogen. Poe spitzte kaum merklich die Lippen, als hätte sie von Anfang an keinen Zweifel gehegt, dass er sie am Ende auswählen würde.

Er strich mit den Fingerspitzen von ihren Ellbogen zu ihren Schultern und wieder zurück bis zu ihren Unterarmen. Dann zog er sie nach oben und schob mit der Hüfte den Stuhl beiseite, damit sie vor ihm stehen konnte. Anschließend drehte er sie um und legte ihre Arme um seinen Hals, seine Hände auf ihre Hüften, direkt über den Bund ihrer Saronghose. Poe lehnte an der Tischkante.

Als er den Kopf neigte, ertappte Sydney sich wieder einmal dabei, wie ihr der Atem stockte. Seine Lippen tasteten sich über Poes Kinn ganz langsam zu ihrem Mund. So viel Sanftheit und Behutsamkeit hätte Sydney ihm gar nicht zugetraut.

Weder rieb er seinen Körper an ihrem, noch schob er direkt die Zunge in ihren Mund, wie sie und wahrscheinlich alle anderen es erwartet hätten. Nein, er ließ sich ganz viel Zeit. Mit den Händen glitt er über Poes Seiten bis hinauf zu ihren Wangen.

Als sich schließlich seine Lippen ganz leicht öffneten, tat seine Mitspielerin es ihm bereitwillig gleich.

Sydney konnte kaum fassen, was allein der Anblick dieser Szene mit ihr anstellte. Sie blickte erst zu Lauren, dann zu Kinsey, die beide ebenso beeindruckt schienen wie sie. Zu Ray sah sie allerdings nicht, weil sie fürchtete, dass es dann um sie geschehen wäre.

Die Situation war extrem erotisch aufgeladen und weckte ein unbezähmbares Verlangen in Sydney. Sie war regelrecht froh, als Poe und Jess ihre Umarmung lösten, und stimmte erleichtert in den Applaus der übrigen Zuschauer ein. Jess verneigte sich kunstvoll und ging zurück zu seinem Platz.

„Tja", sagte Poe ein wenig atemlos und setzte sich wieder hin, „ich würde sagen, das war ein recht überzeugender Kuss."

„Dann geht diese Runde wohl an mich", meinte Jess, dem anzusehen war, dass ihn diese Übung nicht ganz unbeeindruckt gelassen hatte.

„Ich weiß nicht", meinte Kinsey kopfschüttelnd. „Irgendwie habe ich das Gefühl, dass ich die eigentliche Gewinnerin bin."

Das Lachen, das auf diese Bemerkung hin ausbrach, tat allen gut – ebenso wie der Whiskey, der allmählich Wirkung zeigte. Sydneys Whiskeykonsum hielt sich allerdings in Grenzen, und sie achtete darauf, zwischendurch auch ausreichend Wasser zu trinken.

Ihre Zurückhaltung erwies sich als klug, denn im nächsten Moment wandte Jess sich an sie. „Sydney?"

Sie wurde nervös, hielt sich aber tapfer. „Ja?"

„Wahrheit oder Risiko: Da dir in der Vergangenheit ein eher frostiges Temperament unterstellt wurde, würde mich interessieren, ob du bei deinem ersten Mal einen Orgasmus hattest."

Sie blinzelte nicht einmal. Jess hätte keine Frage stellen können, die sie in Gegenwart eines bestimmten Mannes mehr in Verlegenheit brachte. Wie wollte sie lügen, wenn an diesem Tisch genau derjenige saß, der sie sofort entlarven konnte? Er hatte sie in jener heißen langen Sommernacht wieder und wieder zum Höhepunkt gebracht.

Leugnen war zwecklos, also lehnte sie sich zurück, verschränkte die Arme vor der Brust und sah Jess an. „Um die Wahrheit zu sagen, ja, hatte ich."

Anton schnaubte ungläubig, und Doug fiel die Kinnlade herunter. Jess starrte sie verwundert an. Die Kommentare der Frauen fielen hingegen deutlich lauter aus. „Niemals!", „Glaub ich nicht!" und „Du Glückspilz!" schallte es.

Dann fand auch Anton die Sprache wieder. „Nimm sie in die Pflicht, Jess. Sie lügt wie gedruckt."

Sydney blickte ihn an. „Wie kommst du darauf, dass ich lüge?"

„Weil keine Frau beim ersten Mal kommt. Und selbst wenn sie wissen, wie es geht, ist die Hälfte ihrer Orgasmen nichts als Show", erklärte er im Brustton der Überzeugung.

Nun mischte sich Lauren ein: „Wenn eine Frau mit dem richtigen Mann zusammen ist, kann sie jedes Mal einen Orgasmus haben. Aber die meisten Männer nehmen sich überhaupt nicht die Zeit, herauszufinden, was Frauen gefällt, und nur deshalb täuschen so viele etwas vor." Mit diesen Worten angelte sie einen Eiswürfel aus ihrem Glas und lutschte ihn ab.

Anton trank mit einem Schluck seinen Rest Whiskey aus, bevor er antwortete: „Wobei wir nicht die Sorte Frauen vergessen dürfen, die scheinbar immerzu und dauernd kommen können.

Bei denen fragt man sich dann allerdings, wofür sie überhaupt noch einen Kerl brauchen, wenn's ein batteriebetriebener Ersatz genauso tut."

„Hey, ich kapier nicht, wieso du dich darüber beschwerst", schaltete sich Jess in den Streit ein. „Eine Frau zu finden, die sich richtig fallen lassen und genießen kann, nimmt einem doch eine Menge Druck."

„Eben!", rief Lauren. „Tausend Dank, Jess. Ich bin froh, dass es Männer gibt, die die weibliche Sexualität nicht als etwas Bedrohliches betrachten."

Anton sprang auf, und Sydney fürchtete, nun würde jeden Moment ein Riesenkrach losgehen. Doch statt zu toben und zu schreien, nahm er wortlos den Whiskey vom Tablett und verließ damit den Raum.

Für Minuten herrschte Totenstille, weil niemand sich traute, vor Lauren eine Bemerkung zu seinem Verhalten zu machen. Schließlich brach Poe das Schweigen: „Tja, wie es aussieht, habe ich uns diesen Abend gründlich versaut. Da bleibt mir wohl nur noch ein rascher schmerzloser Tod durch Ertrinken – oder zumindest ein ausgedehnter Strandspaziergang."

„Ach, Poe, du hast gar nichts versaut", sagte Kinsey und tätschelte ihr tröstend die Hand. „Falls du nichts dagegen hast, würde ich gern mitgehen. Ein bisschen frische Luft kann nicht schaden."

Poe stand auf und sah Jess an. „Möchte sonst noch jemand mitgehen und sich von diesem katastrophalen Abend erholen?"

„Ich gehe unter die Dusche", verkündete Lauren. Als sie aufstand, musste sie sich mit den Händen auf der Tischplatte aufstützen. Nachdem sie sich halbwegs gefasst hatte, eilte sie zur Wendeltreppe, die hinauf zu den Schlafzimmern führte.

Sobald Lauren fort war, sagte Doug: „Beim Strandspaziergang bin ich dabei."

„Ich auch", sagte Jess, nahm Kinsey bei der Hand und zog sie Richtung Tür. Auf halbem Wege blieb er stehen und streckte seine andere Hand nach Poe aus. „Doug, Ray? Sydney? Lasst uns gehen."

Doug stand auf und folgte den anderen.

Sydney blieb sitzen, schüttelte den Kopf und fuhr mit dem Finger über den Rand ihres fast leeren Glases. „Geht ihr nur. Ich werde hier ein bisschen aufräumen. Anschließend kann ich, glaube ich, auch eine Dusche vertragen."

„Ray? Was ist mit dir?", fragte Kinsey.

Er sah erst Sydney, dann die anderen an. Offenbar konnte er sich nicht entscheiden. Schließlich ging er um den Tisch herum zu Sydneys Platz und strich ihr eine Locke aus dem Gesicht. „Soll ich dir helfen?"

Sie schmiegte die Wange an seine Hand, dann sagte sie lächelnd: „In der Küche oder unter der Dusche?"

Ray hielt hörbar die Luft an, bevor er antwortete: „Schlag mir nichts vor, was du nicht möchtest."

Für den Bruchteil einer Sekunde schloss Sydney die Augen. Wie wunderbar einfach wäre es, wenn sie mit ihm zurückblieb, ihn in das Bad ihres Vaters lockte! Sie wollte ihn, daran gab es keinen Zweifel. Doch ehe sie ihn verführte, wollte sie das Knistern zwischen ihnen noch ein wenig steigern.

Außerdem hatten sie Publikum, und zum jetzigen Zeitpunkt wollte Sydney das, was zwischen ihnen war und sein könnte, lieber für sich behalten. Also stand sie auf und begann, die Gläser einzusammeln. Dann drehte sie sich um und blickte ihn an.

„Wahrheit oder Risiko: Möchtest du hier bleiben, wo wir jeden Moment gestört werden könnten, oder warten, bis wir Zeit für uns allein haben?“

Er blickte kurz zu den anderen, die an der Tür auf ihn warteten. Dann antwortete er: „Die Wahrheit? Ich würde lieber warten. Die Pflicht? Du sorgst dafür, dass wir Zeit für uns allein finden.“

„Wie konnte ich mich bloß auf diese Reise einlassen!“ Lauren boxte in das pinkfarbene Satinkissen, das sie eng umschlungen vor ihrem Bauch hielt. „Als ich hörte, dass Anton mitkommt, habe ich gleich gewusst, dass es ein Fehler ist mitzufahren.“

„Warum bist dann trotzdem mitgekommen?“, fragte Sydney, die in einem gelben Seidennachthemd mit Spaghettiträgern am Fußende von Laurens Bett saß und sich die Beine mit Bodylotion einrieb. Nachdem sie geduscht hatte, war sie zu ihrer Freundin gegangen. Da Poes Bemühungen, die Gefühlslage zwischen Anton und Lauren zu ergründen, dramatisch fehlgeschlagen waren, wollte Sydney in einem Gespräch unter vier Augen einen zweiten Versuch wagen.

Eigentlich schlief Kinsey mit Lauren in einem Zimmer. Sydney teilte sich mit Poe einen Raum am anderen Ende des Flures. Aber die anderen Frauen waren noch nicht von ihrem Strandspaziergang zurückgekehrt.

Anton war mit dem Whiskey in dem Zimmer verschwunden, wo auch Doug schlafen würde. Wahrscheinlich war er inzwischen hoffnungslos betrunken.

Lauren war allerdings auch nicht in bester Verfassung. Sie verbrachte eine halbe Ewigkeit damit, die Kopfkissen zu arrangieren, die Beine mal anzuziehen, mal weit von sich zu strecken. Schließlich ließ sie sich erschöpft aufs Bett fallen.

Sydney wartete mit Engelsgeduld, ehe sie ihre Frage wiederholte: „Warum bist du mitgekommen, wenn du vorher wusstest, dass es ein Fehler ist?"

Lauren stöhnte, wohl wissend, dass sie um eine Antwort nicht herumkam. „Weil ich wusste, dass er in letzter Zeit häufiger mit Poe ausgegangen war und sie hier sein würde."

„Aber du bist nicht hier, weil du es in der Firma nicht ohne Poe aushältst, oder?", fragte Sydney grinsend.

„Sehr witzig! Ehrlich gesagt konnte ich den Gedanken nicht ertragen, dass die beiden sich hier amüsieren."

„Willst du in Zukunft hinter jeder Frau herschleichen, mit der Anton ausgeht? Folgst du ihm etwa auch zu seinen Verabredungen?"

Lauren massierte sich die Schläfen. „Nein, natürlich nicht. Ach, ich weiß selbst nicht, was ich will. Erst habe ich bereut, dass ich zu ihm gezogen bin. Jetzt bereue ich, dass ich wieder ausgezogen bin. Ich will nicht, dass er sich mit anderen Frauen trifft, aber ich weiß eben auch nicht, was ich eigentlich für ihn empfinde. Und was er für mich empfindet, weiß ich sowieso nicht."

„Dann wird es allmählich Zeit, das herauszufinden. Diese Reise ist doch eine günstige Gelegenheit, euch klar zu werden, wie ihr zueinander steht."

„Hätte sie sein können", erwiderte Lauren ärgerlich. „Die Gelegenheit wäre allerdings um einiges günstiger, wenn eine bestimmte Person nicht dazwischenfunken würde. Du hast doch selbst gesehen, wie Poe den Tisch abgeräumt hat und dabei Anton und Doug praktisch mit ihren Brüsten erstickt hat. Und dann dieses Spiel! Ich bitte dich!"

Sydney fand sich unversehens in der unangenehmen Situation, zwischen den beiden Frauen vermitteln zu müssen. „Ich glaube, sie wollte einfach nur das Eis brechen. Und du musst zugeben, dass es funktioniert hat. Schade, dass Macy nicht da war, um sich ein paar Tipps für gIRL-gAMES zu notieren."

„Und wie kommt Poe darauf, dass ausgerechnet sie dafür zuständig ist, das Eis zu brechen?", schnaubte Lauren wütend.

„Warum fragst du sie nicht selbst?", sagte Poe, die in diesem Augenblick ins Zimmer trat und sich zu Sydney ans Fußende hockte. „Nein, ich habe euch nicht belauscht, falls du das glaubst. Ich wollte nur meinen Badeanzug holen und fragen, ob ihr vielleicht mit in den Whirlpool auf dem Sonnendeck kommt. Aber wo ich schon mal hier bin, kläre ich mit Vergnügen alle offenen Fragen."

„Na schön." Lauren musterte sie, während sie überlegte. „Wir befinden uns nicht in einer Tropen-Realityshow. Wir sind alle erwachsene Menschen, die sich auch ohne selbst ernannte Animateurin bestens amüsieren können."

Poe zuckte gleichgültig mit den Schultern. „Mag sein. Dennoch gibt es unerfreuliche Spannungen zwischen einigen von uns, die allen den Urlaub ruinieren werden, wenn wir nichts dagegen unternehmen."

Lauren zog die Knie an und umklammerte ihr Kissen noch fester. „Sprichst du von Anton und mir?"

„Von euch und von deinem Verhalten mir gegenüber."

„Was soll damit sein?"

„Es ist offensichtlich, dass du auf mich nicht gerade gut zu sprechen bist. Und es ist ebenso offensichtlich, dass du nur deshalb etwas gegen mich hast, weil ich ein paar Mal mit Anton ausgegangen bin, seit ihr euch getrennt habt."

„Tja, damit wäre das ja wohl geklärt." Lauren nahm bereits

an, in diesem Gespräch die Oberhand zu gewinnen.

Sydney blickte von ihr zu Poe, für die die Sache keineswegs geklärt war. „Der Meinung bin ich nicht."

„Was gibt's denn noch?", fragte Lauren gereizt.

Poe stand auf und löste den Knoten ihrer Saronghose. „Du musst dich allmählich entscheiden, ob du mit Anton zusammen sein willst oder nicht. Du kannst deinen Herzschmerz nicht wie einen Köder auswerfen und hoffen, dass er anbeißt. Das ist weder ihm noch mir gegenüber fair, ganz zu schweigen von dir selbst."

„Wie kommst du darauf, dass ich das tue?"

Poe zog die Hose und den Bikinitanga aus und schlüpfte in ihren Badeanzug. „Gehst du mit jemand anderem aus?"

„Ja, schon, aber das ist nichts Ernstes. Wir sind nur gute Freunde."

„Und? Bist du glücklich damit, oder hättest du lieber eine richtige Beziehung?"

„Ich weiß nicht, was dich das angeht", konterte Lauren schnippisch.

Poe sammelte ihre Sachen vom Fußboden und warf sie sich über die Schulter. Sydney ahnte, dass sie jeden Augenblick in den Genuss dessen kommen würde, was Poe den Ruf eines Feuer speienden Drachens eingetragen hatte. Und sie sollte damit recht behalten.

„Ich sag dir etwas, Lauren. Wenn du Anton willst, solltest du um ihn kämpfen. Denn eines sei dir versichert: Er wird nicht lange solo bleiben. Anton ist ein witziger und netter Mann, noch dazu ausgesprochen sexy. Warte besser nicht darauf, dass er auf Knien zu dir zurückgekrochen kommt, weil er das nicht tun wird. Das weißt du genauso gut wie ich, oder? Du weißt, was er dir bedeutet und wie sehr du ihn vermisst. Falls Anton der Mann deines Lebens ist, solltest du es ihn wissen lassen.“

Lauren stiegen Tränen in die Augen, und Sydney streichelte ihr tröstend den Fuß. Doch ehe sie ihre Freundin beruhigen konnte, sagte Poe: „Weine nicht, Lauren, sondern zeig Stärke. Sei gemein, wenn es nötig ist, aber gib nicht klein bei. Sag ihm, was du für ihn empfindest und was du von ihm willst. Es gibt verdammt wenige Männer, die es wert sind, um sie zu kämpfen. Du hast so einen gefunden, also schnapp ihn dir. Ich garantiere dir, wenn du nicht handelst, wird er, ehe du dich's versiehst, wieder in festen Händen sein. Solltest du nichts unternehmen, ich bin bereit. Und ich werde mir Anton gewiss nicht durch die Lappen gehen lassen.“

## 3. KAPITEL

Sydney lehnte an einem der Pfosten, die den Balkon im ersten Stock stützten, und blickte hinunter auf den Strand. Es war Vollmond, und selbst jetzt um Mitternacht war es beinahe so hell wie bei Sonnenuntergang. Der Himmel sah aus wie ein sternenbesticktes dunkelblaues Samtcape, und auf dem Meer waren die weißen Schaumkronen der Wellen deutlich zu erkennen.

Sie konnte nicht schlafen. Ob daran das ungewohnte Bett oder die seltsame Reisegruppe schuld waren, konnte sie nicht sagen. Letztere jedenfalls war anstrengend genug, um weit stoischere Gemüter als Sydney auf die Probe zu stellen.

Wenigstens schienen Lauren und Poe nach dem heutigen Gespräch ihre Zwistigkeiten vorerst beigelegt zu haben. Zwischen den beiden herrschte Waffenstillstand, und mehr konnte man nicht erwarten.

Eigentlich hatte Sydney ihre Freundin auf ihre Weise dazu bringen wollen, sich über ihre Gefühle für Anton klar zu werden. Doch im Nachhinein musste sie zugeben, dass Poes direkte Art durchaus hilfreich gewesen war. Sie hatte Lauren so richtig den Kopf gewaschen und ihr reichlich Stoff zum Nachdenken gegeben.

Und auch Sydney war durch Poes Worte ziemlich ins Grübeln gekommen.

Für Lauren war es so kurz nach der Trennung gewiss nicht leicht, Anton mit einer anderen Frau zu sehen. Und dass gerade Poe diese andere Frau sein musste, machte die Sache nicht einfacher. Sie setzte ihre Reize mit einer Selbstverständlichkeit ein, die weniger selbstbewusste Frauen in Angst und Schrecken versetzen konnte. Als Konkurrentin, in geschäftlichen wie in persönlichen Dingen, war mit ihr nicht zu spaßen.

Sydney hatte aufrichtiges Mitleid mit Lauren. Sie stellte sich vor, wie sie sich fühlen würde, wenn Poe plötzlich auf die Idee käme, sich den Urlaub mit Ray zu versüßen. Wären sie erst wieder zurück in Houston – nachdem Sydney ihn verführt und ein für alle Mal aus ihrer Fantasie verbannt hatte –, hätte sie nichts dagegen.

Doch warum machte sie der bloße Gedanke an Poe oder irgendeine andere Frau in Rays Armen halb wahnsinnig?

Wahrscheinlich hatte sie zu viel Bourbon getrunken und war deshalb so durcheinander. Obwohl, wenn sie recht überlegte, konnte „zu viel Alkohol“ als Entschuldigung kaum herhalten. Der eine Whiskey hatte bestenfalls für einen leichten Schwips gereicht, und selbst der war mittlerweile verflogen.

Nein, sie hatte gerade genug getrunken, um im richtigen Moment ihre Scheu zu überwinden und Ray ein eindeutiges Angebot zu machen. Und es hatte seine Wirkung nicht verfehlt. Als sie vorhin in seine Augen sah, hatte sie darin so viel Leidenschaft und Verlangen gesehen, wie sie sie in ihren kühnsten Träumen nicht erhofft hatte.

Im ersten Moment war sie erschrocken und vollkommen perplex gewesen. Außerdem war ihr merkwürdig heiß geworden. Normalerweise reagierte sie nicht so heftig. Selbst wenn sie einen Mann wirklich attraktiv fand, hatte sie ihre körperlichen Reaktionen stets im Zaum halten können.

Ja, sie war sogar stolz darauf, in jeder Situation cool bleiben zu können. Sie war immer für ihre Selbstbeherrschung berühmt gewesen, der sie den Spitznamen „Eiskönigin“ verdankte. Dabei war sie alles andere als kalt.

Heute Abend hatte sie Ray unauffällig beobachtet. Er war die meiste Zeit eher still gewesen und hatte sich, bis auf wenige Bemerkungen, aus dem Spiel herausgehalten. Etwas schien ihn zu beschäftigen. Die Art, wie er in seinem Salat herumgestochert und mit seinem Glas gespielt, aber kaum daraus getrunken hatte, verriet Sydney, dass er mit den Gedanken ganz woanders war.

Als er mit den anderen zum Strandspaziergang aufbrach, war er genauso nüchtern gewesen wie Sydney. Sie fragte sich, ob er im Whirlpool wohl mit den anderen gescherzt hatte oder ebenso ruhig gewesen war wie sie. Seit ihrem kurzen Dialog vor dem Aufbruch der Gruppe konnte Sydney jedenfalls an nichts als ihre Abmachung denken. Sie sollte dafür sorgen, dass sie beide einmal ungestört sein könnten. Und nichts wollte sie lieber tun als das.

Alles in allem ließ sich dieser Urlaub eigentlich vielversprechend an.

Auf einmal hörte sie Schritte, die sich von links näherten. Sie drehte sich um, und was sie sah, verschlug ihr die Sprache. Ihr hatte heute Abend schon öfter der Atem gestockt bei seinem Anblick, aber das war harmlos im Vergleich zu dem, was sie jetzt erlebte. Ihr Verlangen war überwältigend.

Ray kam barfuß und nur mit langen Jeansshorts bekleidet auf sie zu, die Hände in den Hosentaschen. Das Mondlicht, das auf den Balkon fiel, warf geheimnisvolle Schatten auf seinen nackten Oberkörper.

Sydney wehte ein herb-würziger Duft von frischem Duschbad und Shampoo entgegen. Als er näher kam, konnte sie erkennen, dass sein Haar noch feucht war. Ein Blick in sein Gesicht verriet, wie hellwach er war. Offenbar ging ihm ebenso viel im

Kopf herum wie ihr.

„Kannst du nicht schlafen?“, fragte er und lehnte sich mit der Schulter an den Pfosten neben ihr.

„Nein, in der ersten Nacht in einem anderen Bett habe ich immer Schwierigkeiten. Wahrscheinlich liegt es an den ungewohnten Geräuschen. Das heißt, in diesem Fall ist wohl eher der fehlende Großstadtlärm schuld.“

„Tja“, sagte er mit dem Anflug eines Grinsens, „aber wer kann schon entspannen, wenn die Wellen auf den Strand schlagen und der Wind in den Palmen rauscht. Das macht auch ganz schön viel Krach, finde ich.“

Der Vollmond warf sein silbriges Licht nur auf Rays linke Körperhälfte, die rechte blieb im Schatten. Dadurch wurde der Kontrast zwischen seiner seidig schimmernden Haut und dem dunkelblauen Hosenstoff noch betont.

Als ihr einfiel, dass sie genauso wirken musste, trat sie instinktiv einen Schritt zurück in den Schatten. Sie trug nur ihr dünnes kurzes Nachthemd mit den Spaghettiträgern. Damit war sie zwar immer noch halbwegs bekleidet, aber ungeschminkt und barfuß hatte sie eigentlich nicht sein wollen, wenn sie endlich mit ihm allein war.

Ihr Plan hatte vorgesehen, dass sie besonders verführerisch und sexy aussehen würde. Stattdessen sah sie aus, als wollte sie direkt ins Bett kriechen.

Sie lehnte sich so an den Pfosten, dass das Mondlicht sie nicht traf, und verschränkte die Hände hinter dem Rücken.

„Ich mag die Ruhe und den Frieden hier, aber ich genieße die Tropennächte viel zu sehr, um sie zu verschlafen. Glücklicherweise gibt sich das, wenn ich länger hier bin. Morgen um diese Zeit werde ich tief und fest schlafen.“

„Weil du dann hoffnungslos übermüdet sein wirst.“

„Ich und übermüdet? Machst du Witze?“ Sie sah ihn an. Er war viel zu umwerfend, als dass sie sich diesen Anblick entgehen lassen wollte. „Nein, ich arbeite nur normalerweise zwölf Stunden am Tag und stehe ständig unter Strom. Da muss ich mich erst wieder ans Nichtstun gewöhnen.“

Ray nahm die Hände aus den Hosentaschen und verschränkte die Arme vor der Brust. Er lächelte sie an und sagte: „Du hast dich nicht sehr verändert, was? Du warst schon in der High School ein Musterbeispiel an Fleiß und Zielstrebigkeit.“

Sydney fuhr kaum merklich zusammen. Natürlich hatte er recht. Leichtigkeit und Unbeschwertheit waren ihr immer fremd gewesen. Sie hatte versucht, die Dinge in ihrem Leben mit weniger Ernst anzugehen, doch wirklich gelungen war ihr das bis heute nicht. Von ihrer eigenen Mutter hatte sie sich vorwerfen lassen müssen, zu verkrampft zu sein.

„Wahrscheinlich muss ich mir mehr Mühe geben, mal locker zu lassen.“

„Stimmt, das solltest du“, pflichtete er ihr lächelnd bei. „Was bringt schon ein Urlaub, wenn man dabei keinen Spaß haben kann?“

„Ach, damit habe ich kein Problem. Wenn ich etwas tue, was ich wirklich will, macht es mir eigentlich immer Spaß.“ Die Frage war nur, ob er mit „Spaß“ dasselbe meinte wie sie. Schließlich konnte man Kostenanalysen nicht unbedingt mit Frisbeespielen vergleichen. Andererseits hatte sie sich für diesen Urlaub außer den Quartalszahlen der Firma noch etwas anderes vorgenommen: Sex.

Er betrachtete sie eine Weile schweigend, und ihr wurde unangenehm bewusst, dass sie unter ihrem Seidenhemdchen vollkommen nackt war. Warum sah er sie so an? War er von ihren Kurven gefesselt, die sich durch den dünnen Stoff abzeichneten? Nein, sein Blick ging tiefer. Wollte er herausfinden, was sich unter ihrer Schale verbarg? Weshalb sie sich damals mit ihm so hatte gehen lassen?

Dabei war Sydney selbst in jener Nacht, selbst während sie einander liebten, weniger spontan gewesen, als sie es sich vorgenommen hatte. Doch das würde sie ihn wahrscheinlich nie wissen lassen.

Schließlich sagte er: „Warum musst du dir vornehmen, dich zu amüsieren? Vergnügen sollte etwas sein, das sich nach getaner Arbeit von allein einstellt."

Obwohl sie begriff, was er damit sagen wollte, verstand sie es nicht wirklich. „Für dich sind Arbeit und Vergnügen zwei gegensätzliche Dinge? Kann Arbeit denn nicht auch Vergnügen sein?"

Er zuckte mit den Achseln. „Arbeit kann befriedigend und ganz bestimmt auch aufregend sein. Ich persönlich mag meine Arbeit sehr, wahrscheinlich mehr, als die meisten anderen Menschen es tun. Aber ich würde sie nie als Vergnügen bezeichnen. Niemals."

Sydney drehte sich um, sodass sie direkt vor ihm stand. Als sie ihm in die Augen sah, wurde ihr klar, was für einen kompletten Blödsinn sie da geredet hatte. Sie hatte die ganze Zeit über nur an ihre Arbeit gedacht und versucht, das Gespräch in einen Flirt münden zu lassen. Dabei hatte sie keine Sekunde darüber nachgedacht, wie anders sein Job aussah. Er setzte sich den schlimmsten Gefahren aus, blickte tagtäglich auf Leid, Elend und Verlust.

Plötzlich schien ihr Alltag inmitten von Kosmetik und Accessoires furchtbar leer und unbedeutend. Und vor diesem Hintergrund gewann das geplante Förderprogramm von gIRL-gEAR eine vollkommen neue Dimension.

Sydney war stolz auf das Projekt, in das sie Unmengen Arbeit und Mühe investiert hatte. Darauf könnte auch Ray stolz sein. Und vielleicht konnte es sogar ihre Mutter irgendwann schaffen, stolz auf sie zu sein.

Aber im Moment waren weder sie noch ihre Projekte wichtig, sondern Ray. Sie wäre gern der Mensch, an den er sich anlehnen konnte und dem er all seine Sorgen und Nöte anvertraute. Denn dem Ausdruck seiner Augen nach zu urteilen, schleppte er bereits viel zu viel mit sich herum.

Sie lächelte ihn aufmunternd an. „Ich kann mir denken, dass dein Job vollkommen anders aussieht als meiner – ich meine, was das Vergnügen angeht. Dafür ist er aber auch um ein Vielfaches dankbarer als die Leitung eines Modeimperiums."

„Wenn du ein Imperium leitest, bist du wohl eine Kaiserin, oder?", fragte Ray, der offensichtlich das Gespräch von sich ablenken wollte.

„Nein, bin ich nicht. Ich bin nur eine schlichte Managerin." Diesmal ging sie auf sein Ablenkungsmanöver ein, doch das hieß keineswegs, dass das Thema endgültig abgehakt war.

Er grinste und schüttelte den Kopf. „An dir war noch nie etwas Schlichtes, Sydney Ford. Das wusste ich gleich, als ich dich zum ersten Mal sah."

„Und wann war das?" Wann sie ihn das erste Mal gesehen hatte, daran erinnerte sie sich genau.

„In meinem letzten High-School-Jahr", antwortete er und lehnte sich mit den Armen auf die Balkonbrüstung. Er blickte aufs Meer hinaus, als er fortfuhr: „Du kamst mit Isabel Leighton in den Computerraum, wo wir an der Schülerzeitung arbeiteten. Isabel schrieb damals für die Zeitung und lieferte ihre Geschichten grundsätzlich in letzter Minute ab. Du bliebst in der Tür stehen. Ich weiß noch, dass du einen Stapel Bücher im Arm hattest. Und du trugst einen gestreiften Hosenrock und eine weiße Seidenbluse, was ziemlich auffiel, da die anderen Mädchen auf der Schule ausnahmslos in Jeans herumliefen. Hinterher habe ich erfahren, wer du warst. Ich fand damals, Hosenrock und Seidenbluse passten zu deinem Image als Eiskönigin."

Er sah sie lächelnd an. „Ich habe nie verstanden, warum du auf unserer Schule warst. Mädchen wie du gehen normalerweise auf teure Privatschulen."

„Wegen meiner Mutter", bekannte Sydney. Natürlich war sie heute nicht mehr wütend auf ihre Mutter, weil sie sie auf diese Schule geschickt hatte. Trotzdem erinnerte sie sich gut, wie schwer es für sie gewesen war, Anschluss zu finden. Ihre Schulzeit war beileibe nicht glücklich gewesen, aber vielleicht hatte sie gerade dadurch gelernt, sich durchzusetzen.

„Meine Mutter wollte nicht, dass ich mich als etwas Besseres fühlte, nur weil mein Vater reich war. Ihr war vermutlich gar nicht klar, wie sehr ich auf dieser Schule auffiel. Ich gehörte einfach nie richtig dazu. Selbst die Kinder, deren Eltern vermögend waren, betrachteten mich als Snob."

„Weil deine Eltern so viel reicher waren."

Sydney hatte sich schon oft gefragt, wie ihr Leben wohl ohne das viele Geld verlaufen wäre. Das Geld hatte alles beherrscht. Selbst bei dem Zerwürfnis mit ihrem Vater war Geld der Auslöser gewesen. Andererseits ging es dabei vor allem um gebrochene Versprechen.

„Nolan hat seine erste Million gemacht, bevor er dreißig war, hast du das gewusst? Und meine Mutter stammte auch nicht aus armen Verhältnissen. Außerdem waren ihre abstrakten Ölgemälde von Anfang an heiß begehrt unter Kunstsammlern. Ihre Ausstellungen wurden regelmäßig bis auf das letzte Bild leer gekauft. Finanziell war sie immer unabhängig von meinem Vater gewesen.“ Das hatte sich allerdings geändert, wie Sydney auf schmerzliche Weise erfahren musste.

Ray nickte und überlegte einen Moment. „Und nun bist du in die Fußstapfen deiner Eltern getreten und baust dein eigenes Unternehmen auf. Du verdienst eine Menge Geld damit, indem du dein Ding machst und dich auf niemanden außer dir selbst verlässt.“

„Das nehme ich als Kompliment, auch wenn ich nicht weiß, ob du es so gemeint hast. Ja, ich habe mein ganzes Leben die Vorzüge des Reichtums genossen. Ich musste mir nie Gedanken machen, wie ich meine Ausbildung finanziere. Als ich die Idee mit gIRL-gEAR hatte, habe ich selbstverständlich mit Nolan darüber gesprochen. Aber glaub mir, ich hätte keinen einzigen Investoren gewonnen, wenn ich nicht genau gewusst hätte, was ich tue. Mein Vater pflegte Geld und Gefühle immer säuberlich zu trennen.“

Ray sah sie an. „Vor mir musst du den Reichtum deiner Familie nicht rechtfertigen, Sydney.“

Sie atmete tief durch. Warum regte sie sich bei diesem Thema so leicht auf? „Tue ich das denn?“

Er blickte wieder aufs Meer hinaus. „Für mich klang es jedenfalls so.“

Sie streckte ihm die Zunge heraus, ohne dass er es bemerkte. „Das ist ganz allein deine Schuld, weil du mich an die High-School-Zeit erinnert hast. Damals gaben mir alle das Gefühl, mich dauernd entschuldigen zu müssen, weil ich reich war."

„Alle außer Isabel Leighton."

Ray konnte unmöglich wissen, wie bitter sie Isabel Leighton erst kürzlich enttäuschen musste. Isabel war ihre einzige wirkliche Freundin gewesen. Sie hatte sie immer unterstützt, war immer für sie da gewesen, wenn Sydney sie brauchte. Und wie oft hatte sie sie gebraucht! Der Gedanke an sie versetzte ihrem Herzen einen schmerzhaften Stich.

„Izzy war super", sagte Sydney und mühte sich, möglichst entspannt zu klingen. „Ist sie übrigens noch. Und was die Schulzeit angeht, hast du recht. Ihr war vollkommen egal, woher ich kam. Bei ihren Freundinnen kam es ihr auf den Charakter an und nicht darauf, wie reich oder arm die Eltern waren. Natürlich hatte ich auch ein paar andere Freundinnen, allerdings wenige, und mit keiner war ich so eng befreundet wie mit ihr."

„Auf einer Privatschule hättest du wahrscheinlich mehr Freundinnen gefunden", meinte Ray.

„Wahrscheinlich", stimmte Sydney ihm zu. Warum sollte sie Ray anlügen? Sie wäre damals gern auf eine Privatschule gegangen. „Aber die Schulen, die Nolan im Auge hatte, waren keine gemischten. Und ich wollte mit Jungen zur Schule gehen, auch wenn ich mit keinem ausging", erklärte sie lächelnd.

„Warum bist du mit keinem ausgegangen?", fragte Ray, dessen Neugierde geweckt war.

„Das fragst du *mich?* Diese Frage solltest du eher den Jungen stellen, die in meinem Jahrgang waren. Ich dachte, du wüsstest, was sie über mich dachten." Sie hatte es die ganzen Jahre über gewusst.

Trotzdem hatte sie nicht verstanden, warum sie sich nicht einmal die Mühe gaben, sie kennenzulernen. Sie mochte auf den ersten Blick unnahbar gewirkt haben, doch eigentlich war sie nur schüchtern. Kalt war sie gewiss nicht. Sie war keine Eiskönigin, und Ray hatte das herausgefunden.

„Ja, ich weiß, was sie über dich gesagt haben. Aber Jungen in dem Alter können nicht unterscheiden, ob ein Mädchen schüchtern oder arrogant ist. Außerdem würden sie nie zugeben, dass sie sich nicht trauen, ein Mädchen anzusprechen. Deshalb suchen sie die Schuld bei ihr. Und du warst für sie ein gefundenes Fressen, wie du dir ja denken kannst."

Sydney überlegte einen Moment. Woher wusste er, dass sie schüchtern war? Sie hatte es ihm bestimmt nicht gesagt. Zu gern hätte sie ihn gefragt, wie er sie sah, was er von ihr dachte. Und sie würde gern von ihm hören, warum er seinen Urlaub ausgerechnet mit ihr verbringen wollte.

Die geplante Verführung wäre weit einfacher, wenn sie wüsste, was ihm an ihr so gefiel. Eigentlich war Ray gar nicht der Typ Mann, der ihrer Meinung nach am besten zu ihr passte. Wieso fühlte sie sich trotzdem so stark zu ihm hingezogen?

All diese Fragen gingen ihr durch den Kopf, doch sie sprach sie nicht aus. Sie wusste auch ohne Antworten, dass es für ihr unbezähmbares Verlangen keine logische Erklärung gab.

Also stand sie einfach stumm da und blickte ihn an, während er immer näher auf sie zukam. Sie konnte die Hitze seines Körpers spüren und atmete den herb-männlichen Duft ein, der von ihm ausging.

Sydney malte sich aus, wie es wäre, sich an seine Schulter zu schmiegen und ihn mit all ihren Sinnen zu erforschen. Der Kontrast von zarter Haut und festen Muskeln hatte sie immer schon fasziniert.

Ray stand ganz dicht vor ihr. Der Schatten des Balkonpfostens, an dem sie lehnte, fiel auf seinen Körper. Er streckte die Hand aus und strich mit dem Zeigefinger über ihre Wange bis unter ihr Ohr.

„Erzähl mir von dir, Sydney Ford. Hilf mir zu verstehen, wer du bist."

Ihr Herz pochte wie wild. „Du weißt, wer ich bin."

„Nein, ich weiß nur, was du mir bisher von dir gezeigt hast. Aber es gibt noch so vieles, was ich über dich erfahren möchte."

Die Sache wurde ihr entschieden zu ernst. Sie wollte verführen und verführt werden, da störte alles Ernste und allzu Vertraute. „Dass ich reich und eiskalt bin, ist dir ja bereits bekannt. Was willst du noch wissen?"

„Dein Geld ist mir egal, das habe ich dir schon einmal gesagt. Und dass du alles andere als kalt bist, dürfte uns beiden klar sein", erwiderte er sanft und strich ihr eine Locke hinters Ohr.

„Da bin ich mir nicht so sicher", flüsterte sie. Seine zarte Berührung erregte sie, und sie spürte, wie ihre Brustknospen sich erwartungsvoll aufrichteten.

Ray malte mit dem Finger eine Linie von ihrem Hals hinab bis zu ihrem Busen. Dann umkreiste er erst die eine, dann die andere Spitze. „Glaub mir, du kannst wunderbar warm und offen sein, wenn es darauf ankommt. Immerhin spreche ich aus Erfahrung, vergiss das nicht."

Wie konnte sie das jemals vergessen? Acht Jahre lang hatte sie vergeblich versucht, bei anderen Männern zu finden, was sie mit Ray erlebt hatte. Kein Mann hatte sie so erregt, bei keinem war sie so in Ekstase geraten. Irgendwann hatte sie gedacht, die Gerüchte über ihre Gefühlskälte wären tatsächlich wahr.

Doch hier war Ray wieder, der ihren Körper mit seiner Fingerspitze zum Schmelzen brachte. Warum schaffte nur er es, sie in diesen Zustand zu versetzen? Warum wurde ihr seit acht Jahren bei dem bloßen Gedanken an ihn heiß? Sie hasste die Vorstellung, dass er allein diese Macht über sie hatte. Überhaupt behagte ihr nicht, dass irgendein Mann sie auf diese Weise beherrschte.

Für einen Augenblick achtete sie nicht darauf, was er mit seinen Fingern tat, und sagte trotzig: „Das ist Sex, Ray. Das hat herzlich wenig mit mir zu tun."

„Ja, es ist Sex. Und es ist mehr als Sex." Sein Finger glitt wieder hinauf zu ihrem Hals. „Eine eiskalte Frau kann beim Sex nicht plötzlich ganz anders sein. Du musst ein warmer offener Mensch sein, wenn du es beim Sex sein kannst."

„Bin ich aber nicht", sagte sie leise und schloss die Augen. „Jedenfalls nicht immer."

„Schön." Er beugte sich vor und flüsterte ihr direkt ins Ohr: „Es gefällt mir, wenn nicht jeder in diesen Genuss kommt."

Sein Atem auf ihrer Haut und die Hitze seines Körpers siegten über ihre berühmte Selbstbeherrschung. Sie wollte mehr, sie musste ihn berühren. Sie konnte nicht anders, als die Hände auf seine Hüften zu legen.

„Was soll das heißen? Wir haben schließlich keine Beziehung oder so was."

„Haben wir nicht?" Er klang fast ein bisschen verzweifelt, und Sydney sah ihn verwundert an, als er fortfuhr: „Jedes Mal, wenn wir zusammen in einem Raum sind, weichen wir einander aus. Oder aber wir versuchen, einander so nah wie möglich zu kommen. Wenn zwischen uns nichts ist, warum reagiert dein Körper dann so, wie er reagiert, sobald ich dich berühre."

Er fuhr mit der Fingerspitze über ihre Brust, genau oberhalb des Ausschnittes ihres Nachthemds. Dann glitt er langsam hinab zu ihrem Bauch und zog kleine Kreise um ihren Nabel, bevor er sich noch weiter hinabwagte. Sydney hielt den Atem an, während Ray über ihren Venushügel strich und dann zwischen ihre Schenkel. Im nächsten Augenblick kitzelte er sie behutsam an ihrer empfindlichsten Stelle.

Sie erschauerte vor Wonne, hakte die Finger in die Gürtelschlaufen seiner Shorts und zog ihn noch dichter zu sich. Unterdes schob er ein Knie zwischen ihre Beine und neckte und koste sie weiter durch den dünnen Stoff ihres Nachthemds, bis sie lustvoll seufzte.

„Erzähl mir nicht, dass das jeder Mann mit dir machen kann", sagte er rau. „Willst du mir etwa weismachen, dass irgendein anderer dieselbe Wirkung auf dich hat?"

Keiner außer Ray hatte sie je so berührt. Bei keinem war sie durch eine bloße Berührung so erregt. „Nein, diese Wirkung hat kein anderer Mann auf mich. Keiner."

„Nun", flüsterte er heiser, „dann frage ich mich, warum wir das nicht viel öfter tun. Weshalb wehrst du dich gegen das, was zwischen uns ist?"

Sie wehrte sich nicht. Nicht heute. Vielmehr öffnete sie sich ihm, wie sie es vor acht Jahren schon einmal und seither unzählige Male in ihrer Fantasie getan hatte. Plötzlich war die Erinnerung an ihre erste und einzige gemeinsame Nacht wieder greifbar nah und zugleich unendlich weit weg.

„Vielleicht fürchte ich mich davor, dass es nie wieder so sein kann wie beim ersten Mal. Ich bin nicht sicher, ob ich es nicht in meiner Fantasie total verklärt habe."

„Glaub mir, Sydney, es ist geschehen. Aber möglicherweise sollten wir die Erinnerung etwas auffrischen."

Er legte die Hände auf ihren Po und zog sie ganz dicht zu sich. Sie spürte seine Erregung, und sie schrie mit jeder Faser danach, ihn in sich zu spüren.

Die geplante Verführung war offenbar doch nicht so einfach und unkompliziert, wie sie gedacht hatte. Mit Ray war eigentlich nichts einfach und unkompliziert. Seine Nähe brachte sie total durcheinander, und sie fühlte sich wieder wie ein unreifer Teenager.

„Ja, ich weiß, es ist geschehen", gab sie schließlich zu. „Und ich weiß auch, wie gut es war. Ich frage mich nur, warum ich hinterher nie wieder so etwas erlebt habe."

„Liegt es vielleicht daran, dass es damals dein erstes Mal war?"

Sie kicherte leise. „Ausgeschlossen, Ray. Ich kenne genug Geschichten vom ersten Mal. Schließlich habe ich ein paar gute Freundinnen, mit denen ich über alles rede. Was ich von anderen über den ersten Sex und den danach höre, hat mit dem, was wir beide hatten, herzlich wenig gemein."

Sie zögerte einen kurzen Moment. Sollte sie ihm wirklich gestehen, was sie empfunden hatte und heute immer noch für ihn empfand?

Mittlerweile waren sie beide erwachsen geworden. Sie hatten sich verändert. Es gab keine Beziehung mehr zwischen ihnen. Das war alles Vergangenheit und hatte mit ihrem heutigen Leben absolut nichts zu tun. Sie hatte ein Unternehmen zu leiten, da konnte sie sich keine Ablenkung leisten.

„Sag mir, Sydney, warum du dich ausgerechnet für mich entschieden hattest. Dutzende Jungen wollten dich damals verführen, aber du hast sie alle abblitzen lassen. Wieso gerade ich?"

Hatte sie ihn bewusst gewählt? Oder war er vielleicht nur

zur richtigen Zeit am richtigen Ort gewesen? War der vorausgegangene Streit mit ihrer Mutter der Auslöser gewesen, weshalb sie mit Ray geschlafen hatte?

Plötzlich hörte sie Geräusche von der Veranda. Sie stemmte ihre flachen Hände gegen Rays nackte Brust. „Psst. Hör mal."

Er horchte, eine Hand auf ihrem Rücken und die andere auf ihrem Po. Er blickte ihr in die Augen, während sie beide den Lauten eines Paares lauschten, das sich auf der Veranda vergnügte. Stöhnen, leises Kichern und Flüstern drangen von unten hinauf. Die Stimmen waren nicht zu erkennen.

Obwohl Sydney sich nicht direkt wohl dabei fühlte, ein anderes Paar in dieser Situation zu belauschen, erregte sie das lustvolle Geplänkel.

„Weißt du, dass du sehr ähnlich geklungen hast?", fragte Ray flüsternd. „Du warst genauso hemmungslos, stürmisch und leidenschaftlich. Ich denke bis heute daran, wie du dich angehört hast, wie du dich mir hingegeben hast. Im Geiste habe ich unsere Nacht vor acht Jahren wieder und wieder durchlebt. Du warst sagenhaft, Sydney, und ich möchte unbedingt wissen, ob sich daran etwas geändert hat."

Das herauszufinden war auch *ihr* Ziel gewesen. Dabei sah ihr Plan vor, sich Ray anschließend für immer aus dem Kopf zu schlagen und wieder Herrin ihrer Sinne zu sein. „Ich verstehe das alles nicht, Ray. Keiner von uns hat einen Grund, der Erinnerung an jene eine Nacht so nachzuhängen, wie wir es offenbar beide tun. Macht dir das denn keine Angst?"

Er überlegte einen Moment, bevor er ein wenig gereizt antwortete: „Nein, im Gegensatz zu dir habe ich keine Angst davor. Ich denke viel daran zurück, vor allem dann, wenn ich dich sehe. Aber ich finde das ganz natürlich."

Wahrscheinlich hatte er recht, und ihre Reaktion war ebenso normal wie seine. Was jagte ihr dann solche Furcht ein? Waren es seine Hände auf ihrem Körper? Oder war es die Angst, das Zusammensein mit ihm könnte anders ausgehen, als sie vorgesehen hatte?

Die Geräusche unter ihnen wurden allmählich lauter und eindeutiger, was Sydney zu stören begann. Andere beim Sex zu belauschen, war auf lange Sicht furchtbar frustrierend. Viel lieber wollte sie Ray spüren, seinen Körper erkunden. Sie wollte all das mit ihm tun, wofür sie beim ersten Mal zu jung, zu schüchtern und zu nervös gewesen war.

Sie sehnte sich danach, in seinen Armen zu liegen. Sie dürstete nach seiner Zärtlichkeit, seiner Sanftheit und – seiner Liebe. Was ging bloß in ihr vor? Sehnsucht, Gefühle und vor allem Liebe hatten hier nichts zu suchen. Geplant war wilder heißer Sex, und der vertrug sich normalerweise nicht mit dem Wunsch nach Wärme und Geborgenheit.

Ratlos und verwirrt lehnte sie die Stirn an seine Brust. Bei dieser Verführung ging so ziemlich alles schief, was schiefgehen konnte. Sie hätten nie die Vergangenheit heraufbeschwören dürfen. Damit war die ganze Sache kompliziert geworden. Was sie momentan in Erregung versetzte, hatte wenig mit Sex, dafür sehr viel mit Ray zu tun.

Sie streifte mit den Lippen über seine Brust, bevor sie sich aus der Umarmung löste und ein paar Schritte zurücktrat.

„Ich denke, ich werde jetzt hineingehen und mich schlafen legen. Mir gefällt es nicht, den anderen da unten zuhören zu müssen. Das ist voyeuristisch."

Als sie sich umdrehte und ins Haus zurückging, rief er ihr leise nach: „Das Thema ist noch nicht abgehakt, Sydney."

Sie blieb kurz stehen. „Für heute Nacht schon."

Dann warf sie ihm über die Schulter einen letzten Blick zu. In seinen Augen lag so viel ungestilltes Verlangen, dass sie beinahe geblieben wäre. „Morgen ist auch noch ein Tag", sagte sie leise und verschwand.

Nachdem Sydney aus dem Zimmer gegangen war, hielt Lauren es keine fünf Minuten in ihrem Bett aus. Sie sprang auf und ging hinaus auf den Flur, wo sie zielstrebig die Schlafräume am anderen Ende ansteuerte. Ob ihr Vorhaben wirklich klug war, wusste sie nicht. Doch ihr blieb nichts anderes übrig.

Poe hatte recht, ganz gleich wie sehr Lauren es hasste, das zugeben zu müssen. Ihr blieben nur die wenigen Tage hier auf der Insel, um ein für alle Mal Klarheit über den Stand der Dinge zwischen ihr und Anton zu gewinnen.

Sie beide konnten sich weder mit Terminen, Arbeit noch Pflichten herauswinden. Keiner konnte dem anderen aus dem Weg gehen. Eine derart günstige Gelegenheit sollte genutzt werden. Am Ende würden sie endgültig wissen, was sie einander bedeuteten und ob es eine gemeinsame Zukunft für sie gab.

Obwohl sie ihre Beziehung offiziell beendet hatten, war da noch etwas zwischen ihnen. Andernfalls würden sie nicht so empfindlich auf alles reagieren, was der andere sagte, wären nicht so emotional und aggressiv im Umgang. Poe wusste das, wie sie überhaupt eine Menge zu wissen schien. Und diese Erkenntnis wurmte Lauren. Zwar hatte sie heute Abend erfahren, dass ihre Vorbehalte gegen die andere Frau auf einem Missverständnis beruhten. Aber ihre Drohung, sich an Anton heranzumachen, sollte Lauren nichts unternehmen, verfehlte ihre Wirkung keineswegs.

Als sie die Hand auf den Türknauf legte, atmete sie einmal tief durch, ehe sie die Tür zu Antons Zimmer öffnete. Sie war furchtbar nervös. Dabei kannte sie diesen Mann besser als jeden anderen. Und er kannte sie besser, als je ein Mann sie gekannt hatte.

Doch vielleicht machte gerade das die Sache so schwierig. Sie wusste, welche fatalen Folgen ein falsches Wort, eine falsche Geste haben konnten. Und er würde ihr vermutlich unangenehme Dinge sagen, auf die sie nicht mit der beleidigten Ablehnung reagieren durfte, die sie sonst an den Tag legte.

Die Tatsache, dass er sich mit einer Flasche Whiskey ins Bett geflüchtet hatte, war Beweis genug dafür, wie sehr sie ihn schon verletzt hatte.

Natürlich war er nicht unschuldig an dem Rosenkrieg zwischen ihnen. Aber nur wenn sie zu ihren Fehlern stand, konnte sie von ihm verlangen, seine ebenfalls einzusehen.

Leise trat sie in das Zimmer, dessen Wände in zarten Pastelltönen gestrichen waren. Anton trug die khakifarbenen Shorts, die er schon beim Abendessen angehabt hatte, allerdings war sein Oberkörper jetzt nackt. Er lag auf dem hinteren der zwei Betten, eine Hand unter dem Kopf. Mit der anderen hielt er die Whiskeyflasche fest, die auf seinem flachen Bauch stand.

Als er sie vorhin vom Tisch genommen hatte, war sie halb voll gewesen, und jetzt wirkte sie nur unwesentlich leerer. Er war also nüchtern genug, um mit ihr zu reden, stellte Lauren hoffnungsvoll fest.

Obwohl die Tür bereits offen war, klopfte sie. „Darf ich reinkommen?"

Er sah sie an. „Wenn ich Nein sage, gehst du dann wieder?"

Sie überlegte einen Moment, ob sie auf dem Fuß kehrtmachen sollte, entschied sich jedoch dagegen. Stattdessen schloss sie die Tür hinter sich und sagte: „Wohl kaum. Ich möchte nämlich nicht gehen. Noch nicht."

Er zuckte gleichgültig mit den Achseln. „Na gut. Was wolltest du mir sagen?"

„Du meinst, ich soll mich kurz fassen und verdammt noch mal verschwinden?"

Er sagte nichts, aber sie wusste auch so, dass er genau das meinte. Doch gerade weil er sie offenbar nicht hier haben wollte, war sie umso entschlossener. Sie wollte bleiben. Er war schließlich nicht der einzige Dickkopf.

Aber weil sein Dickkopf schuld war an einem Großteil ihrer Probleme, wollte sie ihn ein wenig weich klopfen. Wusste sie denn nicht besser als irgendjemand sonst, wie man an Anton herankam?

Sie ging zu dem zweiten Bett, das für Doug vorgesehen war, und hockte sich im Schneidersitz hin. Sie trug ein melonenfarbenes Top mit Spaghettiträgern und dazu eine Pyjamahose mit Winnie-Pu-Aufdruck. Den Pyjama hatte sie von Macy zum Geburtstag bekommen, und er passte überhaupt nicht zu den Sachen, die Lauren normalerweise zum Schlafen anzog.

Aber Anton bemerkte wahrscheinlich nicht einmal, was sie anhatte. Außerdem war es Ewigkeiten her, seit er sie zuletzt anders als nackt im Bett gesehen hatte.

„Was willst du hier?", fragte er argwöhnisch. „Ich dachte, du bist noch mit diesem blöden Spiel beschäftigt. Schließlich ging es doch um Sex – dein Lieblingsthema."

Was störte ihn bloß so sehr an ihrer Sexualität? Anfangs hatte sie geglaubt, er würde es mögen, wenn eine Frau nicht so verklemmt tat. Stattdessen hatte er ihr ihre Leidenschaftlichkeit immer wieder vorgeworfen.

„Wenn du es genau wissen willst, ist das Spiel geplatzt, als du gingst. Außer Sydney sind jetzt alle im Whirlpool auf dem Sonnendeck."

„Und wieso bist du dann hier und nicht bei den anderen? Willst du dich vögeln lassen, oder was?" Zweifellos rechnete er damit, sie zu schockieren.

Aber sie war weniger schockiert als verletzt, doch das wollte sie ihm auf keinen Fall zeigen. „Vielleicht. Aber ich dachte, dass wir vorher eventuell reden können."

Er öffnete den Flaschenverschluss und griff nach dem Glas auf dem Nachttisch. Dabei ließ er sie keine Sekunde aus den Augen. „Worüber? Übers Vögeln?"

Lauren musste sich enorm zusammennehmen, um noch ruhig zu bleiben. „Warum fangen wir nicht damit an, über Gefühle zu reden?"

„Klar, meinetwegen." Er trank den Whiskey, den er sich eingeschenkt hatte, in einem Zug aus. „Ich habe das Gefühl, dass ich gern vögeln würde."

Lauren blinzelte und unterdrückte angestrengt ihre Wut. Denn das war das Letzte, womit sie Anton aus der Reserve locken könnte. Damit konnte sie bestenfalls erreichen, dass er triumphierte und sie unverrichteter Dinge wieder abziehen musste. Nein, sie wollte Poes Rat befolgen und ein für alle Mal herausfinden, ob diese Beziehung noch eine Chance hatte.

Dazu musste sie sowohl ihre Wut als auch ihre Zunge im Zaum halten. „Dein Benehmen passt zu dem Whiskey, aber nicht zu dir. Der Anton, den ich kenne, ist sanft, aufrichtig und klug."

Sie wartete einen Augenblick, wie er ihre Worte aufnehmen würde. Leider verrieten seine blauen Augen nicht, was er dachte. Hatte sie sich zu viel erhofft? „Du warst heute ziemlich still. Und da wir noch anderthalb gemeinsame Wochen vor uns haben, dachte ich, wir sollten besser gleich klären, wie wir miteinander umgehen wollen. Lass uns reden, Anton. Können wir denn nicht Freunde sein oder wenigstens vernünftig miteinander umgehen, während wir hier sind?"

Er sagte nichts, sondern starrte sie an. Lauren fühlte, wie ihr Tränen in die Augen stiegen. In blinder Panik griff sie nach dem Saum ihres Trägertops. „Also schön, wenn du nichts als Sex willst, kannst du ihn haben."

Sie hatte das Top nur wenige Zentimeter gehoben, als er sie aufhielt. „Lauren, hör auf!"

Sofort erstarrte sie und wartete stumm ab, was er tun würde.

Anton setzte sich auf, schwang die Beine vom Bett und stellte den Whiskey auf den Nachttisch zwischen den beiden Betten. Dann saß er breitbeinig, die Hände auf die Matratze gestützt, da und blickte starr auf den Boden, als suchte er nach den richtigen Worten.

Lauren strich ihr Top wieder glatt und beobachtete ihn. Während sie ihn ansah, schmolz all ihre Wut und Verletztheit dahin.

Eigentlich war alles so furchtbar einfach. Sie liebte ihn. Sie hatte ihn immer geliebt. Doch wenn sie ihn gehen lassen musste, würde sie es tun. In den vergangenen Wochen hatte sie eine Menge über sich selbst herausgefunden. Und sie war zu dem Schluss gekommen, dass sie lieber mit ihm befreundet bleiben wollte, als ihn ganz und gar zu verlieren.

Nach einer Weile sah er sie an. „Ich würde sehr gern mit dir schlafen, Lauren. Ich lechze geradezu danach. Aber ich weiß, dass dies der falsche Zeitpunkt ist. Verzeih mir, dass ich mich so unmöglich aufgeführt habe. Ich bin zwar unzufrieden und frustriert, doch ich habe kein Recht, das an dir auszulassen."

Er gestikulierte mit einer Hand, während er weitersprach: „Na ja, die letzte Zeit war ziemlich hart. Ich bin einfach nicht mit der Trennung fertig geworden. Und dabei hätte ich nie geglaubt, dass mir die Sache so zusetzen würde."

Lauren ging buchstäblich das Herz über. Sie konnte nicht anders, sie musste zu ihm aufs Bett. Dort hockte sie sich hinter ihn und legte die Arme um seinen Oberkörper. Er fühlte sich unbeschreiblich gut an. Sich an ihn zu schmiegen, hatte etwas Tröstliches.

„Lass uns Freunde bleiben", sagte sie sanft. „Ganz gleich was auch passiert, wir sollten versuchen, füreinander da zu sein. Immer."

Sie schmiegte die Wange an sein Ohr und schloss die Augen, um seinen wunderbaren Duft zu genießen. Sofort brach eine Flut herrlichster Erinnerungen über sie herein, von seinen Händen auf ihrem Körper und von ihm in ihr. Doch sosehr sie sich wünschte, ihn zu spüren, so stark war ihre Sehnsucht nach mehr.

Ihre Beziehung war letztlich daran zerbrochen, dass sie sich nur beim Sex nahe sein konnten. Daher wäre jetzt niemandem geholfen, wenn sie ihrem Verlangen nachgeben und mit ihm schlafen würde. Sie mussten neue Wege finden, sich nah zu sein, ohne dabei gleich intim zu werden. Anton griff nach ihren Händen, die auf seiner Brust lagen. „Eine gute Freundin kann ich im Moment wirklich brauchen. Ich bin meiner selbst so überdrüssig, dass ich es kaum noch aushalte. Bleib heute Nacht bei mir, Lauren." Sie war zu Tränen gerührt, doch gleichzeitig wurde ihr mulmig.

„Nur zum Schlafen", fügte er bittend hinzu. Offenbar fürchtete er, andernfalls abgewiesen zu werden.

Der Mann kapierte gar nichts, stellte Lauren schmunzelnd fest. „Zum Schlafen, vielleicht gar zum Träumen?"

Erleichtert stellte sie fest, dass sie ihm ein Lächeln entlockt hatte.

„Ich hoffe. Mit dir in meinen Armen werden meine Träume verdammt süß sein." Er sprang auf und zog die Decke ein Stück beiseite, damit sie darunter schlüpfen konnte. „Rein mit dir."

Lauren tat wie geheißen. Dann legte er sich neben sie und löschte das Licht der Nachttischlampe. Im ersten Moment schien alles stockfinster, doch dann gewöhnten sich Laurens Augen an die Dunkelheit. Das Mondlicht war hell genug, um alles im Zimmer zu erkennen.

Sie lag auf der Seite und Anton hinter ihr. Er zog sie ganz nah zu sich, damit sie in der altvertrauten Löffelstellung schlafen könnten. Keiner von ihnen sagte mehr etwas, als wäre alles, was sie einander noch mitzuteilen hätten, bereits in dieser lang entbehrten Nähe ausgedrückt.

Einer lauschte dem Atem des anderen, spürte seinen Herzschlag, und so fielen zwei Freunde nebeneinander in einen heilsamen, tiefen Schlaf.

## *4. KAPITEL*

Am nächsten Morgen kam Ray sehr früh in die Küche, noch bevor die Haushälterin Auralie Duarte eintraf. Sie lebte mit ihrem Mann in einem separaten Haus in der Mitte der Insel. Denn Nolan Ford war der Ansicht, dass auch Hausangestellte Anspruch auf eine Privatsphäre hatten.

Ray hatte schlecht geschlafen und brauchte dringend einen starken Kaffee. Dabei bezweifelte er, dass Koffein, selbst in größeren Mengen, den fehlenden Schlaf wettmachen könnte. Und ganz gewiss konnte alles Koffein der Welt ihm nicht ersetzen, was er sich von Sydney erhofft hatte.

Er dachte nicht an Sex.

Wäre gestern Abend auf dem Balkon sein oberstes Ziel gewesen, sie ins Bett zu bekommen, dann hätte er es auch geschafft. Wahrscheinlich hätte er dann noch weniger Schlaf bekommen, aber zumindest wäre er heute Morgen erheblich entspannter. Nun, hinterher war man immer schlauer.

Kaffeebohnen und -mühle waren schnell gefunden, aber die Kaffeemaschine war nirgends zu sehen. Nach einigem Suchen entdeckte er sie ganz hinten in einem der Küchenschränke. Er hasste es, Kaffee zu mahlen, weil diese Mühlen einen infernalischen Lärm machten.

Sicher würde er damit die vier anderen wecken, die wie hingegossen auf dem großen Ecksofa im Wohnbereich der Villa schliefen. Zwischen Küche, Wohn- und Esszimmer gab es keine Wände. Aber was blieb ihm anderes übrig? Also schüttete er einen Schwung Bohnen in den Einfülltrichter.

Außerdem konnte er schließlich nichts dafür, wenn Doug,

Jess, Kinsey und Poe hier unten einschliefen, statt sich nach oben in die Schlafzimmer zu schleppen. Er war gestern Abend vor ihnen aus dem Whirlpool gestiegen, und wie es aussah, mussten die anderen hinterher noch ziemlich lange gefeiert haben.

Mindestens zwei von ihnen waren ja zwischenzeitlich auf der Veranda gewesen und hatten ihn zum unfreiwilligen Zeugen ihres Privatvergnügens gemacht. Er fragte sich, wen Sydney und er wohl unbeabsichtigt belauscht hatten. Aber natürlich konnten es ebenso gut auch Lauren und Anton gewesen sein, die dort oben ihre verlorenen Monate nachgeholt hatten.

Wie dem auch sei, ihn hatte die Szene jedenfalls um den Schlaf gebracht. Sie hatte ihn an nichts anderes mehr denken lassen als an die eine unvergessliche Nacht, die er mit Sydney erlebt hatte.

In vielerlei Hinsicht war es für ihn damals auch ein erstes Mal gewesen: das erste Mal, dass er mit einer Frau offen reden konnte; das erste Mal, dass er eine Frau innerhalb weniger Stunden wieder und wieder liebte; und das erste Mal, dass eine Frau in seinen Armen weinte, weil ihre Eltern sich trennten. Auch hatte er sich zum ersten Mal entsetzlich hilflos gefühlt. Er wusste nicht, was er sagen oder tun sollte, um ihren Schmerz zu lindern.

Und heute Morgen stand er da und musste sich eingestehen, dass er sich in der vergangenen Nacht nicht wirklich besser geschlagen hatte. Zwar verfügte er über jahrelange Erfahrung, wenn es darum ging, Menschen aus brennenden Häusern zu holen, Überlebende aus verschütteten Steinmassen zu bergen und sich durch Unmengen Metall zu schweißen, um Unfallopfer zu befreien.

Doch all sein Können nutzte ihm bei Sydney herzlich wenig.

Er wurde einfach nicht schlau aus ihr.

In den Staaten war sie stets die kühle Geschäftsfrau gewesen, die ihm entweder aus dem Weg ging oder ihm direkt über den Mund fuhr, wenn er sie ansprach. Und hier benahm sie sich plötzlich vollkommen anders. Er verstand die Welt nicht mehr.

Schon damals, vor acht Jahren, hatte er sich den Kopf darüber zerbrochen, warum sie sich ausgerechnet für ihn entschieden hatte. Inzwischen war er vom Teenager zum Mann gereift, doch die Frage war bis heute offen geblieben. Er wollte endlich eine Antwort, und er wollte sie, bevor dieser Urlaub vorbei war.

Ray schaltete die Kaffeemühle ein. Der Duft des frischen „Jamaican Blue Mountain" erfüllte die Küche, während Ray neugierig hinübersah, wer von den Schlafenden sich als Erster regte. Es war Poe, die schläfrig knurrend ihre hübschen Mandelaugen öffnete. Als Nächstes rührte sich Kinsey, dann Jess und zuletzt Doug. Die beiden Männer kostete es sichtlich Mühe, ihre Augen dem Sonnenlicht auszusetzen, das von der Terrasse hereinfiel. Sie machten keinerlei Anstalten, sich von ihrem provisorischen Lager zu erheben.

Derweil überlegte Ray, ob er eventuell seine Taktik ändern sollte. Vielleicht sollte er dafür sorgen, dass er mal mit Sydney allein wäre. Und dann würde er dafür sorgen, dass sie sich ihm öffnete.

Die Bohnen waren zu Pulver zermahlen, und die Messer rotierten so schnell, dass ein furchtbar hohes Kreischen entstand. Eilig schaltete Ray die Kaffeemühle aus und schüttete das Pulver in den Filterkorb. Dann füllte er Wasser in die Maschine.

Poe kam in die Küche und holte fünf Kaffeebecher aus einem der Schränke, die sie in einer Reihe auf dem Küchentresen aufstellte.

„Dafür, dass du Kaffee machst, verzeihe ich dir sogar, dass du meine schönsten Träume ruiniert hast", sagte sie und schwang sich auf den Tresen. Sie hatte letzte Nacht einen leuchtend roten Bademantel über ihren Bikini gezogen, den sie immer noch trug.

„Wollten wir heute Morgen nicht Jet-Ski fahren?", fragte Jess vom Sofa her. Auf seinem unrasierten Kinn lag ein blaugrauer Schatten, und die Ringe unter seinen Augen waren unwesentlich heller.

Ray hatte keine Ahnung, wann Sydney herunterkommen würde. Aber da hier sowieso an kein Gespräch unter vier Augen zu denken war, konnte er ebenso gut so tun, als wäre er wirklich auf Coconut Caye, um Ferien zu machen.

„Und ob!", antwortete er und nahm sich einen der Becher, weil der Kaffee beinahe durchgelaufen war.

Sydney hockte sich im Schneidersitz auf das Strandlaken, das sie auf dem kleinen Pier unterhalb der Villa ausgelegt hatte. Lauren saß neben ihr und blinzelte aufs Meer hinaus, wo der Rest der Gruppe auf Jet-Skis und Surfbrettern über die Wellen glitt. Sydney gab Lauren die Sonnenbrille, die sie im Haus vergessen hatte.

„Danke." Lauren setzte die Brille auf und rückte ihr Bikinioberteil zurecht. „Endlich kann ich etwas sehen. Ich bin heute Morgen völlig durch den Wind. Wahrscheinlich würde ich sogar meinen Kopf vergessen, wäre er nicht angewachsen."

„Schlimme Nacht gehabt?", fragte Sydney, die kaum erwarten konnte zu hören, wo Lauren zwischen Mitternacht und zwei Uhr gewesen war.

„Eigentlich nicht. Ich habe geschlafen wie ein Stein." Lauren streckte die Arme in die Höhe und gähnte herzhaft.

Aha, dachte Sydney. Aber warum wirkte sie dann, als hätte sie die ganze Nacht kein Auge zugetan? „Du warst nicht zufällig um Mitternacht herum auf der Veranda, oder?“

„Nein. Warum?“

„Ach nichts. Ich habe dort jemanden gehört und dachte, du wärst es vielleicht gewesen.“

„War ich nicht. Anton und ich haben uns eine Weile unterhalten, und anschließend haben wir uns schlafen gelegt, ob du's glaubst oder nicht. Wir haben nichts angestellt, sondern einfach nur geschlafen.“ Lauren schüttelte versonnen den Kopf, als könnte sie es selbst kaum glauben. „Die Male, die wir zur selben Zeit ins Bett gegangen sind und nichts taten außer einzuschlafen, kann ich an zehn Fingern abzählen.“

„Alle Achtung! Lass mich mal nachrechnen. Ihr wart ungefähr vierhundert Tage lang zusammen.“ Sydney musste sich zusammenreißen, um nicht laut loszulachen. „Da habt ihr aber eine Menge Kondome verbraucht.“

„Haha!“ Lauren zog eine Grimasse. „Du weißt genau, was ich meine. Außerdem sind wir nicht jeden Abend zur selben Zeit ins Bett gegangen.“

„Aber wenn, hat es sich für dich wirklich gelohnt“, ergänzte Sydney für sie.

„Na ja, für Anton hoffentlich auch. Zumindest bilde ich mir ein, dass es so war und er mich richtig vermisst, wenn er abends allein unter die Decke kriecht.“

„So, wie du ihn vermisst?“, fragte Sydney, obwohl diese Frage überflüssig war, weil sie die Antwort kannte.

„Merkt man das?“

Als Sydney mit einem Kopfnicken antwortete, fuhr Lauren sich stöhnend mit den Händen durchs Haar und sagte: „Das Alleinsein macht mir nicht einmal etwas aus. Ich heule ihm nicht nach, weil ich einsam bin oder so. Und ich habe ja auch nicht die ganze Zeit zu Hause gehockt und Trübsal geblasen."

„Das ist mir nicht entgangen", meinte Sydney. Sie war unendlich froh, dass Lauren das Thema ansprach. Von sich aus hätte sie Lauren nie danach gefragt, wie ihre Abende mit Nolan ausgesehen hatten.

Lauren grinste. „Ich mag deinen Vater wirklich sehr, Sydney. Er ist ein wunderbarer Mann. Trotzdem wird er für mich nie mehr sein als ein guter Freund."

„Ich bin ehrlich beruhigt, das zu hören", meinte Sydney, der ein Stein vom Herzen fiel. „Du weißt ja, wie viel ich von dir halte und wie sehr ich dich mag, oder?" Sie sprach erst weiter, nachdem Lauren mit einem Nicken bestätigt hatte. „Okay. Aber ganz gleich, wie hoch meine Meinung von dir ist, halte ich dich nicht für die Frau, die mein Vater an seiner Seite braucht."

Sie wartete einen Moment, ob Lauren widersprechen wollte oder ihre Worte möglicherweise als Beleidigung auffasste. Stattdessen schien sie eher ins Nachdenken gekommen zu sein. Sie blickte hinaus zu den anderen und erwiderte Poes Winken.

„Soll ich dir mal etwas sagen?", fragte sie schließlich und sah wieder zu Sydney. „Dein Vater braucht eine Frau wie Poe."

„Poe?" Annabel Lee und ihr Vater? Sie war entsetzt. „Das ist nicht dein Ernst."

„Doch. Du siehst in Nolan nur deinen Vater, und das ist vollkommen normal. Aber ich sehe in ihm eben auch einen Mann, falls du verstehst, was ich meine. Und ich kann mir gut vorstellen, dass die beiden ein fantastisches Paar abgeben. Sie ist, glaube ich, fünf Jahre älter als wir. Der Altersunterschied wäre demnach noch akzeptabel. Und sie ist clever und scharfzüngig. Dein Vater mag diesen Typ Frau."

Sydney konnte schlecht behaupten, dass Lauren damit komplett danebenlag. Poe war tatsächlich clever, sehr direkt und wortgewandt, und ihr bisheriger Lebenslauf war beeindruckend. Sydney hatte ihn eingesehen, weil Poe für eine Führungsposition vorgeschlagen worden war. Aber das alles besagte noch lange nicht, dass sie die richtige Frau für Nolan Ford war.

„Ich weiß nicht. Ich kann mir nicht vorstellen, wie sie meinen Vater auf Jet-Skis verfolgt oder ihn zu einer Runde Wahrheit oder Risiko herausfordert."

„Weil du es dir nicht vorstellen willst, stimmt's?", kombinierte Lauren haarscharf.

„Hmm, mag sein." Sydney musste dringend das Thema wechseln. „Aber was ich mir durchaus vorstellen will und kann, ist, dass Anton und du euch wieder zusammenrauft."

Lauren seufzte und zuckte mit den Schultern. Dann seufzte sie ein zweites Mal, bevor sie sagte: „Wir müssen noch einiges klären. Gestern Abend war er furchtbar wütend, aber ich glaube, eher auf sich selbst als auf mich. Wir haben zwar nicht viel geredet, doch wenigstens hat er mich in den Arm genommen. Und das sagt manchmal eine Menge."

Sydney wollte nicht weiter nachfragen. Sie sah hinaus zu den anderen. Die Brandung war inzwischen zurückgegangen, und Anton und Ray ließen sich auf ihren Surfbrettern treiben. Ray war in ein Gespräch mit Anton vertieft. Ihre Beine baumelten im Wasser. Sie trugen beide knielange Surfshorts und hatten Sportsonnenbrillen auf, die mit einem Elastikband gehalten wurden. Ihre gleichmäßig gebräunten Oberkörper glänzten im Sonnenlicht.

Ein leichter Duft nach Kokosöl mischte sich mit der Meeresbrise. Sydney atmete tief ein und genoss den atemberaubenden Blick auf das Meer und Ray Coffey.

Als sie heute Morgen in die Küche hinunterkam, war er schon fort gewesen. Außer ihr waren nur noch Auralie und Lauren im Haus gewesen, und die Haushälterin hatte die beiden jungen Frauen schon bald darauf aus der Küche gescheucht. Sie wollte in Ruhe das Essen vorbereiten und lehnte jegliche Hilfe strikt ab.

Sydney hatte daraufhin geduscht und einen Badeanzug angezogen. Sie wählte ein figurbetontes Modell in Kupferrot. Seit der letzten Nacht war sie wild entschlossen, sich nie mehr in etwas anderem als perfekter Garderobe ertappen zu lassen.

Ebenso wild entschlossen war sie, nicht noch einmal mit Ray über die Vergangenheit zu reden. Es war passiert, und sie würden es niemals vergessen. Aber sie wollte einfach nicht über die Gründe nachdenken, warum es passiert war.

Sie wollte nur wissen, ob die Leidenschaft lediglich in ihrer Erinnerung existierte. Und sobald sie das wusste, konnte sie diese Episode beenden und sich wieder ihrem Leben zuwenden. Denn dieses Leben duldete keine Vermischung von Geschäftlichem und Vergnügen. Geschäft war Geschäft, und wer das nicht einsah, verlor nicht nur im Job, sondern letztlich auch in der Liebe.

Nein, sie würde den Fehler ihrer Eltern nicht wiederholen.

„Also, was läuft zwischen dir und Ray?“, riss Lauren Sydney aus ihren Gedanken.

Sie blickte über den Rand der Sonnenbrille zu ihrer Freundin. „Was ist mit Ray?“

„Nicht mit Ray. Mit dir und Ray. Er hat dich während des Spiels gestern Abend absichtlich nicht angesehen, und bei der

Frage von Jess starrte er angestrengt auf seinen Teller."

Sydney zuckte mit den Achseln. „Was weiß ich? Vielleicht macht es ihn nervös, wenn über weibliche Orgasmen geredet wird."

Lauren lachte. „Ray Coffey? Der Mann, der in eingestürzte Tunnel und brennende Häuser rennt, um sich seinen Lebensunterhalt zu verdienen? Der und nervös? Das glaubst du doch selbst nicht."

„Na gut, er mag ein harter Bursche sein. Deshalb muss er noch lange nicht unbeschwert über Sex reden können." Sydney war unbehaglich, da sie sehr wohl wusste, wie gut Lauren sie kannte. Ihr konnte sie nichts vormachen.

„Aha. Nicht, dass ich das falsch verstehe: Er sieht ganz gelassen zu, wie Jess mit Poe knutscht, aber sobald du nach deinen sexuellen Erfahrungen gefragt wirst, möchte er am liebsten unter die Fliesen kriechen? Tut mir leid, ich begreif's nicht. Kannst du mir erklären, wie das zusammenpasst?"

Sydney wusste, dass Lauren nicht lockerlassen würde. Vielleicht sollte sie ihr sagen, was sie vorhatte. Immerhin war sie ihre Freundin. Außerdem schadete es nichts, sich eine zweite Meinung von einer Frau einzuholen, die Ray mit anderen Augen sah als sie selbst. „Die Wahrheit? Ich plane eine heiße Urlaubsaffäre."

„Mit Ray Coffey?"

„Nein, mit Anton", entgegnete Sydney und verdrehte die Augen. „Natürlich mit Ray. Über wen sprechen wir denn hier?"

„Hmm." Mehr hatte Lauren dazu offenbar nicht zu sagen.

Sydney kicherte. „Was soll denn das heißen?"

Lauren blickte wieder aufs Meer. „Doch, eine heiße Affäre zwischen dir und Ray kann ich mir nett vorstellen. Vorausgesetzt, sein Körper hält auch nur die Hälfte von dem, was er auf den ersten Blick verspricht."

„Stimmt", sagte Sydney. „Obwohl er ein bisschen mehr zu bieten hat als einen tollen Körper."

Ihre Freundin überlegte einen Moment, ehe sie antwortete: „Aber für eine heiße Urlaubsaffäre muss dich außer dem Körper eigentlich nichts interessieren."

Wenn sie es so betrachtete, fand Sydney ihren Plan mit einem Mal gar nicht mehr gut. Nein, was sie bislang für sexy und heiß gehalten hatte, klang plötzlich billig und abstoßend. Aber konnte sie Lauren gegenüber allen Ernstes aussprechen, was ihr auf dem Herzen lag?

„Was, wenn am Ende daraus mehr als ein heißer Urlaubsflirt wird?" Nun war es heraus.

„Wie? Du denkst an etwas Langfristiges? Mit Ray?" Lauren lehnte sich zurück und hielt das Gesicht in die Sonne. „Komisch, ich hatte bei dir eher vermutet, dass du dir jemanden wie Leo Redding angelst. Typ aufstrebender Unternehmensanwalt, du weißt schon. Auf Ray wäre ich im Leben nicht gekommen."

Offensichtlich ging Lauren davon aus, dass Sydney Männer nach ihrem beruflichen Status beurteilte. Sollte das der Fall sein, war ihr Verführungsplan tatsächlich billig und abstoßend. „Ich habe Achtung vor Leuten wie Ray, die in ihrem Job täglich Kopf und Kragen für andere riskieren. Wusstest du übrigens, dass er letztes Jahr nach den Attentaten auf das World Trade Center in New York war?"

„Hör mal, Sydney, ich wollte nicht überheblich sein. Ich behaupte nicht, dass Leo etwas Besseres ist als Ray. Ich kann mir allerdings nicht vorstellen, dass Ray sich auf Dauer in deiner Welt wohlfühlt. Erinnerst du dich an die letzte Wintermodenschau, zu der wir ihn mitgeschleppt haben? Er konnte kaum still sitzen. Der Mann ist auf körperlichen Einsatz rund um die Uhr getrimmt."

Das ließ sich nicht leugnen. Sydney beobachtete, wie Ray auf seinem Surfbrett zu Dougs Jet-Ski paddelte und mit ihm die Plätze tauschte. Die Wendigkeit, mit der er sich bewegte, faszinierte sie jedes Mal aufs Neue. „Körperlicher Einsatz" war wirklich das, wofür Ray Coffey geschaffen war. Sein Körper war auffallend durchtrainiert, und Sydney genoss es, ihn anzusehen.

„Übrigens", unterbrach Lauren ihre heimliche Schwärmerei, „nach der Modenschau fiel mir auf, dass er sich ziemlich lange mit deinem Vater unterhalten hat. Die beiden scheinen sich gut zu verstehen. Weißt du, was sie zu bereden hatten?"

Sydney überlegte. „Meine erste Vermutung ist natürlich, dass es irgendetwas mit Geld zu tun hat. Bei Nolan dreht sich normalerweise alles ums Geld."

„Meinst du, er wollte Ray für irgendwas kaufen?"

„Nein, das doch nicht!", erwiderte Sydney empörter, als ihr lieb war. „Nein, ich denke eher an Spenden. Vielleicht sammelt Ray ja für einen Hilfsfonds der Feuerwehr."

„Ach so." Lauren drehte sich auf den Bauch und sah weiter aufs Meer hinaus. „Ich hatte schon geglaubt, er kauft ihn vielleicht für dich."

„Für mich!" Auf den Gedanken wäre Sydney nie gekommen, und sie war entsprechend entsetzt. „Warum sollte Nolan einen Mann für mich kaufen?"

„Ich weiß nicht. Möglicherweise möchte er sicherstellen, dass er den richtigen Schwiegersohn kriegt. Andererseits passt das nicht zu Nolan, zumindest nicht zu dem Nolan, den ich kenne. Aber du kennst ihn selbstverständlich besser."

„Schwiegersohn? Ich habe nicht mal Zeit, mit Männern auszugehen. Wo will ich die Zeit hernehmen, mich mit einem Ehemann zu beschäftigen? Genau genommen kann ich es mir nicht mal leisten, die anderthalb Wochen überhaupt hier zu sein. Wenn ich nicht wüsste, dass Macy, Chloe und Melanie in Houston die Stellung halten, hätten mich keine zehn Pferde von der Firma wegbekommen."

Auf ihren Vater wollte Sydney lieber nicht näher eingehen. Bis vor einem Jahr war sie sicher gewesen, Nolan genau zu kennen. Doch seitdem hatte er gerade in Gelddingen Entscheidungen getroffen, die sie nicht verstehen konnte. Und er hatte Versprechen gebrochen, was er früher nie getan hatte.

Aber Ray für sie *kaufen?* So ein Geschäft traute sie weder Ray noch ihrem Vater zu. Außerdem war die Idee vollkommen absurd. Warum sollte ihr Vater ausgerechnet ihren ersten Liebhaber als Mann für sie wollen? Erst recht, wenn sie bedachte, dass sie damals mit Ray ins Bett gegangen war, weil sie wütend auf ihre Mutter war. Sie hatte sie praktisch dazu aufgefordert. „Sei doch nicht so verdammt steif! Amüsier dich! Und lass dich endlich mal flachlegen!" Das waren ihre Worte gewesen.

Unwillkürlich wanderte ihr Blick wieder zu Ray. Was würde ein netter und aufrichtiger Mann wie er wohl dazu sagen, wenn er erfuhr, dass er damals nur zur rechten Zeit am rechten Ort gewesen war? Der bloße Gedanke verursachte ihr eine Gänsehaut – trotz der tropischen Hitze. Nein, das durfte sie ihm niemals sagen.

Das Thema wurde zusehends unangenehmer. Warum konnte sie sich nicht auf einen heißen Urlaubsflirt mit ihm einlassen, ohne jedes Mal von der Vergangenheit eingeholt zu werden?

Sie sprang auf, nahm die Sonnenbrille ab und reichte sie Lauren. „Kannst du die für mich einstecken? Ich möchte eine Runde schwimmen."

„Kein Problem." Lauren packte sie in die Strandtasche neben sich. „Ich werde auch reinspringen und sehen, ob ich Anton zu einem kleinen Unterwassergeplänkel überreden kann."

Sydney starrte sie verwundert an. „Ich dachte, ihr habt noch so viel zu bereden?"

„Haben wir auch. Aber ich kann mit meinen Händen genauso gut reden wie mit meinem Mund. Ich kann sogar beides ohne Worte." Sie zwinkerte ihr schelmisch zu, während sie ihr Haar im Nacken zusammenband.

„Du bist unmöglich", sagte Sydney und blickte ihr neidisch nach, als sie mit einem eleganten Sprung vom Pier ins Wasser tauchte. Dann sprang sie hinterher. Sie hatte die Erfrischung bitter nötig.

Als sie wieder auftauchte, schüttelte sie sich die Wassertropfen aus dem Gesicht. Wenn sie doch nur den Mut hätte, wie Lauren aufs Ganze zu gehen! Leider tat sie sich damit unglaublich schwer. Und daran würde sich wahrscheinlich nie etwas ändern. Deshalb entsprach ein heißer Urlaubsflirt überhaupt nicht ihrem Stil.

Aber sie arbeitete schließlich in der Modebranche. Und das Erste, was man in dieser Branche lernte, war, dass Stil veränderbar war.

Als es Zeit fürs Abendessen wurde, waren alle erschöpft. Sie hatten den ganzen Tag am Strand und im Wasser verbracht und ruhten sich jetzt im Wohnzimmer auf dem Ecksofa und dem weichen Teppich aus, während sie aufs Essen warteten.

Sydney und Lauren, die auf Surfen und Jet-Ski-Fahren verzichtet hatten, waren in der Küche und halfen Auralie, ein leichtes Mahl aus Salat und Hähnchensandwiches zuzubereiten.

Rays Magen knurrte. Er war vollkommen ausgehungert. Trotzdem wäre ein üppiges Abendessen nicht gut für ihn, das wusste er. Wenn er jetzt zu viel aß, würde er hinterher auf der Stelle einschlafen, und genau das wollte er nicht. Vielmehr wünschte er sich, dass Sydney endlich die Sandwiches brachte und sich beim Essen auf seinen Schoß setzte.

Wie die meisten Männer ließ auch Ray sich gern mal verwöhnen. Aber vor allem wollte er Sydney so nah wie möglich bei sich haben.

Es war schon seltsam, dachte er, wie sich seine Bedürfnisse über die Jahre gewandelt hatten. Früher war die Gesellschaft von Frauen für ihn stets mit Sex verbunden gewesen. Heute hingegen genoss er es schon, mit einer Frau gemeinsam in einem Raum, in einem Haus zu sein.

Noch seltsamer war, dass er Sydney bis heute nie in diese Kategorie Frauen einsortiert hatte. Doch hier zu sitzen und ihr zuzusehen, wie sie in der Küche hantierte, änderte sein Bild von ihr.

Sie hatte einen leichten Sonnenbrand auf der Nase, und ihr Haar war im Nacken zu einem schlichten Pferdeschwanz gebunden. Den metallisch schimmernden Badeanzug, der ihre Figur besser betont hatte als jeder Bikini, hatte sie gegen ein gelbes T-Shirt und karierte Shorts eingetauscht.

Lauren und sie lachten bei der Arbeit. In diesem Moment hatte sie nicht die geringste Ähnlichkeit mit der unnahbaren Geschäftsführerin von gIRL-gEAR, deren Verhandlungsgeschick allgemein gefürchtet war. Sie trug sehr wenig Make-up, gerade genug, um ihre wunderschönen blauen Augen zu betonen und ihrer Haut einen sanften Schimmer zu verleihen. Ray wusste, dass diese Haut sich anfühlte wie feinste Seide.

Na prima, jetzt hockte er schon da und sinnierte über Augen und Haut einer Frau! Er, der große, starke Mann, der sich von keiner Katastrophe schrecken ließ, wurde plötzlich anfällig für schmalzige Metaphern à la „Haut wie Seide"! Er sollte sich besser wieder dem Film zuwenden.

Jess hatte die DVD-Sammlung durchstöbert und „Apollo 13" eingelegt. Anschließend hatte er sich zwei Sitzkissen auf den Boden gelegt und es sich gemütlich gemacht.

Ray und Anton saßen an entgegengesetzten Enden des Sofas, und Doug hatte sich die einzige Liege ergattert, in der er nun vor sich hin döste. Poe hockte im Schneidersitz in der Mitte der Couch und flocht Kinsey, die vor ihr auf dem Boden saß, das Haar in unzählige schmale Zöpfe.

Die ganze Szenerie erschien Ray beinahe unwirklich. Zumindest konnte er sich an kein vergleichbares Bild aus früheren Urlauben erinnern. Andererseits lagen seine letzten Ferien Jahre zurück. Genau genommen drei Jahre. Damals war er mit zwei Studienfreunden und seinem jüngeren Bruder Patrick verreist. Von dem furchtbaren Ende dieser Reise hatte er sich nie erholt.

Er hatte gerade seine Examensarbeit abgegeben, die er neben seiner Arbeit bei der Feuerwehr geschrieben hatte. Das letzte Studienjahr war reichlich anstrengend gewesen, und er meinte, sich einen Urlaub verdient zu haben. Also flogen die vier Männer von Houston nach Barbados, wild entschlossen, sich bei tropischen Drinks mit tollen Frauen zu amüsieren. Sie verbrachten heiße Tage am Strand und noch heißere Nächte im Bungalow. Sie schliefen lange und vertrödelten die Vormittage, verkatert von zu viel Sex und zu viel Rum.

Leider hatten sie den Horrorgeschichten über moderne Piraterie in der Karibik zu wenig Beachtung und vor allem zu wenig Glauben geschenkt. Sie wähnten sich sicher vor den skrupellosen Drogenschmugglern, denen ein Menschenleben nichts bedeutete. Dabei sahen sie diese Typen sogar, wie sie in ihren Golfhemden, Cargoshorts, Baseballkappen und Segelschuhen über die Insel flanierten und ihre Automatikwaffen offen zur Schau stellten.

Die Erinnerung beunruhigte Ray auch nach drei Jahren jedes Mal wieder. Er sah hinüber zur offenen Küche, dann wieder zum Fernseher. Das Bild verschwamm vor seinen Augen. Er hielt es nicht mehr aus. Sandwiches hin oder her, er musste sich bewegen.

Rastlos sprang er vom Sofa auf und ging zur Wendeltreppe, die in die oberen Stockwerke führte. Er nahm zwei Stufen auf einmal und eilte zum Sonnendeck auf dem Dach der Villa.

Der Abendwind tat ihm gut. Er zog einen der wuchtigen Holzlehnstühle ans Geländer und setzte sich hinein. Durch die Stäbe hindurch, die ihn entfernt an Gefängnisgitter erinnerten, blickte er auf die Palmen und das Meer.

Normalerweise verbannte er die Ereignisse von damals aus seinen Gedanken. Nicht, dass er Patrick jemals vergessen könnte oder wollte, aber er mied die Erinnerung an diesen fatalen Urlaub. Im Laufe der Zeit war er ein wahrer Meister der Verdrängung geworden. Warum drifteten seine Gedanken auf einmal zu Patrick ab? Lag es daran, dass er zum ersten Mal wieder auf einer Insel in der Karibik war?

Er wusste, dass er nicht verantwortlich war für das, was vor drei Jahren geschehen war. Dennoch fühlte er sich furchtbar schuldig. Und dieses Schuldgefühl beeinträchtigte ihn immer mehr, je länger er damit leben musste. Das konnte er sich in seinem Job nicht leisten, wenn er ihn weiterhin zuverlässig und mit dem nötigen emotionalen Abstand erledigen wollte.

Momentan fühlte er alles, bloß keinen emotionalen Abstand. Weder von seinem Bruder Patrick, dessen fünfundzwanzigsten Geburtstag sie im letzten Monat gefeiert hätten, wenn er noch bei ihnen wäre, noch von Sydney Ford.

Dabei war er hier, um sich zu entspannen und seine Ferien zu genießen. Und sie sollte eigentlich als eine Art gehobenes Playgirl fungieren. Er hatte sich die Sache ganz einfach vorgestellt: Sie waren inzwischen beide erwachsen geworden, und deshalb konnten sie sich problemlos anderthalb Wochen miteinander vergnügen, ohne sich zu irgendetwas zu verpflichten.

In den acht Jahren seit ihrer ersten Nacht war sie zu einer atemberaubenden Frau herangereift. Und entsprechend erwachsen und atemberaubend fielen auch seine Fantasien aus.

Er malte sich aus, wie sie nackt unter ihm lag, oder, noch besser, nackt auf ihm. Er würde ihren Körper betrachten, wenn sie sich auf ihm bewegte, würde an ihrem Gesicht ablesen, wie erregt sie war, während er sich lustvoll unter ihr bewegte. Na gut, wahrscheinlich könnte er sich kaum bewegen, wenn sie oben war, aber er könnte zumindest ihre Hüften umfassen.

Offenbar hatten seine erotischen Fantasien telepathische Energien freigesetzt, denn in diesem Augenblick erschien Sydney auf der Dachterrasse. Sie reichte ihm einen Teller mit zwei großen Sandwiches und stellte eine Flasche Wasser neben seinen Stuhl. Dann lehnte sie sich direkt vor ihm an das Geländer.

Er lächelte sie strahlend an.

„Gewöhn dich besser nicht daran, dass ich dich persönlich bediene“, sagte sie, während er in eines der Sandwiches biss.

Dann fügte sie schmunzelnd hinzu: „Mehr habe ich dazu nicht zu sagen."

Gut, dass er den Mund voll hatte und nicht antworten konnte. Sonst hätte er ihr womöglich gesagt, welche persönlichen Dienste er sich noch von ihr erträumte.

„Du bist heute Abend wohl nicht in der Stimmung, Tom Hanks als tapferen Astronauten zu bewundern?", fragte sie und sah hinauf in den beeindruckenden Abendhimmel.

Er betrachtete sie eingehend, ihr bezauberndes Lächeln, ihren wunderschönen Hals, ihre fantastischen Brüste. Schließlich schüttelte er den Kopf und antwortete: „Nein, tut mir leid. Und sollte dir heute Abend der Sinn nach angenehmer Gesellschaft stehen, bin ich dafür bedauerlicherweise auch nicht der richtige Kandidat."

Sie blickte ihn fragend an. „Was bedrückt dich?"

Warum sollte er ihr nicht die Wahrheit sagen? Er atmete einmal tief durch: „Ich wusste nicht, wie hart es sein würde, wieder hierherzukommen."

Sie schien nicht zu verstehen, was er meinte. „Warum ist es hart, hierherzukommen?"

Er hatte gerade in sein Sandwich gebissen, womit er ein wenig Zeit gewann, ehe er antworten musste. Also konnte er sich in Ruhe überlegen, wie viel er preisgeben wollte.

Sie strich mit den Händen über das Geländer. „Bereust du, uns alle eingeladen zu haben? Oder trauerst du der entgangenen Segeltour nach? Ich kann mich nur dafür entschuldigen, dass aus der versprochenen Reise auf der ‚Indiscreet' nichts geworden ist. Das Boot hatte von Anfang an kleine Macken. Kein Wunder, dass Nolan es wieder verkaufen will."

Ray hatte zu Ende gekaut und trank einen Schluck Wasser.

„Nein, mit der Yacht hat es nichts zu tun. Und ich freue mich, dass ihr alle hier seid. Besonders freue ich mich, dass du hier bist."

„Warum versteckst du dich dann vor uns?"

„Ich musste plötzlich an Patrick denken", sagte er, ohne lange zu überlegen.

Sie schloss für einen Moment die Augen und rieb sich die Stirn. „Oh Gott, das tut mir unendlich leid, Ray. Ich weiß nur wenig über Patricks Verschwinden. Habt ihr nie wieder von ihm gehört?"

Eigentlich wollte er mit ihr nicht über die Einzelheiten reden. Nicht solange es ihn derart belastete. Lieber wollte er sich von ihr von seinen Schuldgefühlen ablenken lassen. Dürfte er sich ausschließlich ihrem Körper widmen, könnte er alles andere für Augenblicke vergessen.

Andererseits wusste er, dass er sich dringend einmal aussprechen musste. Seit drei Jahren trug er seine Schuldgefühle und die Angst um seinen Bruder allein mit sich herum. Er hatte sich niemandem anvertraut. Aber bisher war Sydney ja auch nicht da gewesen, um ihm zuzuhören.

„Patrick, zwei Studienfreunde von mir und ich waren damals nach Barbados geflogen, um meinen Magisterabschluss zu feiern. Na ja, zumindest feierte ich den Abschluss, und die anderen feierten mit."

Sydney staunte. „Hey, ich wusste gar nicht, dass du einen Titel hast."

Er nickte lächelnd. Dieser Titel bedeutete ihm heute überhaupt nichts mehr. „Jedenfalls fand ich, nach sechs Jahren zwischen Bücherbergen und Buschfeuern brauchte ich dringend ein bisschen Party."

„Wie konntest du dein Studium schaffen und nebenher als Feuerwehrmann arbeiten? Hast du denn nie geschlafen?"

Seine Studienzeit lag eine halbe Ewigkeit zurück. Klar war es damals ziemlich hart gewesen, aber wen kümmerte das heute noch? „Doch, habe ich. Außerdem hatte ich während der Bereitschaftsdienste genug Zeit, um mein Lesepensum zu bewältigen. Und die meisten meiner Professoren waren glühende Fans der neuen Kommunikationsmedien. An vielen Vorlesungen nahm ich ausschließlich via Internet teil."

„Da komme ich mir wie eine echte Versagerin vor", meinte Sydney und strich sich ein paar Locken aus dem Gesicht, die sich aus ihrem Pferdeschwanz gelöst hatten. „Wie oft habe ich schon daran gedacht, meinen Studienabschluss nachzuholen, es aber nie in Angriff genommen. Wusstest du übrigens, dass Chloe sich für diesen Herbst wieder am College zurückgemeldet hat?"

Ray verneinte mit einem Kopfschütteln. Von den Frauen hinter gIRL-gEAR nahm er eigentlich nur eine richtig wahr. „Na ja, im Grunde ist es nie schlecht, Dinge, die man angefangen hat, zu Ende zu bringen. Man beweist sich selbst sein Durchhaltevermögen. Das verschafft einem eine gewisse Befriedigung."

„Aber Befriedigung müsstest du doch massenhaft in deiner Arbeit finden, oder?"

„Nicht direkt. Oder sagen wir mal, es ist auch eine Form von Befriedigung. Mir gefällt die Arbeit, weil sie mir das Gefühl gibt, etwas Sinnvolles mit meinem Leben anzufangen. Aber dieses Gefühl hatte ich während des Studiums auch." Er war nicht sicher, ob sie ihn verstand. „Auf jeden Fall ist beides besser, als sich wie ein Versager zu fühlen."

„Fühlst du dich wegen Patrick wie ein Versager? Glaubst du,

du hättest ihn im Stich gelassen?"

„Das glaube ich nicht nur, sondern ich habe es getan. Ich habe auf ganzer Linie versagt, als er auf mich angewiesen war", sagte er verbittert und sah an ihr vorbei auf die Palmen, die sich deutlich vor dem tropischen Nachthimmel abhoben.

„Offen gesagt, fällt es mir schwer, dir das abzunehmen", sagte sie. „Ich kenne dich zwar nicht besonders gut, aber doch gut genug, um zu wissen, dass du deinen Bruder nie aufgeben würdest. Ich bin sicher, du hast Himmel und Hölle in Bewegung gesetzt, um ihn zu finden."

Vollkommen unrecht hatte sie damit nicht. Er hatte unzählige Spuren verfolgt, die allesamt in eine Sackgasse mündeten. „Ich habe lange nach ihm gesucht. Sehr lange. Es war wie verhext. Ich fand nicht einmal den kleinsten Hinweis auf ihn, als wäre er vom Erdboden verschluckt worden."

„Was ist damals passiert?", fragte sie vorsichtig.

Er war beinahe erleichtert, dass sie nicht lockerließ und er endlich jemandem davon erzählen *musste.* „Wir hatten ein kleines Segelboot gemietet, mit dem wir zu den Jungferninseln übersetzen wollten. Den Bootseigentümer hatten wir gleich mitgechartert, damit wir ungestört trinken und feiern konnten, ohne vom Kurs abzukommen. Außerdem wusste er, wo man dort tolle Frauen aufreißen konnte."

Sydney verschränkte die Arme vor der Brust und tat, als wäre sie ernsthaft empört. „Alkohol und Weiber! Ihr Männer seid doch alle gleich."

Ihm gefiel diese gespielte Arroganz, weil er wusste, dass Sydney in Wahrheit kein bisschen überheblich war. „Ich leugne nichts. Wir haben ziemlich viel getrunken und ziemlich viel herumgebumst. Patrick dachte schon, er wäre, ohne es zu merken, gestorben und im Paradies gelandet."

„Was ist dann geschehen?", fragte sie, als er einen Moment innehielt. „Wenn du nicht davon erzählen willst, kann ich es verstehen. Aber ich würde wirklich gern wissen, was vorgefallen ist."

„Wir wurden von Piraten überfallen."

„Was?"

„Tja, kaum zu glauben, aber wahr. Auf der Rückreise begegneten wir einem anderen Boot. Sie signalisierten uns mit Flaggen, dass ihr Funkgerät defekt sei. Außerdem stieg schwarzer Qualm aus dem Laderaum auf."

„Da bist du natürlich sofort drauf angesprungen."

„Natürlich. Aber wie sich herausstellte, kam das Feuer aus einem Ölfass unter Deck. Sie waren jedenfalls keine Amateure, denn sie hatten dafür gesorgt, dass möglichst viel Qualm entstand. Auf jeden Fall haben sie uns geentert und uns komplett ausgeraubt. Dann nahmen sie Patrick als Geisel mit zu sich an Bord und meinten, sie würden ihn für vierundzwanzig Stunden zur Sicherheit behalten, damit wir nicht die Küstenwache alarmierten. Er lachte uns zum Abschied noch zu und meinte, ihm würde schon nichts passieren. Wir sollten einen Tag lang vor Anker bleiben und ihn anschließend an einem bestimmten Hafen abholen. Aber als wir dann am nächsten Tag dort ankamen …"

„War er nicht da", ergänzte Sydney für ihn, weil seine Stimme immer leiser geworden war.

Drei Jahre waren vergangen, doch der Schmerz schnürte ihm nach wie vor die Kehle zu. Er schluckte, dann fuhr er fort: „Ich verstehe gar nicht, wie ich überhaupt so naiv sein konnte. Schließlich konnten wir alle diese Typen identifizieren, besonders Patrick. Das waren Profis, die nie riskieren würden, einen

Augenzeugen überleben zu lassen."

Ray schwieg einige Minuten, ehe er die Kraft hatte weiterzureden. „Ich vermute, sie haben ihn erschossen und an die Haie verfüttert. Das ist zumindest die einzige Erklärung, die ich dafür habe, dass in drei Jahren nicht die geringste Spur von ihm zu entdecken war."

Er beugte sich vor und vergrub das Gesicht in den Händen. „Mein Gott, er war erst zweiundzwanzig. Sein Leben fing gerade an. Ich kann nur hoffen, dass es wenigstens schnell ging und er nicht leiden musste."

„Du darfst dich nicht so furchtbar quälen." Sydney kam näher, setzte sich auf seinen Schoß und legte tröstend die Hände auf seine Brust. „Wenn ich gewusst hätte, was für entsetzliche Erinnerungen die Karibik in dir weckt, hätten wir woandershin reisen können."

„Ja? Und wo wären wir dann wohl jetzt? Zwölf Meilen vor der Küste?" Er lachte kurz. „Nein, ich liebe die Karibik, und vielleicht hilft mir diese Reise sogar, einiges von all dem zu verarbeiten." Erst als er die Worte aussprach, wurde ihm klar, wie recht er damit hatte.

Was ihm auf jeden Fall half, war die Nähe zu ihr. Sie zu spüren, mit ihr zu sprechen, tröstete ihn ungemein. Doch er wollte diesen Moment keineswegs vergeuden, indem er vor Selbstmitleid zerfloss. „Außerdem musste ich die Tropen wählen, weil ich dich unbedingt im Bikini sehen wollte."

„Hör mal!", rief sie mit gespielter Empörung. „Heißt das etwa, in einem Badeanzug gefalle ich dir nicht?"

„Du gefällst mir eigentlich immer, solange du nicht allzu verhüllt bist. Und im Moment gefällst du mir besonders, weil du da sitzt, wo du sitzt."

„Korrigiere mich bitte, wenn ich das missverstehe, aber wird das hier gerade eine Anmache, Ray Coffey?“

Eigentlich gab es nichts misszuverstehen, denn sie fühlte deutlich, was gerade in seinem Schoß passierte. „Ich fürchte, du hast richtig verstanden. Obwohl ich zu meiner Verteidigung anführen möchte, dass ich nie wehrlose Frauen anmachen würde. Mehr habe ich dazu nicht zu sagen.“

„Gut“, sagte sie und legte die Arme um seinen Hals. „Ich bin froh, dass wir diesen Punkt geklärt haben.“

Damit meinte sie hoffentlich, dass sie keine wehrlose Frau war. Mit einer Hand umfasste er ihre Schenkel und fuhr mit der anderen in ihr Haar. Dann küsste er sie.

Neugierig und behutsam zugleich erwiderte sie den sanften Druck seiner Lippen. Wahrscheinlich fühlte auch sie, dass nichts mehr so war wie in ihrer Erinnerung. Sie waren beide sinnlicher, offener und selbstbewusster geworden.

Ihr wunderbarer Duft machte ihn beinahe benommen. Und sie wusste sich auf eine Art zu bewegen, die keinen Zweifel daran ließ, dass sie ihn wollte. Sie verständigten sich tastend, forschend und mit unverhohlener Leidenschaft.

Sie fasste sein Kinn mit einer Hand, als wollte sie ihn festhalten. Dabei würde ihn nichts auf der Welt von hier fortbringen. Dennoch ließ er sich gern von ihr halten. Ihm gefiel es, wie offen sie ihn ihr Verlangen spüren ließ.

Ihr zärtliches Knabbern an seiner Unterlippe verriet ihm, dass sie den Kuss vertiefen wollte. Lächelnd öffnete er den Mund. Er hatte so lange auf diesen Moment gewartet, dass er bereitwillig alles tun würde, was sie von ihm verlangte.

Ihre Locken wurden von einer sanften Brise in sein Gesicht geweht und kitzelten ihn zärtlich. Der Duft von Kokosöl, wilden Gräsern und Salz stieg ihm in die Nase. Ein paar Schönwetterwolken zogen über den mondhellen Nachthimmel.

Ray schloss die Augen und genoss es, Sydneys Zunge zu fühlen, die spielerisch seinen Mund erkundete. Er selbst blieb passiv, bis sie ihn zum Mitmachen aufforderte.

Sie machte Küssen zu einer wahren Kunst und ging betont langsam vor. Dabei reizte sie ihn mit ihrer Sinnlichkeit bis zum Äußersten. Für Sydney würde er alles tun.

Er war ihr vollkommen ausgeliefert – und das ihm, der stets bemüht war, seine Gefühle unter Kontrolle zu halten! Davon konnte allerdings keine Rede mehr sein. Doch selbst wenn diese Frau sein Seelenleben komplett auf den Kopf stellte, wollte er um nichts auf der Welt auf das verzichten, was sie mit ihm tat.

Er erwiderte ihren Kuss mit ungeahnter Leidenschaft. Eine Hand in ihrem Haar, streichelte er ihr mit der anderen über die Schenkel, den Bauch bis hinauf zu ihren Brüsten. Sie stöhnte lustvoll, ohne jede Scheu, und er rieb sich leidenschaftlich an ihr.

Auf der Stelle wollte er mit ihr verschmelzen, eintauchen in ihre betörende Wärme und sich im gemeinsamen Rhythmus davontragen lassen.

Das Spiel ihrer Lippen und ihrer Zunge raubte ihm den Atem. Als sie seine Hand fest an ihren Busen presste, konnte er sich kaum noch zurückhalten.

„Sydney“, hauchte er atemlos, „so funktioniert es nicht.“

„Mir scheint alles bestens zu funktionieren“, erwiderte sie und rieb sich an seinem Schoß.

„Eben deshalb.“ Er küsste sie leidenschaftlich, wild entschlossen, die notwendige Unterbrechung so kurz wie möglich zu halten.

Ob sie ungesehen bis zu seinem Schlafzimmer kommen konnten? „Ich muss aus diesem Stuhl und meine, ähm, Beine ausstrecken."

Sobald sie sich vorsichtig von seinem Schoß erhoben hatte, stand er auf. Sie war ein paar Schritte zurückgetreten, bis sie am Geländer lehnte. Die Hände in die Seiten gestützt, sah sie ihn lächelnd an.

„Was die Zeit betrifft, die wir für uns allein finden wollten …", begann er, sprach den Satz jedoch nicht zu Ende. Stattdessen kam er auf sie zu, ergriff ihre Hände und wollte dort weitermachen, wo sie gerade aufgehört hatten.

„Sydney? Ray? Seid ihr da oben?", rief Jess vom unteren Ende der Treppe.

Sydney kicherte leise und tauchte unter Rays Arm hindurch. Er senkte den Kopf und starrte enttäuscht auf die Stelle, wo sie eben noch gestanden hatte. Wie konnte das Schicksal nur so grausam sein? Doch dann spürte er ihre Hand auf seinem Rücken.

„Ja, wir sind hier, Jess!", rief sie, bevor sie ihm zuflüsterte: „Je länger man auf etwas Schönes wartet, umso besser wird's am Ende."

„Ist das eine Frage oder eine Feststellung?", fragte er, als sie schon zur Treppe ging.

„Weder noch", antwortete sie lächelnd. Sie blieb stehen, bis Jess oben angekommen war. Dann sagte sie lächelnd: „Das ist ein Versprechen", und verschwand.

Ray blickte ihr stumm hinterher. Dann ließ er sich in den Liegestuhl fallen und murmelte: „Frauen!" – gerade laut genug, dass der offensichtlich neugierige Jess es hören konnte.

## 5. KAPITEL

„Also, Sydney, erzähl mal, was man hier sonst noch unternehmen kann“, sagte Doug, der gerade genüsslich den letzten Bissen seines Käseomeletts zum Mund führte.

Sydney stand am Küchentresen und trank ihre erste Tasse Kaffee. „Langweilst du dich etwa jetzt schon?“

„Aber nein, absolut nicht. Ich wollte heute nur mal was anderes machen, als den ganzen Tag im Wasser zu planschen. Ich dachte an eine kleine Besichtigungstour oder irgendwas. Hauptsache, ich bleibe im Trockenen. Zumindest so lange, bis ich kein Wasser mehr in den Ohren habe.“ Er steckte demonstrativ den Zeigefinger ins Ohr und schüttelte ihn dann aus.

„Wie ein Kind!“, meinte Kinsey, die neben ihm auf einem Stuhl hockte und mit beiden Händen ihren warmen Kaffeebecher umfasste. Die langen dünnen Zöpfe, die Poe ihr am Vorabend in mühevoller Kleinarbeit geflochten hatte, reichten ihr fast bis zur Taille. „Aus lauter Angst, etwas zu verpassen, musst du immer gleich übertreiben.“

„Ich *bin* ein Kind. Zumindest erlaube ich mir eine gewisse Kindlichkeit, wenn ich im Urlaub bin.“ Doug schob seinen leeren Teller beiseite und lehnte sich entspannt zurück.

„Du bist auch außerhalb des Urlaubs ein Kind. Frag unsere Bauunternehmer“, sagte Anton, der in diesem Moment die Treppe hinunterkam. „Oder warum, glaubst du, heißt unsere Firma Neville & Storey und nicht Storey & Neville?“

Doug, der sich gerade genüsslich streckte, wandte den Kopf. „Na ja, weil ich der Kopf hinter deinen Muskeln bin, dachte ich. Außerdem weiß ich doch, wie viel es dir bedeutet, einmal an erster Stelle zu stehen. Die kleine Freude sei dir gegönnt."

„Von wegen", sagte Anton, packte mit beiden Händen die Lehne von Dougs Stuhl und riss ihn nach hinten.

Doug konnte sich im letzten Moment fangen – das heißt, Kinsey hielt ihn am Handgelenk fest, als er wild mit den Armen in der Luft fuchtelte. Als er das Gleichgewicht wiedergefunden hatte, warf er Anton einen empörten Blick zu und gab Kinsey einen Kuss.

Sie starrte ihm sprachlos und verwirrt nach, als er im nächsten Moment aufsprang und zum Küchentresen ging. „Mmh, Kaffee. Den kann ich jetzt brauchen."

„Kaffee?", rief Kinsey entsetzt. „Ich versuche seit Monaten, dich dazu zu bringen, mich zu küssen. Und nun, wo du es endlich getan hast, fällt dir nur ‚Kaffee' ein?"

Doug blieb abrupt stehen. Sydney wartete gespannt ab, wie er reagieren würde. Aber er brauchte nicht einmal eine Sekunde, um sich zwischen Kinsey und Kaffee zu entscheiden. Wortlos machte er auf dem Absatz kehrt und ging zum Tisch. Dort angekommen, nahm er Kinsey den Kaffeebecher ab und fasste ihren Oberarm.

Dann zog er sie von ihrem Stuhl hoch und verschwand mit ihr durch die Terrassentür. Sydney blickte den beiden nach und seufzte leise, als sie daran dachte, wie Ray und sie sich gestern Abend geküsst hatten. Es war ein wunderbarer Kuss gewesen, der leider viel zu früh unterbrochen worden war. Sie hatte kaum Gelegenheit gehabt, ihn richtig auszukosten. Dafür war sie viel zu sehr damit beschäftigt gewesen, ihm das zu geben, was er offenbar dringend brauchte. Aber fantastisch war es trotzdem gewesen.

Und nun war sie wieder von Freunden umgeben, die sie

am liebsten auf eine andere Insel verbannen würde. Ihr blieb nicht einmal genug Zeit, um in Ruhe über Ray nachzudenken, geschweige denn mit ihm allein zu sein. Wie wollte sie ihren Plan in die Tat umsetzen, wenn sie gar nicht dazu kam, ihn zu verführen? Und falls ihr das nicht gelang, würden ihre wilden Ray-Fantasien sie den Rest ihres Lebens begleiten.

Nein, sie musste die Tage auf Coconut Caye nutzen, denn in Houston warteten Berge von Arbeit auf sie. Die Urlaubssaison stand vor der Tür, in der Firma fielen Umstrukturierungen an, und Chloes Förderprogramm musste auf den Weg gebracht werden. Sydney würde alle Hände voll zu tun haben, was bedeutete, dass ihr Privatleben wieder auf Eis liegen würde.

Der Erfolg von gIRL-gEAR war ihr wichtiger, als ihre Partnerinnen ahnten – wahrscheinlich sogar wichtiger, als gut für sie war. Im Geschäft fand sie die Bestätigung, die ihr, der „Eiskönigin", früher verwehrt geblieben war. Hier bekam sie endlich den Respekt, den ihre Mutter ihr verweigerte. Vegas Ford dürfte wohl die einzige Mutter sein, die ihre einzige Tochter eine „gefühlskalte Ziege" nannte.

gIRL-gEAR war Sydneys Baby. Natürlich lebte dieses Baby von der Kreativität ihrer Partnerinnen, aber vor allem auch von ihrem Geschäftssinn. Ihr Erfolg hatte nichts damit zu tun, dass ihre Mutter eine weltberühmte Künstlerin war und ihr Vater ein Millionär, der sich auf Risikokapital spezialisiert hatte.

Anton unterbrach ihren Gedankenfluss, indem er sich einen Becher Kaffee nahm und sich zu ihr stellte. Auch er blickte staunend hinter Kinsey und Doug her. Sydney sah ihn an, zuckte mit den Schultern und prostete ihm mit ihrem Kaffeebecher zu. Immerhin war es interessant zu wissen, dass Doug und Kinsey sich nie zuvor geküsst hatten.

Somit musste sie kürzlich Jess und Poe unfreiwillig belauscht haben, als sie sich auf der Veranda vergnügten.

Oder Doug und Poe.

Oder Kinsey und Jess.

Nein, eigentlich war sie nicht viel schlauer als vorher. Sie warf Anton einen Seitenblick zu. „Wo ist Lauren?“

Anton pustete in seinen heißen Kaffee. „Ich schätze, sie schläft noch. Ich teile mein Zimmer mit Doug, schon vergessen? Was Lauren angeht, musst du Kinsey fragen. Aber dafür ist es ja jetzt zu spät, weil sie gerade hinter Doug herjagt.“

„Kinsey hinter Doug? Wenn du tatsächlich glaubst, dass Kinsey in diesem Fall die Jägerin und Doug der Gejagte ist, wundert's mich nicht, dass Lauren und du dauernd aneinander vorbeiredet.“

Natürlich sollte sie sich besser nicht in die Beziehung anderer Leute einmischen, aber Sydney tat es trotzdem, weil sie wissen wollte, wie Anton reagierte. Außerdem interessierte sie, ob er ebenso verwirrt und unsicher war wie Lauren. Oder vielleicht war die Geschichte für ihn ja auch längst vorbei.

„Wovon redest du?“ Er sah sie an und runzelte die Stirn. „Doug hatte gerade eben zwar den aktiveren Part, aber du hast doch selbst gehört, was Kinsey gesagt hat. Sie wartet seit Monaten darauf, dass er sie küsst. Also für mich heißt das ganz klar, dass sie hinter ihm her ist.“

Sydney verstand allmählich, warum Beziehungen so krisenanfällig waren. Offenbar war die Wahrnehmung sowohl bei Männern wie auch bei Frauen viel zu hormongetrübt, um die Dinge klar zu erkennen. Sie trank einen Schluck Kaffee und wollte gerade etwas sagen, doch Anton kam ihr zuvor: „Und was zwischen Lauren und mir ist, sollte tunlichst zwischen Lauren und mir bleiben. Ich gebe zu, dass ich meine Bedenken hatte, ob es gut geht, wenn Poe ebenfalls mitkommt. Aber für Lauren und sie scheint es okay zu sein."

Sydney nickte. Was Frauen anging, waren Männer hoffnungslos unbedarft. „Die beiden haben sich ausgesprochen."

„Ging es dabei um mich?"

Sie sah ihn an und musste unwillkürlich lächeln. Er guckte wie ein ängstlicher kleiner Junge, der darauf wartete, von den anderen in die Mannschaft gewählt zu werden. Ein bisschen tat er ihr sogar leid.

„Das solltest du besser Lauren oder Poe fragen", antwortete sie knapp.

„Was soll ich gefragt werden?"

Poe kam in diesem Augenblick die Wendeltreppe hinunter. Sie fuhr sich mit den Fingern durch die langen rabenschwarzen Haare. Der Bikini, den sie heute Morgen trug, stammte aus der Sportmodenkollektion von gO-gIRL, für die Kinsey alle Entwürfe machte. Sydney erkannte ihn sofort. Es war ein jadegrüner Zweiteiler mit einer knapp geschnittenen Hose und einem Top, dessen Träger im Rücken zusammenliefen. Die Farbe stand Poe hervorragend.

Sydney musterte sie fasziniert. „Hat Kinsey dich schon in dem Bikini gesehen?"

„In welchem Bikini? Hey, Poe, du siehst fantastisch aus", sagte Kinsey, die gerade durch die Verandatür trat. Doug trottete mit enttäuschter Miene hinter ihr her.

Poe drehte sich einmal, um sich von allen Seiten bewundern zu lassen, blieb dann aber abrupt stehen und beäugte das Duo interessiert. „Also, raus damit. Wo kommt ihr zwei her, und was habe ich verpasst? Und warum bin ich hier die Einzige, die nichts Aufregendes erlebt?“

„Ich meine mich zu erinnern, dass du vor wenigen Tagen erst auf deine Kosten gekommen bist“, sagte Jess, der gerade kam. Er ging an Poe vorbei zur Küche und versetzte ihr im Vorübergehen einen leichten Klaps auf den Po. Sie quiekte und rieb sich die Stelle. Dann funkelte sie ihn wütend an, als er sich lässig auf den Küchentresen lehnte.

Jess war nicht im Mindesten irritiert, schnappte sich zwei Becher und schenkte Kaffee für Poe und für sich ein. Vielmehr grinste er schamlos, als er ihr den vollen Becher reichte.

Poe verdrehte die Augen. „Danke, Jess. Das hast du ganz wunderbar formuliert. Nun werden alle glauben, dass zwischen uns mehr war als nur der Kuss beim Spiel.“

„Und ich dachte schon, das Rätsel wäre gelöst“, murmelte Sydney enttäuscht. Eine Minute lang hatte sie wirklich geglaubt, das Geheimnis gelüftet und das mysteriöse Liebespaar aus der ersten Nacht entdeckt zu haben.

Jess zog eine Augenbraue hoch und sah Sydney an, während er Sahne und Zucker in seinen Kaffee rührte. „Spielst du hier etwa die Kupplerin, Sydney?“

Ihr Blick glitt über die Runde und blieb schließlich bei Anton hängen. Sie konnte sich das Grinsen nicht verkneifen. „Eigentlich nicht, weil ihr meine Dienste gar nicht nötig habt. Ihr schafft das schon ganz allein.“

„Sehr witzig“, meinte Kinsey und ging mit Doug zu ihren Plätzen am Tisch zurück. Dann klopfte sie ihm leicht auf den Kopf und sagte: „Du setzt dich jetzt brav hierher und erholst dich ein bisschen, Darling. Ich hol dir deinen Kaffee, damit du wieder zu Kräften kommst.“

Doug öffnete den Mund, als wollte er etwas sagen, blieb aber stumm. Anton und Jess guckten fassungslos, weil sie Kinseys Worte offenbar als Beleidigung ihres ganzen Geschlechts auffassten. Sydney sah Poe an, zuckte mit den Schultern und stellte fest, dass es auf dieser Welt wohl nur um Sex ging.

Das wäre an sich nicht weiter schlimm, wäre sie nicht die Einzige, die keine Gelegenheit zum Sex fand. Alle anderen schienen sich damit weniger schwerzutun, und zumindest von zweien wusste sie, dass sie ihren Spaß schon gehabt hatten. Das machte sie ebenso neugierig wie neidisch. Wo steckte Ray überhaupt?

„Sag mal, Kinsey, schläft Lauren eigentlich noch?"

Kinsey brachte Doug seinen Kaffee und antwortete: „Soweit ich weiß, ja. Sie hat sich nicht gerührt heute Morgen. Allerdings war ich gestern Abend ziemlich früh im Bett und kann nicht sagen, wie lange sie noch auf war."

Sydney war ebenfalls recht bald, nachdem sie von der Dachterrasse gekommen war, ins Bett gegangen. Sie meinte, Poe noch gehört zu haben, als sie schlafen ging.

Doch da war sie bereits im Halbschlaf gewesen und hatte ihren Plan vorerst aufgegeben, sich mit Poe unter vier Augen zu unterhalten.

Irgendwie schien in diesem Urlaub kein Plan aufzugehen.

„Was ist mit Ray?", fragte sie Jess.

„Was soll mit ihm sein? Ist das so eine Art Morgenappell?", erwiderte er.

„Nein, aber Doug hat mich gefragt, was man auf der Insel unternehmen kann. Und ich dachte, ich weihe euch alle auf einmal in die Sehenswürdigkeiten ein, bevor ich zigmal dasselbe erzähle."

Sie ging zum Waschbecken und ließ Spülwasser ein, um das Frühstücksgeschirr abzuwaschen. Auralie war schon nach oben gegangen und kümmerte sich um die Schlafzimmer und Bäder.

„Ray ist schon eine ganze Weile weg. Aber allzu weit kann er hier ja nicht gehen“, sagte Jess.

„Ist das eine Beschwerde?“, fragte sie, nahm seinen leeren Becher und wusch ihn ab.

„Nein, ganz im Gegenteil.“ Er streckte sich genüsslich, bevor er Poe mit einem Arm umfasste und sie ein wenig dichter zu sich zog. „Ich bewege mich gern innerhalb gewisser Grenzen. Das nimmt einem den Druck, dauernd zu überlegen, wie weit man gehen kann.“

Poe wand sich aus seiner Umarmung, packte sein Handgelenk und drehte ihm den Arm auf den Rücken, bis er aufschrie und das Gesicht verzog. „Allzu leicht darfst du es dir aber auch nicht vorstellen.“

Sydney hatte den Eindruck, inmitten einer Affenhorde Urlaub zu machen. „Falls jemand von euch Interesse hat, ich gehe heute an den Südstrand. Dort ist eine kleine Lagune. Die Sonnenschirme habe ich Menga schon aufstellen lassen, und in der Hütte sind Schwimmflöße und -reifen. Ich werde mir also gleich mein Strandlaken und mein Buch schnappen und mir einen schönen faulen Tag machen.“

Als ihr Dougs Wunsch wieder einfiel, heute einmal im Trockenen zu bleiben, fügte sie hinzu: „Ansonsten gibt es noch eine Pelikan-Brutkolonie direkt oberhalb des Strandes. Das sind ungefähr zehn Minuten Fußweg von hier.“

„Vögel finde ich gut“, sagte Doug, „mit denen kann ich wenigstens was anfangen.“

„Kannst du nicht, weil es verboten ist.“

„Haha!“

In diesem Moment kam eine sehr verschlafen aussehende

Lauren die Treppe hinunter. „Was ist verboten?", fragte sie und nahm den vollen Kaffeebecher an, den Anton ihr reichte. „Mmh, du bist süß", bedankte sie sich und gab ihm einen Kuss.

Für Sydney wurde es höchste Zeit, dass sie endlich aus der Küche kam. Um sie herum wurde in einem fort geflirtet und geturtelt, und von Ray keine Spur. Ihre Pläne bezüglich der heißen Urlaubsaffäre schienen mit jedem Tag in weitere Ferne zu rücken.

„Menschliche Übergriffe auf wild lebende Tiere", beantwortete Jess Laurens Frage. Dann ging er zur Treppe. „Ich zieh mir schon mal Schuhe an. Wenn die Wildnis ruft, soll man sie nicht warten lassen."

Zu ihrer Verwunderung fand Sydney Ray unten am Südstrand. Er hatte die Lagune schon allein entdeckt. Und er hatte sogar die Schwimmgeräte in der Hütte gefunden, denn er trieb auf einem großen runden Floß im Wasser.

Poe hatte sich gegen die Pelikane entschieden und begleitete Sydney, um den Tag ebenfalls lesend unterm Sonnenschirm zu verbringen. Die beiden Frauen breiteten ihre Strandlaken auf dem strahlend weißen Sand aus.

Sydney konnte sich nicht beschweren, nicht mit Ray allein zu sein. Immerhin hatte sie Poe auf diese Reise eingeladen, weil sie sie besser kennenlernen wollte, bevor sie ihr eine Führungsposition bei gIRL-gEAR gab.

Sie packten ihre Bücher und Sonnenbrillen aus und setzten sich auf die Strandlaken. Sydney betrachtete die kleine Lagune mit ihrem stillen, klaren Wasser.

Ray hatte sich auf das Floß gelegt, die Hände hinter dem Kopf verschränkt, und ließ die Füße ins Wasser baumeln. Er trug eine dunkle Sonnenbrille, und Sydney wusste nicht, ob er sie kommen gesehen hatte. Sie winkte ihm zu.

Da er den Gruß prompt erwiderte, war diese Frage geklärt. Dafür blieben unzählige andere offen. Beobachtete er sie? Dachte er noch an den Kuss von gestern Abend? Was ging in ihm vor? Ahnte er, wie sehr ihr Puls raste, wenn sie ihn ansah?

Außerdem fragte sie sich, ob Poe vom Anblick dieses fantastischen Männerkörpers ebenso hingerissen war wie sie. Zwar waren auch die anderen drei Männer auf der Insel nicht zu verachten, doch Ray Coffey hatte etwas ganz Besonderes. Zumindest sah Sydney es so. Sie warf Poe einen Seitenblick zu, doch die lag mit geschlossenen Augen auf dem Rücken und ließ sich die Sonne ins Gesicht scheinen.

„Keine Angst, ich weiß, dass er tabu ist."

Woher wusste sie, was Sydney dachte, wenn sie sie nicht einmal ansah? „Sprichst du von Ray?"

„Ist er etwa nicht der Grund, weshalb du so verträumt aufs Wasser starrst? Ich kann dich übrigens gut verstehen." Sie drehte sich zu Sydney, ließ die Augen aber geschlossen.

War sie denn wirklich so leicht zu durchschauen? Oder hatte Poe einfach geraten, was in Sydney vorging? Wie dem auch sei, was Poe konnte, konnte Sydney schon lange. „Mich wundert, dass du Ray überhaupt wahrgenommen hast, wo Jess dich doch so mit Beschlag belegt."

„Er ist süß, nicht?" Poes selbstzufriedenes Grinsen sprach Bände. „Natürlich konnte ich nach dem Kuss neulich Abend nicht widerstehen und habe getestet, ob er als heißer Urlaubsflirt infrage kommt."

„Und?"

„Die Testphase ist noch nicht abgeschlossen. Aber grundsätzlich halte ich eine Menge von zeitlich begrenzten Affären. Alles ist herrlich unkompliziert, wenn die Beteiligten hinterher wieder ihrer eigenen Wege gehen. Und ich verabscheue Komplikationen."

Sydney hatte bislang nicht darüber nachgedacht, wie es sein könnte, Ray auch nach dem Urlaub regelmäßig zu sehen.

Seit er im letzten Jahr nach Houston zurückgezogen war, waren sie einander hin und wieder begegnet. Mit jedem Mal war das Knistern zwischen ihnen heftiger, ihre Fantasie stärker angekurbelt und ihre Erinnerung lebhafter geworden. Sie hatte sich alle Details ihrer ersten gemeinsamen Nacht wieder ins Gedächtnis gerufen, wie er sich anfühlte, wie er schmeckte.

Damals war sie achtzehn Jahre alt gewesen und hatte keine Vorstellung davon gehabt, wie weich und zart Männerhaut sein konnte, wie seidig fein Brusthaare waren und wie umwerfend ein Mann aus unmittelbarer Nähe duftete. Dort, in dem schäbigen Motel, hatte sie wieder und wieder fasziniert diesen betörenden Duft eingesogen, hatte gar nicht genug davon bekommen können.

Sie hatte nie vergessen, wie es gewesen war. An dem Abend auf der Veranda hatte sie überlegt, wie es sein würde, ihre Erinnerungen wieder aufzufrischen und neue Eindrücke hinzuzufügen. Mittlerweile waren sie beide erwachsener, und entsprechend wäre vieles anders – wahrscheinlich noch besser. Und sie wollte etwas haben, wovon sie zehren konnte, wenn sie sich nach dem Urlaub wieder ins Arbeitsleben stürzte und auf ein Privatleben verzichtete.

Wenn sie das nächste Mal mit ihm schlief, wäre sie keine unerfahrene Jungfrau mehr, sondern eine erwachsene Frau, die wusste, was sie von einem Mann wollte.

Aber was genau wollte sie von ihm? Wollte sie wirklich nur einen heißen Urlaubsflirt, wie sie sich seit Wochen einredete? Oder wollte sie jetzt, nachdem sie seine Hände wieder auf ihrem Körper gespürt hatte, nachdem sie ihn gestern Abend geküsst hatte, vielleicht viel mehr, als sie in der kurzen Zeit auf der Insel bekommen konnte?

Eine Berührung, ein Kuss, mehr war noch nicht gewesen. Sie hatte gerade erst angefangen, ihre Fantasie in die Wirklichkeit umzusetzen. Und sie war nicht verwirrt, sondern nur ungeduldig. Ganz klar. Sobald sie endlich miteinander geschlafen hatten, sobald sie sich vergewissert hatte, dass er nur ein Mann von vielen war, würde sie wieder zur Ruhe kommen. Danach wäre ihr Kopf frei für andere Dinge als Ray Coffey. Und sie hätte endgültig ihr Leben zurück, in dem doch die Firma die Hauptrolle spielte und nicht er.

Wieso hatte sie ständig das Gefühl, an ihrem Plan wäre irgendetwas faul? Warum bezweifelte sie, jemals genug von ihm bekommen zu können?

„Außerdem ist Jess zwar ein echt scharfer Typ, aber entschieden zu jung, um für mehr als einen Urlaubsflirt in Betracht zu kommen", riss Poe Sydney aus ihren Gedanken.

Bei diesen Worten musste Sydney unwillkürlich an das denken, was Lauren über Poe und ihren Vater gesagt hatte – dass Poe der richtige Typ Frau für Nolan sei. Da war etwas Wahres dran. Dennoch war Sydney sich nicht sicher, ob es ausgerechnet Poe sein musste.

„Jess und zu jung? Er ist gerade vier Jahre jünger als du." Ganz im Gegensatz zu Nolan, der zehn Jahre älter war als Poe.

„Schon, aber das Alter in Jahren ist relativ unerheblich. Die Einstellung ist entscheidend. Ich bin jetzt zweiunddreißig, und ich sehe vieles anders, als ich es beispielsweise mit achtundzwanzig gesehen habe."

„Das hört sich an, als lägen Welten zwischen euch", erwiderte Sydney und dachte einen Augenblick nach. „Möglicherweise unterschätzt du Jess ein bisschen."

„Hmm." Poe setzte sich auf und angelte in ihrer Tasche nach dem Wasser. Sie trank einen kleinen Schluck, bevor sie sich wieder Sydney zuwandte. „Ich dachte, er hätte sowieso etwas mit Melanie."

„Ich weiß lediglich, dass sie ein paar Mal zusammen aus waren. Aber soweit ich weiß, sind sie nur befreundet", erklärte Sydney. Immerhin war es Poe hoch anzurechnen, dass sie auf die Gefühle der anderen Frauen Rücksicht nahm. Das war wichtig, wenn sie eine der Partnerinnen bei gIRL-gEAR werden sollte. Denn sie arbeiteten dort sehr eng zusammen.

„Hmm", machte Poe noch einmal. „Dann werde ich einfach abwarten, was sich ergibt. Trotzdem finde ich es normalerweise einfacher, mir vor Ort was Knackiges zu suchen. Heiße Affären, die mit der Abreise enden, haben ihre Vorzüge."

„Mein Gott, bist du verdorben", sagte Sydney kichernd.

Poe seufzte theatralisch. „Na ja, ich gebe mir Mühe. Das Leben als böses Mädchen macht nun mal mehr Spaß. Obwohl ich mir natürlich darüber im Klaren bin, welche Vorzüge die anständigere Alternative bisweilen zu bieten hat."

„Langsam verstehe ich, weshalb Chloe meinte, du bist gar nicht so schlimm, wie du tust."

„Verdammt, dabei habe ich so hart an meinem Image als Furie gearbeitet."

„Warum möchtest du als jemand wahrgenommen werden, der du nicht bist?"

„Warum spielen Menschen Rollen?“, antwortete Poe mit einer Gegenfrage, die sie sogleich selbst beantwortete. „Sie wollen die hässliche Wahrheit verbergen.“

Sydney sollte sich mittlerweile an die dramatischen Übertreibungen Poes gewöhnt haben. Trotzdem ertappte sie sich wieder einmal dabei, sie ernster als nötig zu nehmen. „Mag sein, aber das gilt doch nur für diejenigen, die eine hässliche Wahrheit zu verbergen haben. Und das vermute ich bei dir kaum.“

„Jeder hat seine kleinen Geheimnisse, Sydney Ford.“ Poe schob die Sonnenbrille ein Stück hinunter und sah Sydney prüfend über den Rand hinweg an. „Wobei deines um einiges knackiger sein dürfte als irgendeines von meinen.“

Sie war sprachlos. Hatte sie sich nicht fest vorgenommen, mit Poe über Geschäftliches zu sprechen? Die hatte stattdessen Sydney auffliegen lassen und sie mit der Nase auf die Probleme gestoßen, die im Moment wirklich drängten.

Wie sehr, wurde ihr spätestens klar, als sie wieder zum Wasser hinuntersah, wo Ray bis vor Kurzem auf seinem runden Floß getrieben war. Sydney blieb die Luft weg, als sie sah, dass er über den Strand auf sie zukam. In der Sonne glitzerten die Wassertropfen auf seiner gebräunten Haut wie abertausend kleine Edelsteine.

Er war groß und breitschultrig, und mit jedem Meter, den er näher kam, wurde Sydney heißer. Unmittelbar vor ihr blieb er stehen. Sie konnte seine Augen hinter den dunklen Brillengläsern nicht sehen, doch sie erahnte auch so das vielsagende Funkeln, das darin liegen musste. Sein Lächeln verriet ihn.

„Meine Damen“, begrüßte er die beiden Frauen und reichte Sydney die Hand. Sie ergriff sie und ließ sich von ihm nach oben ziehen.

„Hallo, Ray“, erwiderte Poe seinen Gruß und stützte sich auf die Ellbogen. „Schön, dich zu sehen.“

„Schön, gesehen zu werden“, erwiderte Ray, schob die Sonnenbrille ein Stück herunter und zwinkerte Poe verschmitzt zu. Sydney widerstand dem Impuls, ihm einen Klaps auf die Schulter zu versetzen.

Im nächsten Augenblick konnte sie nur noch „Huuch!“ ausrufen, als er sie mit beiden Armen hochhob und mit ihr zur Lagune hinuntereilte.

„Viel Spaß euch beiden!“, rief Poe ihnen nach.

Ray sah Sydney an und sagte: „Dein Bikini ist hoffentlich wasserfest.“

„Er fällt unter die Kategorie Bademoden, natürlich ist er wasserfest.“

Sydney fühlte sich einfach fantastisch. Sie hielt die Hände in Rays Nacken verschränkt und schmiegte sich eng an seine Brust. Er grinste verschlagen, aber das beunruhigte sie nicht im Geringsten.

„Ich wollte nur sichergehen, dass er nicht eines von diesen Berühren-verboten-Modellen ist.“

Sie hätte ihn am liebsten angefleht, sie zu berühren, doch das verkniff sie sich. Stattdessen machte sie sich darauf gefasst, jeden Moment untergetaucht zu werden. Erstaunlicherweise geschah nichts dergleichen.

Er steuerte mit ihr direkt auf das Floß zu. Dort angekommen, hob er Sydney zunächst behutsam auf die eine Seite, bevor er sich hinter sie setzte und sie ganz dicht an sich heranzog.

Sie spürte seinen Schoß an ihrem Po und hätte sich gern bewegt. Zugleich wollte sie am liebsten ganz ruhig sitzen bleiben. Eigentlich wusste sie selbst nicht, was sie wollte.

„Ich habe nachgedacht, Sydney."

Seine tiefe Stimme hallte in ihrer Brust wider, und ein wohliger Schauer durchfuhr sie. „Hoffentlich nicht zu angestrengt. Das kann böse enden."

„Hüte deine Zunge. Ich kann mir jederzeit überlegen, mein Floß doch nicht mit dir zu teilen."

„Ich entsinne mich nicht, um einen Platz auf deinem Floß gebeten zu haben."

Sie trieben eine Weile schweigend auf dem Wasser, während Sydney überlegte, ob sie Ray hinunterschubsen konnte, ohne dabei mit unterzugehen. Andererseits hätte sie dann ihre gegenwärtige Stellung aufgeben müssen, und das wollte sie auch wieder nicht.

„Ray?"

„Hmm?"

„Worüber hast du nachgedacht?"

„Darüber, dass du deine Versprechen nicht hältst."

„Stimmt das?"

„Ja, tut es."

„Ich schätze, du redest von der Zeit, die ich für uns allein finden wollte."

„Zum Beispiel."

„Aber wir sind jetzt allein."

„Allein mit Poe."

„Hmm", murmelte Sydney und paddelte mit einer Hand im Wasser, um das Floß so zu drehen, dass sie auf den Strand sehen konnte. „Poe ist weg."

„Na ja, wen wundert's? Du hast sie schließlich schnöde im Stich gelassen."

„Ich hatte ein … Angebot, das ich nicht abschlagen konnte."

Sie hätte beinahe „ein besseres Angebot" gesagt, verkniff es sich jedoch. Warum, wusste sie nicht.

„Stimmt. Noch dazu ein besseres."

„Ja? Wer sagt das?" Sie strampelte mit den Füßen und bespritzte sie beide mit Wasser.

„Sagt der Mann, der dich dringend nackt sehen muss."

„Ach so, *der.*" Mehr brachte sie nicht heraus, weil ihr vor Verlangen die Stimme zu versagen drohte. Zudem konnte sie deutlich fühlen, wie erregt er war. Sie trugen viel zu dünne Badesachen, als dass sie irgendwelche Körperregungen voreinander verbergen könnten. Das musste ihm ebenso klar sein wie ihr.

Sie war nicht sicher, was sie als Nächstes tun wollte, deshalb war sie beinahe dankbar, als er etwas sagte.

„Die ersten drei Tage unseres Urlaubs sind schon vorbei, Sydney."

Sie seufzte. „Ich weiß."

„Also, normalerweise bin ich die Geduld in Person, aber ich warte immerhin schon geschlagene acht Jahre." Er legte eine Hand auf ihren Bauch. „Und acht Jahre sind selbst für den geduldigsten Menschen eine verdammt lange Zeit."

Als ob sie das nicht wüsste! Hatte sie nicht auch diese acht Jahre darauf gewartet, ihn endlich wieder zu berühren, alles über ihn zu erfahren, ihn wirklich kennenzulernen? Sie hatte sich all die Jahre danach gesehnt, ihn ganz nah bei sich zu spüren – so wie jetzt. „Stimmt. Das war eine verdammt lange Zeit. Und ich hoffe für dich, dass sich die ganze Warterei gelohnt hat."

Einen Moment war es ganz still hinter ihr. Dann legte er auch seine zweite Hand auf ihren Bauch und lachte leise, wobei seine Erregung sie am Po kitzelte.

„Dasselbe könnte ich dir auch sagen."

„Könntest du", entgegnete sie lächelnd, „würdest du aber nicht tun."

Sein Lachen war sehr tief und sehr sexy, als er ihre Hüften umfasste. „Weißt du, was ich jetzt unglaublich gern tun würde?"

„Wag es ja nicht!" Sie ahnte bereits, was er vorhatte.

„Warum nicht?", antwortete er und ignorierte ihr entsetztes Kreischen, als er sie mit einem Schwung ins Wasser warf.

## *6. KAPITEL*

Am nächsten Morgen war Sydney bestens gelaunt. Der Tag mit Ray in der Lagune war fantastisch gewesen. Sie hatten sich auf dem Wasser treiben lassen, zwischendurch im Wasser gebalgt und das Alleinsein genossen – zumindest bis die anderen ihr Paradies entdeckten.

Heute hatte sie sich schon früh aus dem Haus gestohlen, um ein wenig Zeit für sich zu haben. Sie wollte in Ruhe ihren Gedanken nachhängen und hoffte, einen ungestörten Moment mit Ray zu ergattern.

Vom Festland hallte Donnergrollen herüber. Wahrscheinlich würden sie heute einen der berühmten Sommerstürme bekommen. Sydney ging etwas langsamer und genoss den weichen Sand unter den Füßen. Über ihr hingen die ersten dicken Regenwolken am Himmel und schoben sich immer dichter vor die Sonne.

Der Wind war warm und mild. Aus Erfahrung wusste Sydney, dass auch der Regen warm sein würde.

Sie liebte diese Ruhe vor dem Sturm. Allerdings war sie sich nicht sicher, ob sie es vor dem Guss bis zur Villa zurück schaffen würde. Glücklicherweise lag auf halbem Weg eine kleine offene Pagode im Schutz der Kokospalmen. Dort könnte sie sich notfalls unterstellen.

Wie es um die anderen bestellt war, wusste sie nicht. Lauren und Anton waren am Morgen mit Menga Duarte aufs Festland gefahren. Während Menga frische Lebensmittel besorgte, wollten sie sich die Maya-Ruinen ansehen. Die beiden dürften also keine Schwierigkeiten haben, irgendwo Unterschlupf vor dem Sturm zu finden.

Ob sie sich wieder versöhnt oder lediglich einen Waffenstillstand vereinbart hatten, war nicht klar ersichtlich. Auf jeden Fall waren sie schon ein gutes Stück vorangekommen, wenn sie überhaupt Zeit miteinander verbrachten, statt sich dauernd aus dem Weg zu gehen. Sydney war sich sicher, dass die beiden hervorragend zusammenpassten, und sie hoffte inständig, dass ihre „Einmischung" den gewünschten Erfolg haben würde.

Doug, Jess, Kinsey und Poe waren zum Schnorcheln ans nördliche Ende der Insel gegangen. Anscheinend hatte Doug seine Wasserscheu überwunden, denn er konnte es kaum erwarten, wieder nass zu werden. Und braun. Von allen vier Männern sonnte er sich mit Abstand am meisten, und seine bronzefarbene Haut hob sich inzwischen deutlich von seinem ausgeblichenen Haar ab. Der Surferlook stand ihm sehr gut und verfehlte seine Wirkung auf Kinsey nicht.

Auch Jess und Poe ließen sich kaum aus den Augen, allerdings ging Sydney nicht davon aus, dass daraus viel mehr werden würde. Nach dem gestrigen Gespräch mit Poe rechnete sie Jess keine großen Chancen aus. Poe schien sich eher zurückzuziehen, was den armen Jess sichtlich verwirrte. Dafür tönte er umso lauter, wie toll er sich hier amüsierte und wie wunderbar er es fände, keine Frau „an den Hacken" zu haben. Sydney bezweifelte, dass ihm irgendjemand glaubte.

Dass Ray die lebhafte Vierergruppe begleitet hatte, konnte Sydney sich schwerlich vorstellen. Er hatte zwar ungefähr zur selben Zeit heute Morgen das Haus verlassen, war aber beim Frühstück auffallend schweigsam gewesen. Genau genommen hatte er gar nicht richtig mitgefrühstückt.

Der Tag an der Lagune schien die Dinge zwischen ihnen beiden nachhaltig verändert zu haben. Dabei fiel Sydney kein triftiger Grund für den Wandel ein.

Ray hatte sich heute Morgen einen Kaffee eingeschenkt, eine Banane aus der Obstschale genommen und war auf den Pier unterhalb der Villa gegangen. Er trug orangefarbene Segelshorts und ein ärmelloses schwarzes T-Shirt. Sydney hatte ihn von der Verandatür her beobachtet, während sie im Stehen ihren Kaffee trank. Sie hatte sich gefragt, was wohl in ihm vorgehen mochte.

Sie kannte ihn zu wenig, um sein Verhalten deuten zu können, und das ärgerte und verunsicherte sie. Aber vor allem bestärkte es sie in ihrem Entschluss, ihre Beziehung zu ihm auf einen heißen Urlaubsflirt zu beschränken. Sie wollte Sex und keine wirkliche Intimität. Nolan hatte ihr immer gepredigt, dass das Geschäft an erster Stelle stehen musste, wenn man erfolgreich sein wollte. Und von ihm hatte sie gelernt, Entscheidungen niemals aus dem Bauch heraus zu treffen, sondern sich einzig und allein von ihrem Verstand leiten zu lassen.

Diesem Rat ihres Vaters war sie gefolgt – meistens. Ihr Unternehmen war der unwiderlegbare Beweis dafür, wie gut sie darin war, ihren Verstand ein- und ihr Herz auszuschalten.

Im letzten Jahr hatte sie ihre selbst gesteckten Grenzen allerdings überschritten. Sie war zu Nolan gegangen und hatte in einer persönlichen Angelegenheit um seine finanzielle Hilfe gebeten. Das war ein Fehler gewesen. Hinterher hatte sie sich von ihm verraten gefühlt und war sich selbst furchtbar schäbig vorgekommen, weil sie ein Versprechen nicht halten konnte, das sie einer guten Freundin gegeben hatte.

Ein dicker Regentropfen klatschte ihr auf die nackte Schulter. Gleich darauf folgte der zweite, dann der dritte. Bis zur Pagode waren es noch ungefähr fünfzig Meter. Obwohl es ihr nichts ausmachte, vom warmen Regen durchnässt zu werden, begann sie zu rennen. Der Wettlauf mit den Sommerstürmen war ein Spiel, das sie schon als kleines Mädchen mit ihrer Mutter auf der Insel gespielt hatte.

Viel zu lange hatte sie nicht mehr an die glücklichen Zeiten zurückgedacht, die sie hier verbracht hatte. Sie lachte, als sie schließlich die Pagode erreicht hatte und die Bambusrollos im hinteren Teil herunterließ. Ihr Lachen verstummte jedoch schlagartig, als sie Ray erblickte, der sich im Laufschritt dem Unterschlupf näherte.

Er kam herein, tropfnass und ein wenig außer Atem. Sydney wollte nicht darüber nachdenken, welch ungeheurer Zufall sie beide zur selben Zeit an diesen Ort geführt hatte. Sie war einfach nur überglücklich.

„Hallo“, sagte sie und schüttelte sich das Wasser von den nackten Armen. Ein Handtuch oder wenigstens ein halbwegs trockenes T-Shirt wären jetzt schön gewesen, aber sie hatte weder das eine noch das andere. Sie trug nur ein leuchtend gelbes Bikinioberteil und grün-gelbe Shorts, und beides war durchnässt. Also musste sie sich damit begnügen, das Wasser mit den Händen fortzureiben. „Ich dachte, du wärest mit den anderen zum Schnorcheln gegangen.“

Als er den Kopf schüttelte, flogen Tropfen aus seinem Haar. Er strich es mit den Fingern zurück und antwortete: „Ich war heute Morgen bei den Brutplätzen der Pelikane. Von da bin ich immer weiter gegangen, bis ich irgendwann den größten Teil der Insel abgelaufen hatte. Nolan hat hier wirklich ein beeindruckendes Fleckchen Erde für sich – mit eigenem Naturreservat und allem.“

„Tja, ich bin mehr oder minder auf der Insel aufgewachsen.

Ich habe all das für viel zu selbstverständlich gehalten, statt mein Glück zu begreifen." Sie blickte durch den offenen Eingang aufs Meer hinaus. „Wusstest du, dass ich meinen sechzehnten Geburtstag hier gefeiert habe?"

„Gerüchteweise. Ich habe vor allem gehört, dass du nach der Party eine Menge Ärger bekommen hast."

Sie waren sechs Mädchen gewesen und hatten eine tolle Party gefeiert. Leider war am nächsten Tag ihr Rückflug nach Houston wegen technischer Probleme abgesagt worden, und so kam es, dass sie einen Tag unentschuldigt an der High School fehlten. Sie würde nie vergessen, was sie sich anschließend für Standpauken anhören musste – über die Richtlinien, die für alle gelten würden, ganz gleich wie reich die Eltern wären und wie viele Spenden die Schule von ihnen bekommen hatte, und so weiter und so fort.

Den höchsten Preis zahlte allerdings Izzy Leighton, ihre beste Freundin. Sie versäumte die innerschulischen Auswahltests für ein Stipendium. Dabei war sie eine der Spitzenkandidatinnen gewesen und hatte fest mit diesem Stipendium gerechnet, das ihr ein Studium an der Rice University ermöglicht hätte. Aber weder Nolans Interventionen noch die Bitten von Izzys Eltern konnten die Schulleitung umstimmen.

Isabels Traum war durch die Party zerstört worden. Sydney hatte sich seither geschworen, es irgendwann wieder gutzumachen. Deshalb war sie im letzten Jahr zu ihrem Vater gegangen und hatte ihn um Hilfe gebeten. Leider endeten ihre Bemühungen in einem Zerwürfnis mit Nolan, der ihr geschworen hatte, sie niemals im Stich zu lassen.

Sydney holte tief Luft und sah Ray an. „Weißt du was? Ich bin nicht in der Stimmung, in der Vergangenheit herumzuwühlen. Lass uns in der Gegenwart bleiben. Ich will meine Ferien genießen, Spaß haben und meine Arbeit und alle Probleme, die mich zu Hause erwarten, vergessen."

„Einschließlich der Probleme mit deinem Vater?", wollte er wissen.

Sie konnte ihn unmöglich in die Einzelheiten einweihen. Er würde es sowieso nicht verstehen. Niemand außer ihr konnte das verstehen. Die ganze Geschichte begann und endete damit, dass sie die einzige Tochter der Multimillionäre Nolan und Vegas Ford war.

Sie schüttelte kaum merklich den Kopf und trat ein paar Schritte vor, sodass sie den Abstand zu ihm vergrößerte.

„Du verschließt dich vor mir, Sydney. Tu das nicht." Er kam ganz nah zu ihr, bis er direkt hinter ihr stand. „Alle haben mitbekommen, dass du Nolan in den letzten Monaten gemieden hast, aber keiner weiß, warum. Natürlich interessiert jeden, dem an dir liegt, was los ist. Denn was immer zwischen euch sein mag, scheint eine einseitige Geschichte."

„Ja", sagte sie gereizt. Hinter ihrer Stirn begann es, zu pochen. Stresskopfschmerzen, ihre altvertrauten Begleiter, kündigten sich an. „Ich fühle mich von Nolan verraten, und er ist schlicht anderer Meinung. Mehr will ich dazu nicht sagen, wenn du erlaubst."

Eigentlich war ihr ziemlich egal, ob er damit einverstanden war oder nicht. Sie ging noch näher zum Ausgang und beobachtete, wie die dicken Regentropfen auf den weißen Sand prasselten. Ihre persönlichen Probleme gingen Ray nichts an. Das war eine Sache allein zwischen ihr, ihrem Vater und, leider, auch ihrer Mutter.

Zu allem Überfluss war dieser Krach in einem Moment gekommen, als sie sich endlich einmal zufrieden zurücklehnen wollte. Das Unternehmen hatte unglaubliche Erfolge zu verbuchen, die weder sie noch ihre Partnerinnen sich in ihren kühnsten Träumen vorgestellt hatten. Das sagenhafte Wachstum von gIRL-gEAR hatte ihr Privatleben zum Stillstand gebracht, aber das störte Sydney nicht im Geringsten. Genau genommen hatte sie von Anfang an einkalkuliert, für ihre geschäftlichen Erfolge in persönlichen Dingen zurückzustecken.

Warum musste ihr Vater sie ausgerechnet in dieser Phase im Stich lassen? Nolan war doch immer ihr Fels in der Brandung gewesen.

„Hey“, flüsterte Ray und legte die Hände auf ihre Schultern. „Sydney, Darling, hör mir zu. Was zwischen Nolan und dir vorgefallen ist, ist selbstverständlich deine Sache. Und ich will mich nicht einmischen, sondern lediglich meine Hilfe anbieten. Manchmal sieht man Dinge klarer, wenn man mit anderen darüber spricht. Ich habe deinen Vater vor einiger Zeit kennengelernt, als er eine großzügige Spende an einen Hilfsfonds machte, den die New Yorker Feuerwehr für die Opfer des 11. September eingerichtet hat. Wir haben uns seitdem häufig getroffen und viel miteinander geredet. Ich konnte mit ihm über die furchtbaren Dinge sprechen, die ich gesehen habe – und über Patrick. Wir sind uns darüber sehr nahegekommen, und ich habe ihn als guten Freund schätzen gelernt. Ihm macht die Entfremdung zwischen euch schwer zu schaffen. Und er weiß auch, wie du dich fühlst.“

Sydney öffnete empört den Mund, doch Ray winkte ab, bevor sie etwas sagen konnte. „Nein, er hat mir keine Details erzählt. Er respektiert voll und ganz deinen Wunsch, persönliche Angelegenheiten für dich zu behalten. Aber er ist kreuzunglücklich.“

„Ich bin auch nicht direkt froh darüber, wie sich die Dinge entwickelt haben. Doch was Nolan mir angetan hat, lässt sich nicht rückgängig machen. Ich werde damit leben müssen.“ Und niemand ahnte, wie unsagbar verletzt sie war.

Sie hatte sich immer an ihren Vater wenden können, mit allem. Ihn als Rückhalt zu verlieren, hatte komplett ihr Vertrauen zerstört in das, was sie war und woher sie kam. Sie fröstelte. Ihr war, als befände sie sich im freien Fall, ohne Fallschirm und ohne Netz. Sie konnte sich nur auf sich selbst verlassen, und sie war nicht sicher, ob sie schon genug vom Leben gelernt hatte, um diese Prüfung zu bestehen.

Ray streichelte ihre Schultern und ihren verspannten Nacken. Als er sie sanft zu massieren begann, beschloss sie, alle Gedanken an ihre Probleme zu verbannen und sich einzig auf das Hier und Jetzt zu konzentrieren.

Sie richtete all ihre Aufmerksamkeit auf Ray – wie seine starken Hände ihre Haut berührten – und staunte, wie leicht es ihm gelang, sie von all ihrem Stress zu befreien.

Der Regen trommelte auf das Holzdach und den Sand vor dem Eingang. Sydney wäre gern wütend auf Ray gewesen, weil er sie auf ihre Probleme mit ihrem Vater angesprochen hatte. Doch in ihr war nicht ein Fünkchen Wut. Und das lag nur daran, dass sie seine Hände spürte.

Er kam näher. Durch den dünnen Stoff ihrer Shorts fühlte sie die Hitze seines Körpers. Sie trennte nichts als sein T-Shirt und das Band ihres Bikinioberteils. Ihr war, als saugte ihre Haut seine Wärme buchstäblich auf.

Er streichelte und rieb sie immer weiter, bis ihr durch und durch warm war. Es war ihr fast unheimlich, dass er sie mit den harmlosesten Berührungen so erregen konnte. Aber schließlich war sie hier, um den Grund dafür herauszufinden. Um dann ein für alle Mal mit ihm abzuschließen.

Sie schloss die Augen. Sie konnte ihm nicht widerstehen, konnte nicht mehr klar denken. Wie wollte sie je mit ihm abschließen, wenn sie keinen zusammenhängenden Gedanken fassen konnte, sobald er sie berührte?

„Ich möchte dich glücklich machen, Sydney." Sein heißer Atem kitzelte ihren Nacken und bereitete ihr eine wohlige Gänsehaut. „Darf ich dich glücklich machen?"

Mein Gott, wie wollte sie ihm antworten, wenn ihr die Stimme versagte? Ganz zu schweigen von ihrem Verstand, ihrer Vernunft, ihrer Sachlichkeit und neutralen Sicht auf die Dinge. Es gab nur noch ihr unbeschreibliches Verlangen. Und das diktierte ihr prompt die Antwort. „Ja."

Er stöhnte vor Erregung und streichelte sanft ihre Arme. Sie reagierte sofort am ganzen Körper. Die Knospen ihrer Brüste wurden fest, und zwischen ihren Schenkeln breitete sich eine unbeschreibliche Hitze aus.

Sie begriff nicht, warum sie so auf ihn reagierte – mit einer Intensität und Bereitwilligkeit, wie sie sie bei keinem anderen je erlebt hatte. Und dabei tat Ray nichts weiter, als sie vom Nacken bis zu den Handgelenken und wieder zurück zu streicheln und ihre verspannten Muskeln sanft zu massieren.

Auffordernd hob sie ihr Kinn. Er verstand und streichelte mit den Fingern über ihre Ohren, ihre Wangen und durch ihr Haar. Ganz behutsam blies er in ihre nassen Locken, dass es kribbelte. Er massierte sanft ihre Schläfen und ihre Kopfhaut, bis der Kopfschmerz, der sich vorhin angekündigt hatte, restlos verschwand.

Sydney schmolz dahin. Noch nie hatte sich etwas so unbeschreiblich gut angefühlt.

Zufrieden seufzte sie auf, woraufhin Ray sie ganz dicht an sich zog. Im ersten Moment ließ sie sein nasses T-Shirt auf ihrer nackten Haut frösteln, doch binnen Sekunden drang die Wärme seiner Haut durch den dünnen Stoff.

Sydney spürte seinen Herzschlag. Er fasste mit der freien Hand erst ihre eine, dann die andere Brust, wobei er ganz sacht über den Stoff des Bikinioberteils strich. Mit den Fingerspitzen umkreiste er die festen Knospen, bis Sydney es kaum noch aushielt. Sie hätte am liebsten das Band gelöst und sich das Oberteil heruntergerissen, damit sie endlich seine Hand auf ihrer nackten Haut fühlte.

Ray schien genau zu wissen, was sie von ihm wollte – und war offenbar wild entschlossen, ihr dies zu versagen. Er hielt sie immer noch so fest, dass sie sich nicht rühren konnte. Dann hauchte er ihr zarte Küsse auf den Hals und die besonders empfindliche Stelle unterhalb der Ohrmuschel. Hier knabberte und neckte er sie mit dem Mund, blies ihr sanft auf die Haut, die er zuvor mit der Zungenspitze befeuchtet hatte.

Sie fasste es nicht! Ihr ganzer Körper war ein einziges sinnliches Kribbeln. Sehnsüchtig presste sie ihren Rücken noch fester gegen seinen Oberkörper. Alles an ihm war kräftig und muskulös, und Sydney genoss es, von ihm gehalten zu werden.

Sie hatte nur an drei Seiten der kleinen Pagode die Bambusrollos heruntergelassen, und durch den offenen Eingang drang warmer Dunst herein, der sich auf ihre Haut und ihre spärlichen Kleider legte. Die hauchfeinen Sprenkel fühlten sich an wie eine zusätzliche Liebkosung.

Ein lustvoller Schauer durchfuhr sie, als Ray zärtlich an ihrer Schulter knabberte und endlich, endlich mit der freien Hand unter ihr Bikinioberteil glitt. Er umfasste eine ihrer Brustwarzen mit Daumen und Zeigefinger und neckte, koste und streichelte sie, bis Sydney den Kopf nach hinten gegen Rays Brust warf und stöhnte.

„Gefällt dir das?", fragte er mit vor Erregung heiserer Stimme.

„Du glaubst nicht, wie sehr", hauchte sie atemlos.

„Ich denke schon. Wir haben dasselbe schließlich schon mal gemacht, weißt du nicht mehr?"

„Du hast ein verdammt gutes Gedächtnis, Ray Coffey. Langsam glaube ich, du kennst mich besser als ich selbst."

Er schien instinktiv zu wissen, was sie erregte. Sehnsüchtig wand sie sich in seiner Umarmung und schmiegte sich an ihn.

„Dabei weiß ich viel zu wenig von dir. Noch."

Er hielt sie nach wie vor ganz fest in seinem Arm und liebkoste ihren Busen unter dem dünnen Stoff. Dann legte er seine Hand auf ihren Bauch. Sydney stockte beinahe der Atem, als er sie streichelte und langsam immer tiefer kam. Er löste den Tunnelzug ihrer Shorts und glitt mit der Hand unter den Bund.

Und er tastete sich noch weiter vor. Sie spreizte die Beine, damit seine Hand zwischen ihre Schenkel fassen konnte. Mit nur zwei Fingern reizte und kitzelte er sie sacht direkt neben ihrer Scham.

Sydney war halb wahnsinnig vor Sehnsucht und Lust. Lange konnte sie seine zarten Berührungen nicht mehr aushalten.

Sie schluckte, griff nach hinten und grub die Finger fest in den dünnen Stoff seiner Shorts und in die stramme Haut seiner Schenkel.

„Was machst du mit mir?", stöhnte sie hilflos.

„Nun, ich hoffe, ich mache das, was dir am besten gefällt. Ich will dich glücklich machen."

Er hauchte ihr unzählige Küsse auf die Schulter und den Hals, während er sie eng umfasste und an sich drückte.

Sydney wollte und konnte sich nicht länger beherrschen. Sie fasste mit einer Hand das Band ihres Bikinioberteils und löste den Knoten, mit dem es hinten zusammengehalten wurde. Es fühlte sich himmlisch an, den warmen Dunst auf ihren nackten Brüsten zu spüren.

„Gott, bist du schön." Stöhnend fasste er ihre Brüste mit beiden Händen und drängte sich von hinten noch dichter an sie. Seine deutlich spürbare Erregung steigerte Sydneys Lust in einem Maße, wie sie es in den vergangenen Jahren nicht mehr für möglich gehalten hatte. „Ich werde niemals genug von dir bekommen können. Es gibt so vieles, was ich mit dir tun möchte."

Als er nicht weitersprach, forderte sie ihn auf: „Sag es mir. Erzähl mir, was du mit mir machen möchtest. Ich will hören, wie du es sagst."

Er stöhnte auf. „Macht dich das scharf, wenn Männer sagen, was sie tun wollen?"

„Nein, nicht Männer, sondern du. Es macht mich scharf, wenn du mir sagst, was du mit mir machen willst."

„Sydney, ist dir eigentlich klar, was du mit mir anstellst?"

„Erzähl es mir", flüsterte sie. „Zeig es mir."

Er nahm eine ihrer Hände und schloss sie um seine beachtliche Erektion. „Fühlst du das? Das stellst du mit mir an. Keine Frau kann mich so erregen wie du. Bei keiner Frau werde ich so hart."

„Hart" war untertrieben, gemessen an dem, was Sydney in der Hand hielt. Seine Erektion war wirklich beachtlich. Selbst in ihren kühnsten Fantasien von Ray hatte sie sich diese Pracht nicht ausgemalt.

Sie wollte ihn in sich spüren. Doch sie standen in einer leeren Pagode mit Sandboden. Es gab weder Wände noch irgendwelche Möbel. Außerdem war sie heute Morgen nicht auf die Idee gekommen, ein Kondom mit auf ihren Spaziergang zu nehmen.

Aber sie sehnten sich beide nach Erfüllung, und Sydney befand sich in einem Zustand, der Vernunft oder Vorsicht beinahe unmöglich machte. Sie brauchte um jeden Preis einen Höhepunkt. Dafür würde sie sich sogar wie das verwöhnte kleine Mädchen aufführen, das so viele immer in ihr gesehen hatten.

Sie wollte sich ihm entwinden, doch er hielt sie zu fest, als dass sie sich rühren konnte. „Ray, bitte, lass uns zum Haus zurückgehen. Ich muss mit dir schlafen. Der Regen macht mir nichts aus. Wir können uns unter der Dusche lieben, und im Bett, ganz egal wo. Die anderen sind bestimmt noch nicht wieder zurück."

„Aber nur hier bin ich sicher, dass ich dich wirklich ganz für mich habe. Außerdem ist es warm, und wir haben alles, was wir brauchen."

Sydney fand eigentlich eher, dass sie hier gar nichts von dem hatten, was sie für einen richtigen Liebesakt brauchten. „Hast du ein Kondom bei dir?"

„Wir brauchen kein Kondom."

„Aber wie …", begann sie.

„Schhh, vertrau mir", unterbrach er sie leise und löste ihre Umarmung gerade weit genug, um sein T-Shirt ausziehen zu können. Anschließend fasste er wieder ihre Brüste mit beiden Händen und presste sie fest an sich. „Ich möchte, dass du etwas für mich tust."

„Was?", fragte sie heiser. Ihre Enttäuschung wuchs mit jeder Sekunde, wenn sie daran dachte, was sie alles miteinander tun könnten, wenn sie ein Bett hätten.

„Zieh dich aus. Ganz."

Ihr stockte der Atem. Er wollte sie nackt sehen. Sie standen mehr oder minder im Freien, und er wollte, dass sie sich komplett auszog, sich ganz seinem Blick, seinen Händen und seinem Körper auslieferte.

Sie schloss die Augen und zog ihre Shorts und den Tanga aus. Die warme feuchte Brise streichelte ihre entblößte Haut und verlieh ihr einen sanften Schimmer.

Sie fuhr sich mit den Händen über das Gesicht, die Brüste und den Bauch hinunter bis zu den Schenkeln. Dann wollte sie sich umdrehen, damit sie Ray ausziehen konnte.

Aber er hielt sie fest. „Lass mich das machen."

Sie wollte ihn fragen, was genau er machen wollte, doch da streifte er auch schon seine Shorts ab. Als er vollständig nackt war, führte er ihre Hände zu seiner Erektion und zeigte ihr, wie er von ihr berührt werden wollte. Sie umschloss sie mit den Fingern und bewegte ihre Hand über die gesamte prachtvolle Länge. Ray stöhnte und seufzte lustvoll, wodurch ihre Erregung noch wuchs.

Sie genoss es, ihn zu streicheln. Er fühlte sich wunderbar und unbeschreiblich männlich an.

Als er erneut aufstöhnte, nahm er ihre Hände fort und zog sie ganz dicht an sich. Sie spürte ihn an ihrem Po – pulsierende Nacktheit auf ihrer nackten Haut.

„Spreiz die Beine", forderte er sie atemlos auf. Dann schob er seine Erregung zwischen ihre Schenkel.

Instinktiv presste sie die Beine zusammen, wobei sie ihm gerade so viel Spielraum ließ, wie er brauchte, um sich dort lustvoll zu bewegen.

Seine Hände strichen über ihren Bauch bis hinunter zu ihrer Scham. Doch diesmal beschränkte er sich nicht auf die zarte indirekte Berührung, sondern drang mit den Fingern in sie ein. „Ich muss wissen, ob du verhütest. Falls nicht, muss ich rechtzeitig aufhören. Wir wollen schließlich nicht riskieren, dass du schwanger wirst."

Sie schüttelte den Kopf. Vor einer Schwangerschaft fürchtete sie sich nicht. „Ich nehme die Pille, aber …"

„Keine Angst", unterbrach er sie. „Ich habe einen gefährlichen Job, in dem man regelmäßig getestet wird. Das Einzige, was du dir bei mir einfangen kannst, ist ein Baby. Und dafür sind wir wohl beide noch nicht bereit."

Nein, das war sie ganz sicher nicht. „Und was ist mit …", begann sie, wagte es jedoch nicht auszusprechen.

„Anderen Frauen? Ich bin seit drei Jahren mit keiner Frau mehr zusammen gewesen. Seit das mit Patrick passiert ist."

„Ray, ich …" Sie wollte etwas sagen, ihn trösten.

„Schhh, sag nichts. Wir wollten doch heute nicht über die Vergangenheit reden, schon vergessen?", flüsterte er ihr ins Ohr. „Lass uns das Hier und Jetzt genießen, nur diesen Moment."

Er hatte recht. Dieser Moment war der Grund, weshalb sie beide hier waren. Sie war mit auf diese Reise gekommen, weil sie genau das wollte. Und sie hatte sich nie so sicher gefühlt wie in seinen Armen.

Sie schloss die Augen und überließ sich ganz seinen Händen. Er fasste zwischen ihre Schenkel, drang erneut mit den Fingern tief in sie ein und streichelte ihre empfindlichsten Stellen.

Während er sie gerade weit genug spreizte, um sie überall

berühren zu können, bewegte er seine Erregung zwischen ihren Beinen im selben Rhythmus wie seine Finger. Mit der einen Hand liebkoste und kitzelte er sie, mit zwei Fingern der anderen drang er in sie ein und füllte sie ganz aus.

Sie erbebte vor Verlangen und Wonne und gab sich ganz dem Augenblick hin. Alles um sie herum verwob sich zu einem überwältigenden Bild höchster Sinnlichkeit: der Regen, der auf das Dach trommelte, der schwülwarme Tropenwind, der ihre Haut streichelte, die Wellen, die auf den Strand schlugen, und Ray, der Sex und Erotik zu etwas so unglaublich Wunderbarem machte.

Schon bald erreichte sie einen fantastischen Höhepunkt. Sie schrie vor Verzückung und ergriff mit beiden Händen seine Hüften, während er sich weiter zwischen ihren Beinen bewegte und sich an ihr rieb.

Dann beschleunigte er seinen Rhythmus, bis er wenige Augenblicke später ebenfalls zum Orgasmus kam. Anschließend standen beide eine Weile regungslos da und hielten einander fest.

Ray legte einen Arm um ihre Schultern, als sie hinaus in den strömenden Regen traten. Nachdem sie langsam wieder zu Atem gekommen waren, hatten sie noch einige Zeit in der kleinen Pagode gewartet, dass der Sturm sich legte. Doch den dichten Wolken nach zu urteilen, würde das Unwetter so bald nicht vorübergehen, und allmählich begann Sydney zu frieren.

Die dünnen Rollos boten zu wenig Schutz, und sie beide waren inzwischen genauso nass wie bei ihrer Ankunft. Sie mussten zur Villa laufen und sich abtrocknen. Außerdem war es beinahe Mittag, und Ray hatte einen Riesenhunger. Sex machte ihn immer hungrig, selbst wenn er nicht besonders aufregend war. Sex mit Sydney allerdings war extrem aufregend, und entsprechend war Ray kurz vorm Verhungern.

Er erinnerte sich nicht, je einen Höhepunkt erlebt zu haben, der derart befriedigend und im selben Moment angsteinflößend gewesen war. Er fragte sich, wie es mit ihnen beiden weitergehen sollte. Nur so viel wusste er: dass er genau das immer wieder mit ihr erleben wollte. Er musste sie bei nächster Gelegenheit in ein Bett bekommen, wo er sie richtig lieben könnte. Und dann? Verdammt, er wusste selbst nicht, was danach sein würde. Also konnte er ebenso gut aufhören, darüber nachzudenken, und den Augenblick genießen.

Der Regen prasselte erbarmungslos auf sie herab. Sydney hatte ihren Arm um seine Taille gelegt und schmiegte ihren Kopf an seine Schultern. Mein Gott, sie war einfach wunderbar! Und damit meinte er nicht nur ihre atemberaubende Figur. Sie war groß und schlank, mit Kurven, von denen alle Männer träumten. Doch das war es nicht, was ihn an ihr so maßlos faszinierte. Ihre innere Schönheit war schuld daran, dass ihn sein Verlangen in ihrer Gegenwart regelmäßig übermannte.

Er war hingerissen von der Art, wie sie sich der Menschen um sie herum annahm, wie sie für jeden da war. Sie hatte dafür gesorgt, dass Chloe wieder an die Uni gehen konnte, um ihre Ausbildung abzuschließen. Sie beklagte sich nie, wenn Macy zu ihren albernen monatlichen Spielabenden einlud oder wenn Lauren in ihrem Loft Besprechungen abhielt, die, soweit er gehört hatte, ihren Zweck regelmäßig verfehlten. Am Ende musste Sydney jedes Mal die ganze Arbeit allein tun.

Ja, selbst hier auf der Insel bürdete sie sich stets zusätzliche Arbeit auf, indem sie darauf bestand, Auralie so viel wie möglich zu helfen. Dabei schien sie gar nicht auf den Gedanken zu kommen, dass die Haushälterin für ihre Dienste großzügig bezahlt wurde. Sydney stand dauernd in der Küche, während sie nebenher die perfekte Gastgeberin spielte.

All diese Dinge bewunderte er an ihr. Doch am allermeisten beeindruckte ihn, wie sie auf seine Berührungen reagierte. Er hatte nie daran gezweifelt, dass sie sehr leidenschaftlich sein konnte. Das wusste er seit acht Jahren. Aber damals war er selbst in manchen Dingen noch unerfahren gewesen. Er hatte nicht geahnt, welche grenzenlosen Möglichkeiten sich ihm mit dieser Frau eröffneten. Heute wusste er es – sehr gut sogar. Und bis heute erfüllte es ihn mit einem seltsamen Stolz, dass er der erste Mann sein durfte, dem sie sich hingegeben hatte.

Sydney Ford war ein ganz besonderer Mensch. Natürlich war sie nicht unkompliziert, aber unkomplizierte Menschen langweilten ihn sowieso. Sie hatte viele verschiedene Seiten, die zu entdecken ungeheuer spannend sein würde.

Warum sie ausgerechnet ihn ausgesucht hatte, um sich in die Geheimnisse der körperlichen Liebe einführen zu lassen, wusste er nicht. Vielleicht war er einfach der richtige Mann zur richtigen Zeit am richtigen Ort gewesen. Doch das störte ihn nicht. Eigentlich war es egal, denn für ihn zählte nur sein Glück, dass sie jene Abschlussparty mit ihm verlassen hatte.

Manchmal glaubte er allerdings, dass er sie besser würde verstehen können, wenn er wüsste, was damals wirklich in ihr vorgegangen war. Und das wiederum würde ihm helfen, sie endlich aufzugeben.

Denn dass er sie aufgeben musste, stand außer Frage.

Bei dem Gedanken zog er sie instinktiv näher zu sich heran. Mit ihr zusammen war alles viel zu schön, sie war ihm viel zu nah. Und sie weckte in ihm ein Verlangen nach etwas, das er nie haben konnte.

Als sie gestern in der Lagune gewesen waren, hatte er bereits erkannt, dass er sich auf gefährlichem Terrain bewegte. Sie hatten herumgetobt, einander geneckt und herumgealbert. Dabei waren sie sich auf natürliche Weise nahe gewesen, hatten sich gegenseitig auf unbeschwerte und zugleich erregende Weise provoziert. Doch gerade diese Nähe war riskant.

In seinem Job konnte er sich keine emotionalen Bindungen leisten. Er hatte nicht das Recht, Sydney oder irgendeiner anderen Frau Versprechungen zu machen, die er nicht halten konnte. Wer wusste denn, ob er von seinem nächsten Einsatz lebend zurückkehrte?

Das Risiko eines solch schmerzhaften Verlustes konnte er niemandem zumuten. Schon gar nicht Sydney.

Eher wollte er verzichten. Woher er die Kraft dazu nehmen sollte, war ihm allerdings schleierhaft.

# 7. KAPITEL

*Acht Jahre früher …*

Sydney konnte nicht fassen, wie naiv sie war. Sie hatte tatsächlich geglaubt, im Abschlussjahr würde alles anders werden. Sie hatte gedacht, wenn das College näher rückte, würden ihre Klassenkameraden endlich vernünftig werden. Von wegen. Gerade mal der Hälfte ihres Jahrgangs war zuzutrauen, den Sprung ins College zu schaffen. Der Rest schien hoffnungslos in einer High-School-Zeitschleife gefangen und würde nie erwachsen werden.

Sydney konnte getrost vergessen, dass ihre Klassenkameraden jemals ihre Vorurteile über sie ablegen würden. Dass sie begreifen würden, dass sie weder arrogant noch gefühlskalt war, sondern einfach nur schüchtern. Selbst ihre Mutter dachte ja so von ihr. Sie hatte es ihr vorhin direkt ins Gesicht gesagt, kurz bevor Izzy sie zu dieser Party abholte.

Aber eigentlich war das auch egal. Ihre Mutter hatte sowieso von nichts eine Ahnung, außer wie man anderen das Leben sauer machte, während man sich selbst auf einen Sockel hob. Vegas Ford war wunderschön, aufregend und ansteckend lebenslustig. Sie verkörperte alles, was Sydney nie sein würde, ganz gleich wie sehr sie sich anstrengte.

Zu allem Überfluss hockte sie nun auch noch auf dieser dämlichen Party, umgeben von einem Haufen verwöhnter Dummköpfe.

Und das war ganz allein ihre Schuld.

Sie lehnte an dem hohen Holzzaun im Schatten einer riesigen alten Eiche und hatte einen Plastikbecher mit Bier in Hand.

Das Zeug schmeckte widerlich, deshalb hatte sie nur einmal daran genippt. Der Abend war warm und windstill, und Sydneys Jeans war unangenehm klamm, weil sie schwitzte.

Warum hatte sie sich von Izzy überreden lassen, mit hierher zu kommen? *Weil du dringend von zu Hause wegmusstest, darum.* Und sie würde nicht eher wieder nach Hause fahren, bevor sie bewiesen hatte, wie falsch ihre Mutter lag. Aber so, wie sich ihr Leben derzeit gestaltete, konnte das leicht ein bis zwei Jahre dauern.

Diese Party war gewiss nicht die Sorte Abschlussfeier, die sie sich ausgemalt hatte. Weder für ihren eigenen Schulabschluss noch für den von irgendjemandem sonst. Da machte Schlafen eindeutig mehr Spaß. Aber sie konnte nicht nach Hause, weil sie sich dann wieder von ihrer Mutter anhören dürfte, was für eine Versagerin sie war.

Und wahrscheinlich hielt man sie gerade deshalb für eine Versagerin, weil sie überall lieber wäre als auf dieser Party. Außer Izzy hatte sie noch niemanden gesehen, der ihrer Mutter nicht auf der Stelle zustimmen würde. Sie alle hätten ihr Foto im Jahrbuch bestimmt mit „Kalter Fisch" betitelt. Stattdessen hatten sie lieber gar nichts dorthin geschrieben.

Die Jungen, die die Party veranstalteten, kannte sie kaum. Soweit sie wusste, gehörte das Haus Boom Dailys Eltern, aber ihn selbst hatte sie noch nicht gesehen. Izzy war sich auch nicht sicher, deshalb waren sie vom Parkplatz aus einfach den anderen gefolgt. Wie geistlose Lemminge, hatte Sydney gedacht.

Die Boxen der Stereoanlage hatte jemand auf die Terrasse getragen, wo Tische mit Chips, Keksen und Sandwiches standen. Außerdem gab es Unmengen alkoholfreier Getränke in Flaschenkühlern sowie ein kleines Fass Bier, das eine Gruppe älterer Jungen mitgebracht hatte. Offenbar wollten sie Sydneys Klasse zeigen, wie man anständig feiert.

Sie starrte in ihren Plastikbecher und fragte sich, wie irgendjemand freiwillig dieses Zeug trinken konnte, das wie Pferdeurin schmeckte. Na ja, wahrscheinlich genau solche Typen, für die es den größten Spaß bedeutete, uneingeladen auf Partys von High-School-Schülern aufzutauchen. Richtig. Das müsste sie wohl auch auf ihre „Zu tun"-Liste für die nächsten Jahre setzen. Mein Gott, sie hatte wirklich eine miserable Laune.

Kurzentschlossen kippte sie ihr Bier hinter den Baum, wo es eine schäumende Pfütze zwischen Baumstamm und Stiefmütterchen bildete. Als Dünger eignete sich diese Brühe gewiss nicht, aber vielleicht als Insekten- oder Unkrautvernichter.

„Umsonst ist es nur, wenn man es auch trinkt. Wer es wegkippt, muss einen Dollar pro Becher bezahlen."

Sydney fuhr herum, als sie die tiefe Männerstimme hörte. Dann glaubte sie, sie müsste im Erdboden versinken.

Vor ihr stand Ray Coffey. Sydney konnte weder sprechen noch richtig atmen. Ray war Patricks großer Bruder und außerdem der strahlende Held ihrer Teenagerfantasien. Er war der einzige Junge, in den sie sich je verliebt hatte. Und das wahnsinnig und hoffnungslos und über alle Maßen.

Allerdings hatte der Ray Coffey, den sie jetzt vor sich sah, wenig Ähnlichkeit mit dem Jungen, der vor einem Jahr seinen Abschluss gemacht hatte und aus ihrem Leben verschwunden war.

Kaum zu glauben, dass seitdem erst ein Jahr vergangen war. Er sah viel größer und erwachsener aus. Sie war nicht sicher, ob er tatsächlich gewachsen war. Wuchsen Jungen denn, bis sie zwanzig waren? Auf jeden Fall waren seine Schultern breiter.

Und seine Brust. Als hätte er in der Zwischenzeit Gewichte gestemmt. Andererseits spielte er Football am College, was einiges erklärte.

Sie fragte sich, ob er immer noch mit Mandy Green ausging.

„Was? Magst du kein Bier?“, fragte er lächelnd und zwinkerte ihr zu.

Du meine Güte, sie musste aufhören, ihn so anzustarren, als redete er chinesisch. „Doch, tut mir leid, doch, ich mag Bier, manchmal.“ Na prima, sie klang wie eine Geisteskranke. „Ich meine, ich mag bestimmte Biere lieber als andere.“ Und jetzt redete sie genau wie die verwöhnte Ziege, für die alle sie hielten.

„Ich vermute, Fassbier zählt nicht zu deinen bevorzugten Sorten.“

„Fassbier?“, wiederholte sie.

„Ja, Fassbier. Bier, das man im Fass kauft.“

Während sie sich noch darum bemühte, ihre Gedanken zu sortieren, verzog er das Gesicht und sagte: „Das war ziemlich fies, oder?“

„Nicht so fies wie das Bier“, sagte sie und lachte. „Entschuldige. Ich muss mich anhören wie ein Snob. Dabei will ich das gar nicht. Ich meine, ich bin eigentlich gar nicht so.“

„Schon gut. Ich halte auch nichts von dem Gebräu. Ist das vielleicht besser?“ Er zog eine Flasche Corona aus seiner Jeanstasche und reichte sie ihr.

„Ganz bestimmt“, antwortete sie, öffnete den Verschluss und nahm dankbar einen Schluck. Dabei bezog sich ihre Dankbarkeit sowohl auf das bessere Bier als auch darauf, dass er sie nicht für einen Snob hielt. Was konnte sie schließlich dafür, von Haus aus nur an das Beste gewöhnt zu sein?

„Na, das nenne ich eine Frau nach meinem Geschmack. Eine, die ein gutes Bier zu schätzen weiß und nicht dauernd diese albernen Cocktails schlürfen will." Ray lachte.

Sie liebte sein Lachen! Es hatte einen wundervollen Klang. Und erst sein Gesicht! Sie hatte ein unbeschreibliches Kribbeln im Bauch, wenn sie ihn ansah. „Da muss ich dich warnen. Ich kenne ein paar alberne Cocktails, die ich richtig gut finde."

Er prostete ihr zu. „Nun, dann werde ich in deinem Fall eine Ausnahme machen. Schließlich soll mir niemand nachsagen, ich ließe mich von einem Erdbeer-Daiquiri um einen schönen Abend bringen."

Schönen Abend? Mit ihr? Sydney fühlte sich wie dreizehn. Wenn sie nicht aufpasste, würde er unweigerlich merken, dass sie unsterblich in ihn verliebt war.

Aber wie wollte sie die Gelassene spielen, wenn er direkt vor ihr stand und mit ihr redete? War das zu fassen? Er sprach mit ihr! Er unterhielt sich nicht mit den Jungen, die er kannte, oder mit einem der vielen Mädchen, die herumliefen und erzählten, sie würden sich für ihn auf der Stelle ausziehen.

„Ich bin übrigens Ray Coffey, Patricks Bruder." Er trank einen Schluck Bier.

„Ach, hallo. Ich bin Sydney Ford."

„Ja, das weiß ich schon."

Großer Gott, er wusste, wer sie war! „Ähm, ich wusste auch schon, wer du bist."

„Na, so ein Zufall. Dann kennen wir uns also bereits."

„Tja, die meisten auf der Schule wissen, wer du bist." Sie neigte den Kopf leicht zur Seite und betete, dass sie dadurch eher frech als blöd aussah. „Überlegen wir mal. Du hast Football gespielt, warst Jahrgangssprecher und hast bei der Schülerzeitung gearbeitet."

Er schlug sich mit der Hand an die Stirn. „Stimmt ja! Ich bin ziemlich berühmt."

„Muss ich jetzt einen Knicks machen?", fragte sie und hatte alle Mühe, nicht gleich vor ihm auf die Knie zu fallen.

„Wenn du das tust, muss ich mich verbeugen." Er sah sie an, und seine Augen wichen nicht einmal von ihrem Gesicht, als er einen weiteren Schluck Bier trank.

„Verbeugen?" Sie brauchte einen Moment, bis sie begriff, worauf er anspielte. Dann musste sie lachen. Er wusste gar nicht, was er gerade an diesem Abend damit bei ihr auslöste.

„Du bist doch die Eiskönigin, oder?"

Sie verdrehte die Augen und schüttelte den Kopf. „Nein, bin ich nicht. Es ist nur ein blöder Spitzname, den ich nicht wieder loswerde."

Ray ging einen kleinen Schritt auf sie zu und strich ihr eine Locke aus dem Gesicht. „Und wie bist du zu dem Spitznamen gekommen?"

Sie zuckte mit den Achseln und trank noch einen Schluck. Er hatte ihr Haar berührt, und sie war sich nicht sicher, ob sie seine Frage beantworten könnte, ohne dass ihr die Stimme versagte.

Außerdem verfluchte sie sich im Stillen dafür, dass sie heute Abend kein ärmelloses Top oder ein T-Shirt mit Spaghettiträgern trug. Dann hätte sie seine Hand auf ihrer Haut gespürt. Stattdessen hatte sie dieses alberne Depeche-Mode-Shirt an, das sie vorhin wahllos gegriffen hatte, als Izzy vor dem Haus hupte und sie noch glaubte, sie würden nur ins Einkaufszentrum fahren.

„Genau weiß ich das nicht."

„Hmm. Wie ich das sehe, könnte es alle möglichen Gründe haben."

Sie fand es nett, wie diplomatisch er die Sache anging. Aber sie kannte den wahren Grund, auch wenn sie es ihm nicht verraten hatte. „Welche zum Beispiel?"

„Nun, du bist sehr blond und hast sehr blaue Augen. Das verbinden die meisten Leute mit Skandinaviern, und die leben mit langen Frostperioden."

„Aber wir wissen natürlich beide, dass das nicht der Grund ist", sagte sie, obwohl sie sich geschmeichelt fühlte, dass er ihr Aussehen ansprach.

Er grinste und lehnte sich an den Zaun. „Dann muss es damit zusammenhängen, dass du so cool bist."

Sie drehte sich zu ihm um und lehnte sich mit der Schulter gegen den Baumstamm. Sie versuchte, aus seinem Gesichtsausdruck schlau zu werden. Mit „cool" hatte ihr Spitzname nicht das Geringste zu tun. Das musste er ebenso gut wissen wie alle anderen. Wenn er vorher ihren Namen und den Spitznamen gekannt hatte, wusste er auch, was alle von ihr dachten. Sie fragte sich, ob er vielleicht nur mit ihr spielte, ihr Hoffnungen machte, um sie anschließend bis auf die Knochen zu blamieren.

Andererseits passte das so gar nicht zu dem, was sie bisher über Ray Coffey gehört hatte. Also wagte sie den Sprung ins kalte Wasser und entschied sich für die Wahrheit. „Das trifft es beinahe, aber nicht ganz. Gib noch ein paar Minusgrade drauf, dann hast du's."

Nun konnte sie nur noch warten. Mit jeder Sekunde, die sie dastand, wurde die Party lauter. Die Musik dröhnte aus den Lautsprechern, das Lachen der anderen glich einem Kreischen, und dann sprangen mindestens ein Dutzend Leute in den Swimmingpool.

Sie wollte am liebsten weit weg von hier. Das hatte nichts mit den anderen zu tun. Sie gingen ihr zwar gewaltig auf die Nerven, aber nach vier gemeinsamen Schuljahren war sie daran gewöhnt.

Nein, ihre miese Stimmung lag einzig an dem, was ihre Mutter ihr gesagt hatte. Ihre Vorwürfe und ihre Beschimpfungen waren schuld. Sydney hatte das Gefühl, als wollte Vegas sich nicht nur von ihrem Vater, sondern gleichzeitig auch von ihr scheiden lassen.

„Hör mal", sagte Ray nach einer halben Ewigkeit, „ich möchte mir noch ein Bier holen."

Sydney rutschte das Herz in die Hose. Also doch! „Ja, geh nur."

„Nein." Er hielt lächelnd die leere Flasche hoch. „Ich hätte gern noch so eins. Der Rest des Sechserpacks ist in meinem Wagen. Möchtest du mitkommen?"

Ray hatte nie etwas dafür tun müssen, beliebt zu sein. Eigentlich war ihm Beliebtheit nicht einmal wichtig gewesen. Es hatte sich automatisch so ergeben, dass man ihn mochte, weil er sich in der Schule für vieles engagiert hatte. Doch er hatte keinen einzigen Gedanken daran verschwendet, ob er beliebt war oder nicht. Die Mädchen fanden ihn wahrscheinlich süß, aber das interessierte ihn nicht sonderlich.

Während seines letzten Jahres auf der High School hatte er häufig über Sydney Ford nachgedacht. Von Patrick hatte er nicht viel über sie erfahren, außer dass alle sie einen „kalten Fisch" nannten. Als Ray ihn nach dem Grund fragte, hatte sein Bruder einfach mit den Schultern gezuckt und war rausgegangen, um Körbe zu werfen. Für Patrick gab es sowieso nichts außer Basketball.

Doch seit Ray Sydney zum ersten Mal in der Tür des Computerraumes gesehen hatte, ging sie ihm nicht mehr aus dem Kopf. Er hätte selbst nicht sagen können, warum. Außerdem ging er zu jener Zeit regelmäßig mit Mandy Green aus. Also hatte er versucht, möglichst wenig über den Grund nachzudenken.

Doch als er heute Abend in Boom Dailys Garten kam und sich nach den Jungen umsah, mit denen er früher Football gespielt hatte, stand sie auf einmal in einer Ecke, fast eingeklemmt zwischen dem Zaun und einer alten Eiche. In dem Augenblick wusste er, dass seine Chance gekommen war.

Er liebte Herausforderungen, und Sydney Ford war eine wahre Herausforderung. Zum Glück hatte er in seinem ersten Jahr am College einiges dazugelernt, was den Umgang mit Frauen betraf.

Die schlanke Flasche Corona, die er sich in die Tasche gesteckt hatte, erwies sich im Nachhinein als echter Geniestreich. Er ahnte instinktiv, dass Sydney an besseres Bier gewöhnt sein dürfte als den billigen Stoff, den seine chaotischen ehemaligen Mitschüler einkauften. Ihr Sinn für Qualität hatte ihr schließlich zu dem Ruf verholfen, arrogant zu sein. Dabei hatte er nie nachvollziehen können, was an ihr überheblich sein sollte.

Möglicherweise hatte er deshalb nie den Gerüchten über sie Glauben geschenkt, weil sie Izzy Leightons beste Freundin war. Izzy arbeitete, genauso wie Ray, für die Schülerzeitung. Sie hätte Sydney nicht zur Freundin gewählt, wenn sie tatsächlich ein Snob gewesen wäre. Entsprechend hegte er begründete Zweifel an dem, was die anderen über sie sagten.

Ganz abgesehen davon wollte er den Gerüchten nicht trauen, weil er Sydney vom ersten Augenblick an verführen wollte. Wenn man ihn fragte, war sie verdammt heiß für einen kalten Fisch.

Sie waren gerade bei seinem Truck angelangt, der ein Stück weiter die Straße hinunter am Bordstein parkte, als er Polizeisirenen hörte. Sofort hatte er ein ungutes Gefühl. Ein richtig ungutes Gefühl. Er sah Sydney an. „Hast du Lust, woandershin zu fahren?"

Sie schien ein wenig verwirrt zu sein. „Ich dachte, du wolltest feiern."

Ihm schwebte eine Feier im kleineren Rahmen vor, aber vor allem wollte er vermeiden, dass Sydney sich Ärger einhandelte, weil man sie bei einer Razzia wegen Alkoholkonsums hochnahm. Immerhin war sie minderjährig. Er nickte kurz in die Richtung, aus der die Sirenen kamen.

„Ich schätze, wir sollten besser verschwinden, bevor wir eine Freifahrt zum nächsten Revier riskieren."

Sie war sichtlich erschrocken und sprang, ohne zu zögern, in den Wagen, als er die Fahrertür öffnete. Vorn war eine durchgehende Sitzbank, und sie rutschte ein Stück auf die andere Seite, damit er einsteigen konnte. Er schaffte es gerade noch, den Motor zu starten und loszufahren, da entdeckte er auch schon die Polizeiwagen im Rückspiegel.

Als sie bei dem Stoppschild am Ende der Straße ankamen, atmete er erleichtert auf und blickte zu Sydney. „Das war knapp."

Ihr war nicht anzusehen, was in ihr vorging, doch ihre Stimme klang eine Spur ängstlich, als sie sagte: „Na, wenn das keine Überraschung für meine Mutter gewesen wäre. Die einzige Tochter festgenommen wegen Trinkens in der Öffentlichkeit."

„Ja, und man hätte dir Kurse über Alkoholmissbrauch und gemeinnützige Dienste aufgebrummt. Da ist der Spaßfaktor gleich null. Aber das bleibt dir ja nun erspart, und du kriegst keinen Stress mit deiner Mutter."

„Irrtum, meine Mutter würde mir gratulieren, weil ich den Mut habe, gegen das Gesetz zu verstoßen. Für sie wäre das ein willkommener Beweis dafür, dass ich doch keine steife Spießerin bin."

Ray war entsetzt. „Deine Mutter hat dir gesagt, du wärst eine steife Spießerin?"

„Ach, was soll's", tat sie die Frage ab und schwieg einen Moment. Dann schlug sie die Beine übereinander und drehte sich zu ihm. „Wo fahren wir eigentlich hin?"

Er war inzwischen abgebogen und sah auf die Straße. Trotzdem hätte er schwören können, dass sie gerade ein Stück näher zu ihm gerückt war. „Weiß ich noch nicht. Ich wollte erst mal nur da weg. Gibt es einen bestimmten Ort, wo du vielleicht gern hinmöchtest?"

Sie überlegte kurz, während er die Auffahrt zur Stadtautobahn nahm. „Wir wäre es mit dem Staudamm?"

Das war nicht weit von hier, und er hatte nichts dagegen. Um die Stille im Wagen zu übertönen, legte er seine Depeche-Mode-CD ein. Er hatte gesehen, dass sie das T-Shirt aus dem Konzert trug. Prompt begann sie, den Song „Personal Jesus" ganz leise mitzusingen. Sie hatte eine sehr schöne Stimme.

Und sie hatte einen traumhaften Körper, den sie aus irgendwelchen Gründen nicht stillhalten konnte. Sie rutschte unruhig hin und her, während die Musik spielte. Sie sprachen nicht. Ohne ihn zu fragen, drückte sie beim nächsten Lied auf Schnellvorlauf, bis „Policy of Truth" erklang. Inzwischen saß sie genau in der Mitte der Sitzbank.

Ray wurde heiß, und er musste sich zusammenreißen, nicht laut zu stöhnen. Keine zehn Zentimeter weiter, und sie saß auf seinem Schoß. Er wusste, dass sie absichtlich so dicht an ihn herangerückt war, und fragte sich, ob er sie noch näher zu sich ziehen sollte. Zumindest konnte er schon mal den Arm auf die Rücklehne legen. Sie lehnte sich zurück, und ihr Haar berührte seinen Arm. Als er gerade seine Hand auf ihre Schulter legen wollte, waren sie da.

Er parkte in einer Seitenstraße. Von hier mussten sie durch eine kleine Grünanlage gehen, um zum Staudamm zu gelangen. Ein kurzer Spaziergang schien ihm ideal, wenn er mit ihr ins Gespräch kommen wollte. Er wollte sie schon lange kennenlernen, und wie es aussah, ging es ihr mit ihm nicht anders. Deshalb durfte er jetzt keinen Fehler machen.

Sie sah ihn an und kam noch näher, bis ihr Schenkel direkt neben seinem war. Er legte die Hand auf den Türgriff, damit sie aussteigen konnten, doch in diesem Moment beugte sie sich über ihn und griff nach seiner Hand. Sie hielt ihn fest. Er sah sie an. Ihre tiefblauen Augen mit den langen Wimpern sprachen eher für ein Schlafzimmer als für den Staudamm.

„Wolltest du nicht feiern?“, fragte sie.

Rays Körper war Antwort genug. Er konnte kaum glauben, wie ihm geschah.

Er ließ den Türgriff los, nicht aber ihre Hand. Dann lehnte er sich in die Ecke zwischen Sitzbank und Tür und bedeutete ihr mit den Augen, näher zu kommen. Sie sah ihn eine halbe Ewigkeit schweigend an. Diese Augen waren sagenhaft!

Schließlich lächelte sie. Er fürchtete, wenn sie seinen Schenkel auch nur streifte, wäre es auf der Stelle um ihn geschehen.

Er beugte sich ein Stück vor, legte einen Arm um sie und zog sie ganz nah zu sich. Sie öffnete die Lippen ein wenig, und er gab ihr, was sie offenbar von ihm wollte.

Sie erwiderte seinen Kuss mit einer Leidenschaft, wie er sie bei keiner Frau zuvor erlebt hatte. So hatte Mandy Green ihn nie geküsst. Die Mädchen am College waren dem schon nähergekommen, aber das hier übertraf sie trotzdem noch um Klassen.

Von Küssen wie diesem träumte man gewöhnlich, rechnete jedoch nie damit, dass es sie tatsächlich geben könnte. Er wusste nicht, warum, doch scheinbar wollte sie ihn mehr, als er zu hoffen gewagt hatte. So viel verriet ihm ihr Mund – und ihre Hand, die plötzlich an seiner Hose war.

Ihm war klar, dass er sich unmöglich verhielt, doch darauf konnte er keine Rücksicht mehr nehmen. Er musste sich von ihr berühren lassen. Mit seiner Hand bedeutete er ihr, wie sie ihn zu streicheln und zu liebkosen hatte, rieb sich schamlos an ihren Fingern, die seine Erregung umfassten. Als er beinahe wahnsinnig vor Lust war, stoppte er sie. Er wollte sie anfassen.

Leider war ihre Sitzposition unglücklich, sodass er nicht unter den Saum ihres T-Shirts gelangen konnte, ohne sie ein Stück von sich zu schieben. Andererseits wollte er diesen Kuss auf keinen Fall unterbrechen.

Dann wich sie plötzlich ein Stück zurück, und während sie ihn ansah, strich sie sich mit dem Finger verführerisch über die Unterlippe.

„Können wir uns irgendwo ein Zimmer nehmen?", fragte sie ihn. Er traute seinen Ohren nicht.

„Ähm, okay." Verdammt, er würde jeden Moment kommen, und dabei war er noch vollständig bekleidet! „Wenn du das auch wirklich willst."

„Ich will das wirklich."

Die rechte Hand auf ihrer Schulter, zündete er den Wagen mit links und bog auf die Straße zurück. Er war keine Jungfrau mehr, aber wenn es darum ging, ein Zimmer für eine Nacht zu mieten, war er reichlich unerfahren. Seine bisherigen Begegnungen mit dem anderen Geschlecht hatten in Schlafsälen, Studentenwohnheimen oder auf Autorücksitzen stattgefunden.

Glücklicherweise hatte er Geld und Kondome dabei. Und er hatte Sydney, die ihn in solche Erregung versetzte, dass seine Hose zu platzen drohte. Das einzige Problem war, dass er es nicht mehr lange aushalten konnte. Wie wollte er Sydney verführen, wenn er es nicht mal bis ins Motelzimmer schaffen würde? Er fasste es nicht. Er würde mit der Eiskönigin schlafen!

Was in aller Welt tat sie hier? Sie saß in Ray Coffeys Wagen, während er ein Motelzimmer für sie mietete. In wenigen Minuten würden sie allein vor einem Bett stehen. Sie konnte nicht glauben, dass sie es tatsächlich wagte. Vor lauter Nervosität musste sie lachen.

Wurde sie jetzt hysterisch? Sie zitterte. Heute Abend würde sie ihre Unschuld an Ray verlieren – an den Jungen, mit dem zu schlafen sie sich so lange erträumt hatte. Nur dass er kein Junge mehr war.

Sie betrachtete ihn, als er aus der Rezeption zurück zum Wagen kam, die Hände in den Jeanstaschen vergraben. Wollte er nicht mit einem Zimmerschlüssel gesehen werden? Würde er hinterher leugnen, sich mit ihr eingelassen zu haben? Sie schloss die Augen.

Was für ein alberner Gedanke! Wie dumm, unreif und lächerlich sie doch war – genauso, wie ihre Mutter gesagt hatte.

*Lass dich endlich flachlegen!*

Sydney fragte sich, ob Mandy Greens Mutter ihrer Tochter denselben Rat erteilt hatte. Hatte Mandy mit Ray geschlafen? Und konnte Sydney ihn überhaupt halbwegs zufriedenstellen, wenn sie nicht den geringsten Schimmer hatte, wie sie sich verhalten, was sie tun sollte?

Okay, rein technisch wusste sie Bescheid. Das konnte man in jeder Frauenzeitschrift nachlesen. Sie hatte sogar mal einen Artikel mit dem Titel „Der sanfte Weg, die Unschuld zu verlieren" gelesen. Aber überall war davon die Rede gewesen, wie wichtig es war, entspannt zu sein. Und momentan war sie alles andere als entspannt. Wie sollte sie da genießen können, was sie erwartete?

Die Wagentür ging auf, und Ray stieg schweigend auf den Fahrersitz. Sie sprachen nicht, als er an dem zweistöckigen Gebäude entlangfuhr und die Zimmernummern las, bis sie an ihrem Zimmer angekommen waren.

Direkt vor der Tür parkte er den Wagen ein und öffnete die Tür auf der Fahrerseite. Er hielt sie Sydney auf, damit sie aussteigen konnte. Dann legte er ihr die Hand auf den Po und führte sie zum Zimmer.

Nun waren sie da. Er schloss auf, und sobald Sydney hineingegangen war, folgte er ihr und zog die Tür hinter sich zu.

Das Schnappen des Türschlosses löste regelrecht Panik in ihr aus.

Sie begann zu zittern, und ihr wurde entsetzlich mulmig. Das Zimmer war dunkel, bis auf den matten Lichtstrahl, der von draußen durch einen Vorhangschlitz auf das Doppelbett schien. Sie war drauf und dran, ins Bad zu fliehen, da fühlte sie seine Hand auf ihrer Schulter. Zärtlich küsste er ihr Ohr.

Sogleich breitete sich eine unbeschreibliche Hitze zwischen ihren Schenkeln aus. Sie kannte dieses Gefühl aus unzähligen

Nächten, in denen sie aus einem Traum erwachte und an Ray denken musste.

Doch das hier war kein Traum, sondern Wirklichkeit. Ray war bei ihr. Und anstelle ihrer Mädchenfantasien waren es seine Lippen, die sie erregten. Statt ihrer eigenen würden sie seine Hände unter der Bettdecke berühren.

Und plötzlich war ihr Verlangen stärker als alle Scheu und Schüchternheit. Sie hob bereitwillig die Arme, als er ihr T-Shirt nach oben schob.

Im Zimmer war es kühl, und sie fröstelte ein wenig, doch dann fühlte sie Rays Wärme in ihrem Rücken. Sie drehte sich um und dankte ihm im Stillen dafür, dass er das Licht nicht eingeschaltet hatte. Später würde sie sein Gesicht sehen wollen, aber in diesem Augenblick hatte sie Angst, sie könnte jeden Augenblick anfangen zu weinen. Und sie war zwar unerfahren, aber sie wusste sehr wohl, dass Tränen beim Sex störten.

Sie versuchte, ihr Zittern zu unterdrücken, als sie die Knöpfe seines Pulloverkragens öffnete. Sie wollte ihn ihm gerade ausziehen, da unterbrach er sie.

„Sydney, warte."

Sie erstarrte. „Stimmt etwas nicht?"

„Doch, doch, was mich betrifft, ist alles perfekt."

„Was ist es denn dann?"

„Bist du wirklich sicher, dass du das willst? Ganz sicher?"

Er klang aber eher so, als wäre er der Unsicherere von ihnen beiden.

„Ich bin hier, reicht das nicht?"

„Ja, du bist hier. Aber ich begreife absolut nicht, warum." Er ließ ihre Hände los und strich über die Träger ihres BHs.

Sie fühlte, dass auch er zitterte. Sie schloss die Augen und vergrub die Finger im Stoff seines Pullovers. Was sollte sie ihm sagen? Etwa, dass jedes Mädchen früher oder später seine Unschuld verlieren musste? Dass sie eine folgsame Tochter war, die nur tat, was ihre Mutter ihr gesagt hatte? Dass sie sich in ihn verliebt hatte, als sie ihn das erste Mal sah, und seitdem an keinen anderen mehr denken konnte? Dass sie ihn wollte, ihm und sich beweisen musste, nicht der kalte Fisch zu sein, für den alle sie hielten?

Nein, nichts davon konnte sie ihm sagen. Sie beugte sich vor und küsste die warme Haut seiner Brust, die aus seinem offenen Pulloverausschnitt hervorlugte. „Ich bin hier, weil ich mit dir zusammen sein will. Genügt das nicht?“

Erleichtert fasste er ihre Schultern und atmete tief aus. Sie konnte das Pochen seines Herzens fühlen, seine zitternden Finger, die die Träger ihres BHs herunterzogen. Sie hob den Kopf und sah ihn an.

Er küsste sie sanft. Mit seinen Lippen und seiner Zunge liebkoste er sie zärtlich, während er den Verschluss ihres BHs öffnete. Dann trat er gerade weit genug zurück, um ihr die Träger abstreifen zu können. Als er sich erneut ihrem Mund näherte, schüttelte sie den Kopf und bedeutete ihm, dass sie nun zu Ende bringen wollte, was sie eben begonnen hatte. Er verstand sie auf Anhieb und ließ sich von ihr den Pullover ausziehen.

Dann nahm er sie in die Arme. Sie hatte nie geglaubt, dass es so unbeschreiblich schön sein würde, dass Ray so wunderbar sein könnte. Er war so stark und muskulös. Die seidigen Haare auf seiner Brust kitzelten ihren Busen und ihre Nase, als sie das Gesicht darin vergrub. Er duftete fantastisch. Und mit seinen großen kräftigen Händen strich er ihr unendlich zärtlich über den Rücken.

Mit ihr in seinen Armen ging er einen Schritt zurück, bis sie direkt vor dem Bett standen. Er setzte sich auf die Kante, die Hände an ihrer Taille. Ihre Augen hatten sich mittlerweile an die Dunkelheit gewöhnt, sodass sie mehr erkennen konnte als noch vor wenigen Minuten. Das hieß allerdings, dass er ebenfalls besser sehen konnte. Und er blickte auf ihre Brüste, die sie immer schon eine Körbchengröße zu klein gefunden hatte.

Ganz langsam und behutsam strich er mit den Händen ihren Bauch hinauf. Mit den Daumen streichelte er über ihre Brustwarzen, und Sydney warf den Kopf in den Nacken. Halt suchend ergriff sie seine Unterarme. Sie zitterte. Wenn er jetzt nur nicht dachte, sie hätte Angst! In gewisser Hinsicht stimmte das zwar, aber es war eine erregende Angst vor dem Unbekannten. Vor ihm fürchtete sie sich nicht im Geringsten.

Er zog sie näher zu sich und umschloss eine ihrer Brustwarzen mit den Lippen. Es fühlte sich so gut an, dass sie beinahe aufgeschrien hätte vor Lust. Seine Zunge besaß magische Kräfte. Abwechselnd küsste er erst die eine, dann die andere Brust, dass die Knospen sich aufrichteten.

Dann küsste er ihren Bauch und glitt mit den Händen tiefer – zum Knopf ihrer Jeans.

Mein Gott, hatte sie ihre Beine rasiert? Ja. Welchen Slip trug sie? Fieberhaft versuchte sie, sich zu erinnern, was sie angezogen hatte. Baumwolle, Tanga, pink, passend zu ihrem pinkfarbenen BH – genau, das war's.

Danach konnte sie nichts mehr denken, denn Ray hakte die Daumen unter den Bund ihrer schwarzen Jeans und zog sie herunter. Sydney streifte ihre schwarzen Turnschuhe ab und stieg aus den Hosenbeinen, während er seine Stiefel auszog.

Alles, was sie jetzt noch anhatte, war das pinkfarbene Nichts von einem Slip. Doch als er sich vorbeugte, um ihn herunterzuziehen, stoppte sie ihn. „Noch nicht."

Sie hätte schwören können, ein Stöhnen gehört zu haben, bevor er sagte: „Hast du es dir anders überlegt?"

Er war wunderbar! Selbst jetzt würde er jederzeit aufhören, wenn sie es wollte. Unbedarft wie sie war, wusste sie sehr wohl, dass die wenigsten Männer so sensibel und rücksichtsvoll waren. Sie fürchtete, dass ihre Gefühle für ihn in diesem Moment weit tiefer gingen als eine High-School-Schwärmerei.

„Nein, ich habe es mir nicht anders überlegt. Ich möchte nur, dass du erst deine Hose ausziehst."

Er lachte leise. Sie hatte noch nie jemanden gesehen, der so schnell aus einer Jeans herauskam. Sekundenbruchteile später standen sie einander gegenüber – in Slips und Socken. Der kalte Fisch und der Mann, in den sie sich in diesem Augenblick unsterblich verliebte.

Als er sie wieder in seine Arme nahm, überließ sie sich bereitwillig der Wärme seines wundervollen Körpers. Ray war stark und sanft und zärtlich, und seine Erregung an ihrem Bauch steigerte ihr Verlangen so sehr, dass alle Scheu von ihr abfiel.

Er legte sich auf das Bett, und sie folgte ihm ohne Zögern. Sie liebte es, wie seine Beine sich an ihren rieben, wie seine Hände überall gleichzeitig zu sein schienen, wie er sie küsste, während er sich und sie vollständig entkleidete.

Als er ihren Körper mit seinem bedeckte, empfing sie ihn mit einer Wonne, die sie nie für möglich gehalten hatte. Sie war erfüllt von Wärme, Verlangen und solch unsagbarer Freude, dass ihr die Tränen in die Augen stiegen.

Und sie wusste, dass sie richtig gehandelt hatte.

## *8. KAPITEL*

Kannst du das fassen?“ Anton hatte die Hände in den Taschen seiner khakifarbenen Shorts vergraben und blickte voller Bewunderung auf die antiken Tempel, die zu beiden Seiten der Ausgrabungsstätte standen. „Zweitausend Jahre sind vergangen, und trotzdem ist so viel erhalten geblieben. Wenn man bedenkt, unter welchen Material- und Fertigungsbedingungen damals gearbeitet wurde, ist das unglaublich.“

Lauren stand inmitten der Maya-Ruinen von Altun Ha und war nicht minder beeindruckt – allerdings bezog sich ihre Faszination eher auf den Mann neben ihr als auf die antiken Tempel. Er war ein Vollblutarchitekt, der seine Leidenschaft zum Beruf gemacht hatte. Das wusste sie schon lange, doch hier spürte sie besonders, wie viel ihm seine Arbeit bedeutete.

Sicher würde er selbst jederzeit leugnen, zu leidenschaftlicher Begeisterung überhaupt fähig zu sein – sei es im Beruf oder in der Liebe. Dennoch wusste sie, wie sehr beides auf ihn zutraf. Sie hätte sich von ihm nie so magisch angezogen gefühlt, hätte sie diese Begeisterungsfähigkeit nicht von Anfang an erkannt.

Leider verbot er sich meist, seine Gefühle offen zu zeigen. Normalerweise würde er nie zugeben, wie sehr ihn etwas beeindruckte – weder im Job noch im Bett. Und genau da lag ihr Problem. Wie gern würde sie einmal erleben, dass er seine Selbstbeherrschung verlor.

Vielleicht war ihre Chance endlich gekommen, dachte sie lächelnd. Vielleicht konnten ihn diese Ruinen wachrütteln. Irgendwann musste er einsehen, was ihm alles entging, solange er seine Gefühle stets sicher unter Verschluss hielt. Irgendwann musste auch er sich fallen lassen. Und dann wollte sie da sein.

Natürlich würde er nie von sich behaupten, übertrieben verschlossen zu sein, wie sie ja auch nie von sich sagen würde, sie hätte unheimlich gern Sex. Was das Leugnen von Tatsachen anging, waren sie sich ziemlich ähnlich. Doch das nützte ihnen herzlich wenig. Wie wollten sie zusammenfinden, wenn sie sich nicht kompromissbereit zeigten?

Dazu musste sich jeder von ihnen zunächst einmal die Kritik des anderen gefallen lassen. Und Lauren war nicht sicher, wie gut sie beide auf diesem Gebiet waren.

Sie hatten sich in Belize City einen alten Jeep gemietet und waren den ganzen Morgen unterwegs gewesen, um hierher zu gelangen. Die Maya-Ruinen waren *die* Touristenattraktion in dieser Gegend. Von der Stadt fuhren regelmäßig Busse her, doch Anton hatte darauf bestanden, sich von keiner organisierten Führung abhängig zu machen. Er wollte sich keinem festen Zeitplan unterwerfen, und Lauren hatte nichts dagegen einzuwenden. Auf diese Weise hatten sie wenigstens Zeit für sich allein.

„Wolltest du eigentlich immer schon Architekt werden?“ Sie blickte von Anton auf die über zwanzig Meter hohen Ruinen. In der kurzen Zeit, die sie zusammenlebten, hatte er ihr von seinem Studium, dem Praktikum und den harten Anfängen der Selbstständigkeit erzählt. Aber er hatte ihr nie gesagt, wie sein Traum begann. Sie wusste nicht mehr, ob sie ihn nie danach gefragt hatte oder ob er gemeint hatte, es würde sie nicht interessieren. Von sich aus hatte er jedenfalls nie etwas erzählt.

Er lächelte versonnen, und sogleich bekamen seine ansonsten so verschlossenen strengen Züge etwas Warmes und Freundliches. Das war das Gesicht, in das Lauren sich verliebt hatte. Sie freute sich, dass er das Lächeln doch nicht verlernt hatte, wie sie in letzter Zeit so oft glaubte.

„Nein, erst seit ich mit vier oder fünf genug Legosteine zusammenhatte, um die ersten Kasernen für meine Spielzeugsoldaten zu bauen."

Bedauerlicherweise hielt die Erinnerung nur wenige Augenblicke vor, und sobald er in die Gegenwart zurückkehrte, schwand das Lächeln, und seine Züge wurden wieder so undurchdringlich wie zuvor.

Lauren bemerkte, dass sie die Hände in den Taschen zu Fäusten geballt hatte, und mahnte sich im Stillen, zu entspannen. Anton machte sich auf den Weg zum Jeep, und sie folgte ihm. Als ein dicker Regentropfen auf ihren Arm fiel, blickte sie hinauf zum Himmel, wo sich dunkle Wolken vor die Sonne schoben. „Ich glaube, das hast du mir nie erzählt. Das mit den Legosteinen und deinen Spielzeugsoldaten."

„Es gibt eine Menge, was ich dir nie erzählt habe", erwiderte er, als hätte sie ihm einen Vorwurf gemacht. „Wir haben eben nicht darüber gesprochen, das ist alles. Ich habe es bestimmt nicht absichtlich verschwiegen."

Lauren biss die Zähne zusammen. Machte sie wirklich immer alles falsch? „Ich meinte ja auch nicht, dass du mir etwas verheimlicht hast. Ich habe mir dich nur noch nie als kleinen Jungen vorgestellt, der mit Legosteinen spielt."

Sie betrachtete seinen Rücken, die breiten Schultern und die gerade Haltung, die ihn unerschütterlich und unnahbar wirken ließ. „Ich wette, du warst ein niedliches Kind."

Anton war abrupt stehen geblieben, drehte sich zu ihr um und sah sie an, als fragte er sich, was sie damit bezweckte. Doch dann grinste er, und Lauren fiel ein Stein vom Herzen.

„Superniedlich, wenn man das glauben will, was die voreingenommene Verwandtschaft behauptete“, sagte er und verdrehte die Augen.

„Ein süßer blonder Lockenkopf, oder?“, fragte Lauren schmunzelnd.

Er schüttelte die kurzen blonden Locken. „Noch blonder und noch lockiger als heute, ja. Man hielt mich dauernd für ein kleines Mädchen, wenn du es genau wissen willst.“

Das hatte sich grundlegend geändert. Niemand würde ihn heute mehr „niedlich“ oder „süß“ nennen, auch wenn sein Haar sich noch so fein anfühlte. Lauren musste unwillkürlich daran denken, wie es war, seine Locken zu durchwühlen und sich an seiner Wange zu reiben. Sein Kinn war weit weniger stoppelig als bei dunkleren Typen, was ihr ausnehmend gut gefiel.

Doch in diese Richtung dachte sie besser nicht weiter. „Komisch, ich habe bei deinen Eltern nie irgendwelche Kinderfotos von dir gesehen.“

Er sah sie eine Weile nachdenklich an. „Worauf willst du damit hinaus?“

„Ich will auf gar nichts hinaus, ich denke nur gerade daran, wie viel ich von dir noch nicht weiß. Und ich bedaure, dich nicht besser kennengelernt zu haben, als ich die Chance hatte.“

„Nun, ich habe es dir nicht direkt leicht gemacht“, sagte er reuevoll. „Ich kann ziemlich schwierig sein.“

„Schwierig im Sinne von ‚dickköpfig‘?“, neckte sie ihn. Sie betete zu Gott, dass er damit nicht andeuten wollte, zwischen ihnen wäre es für immer vorbei. Das war das Letzte, was sie wollte.

„Du bist süß, weißt du das?“ Er strich ihr mit dem Finger eine Locke hinters Ohr und zog anschließend mit der Fingerspitze eine Linie ihren Hals hinunter.

Lauren schloss die Augen und erschauerte. Gott, wie hatte

sie seine Berührungen vermisst! Zugegeben, sie hatten in der ersten Nacht auf der Insel im selben Bett geschlafen und sich aneinander gekuschelt. Aber diese einfache Geste erinnerte sie an all das, was sie früher einmal gehabt hatten.

Trotzdem war die gemeinsame Nacht wichtig gewesen. Sie hatte ihr Sicherheit gegeben, jenen Rückhalt, den sie so dringend brauchte.

Als Anton seine Hand zurückzog, öffnete sie erschrocken die Augen.

Er sah verwirrt und traurig aus. „Warum tust du das?"

„Was?", fragte sie unsicher. Meinte er die Art, wie sie auf seine Berührung reagierte? Wenn ja, wusste er es nicht schon längst? „Meinst du, warum ich es so genieße, deine Hände zu spüren? Ist es das? Denkst du, ich sollte es besser nicht mögen?"

„Nein, das meine ich nicht. Es würde mich überraschen, wenn du irgendwann anders reagieren würdest", antwortete er verbittert. „Du hast mir hinreichend klargemacht, wie viel dir Sex bedeutet. Und ich kenne dich inzwischen so gut, dass ich weiß, welche Knöpfe ich zu drücken habe."

„Wieso ist meine Sexualität für dich so ein Problem?" Als er nicht antwortete, sah sie an ihm vorbei in die Ferne und flüsterte: „Ich habe nie verstanden, was dich daran stört, dass ich zu meinen körperlichen Bedürfnissen stehe. Findest du mich abstoßend, weil ich erregbar bin? Oder hast du Angst, du könntest dich genauso fallen lassen und die Kontrolle verlieren?"

Nun war es endlich heraus. Sie hatte panische Angst davor gehabt, diese Fragen zu stellen. Andererseits musste sie die Antwort wissen.

Er scharrte nervös mit den Schuhen auf dem lehmigen Sandboden. „Was erwartest du, das ich darauf antworte, Lauren?

Willst du die Wahrheit hören? Okay, die sollst du haben. Ich konnte mich deshalb nicht fallen lassen, weil ich nie wusste, ob dein Spaß im Bett wirklich so viel mit mir zu tun hat. Ich war mir nie sicher, ob du es genossen hast, weil ich bei dir war, weil wir zusammen schliefen, oder ob du dabei nur an deinen Genuss dachtest. Kurz gesagt: Ich weiß nicht, ob es dir um mich ging oder nur ums Vögeln."

Wie konnte er glauben, dass ihre Gefühle keine Rolle gespielt hatten? Nach all der Zeit wusste er immer noch nicht, was sie für ihn empfand?

Es begann zu regnen, doch Lauren scherte sich nicht darum. „Ich streite nicht ab, dass ich Spaß am Sex habe. Aber wirklich genießen kann ich ihn nur, wenn ich mit dem Mann schlafe, den ich liebe. Was ich daran mag, steht und fällt mit der Person, mit der ich zusammen bin. Der Sex war nur deshalb schön, weil ich ihn mit dir hatte. Und ich kann nicht fassen, dass du das nicht weißt."

Er sagte nichts. Sie sah ihn an, konnte aber beim besten Willen nicht ergründen, was er dachte. Dann nahm er ihre Hand und zog sie mit sich. „Lass uns in den Wagen steigen. Hier im Regen können wir nicht reden."

Liebend gern hätte sie ihre maßlose Enttäuschung vom Regen hinwegspülen lassen. Sie wollte sich um keinen Preis mit ihm streiten. Nicht jetzt, nachdem sie sich in den letzten Tagen vorsichtig wieder aneinander angenähert hatten.

Doch Anton eilte mit Riesenschritten zum Parkplatz, und ihr blieb keine Wahl, als hinter ihm herzulaufen. Bis sie beim Wagen ankamen, war aus dem Regen ein heftiger Schauer geworden. Als sie einstiegen, waren sie beide bis auf die Haut durchnässt.

Lauren war froh, dass sie ihr Haar heute zu einem Zopf gebunden hatte. Sie wischte sich das Regenwasser aus der Stirn, bevor es ihr in die Augen lief. Dann suchte sie nach etwas, um sich die Hände abzutrocknen. Da sie nichts anderes fand, nahm sie ihr ärmelloses Top. Der Stoff war allerdings so nass, dass es rein gar nichts nutzte.

Sie war so durcheinander, dass sie plötzlich laut loslachen musste.

Dann sah sie zu Anton und entdeckte in seinem Blick jenes Feuer, das sie so lange schmerzlich vermisst hatte. Es kam ihr vor wie eine Ewigkeit, seit er sie zuletzt so angesehen hatte.

Ihr Lachen verstummte schlagartig, und ihre hilflose Enttäuschung wich einem Gefühl tiefer Liebe. Viel zu selten hatte er ihr auf diese Weise gezeigt, dass nicht all ihre Hoffnungen umsonst waren.

Sie krallte ihre Finger in die Oberschenkel, um sich zur Ruhe zu zwingen. Es kostete sie eine ungeheure Anstrengung, ihre Stimme halbwegs unter Kontrolle zu halten. „Was ist? Stimmt etwas nicht?“

Er atmete tief durch, stieß einen leisen Fluch aus und blickte aus dem Fenster. „Du machst es mir schwer.“

„Was?“

„Nein zu sagen. Mich von dir fernzuhalten.“

Dann wandte er sich wieder zu ihr. Pures Verlangen spiegelte sich in seinem Blick. „Du weißt offenbar gar nicht, wie ungemein sexy du bist. Du hast gar keine Ahnung, was mit mir geschieht, wenn ich dich nur ansehe. Ich muss immerzu daran denken, was ich mit dir machen möchte. Das ist vollkommen verrückt. Nichts ... Keine Frau hat mich jemals so scharf gemacht wie du.“

Das waren nicht die Worte eines verliebten Mannes. Lauren saß stumm da und versuchte, ihre Verletztheit auszuhalten. Ihr wurde abwechselnd heiß und kalt, und in ihrem Kopf überschlugen sich die Gedanken.

Vielleicht hatte das, was er meinte, gar nichts mit ihr zu tun. Vielleicht kämpfte er gegen etwas an, das nicht in ihrer Person begründet war, sondern in seiner. Vielleicht konnte er nicht glauben, dass sie ihn wirklich liebte, weil er ihr nie sein wahres Ich gezeigt hatte.

Aber was hielt ihn bloß davon ab, sich ihr zu öffnen? Was machte ihn so distanziert? Und wie in aller Welt wollten sie jemals zueinanderfinden?

Ehe sie weitergrübeln konnte, streckte er die Hand aus und streichelte mit den Fingerspitzen über ihre Brüste, deren Spitzen sich deutlich durch das nasse T-Shirt abzeichneten.

Ausgerechnet heute hatte sie auf einen BH verzichtet! Sie musste beinahe übermenschliche Kraft aufwenden, um einigermaßen ruhig zu bleiben, regelmäßig zu atmen und ihr pochendes Herz zu ignorieren.

Doch die eine Reaktion, die sie nicht unter Kontrolle hatte und die Anton deutlich erkennen ließ, was er mit ihr machte, war nicht zu übersehen. Ihre Brustwarzen hatten sich unter seiner Berührung vor Erregung aufgerichtet.

Sie konnte nichts dagegen tun. Sie war wie Wachs in seinen Händen. Am liebsten hätte sie auf der Stelle das T-Shirt und alles andere ausgezogen und ihm hier und jetzt ihren Körper dargeboten. Aber sie tat es nicht. Sie saß ganz still da. Und anstatt die Augen zu schließen und sich genussvoll seinen Zärtlichkeiten zu überlassen, sah sie ihn an.

Als er eine Brust in die Hand nahm, sah sie die Anspannung

in seinem Gesicht. Das Pochen an seiner Schläfe verriet ihr, wie sehr sein Herz klopfte. Er sah verärgert und schrecklich ungeduldig aus, als wäre er im Begriff, den Kampf gegen sich selbst zu verlieren.

„Zieh es aus."

Drei einfache Worte, und sie begann zu zittern. Doch es waren weniger die Worte gewesen als der Klang seiner Stimme. Er hörte sich heiser, rau und zittrig an. Laurens Erregung wich einem Gefühl von Unsicherheit, das jeden Augenblick in Angst umkippen könnte.

Stumm griff sie nach dem Saum ihres T-Shirts und zog es aus. Sie fühlte sich verletzbarer denn je.

Währenddessen schob Anton den Fahrersitz ganz nach hinten, auf größtmöglichen Abstand zum Lenkrad. Anschließend beugte er sich über sie und löste den Feststellhebel ihres Sitzes. Mit einem Ruck fuhr ihr Sitz ebenfalls nach hinten.

Dann stieg er über die Mittelkonsole zu ihr hinüber. Sie rutschte zur Seite, um ihm Platz zu machen, wobei sie sich die Seite am Türgriff stieß. Er setzte sich neben sie, fasste sie bei den Hüften und hob sie auf seinen Schoß. Sie spreizte die Beine, um ihre Schenkel seitlich von seinen aufzustützen, was auf dem engen Autositz recht schwierig war.

Er schloss die Augen, schüttelte den Kopf und erschauerte. Lauren spürte sein Zittern und fühlte, wie sehr er darum kämpfte, seinem Verlangen zu widerstehen. Doch als er die Augen wieder öffnete und sie ansah, wusste sie, dass er den Kampf verloren hatte. Und sie erkannte in seinem Blick Dinge, die er ihr niemals gesagt hatte – weder mit Worten noch mit seinem Körper.

Die erotische Spannung zwischen ihnen war so groß, dass

es kein Zurück mehr gab. Und sie wollte auch nicht aufhören. Sie wollte ihm alles geben, was sie zu geben hatte. Sie wollte ihn endgültig davon überzeugen, wie gut sie füreinander waren und was es bedeuten konnte, wenn sie eins würden.

„Was soll ich tun?", fragte sie ihn, als er den Reißverschluss seiner Hose öffnete. Das bloße Geräusch ließ sie erzittern.

Sie stützte sich auf die Knie, damit sie beide mehr Bewegungsfreiheit hatten, und beugte sich vor. Sogleich saugte er an ihrer Brustspitze und koste und neckte sie leidenschaftlich, während Lauren sich ihre Shorts herunterzog und aus einem Hosenbein stieg.

Als sie wieder auf seinen Schoß sank, hatte er seine Shorts und seinen Slip hinuntergeschoben, und seine entblößte Erektion schmiegte sich direkt an ihre Scham. Sie stöhnte und stieß kleine spitze Schreie aus, als er ihre Brüste leidenschaftlich küsste und mit der Zunge reizte.

Er streichelte ihren Po und umfasste sein Glied mit der anderen. Lauren konnte es kaum glauben, aber er war offenbar kurz vor dem Höhepunkt und versuchte, ihn mit aller Macht hinauszuzögern.

Seine Lust steigerte ihr Verlangen ins Unermessliche. Sie blickte hinunter auf die Stelle, an der seine Hand lag. Wie sie diesen Anblick liebte! Sie hätte ihn zu gern in den Mund genommen, doch das ließ der beengte Raum nicht zu.

Sie lehnte sich zurück und stützte sich mit den Ellbogen auf dem Armaturenbrett ab. Anton rieb seine Erektion zwischen ihren Schenkeln hin und her, kitzelte, liebkoste und streichelte sie damit.

Sie sehnte sich danach, ihn endlich in sich zu spüren, doch das sagte sie ihm nicht. Er sollte das tun, was er wirklich wollte.

Zumal sie ohnehin alles genoss, was er mit ihr tat – weil er es war. Als er mit einem Finger tief in sie eindrang und mit wenigen geübten Bewegungen ihren G-Punkt fand, wand sie sich lustvoll auf seinem Schoß.

Obwohl sie benommen vor Wonne war, zwang sie sich, ihren Höhepunkt zurückzuhalten. Nein, noch nicht. Der Anblick seiner harten Männlichkeit erinnerte sie daran, dass es tatsächlich noch besser kommen würde.

Anton reizte sie bis zum Äußersten. Mit seinem Mund, seinen Händen und der samtenen Spitze seiner Erektion brachte er sie beinahe um den Verstand.

Sie spreizte die Beine und warf ekstatisch den Kopf in den Nacken, bis sie gegen die Windschutzscheibe stieß. Hemmungslos spreizte sie die Beine noch weiter und begann, mit den Hüften zu kreisen.

Ihr Atem ging in kurzen heftigen Stößen, während sie darum kämpfte, ihren Höhepunkt aufzuhalten. Dann hob sie den Kopf und sah ihn an.

Antons Gesicht war gerötet, die Stirnlocken klebten an seiner Haut von der hohen Luftfeuchtigkeit im Wagen und von seinem Schweiß.

„Ja?“ Seine Stimme klang, als käme sie aus seinem tiefsten Innern.

„Ja, bitte, ja!“, rief sie, während er mit einem einzigen Stoß in sie eindrang.

Sie konnte an nichts anderes mehr denken als daran, wie schrecklich sie ihn vermisst hatte und wie sehr sie sich wünschte, nie mehr ohne ihn sein zu müssen.

Wenige Augenblicke später glaubte sie, vor Freude und Lust zu explodieren. Von den Haarwurzeln bis zu den Zehenspitzen wurde sie von unglaublicher Wonne durchflutet. Sie erzitterte und führte ihre Finger genau an die Stelle, wo ihre Körper sich vereinten.

Sie liebte es, Anton dort zu berühren, wo er in sie eindrang. Strahlend vor Glück, sah sie ihn an. Er hatte den Kopf in den Nacken gelegt, erwiderte jedoch ihren Blick, bevor er die Augen schloss und sich seinem Höhepunkt hingab.

Er stöhnte laut auf, schrie beinahe, und Lauren zog ihn so dicht zu sich, wie es der begrenzte Raum erlaubte. Dann sank er gegen die Rücklehne zurück, die Augen geschlossen und heftig atmend. Lauren genoss das wunderbare Gefühl, ganz von ihm ausgefüllt zu sein.

Sie beugte sich vor und streifte seinen Mund mit ihren Lippen. Er küsste sie, doch es war ein beinahe flüchtiger Kuss, unbeteiligt und durch nichts an das erinnernd, was sie soeben erlebt hatten. Sie versuchte, ihn zu mehr zu verlocken, und knabberte zärtlich an seiner Unterlippe. Er ließ sie gewähren, schien aber schon weit weg zu sein.

Er war wieder so verschlossen wie zuvor. Lauren setzte sich auf, und sobald sie die Hüften hob, glitt er aus ihr hinaus. Sie hätte am liebsten geschrien vor Verzweiflung. Warum musste es so enden?

Anton zog seine Hose hoch, öffnete die Beifahrertür und stieg aus dem Jeep. Während er um den Wagen herum auf seine Seite ging, zog Lauren sich an. Bis er sich wieder hinter das Steuer setzte, war sie komplett bekleidet – als wäre nichts gewesen, dachte sie traurig.

Er startete den Motor und blickte durch die Windschutzscheibe. „Du nimmst doch noch die Pille, oder?"

Die Frage kam ein bisschen spät, fand sie. „Ja, keine Angst.

Ich werde dich nicht in neun Monaten mit einem kleinen Anton überraschen."

„Das ist gut."

Seine Worte versetzten ihr einen schmerzhaften Stich.

Er stellte den ersten Gang ein und bog vom Parkplatz auf die Hauptstraße ein. Auf der Rückfahrt nach Belize City sprach er nicht mehr. Beklemmendes Schweigen herrschte in dem Wagen, der noch nach Sex roch.

Lauren öffnete das Fenster einen Spalt. Regentropfen schlugen ihr ins Gesicht. Aber alles war besser als dieser Duft.

Sie blickte angestrengt auf den vorbeirauschenden Regenwald, weil sie nicht ertrug, den herzlosen Mann an ihrer Seite anzusehen.

„Ich habe da mal eine Frage."

Sydney stand noch total unter dem Eindruck ihres gestrigen Erlebnisses mit Ray. Es war Nachmittag, und sie saß auf der Dachterrasse in der Sonne. In den anderen Liegestühlen sonnten sich Kinsey, Poe und Lauren.

Lauren wirkte bedrückt und sehr ernst. Sie hockte unglücklich auf der Stuhlkante und schwieg. Aus den Lautsprechern der Stereoanlage tönten Reggaerhythmen einer einheimischen Band. In der Mitte zwischen den vier Stühlen war ein über und über mit frischen Früchten beladener Tisch aufgestellt. Auralie hatte auf dem Festland Ananas, Mandarinen, Feigen, Mangos und Pflaumen gekauft.

Die Männer waren zum Angeln gegangen, und die Frauen hatten gescherzt, dass sie die Höhle warm hielten, während die Sammler und Jäger auszogen, um Nahrung zu beschaffen. Lauren hatte sich nicht daran beteiligt, sondern Anton nur mit wütenden Blicken durchbohrt.

Mittlerweile bekamen sie alle Hunger und hofften, der versprochene Fisch würde bald eintreffen. Auralie hatte geplant, ihn mit Bananen und Limonen zuzubereiten. Dazu sollte es Kräuterreis geben. Doch bis dahin mussten sie sich mit dem Obst zufriedengeben. Lauren hatte darauf bestanden, einen Teil der Früchte in Rum einzulegen. Entsprechend hatten alle Frauen inzwischen einen Schwips.

Kinsey streckte die Beine aus und wackelte mit den Zehen. „Und? Willst du deine Frage stellen, oder sollen wir einfach mal so ins Blaue antworten?"

Sydney hätte sie gern alle angesehen, während sie ihre Frage stellte. Sie wollte wissen, wie sie reagierten, wenn sie die Bombe platzen ließ. Doch dazu hätte sie sie bitten müssen, sich in einer Reihe vor ihr aufzustellen, was wohl übertrieben gewesen wäre.

Also aß sie ein Stück Ananas, leckte sich die Finger und setzte sich auf. „Ist hier jemand, der noch keinen Sex hatte?"

Für einen Moment herrschte Totenstille, dann fragte Kinsey: „Meinst du, in unserem ganzen Leben oder seit wir auf der Insel sind?" Gelassen zerpflückte sie eine Feige.

„Seit wir auf der Insel sind natürlich."

Lauren runzelte die Stirn, inspizierte die Obstschale, verwarf dann aber den Gedanken an Essen und schenkte sich stattdessen Rum und Cola ein. „Was soll die komische Frage?"

Sie machten es Sydney wahrlich nicht leicht. „Komisch? Was ist daran komisch? Es ist eine einfache Frage."

„Finde ich nicht. Da musst du schon etwas genauer werden", meinte Poe.

Das hatte ihr gerade noch gefehlt! „Wieso genauer? Was ist an der Frage denn ungenau?"

Poe betrachtete die Zinken ihrer Dessertgabel. „Na ja, du müsstest schon sagen, was alles unter Sex fällt. Gilt nur richtiger Geschlechtsverkehr, oder denkst du dabei an Körperkontakt im Allgemeinen? Reicht beispielsweise heftiges Knutschen? Und warum willst du das überhaupt wissen?“

Sie hatte gleich gewusst, dass es schwierig werden würde. „Tja, ich würde sagen, dass jede Form von engem Körperkontakt zählt.“ Das musste sie sagen, denn sonst würde das, was sie mit Ray gemacht hatte, nicht wirklich als Sex durchgehen. Und dabei war es sagenhaft gewesen!

„Was das Warum betrifft“, fuhr sie fort, „weiß ich zufällig, dass eine von euch Sex hatte. Ich habe es gehört, und seitdem zermartere ich mir mein Spatzenhirn, wer das war. Schließlich erkenne ich euch nicht an eurem, nun ja, intimen Gekicher, falls ihr versteht, was ich meine.“

„Du meinst, du kennst keine von uns im biblischen Sinne“, sagte Poe und spießte eine Mandarinenspalte auf ihre Gabel.

Lauren prustete, Kinsey begann zu kichern, und Poe versuchte es ebenfalls, doch bei ihr kam ein tiefes, kehliges Lachen heraus.

Was für ein alberner Haufen! Sydney schüttelte den Kopf. „Ihr seid schrecklich. Versuchen wir es also noch mal, aber diesmal ohne die üblichen Albernheiten. Stellt euch vor, ihr werdet gerade von eurem Traummann verführt und seid hin und weg vor lauter Leidenschaft. Vielleicht erkenne ich ja, welche von euch ich gehört habe.“

Alle drei verfielen auf der Stelle in theatralisches Seufzen und Stöhnen, bevor sie erneut hysterisch loskicherten.

„Vielleicht hast du ja auch nur den Mann gehört? Hast du das schon mal in Erwägung gezogen?“

Sydney überlegte, ob Kinsey eventuell recht haben könnte. Sie versuchte, sich daran zu erinnern, welche Laute Ray von sich gab. Nein, eigentlich gar keine. Er war sogar auffallend still beim Sex, als wollte er auf keinen Fall preisgeben, wie bewegt er war. Merkwürdig, dass sie darüber nie nachgedacht hatte.

Sie fragte sich, was das zu bedeuten hatte.

„Erde an Sydney, bitte kommen", riss Poe sie aus ihren Gedanken.

Sydney erschrak. „Nein, das war kein Mann. Männer kichern nicht beim Sex."

„Was so nicht ganz richtig ist", wandte Kinsey ein. „Ich hatte schon mal einen, der kicherte. Nicht dieses alberne Kleinmädchenkichern, sondern tiefer, als würde er durchgekitzelt werden. Ich schätze, für einige fühlt es sich so an. Deshalb mögen manche Männer auch nicht mehr angefasst werden, wenn sie kommen."

„Du sprichst von …", begann Sydney, die genau wissen wollte, ob sie über dasselbe redeten.

„Ihrem Glied, genau", ergänzte Kinsey und griff nach ihrem Drink. „Die Spitze ist oft extrem empfindlich, wegen der ganzen Nerven und so."

„Apropos Spitze, mir fällt da ein früherer Freund von mir ein, mit dem ich vor ein paar Jahren zusammen war. Er liebte Oralsex, aber er kam dabei nie zum Orgasmus. Er meinte, meine Zunge fühlte sich zu fantastisch an, sodass es beinahe unangenehm war", erzählte Poe und bestückte ihre Gabel mit Ananas, Mango und Pflaume.

„Zu fantastisch, ich bitte dich!", prustete Lauren. „Kerle finden Sex grundsätzlich fantastisch. Sex ohne Orgasmus gibt es für sie gar nicht."

„Nein, nein, nein“, winkte Kinsey ab. „Ich habe mal ein Buch gelesen, da schrieb ein Typ, er hätte gelernt, seinen Orgasmus richtig lange zurückzuhalten. Und wenn er schließlich kam, war es wie ein Gewitter. Ich fand das ziemlich sexy.“

„Aber für ihn muss es nicht unbedingt nur angenehm sein“, meinte Poe.

Sydney wünschte sich, Ray wäre jetzt anstelle ihrer Freundinnen bei ihr. Sie konnte kaum erwarten, dort weiterzumachen, wo sie gestern aufgehört hatten. „Könnt ihr euch vorstellen, wie es ist, ein Mann zu sein und sich nie Gedanken machen zu müssen, ob man kommt oder nicht?“

Poe seufzte verträumt. „Ich weiß nicht, was schlimmer ist: den eigenen Orgasmus hinauszuzögern, damit der Partner kommt, oder sich gar nicht erst richtig fallen zu lassen, weil der andere einen sowieso mittendrin abhängt.“

„Warum sollte irgendeine Frau darauf kommen, sich nicht fallen zu lassen?“, fragte Lauren fast wütend. „Ich habe das nie verstanden. Müssen Frauen ihre Lust leugnen, weil sie sonst die Männer erschrecken?“

Sydney war sofort klar, dass dieses Thema einen wunden Punkt bei Lauren ansprach. Aber vielleicht konnten sie so endlich zum Kern dessen vordringen, was zwischen Lauren und Anton schiefging. „Leider gehen nicht alle Frauen so offen mit ihrer Sexualität um wie du.“

„Und das ist falsch, glaubt mir. Wir alle sollten lernen, zu unseren körperlichen Bedürfnissen zu stehen. Ich sehe nicht ein, warum immer nur die Jungs ihren Spaß haben sollen“, verkündete Poe und stand auf, musste sich allerdings an ihrer Stuhllehne festhalten. „Uups, vielleicht sollte ich meinen Obstkonsum zügeln, ehe ich die gesetzlichen Grenzen überschreite.“

„Es gibt keine gesetzlichen Grenzen bei Obst, Poe", sagte Kinsey lachend.

„Sollte es aber, wenn mehr Rum als Fruchtfleisch dran ist." Poe setzte sich im Schneidersitz auf den Holzboden der Terrasse.

„Kommen wir zu Sydneys Ausgangsfrage zurück", schlug Lauren vor. „Warum dürfen Frauen nicht zeigen, wie gern sie Sex haben? Wieso fühlen sich Männer bedroht, wenn Frauen Spaß dabei haben?"

Diese Frage fand Sydney äußerst interessant. Konnte es sein, dass Sex das Problem zwischen Anton und Lauren war? „Das war aber keine Antwort auf meine Frage, Lauren."

Lauren schnaubte ungeduldig. „Hast du nie davon gehört, dass man Fragen auch mit einer Gegenfrage beantworten kann?"

„Doch, aber dann muss die Frage eigentlich eine Antwort sein. Du hast jedoch eine neue Frage aufgeworfen."

„Ich gebe ja ungern zu, die Dumme zu sein, aber ich verstehe gar nichts mehr", sagte Poe und lehnte sich mit dem Rücken an ihren Liegestuhl.

„Na ja, genau genommen macht Laurens Gegenfrage doch Sinn", begann Sydney, die wusste, dass sie dieses Thema behutsam angehen sollte. „Ich hatte gefragt, wer von euch hier schon Sex hatte, und Lauren hat zurückgefragt, warum Frauen nicht offen zeigen dürfen, wie viel Spaß sie am Sex haben. Das bringt mich automatisch zu dem Schluss, dass Lauren schon Sex hatte. Also los, gestehe!"

„Ja, schon gut, ich gestehe", gab Lauren zu, wirkte darüber aber alles andere als glücklich.

Ehe Sydney nachhaken konnte, hob Poe die Hand und sagte „Ich auch", woraufhin Kinsey „Ebenfalls schuldig" gestand.

Sydney blickte von einer Frau zur anderen. „Meine Herren,

ich weiß gar nicht, ob ich beeindruckt oder schlicht neidisch sein soll."

„Heißt das etwa, du hast keinen Sex mit Ray? Ich meine, nach deiner Definition von Sex", fragte Poe ungläubig.

„Ja, los, gestehe!", forderte Lauren.

„Die Wahrheit, Sydney!", stimmte Kinsey in den Chor der anderen ein.

Leugnen war zwecklos, also seufzte Sydney und gestand: „Okay, ich bin die Vierte im Bunde."

„Nein, wie sind wir doch verdorben", stellte Poe fest, stand ein wenig mühsam auf und fuhr sich mit den Händen durchs Haar.

„Sind wir nicht", erwiderte Lauren und klopfte entschieden mit ihrem Glas auf die Stuhllehne. „Wir sind ganz normale erwachsene Frauen im Urlaub."

Sydney stellte fest, dass auch sie genug rumgetränkte Früchte zu sich genommen hatte. „‚Frauen im Urlaub', das klingt ja fast wie ein Filmtitel."

Kinsey blickte in ihr leeres Glas. „Für einen Film ab achtzehn Jahre?"

„Das oder ein Dokumentarfilm", antwortete Sydney, deren Frage immer noch nicht beantwortet war. „Aber ich bin trotzdem nicht schlauer als vorher. Wen habe ich denn nun auf dem Balkon gehört?"

„Na ja, das ist doch ganz einfach", sagte Poe, die Hände in die Hüften gestemmt. „Es muss eine von uns gewesen sein."

Alle vier lachten.

„Glaubt ihr, die Männer unterhalten sich ebenso wie wir über Sex?", fragte Lauren nach einer Weile. Sie wirkte sehr nachdenklich und traurig.

„Meinst du damit, ob sie über den Sex mit uns reden oder über Sex im Allgemeinen?“, erwiderte Sydney und blickte ihre Freundin besorgt an. Offenbar stand es um die Beziehung zwischen Lauren und Anton nicht sonderlich gut.

„Ich denke nicht, dass Männer sich über Sex unterhalten.“ Für diese Bemerkung erntete Kinsey ein Bombardement mit Fruchtstückchen. „Hilfe, nein! Ich meine, natürlich reden sie über Sex, aber nicht so wie wir. Sie sprechen nicht über ihre Gefühle, sondern nur darüber, wie es sich, ähm, anfühlt. Ihr wisst schon, diese ganze Angeberei, wie steif und groß ihr Ding war und so weiter.“

„Ja, und so weiter“, fiel Poe ein. „Ich für meinen Teil finde, wir sollten auch mal wie Männer reden, über steife und große Dinger, meine ich. Seien wir doch ehrlich: Was fühlt sich schärfer an als ein richtig aufgegeilter Kerl? All die Muskeln, die festen Schenkel und die gigantische Beule in der Hose?“

„Lecker, lecker“, bestätigte Kinsey händeklatschend. „Sehr überzeugend, Poe.“

Sydney amüsierte sich glänzend, woran der Alkoholpegel nicht ganz unschuldig war. „Wo wir gerade dabei sind, ich habe den Jungs neulich beim Frisbeespielen zugesehen. Fantastisch, sage ich euch! Ihr hättet diese Körper sehen sollen.“

„Und dann denkt euch mal die Badehosen weg. Wär das ein Anblick!“, rief Kinsey begeistert aus.

„Ich weiß nicht“, meinte Lauren skeptisch. „Schlenkert da nicht ein bisschen viel herum?“

„Aber wir wollten doch wie Männer denken“, erinnerte Sydney. „Und Männer lieben es, wenn Körperteile in Bewegung sind, oder nicht?“

„Muss wohl so sein, sonst würden ihnen nicht regelmäßig

die Augen aus dem Kopf treten, wenn sie eine wippende Brust sehen", bestätigte Poe und zog zur Illustration an ihren Bikinibändern, dass ihr Busen auf und ab hüpfte.

„Nein, im Ernst", sagte Lauren und schenkte sich viel Rum und wenig Cola ein. „Ich glaube, ein bedeckter Busen, der leicht bebt, törnt sie mehr an als zwei nackte Möpse, die in alle Himmelsrichtungen schwenken."

„Da bin ich mir nicht sicher", meinte Kinsey und schüttelte den Kopf. „Hast du jemals eine Gruppe Männer in einem Stripteaseclub gesehen? Wenn du mich fragst, können die gar nicht genug nackte Haut und wackelnde Titten kriegen."

„Und wie viele Stripteaseclubs hast du schon von innen gesehen?", fragte Sydney.

Kinsey reckte das Kinn in die Höhe und antwortete selbstbewusst: „Genug, um zu wissen, dass die Hälfte der Stripperinnen mir nicht das Wasser reichen kann, wenn es um einen richtig guten Strip geht."

„Na, das wollen wir doch mal sehen. Lasst uns loslegen!", rief Poe, kletterte auf ihren Stuhl und ließ die Hüften im Reggaerhythmus kreisen.

Sydney brachte die Obstschale und die Rumflasche in Sicherheit, als Kinsey auf den Tisch stieg. Da der Sonnenschirm in der Mitte des Tisches aufgespannt war, konnte sie nur auf der Tischplatte knien, umfasste die Stange des Schirms und begann einen aufreizenden Tanz.

Dann stand auch Lauren auf und bewegte sich zur Musik, während sie sich Stück für Stück auszog. Als Erstes entledigte sie sich ihres T-Shirts, wirbelte es zu einer Stoffschlange zusammen und massierte sich damit genüsslich den Rücken, bevor sie es zwischen den Beinen vor- und zurückgleiten ließ. Währenddessen schüttelte sie aufreizend ihr langes Haar.

Sydney betrachtete die drei tanzenden Frauen, die genug Sex-Appeal hatten, um die gesamte männliche Bevölkerung der Karibik um den Verstand zu bringen. Schließlich erhob sie sich seufzend aus ihrem Liegestuhl.

Sie war vielleicht nicht besser als die anderen, aber mindestens genauso gut.

Ray folgte Anton, Doug und Jess über den kleinen Bootssteg hinauf zur Villa. Sie hatten bis in den frühen Abend am Nordende der Insel geangelt, wo Menga Duarte ihnen die besten Stellen gezeigt hatte. Menga war mit dem Fang schon vorausgeeilt zu Auralie, damit sie das Abendessen vorbereiten konnte.

Ray hatte sich ausgiebig mit Anton und Doug über Immobilien unterhalten. Gegenwärtig gab es in Houston jede Menge gute Angebote in den besten Vierteln. Allerdings hatte er sich noch nicht entschieden, ob er wie Lauren ein Loft im Zentrum haben wollte oder lieber eine Wohnung in einem Altbau, wie Eric Haydon und Chloe Zuniga sie hatten.

Sydney lebte in einem teuren Apartmenthaus, mit Portier und allem Drum und Dran. Das war zwar nicht das, was er sich wünschte, doch zu Sydney passte die elegante Umgebung. Ray war eher der Vorstadttyp, nicht unbedingt ein Fan von Jägerzäunen und Gartenteichen, aber ihm gefiel die Vorstellung, abends auf einer Holzveranda zu sitzen und den Nachbarskindern beim Spielen zuzusehen.

Er konnte sich nicht recht ausmalen, dass Sydney neben ihm auf einer Holzbank in der Abendsonne sitzen würde. Und das war auch gut so. Er wollte schließlich nicht den Rest seines Lebens an ihrer Seite verbringen. Nur solange der Urlaub dauerte, wollte er sich mit ihr amüsieren.

Langfristige Planungen verboten sich ihm von selbst. In seinem Job ging es jeden Tag ums nackte Überleben, und jeder Einsatz konnte der letzte sein.

Daher waren weiterreichende Verpflichtungen ausgeschlossen. Das musste er sich immer wieder vor Augen führen, wenn er ernsthafte Probleme vermeiden wollte. Schließlich wusste er besser als manch anderer, wie man brenzlige Situationen meisterte. Was er mit Sydney auf Coconut Caye noch vorhatte, war ein Spiel mit dem Feuer, und bei derlei Spielen war er doch eigentlich Profi. Er beherrschte die Kunst, sich niemals ablenken zu lassen.

Und das erwies sich als besonders nützlich, als er sah, was ihn auf der Dachterrasse erwartete. Der Anblick, der sich den vier Männern bot, verschlug ihnen die Sprache. Der atemberaubende Sonnenuntergang, die Palmen und das tiefblaue Meer waren nichts gegen die halb nackt tanzenden Frauen.

Sie hätten alle Stripperinnen der Welt vor Neid erblassen lassen. Aus den Lautsprechern ertönte laut Bob Marleys „No Woman, No Cry", und die Luft war erfüllt von einer Mischung aus Zitronenaroma, Parfüm und Rum. Alles zusammen ergab eine gefährlich betörende Stimmung, und Ray, der noch keinen Tropfen getrunken hatte, fühlte sich sonderbar benebelt.

Poe stand auf einem der Stühle. Den Kopf leicht gesenkt, schwenkte sie die Arme in der Luft und vollführte einen exotischen Bauchtanz. Ihr Bikinitop war sehr knapp und verhüllte wenig mehr als die Spitzen ihrer wohlgeformten Brüste. Dazu trug sie eine taubenblaue Saronghose, die ihren hellen Teint betonte. Jess gab einen seltsam kehligen Laut von sich.

Kinsey kniete in der Mitte des Tisches, zwischen ihren Schenkeln die Stange des Sonnenschirms, an der sie sich aufreizend rieb. Sie hatte den Kopf in den Nacken geworfen, und ihre langen Haare berührten beinahe ihre Fußsohlen. Ihre Augen waren geschlossen, ihre Lippen verführerisch geöffnet. Doug hatte hörbar Mühe mit dem Atmen.

Lauren tanzte in einem Bikini, der ebenso gut als Reizwäsche hätte durchgehen können. Auch sie hatte die Augen geschlossen und streichelte sich selbst am ganzen Körper. Anton stand wie vom Donner gerührt da.

Und dann war da Sydney. Mein Gott, Sydney! Sie trug einen schimmernden champagnerfarbenen Zweiteiler, der zwar alle wesentlichen Stellen bedeckte, dafür aber seine Fantasie umso mehr anheizte.

Sie ahmte einen dieser Tänze nach, bei denen die Stripperinnen sich über dem Schoß eines Zuschauers bewegten, mit dem einzigen Unterschied, dass der Zuschauer in ihrem Fall ein Stuhl war. Sie hatte einen Fuß auf die Armlehne gestellt und schwang ihre Hüften in rhythmisch kreisenden Bewegungen. Während er ihr zusah, nahm sie den Fuß herunter, stützte sich mit beiden Händen auf die Armlehnen und beugte sich sehr weit vor. Dabei streckte sie ihren Po weit in Rays Richtung, und es gefiel ihm gar nicht, dass die anderen drei Männer freien Blick auf das bekamen, was er für sich allein haben wollte. Er unterdrückte ein Stöhnen und den Impuls, sofort zu ihr zu eilen, ihr sein Hemd überzuwerfen und sie ins nächste Bett zu entführen.

„Wisst ihr was, Jungs“, sagte Doug, der als Erster seine Stimme wieder fand, „ich glaube, wir sind gestorben und in den Himmel gekommen.“

Ray wusste zwar nicht, was in den anderen vor sich ging, aber ihm kam das Ganze eher wie eine Art Höllentrip vor.

## 9. KAPITEL

„Mir gefällt die Gegend, wo Eric und Chloe wohnen“, sagte Ray, der von Anton gleich mit einem ganzen Fragenkatalog über die Immobilien bedacht wurde, die sie vor der Reise nach Coconut Caye in Houston besichtigt hatten.

Alle acht Urlauber waren um den Esstisch versammelt und aßen den Fisch, den die Männer am Vorabend mit nach Hause gebracht hatten. Eigentlich hatten sie ihn gleich gestern essen wollen, doch bis Auralie mit den ausgenommenen und gewaschenen Fischen bei der Villa ankam, waren die vier jungen Frauen nicht mehr in der Verfassung gewesen, ein spätes Abendessen zu sich zu nehmen.

Sie hatten im Laufe des Nachmittags wohl ziemlich dem Alkohol zugesprochen, und außerdem mussten sie sich über Männer ausgelassen haben. Auf jeden Fall fielen sie praktisch sofort über sie her, als sie in ihre private Tanzparty platzten.

Eigentlich verstand er nicht, warum sie wieder die „bösen Jungs“ waren – immerhin waren sie den Nachmittag nicht einmal da gewesen, um sich danebenzubenehmen. Dennoch hatten alle vier Frauen ihnen deutlich zu verstehen gegeben, dass Männer im Allgemeinen, und sie im Besonderen, testosterongesteuerte Dumpfbacken waren.

Heute Abend waren dieselben vier Frauen ungleich friedlicher, stocknüchtern und erinnerten sich kaum noch an ihre gestrigen Ausbrüche. Ray gab es endgültig auf, diese mysteriösen Wesen verstehen zu wollen.

Nachdem sie am Vorabend die Stripshow unterbrochen hatten, hatte Ray sich Sydney geschnappt, sich mit ihr auf einen der

Liegestühle gesetzt und sie in seinem Schoß gehalten, während sie in einem fort von multiplen Orgasmen plapperte.

Doug und Jess hatten Kinsey und Poe die Wendeltreppe hinunter ins Erdgeschoss geführt. Doch Ray wollte nicht riskieren, dass Sydney sich womöglich den Hals brach. Außerdem hielt er sie sehr gern in seinem Schoß.

Anton hatte für Lauren und sich zwei Stühle ans andere Ende der Terrasse gezogen, wo die beiden sich eine Weile anschwiegen. Lauren hatte eindeutig am meisten Rum getrunken und schlief als Erste ein. Bald darauf war auch Sydney eingenickt.

Während sie friedlich im Liegestuhl schlief, eilte Ray in sein Schlafzimmer, sprang kurz unter die Dusche und holte Decken und Kissen. Auf dem Weg durch den Wohn- und Essraum sah er Poe und Kinsey, die schlummernd auf dem Ecksofa lagen, während Doug und Jess die Küche plünderten – allerdings unter Aufsicht von Auralie.

Vom Fischgeruch befreit und mit den Armen voller Bettzeug, wollte Ray gerade die Wendeltreppe wieder hinaufsteigen, als ihm Anton entgegenkam. Lauren hing schlafend über seiner Schulter.

Antons Blick war beängstigend gewesen, eine Mischung aus maßloser Wut und tiefer Enttäuschung. Ray hatte den Eindruck, dass es mit den beiden endgültig vorbei war.

Oben angekommen, breitete Ray die Polster der Liegestühle auf dem Boden aus und machte für Sydney und sich ein Bett unter dem tropischen Sternenhimmel. Er hielt sie in seinen Armen. Er konnte fühlen, dass ihr kalt war in dem knappen Bikini. In der Abendbrise hatte sie eine Gänsehaut bekommen.

Doch sobald er mit ihr unter der Decke lag, kuschelte sie

sich ganz dicht an ihn. Als die Gänsehaut verschwunden war, war ihre Haut wieder glatt und zart wie Satin – oder Seide. Mit edlen Stoffen kannte er sich nicht so gut aus.

Was er jedoch wusste, war, dass er sich daran gewöhnen könnte, wie sie sich anfühlte, wie ihr duftendes Haar seine Nase kitzelte und wie *er* sich fühlte, wenn er sie in seinen Armen hielt.

Und wenn er davon absah, dass solche Gedanken gegen seine Vorsätze verstießen, war das eine der schönsten Nächte seines Lebens gewesen. Als er am Morgen aufwachte, lag er allerdings mutterseelenallein auf der Dachterrasse, und Sydney war verschwunden.

Trotzdem blieb er eine Weile liegen und lauschte dem Kreischen der Möwen und dem Rauschen des Meeres. Wie sollte er es nur schaffen, nach dem Urlaub alles wieder zu vergessen, was hier zwischen ihm und Sydney gewesen war?

Durch die Reise hatte er gelernt, die Karibik wieder mit etwas anderem zu verbinden als den schrecklichen Ereignissen vor drei Jahren. Seine Erfahrungen – die Reise mit Patrick und die Reise mit Sydney – hätten kaum unterschiedlicher sein können. Und doch wirbelten beide seinen Gefühlshaushalt extrem durcheinander.

Aber wenn er gelernt hatte, mit der einen Erfahrung zu leben, würde er es mit der anderen auch lernen. Doch zunächst musste er ein paar grundsätzliche Entscheidungen treffen. Wie beispielsweise die, wo er in Zukunft wohnen wollte. Als er vor einem knappen Jahr nach Houston zurückgekommen war, hatten seine Eltern ihm ihr Haus überlassen. Er wusste, dass sie seit Patricks Verschwinden nicht mehr dort wohnen konnten. Obwohl er inzwischen seit zwei Jahren als vermisst galt, hatten sie nichts an seinem Zimmer verändert.

Ray hatte kurz nach dem Einzug Patricks Sachen in Kartons geräumt und sie auf den Boden gebracht. Doch bis heute hatte er nicht entschieden, was er mit dem Haus machen sollte. Die Erinnerungen an seinen Bruder belasteten ihn zwar, aber sie vertrieben ihn nicht aus dem gemeinsamen Elternhaus. Vielmehr hielt ihn gerade diese Erinnerung da, als wollte er an Ort und Stelle sein, falls Patrick eines Tages zurückkehrte.

Andererseits klammerte er sich vielleicht deshalb an Heim und Herd, weil ihm klar war, dass er es in Zukunft nicht mehr haben würde. Und als er im Geiste die Liste der Immobilien durchging, die Neville & Storey ihm anboten, und sie mit seinem geräumigen Haus im Kolonialstil verglich, war er sich nicht mehr sicher, ob er überhaupt eine Veränderung wollte.

Also sagte er zu Anton: „Ehrlich gesagt, hänge ich an meinem Haus. Meine Eltern sind nach Phoenix gezogen, und ich habe mehr Platz, als ich jemals brauchen werde. Und ich mag die ruhige Gegend."

„Na ja, und außerdem dürfte es so gut wie abbezahlt sein, oder?", sprang ihm Jess bei, der gerade mit der Gabel ein Stück Fisch aufspießte.

Ray nickte. Morgen wollten sie wieder angeln gehen. Menga hatte ihnen versprochen, sie zu Fanggründen zu schippern, wo man besonders große Rotbarsche angeln konnte. Ray überlegte jedoch, nicht mitzufahren und stattdessen den Tag mit Sydney zu verbringen. Denn ihr Urlaub näherte sich unweigerlich dem Ende.

Die „Indiscreet" sollte übermorgen in Coconut Caye eintreffen, daher war keine Zeit zu verlieren. So gesehen war es gar keine Frage mehr, ob er mit den anderen mitfahren oder doch lieber bei Sydney bleiben wollte.

„Wen interessiert denn, ob das Haus abbezahlt ist? Ray ist jung und dazu ein begehrter Single.“

Ray verdrehte die Augen.

Doug knuffte ihn in die Rippen. „Deshalb müssen wir dafür sorgen, dass er da wohnt, wo die heißen Bräute sind, statt sich in einem langweiligen Vorort zu vergraben.“

„Dich interessiert doch gar nicht, ob er heiße Bräute aufreißen kann oder nicht. Du willst verkaufen, sonst gar nichts“, sagte Kinsey und knuffte ihrerseits Doug in die Rippen.

„Na ja, das schon“, gab er schmollend zu, und alle lachten. Alle außer Lauren und Anton, der sich jedoch immerhin ein halbherziges Lächeln abrang.

Ray konnte sich nicht entsinnen, je zwei Menschen gesehen zu haben, die sich so offensichtlich unwohl miteinander fühlten wie die beiden. Und das, obwohl sie bis vor wenigen Monaten noch unzertrennlich gewesen waren!

Er musste unweigerlich daran denken, wie es wohl zwischen Sydney und ihm in ein paar Wochen aussehen würde. Ob sie sich als Freunde begegnen könnten, wenn sie ihren heißen Urlaubsflirt hinter sich hatten und beide wieder in ihr normales Leben zurückgekehrt waren?

Andererseits bezweifelte er, dass sein Leben überhaupt wieder normal werden konnte, nachdem er erkannt hatte, was ihm die letzten acht Jahre gefehlt hatte.

„Falls es dich beruhigt: Wenn ich verkaufe, dann nur über euch.“

„Das wollen wir aber auch schwer hoffen. Mein Partner Neville und ich werden nicht aufgeben, bevor wir dir nicht etwas Anständiges verkauft haben.“ Um seiner Drohung den gebührenden Nachdruck zu verleihen, hob Doug die Gabel in die Höhe und blickte zu Anton.

„Moment mal!“, mischte Sydney sich ein und blickte verärgert zu Doug und Anton. „Ich muss die Herren Neville und Storey doch sehr bitten. Wir leben in einem freien Land, und hier kann jeder Mensch selbst entscheiden, wo er wohnen möchte und wem er die Provision für seinen Hausverkauf zukommen lassen will. Ihr mögt ja zusammen Fußball spielen, aber dadurch seid ihr zwei nicht automatisch die besten Makler für Rays Haus.“

Ray gefiel die Art, wie sie ihn verteidigte. Lächelnd zwinkerte er ihr zu. „Keine Angst, so leicht kriegen die mich nicht rum.“

Sydney blickte theatralisch gen Himmel, bevor sie sich in ihrem Stuhl zurücklehnte und die Arme vor der Brust verschränkte. „Ja, ja, ich weiß, der große, starke Ray kann prima auf sich selbst aufpassen.“

„Ich habe da meine Zweifel“, schaltete sich Poe ein, die ihren leer gegessenen Teller beiseiteschob und sich genüsslich streckte. „Nach dem, was Sydney uns gestern Abend erzählt hat, bist du ziemlich leicht rumzukriegen.“

Volltreffer! Ray sah erschrocken zu Sydney, die wiederum wütend Poe anfunkelte. „Was soll ich denn gestern erzählt haben? Ich war überhaupt nicht in der Verfassung, irgendwelche zusammenhängenden Sätze zu bilden. Und selbst wenn, warst du nicht in der Verfassung, sie dir zu merken.“

„Ich bilde mir sehr wohl ein, mich an einiges zu erinnern“, entgegnete Poe schnippisch, aber nicht wirklich überzeugend.

Nun fiel Kinsey in das Gespräch ein: „Na, dann erinnerst du dich bestimmt auch noch an das, was du über Jess gesagt hast?“

„Was?“, rief Jess entgeistert, und Doug eilte ihm zu Hilfe. „Ja, was hast du über Jess gesagt? Und, wo wir gerade dabei sind, was wurde über mich gesagt? Ich wäre nämlich richtig beleidigt, wenn keiner was über mich erzählt hat.“

Doch ehe irgendjemand antworten konnte, schob Lauren geräuschvoll ihren Stuhl zurück, sprang auf und rannte hinaus. Sie hörten sie im Laufschritt über die Veranda und die Treppe zum Pier hinuntergehen. Sofort richteten sich alle Augen auf Anton, der den Fischrest auf seinem Teller anstarrte.

Dann sah Ray zu Sydney, die verwundert mit den Schultern zuckte. Niemand traute sich, etwas zu sagen, und die Atmosphäre wurde minütlich bedrückender. Daher überraschte es Ray nicht, als Anton schließlich aufstand und ebenfalls ging – allerdings zur Dachterrasse und nicht hinter Lauren her zum Strand.

Poe erhob sich als Nächste und nahm Jess' Angebot an, ihr beim Abräumen zu helfen. Die beiden stellten schweigend die Teller zusammen und trugen sie in die Küche.

Schließlich wagte Kinsey, die beklemmende Stille zu durchbrechen: „Ich möchte wirklich nicht über Abwesende tratschen, aber ich fasse nicht, wie schwer die beiden es sich machen.“

„Manche Paare haben eben mehr Schwierigkeiten als andere, ihre Beziehung auf die Reihe zu kriegen“, sagte Poe trocken. „Und dafür kann es die unterschiedlichsten Gründe geben.“

Ray fragte sich, ob sie über Anton und Lauren sprach oder über sich selbst. Er sah wieder zu Sydney.

Sie hatten nie darüber gesprochen, was nach dem Urlaub sein würde. Nicht einmal darüber, was hier zwischen ihnen war. Bisher gab es nur die wenigen intimen Momente, die sie geteilt hatten. Und die waren schöner und erfüllender gewesen, als er es sich in seinen kühnsten Träumen ausgemalt hatte. Bisher hatte er diese Art von Intimität bewusst gemieden, weil er sich bei seinem Leben keine richtige Beziehung leisten konnte.

Er musste schleunigst Klarheit gewinnen. Sie mussten reden, bevor sie sich noch weiter aufeinander einließen – sei es als Freunde oder als Paar. Eigentlich hatte er geglaubt, er könne eine heiße Urlaubsaffäre mit ihr beginnen, die mit der Rückkehr nach Houston endete. Damit hatte er sonst auch nie ein Problem gehabt. Und er war schließlich kein Neuling auf dem Gebiet kurzlebiger Affären.

Aber hier ging es um Sydney, und was er für sie empfand, entpuppte sich ganz und gar nicht als kurzlebig. Sie sollte wissen, wie wichtig sie ihm war und wie viel ihm ihre gemeinsamen Erlebnisse bedeuteten. Außerdem musste er ihr fairerweise bald mitteilen, dass sich ihre Liebesbeziehung auf diesen Urlaub beschränken würde.

„Wie steht's eigentlich mit morgen?“, riss Jess ihn aus seinen Gedanken. „Wollen wir immer noch hochseeangeln? Du und ich und Firma Neville & Storey?“ Er hatte Dougs Schulter gepackt und schüttelte ihn heftig, dass ihm das Haar in alle Himmelsrichtungen stob.

Doug glättete es mit den Fingern und meinte: „Ich weiß nicht, ob wir die Frauen allein und schutzlos aufs Festland lassen können.“

„Entschuldige mal“, protestierte Kinsey, die die Gläser zusammenraffte und in die Küche brachte. „Wir Frauen sind durchaus imstande, unseren Einkaufsbummel ohne euch Neandertaler zu machen.“

„Tja, ich habe da meine begründeten Zweifel“, meinte Doug. „Wenn ich daran denke, was gestern passiert ist, als wir fort waren. Bei unserer Rückkehr fanden wir euch in ziemlich desolatem Zustand vor."

„Na und?", fragte Poe streng.

Doug winselte ängstlich. „Was und? Ich bin doch nur ein einfacher Mann, der seinen Urlaub halbwegs harmonisch überstehen will."

Poe scheuchte ihn mit den Händen weg, als vertriebe sie eine Schar aufgeregter Gänse. „Dann überstehe ihn gefälligst draußen. Abmarsch! Ihr auch", fügte sie in Richtung Ray und Jess hinzu. „Wir wollen unsere Shoppingtour planen – allein."

Widerwillig stand Ray auf und blickte zu Sydney. „Fährst du morgen mit aufs Festland?"

„Das weiß ich noch nicht", antwortete sie und stützte die Ellbogen auf dem Tisch auf. Sie sah ihn ruhig an, ohne eine Spur von Unsicherheit.

Sie beide waren auf einer Wellenlänge, das war ihm in diesem Moment klar. Und es war das erste Mal, dass er bei jemandem dieses Gefühl hatte. Entsprechend war er wenig überrascht, als sie mit der Gegenfrage kam: „Gehst du angeln?"

Dennoch wurde ihm heiß bei dem Gedanken daran, welche Alternative sich ihnen bot. Sein ganzes Blut staute sich in seiner unteren Körperhälfte – und zwar nicht in seinen Füßen. „Ich hatte mir schon überlegt, ob ich nicht lieber hierbleiben sollte. Eine Angeltour pro Woche reicht mir eigentlich. Vielleicht wäre es ganz nett, einfach mal zu faulenzen."

Sydney kämpfte offensichtlich gegen ein Schmunzeln an. „Tja, an so etwas Ähnliches habe ich auch schon gedacht. Zumal ich schon alles gesehen habe, was es auf dem Bazar zu sehen gibt."

„Na, dann bleiben wir wohl beide hier", sagte Ray.

„Oh Gott!“, rief Poe. „Ihr zwei macht mich ganz krank.“ Sie schob Ray in Richtung Jess und Doug, die bereits an der Tür warteten. „Ihr geht jetzt mal im ganz tiefen Wasser spielen.“

Ray ließ sich bereitwillig aus der Villa bugsieren. Er hatte alles gesagt, was es zu sagen gab. Und morgen, wenn sie allein waren, konnte er endlich mit Sydney reden. Er würde ihr klarmachen, wie er zu ihr stand und warum es keine Zukunft für sie gab.

Damit war nun ein für alle Mal allen Missverständnissen vorgebeugt, und nichts hinderte sie mehr daran, den Rest ihrer Ferien so richtig zu genießen und sich ausgiebig zu lieben.

Merkwürdig, dachte Ray, irgendwie klingt das ein bisschen zu einfach.

Sydney lag bäuchlings auf ihrem Strandlaken, das sie auf den Sitzpolstern der Liegestühle ausgebreitet hatte. Sie hatte sich in eine Ecke der Dachterrasse zurückgezogen und zwei Sonnenschirme als Blickschutz aufgestellt.

Endlich war sie einmal allein in Coconut Caye und nutzte die Gelegenheit, um in Ruhe ein Sonnenbad zu nehmen – nackt. Die Tropensonne wärmte ihre Haut, und der milde Wind streichelte sie. Obwohl, so ganz stimmte das eigentlich nicht, zumindest nicht das mit dem Alleinsein. Sie war nicht ganz allein.

Ray war ebenfalls hier, auch wenn sie nicht sagen konnte, wo auf der Insel er sich gerade aufhielt. Die anderen waren vor einer guten Stunde aufgebrochen. Die Frauen waren mit Auralie aufs Festland gefahren, um den Bazar unsicher zu machen, und die Männer waren mit Menga in See gestochen, um, wie er ihnen versprach, den Angeltörn ihres Lebens zu machen.

Sydney wusste natürlich, dass die anderen längst mitbekommen hatten, was zwischen Ray und ihr vorging. Außer Lauren und Anton hatten schließlich alle ihr Gespräch von gestern Abend mitgehört, in dem sie sich für heute verabredet hatten.

Seltsamerweise störte Sydney sich nicht daran, dass die anderen von Ray und ihr wussten. Vor einer Woche hatte sie darüber zwar noch ganz anders gedacht, doch heute machte sie kein Geheimnis mehr daraus, dass sie beide einen Tag allein verbringen wollten.

Ihr Verhältnis zu Ray war mittlerweile zu einer angenehmen Selbstverständlichkeit geworden. Allerdings musste dieses Verhältnis enden, sobald der Urlaub vorbei war und sie in die Staaten zurückkehrten.

Dort wartete gIRL-gEAR auf sie. Ihr Leben in Houston war bestimmt von Umsatzprognosen, Marketing und Personalfragen. Vor der Reise war sie mit dem Förderprogramm und der Frage beschäftigt gewesen, welche Schritte nötig waren, wenn sie eine siebte Partnerin aufnahmen. Außerdem hatte sie ihre Pläne zur Unterstützung des Hungerhilfeprojekts von Isabel Leighton über den Haufen werfen und durch neue ersetzen müssen. Pläne, die sie bis vor einem knappen Jahr für wasserdicht gehalten hatte.

Sie waren perfekt gewesen, bis Nolan sein Wort brach und die versprochenen Mittel seiner Exfrau zukommen ließ anstatt Sydney. Diese Entscheidung, die für Sydney einem Verrat gleichkam, tat ihr bis heute weh.

Doch darüber wollte sie jetzt nicht nachdenken. Sie wollte nicht an ihren Vater denken. Wenn Ray nur endlich auftauchen würde! Wo steckte er bloß?

Er hatte die anderen zum Boot begleitet und ihnen geholfen, die Angelausrüstungen an Bord zu schaffen. Aber das war über eine Stunde her, und seitdem hatte sie ihn nicht mehr gesehen.

Den zitronengelben Bikini hatte sie über einen der Sonnenschirme gehängt. Neben ihr lag das Buch, das sie sich mitgebracht, in dem sie jedoch noch keine Zeile gelesen hatte. Sie lag einfach mit geschlossenen Augen da, das Kinn in die Hände gestützt, und lauschte dem Rauschen der Palmenblätter, dem Meer und dem Kreischen der Möwen.

Sie hörte ihren Atem, ihren Herzschlag und das leise Schlagen, wenn der Wind sich im Segeltuch der Sonnenschirme verfing. Dabei horchte sie angestrengt auf das eine Geräusch, das sie ungeduldig erwartete: Rays Schritte auf der Treppe. Doch die kamen nicht.

Also wartete sie.

Sydney wachte auf und spürte, dass sie nicht mehr allein war. Auch ohne hinzusehen, wusste sie, dass Ray bei ihr war. Sie lächelte. Ihr Herz pochte, und sie war erfüllt von einem wohligen Verlangen. Solange sie sich erinnerte, hatte sie immer nur Ray Coffey gewollt. Schließlich hob sie den Kopf.

Er stand direkt vor ihr, vollkommen nackt. Seine breiten Schultern, die schmalen Hüften und die helle Narbe, die in einem Bogen über seine Brust verlief, zeigten deutlich, was für ein Mann er war – selbstlos, mutig und loyal, umwerfend maskulin und sexy. Ray hatte klare unerschütterliche Werte, und sie konnte mit Recht stolz darauf sein, ihn zum Freund zu haben. Ihn zum Liebhaber zu haben, war beinahe zu schön, um wahr zu sein.

Seine Erektion wies verführerisch schamlos direkt auf sie. Sydney kniete sich hin und folgte ihrem Impuls, seine prachtvolle Männlichkeit zu liebkosen. Sie schloss die Finger um das untere Ende und legte die Lippen um die heiße pulsierende Spitze. Er war warm und schmeckte salzig, und als sie ganz leicht zu saugen begann, erschauerte Ray.

Sie fuhr mit der Zunge an der Unterseite entlang und an der Oberseite wieder hinauf und küsste die pflaumenrote Spitze. Sie koste ihn mit den Lippen, nahm ihn mal tief, mal weniger tief in den Mund und spielte mit ihm, bis sie Ray ein Stöhnen entlockte.

Ihre eigene Lust wurde mit jeder Sekunde größer, und ihr Körper schrie förmlich danach, ihn in sich aufzunehmen. Sie wollte, sie brauchte ihn so sehr, dass es beinahe schmerzte. Ein solches Verlangen konnte nur er in ihr wecken.

Ray, der professionelle Retter, der sie vor acht Jahren schon einmal gerettet hatte und dabei doch selbst noch fast ein Junge gewesen war.

Ray, der seither zu ihrem festen Fantasieliebhaber geworden war und ihre einsamen Nächte versüßt hatte.

Ray, der Mann aus Fleisch und Blut, den sie mit jedem Tag mehr bewunderte und verstehen und lieben lernte.

Tränen stiegen ihr in die Augen, die sie nur mühsam zurückhalten konnte. Nein, an Liebe durfte sie nicht denken. Nicht, wenn sie genießen wollte, was gerade passierte. Und das wollte sie. Sie konzentrierte sich ganz auf ihre momentanen Empfindungen. Auf die Schönheit von Rays Körper und wie sie auf ihn reagierte.

Sie wollte sich auf den Polstern ausstrecken und Ray zu sich ziehen, ihn in sich aufnehmen und fühlen, wie er sie ausfüllte. Genüsslich atmete sie seinen männlichen Duft mit der leichten Muskatnote ein, während sie ihn weiter liebkoste und mit Lippen und Zunge verwöhnte. Sie überließ sich ganz dem, was sie fühlte, roch und schmeckte – dem einzigartigen, unverwechselbaren Ray.

Zärtlichkeiten wie diese hatten sie nie zuvor ausgetauscht, und Sydney wollte sich so viel Zeit wie möglich dafür nehmen. Sie waren zusammen und mussten die wenigen Tage nutzen, die ihnen blieben. Sie beide brauchten Erinnerungen, von denen sie zehren konnten, wenn jeder in sein einsames Leben zurückkehrte.

Deshalb waren sie hier, allein, nackt, und deshalb mussten sie einander alles geben, was sie zu geben hatten. Mit hungriger, sehnsüchtiger Leidenschaft ließ Sydney ihre Zunge um die Spitze seiner Erektion kreisen.

Da stöhnte Ray und zog sich aus ihrem Mund zurück. Er stemmte die Hände in die Hüften und atmete heftig, um seine Erregung im Zaum zu halten. Sie sah ihm an, dass er unmittelbar vor dem Höhepunkt war.

Sie hatte es an dem Pulsieren seiner Männlichkeit gespürt, als sie mit der Zunge die Unterseite entlangfuhr.

Und sie erkannte es an seinem Gesicht, den zusammengebissenen Zähnen hinter den leicht geöffneten Lippen. Er schien mit aller Macht gegen seinen Höhepunkt anzukämpfen, hatte aber keine Chance. Sie hatte eine Hand zwischen seine Schenkel gelegt, die andere auf seine Erregung. Und sie fühlte deutlich, wie das Unaufhaltsame näher rückte.

Im nächsten Moment erschauerte Ray und ließ sich ganz fallen. Sie blickten sich an, als er kam. Er hatte wunderschöne Augen, grün mit einem Hauch von Goldbraun, die ihr verrieten, was für ein unbeschreiblich liebevoller Mann er war.

Doch ihre Gedanken schweiften schon wieder in die falsche Richtung. Hier ging es nicht um Liebe, sondern um Sex, ermahnte sie sich.

Als er sich auf das Polster vor ihr kniete und seine Hände an die Innenseiten ihrer Schenkel legte, zog Sydney ihre Knie an die Brust. Ray war ungeduldig und verschwendete keine Zeit mit Vorspiel oder Verführung. Stattdessen spreizte er einfach ihre Beine.

Sydney lehnte sich auf die Ellbogen und beobachtete, wie er den Kopf senkte. Dann öffnete er den Mund direkt über ihrer Scham und hauchte seinen heißen Atem darauf.

Sie erschauerte, als er mit der Zunge über ihre weite Öffnung glitt, in sie eindrang und die Bewegungen des Liebesaktes nachahmte, bevor er weiter nach oben ging und sie kitzelte, küsste und an ihren Knospen saugte.

Noch gelang es ihr, die Reaktionen ihres Körpers von ihren Gefühlen zu trennen. Doch dann blickte er ihr plötzlich in die Augen, während seine Zunge rhythmisch über ihre Erregung glitt. Und in diesem Moment wusste Sydney, dass sie verloren hatte.

Sein Blick sagte ihr überdeutlich, dass er weder Selbstbeherrschung noch emotionale Distanz duldete. Er war wild entschlossen, sie in jeder Beziehung schwach zu machen. Fasziniert sah sie auf seine Zunge, die atemberaubende Dinge mit ihr anstellte. Und während er ihr in die Augen blickte, gab sie sich hemmungslos diesem Hochgenuss hin.

Ihre Atmung wurde immer heftiger und hastiger. Und dann begann sie zu schwitzen, ja förmlich zu brennen.

Wie hatte sie jemals glauben können, dass es hier nur um Sex ging, statt einzig und allein um Ray?

Sie warf den Kopf in den Nacken und hob die Hüften an. Sie wollte mehr, wollte alles. Sie wollte, dass er in sie eindrang und sie ganz ausfüllte. „Ray, bitte, ich will dich!“

Ein Finger glitt in sie hinein, ganz tief, und zog sich wieder zurück. Nochmals hob sie die Hüften an, flehte um mehr. Nun drangen zwei Finger in sie ein, bis sie ihren G-Punkt erreicht hatten, während seine Zunge sie weiter liebkoste und kitzelte.

Sydney schrie auf. Sie hatte nicht geahnt, dass irgendein Mann, nein, dass Ray sie dazu bringen konnte, vor Verlangen aufzuschreien.

Seine Hände und sein Mund spielten gekonnt mit ihrem Körper – als wäre sie ein kostbares Instrument. Er wusste, wie und wo er sie berühren musste. Als er sich zurückzog, wimmerte sie leise vor Verzweiflung.

Noch verweigerte er ihr, was sie am dringendsten wollte. Sie sah ihn an, sah das Feuer in seinen Augen. Instinktiv wusste sie, was er von ihr erwartete. Er wollte dasselbe Glühen in ihren Augen sehen.

Sie lehnte sich auf einen Ellbogen und griff mit der freien Hand zwischen ihre Schenkel. Dann zeigte sie ihm, wie sie am liebsten berührt wurde. Sie tauchte an der Stelle ein, wo zuvor seine Finger gewesen waren, und kitzelte und streichelte sich.

Sein Blick verriet ihr, dass er jetzt bereit war, ihrem Drängen nachzugeben. Sie nahm die Hand von ihrer feuchten Scham, um ihm zu zeigen, wie sehr sie ihn erwartete. Dann lehnte sie sich wieder zurück und spreizte die Beine noch weiter.

Ray brauchte keine zweite Aufforderung. Er stützte sich auf und streichelte sie mit der Spitze seiner Erregung, bevor er eindrang. Sydney sah zu, wie er in sie eintauchte.

Sie konnte gar nicht genug von diesem faszinierenden Anblick bekommen. Sie musste ihn einfach berühren. Mutig glitt sie nochmals mit der freien Hand in ihren Schritt.

Als sie ihre empfindlichste Stelle berührte, stöhnte er laut auf. Da umfasste sie mit Zeige- und Mittelfinger den Schaft seiner Männlichkeit, und als er das nächste Mal herauskam, fuhr sie mit dem Daumen über die Spitze. Ray stöhnte auf.

Sydney leckte sich die Lippen, um ihm wortlos zu bedeuten, dass sie ihn am liebsten in den Mund genommen hätte. Nun gab es für ihn kein Halten mehr. Er vollendete den Liebesakt mit einer Lust und Leidenschaft, die ihresgleichen suchte. Sydney fiel in die Kissen zurück, schlang die Beine um seine Taille, die Arme um seinen Hals und empfing seine wilden Stöße.

Er geriet vollkommen in Ekstase, bewegte sich immer fester und schneller, während er wieder und wieder ihren Namen rief.

Ihr Höhepunkt war atemberaubend und heftig wie nie zuvor. Sie griff mit beiden Händen seinen Po, um ihn noch tiefer zu spüren. Und im nächsten Augenblick war es auch um ihn geschehen. Er erschauerte, und sie fühlte, wie sich eine Wärme in ihr ausbreitete, als er sich in ihr verströmte. Solch einen intimen Moment konnte und wollte sie niemals mit einem anderen Mann teilen.

Ray gab keinen Laut von sich. Selbst als er fertig war, sprach er nicht. Das wunderte sie. „Warum bist du so still? Du machst nicht das leiseste Geräusch, wenn du kommst. Warum?“

Er küsste ihr Ohr, dass es kitzelte. „Ich wollte dich nicht wecken, falls du zwischendurch eingeschlafen sein solltest.“

Sie gab ihm einen Klaps auf den Po. „Das ist nicht witzig.“

„Na, hör mal, so was ist schließlich schon vorgekommen.“

„Bei mir nicht.“ Und an die anderen Frauen, mit denen er zusammen gewesen war, wollte sie jetzt bestimmt nicht denken.

Ray sah sie überrascht an. „Stimmt, du bist es ja. Das war mir doch glatt entfallen.“

Na gut, er machte sich über sie lustig. Er wollte ihr damit wahrscheinlich zu verstehen geben, dass sie lediglich ihr Versprechen eingelöst hatten, das sie sich in der ersten Nacht auf der Insel gegeben hatten. Und genau so hatte sie es doch ursprünglich gewollt, dachte sie.

Ray beugte sich zu ihr hinab und küsste sie sanft, liebevoll und zärtlich. Sein Kuss weckte all die Gefühle, die sie so mühsam zu unterdrücken versuchte. Wie konnte er sie so küssen und sie anschließend einfach gehen lassen?

Und wie konnte sie seinen Kuss erwidern, ihn eng umschlungen halten, ihm so nah sein wie jetzt – und hinterher gehen?

## *10. KAPITEL*

Nach dem Abendessen saß Sydney im Arbeitszimmer ihres Vaters. Normalerweise mied sie diesen Raum und war nie in Nolans Abwesenheit hineingegangen.

Von seinem edlen Teakschreibtisch blickte man durch die große Fensterfront direkt auf Palmen, Strand und Meer. Sydney hockte in Nolans Schreibtischsessel und sah hinaus. Die Aussicht war schöner, als man es mit Worten je zu fassen vermochte. Sydney seufzte und schlang die Arme um den Oberkörper. Was hätte sie darum gegeben, ausdrücken zu können, was sie in diesem Augenblick fühlte!

Doch sie konnte keine Gedichte schreiben, die wiedergaben, was gerade in ihr vorging. Sie konnte das Lied nicht singen, das in ihrem Herzen klang, wenn sie auf den Ozean blickte. Und sie konnte den Sonnenuntergang, den sie jederzeit vor ihrem geistigen Auge zu sehen vermochte, nicht auf eine Leinwand bannen.

All das hatte sie ihr Leben lang tun wollen, doch die traurige Wahrheit war, dass sie weder schreiben noch singen noch malen konnte. Und dafür gab es einen einfachen Grund: Sydney Ford war kein bisschen kreativ.

Macy Webb konnte schreiben, Lauren Hollister konnte Layouts entwerfen, Kinsey Gray hatte ein sicheres Gespür für Trends, Chloe Zuniga kannte sich mit Farben und Stilen aus wie keine Zweite, und Melanie Craine war ein Technikgenie.

Sie alle hatte Sydney um sich geschart, damit sie wettmachten, was ihr fehlte. Eigentlich sollte sie sich glücklich schätzen, von Frauen umgeben zu sein, die ihre mangelnden Talente ausglichen. Sie waren die kreative Quelle, aus der gIRL-gEAR sich speiste.

Natürlich trug auch sie etwas bei. Sie brachte alles mit, was die geballte Kreativität der anderen erst zu einem florierenden Geschäft machte. Sie entwarf die Konzepte, war der planende Geist, der das Unternehmen lenkte.

Eigentlich sollte sie Nolan danken, dass er seine Erfolgsgene an sie weitergegeben hatte. Und ihrer Mutter wohl auch.

Immerhin war Vegas Ford nicht müde geworden, Sydneys Mangel an kreativen Talenten zu beklagen. Deshalb war sie auf die Idee gekommen, in die Fußstapfen ihrer Künstlermutter zu treten, statt ihrem Vater nachzueifern.

Hier, in Nolans Arbeitszimmer, umgeben von Dingen, die seinen Geist atmeten, fühlte sie sich ihm verbundener denn je. Und zugleich wurde ihr klar, wie schrecklich einsam sie war.

Sydney lehnte die Stirn gegen das Fenster und betrachtete ihr Gesicht, das sich im Glas spiegelte. Normalerweise vermied sie es, über ihre familiären Probleme nachzudenken. Schließlich war sie erwachsen und hatte ihr Schicksal selbst in der Hand. Außerdem waren die Schwierigkeiten mit ihrer Mutter weitestgehend überwunden.

Vegas war schlicht unsensibel. Sie sagte immer, was sie dachte. Dabei schien ihr egal zu sein, ob sie eventuell die Gefühle anderer verletzte. Und das tat sie praktisch dauernd. Doch als wäre das noch nicht genug, fühlten sich die Betroffenen hinterher sogar schuldig, weil sie offen aussprach, was man zwar wusste, aber lieber nicht hören wollte.

Sydney hatte lange gebraucht, bis sie zu dieser Erkenntnis kam und wirklich begriff, was ihre Mutter ihr an jenem Abend vor Boom Dailys Party hatte sagen wollen. Heute, mit sechsundzwanzig Jahren, fand sie es immer noch unmöglich. Doch inzwischen betrachtete sie viele Dinge objektiver.

Das hatte sie sich zumindest eingebildet, bis Nolan sie fallen ließ. Sie hatte seine Hilfe gebraucht, und er hatte sie ihr verweigert. Er hatte sein Versprechen, ihr bei der Finanzierung von Izzy Leightons Projekt zu helfen, gebrochen und das Geld stattdessen ihrer Mutter gegeben.

Er wandte sich von Sydney ab und jener Vegas zu, die ihm vor acht Jahren eröffnet hatte, dass sie sich von ihm scheiden lassen würde. Und wie sie das gesagt hatte, klang es nicht anders, als wollte sie ihm erzählen, dass sie Karten für ein Broadway-Musical besaß.

Bis heute verursachte Sydney der Gedanke Übelkeit, dass Nolan lieber in eine Pariser Kunstgalerie investierte als in ein Hungerhilfeprojekt. Statt Izzy Leighton zu fördern, die ihren Abschluss in Ernährungswissenschaften dazu nutzen wollte, um die Not anderer Menschen zu lindern, zahlte er lieber für eine Galerie, „wie sie einer Künstlerin von Vegas Fords Rang zukommt".

Abstrakte Ölgemälde waren ihm wichtiger als Verhungernde. Und Sydney glaubte auch zu wissen, warum er sich so entschieden hatte, was ihr die Sache umso abstoßender erscheinen ließ.

Der Mann, den sie zeitlebens auf ein Podest gestellt hatte, an dessen Vorbild sie sich immer orientiert hatte, der ihr zur Seite gestanden hatte, als sie gIRL-gEAR gründete und zu einem Erfolgsunternehmen ausbaute, hatte sich verändert.

Nolan fing plötzlich an, Yogakurse zu belegen, auf Berge zu klettern und in seiner Corvette durch die Landschaft zu brausen. Er, der immer und überall erreichbar gewesen war und rund um die Uhr Geschäfte gemacht hatte, nahm nicht einmal mehr sein Handy mit, wenn er sich seinen Freizeitvergnügen widmete. Sie erkannte ihren Vater nicht wieder.

Und das machte ihr Angst. Beinahe so viel Angst wie die Erkenntnis, dass sie sich hoffnungslos in Ray Coffey verliebt hatte, ja, ihn genau genommen seit acht Jahren liebte.

Wie hatte sie so lange leugnen können, was sie für ihn empfand? War sie denn zu dumm gewesen, um zu sehen, dass ihre Fantasien weit mehr waren als bloße Teenagerschwärmereien?

Sie wusste doch, dass sie nicht dazu neigte, sich irgendwelchen Fantasien hinzugeben. Sie hätte vor Monaten erkennen müssen, wie tief ihre Gefühle für Ray waren. Ihr hätte beizeiten klar werden müssen, dass ihre Gefühle für ihn sich nicht einfach abstellen lassen würden.

Aber Gefühle konnte man eben nicht analysieren und anschließend in die Ablage packen wie Kalkulationen und Marktforschungsdaten. Und deshalb vermied sie auch normalerweise, sich mit ihren Emotionen auseinanderzusetzen. Sie ging Konflikten lieber aus dem Weg – wie damals, als sie nach dem Streit mit ihrer Mutter auf Boom Dailys Party geflohen war.

Sydney lachte leise über sich selbst. Vor acht Jahren hatte sie genau gewusst, worauf sie sich bei Ray Coffey einließ. Sie kannte seinen Ruf und war bereitwillig mit ihm mitgegangen. Wenn sie doch nur heute wüsste, woran sie mit ihm war!

Was sie in seiner Gegenwart empfand, jagte ihr Furcht ein. Seine Leidenschaft, sein Verlangen nach ihr erschreckten sie. Sie war ein Mensch, der rational dachte, aber wo blieb ihre Vernunft, wenn es um Ray ging? Und vor allem, wie wollte sie nach Houston zurückfahren und ein Unternehmen leiten, wenn sie viel lieber jede Minute mit ihm verbringen würde?

Wenn sie diesen Wahnsinn nicht bald beendete, würde sie gIRL-gEAR unweigerlich in den Ruin reißen. Man brauchte sich nur ihren Vater anzusehen, der von heute auf morgen all seine eisernen Prinzipien über den Haufen geworfen hatte und plötzlich nur noch an sich selbst dachte. Erst baute er eine Kunstgalerie in Paris, und dann, als reichte das noch nicht, ging er sogar mit Lauren Hollister aus!

Sydney trat einen Schritt vom Fenster zurück und blickte hinaus. Sollte sie gIRL-gEAR verlieren, hätte sie nichts mehr, worum es sich zu kämpfen lohnte. Dann wäre sie wieder die verwöhnte reiche Eiskönigin, die sie gewesen war, bevor sie zum ersten Mal mit Ray Coffey geschlafen hatte.

Diese Nacht hatte alles verändert. Während der Stunden, die sie und Ray sich liebten, hatte er sie im Arm gehalten. Er tröstete sie, als sie den egoistischen Beschluss ihrer Mutter beweinte, die Familie zu zerreißen. Er war ihr näher gewesen als irgendjemand sonst. Und am nächsten Morgen hatte sie erkannt, dass Raymond Alexander Coffey aus ihrem Leben nicht mehr wegzudenken war.

Er hatte ihre kleine Welt auf den Kopf gestellt, und das machte ihr Angst. Er sah Dinge in ihr, die sie selbst nie gesehen hatte. Es war zu viel für sie gewesen, innerhalb einer Nacht ihre Unschuld zu verlieren und vollkommen neue Gefühle zu entdecken. Deshalb war sie damals auch erleichtert, als er ihr erzählte, er müsse am nächsten Tag zurück aufs College. Ebenso wie sie froh war, im darauffolgenden Monat nach Austin zu gehen.

Was Ray ihr gab, hatte sie schlicht überwältigt. Er hatte ihr erschüttertes Selbstvertrauen gestärkt, sie aufgerichtet und ihr völlig neue Seiten an sich aufgezeigt. Aber sie konnte nicht plötzlich ihr komplettes Selbstbild über den Haufen werfen. Sie konnte ihm nicht glauben, was sie sich selbst nie geglaubt hätte. Daher hatte sie die Erlebnisse dieser Nacht lange erfolgreich verdrängt.

Und nun war er zurück. Sydney schloss für einen Moment die Augen und schüttelte den Kopf. Inzwischen waren acht Jahre vergangen, in denen sie mit sich allein gewesen war. Zeit genug, um zu erkennen, dass die Liebe zu Ray nichts ändern konnte. An erster Stelle musste ihre Arbeit stehen.

Sollte sie ihre Karriere aufs Spiel setzen, würde sie damit alle Menschen um sie herum enttäuschen – vor allem sich selbst.

Ray hatte sie im ganzen Haus gesucht und fand sie schließlich in Nolans Arbeitszimmer. Sie hatte sich direkt nach dem Essen zurückgezogen. Bei Tisch hatte er bemerkt, dass sie kaum einen Bissen herunterbekam. Als alle zu Ende gegessen hatten, war sie aufgestanden und hatte nicht einmal wie sonst mit abgeräumt.

Zu den Tischgesprächen hatte sie zwar gelächelt, doch er hätte schwören können, dass sie überhaupt nicht zuhörte. Das sah er an ihrem Blick, der abwesend und nachdenklich wirkte. Und dieser Blick gefiel ihm ganz und gar nicht. Ihr Lächeln war reine Höflichkeit gewesen. Darin war sie schließlich Expertin.

Wie sie ebenfalls in einigen anderen Dingen Expertin war, die für die meisten Männer zu den wichtigsten im Leben zählten. Der Sex mit ihr war unbeschreiblich. Ray war vollkommen überwältigt gewesen.

Doch dabei war ihm nicht entgangen, dass sie etwas bedrückte. Ihr gemeinsames Erlebnis war zweifellos fantastisch für beide gewesen, und dennoch schien es sie zu belasten.

Ihn übrigens auch, wenn er ehrlich war.

Ray kannte Frauen und hatte hinreichend Betterfahrung, um

zu wissen, dass Sex für gewöhnlich nicht sein ganzes Weltbild auf den Kopf stellte. Wie oft hatte er Männer verhöhnt, denen es angeblich so ging! Und nun war er in derselben lächerlichen Situation.

Ray Coffey, vom Sex besiegt.

Nur war in seinem Fall eigentlich nicht der Sex schuld, sondern Sydney. Sie allein war verantwortlich dafür, wie er sich im Augenblick fühlte.

Er ging ins Arbeitszimmer und schloss leise die Tür hinter sich. Er musste mit ihr sprechen, und dabei wollte er auf keinen Fall gestört werden. Die anderen waren nach oben auf die Dachterrasse gegangen, um am Nachthimmel nach Sternschnuppen zu suchen und den vorletzten Abend zu feiern.

Auf diese Weise hatten sie ein wenig Zeit für sich. Diesmal allerdings sollten sie sich nicht gegenseitig verführen, sondern miteinander reden.

„Sydney? Geht es dir gut?"

Sie atmete einmal tief durch, ehe sie ihm antwortete: „Ja, ich wollte nur ein wenig die Aussicht genießen und nachdenken."

Auf der Veranda oder der Dachterrasse hätte sie eine bessere Aussicht gehabt, also musste es ihr eher ums Nachdenken gehen. Und da sie sich dafür ausgerechnet dieses Zimmer ausgesucht hatte, dachte sie wahrscheinlich an ihren Vater. „Ich vermute, es geht um Nolan."

Sie warf ihm einen Blick über die Schulter zu und drehte sich dann ganz zu ihm um. Sie war wunderschön, eine große elegante Frau mit geschmeidigen Bewegungen. In der weiten Hose kamen ihre langen schlanken Beine besonders gut zur Geltung.

Gebannt sah er zu, wie sie sich grazil auf eine Ecke des Schreibtischs setzte. Sie zog fragend die Augenbrauen hoch, und er verspürte sofort ein seltsam starkes Bedürfnis, sie zu beschützen. Solche Regungen hatten doch eigentlich nur Männer, die Frauen als ihr Eigentum betrachteten, oder?

Seine gegenwärtige Gefühlslage brachte ihn völlig durcheinander. Anders war jedenfalls nicht zu erklären, warum er sich kopfüber ins Minenfeld stürzte, statt die Sache vorsichtig und überlegt anzugehen.

„Liest du neuerdings Gedanken?“, fragte sie nach einer halben Ewigkeit.

Ihre Stimme klang irritierend sanft. Er schüttelte den Kopf. Wenn sie ihn doch nur nicht so ansehen wollte! „Nein, in Schlussfolgerungen. Du bist in Nolans Zimmer, von seinen Sachen umgeben, und du warst vorher kein einziges Mal hier drin.“

„Das weißt du natürlich, weil du mich die ganze Zeit im Auge behalten hast, nicht wahr?“

Diese Frage war leicht zu beantworten. „Ziemlich, ja.“

Sydney lächelte. „Du erstaunst mich immer wieder aufs Neue. Aber das war mir ja schon vorher klar.“

Sein Ego bettelte förmlich darum, mehr darüber zu hören, inwiefern er sie erstaunte. Aber er war nicht gekommen, um seine Eitelkeit zu befriedigen. Er wollte herausfinden, ob er wirklich den Verstand verloren hatte.

Er schenkte ihr ein betörendes Lächeln. „Nun, Miss Ford, dann war Ihnen gewiss auch vorher klar, warum ich gerade Sie mit auf diese Reise genommen habe.“

Sie neigte den Kopf leicht zur Seite und sah ihn einen Moment lang an. „Um zu Ende zu bringen, was wir vor acht Jahren angefangen haben?“

Sein Lächeln verschwand. Er mochte gar nicht daran denken, dass das, was sie heute gehabt hatten, ein Ende markieren sollte. Nicht nachdem der Sex mit ihr ihn so aufgewühlt hatte.

Noch weniger mochte er daran denken, dass zwischen ihnen alles vorbei war. Er war nämlich gerade im Begriff, seine Meinung zu ändern. Was sie hatten, konnte doch ebenso gut ein Anfang sein und kein Ende.

Er konnte sich sehr gut vorstellen, an der Seite dieser Frau alt zu werden. Konnte die Zukunft nicht auch so aussehen, dass sie noch unzählige Male gemeinsam in der Lagune badeten, sich nackt auf der Dachterrasse sonnten und abends den karibischen Sonnenuntergang bewunderten?

Sein Selbsterhaltungstrieb schützte ihn jedoch davor, ihr seine Liebe zu gestehen, ehe er nicht genauer wusste, wie es um sie stand. „Ich würde nicht sagen, dass ich es unbedingt zu Ende bringen wollte."

„Sondern?"

„Nein, ich denke, ich wollte einfach herausfinden, warum diese Nacht vor acht Jahren für uns beide unvergesslich war."

„Das ist nicht weiter verwunderlich", sagte sie. „Schließlich verlieren Mädchen ihre Unschuld nur einmal im Leben."

Nein, damit machte sie sich die Sache entschieden zu leicht. Und er würde nicht zulassen, dass sie sich einfach herauswand. „Na ja, Jungen verlieren ihre auch nicht mehrmals."

„Stimmt", erwiderte sie und dachte einen Augenblick nach. „Und? Wie habe ich abgeschnitten?"

„Abgeschnitten?"

„Na, im Vergleich zu deinen anderen Jungfrauen?"

Wenn ihn nicht alles täuschte, klang ihre Stimme ein wenig gepresst.

Er ging auf den schwarzen Ledersessel vor dem Schreibtisch zu. Die Hände auf die Rückenlehne aufgestützt, sah er ihr in die

Augen. „Ich hatte keine anderen Jungfrauen."

„Wirklich?" Sie lächelte unsicher und blinzelte, als hielte sie Tränen zurück. „Das überrascht mich, denn du wusstest sehr gut, was du zu tun hattest."

Er lachte leise. „Ich war ja auch nicht mehr unschuldig."

„Trotzdem, immerhin warst du erst zwanzig."

„Neunzehn, um genau zu sein."

Sie blickte ihn erstaunt an. „Da musst du aber enorm lernfähig in Sachen Erotik gewesen sein. Es gibt dreißigjährige Männer, die weniger wissen als du mit neunzehn."

Ray hasste die Vorstellung von dreißigjährigen oder irgendwelchen anderen Männern, die mit Sydney schliefen.

„Um ehrlich zu sein, hatten mich einige Studentinnen für ein Forschungsprojekt eingespannt, eine Art, ähm, Sexprojekt." Als sie erschrocken den Mund aufriss, fügte er hinzu: „Nein, es war kein offizielles Projekt, falls du das denkst. Und ich sehe auch ein, dass es nicht gerade schlau von mir war, mich darauf einzulassen. Aber ich war damals ein Teenager, und wie die meisten Neunzehnjährigen war ich ziemlich schwanzgesteuert."

Sydney lachte, erst kurz, dann länger, und hielt sich die Hand vor den Mund. Dann sagte sie: „Ein inoffizielles Forschungsprojekt von Studentinnen? Davon musst du mir mehr erzählen."

Warum hatte er bloß davon angefangen? Diese Geschichte war schlicht peinlich. „So viel gibt es da nicht zu erzählen. Drei Mädchen aus meinem Wohnheim hatten mich zu ihrem Versuchstier gemacht. Fünf Monate lang brachten sie mir alles bei, was man über Sex wissen muss. Sie wollten damit beweisen, dass Männer gut im Bett sein können, wenn man sie nur früh genug trainiert – bevor sie irgendwelche schlechten Angewohnheiten entwickeln."

„Verstehe.“ Sie betrachtete ihn auf eine Weise, dass er sich plötzlich sehr klein und sehr blöd vorkam.

Aber er würde nicht zulassen, von ihr für Fehler verurteilt zu werden, die er als alberner Teenager begangen hatte. Erst recht nicht, da sie von diesen Fehlern durchaus profitiert hatte. „Sydney, nun guck mich nicht so komisch an. Das alles liegt eine Ewigkeit zurück, und es hat mir nichts bedeutet. Diese Mädchen waren nur gute Freundinnen, sonst nichts.“

„Tja, wer solche Freundinnen hat ...“

„... braucht seine Zeit nicht mit Jungfrauen zu verschwenden?“, ergänzte er für sie.

Wahrscheinlich hatte sie das gar nicht sagen wollen, aber er musste dieses Thema abbrechen. Er wollte weder über seine Vergangenheit reden noch sich von ihr weiter verunsichern lassen.

„Okay, wenn du es so ausdrücken willst.“ Sie ging wieder zum Fenster und sah hinaus.

Ray stand einen Augenblick da und starrte auf den Sessel vor ihm. Dann ging er zu ihr, stützte die Hände in die Hüften und sah ebenfalls hinaus in die Dunkelheit, die nur vom Mondlicht auf den weißen Wellenkronen durchbrochen wurde.

„Als ich vor Monaten diese Reise gewann, war mein erster Gedanke, mit dir allein zu fahren. Ich wollte niemand anderen dabeihaben. Nur du und ich und eine Woche Spaß unter tropischer Sonne.“

Er bemerkte aus dem Augenwinkel, dass sie ihn ansah. Doch er erwiderte ihren Blick nicht, sondern fuhr fort: „Doch dann hast du mir zu verstehen gegeben, dass du dich in meiner Gegenwart wohler fühlst, wenn andere um uns herum sind. Du weißt schon, Macys Spielabende, die Veranstaltungen bei gIRL-gEAR, meine Grillparty am Memorial Day. Also hielt ich es für besser, den Trip als Gruppenveranstaltung zu gestalten."

Sydney rümpfte die Nase. „Ich finde es nach wie vor ärgerlich, dass der Segeltörn geplatzt ist."

„Darüber solltest du dich nicht ärgern, sondern froh sein." Er lachte leise. „Stell dir mal vor, wie anstrengend es geworden wäre, wenn wir acht auf hoher See zusammengepfercht gewesen wären und einander nicht hätten ausweichen können. Bei den Spannungen, die hier zwischen einigen in der Luft liegen, ist selbst die größte Yacht gefährlich eng."

„Seltsam", sagte Sydney schmunzelnd, „Poe hat am ersten Tag etwas Ähnliches gesagt."

„Anfangs hatte ich nur vorgehabt herauszufinden, warum du vor acht Jahren mit mir geschlafen hast. Doch darüber bin ich mittlerweile hinweg. Selbst wenn du es nur getan hast, um dich an deiner Mutter zu rächen, ist es mir egal."

Nachdem er es ausgesprochen hatte, hielt er den Atem an. Wieso musste er sie so provozieren? War er denn komplett übergeschnappt, ihr das zu sagen? Sydney stieß einen langen traurigen Seufzer aus, und Ray hätte sich ohrfeigen können.

„In gewisser Weise war das der Grund, jedenfalls zuerst. Ich wollte mich an meiner Mutter rächen." Sie schüttelte kaum merklich den Kopf. „Aber um das zu verstehen, müsstest du sie kennen. Ich weiß nicht, wie ich es dir erklären soll, ohne dir zu erzählen, was für ein Mensch sie ist. Doch genau das möchte ich nicht."

Ray sah ihr tief in die Augen. Sie verrieten ihm so viel von dem, was sie ihm gegenüber nicht aussprach. Und dennoch musste er sie dazu bringen, sich ihm anzuvertrauen und offen zu ihm zu sein. Erst dann konnte er ihr auch sagen, was er für sie empfand.

„Das ist wirklich interessant. Erst willst du nicht über deinen Vater sprechen, dann willst du nichts von deiner Mutter erzählen. Was ist so verkehrt an deinen Eltern, dass du partout nicht über sie reden willst? Immerhin bin ich kein Fremder für dich."

Sie blickte ihn an, die Arme vor der Brust verschränkt und sichtlich verärgert. „Mit meinen Eltern hat das nichts tun. Es liegt an mir. Ich bin die verwöhnte Tochter reicher Eltern, die gewohnt ist, ihren Willen durchzusetzen. Und das ist mir in letzter Zeit weder bei Nolan noch bei Vegas gelungen."

Bei ihm schon, dachte Ray. „Du magst zwar reich sein, Sydney Ford, aber verwöhnt bist du ganz gewiss nicht. Sprich mit mir, bitte. Meinetwegen müssen wir nicht über deine Mutter reden, aber ich würde gern erfahren, was zwischen dir und deinem Vater vorgefallen ist."

„Ich kann nicht über ihn sprechen, ohne von meiner Mutter zu erzählen. Verdammt, Ray, warum kannst du dieses Thema denn nicht einfach fallen lassen?"

Er trat ein Stück näher, legte ihr die Hände auf die Schultern und sah ihr in die Augen. „Ich habe dir doch gesagt, dass ich deinen Vater kennengelernt habe."

Sie nickte, und er fuhr fort. „Nolan wusste, dass ich letztes Jahr in New York war, und fragte mich, wie er den Feuerwehrleuten beziehungsweise den Hinterbliebenen am besten helfen könnte. Er wollte gezielt helfen, statt an irgendwelche Stiftungen zu spenden, bei denen das meiste Geld in der Verwaltung versackt. Also habe ich für ihn den Kontakt hergestellt. Seine Hilfe ging direkt an die Familien, die am schlimmsten betroffen waren."

„Ja, niemand soll sagen, Nolan Ford wäre kein großzügiger

Mann“, sagte Sydney verbittert.

Ihm gefiel ihr Tonfall ebenso wenig wie ihre Verschlossenheit. Wie wollte er jemals an sie herankommen, wenn sie sich ihm nicht öffnen wollte? Und was für eine Zukunft konnte eine Beziehung haben, in der die Partner sich nicht genug vertrauten, um einander alles zu erzählen?

Aber vielleicht erwartete er auch zu viel. Schließlich hatten sie noch gar keine wirkliche Beziehung. Bislang war es nicht mehr als eine Urlaubsaffäre.

„Das ist er, sehr großzügig sogar. Als er von der Sache mit Patrick erfuhr, hat er eine Menge Zeit und Geld investiert, um mich bei der Suche nach ihm zu unterstützen. Er wollte nicht, dass irgendjemand davon weiß. Mir hat er nur erzählt, dass er Kontakte hätte, über die er mehr herausbekommen könnte. Dabei habe ich ihn nie darum gebeten. So viel zu seiner Großzügigkeit, von der du offenbar nicht allzu viel hältst.“

Sydney schwieg, und Ray wartete mit klopfendem Herzen auf eine Reaktion.

Nach qualvoll langen Minuten drehte sie sich um und ging an den Schreibtisch zurück. Diesmal hockte sie sich nicht auf die Platte, sondern verschanzte sich dahinter. Ray verschränkte die Arme vor der Brust und lehnte sich ans Fenster.

„Ich bin froh, dass Nolan für dich da war, Ray, ehrlich. Trotzdem kann ich ihm nicht verzeihen, dass er für mich nicht da sein wollte, ebenso wenig wie für Izzy.“

Ray runzelte die Stirn. „Warum für Izzy?“

„Ich schulde ihr so viel“, sagte Sydney leise und kämpfte offenbar mit den Tränen. „Und ich wollte wieder gutmachen, was sie meinetwegen auf sich genommen hatte. Ich bat meinen Vater, mir bei der Finanzierung ihres Forschungsstipendiums zu helfen, und er sagte zu. Dann überlegte er es sich auf einmal anders und steckte das Geld stattdessen in eine neue Galerie für meine Mutter."

Sie klammerte sich mit den Händen an den Armlehnen des Stuhles fest. „Er sagte mir, beides könnte er nicht finanzieren, und die Galerie wäre die bessere Investition."

Ray bezweifelte, dass sie ahnte, wie ähnlich sie ihrem Vater in diesem Moment sah. „Und du hast ihm nicht geglaubt, oder?"

„Doch, habe ich. Aber darum geht es nicht. Dieses Geld war von vornherein nicht als Investition gedacht. Wahrscheinlich war es dumm von mir, zu glauben, Nolan würde jemals Geld in etwas stecken, das ihm keine Gewinne brachte. Andererseits hat er genau das für dich getan." Sie schüttelte fassungslos den Kopf. „Ich wollte das Geld für Izzy, weil ..."

Als sie den Satz nicht beendete, fragte er nach. „Weil was, Sydney?" Offenbar berührte sie damit einen Punkt, auf den sie lieber nicht näher eingehen wollte. „Weil sie deine Freundin war? Wolltest du sie für ihre Freundschaft zu dir bezahlen? Denkst du, du schuldest ihr etwas, weil sie all die Jahre zu dir gehalten hat? So wie ich Izzy kenne, wäre sie zutiefst verletzt, wenn sie erfährt, dass du ihr deshalb Geld geben willst."

Sydney drückte sich mit den Händen an der Schreibtischkante ab und rollte mit dem Stuhl herum, bis sie mit dem Rücken zum Fenster saß. Doch Ray wollte das Gespräch nicht an dieser Stelle abbrechen lassen. Er wollte Antworten auf seine Fragen. Eher würde er nicht aufgeben.

Er nahm sich den Stuhl vor dem Schreibtisch und zog ihn so weit in den Raum, dass er Sydney gegenübersitzen konnte. Dann wartete er ab.

Sie blickte ihn eine ganze Weile schweigend an, bevor sie antwortete: „Nein, Ray, mit dem Geld wollte ich meine Freundin weder kaufen noch für ihre Loyalität bezahlen. Ich wollte ihr damit zeigen, wie sehr ich sie schätze, und ihr ein wenig von dem zurückgeben, was ich von ihr bekommen habe. Mit Schuldgefühlen oder anderen egoistischen Motiven hat das nichts zu tun, sondern ausschließlich mit Freundschaft und Dankbarkeit."

„Hast du deshalb auch mit mir geschlafen? Aus Dankbarkeit, weil ich dich vor den Cops gerettet habe? Ach ja, und weil ich dich getröstet habe, als du weintest. Nicht zu vergessen, dass ich mir redliche Mühe gab, dein erstes Mal zu einem erinnerungswerten Erlebnis zu machen."

Ray wusste, wie verbittert er in diesem Moment klang. Und er ärgerte sich darüber, seine Gefühle so wenig im Zaum zu haben. Dabei hatte er doch eben erst gesagt, dass es ihm egal wäre, warum sie damals ausgerechnet ihn gewählt hatte. Offensichtlich war er derjenige mit den egoistischen Motiven, und das war krank!

„Ich will nicht darüber reden, warum ich damals oder heute mit dir geschlafen habe", sagte sie ruhig, aber mit einem Anflug von Trotz. „Aber ich werde der Fairness halber genauso offen zu dir sein, wie du zu mir bist."

Fairness sollte ihm recht sein, denn genau die erwartete er von ihr.

„Ich hatte mir von dieser Reise versprochen, Klarheit über dich und mich zu gewinnen, Ray. Ich wollte dahinterkommen, warum du mir nicht aus dem Kopf gehst. Und ich wollte ein für alle Mal über dich hinwegkommen. Du verwirrst mich zu sehr, und das kann ich mir in meinem Leben nicht leisten. Für mich steht zu viel auf dem Spiel. Ich muss mich auf gIRL-gEAR konzentrieren können, denn das ist alles, worauf ich mich verlassen kann. Ich wünschte, es wäre anders", sagte sie mit einem mitleidigen Unterton. Doch Mitleid war das Allerletzte, was er von ihr wollte. „Auf Nolan kann ich mich ja leider nicht mehr verlassen."

Ray stand auf. Er war von einer quälenden Unruhe erfüllt, die ihn wütend machte – auf Sydney, auf sich selbst, auf ihre Eltern und seinen Bruder …

„Ich habe schon viel gesehen, Sydney, und ich habe dabei eines begriffen: Wichtig ist vor allem, dass man sich mit den Menschen umgibt, die man liebt und von denen man geliebt wird."

Erst jetzt, da er es offen ausgesprochen hatte, wurde ihm bewusst, wie sehr dieser Satz auf sie beide zutraf. Auch er hatte sich stets davor gehütet, andere zu nah an sich heranzulassen. Dabei hatte er sich vorgemacht, er täte es, um sie zu schützen. In Wirklichkeit aber hatte er sich geweigert einzusehen, dass nahestehende Menschen ihn auch vor ihm selbst schützen konnten. Und wie kostbar Nähe war, hatte ihm die kurze Zeit mit Sydney gezeigt.

Sie schüttelte den Kopf. „Ich weiß, wie sehr dir die Sache mit Patrick zusetzt und …"

Er hob die Hand, um sie zu unterbrechen. „Oh nein, meine Liebe, du weißt nichts über mich. Verzeih, wenn das vielleicht grob klingt, aber wir beide haben gerade mal an der Oberfläche dessen gekratzt, was uns tatsächlich ausmacht. Du kannst überhaupt nicht wissen, was ich für Patrick empfinde oder wie ich damit fertig werde, meine Kollegen und Freunde bei Einsätzen zu verlieren."

Er fuhr sich mit den Händen durchs Haar. „Aber genau deshalb kann ich nicht mitansehen, wie du willentlich die Menschen abweist, die dir so viel bedeuten. Du musst dich mit deinem Vater und deiner Mutter aussprechen."

„Was weißt du schon über meine Gefühle für meine Eltern?", konterte sie wütend.

Ray ging zur Tür und griff nach der Klinke. Er hatte nicht gewollt, dass es so endete. Dieser Urlaub war ganz anders geplant gewesen, sinnlich, aufregend und vor allem harmonisch. Stattdessen standen sie beide vor all den Problemen, die sie doch erfolgreich verdrängen wollten.

Nun gut, wenn Sydney es so wollte, war das okay. Doch er konnte so nicht leben.

Bevor Ray den Raum verließ, drehte er sich noch einmal zu ihr um. „Ich meine nur, dass du dich wenigstens um eine Versöhnung bemühen solltest. Schließlich weiß man nie, wie lange man noch die Gelegenheit dazu hat."

Am nächsten Morgen saß Sydney in einem ausgeblichenen T-Shirt und nicht minder verwaschenen Shorts am Strand. Sie war barfuß und hockte im Schneidersitz auf dem Sand. Das Haar hatte sie zu einem Knoten gedreht und mit einem Bleistift festgesteckt.

Sie sah wahrlich nicht aus, wie man es von der Geschäftsführerin von gIRL-gEAR erwartet hatte. Sie war weder chic noch klassisch-elegant, und dabei hatte sie hart daran gearbeitet, genau dieses Bild zu vermitteln. Aber es war eben nichts als ein Bild, auch wenn sie sich damit den Respekt und die Anerkennung verschafft hatte, die sie ihr Leben lang wollte.

Beides hatte ihre Mutter ihr immer verweigert. Vegas war leider nie eine ganz normale Mutter für sie gewesen, die ihrem Kind vorbehaltlose Liebe schenkte. Sie hatte immer nur sich selbst geliebt.

Doch inzwischen war Sydney erwachsen und darüber hinweg. Sie hatte doch ihren verdammten Respekt, ihre Anerkennung und alles, was sie sonst noch brauchte, oder? Ihre Führungsposition gab ihr, was ihre Mutter ihr nicht geben wollte. Damit bewies sie, dass Sydney Ford, die Tochter der berühmten Künstlerin, durchaus kreativ sein konnte.

Wo war der Unterschied, ob sie der Kopf hinter den künstlerischen Talenten war oder selbst das Talent mitbrachte? Sie hatte dafür gesorgt, dass aus einem kreativen Team ein erfolgreiches Modeimperium wurde. Sie ganz allein.

Leider sah die Sache bei Licht betrachtet weit weniger überzeugend aus als gestern Abend – bevor Ray sie im Arbeitszimmer ihres Vaters allein zurückgelassen hatte. Da hatte sie sich schrecklich einsam gefühlt. Sie hatte Trost gesucht, als sie sich zwischen Nolans Büchern, Bildern und Möbeln vergrub. Das hatte selbst Ray sofort erkannt. Doch leider war die erwünschte Wirkung ausgeblieben.

Sie vermisste ihren Vater so sehr, dass es wehtat.

Und als wäre das noch nicht schlimm genug, hatte sie nun auch den Mann verloren, den sie liebte. Ray hatte sich am Morgen von Menga Duarte aufs Festland bringen lassen, zusammen mit Anton Neville. Beide Männer wollten den nächsten Flug nach Houston nehmen.

Sydney blickte aufs Meer hinaus, wo ein paar Segelboote über die Wellen glitten, und seufzte. Lauren neben ihr seufzte ebenfalls.

„Ich hätte nicht gedacht, dass sie abfahren“, sagte Sydney.

„Ich auch nicht“, meinte Lauren, zog die Beine an und stützte ihr Kinn auf die Knie. „Was sind das für Männer, die einfach weglaufen, wenn es einmal brenzlig wird? Wir laufen ja schließlich auch nicht weg."

„Nein, tun wir nicht. Aber vielleicht ja nur, weil wir nicht weg können, ehe Menga zurück ist."

„Hmm, da könnte was dran sein." Lauren wiegte sich hin und her.

Sydney legte ihr die Hand auf die Schulter, weil sie die Unruhe ihrer Freundin nervös machte. „Kannst du nicht ruhig sitzen? Ich werde gleich seekrank."

Mit einem Stöhnen ließ Lauren sich rücklings in den Sand fallen. „Na prima, jetzt wird dir auch noch schlecht, wenn ich in deiner Nähe bin."

„Ihr macht mich krank", sagte Poe, die gerade kam und sich neben Sydney setzte. „Allerdings nicht so krank wie die beiden Typen da drin. Man kann fast meinen, sie wären diejenigen, die von ihren Liebsten verlassen wurden. Die schmollen ja um die Wette."

„Ich schmolle nicht", entgegnete Sydney. „Ich trauere."

Lauren verdrehte die Augen. „Na hör mal, Ray ist doch nicht gestorben."

Nun zog Sydney eine Grimasse. „Unsinn, ich trauere nicht um einen Mann, sondern weil mein Urlaub vorbei ist. Außerdem ärgere ich mich darüber, dass ich nicht wie geplant durch die Staaten gereist bin, in netten Frühstückspensionen übernachtet und mich richtig verwöhnt habe. Stattdessen hing ich für eine unerträglich lange Woche auf einer Tropeninsel fest."

„Du hast den Teil mit dem heißen Urlaubsflirt ausgelassen", meinte Poe trocken.

„Ach ja, genau", sagte Sydney und blinzelte in die Sonne. Eine der Yachten auf dem Meer nahm Kurs auf die Insel. Sie kannte dieses Boot. Es war die „Indiscreet". Eigentlich hatte sie sie nicht vor morgen erwartet, war aber froh, dass sie früher kam. Endlich konnte sie nach Hause!

Schon morgen hatte sie ihr normales Leben zurück. Hurra!

Aber sie wollte die Bedeutung dessen, was zwischen Ray und ihr gewesen war, nicht durch Witze mit ihren Freundinnen herunterspielen: „Nein, mit dem Urlaubsflirt hatte ich auch keine Probleme. Eher mit den Unmengen Alkohol, die ich in den letzten Tagen in mich hineingeschüttet habe."

„Danach wollte ich dich sowieso schon fragen. Bist du nicht normalerweise eingeschworene Teetrinkerin?", fragte Lauren, die sich auf die Ellbogen aufgestützt hatte und Sydney prüfend ansah. Dann blickte sie aufs Meer hinaus. „He, ist das nicht die ‚Indiscreet'?"

„Sollten meine Gebete erhört worden sein, ist sie das", antwortete Sydney. „Ich kann es gar nicht erwarten, endlich von dieser Insel runterzukommen."

Kinsey kam zu ihnen und setzte sich neben Lauren. „Ich verstehe dich nicht, Sydney. Wie kannst du Houston dieser paradiesischen Insel vorziehen?"

Genau die Frage wollte Sydney lieber nicht beantworten. Momentan erinnerte sie alles in diesem Paradies an Ray, und das machte ihr ernsthaft zu schaffen. Sie brauchte Zeit, um über ihn hinwegzukommen. Und sobald ihr das gelungen war, konnte sie auch die Schönheiten der Tropeninsel wieder genießen.

Wem machte sie hier eigentlich etwas vor? Sie würde Coconut Caye für den Rest ihres Lebens mit Ray Coffey verbinden. „Ich meine ja nur, dass ein Berg Arbeit auf mich wartet."

„Natürlich! Wer kann das besser verstehen als wir? Immerhin sind wir alle ganz heiß darauf, endlich wieder am Schreibtisch zu sitzen", meinte Poe und blickte Sydney ironisch lächelnd an. „Aber das sag ich selbstverständlich nur, weil du der Boss bist."

„Seltsam, dass mich das nicht im Mindesten überrascht."

„Sydney?", unterbrach Lauren die beiden Frauen. „Kann es sein, dass die Crew das kleine Beiboot vergessen hat?"

„Wie kommst du darauf?"

„Weil jemand von der Yacht aus auf uns zugeschwommen kommt."

Sydney und die anderen blickten zum Wasser. Die Yacht lag ein Stück weiter draußen vor Anker, und man sah tatsächlich einen Schwimmer näher kommen. Bald war er nahe genug, um durch das flachere Wasser zum Strand zu waten.

Er schüttelte die nassen Haare und fuhr mit den Fingern hindurch. Ein Mann in knielangen blauen Badeshorts mit weißem Tunnelzug. Sydney hätte schwören können, dass in diesen Shorts das Logo eines namhaften Designers prangte, denn ihr Vater trug ausschließlich Designerkleidung.

Nolan Ford winkte ihnen zu.

Sydney stellte sich aufrecht hin und stemmte die Hände in die Hüften.

Kinsey stand ebenfalls auf und winkte zurück.

Nun erhob sich auch Lauren und rief: „He, Nolan! Das ist ja eine tolle Überraschung!"

Als Letzte stellte Poe sich zu ihnen und beobachtete höchst interessiert, wie nach und nach immer mehr von Nolan zu sehen war, bis er ganz aus dem Wasser heraus war und über den Sand auf sie zukam. Sie stieß einen leisen anerkennenden Pfiff aus.

„Hallo, Daddy", sagte Sydney.

## *11. KAPITEL*

Was machst du hier?", fragte sie ihren Vater.

„Zufällig ist das meine Yacht und meine Insel."

Nolan sah sie prüfend an, die Augenbrauen skeptisch zusammengezogen. Aus seinem nassen Haar liefen kleine Rinnsale über seine Stirn und die Schläfen. „Und du bist meine Tochter. Ich denke also, dass ich das Recht habe, auch ohne deine Sondergenehmigung hier zu erscheinen."

Er stand am Ende des kleinen Piers, der zur Villa führte. Lauren, Kinsey und Poe waren am Strand geblieben und hatten die beiden allein zum Haus gehen lassen. Sydney stapfte nervös und verärgert auf dem Steg hin und her. Sie war so wütend wie noch nie. Innerhalb von vierundzwanzig Stunden musste sie sich den beiden Männern stellen, die ihr alles bedeuteten. Nein, so hatte sie sich ihren Urlaub wahrlich nicht vorgestellt.

„Ja, schon gut. Aber warum bist du hergekommen?" Natürlich hatte sie ihn vermisst, aber das änderte nichts an der Tatsache, dass sie sich nach wie vor von ihm verraten fühlte.

Er hatte die Hände in die Hüften gestemmt und sah ihr ruhig zu, während sie wie aufgescheucht vor ihm hin und her ging. Sie wusste, dass er wartete, bis sie endlich stehen blieb. Erst dann würde er ihr verraten, weshalb er hier war. Also stoppte sie und blickte ihn an.

„Du musst zu deiner Mutter fahren und dich mit ihr aussprechen, Sydney."

„Wie bitte?", zischte sie wütend und verschränkte die Arme vor der Brust. „Warum muss *ich* zu *ihr* fahren?"

Nolan blieb seelenruhig. „Weil sie dich sehen möchte."

Sydney trug keine Schuld an der gestörten Beziehung zwischen ihrer Mutter und ihr. Deshalb konnte der Stich, den ihr Nolans Worte versetzten, auch nichts mit Schuld zu tun haben. „Und du meinst, das interessiert mich?"

„Ja, meine ich. Das sollte es jedenfalls." Nolan blickte aufs Meer hinaus. Dann fügte er hinzu: „Sie sagte mir, sie will sich bei dir entschuldigen."

Na, das war wirklich mal was Neues, dachte Sydney. Ihr Herz pochte wie wild, und sie fühlte, wie ihr die Tränen in die Augen stiegen. „Und weil sie sich bei mir entschuldigen will, muss ich nach Paris fliegen?"

„Sie wird nicht herkommen. Sie bleibt in Paris, weil sie dort …" Er sprach den Satz nicht zu Ende, und Sydney sah ihm an, dass er nach Worten suchte, die ihre Gefühle nicht allzu sehr verletzten.

Dafür ist es ein bisschen zu spät, Daddy, tausend Dank, dachte sie verbittert und beschloss, ihm die Bürde der Wortwahl abzunehmen: „Weil sie in Paris glücklich ist? Weil man sie dort anhimmelt und ihr ihre Freiheit lässt? Weil sie sich dort nicht mit einem Ehemann und einem Kind herumplagen muss?"

Nolan wurde wütend, beherrschte sich aber. „Sie ist nicht die schlimme Mutter, für die du sie hältst. Ich glaube, sie war hier einfach nie richtig glücklich. Seit sie in Frankreich lebt und arbeitet, hat sie sich verändert, du wirst sehen."

„Was?" Sydney mochte ihren Ohren kaum trauen. Wahrscheinlich wurde es höchste Zeit, dass sie einmal all die Dinge sagte, die ihr ein Leben lang auf dem Herzen lagen. „Meine Mutter war hier unglücklich? Wie kann das sein? Alle haben sie bewundert und verehrt. Sie konnte von einer Vernissage zur nächsten hüpfen, ohne sich jemals um ihre Tochter kümmern zu müssen, denn dafür hatte sie ja dich."

„Ich habe mich um dich gekümmert, weil ich es wollte, nicht weil ich es für deine Mutter tat. Lass den Unsinn, Sydney. Außerdem geht es hier nicht um dich und mich. Vegas war schon unglücklich, bevor du oder ich aufkreuzten."

Sydney senkte den Blick auf die Holzbohlen. „Und ich vermute, ich kam besonders ungelegen, oder?"

„Na ja, da Mathematik immer schon deine Stärke war, wirst du wohl von allein draufgekommen sein", sagte Nolan und kam einen Schritt auf sie zu.

Sie schirmte die Augen mit der Hand ab und starrte hinaus zur „Indiscreet". „Was hat das mit Mathematik zu tun?"

„Hast du denn wirklich nie nachgerechnet, wann du geboren wurdest?"

„Ach, das!" Sie war ehrlich überrascht, dass ihr Vater in diesem Moment ein Thema ansprach, über das sie immerzu Stillschweigen bewahrt hatten.

Er legte einen Finger unter ihr Kinn und zwang sie, ihn anzusehen. „Ist dir eigentlich klar, dass du schon neun Jahre alt warst, als ich in deinem Alter war?"

Sie versuchte sich vorzustellen, wie es wäre, wenn sie ein neunjähriges Kind hätte. Sie konnte es nicht. Trotzdem wollte sie lieber nichts davon hören. Man redete mit seinen Eltern doch nicht über deren Sexleben!

Andererseits ... „Wie war das damals?"

„Ich verliebte mich in Vegas." Er strich ihr eine Haarsträhne hinters Ohr, und sie musste sich zusammennehmen, um sich nicht wie ein Kleinkind an ihn zu schmiegen.

„Du warst siebzehn, da verliebt man sich nicht. In dem Alter schwärmt man und ist neugierig."

„Das auch", gab Nolan zu, und trotz der Sorgenfalten brach sich ein kleines Lächeln Bahn. „Deine Mutter war faszinierend. Sie war etwas ganz Besonderes, aufregend, lebenslustig und noch dazu mit zweiundzwanzig deutlich älter als ich. Wir begegneten uns, als ich im letzten Schuljahr war."

Sydney war Ray auch zum ersten Mal begegnet, als sie im letzten Schuljahr war.

„Unser Kunstkurs ging in eine Galerie, in der sie ihre erste Ausstellung hatte. Für mich war es Liebe auf den ersten Blick."

Sydney hatte Mühe zuzuhören, weil ihr Puls so laut raste. „Ich wusste überhaupt nicht, dass du Kunst an der High School belegt hattest."

„Na ja, eigentlich war es auch nur einer dieser Zusatzkurse, die man belegen musste. Wenn ich mich recht entsinne, hattest du ebenfalls einen oder zwei solcher Kurse. Auf jeden Fall bin ich kein bisschen künstlerisch veranlagt. Ganz im Gegensatz zu deiner Mutter, die ein ungeheures Talent besitzt."

„In puncto Unzuverlässigkeit und Egoismus gewiss …"

„Und", unterbrach Nolan sie, „sie ist klug genug, sich einen anständigen Berater zu suchen, der ihr einen Businessplan für ihre Galerie macht. Sonst hätte ich ihr niemals bei der Finanzierung geholfen."

Sydney biss sich auf die Zunge, um ihre Wut nicht laut herauszuschreien.

„Ich denke, gerade du solltest mich gut genug kennen, um zu wissen, dass ich keine geschäftlichen Entscheidungen aus dem Bauch heraus fälle. Ich habe es schließlich nicht so weit gebracht, indem ich mich von meinen Gefühlen steuern ließ. Das mit Izzy tut mir aufrichtig leid. Und noch mehr bedaure ich, dass ich dich enttäuscht habe. Aber ich musste deiner Mutter helfen. Sie hat mir eine Familie, hat mir dich geschenkt. Wie konnte ich ihr da etwas abschlagen, was nicht annähernd so kostbar für mich ist? Kannst du das denn gar nicht verstehen?“

Allmählich fing sie an, ihn zu verstehen. Dennoch wusste sie nicht, ob sie bereit war, Vegas zu sehen. Sie stellte sich vor, wie es wäre, von ihr in den Arm genommen zu werden und die Mischung aus Parfüm und Ölfarben zu riechen. Für sie war dieser Duft mit zu viel Freude und zu viel Schmerz verbunden.

„Ich habe keine Zeit, nach Paris zu fliegen.“

„Dann wirst du dir die Zeit nehmen müssen.“ Nolan ergriff ihre Hand. „Ich werde Ende des Monats hinfliegen, und ich möchte, dass du mich begleitest.“

„Damit ich mir die Galerie ansehe und sie sich vor mir an ihrem Triumph weiden kann?“, fragte Sydney und blickte runter auf ihre ineinander verschränkten Finger. Sie erinnerte sich noch, wie riesengroß ihr Nolans Hand als Kind immer vorgekommen war.

„Nein. Damit ihr beide euch aussprechen und endlich wieder zueinanderfinden könnt.“

Sie wollte ihre Mutter nicht sehen, und zugleich wusste sie, dass sie sie sehen *musste.* All die Jahre hatte sie sich nicht eingestanden, wie sehr sie ihre Mutter brauchte und vermisste. Und nun, da sie einsah, was sie viel zu lange verdrängt hatte, trieb es ihr die Tränen in die Augen.

Sie war außerstande, ihre Gefühle länger zurückzuhalten. „Ich habe Angst, Daddy.“

„Ach, Liebes. Glaubst du etwa, sie hat keine Angst? Sie fürchtet sich maßlos davor, dass ihre erfolgreiche, brillante Tochter ihr niemals vergeben könnte.“

Die unabhängige, selbstbewusste und von allen vergötterte

Vegas Ford fürchtete sich? Vor ihr? „Okay, ich werde mitkommen“, sagte sie leise.

„Ich liebe dich, Sydney.“ Er nahm sie in die Arme und küsste sie auf die Wange.

Sydney war endlich wieder zu Hause! „Ich weiß. Ich liebe dich auch.“

Nach einer Weile löste sie sich aus seiner Umarmung und sagte: „Ich werde packen gehen. Dann können wir heute noch abreisen.“

„Wir werden erst morgen zurücksegeln.“ Er nickte Richtung Yacht. „Ich habe Steaks mitgebracht und werde uns ein festliches Abendessen kochen. Ich dachte, ich könnte mir ein wenig Spaß gönnen. Dann komme ich mir wenigstens für ein paar Stunden mal nicht steinalt vor.“

„Man ist immer so alt, wie man sich fühlt. Und du siehst nicht alt, sondern topfit und durchtrainiert aus“, entgegnete sie und versetzte ihm einen liebevollen Knuff in den Oberarm. „Ray ist übrigens schon abgereist.“

„Ich weiß. Wir haben uns getroffen, bevor ich losgesegelt bin.“

Sydney nickte und machte sich auf den Weg zur Villa. Dann blieb sie stehen und drehte sich noch einmal um. „Ich wollte dich noch etwas fragen.“

Nolan hob die Hände. „Was immer du willst.“

„Was weißt du über Patrick Coffey?“

Anton Neville parkte seinen Jaguar direkt neben Laurens großem Geländewagen. Er griff nach dem Zündschlüssel, hielt jedoch einen Augenblick inne, bevor er den Motor abstellte.

Seit seiner Rückkehr von Coconut Caye waren zwei Monate

vergangen, und sein Leben war in der Zwischenzeit alles andere als spaßig gewesen. Deshalb war er hier. Doch er hatte keine Ahnung, ob er wirklich das Richtige tat.

Was war er bloß für ein unsäglicher Feigling! Erst wollte er nicht zugeben, was Lauren ihm bedeutete, und jetzt schaffte er es nicht einmal, aus dem Wagen zu steigen.

Nein, das stimmte nicht. Er gab zu, was Lauren ihm bedeutete, und er wollte aus dem Wagen steigen. Er musste lediglich eine Minute warten, damit ihm wieder einfiel, wie man atmete. Aber er würde jetzt gewiss nicht kneifen, nicht, nachdem er schon so weit gekommen war.

Trotzdem musste er seine Kräfte sammeln für den Fall, dass Lauren ihn in Grund und Boden trat.

Er blickte auf die graue Marmorfassade des gIRL-gEAR-Firmensitzes, dessen Leuchtbuchstaben über mehrere Meilen zu sehen waren – wenn man über den Southwest-Freeway fuhr. Diese Frauen wussten, wer sie waren und was sie wollten, und daraus machten sie wahrlich keinen Hehl.

Anton fragte sich, wann Poe wohl in die Führungsriege aufsteigen würde. Sicher hatte sie bereits alle entsprechenden Hebel in Bewegung gesetzt. Sie war genauso selbstbewusst und karriereorientiert wie die anderen sechs Partnerinnen – möglicherweise noch mehr als sie.

Sie wusste, wie man sich durchsetzte, und brachte immer zu Ende, was sie sich vorgenommen hatte. Ein Nein akzeptierte sie einfach nicht. Ebenso wenig wie Lauren. Dabei berief sich keine von beiden jemals auf gängige weibliche Klischees. Sie waren nicht die Sorte Frau, die weinte, sich klein machte oder gar intrigierte, um ihren Willen zu bekommen.

Nein, diese Frauen standen mit beiden Beinen im Leben

und schätzten ihre Unabhängigkeit. Natürlich waren sie bereit, Kompromisse einzugehen, aber erst, wenn sie keine andere Wahl mehr hatten. Sie waren dickköpfig, keine Frage, doch zugleich waren sie fair und offen.

Und er war ein kompletter Idiot gewesen, dass er all das nicht längst erkannt hatte. Lauren wäre nicht Lauren, wenn sie seine Ansichten kritiklos hingenommen, sich selbst um seinetwillen aufgegeben hätte. Er hatte von ihr erwartet, dass sie bestimmte Seiten ihrer Persönlichkeit unterdrückte, die ihn ängstigten.

Der Sex im Jeep hatte ihn wachgerüttelt – bevor er ihn endgültig in die Knie gezwungen hatte.

Ihre Sexualität war immer ein Problem in der Beziehung gewesen. Er hatte sich schwer damit getan, dass sie so offen mit ihren körperlichen Bedürfnissen umging. Und dann hatte er sein Problem zu ihrem gemeinsamen gemacht.

Er hatte ihr angelastet, ihn zu verunsichern. Er hatte ihr unterstellt, dass der Spaß im Bett für sie nichts war als das Vergnügen an seinem Körper.

Damit hatte er ihr den Vorwurf gemacht, den Frauen, solange man denken konnte, den Männern machten. Eigentlich hätte er das gleich erkennen müssen, wäre er nicht so ein verstockter Hornochse gewesen.

Er hatte sich in Selbstmitleid gesuhlt, obwohl er eigentlich auf Knien dafür danken sollte, eine Frau zu haben, für die andere Männer einen Mord begehen würden. Hoffentlich war es nicht zu spät.

Lauren und er waren zwei Menschen, wie sie verschiedener nicht sein konnten. Und wenn er klug gewesen wäre, hätte er früher erkannt, wie spannend und aufregend ihre Beziehung gerade deshalb sein könnte. Stattdessen hatte er versucht, sie nach seinen Vorstellungen umzumodeln.

Er konnte nur beten, dass sie ihn verstehen würde. Sie wusste, wie er aufgewachsen war. Sein Elternhaus war liebevoll, aber auch sehr konservativ und familienbezogen gewesen, mit einer Mutter, die Heim und Herd hütete, während der Vater das große Geld verdienen ging. Nicht zu vergessen der kleine Bruder, auf den Anton dauernd aufpassen musste.

Was Lauren allerdings nicht wusste, war, dass er all das niemals infrage gestellt hatte. Er hatte die Aufgabenteilung für selbstverständlich und einzig richtig gehalten, weil man das bei Nevilles so tat. Was Marcel Neville sagte, wurde getan, ohne Widerrede, es sei denn, man wollte eine Tracht Prügel mit dem Ledergürtel riskieren.

Infolgedessen war Anton immer davon ausgegangen, dass in seinem Haus er die Regeln machen würde, wenn auch ohne den Ledergürtel, und dass seine Frau sie ebenso stillschweigend hinnehmen und befolgen würde, wie seine Mutter es getan hatte.

Doch Lauren brachte denselben eisernen Willen mit, der ihn auszeichnete. Das gefiel ihm ja so an ihr. Er mochte Frauen, die wussten, was sie wollten. Trotzdem wollte er das Sagen haben, oder zumindest hier und da konstruktiv in ihre Entscheidungen und ihr Leben eingreifen.

Nun hockte er hier auf dem Parkplatz und musste unwillkürlich lachen. Was war er bloß für ein engstirniger Macho gewesen – zu glauben, er könnte beides gleichzeitig haben! Er war schließlich nicht sein Vater und lebte auch nicht das Leben seines Vaters. Die Zeiten hatten sich geändert, und die alten Rollenmuster galten nicht mehr.

Wenn er nur noch eine Chance hatte, sie zurückzugewinnen! Er hatte sie mit seiner Sturköpfigkeit vertrieben, statt sie so zu akzeptieren, wie sie war. Wenn er Lauren Lauren sein lassen könnte und sie nicht immer und überall zu dominieren versuchte, würde er schließlich damit belohnt werden, so geliebt zu werden, wie er es sich immer erträumt hatte.

Er schaltete den Motor ab und stieg aus dem Wagen. Er würde ihr zeigen, dass er ein vollkommen anderer Mann war. Ein verwegenes Grinsen umspielte seine Lippen.

Er würde Lauren Hollister schon zeigen, wie genau er wusste, was er wollte.

Lauren blickte in die Runde am Konferenztisch. Sie war nach wie vor unschlüssig, was Poes Beförderung betraf. Und sie musste leider zugeben, dass ihre Unschlüssigkeit rein persönliche Gründe hatte. Nach all der Zeit, die sie mit ihr verbracht hatte, wusste sie immer noch nicht, ob sie Annabel Lee als Freundin oder Feindin sah.

Sie konnte nicht einmal genau sagen, ob es daran lag, dass Poe mit Anton ausgegangen war. Eigentlich konnte sie gegenwärtig überhaupt nichts genau sagen. Wie sollte sie auch, wenn sie wie betäubt durch ihr Leben wankte.

Seit über acht Wochen war sie aus dem Urlaub zurück, und sie hatte es nicht einmal geschafft, die Illustrationen zum Unabhängigkeitstag von der Firmenwebseite zu nehmen und durch neue zu ersetzen. Dabei drängte die Zeit, endlich die neue Kampagne ins Netz zu bringen.

Deanna Elliott, das erste gIRL-gEAR-gIRL, hatte den perfekten Look für die Herbstkampagne. Lauren blätterte in dem aktuellen Katalog, über den sie gerade sprachen. Das heißt, über den ihre Partnerinnen sprachen, während sie schweigend daneben saß.

Lauren seufzte und stützte das Kinn in die Hand. Vor nicht allzu langer Zeit war sie genauso ein neugieriges und aufgewecktes junges Mädchen gewesen wie Deanna. Heute kam sie sich wie eine entsetzliche Versagerin vor.

Sie musste dringend etwas gegen ihre dauernde schlechte Laune tun. Sie war völlig unkonzentriert, und ihr fehlte jeglicher Schwung. Und vor allem hatte sie keine Entschuldigung dafür, weshalb sie sich so gehen ließ. Es war höchste Zeit, dass sie endlich aufhörte, sich selbst zu bemitleiden, und wieder nach vorn blickte.

Schließlich hatte sie einen tollen Job, einen Loft, um den sie jeder Innenarchitekt beneiden würde, und die besten Freundinnen, die man sich denken konnte. Sie hatte Geld genug, um sich ganze Lastwagenladungen modischer Kleider kaufen zu können, und fuhr einen großen Wagen. Für eine sechsundzwanzigjährige Frau war das wirklich nicht schlecht. Und selbst an das Singledasein konnte man sich mit der Zeit gewöhnen. Das war schließlich kein Todesurteil.

Genau genommen war eine Frau nur als Single richtig emanzipiert. Sie konnte tun und lassen, was sie wollte, und das würde sie von jetzt ab auch machen.

So, nachdem das geklärt war, wandte sie sich wieder der Sitzung zu. Sydney hatte gerade etwas gesagt, doch Lauren hatte nicht zugehört. Vielleicht konnte sie aus den Reaktionen der anderen schließen, was es gewesen war. Ja, richtig, die meisten Punkte waren erledigt, und nun ging es um Poes Beförderung. Sie sollte siebte Partnerin werden, wofür Lauren ihre Zustimmung geben müsste. Aber sie war sich nicht sicher …

In diesem Augenblick klopfte jemand energisch an die Tür und riss sie auf, ohne eine Antwort abzuwarten. Sofort verstummten alle und rissen die Augen auf. Macy legte die Hand auf den Mund und hüstelte nervös. Verwundert drehte Lauren sich zur Tür um.

„Entschuldigt die Störung."

Anton Neville trat in den Raum, und Lauren machte drei Kreuze, dass sie sich gerade innerlich gestärkt hatte. Sonst hätte sie sich ihm wahrscheinlich sofort zu Füßen geworfen.

Er sah aus wie ein Sonnengott – genau wie damals, als er ihr das erste Mal begegnet war. Er trug eine helle Leinenhose und ein tabakfarbenes Hemd. Dazu hatte er elegante italienische Lederschuhe an und einen Schlips umgebunden, der in verschiedenen Braun- und Dunkelgrüntönen gemustert war.

Er war sehr braun, wodurch seine blonden Locken noch heller als gewöhnlich schienen. Außerdem trug er sein Haar länger, als Lauren es je gesehen hatte. Ganz gleich, wie sehr sie sich einredete, ohne ihn leben zu können, sein Anblick tat ihr unglaublich gut.

Mit Riesenschritten kam er auf sie zu, fasste sie bei den Händen und zog sie aus ihrem Stuhl. Lauren sah ihn an, und das gefährliche Funkeln in seinen Augen raubte ihr die Kraft, sich ihm zu widersetzen.

„Sydney?", sagte sie und blickte zum anderen Ende des Tisches. „Würdest du mich wohl bitte für einen Moment entschuldigen?"

„Geh schon", antwortete Sydney und wedelte mit den Händen, als wollte sie sie aus dem Konferenzzimmer scheuchen. Sogleich ertönte ein wildes Durcheinander von Rufen. „Raus mit dir!"

„Worauf wartest du noch?"

„Mach schon!" und „Komm ja nicht wieder, bevor du die

Sache nicht geregelt hast!“ schallte es bis hinaus auf den Flur der Führungsetage.

Lauren wusste nicht, ob sie sich freuen oder ärgern sollte, weil die anderen ein so vehementes Interesse an ihrem Liebesleben bekundeten. Doch darüber konnte sie jetzt nicht nachdenken. Sie war viel zu sehr damit beschäftigt, was Anton mit ihr anstellte.

Sie ließ sich von ihm zu ihrem Büro ziehen, als hätte sie überhaupt keinen eigenen Willen mehr. Machte sie sich denn immer noch zum willenlosen Spielzeug seiner Launen? Fürchtete sie seine Ablehnung immer noch zu sehr, um etwas gegen sein Verhalten einzuwenden? Da war sie wieder, diese befremdliche Unterwürfigkeit, die einen ausgesprochen sinnlichen Beigeschmack hatte. Ein Kribbeln, das ihr eine wohlige Gänsehaut bereitete. Ihr Herz pochte wie verrückt.

Unter zahlreichen neugierigen Blicken rannten sie beinahe zu ihrem Büro. Als Anton hinter ihr durch die Tür trat, erklang lauter Applaus vom Flur. Lauren erschauerte heftig.

Sie lehnte sich an ihren Schreibtisch, um halbwegs die Balance zu halten. Anton kam direkt auf sie zu und stützte sich neben ihren Hüften auf die Platte auf. Sie hatte weiche Knie und ein seltsam heißes Gefühl im Bauch.

Sie spürte die Hitze seines Körpers, obwohl sie einen leichten Pullover und darunter ein Top trug. Wie schaffte er es bloß, sie in solche Erregung zu versetzen? Sie versuchte, so ruhig wie möglich zu atmen, doch das hatte einzig zur Folge, dass sie seinen fantastischen Duft inhalierte.

„Was willst du hier?“, flüsterte sie, dabei machte sein Gesichtsausdruck diese Frage vollkommen überflüssig. Seine Augen glänzten, die Nasenflügel bebten kaum merklich, und seine

Haut war gerötet vor Erregung. Lauren verschränkte die Arme vor der Brust und ballte beide Hände zu Fäusten.

Anton lächelte. Er kam noch ein Stück näher und küsste sie zärtlich auf die Stirn. Dann flüsterte er ihr ins Ohr: „Ich will dich."

Sie verfluchte ihren Körper, der nur allzu empfänglich für ihn war. Ihr Puls raste, und sie hatte einige Mühe, einigermaßen klar zu denken. Warum übernahm in dieser Beziehung ständig ihr Bauch das Kommando, ohne ihrem Kopf auch nur die geringste Chance zu lassen? Andererseits hatten sie doch gar keine Beziehung.

Was wiederum bedeutete, dass es höchste Zeit war, den Kopf einzuschalten.

Sie hob das Kinn. „Welchen Teil von mir willst du denn? Ich bin nämlich nicht sicher, ob ich noch genug übrig habe, was ich dir geben kann."

Seine Hände bewegten sich über ihre Hüften, die nackten Arme hinauf bis zu den Schultern. Dann streichelte er ihren Hals und legte die Hände schließlich an ihre Wangen. „Ich will dich ganz, Lauren, alles von dir. Ich will dich, deine Liebe, deinen Körper, deinen unglaublich wachen messerscharfen Verstand, deine Kreativität. Alles, für immer." Er beugte sich ein wenig herab, doch bevor er sie küsste, fügte er noch hinzu: „Und ich will dich jetzt. Heirate mich."

Sie sprachlos zu nennen wäre die blanke Untertreibung gewesen. Sie konnte ja nicht einmal atmen. Sie sah ihm in die Augen, und was sie darin erblickte, heilte alle Wunden, war die Antwort auf ihre Gebete und ließ ihr Herz vor Freude überquellen.

„Ich liebe dich, Lauren, für immer."

Sie blinzelte, um die Tränen zurückzuhalten, die ihr vor

Glück in die Augen stiegen. „Ja! Ja, ich liebe dich, und ich werde dich heiraten."

In diesem Augenblick fiel die Tür auf, und hinein stolperten ihre fünf Partnerinnen, die beim Lauschen offenbar zu sehr gedrängelt hatten. Hinter ihnen standen mindestens ein Dutzend Mitarbeiter und jubelten. Lauren vergrub das Gesicht an der Schulter des Mannes, den sie liebte.

## 12. KAPITEL

Sydney saß hinter dem Steuer ihres Lexus und wartete, dass die Ampel wieder auf Grün sprang. Überall in den Gärten der Vororthäuser liefen die Rasensprenger und kämpften gegen die Trockenheit des texanischen Sommers.

Sie musste links abbiegen. Rays zweistöckiges Haus war bereits zu sehen. Es war das vierte in der Straße, aus hellgrauem Ziegel, die Läden in einem blassen Taubengrau gestrichen. Sein schwarzer Pick-up parkte in der geschwungenen Auffahrt.

Es war viel zu groß, um von ihm ganz allein bewohnt zu werden. Sie fragte sich, ob er bereit wäre, es mit einer Frau zu teilen.

Mit ihr.

Sie hatte keine Ahnung, wie er reagieren würde, wenn sie unangemeldet bei ihm auftauchte. Seit ihrer Rückkehr von Coconut Caye und bevor sie nach Paris geflogen war, hatte sie ihn nur einmal gesehen – auf der Pool-Einweihungsparty von Eric und Chloe am Unabhängigkeitstag.

Als er dort eintraf, saß sie gerade mit Melanie am Pool, ließ die Füße ins Wasser baumeln und erzählte der Freundin von der missglückten Kreuzfahrt und davon, wie Jess sich benommen hatte. Allerdings sagte sie nichts von seinem Flirt mit Poe.

Poe hatte zwar zugegeben, Sex gehabt zu haben, aber eher im Sinne von Sydneys recht schwammiger Definition. Es konnte also alles zwischen Zungenkuss und Liebesakt gewesen sein. Sydney fand, Mel sollte sich nicht unnötige Sorgen machen, daher verschwieg sie es.

Außerdem waren weder Jess noch Poe auf der Party, um

sich notfalls zu verteidigen. Kinsey und Doug waren dort und planschten wie die Kinder im Pool. Sie waren das einzige Paar, dessen Beziehung den Urlaub unbeschadet überstanden hatte.

Sydney hatte mit Ach und Krach die vierundzwanzig letzten Stunden auf der Insel durchgehalten, nachdem Ray gegangen war. Die Zeit mit Nolan war schön gewesen. Er hatte ihr Dinge aus seiner Vergangenheit erzählt, die er ihr bisher noch nicht hatte anvertrauen wollen – oder sie hatte sich nie die Zeit genommen, danach zu fragen.

Sie war viel zu sehr damit beschäftigt gewesen, ihre Karriere zu planen und die Idee umzusetzen, die sie an einem Winterabend in einem Coffeeshop in Austin gehabt hatte. Sie hatte zwar reichlich von Nolans Wissen und Sachkenntnis profitiert, aber wenig darüber nachgedacht, wie seine Anfänge wohl ausgesehen haben mochten.

Auf Coconut Caye hatte er ihr erzählt, wie es für ihn gewesen war, sich mit siebzehn zu verlieben und direkt danach Vater zu werden. Und seitdem sah sie Nolan mit vollkommen anderen Augen.

Auch ihr Bild von ihrer Mutter hatte sich seitdem verändert. Sie glaubte nicht, dass sie beide je mehr sein könnten als gute Freunde. Dafür waren sie zu verschieden. Aber das war gut so. Sie hatten Frieden geschlossen, und nur darauf kam es an. Sie hatten eine neue Basis gefunden, auf der sie miteinander auskommen konnten.

Doch hier und jetzt ging es ausschließlich um Ray.

Bei Eric und Chloes Party hatten sie sich nicht einmal unterhalten können. Dort waren zu viele Menschen gewesen, und wann immer sie versuchte, ihn kurz allein zu sprechen, kam einer seiner vielen Freunde dazwischen. Schließlich hatte sie sich zurückgezogen und ihn aus der Ferne beobachtet. Dabei war ihr durch den Kopf gegangen, was er am letzten Abend auf der Insel zu ihr gesagt hatte.

Er hatte recht gehabt. Sie hatten gerade mal die Oberfläche angekratzt, einander aber nicht wirklich kennengelernt. Und sie hoffte, sie könnte von jetzt ab alle Zeit ihres Lebens nutzen, um das nachzuholen. Sie hatte acht Wochen gebraucht, bis sie zugeben und akzeptieren konnte, dass sie ihn brauchte.

Und nun schuldete sie ihm zumindest eine Entschuldigung dafür, wie kalt und abweisend sie sich benommen hatte, als er ihr sein Herz öffnen wollte.

Sie hatte einen Sechserpack Corona mitgebracht – sozusagen als Friedensangebot. Doch sie betete, dass er sich mit dem Bier allein nicht zufriedengeben würde, denn sie wollte ihm viel mehr geben. Sich selbst.

Acht Jahre lang hatte sie sich eingeredet, er wäre ihr Teenagerschwarm. Doch inzwischen war daraus weit mehr geworden. Sydney Ford liebte Ray Coffey. Die ehemalige Eiskönigin und der begehrteste Junge der High School – wer hätte das wohl gedacht?

Sollten ihre damaligen Abschlussklassen davon erfahren, würde ihnen das Lästerstoff für die Klassentreffen der nächsten Jahrzehnte liefern. Vorausgesetzt, dieser Nachmittag verlief so, wie sie es sich erträumte.

Aber Sydney war optimistisch. Natürlich bestand die Gefahr, dass sie zu lange gezögert hatte, sich zu lange vorgemacht hatte, in ihrem Leben sei kein Platz für die Liebe. Doch um das herauszufinden, war sie hier.

Und sie hatte ihm außer dem Bier noch etwas anderes mitgebracht, das auf dem Beifahrersitz neben ihr lag. Eine Überraschung für ihn, die ihn für qualvolle Jahre entschädigen sollte und die sie ihm überbringen wollte.

Er war im Garten hinter dem Haus. Bis auf eine ausgeblichene Jeans und ein paar Turnschuhe ohne Schnürbänder war er vollkommen unbekleidet. Sein dunkles Haar glänzte feucht, und auf seiner Brust glitzerten feine Schweißperlen.

Wie es aussah, hatte er gerade den Rasen gemäht und geharkt und war jetzt dabei, die Regenrinne zu reinigen. Die Pflichten des Hausbesitzers, dachte Sydney. Und sie war gekommen, weil sie ihm vorschlagen wollte, ihm in Zukunft bei der Arbeit zur Seite zu stehen. Sie wollte in seinem Bett schlafen und ihm die Kinder schenken, die er sich sehnlichst wünschte – auch wenn er das nicht offen zugeben wollte.

Dazu musste sie ihn allerdings davon überzeugen, dass er nicht ohne sie leben könnte. Sydney holte tief Luft und streckte die Schultern durch. Ihr stand die wichtigste Verhandlung ihres Lebens bevor.

Bier und Briefumschlag hielt sie in einer Hand und holte mit der anderen eine Flasche aus dem Sechserpack. Sie hielt sie ihm entgegen, als er aufsah und sie entdeckte. Ein Lächeln erschien auf seinem Gesicht, das jedoch sogleich wieder verschwand.

Immerhin durfte sie hoffen.

Sie reichte ihm das Bier. Er nahm es und öffnete den Verschluss. Fasziniert sah sie ihm zu, wie er trank, und dachte daran, wie seine Haut sich anfühlte und schmeckte.

Er hatte beinahe ein Drittel der Flasche getrunken, bevor sie wieder sprechen konnte. „Ich wollte dir eigentlich sagen, dass es nur umsonst ist, wenn man es trinkt. Aber wie ich sehe, erübrigt sich das."

„Schön, dich zu sehen, Sydney", sagte er und wischte sich

den Mund. „Was bringt dich denn hier raus?"

Raus? Er tat ja fast so, als wohnte er fernab jeglicher Zivilisation! Sie musste lachen.

Als sie sich vorhin umzog, hatte sie erst überlegt, ob sie vielleicht etwas Lässigeres wählen sollte, sich dann aber doch für ein hellgelbes Leinenkleid, schwarze Pumps und eine kleine Perlenkette entschieden. Alles andere wäre irgendwie unecht gewesen, und sie wollte sie selbst sein.

„Nun, ich habe gleich mehrere Gründe."

Sie ging zu dem schmiedeeisernen Terrassentisch mit der Glasplatte und stellte das Bier ab. Den Brief behielt sie in der Hand.

„Als da wären?", fragte er, trank den Rest Bier aus der Flasche und griff nach einer zweiten.

Sie sah ihm in die Augen. „Ich wollte dir erzählen, warum ich damals ausgerechnet dich für mein erstes Mal auswählte."

Er hielt einen Moment inne. „Ich habe dir doch schon gesagt, dass ich das nicht wissen will, Sydney. Es ist mir egal."

„Aber mir nicht." Sie ging auf der Terrasse hin und her und klopfte sich nervös mit dem Umschlag ans Kinn. „Ich hatte dich schon zwei Jahre aus der Ferne angehimmelt, wäre jedoch nie auf die Idee gekommen, dass ich irgendwelche Chancen bei dir haben könnte. Du warst der absolute Mädchenschwarm an der High School. Und ich war ein schlechter Witz. Ich war mir vollkommen sicher, du wüsstest nicht einmal, dass es mich gibt."

„Das wusste ich sehr wohl", sagte er.

Sie lächelte und hielt die Hände vor den Bauch. So nervös war sie in ihrem ganzen Leben nicht gewesen. Und sie würde das hier nie zu Ende bringen, wenn sie weiter darüber nachdachte, was dieses Leuchten in seinen Augen bedeutete.

„Schon gut, lass mich zu Ende reden, bitte. Du hast mich damals gegrüßt und mich auch ab und an mal angesehen, aber du warst zu *allen* sehr freundlich. Trotzdem habe ich dich prompt zum Hauptdarsteller all meiner Mädchenfantasien gemacht."

Er wurde rot, und Sydney war hingerissen. Wie sie diesen Mann liebte! Sie liebte es, dass er tatsächlich noch verlegen sein konnte und dass sie ihn dazu bringen konnte, rot zu werden. Sie liebte es, dass er nicht verbarg, welche Gefühle sie in ihm hervorrief. Und sie war voller Hoffnung. Sie spürte, wie ihr die Röte in die Wangen stieg, als sie daran dachte, dass alles gut werden würde. Ihr war, als schwebte sie. Wenn *das* Verliebtsein war, würde sie nie genug davon bekommen können!

Ray räusperte sich. „Falls das hier ein Flirt wird, solltest du mir besser nicht zu viel verraten, Sydney."

Sie lachte und schob den Umschlag von einer Hand in die andere. „Stimmt, ich tu's aber trotzdem. Ich habe mindestens ein Dutzend Mal in Gedanken mit dir geschlafen, bevor wir es tatsächlich getan haben. Und obwohl ich in diesen Dingen entsetzlich naiv war, wusste ich von Anfang an, dass du etwas ganz Besonderes bist."

„Ich bin nichts Besonderes", sagte er lächelnd und stellte die Bierflasche auf den Tisch.

„Und ob!" Sie ging hastig auf ihn zu und nahm sein Gesicht in ihre Hände. Wenn sie jetzt nicht den Mut aufbrachte, ihm ihre Gefühle zu gestehen, wären acht Wochen Angst vergebens gewesen. „Du bist ein wunderbarer Mann, Ray Coffey. Du bist durch und durch ehrlich und freundlich. Selbst wenn du manchmal unangenehme Dinge sagst, dann doch nur, weil deine Aufrichtigkeit dich dazu zwingt. Und was du mir gesagt hast, hatte ich bitter nötig."

„Ich habe dich verletzt." Er fasste sie am Handgelenk.

„Nein, du warst ehrlich zu mir, und genau das brauchte ich", sagte sie. Dann fügte sie flüsternd hinzu: „Ich liebe dich."

Sie hielt die Luft an, als er sie erschrocken ansah. „Sydney ...", begann er, sprach aber nicht weiter, weil sie ihm den Finger auf die Lippen legte.

„Ich war noch nie zuvor wirklich verliebt, und ich habe furchtbare Angst, alles falsch zu machen. Ich kann Marketingkonzepte entwerfen, Bilanzen erstellen und sechs Coffeeshop-Aushilfen zusammentrommeln, um ein Modeimperium aufzuziehen. Aber von Beziehungen habe ich nicht die geringste Ahnung. Ich weiß nichts über die Liebe. Ich weiß nicht, was ich jetzt tun soll, und, ach Ray, bitte, sag doch etwas, bevor ich ..."

Er brachte sie mit einem Kuss zum Schweigen, der so leidenschaftlich und wild war, dass es ihr den Atem raubte. Zugleich war er unendlich sanft und liebevoll. Er küsste sie, als brauchte er nie mehr zu atmen.

Sie allerdings schon. Sie wich ein Stück zurück und hauchte: „Ray, ich kriege keine Luft."

Er nahm sie in den Arm und drückte sie fest an seine Brust. „Ich auch nicht. Sydney Ford, ich habe in meinem Leben keine Frau so geliebt, wie ich dich liebe. Ich könnte jetzt sagen, ich liebe dich, seit du zum ersten Mal Hallo zu mir gesagt hast, aber der Satz ist einfach zu abgedroschen."

Sydney wollte vor Glück lachen und weinen zugleich, und durch den verschwommenen Schleier erkannte sie, dass es ihm nicht viel anders ging, denn auch in seinen Augen lag ein feuchter Glanz. „Dann müssen wir den Text ändern. Ich könnte zum Beispiel sagen, ich liebe dich, seit du gesagt hast: ‚Es ist nur umsonst, wenn man es trinkt'."

Er lachte sein warmes tiefes Lachen, in dem so unendlich viel Gefühl lag. „Also, halt mich ruhig für einen unanständigen Jungen, aber mein Lieblingssatz war: ‚Ich dachte, du wolltest feiern'."

Nun war sie es, die herzlich lachte, vor Glück, vor Liebe. Sie fiel ihm in die Arme. Hier gehörte sie hin, für immer. Nirgends war sie glücklicher als ganz nah bei ihm. Und deshalb würde sie nie wieder fortgehen.

„Hast du dich entschieden, das Haus zu behalten?"

Er drückte sie ganz fest. „Ja, aber allein zu leben, wird mir entschieden zu trist. Ich habe zu viele Jahre Türen verschlossen, die ich besser offen gelassen hätte. Ich habe mir nie erlaubt, jemand anderen zu brauchen. Dabei redete ich mir ein, ich täte es, um die anderen zu schützen. In Wahrheit habe ich mich gegen meine eigenen Gefühle verschlossen. Und damit ist niemandem gedient, weder mir noch den Menschen, die ich liebe. Merkwürdigerweise habe ich das erst erkannt, als ich das letzte Mal von dir fortging. Aber nun bist du hier, und da kommt dieses große alte Haus vielleicht ganz gelegen."

„Tut es", sagte Sydney und ging gerade so weit auf Abstand, dass sie ihm den Umschlag geben konnte.

„Was ist das?" Er runzelte die Stirn und drehte den unbeschrifteten Brief hin und her.

Ihr Herz klopfte so laut, dass sie überzeugt war, er würde es hören. Vor lauter Aufregung wackelte ihre Stimme, als sie sagte: „Lies ihn, dann wirst du es wissen."

Er riss den Umschlag auf und redete währenddessen weiter über das Haus. „Na ja, Neville & Storey wird natürlich ein Geschäft durch die Lappen gehen, aber darauf kann ich leider keine Rücksicht nehmen. Dieses Haus gehört mir nun mal ..." Er verstummte, als er den Inhalt der Zeilen begriff. Dann starrte er hinauf zum Himmel und wieder auf den Brief.

Schließlich schluchzte er laut auf: „Patrick!"

Sydney ging ein paar Schritte zurück, um ihn ungestört lesen zu lassen, was dort stand. Der Brief seines Bruders war gestern per Kurier angekommen, und er schrieb, dass er schon bald nach Hause kommen wollte. Nolans Kontakte und sein Geld hatten möglich gemacht, was Ray allein nicht hatte erreichen können.

Und nun stand sie da und betrachtete den Mann, den sie liebte. Er wischte sich die Tränen aus den Augen und las den kurzen Brief immer wieder. Patrick versprach darin, alles zu erzählen, sobald er wieder in Houston war.

Sydney musste unweigerlich mitweinen.

Schließlich sah Ray sie an, kam zu ihr und nahm sie fest in die Arme. Sie vergrub das Gesicht an seiner Schulter.

Sie hielten einander eng umschlungen und wussten, dass sie von jetzt ab immer füreinander da sein würden. Und nur das zählte.

Sydney hatte lange für diese Erkenntnis gebraucht. Doch jetzt war es endlich so weit.

*– ENDE –*

*Carly Phillips*
Hochzeit auf griechisch
Band-Nr. 25226
6,95 € (D)
ISBN: 978-3-89941-343-4
336 Seiten

*Susan Mallery*
Suche: Köchin
Biete: Liebe
Band-Nr. 95005
7,95 € (D)
ISBN: 978-3-89941-369-4
400 Seiten

*Jennifer Crusie*
Manche mögen's richtig heiß
Band-Nr. 25155
6,95 € (D)
ISBN-10: 3-89941-194-3
ISBN-13: 978-3-89941-194-2
384 Seiten

*Nora Roberts*
Die Sehnsucht der Pianistin
Band-Nr. 25227
6,95 € (D)
ISBN: 978-3-89941-344-1
304 Seiten

*Carly Phillips*
Verliebt, skandalös und sexy
Band-Nr. 25137
6,95 € (D)
ISBN-10: 3-89941-176-5
ISBN-13: 978-3-89941-176-8
480 Seiten

*Suzanne Forster*
Der Fremde auf der Brücke /
Der mysteriöse Liebhaber
Band-Nr. 25222
6,95 € (D)
ISBN: 978-3-89941-339-7
368 Seiten

*Heather Graham*
Die Nacht des Tigers
Band-Nr. 25195
6,95 € (D)
ISBN-10: 3-89941-288-5
ISBN-13: 978-3-89941-288-8
320 Seiten

*Nora Roberts*
Sommerträume 5
Band-Nr. 25232
6,95 € (D)
ISBN: 978-3-89941-349-6
464 Seiten

*Emma Darcy*
Die Söhne der Kings
Band-Nr. 95002
7,95 € (D)
ISBN: 978-3-89941-364-9
512 Seiten

*Lori Foster*
Frauen mögen's sexy
Band-Nr. 25145
6,95 € (D)
ISBN-10: 3-89941-184-6
ISBN-13: 978-3-89941-184-3
304 Seiten

*Emilie Richards*
Sehnsucht nach Neuseeland
Band-Nr. 25203
6,95 € (D)
ISBN-10: 3-89941-296-6
ISBN-13: 978-3-89941-296-3
304 Seiten

*Emilie Richards*
Das Geheimnis des Opals
Band-Nr. 25214
6,95 € (D)
ISBN: 978-3-89941-331-1
304 Seiten

*Spencer / McMahon / Darcy*
Liebesreise in die Karibik
Band-Nr. 15010
8,95 € (D)
ISBN-10: 3-89941-374-1
ISBN-13: 978-3-89941-374-8
448 Seiten

*Mather / Reid / Graham*
Liebesreise nach Griechenland
Band-Nr. 15012
8,95 € (D)
ISBN: 978-3-89941-376-2
416 Seiten

*Mortimer / Ker / Peters*
Liebesreise nach Mallorca
Band-Nr. 15008
8,95 € (D)
ISBN: 978-3-89941-368-7
400 Seiten

*Reid / Graham / Marton*
Liebesreise in 1001 Nacht
Band-Nr. 15011
8,95 € (D)
ISBN: 978-3-89941-375-5
432 Seiten